KB253048

레 미제라블Ⅲ

빅톨 위고

LES MISERABLES

일신서적출판사

레 미제라블 Ⅲ
차례

제7장 은   어

1. 기 원

『나태(Pigritia─라틴어)』는 무서운 말이다. 이 말에서『la pégre』즉『도둑질(le vol)』이라는 하나의 세계와『la pégrenne』즉『굶주림(la faim)』이라는 하나의 지옥이 발생한다.

이처럼 나태는 하나의 어머니이다. 그녀는 도둑질이라는 한 아들과 굶주림이라는 한 딸을 데리고 있다. 작자는 지금 무슨 말을 하고 있는 건가? 바로 은어(隱語)를 두고 하는 말이다.

은어란 대체 무엇인가? 은어는 동시에 국민이며 관용어이다. 은어는 스스로 갖고 있는 두 개의 면──즉 민중과 언어──뒤에 퍼져 있는 오묘한 힘이다.

지금부터 삼십사 년 전, 이 심각하고 어두운 이야기의 작자가 이것과 같은 목적으로 쓴 한 작품(《사형수 최후의 날》) 속에서 은어를 쓰는 한 도둑을 등장시킨 결과 독자들 사이에 상당한 소동이 일어났다.「뭐, 뭐라고? 은어라고? 은어를 쓰다니 너무 지독하군. 그건 항구의 감옥이나 유형장이나 형무소 등 사회의 가장 천한 부분에서 쓰는 말 아냐?」라고.

그러나 작자는 그런 비난을 절대로 인정하지 않았다.

그뒤, 강력한 두 소설가──이 중 한 사람은 인간 심리에 대한 깊은 관찰자이고 또 한 사람은 민중의 대단한 친구이다──즉 발작과 으젠느 쉬가, 1828년《사형수 최후의 날》의 작자가 한 것과 똑같이 악한들에게 그들이 쓰는 그대로의 말을 쓰게 했을 때도 똑같은 소동이 벌어졌다. 그때도 사람들은 이렇게 말했다.「이런 불쾌한 특수어를 꺼내 이 작자들은 대체 어떻게 하자는 건가? 은어를 보면 몸서리가 쳐진다. 은어는 이제 신물이 난다!」

누가 그것을 부정하겠는가? 어디까지나 그들의 말이 옳다.

그러나 하나의 상처를, 하나의 심연을, 하나의 사회를 탐구하려고 할 때, 너무 깊이 파고 들어가서는 안 된다, 밑바닥까지 들어가서는 안 된다고 대체 누가 정해 놓았는가? 작자인 나로서는 이거야말로 가장 용감한 행위이며 순진하고 유익한 행위이며 동정적인 주의를 받을 만한 대단한 의무라고 항상 생각해 왔다. 무엇이고 철저히 탐구해서는 안 된다, 철저히 연구해서는 안 된다, 모든 것은 중도에서 끝내야 한다는 이유가 대체 어디 있는가? 정말 중도에서 끝내야 하는가 어떤가는 측연의 문제이지 측량자의 문제는 아니다.

물론 사회조직의 밑바닥, 땅이 끝나고 진창이 시작되는 곳에 탐색의 발걸음을 내디디고 그 깊은 늪을 뒤져 햇빛 속에 바로 꺼내면 진창물이 뚝뚝 떨어지는 관용어를, 한 마디 한 마디가 진흙과 암흑과 괴물이 웅크리고 있는 것 같은 그 썩은 국물이 뚝뚝 흐르는 어휘를 쫓고 잡아, 꿈틀꿈틀 움직이고 있는 것을 꺼내 길에 내던지는 작업은 확실히 마음 내키는 일도 아니거니와 쉬운 일도 아니다. 은어의 그 굉장한 무리를 그처럼 모두 드러내 사상의 빛에 비추어 관찰하는 것만큼 우울한 작업은 없는 것이다. 사실 시궁창에서 막 꺼내 놓은 그것들은 일종의 밤을 위해 태어난 무시무시한 동물처럼 생각된다. 마치 가시를 곤두세운 무시무시한 가시나무와 같은 생물이 몸을 부르르 떨며 어둠을 찾아 몸부림치고 위협하며 눈을 흘기고 있는 것을 바로 눈앞에 보는 듯한 느낌이다. 어떤 말은 짐승의 발톱 같고 어떤 말은 핏발이 선 흐리멍텅한 눈 같다. 또 어떤 말은 게의 집게발처럼 움직이는 것 같다. 그것은 모두 무질서 속에서 형성된 사물의 그 끔찍한 생활력에 의해 살아 가고 있는 것이다.

그런데 언제부터 혐오할 대상에 대한 연구는 삼가하도록 되어 있는가? 언제부터 병은 의사를 멀리하게 되었는가? 박물학자가 살무사며 박쥐며 전갈이며 지네며 독거미에 대한 연구를 거부하고「야이, 이건 정말 싫은데!」하고, 그것들을 어둠 속에 내던져 버리는 일을 상상할 수 있는가? 은어를 외면하는 사상가가 있다면 그것은 종기나 사마귀를 외면하는 외과 의사와 같다고 할 수 있을 것이다. 언어의 어떤 사실을 조사하기를 주저하는 언어학자도 인류의 어떤 사실을 탐색하기를 주저하는 철학자도 역시 그것과 다름이 없다. 왜냐하면 은어란 전체적으로 문학상의 한 현상이며 사회상의 한 결과이므로, 그것을 모르는 사람들에게는 자세히 설명해 줄 필요가 있는 것이다. 은어란 적설히 말해 무엇인가? 은어란 비참을 나타내는 말이다.

이렇게 말하면 사람들은 작자의 논리를 가로막을지도 모른다. 문제를 일반화할는지도 모른다. 그것은 어느 경우엔 문제를 완화시키는 한 방법일 수도 있다. 그리고 사람들은 모든 직책, 모든 직업, 나아가 사회 계급의 온갖 국면이며 지식의 온갖 형태에까지 모두 제가끔의 은어를 가지고 있다고 할는지도 모른다. 상인들은 흔히 말한다. 『몽펠리에 덕용품, 마르세이유 고급품(Montpellier disponible; Marseille belle qualité)』. 주식 중개인은 말한다. 『이익금, 프레미엄, 매달 지불(report, prime, fin courant)』. 보드빌의 작자는 말한다. 『곰이 놀림을 당했다(on a égayé l'ours)』. 배우는 말한다. 『나는 살림을 차렸다(j'ai fait four)』(나는 실패했다는 뜻). 철학자는 말한다. 『현상(現象)의 삼중성(三重性)(triplicité phénoménale)』. 사냥꾼은 말한다. 『voileci allais, voileci fuyant』(개를 모는 말). 골상학자는 말한다. 『색정성, 투쟁성, 은폐성(amativité, combativité, sécrétivité)』. 보병은 말한다. 『내 클라리넷(ma clarinette)』(총을 말함). 기병은 말한다. 『내 인도 새끼(mon poulet d'Inde)』(내 말이라는 뜻). 검술 선생은 말한다. 『제3의 자세, 제4의 자세, 공격 중지(tierce, quatre, rompez)』. 인쇄공은 말한다. 『parlons batio』(무슨 소린지 불분명함). 이와 같이 인쇄공이거나 검술 선생이거나 기병이거나 보병이거나 골상학자거나 사냥꾼이거나 철학자거나 배우거나 보드빌의 저자거나 집달리거나 도박꾼이거나 주식 중개인이거나 상인이거나 다 제가끔 자기들의 은어를 쓰고 있다. 화가는 말한다. 『내 애제자(mon rapin)』. 공증인은 말한다. 『나의 서기(mon sauteruisseau)』. 이발사는 말한다. 『나의 점원(mon commis)』. 구두 수선공은 말한다. 『내 직공(mon gniaf)』. 이들도 모두 은어를 쓰고 있다. 엄밀히 말하자면, 또 꼭 그래야 한다면 단순한 좌, 우라는 말 하나 가지고는, 예를 들어 수부는 『좌현, 우현(bâbord, tribord)』이라고 하고, 연극에서는 『오른쪽, 왼쪽(côté cour, côté jardin)』이라 하고, 교회지기는 『오른편, 왼편(côté de l'épître, côté de l'évangile)』 등 갖가지 말을 쓰는데 이것들도 모두 은어라고 할 수 있다. 또 프레시외즈(17세기 사교계에서 극단적으로 세련된 귀부인들)의 은어가 있는 것처럼 하류 사회의 멋 부리는 여자들이 쓰는 은어도 있다. 이 점에서는 랑부이에 저택(17세기의 유명한 프레시외즈의 살롱)이나 쿠르 데 미라클(20세기 여러 도시에서 깡패와 강도와 거

8

지들의 소굴이었던 지역)이나 매일반이다. 공작 부인 사이에도 은어가 있었던 것은 왕정 복고 시대에 상당히 신분이 높은 한 귀부인이 쓴 다음과 같은 한 구절이 증명하고 있다.『당신은 그런 쑥덕공론 속에서 내가 헤어지지 않을 수 없는 많은 이유를 발견하시게 될 겁니다(vous-trouverez dans ces potains-là une foultitude de raisons pour que je me libertise).』또 외교상의 암호도 은어다. 예를 들어 교황의 비서관이『로마』를 가르켜『26』이라고 하고『파견』을『grkztntgzya』이라고 하고, 『모데나 공작』을『abfxustgrnogrkzutu-XI』라 하는 것도 모두 은어다. 중세의 의 사들이 당근, 무우, 순무우 등을『opoponach, perfroschinum, reptitalmus, dracatho-licum angelorum, postmegorum』이라고 한 것도 은어다. 설탕 제조업자가『ver-geoise, tête, claircé, tape, lumps, mélis, bâtarde, commun, brûlé, plaque』(설탕의 종류)라고 하는 것도 성실한 공장주로서 쓰는 은어다. 이십 년 전, 비평가의 일파는 이런 말을 한 일이 있다——『셰익스피어의 절반은 말장난이나 재담이다(La moitié de Shakespeare est jeux de mots et calembours)』——이것도 일종의 은어다. 만일 몽모랑시 씨가 시와 조각에 능통하지 않았더라면 시인이나 미술가는 이 대귀족에 대해 의미심장한 말로『부르조아(un bourgeois)』라고 불렀을 텐테 이것도 은어다. 고전파 아카데미 회원은 꽃을『플로르(Flore)』라고 하고, 과일을『포몬느(Po-mone)』라고 하고, 바다를『네프튄느(Neptune)』라고 하고, 사랑을『불꽃(les feux)』라고 하고, 아름다움을『색향(les appas)』이라고 하고, 말〔馬〕을『준마(un coursier)』라고 하고 백색 또는 삼색의 모표를『벨로나의 장미(la rose de Bel-lone)』라고 하고, 삼각 모자를 가리켜『마르스의 삼각(le triangle de Mars)』이라고 한다. 이와 같이 고전파 아카데미 회원들도 은어를 쓰고 있었던 것이다. 대수학 (代數學)이며 의학이며 식물학도 제각기 은어를 가지고 있다. 또 배 위에서 쓰이는 말, 장 바르며 뒤켄느며 쉬프랑이며 뒤페레가 쓰던 그 완전하고 생기에 찬 말, 선구(船具)가 서로 스치는 소리며 통화관의 잡음이며 계선구의 삐걱대는 소리며 흔들리는 소리며 바람 소리며 돌풍 소리며 대포 소리며 모든 것이 뒤섞인 그 말, 그것들도 모두 우렁차고 빛나는 은어들이며 도적패들의 야만적인 은어에 비하면 마치 이리에 대한 사자와도 같은 것이다.

　이러한 말들은 모두 타당하다. 그러나 은어라는 말을 이런 식으로 해석한다면 너무 의미가 넓어지니까 모든 사람의 인정을 받는 학설은 될 수 없다. 작자는 이 말에 가장 정확하고 협소하고 한정되고 옛부터 내려오는 의미만을 부여하여 은어가 갖는 본래의 의미를 밝혀 볼까 한다. 참된 은어, 뛰어난 은어, 다시 말해 한 왕국을 이루고 있던 아득한 옛날의 은어——만일 이런 두 단어가 하나로 묶여질 수 있다면——그것은 되풀이 말하지만 가장 추하고 불안하고 심술사납고 엉큼하고 독스럽고 잔인하고 수상하고 야비하고 속이 깊고 숙명적인 말, 비참을 나타내는 말 이외의 아무것도 아니다. 모든 극단적인 굴욕과 불행에는 반드시 행복한 진실과 지배적인 권리 전체에 대해 반항하고 투쟁하려는 한껏 비참한 결의가 있게 마련이다. 그 비참이 벌이는 무서운 투쟁은 어떤 때는 폭력으로 유해하고도 광포하게 되어 악덕의 바늘이나 죄악의 몽둥이를 휘둘러 사회 질서를 공격한다. 그런 투쟁의 필요에서 비참한 은어라는 하나의 전투 용어를 만들어낸 것이다.

　인간이 일찍이 쓰던 말, 그리고 언젠가는 쓰이지 않게 될지도 모르는 말을, 다시 말해 문명을 구성하고 있는 선하고 악한 갖가지 요소 중의 하나를 망각의 세계 위에, 심연 위에 떠오르게 하고 그것을 그대로 유지시키는 것은 일종의 사회 관찰의 여건을 넓히는 일이며 문명 그것 자체에 봉사하는 일이다. 플로뤼스는 두 카르타고 병사로 하여금 페니키아 말을 하게 함으로써 자기가 희망했든 안 했든 그러한 봉사를 했다. 몰리에르는 그의 많은 작중 인물로 하여금 근동 여러 나라 국어며 갖가지 종류의 방언을 쓰게 함으로써 그러한 봉사를 했다. 이렇게 말하면 또 다른 이론이 나올 것이다.「페니키아 말은 정말 멋있다 ! 근동 여러 국어도 정말 재미있다 ! 방언도 또 나쁘다고 할 수 없다 ! 그것은 각 민족 각 지방 나름대로 그 지방 그 민족에 속해 있는 말이다. 그러나 은어는 어떤가 ? 은어를 보전해서 무엇에 쓰겠단 말인가 ? 은어를『표면화』시킨다고 무슨 이득이 있는가 ?」

　그 말에 대해 작자는 꼭 한 마디만 하기로 한다. 확실히 한 민족 한 지방에서 쓰이는 말이 흥미의 대상이 될 만한 가치가 있는 것만은 분명하다. 그러나 그 이상으로 주의와 연구의 대상이 될 가치가 한 가지 더 있다. 그것은 하나의 비참이 사용한 말이다.

　그것은 예를 들어 프랑스에서 사세기 이상이나 계속된 하나의 비참, 아니 인간이 생각할 수 있는 모든 비참 그 자체가 써 오던 말인 것이다.

　다시 강조하고 싶은 것은 사회적 기형과 질병을 연구하는 것, 그것을 고치기 위해 그것들을 지적하는 것은 절대로 선택의 여지가 없는 일이다. 풍속과 사상을 연구하는 역사가는 사건을 다루는 역사가에 결코 지지 않는 무거운 사명을 띠고 있다. 사건의 역사가는 문명의 표면만을 대상으로 한다. 즉 왕위의 쟁탈, 왕후의 출생, 국왕의 결혼, 전쟁, 의회, 그 시대의 위인, 만인이 목격하는 혁명 등 모든 외면적인 것을 대상으로 한다. 그러나 한편 풍속과 사상의 역사가는 문명의 내부를, 즉 밑바닥을, 노동하고 고통당하며 뭔가를 기다리는 민중을, 지칠 대로 지친 부인을, 다 죽어 가는 아이를, 사람들끼리의 은밀한 싸움을, 숨겨진 잔인한 행위를, 편견을, 묵인된 부정을, 법률에 대한 지하의 반동을, 눈에 보이지 않는 영국의 진화를, 군중의 가냘픈 전율을, 아사를, 거지를, 가난뱅이를, 무산자를, 고아를, 불행한 사람들을, 암흑 속을 헤매는 모든 원귀를 대상으로 한다. 그 때문에 그는 형제나 재판관처럼, 자비와 동시에 엄격성을 갖추고 그 밑모를 땅속 깊은 굴속까지 피를 흘리는 자며, 배가 터지도록 먹거나 악을 입는 자며, 악을 행사하는 자가 서로 섞여 헤매고 있는 굴속까지 내려가지 않으면 안 된다. 그러한 마음과 영혼의 역사가가 해야 할 임무가 외면적인 사실의 역사가가 해야 할 임무보다 가볍다고 할 수 있을 것인가? 단테가 마키아벨리보다 할 말이 적다고 믿는 사람이 있을 것인가? 문명의 하부는 상부보다 어둡고 깊으니까 상부만큼 중요하지 않다고 할 수 있을 것인가? 동굴 속을 잘 모르는 인간이 진정 산을 잘 안다고 할 수 있을 것인가?

이렇게 말하면 혹시 이 두 역사가 사이에는 확연한 구별이 있다고 생각할 사람이 있을지도 모르나 작자는 그렇게 생각하지 않았다. 민중의 명백하게 드러난 공공연한 생활을 다루고 역사가라도 동시에 어느 정도까지는 그 숨겨진 깊은 생활에 대한 역사가가 아니어서는 결코 뛰어난 역사가라고 할 수 없다. 또 내면을 다루는 역사가라도 필요에 따라서는 언제나 외면의 역사가가 될 수 있지 않으면, 역시 결코 뛰어난 역사가라고 할 수 없다. 풍속과 사상의 역사는 사건의 역사와 서로 얽혀 있다. 그것은 두 개의 서로 다른 사실의 계열이다. 항상 서로 관계를 갖고 서로 호응하고 또 때에 따라 서로 원인이 되어 있다. 섭리가 한 국민의 표면에, 그리고 윤곽은 모두 그 밑바닥에 어둡긴 하나 분명히 하나의 수평선을 가지고 있고 또 밑바닥에서 일어나는 진동은 모두 지각 표면에 융기를 일으킨다. 참다운 역사는 모든 일에 관심을 갖는 것이다.

인간은 하나의 중심을 가진 원이 아니다. 두 개의 중심을 가진 타원이다. 사실이 하나의 중심이고 사상이 또 하나의 중심이다.

은어는 언어가 뭔가 나쁜 일을 하기 위해 변장하는 하나의 갱의실(更衣室) 이외의 아무것도 아니다. 언어는 거기서 언어라는 가면과 비유라는 누더기를 걸치게 되는 것이다.

이렇게 해서 언어는 무서운 모습으로 바뀌게 된다.

일단 그렇게 바뀌면 전의 모습은 전혀 찾아볼 수 없게 된다. 이것이 정말 프랑스어인가? 인류의 위대한 국어인가?

그것은 이미 무대 위에 올라가 악역을 연기할 모든 준비를 갖추고 있다. 어떤 악역도 연출할 수 있게끔 만반의 태세를 갖추게 된다. 그것은 이미 똑바로 걷지 못하고 절름거리며 걷는다. 라 쿠르 데 미라클의 목발을 의지해, 금방 몽둥이로 바뀔 수 있는 목발을 의지해 절름거리며 걷는다. 그것은 스스로 거지라고 자칭한다. 갖가지 괴물이 그것의 의상 담당자가 되어 분장시킨 것이다. 그것은 기기도 하고 뻣뻣이 서 있기도 한다. 즉 벌레가 걷는 두 가지 형태의 걸음걸이를 다 가지고 있는 것이다. 이렇게 하여 그것은 어느 역이나 다 연기할 수 있게 만들어지고 위조자의 손에 의해 애매한 색채를 띠게 되기도 하고 독살자의 손에 의해 녹청색을 띠게 되기도 하고 방화범에 의해 그을음 같은 색을 띠게 되기도 한다. 또 살인범은 그것을 빨간 색으로 물들여 버린다.

착실하고 정직한 사람들 편에 서서 사회로 들어가는 입구에서 귀를 기울이면 밖에서 지껄이는 사람들의 대화를 엿들을 수 있다. 그들의 서로 묻고 대답하는 소리를 들을 수 있다. 한 마디 한 마디의 의미를 다 알 수는 없어도 뭔가 등골이 오싹해지는 시끄러운 소리를 들을 수 있다. 그것은 언뜻 인간의 말소리같이 들리나 사실은 인간의 말소리보다는 짐승들의 외침에 더 가까운 소리다. 그것이 바로 은어인 것이다. 그 한 마디 한 마디는 지극히 추하고 뭔가 알 수 없는 묘한 수성을 띠고 있다.

그것은 어둠 속에 깃드는 불가해한 것이다. 그것은 그것이 지닌 신비한 수수께끼로 어둠을 더욱 짙게 하면서 이를 갈기도 하고 속삭이기도 한다. 불행 속은 어둡지만 죄악 속은 더욱 캄캄하다. 그 두 개의 어둠이 서로 융합되어 은어를 만드는 것이다. 대기도 어둠이고 행위도 어둠이고 목소리도 어둠이다. 그 무서운 두꺼비 같은 말은 비와 밤과 굶주림과 악덕과 허위와 부정과 알몸과 질식과 겨울로 이루어진 그 넓은 안개 속을 왔다갔다하고 이리저리 뛰어다니고 기어다니고 침을 질질 흘리고 괴물처럼 우글거리고 있다. 그러나 그것은 비참한 그들에게는 햇빛이 쨍쨍한 대낮이다.

징벌받은 자들을 동정하자. 아아! 우리는 대체 무엇인가? 나는, 지금 여러분에게 얘기하고 있는 이 나는 대체 무엇인가? 여러분들은, 또 현재 내 말을 듣고 있는 여러분은 또 무엇인가? 우리는 대체 어디서 왔는가? 우리가 이 세상에 태어나기 전에 과연 아무 일도 하지 않았다고 누가 장담할 수 있는가? 이 지상은 감옥과 다른 것이 무엇인가? 인간은 신에게 심판받은 전과자가 아니라고 대체 누가 장담할 수 있는가?

인생을 가까이 다가가 살펴보라. 인생은 사람이 가는 곳마다에서 싱벌을 느끼게끔 되어 있다.

여러분은 자신을 행복한 몸이라고 생각하는가? 그래도 역시 여러분은 슬퍼할 것이다. 하루에는 하루의 큰 고통과 또 작은 걱정거리들이 있다. 어제는 친한 사람의 건강을 걱정하였고 오늘은 또 자신의 건강을 걱정한다. 내일은 금전상의 불안이, 모레는 중상 모략하는 자의 가혹한 평가가, 또 그 다음날엔 친구의 불행이 닥쳐올 것이다. 그리고 다음엔 날씨가, 뭔가 부서진 것이며 잃은 물건이, 그리고 양심과 등뼈의 가책을 받는 쾌락이, 또 어떤 때는 세상의 일이, 게다가 마음의 고뇌까지가 계속 밀어닥쳐 온다. 하나의 구름이 걷히면 또 하나의 구름이 나타난다. 백일 중 하루도 완전한 기쁨과 완전한 태양을 갖춘 날이라곤 없다. 그래도 여러분은 지극히 혜택받은 소수의 인간 중의 한 사람인 것이다! 그 외의 사람들 머리 위에는 캄캄한 밤만이 펼쳐져 있다.

사려깊은 정신의 소유자는 행복한 사람이라느니 불행한 사람이라는 말을 별로 쓰지 않는다. 이 세상에는, 행복한 사람은 한 사람도 없다.

인간의 진정한 구별은 그런 것이 아니다. 광명을 지닌 인간과 암흑의 인간, 이 두 구별밖에 있을 수 없는 것이다.

그러므로 암흑의 인간의 수를 줄이고 광명을 지닌 인간의 수를 늘이는 것, 거기에 바로 목적이 있는 것이다. 교육이다! 학문이다! 하고 우리들이 외치는 것도 다 이 때문이다. 문자를 배우는 것은 곧 불을 켜는 것과 같다. 읽는 철자 하나하나가 광명을 내뿜는 것이다.

그러나 광명이라고 해서 꼭 기쁨을 의미하는 것은 아니다. 광명 속에서도 인간은 괴로워한다. 지나친 광명은 불길을 내뿜는다. 불길은 날개의 적이다. 비상을 그치지 않고 타오르는 것, 그것이야말로 천재의 불가사의다.

인간은 무언가를 알아도 또 무언가를 사랑해도 역시 괴로움이 계속된다. 광명은 눈물 속에서 생기는 것이다. 광명을 지닌 인간은 설사 상대가 암흑의 인간에 지나지 않더라도 거기에 대해 눈물을 흘리는 것이다.

2. 어 근

은어, 그것은 암흑 속에 사는 인간들의 언어다.

낙인이 찍히면서도 여전히 반역하는 이 신비한 방언에 직면하게 되면 인간의 사상은 그 제일 깊고 어두운 밑뿌리부터 흔들리고, 사회철학에는 가장 비통한 반성이 촉구된다. 이 언어 속에야말로 눈에 보이는 분명한 징벌이 나타나 있는 것이다. 모든 언어 하나하나가 다 낙인이 찍힌 것과 같다. 속어로 흔히 쓰는 말도 여기서는 모두 사형 집행인의 빨갛게 단 쇠형구의 세례를 받고 주름잡혀 타 있는 흔적처럼 보인다. 몇 개의 언어는 아직 연기를 내고 있는 것 같다. 또 어떤 글귀는 벗은 도둑의 어깨에 선명히 드러난 백합꽃 모양의 낙인(죄인의 표시) 같기도 하다. 전과자의 심판을 받은 그런 명사 단어들에는 관념적인 표현이 거의 거부되어 있다. 거기서 비유는 지극히 뻔뻔한 것이고 마치 쇠 목고리를 찬 죄인과도 같이 느껴진다.

물론 그렇긴 해도, 또 그렇기 때문에 이 기괴한 특수 용어는, 녹슨 일 리야르 동전도 황금 메달과 동등한 위치를 차지하는 그 공평한 큰 진열장에, 즉 문학이라고 불리는 큰 진열장 안에 당연히 한 자리를 차지하는 것이다. 은어에는 인간이 찬성하든 안 하든 그것 나름의 어법과 시가 있다. 그것은 하나의 언어이다. 설사 단어 몇 개의 추악성으로 그것이 망드랭(유명한 도둑의 괴수)이 지껄이던 언어라는 것이 인정됐다고 하더라도 그 훌륭한 몇 개의 비유적인 말을 보면 과연 비용이 쓰는 말이라는 것을 알 수 있다.

그러나 작년의 눈은 지금 어디 있는가(Mais où sont les neiges d'antan) ?

이 유명하고 절묘한 시구는 그대로 은어이다. 작년(antan——ante annum)이라는 말은 튄느(위고의 《노틀담 드 파리》에 나오는 쿠르 데 미라클이 이끄는 부랑자의 일단)에서 쓰던 은어의 하나로 『작년(l'an passé)』이라는 뜻이고, 이것이 변하여 『옛날(autrefois)』이라는 뜻이 된다. 지금부터 삼십 년 전, 1827년 많은 도형수의

무리들이 출발할 때는 아직 비세트르 감옥 한 땅굴 감방 속에 징역형을 받은 튄느 단의 한 『왕』이 벽에 못으로 파 새긴 다음과 같은 격언을 읽을 수 있었다——『Les dabs d'antan trimaient siempre pour la pierre du Coësre』. 이 말의 뜻은 이렇다——『옛날의 왕들은 반드시 대관식에 갔었느니라(Les rois d'autrefois allaient toujours se faire sacrer)』. 이 튄느 단의 왕이 생각한 대관식이란 도형장을 말하는 것이다.

또 『décarade』라는 말은 육중한 마차가 구보로 출발함을 나타내고 있는 말로, 이 말도 비용이 만들었다는데 과연 그다운 말이다. 네 개의 말굽에 불을 일게 하는 이 말은 퐁텐느의 다음과 같은 시구 전체를 하나의 대담한 의성어로 요약하고 있다.

> 여섯 마리의 튼튼한 말이 한 대의 마차를 끌다(Six forts chevaux tiraient un coche).

순수한 문학적인 견지에서 보면 은어의 연구만큼 흥미 깊고 또 결실이 많은 연구도 그리 많지 않다. 은어는 언어 속의 하나의 언어이며 일종의 병적인 혹이며 하나의 비대증을 일으킨 불건전한 접목이며 오래된 고올(옛날의 프랑스) 둥치에 뿌리를 내리고 국어의 한 측면에 못생긴 가지를 뻗은 하나의 겨우살이이다. 그러나 이것은 은어가 갖는 첫인상, 그 통속적인 외견에 불과하다. 언어를 완전하게, 즉 지질학자가 지질을 연구하듯 연구하는 사람의 눈에는 은어는 어김없는 하나의 충적층으로 보인다. 캐들어감에 따라 은어 속에는, 즉 옛날 프랑스 통속어의 밑바닥에는 프로방스어며 스페인어며 이탈리아어며 지중해 연안 여러 항구의 말인 근동어며 영국어며 독일어, 프랑스 로망과 이탈리아 로망 및 로마 로망의 세 종류의 로망어며 라틴어며, 최후에는 바스크어며 켈트어 등 갖가지 언어까지 발견된다. 심원하고 기기묘묘한 형성이다. 모든 비참한 것들이 모여 힘을 합해 땅속에 세운 건물들이다. 저주받은 종족이 제가끔의 지층을 이루고 고뇌가 제가끔의 돌을 떨어뜨리고 마음이 제가끔 자갈을 깐 지층이다. 인생을 거쳐 영원으로 사라져 버린 악의 영혼이며 분노한 악의 영혼의 무리가 괴이한 말의 형태로 조금도 변함없는 본래의 모습을 그대로 간직한 채 지금도 역력히 볼 수 있게끔 거기 존재해 있는 것이다.

스페인어는 어떤가? 오래된 고트의 은어는 스페인어에서 많이 나왔다. 예를 들어『손바닥으로 치기(boffette)』라는 말은『bofeton』에서,『창(vantane)』이라는 말은(후에는 vanterne가 됐지만)『vantana』에서,『고양이(gat)』라는 말은『gato』에서,『기름(acite)』이라는 말은『aceyte』에서 나왔다. 그럼 이탈리아어는 어떤가? 예를 들어『검(spade)』이라는 말은『spada』에서,『배(carvel)』는『caravella』에서 나왔다. 영국어는 어떤가? 가령『사교(bichot)』라는 말은『bishop』에서,『스파이(raille)』라는 말은『rascal；rascalion(부랑자)』라는 말에서,『지갑(pilche)』은『칼집(pilcher)』이라는 말에서 나왔다. 독일어는 어떤가? 가령『소년(caleur)』이라는 말은『kellner』에서,『우두머리(hers)』라는 말은『공작(herzog)』이라는 말에서 나왔다. 라틴어는 어떤가? 예를 들어『부순다(frangir)』라는 말은『frangere』에서,『훔친다(affurer)』라는 말은『fur』에서,『사슬(cadène)』이라는 말은『catena』에서 나왔다. 유럽 대륙 모든 국어 중에서 일종의 신비적인 권위와 힘을 가진 한 마디가 있다.『magnus』라는 말인데 스코틀란드 사람은 그것을『mac』라고 하고, 씨족의 추장을 Mac-Farlane, Mac-Callummore, 즉 대 파레인, 대 칼모어라고 하는데 은어는 그것을『meck』후에는『meg』, 다시 말해 신이라는 뜻으로 쓰고 있다. 바스크어는 어떤가? 가령『악마(gahisto)』라는 말은『사악한(gaïztoa)』이라는 말에서,『질 자라(sorgabon)』는 말은『안녕(gabon)』이라는 말에서 나왔다. 켈트어는 어떤가? 예를 들어『손수건(blavin)』이라는 말은『뿜어오르는 물(blavet)』이라는 말에서,『여자(ménesse)』(나쁜 의미의)라는 말은『돌투성이의(meinec)』라는 말에서,『시냇물(barant)』이라는 말은『샘(baranton)』이라는 말에서,『자물쇠 장수(goffeur)』라는 말은『대장장이(goff)』라는 말에서,『죽음(guédouze)』이라는 말은『희고 검은 것(guenn-du)』이라는 말에서 나왔다. 마지막으로 역사 관계는 어떤가? 은어에서도 에퀴화를『les maltaises』이라고 하는데 이것은 말타 항구에 있는 감옥에서 통용되딘 화폐에서 나온 말이다.

　이상 지적한 언어학상의 기원 외에도 은어는 다시 자연스러운 다른 어근을, 말하자면 인간 정신 자체에서 나온 어근을 갖고 있다.

　첫째로 언어의 직접적인 창조이다. 여기에 언어가 갖는 신비성이 있다. 어떻게 해서인지, 또 왠지 그 이유를 알 수 없지만 아무튼 어떤 형상을 갖게 되는데 이런 말로 표현하는 것, 그것이야말로 인간의 모든 언어의 원시적 기반이며 즉 하나의 화강암층이라고 할 수 있다. 은어는 그러한 종류의 언어로 가득 차 있다. 그것은 가장 직접적인 언어이며 어느 누군가의 힘으로 갑자기 창조된 것이기 때문에 어원도 없고 유추도 없고 파생도 없고 고립된 야만적인, 때로는 추하게 일그러진 언어이나 대단히 강한 표현력을 가지고 싱싱하게 살아 있다. 예를 들어 사형 집행인은 『le taule』——숲은 『le sabri』——공포, 도주는 『taf』——하인은 『le lar- bin』——장군, 지사, 대신은 『pharos』——악마는 『le rabouin』이라고 한다. 사물을 은폐하는 동시에 사물을 나타내는 이들 은어만큼 불가사의한 것은 없다. 몇 가지의 말, 예를 들어 『le rabouin』 같은 말은 기괴한 동시에 매우 무서워 마치 외눈박이 거인의 찡그린 얼굴을 보는 듯한 느낌이 든다.

두 번째는 비유이다. 모든 것을 표현하는 동시에 모든 것을 은폐하려는 이 언어의 특징은 비유적 전용이 매우 풍부하다. 비유는 하나의 일을 꾸미는 도둑과 탈주를 계획하는 죄수가 도망쳐 숨는 수수께끼이다. 은어만큼 비유가 풍부한 관용어는 없다. 『야자나무 열매를 뽑는다(Dévisser le coco)』라는 말은 목을 비튼다—— 『비튼다(tortiller)』는 먹다——『다발로 묶다(être gerbé)』는 재판을 받다——『쥐 (un rat)』는 빵도둑——『il lansquine』는 비가 온다로 표현한다. 이 제일 마지막 말은 매우 오랜 기발한 비유적 전용으로 그것이 만들어진 연대도 밝혀져 있다. 즉 그것은 비스듬히 쏟아지는 긴 빗발을 15세기 무렵의 독일 병사(lansquenets)가 밀집해 서서 창을 비스듬히 들고 서 있는 모습에 비유한 말로 『비가 창처럼 쏟 아진다(il pleut des hallebardes)』(비가 억수같이 쏟아진다)라는 속어의 환유를 한 마디로 표현하고 있다. 때로는 은어가 제1기에서 제2기로 옮겨감에 따라 그 말도 야만적이고 원시적인 상태에서 비유적인 상태로 변하는 수가 있다. 예를 들어 악마는 『le rabouin』이 아닌 것 『빵집 주인(le boulanger)』——아궁이에 넣는 사람——으로 변한다. 새로운 말은 낡은 것에 비해 매우 재치가 있긴 하나 웅장한 맛에서는 대단히 떨어진다. 그건 마치 코르네이유 뒤에 나타난 라신느 같기도 하고 에스킬로스 다음에 나타난 유리피데스 같기도 하다. 또 몇 개의 은어는 그 두 시기에 걸쳐 야만적인 성격과 비유적인 성격을 함께 갖추고 있어 마치 환상을 보는 것 같은 경우도 있다. 예를 들어 『부랑자들은 한밤중에 말을 훔치러 간다(Les sorgueurs vont sollicier des gails à la lune ; les rôdeurs vont voler des chevaux la nuit)』. 이러한 말은 꼭 유령의 무리처럼 사람의 마음 앞을 통과한다. 무엇이 지나갔는지 눈에는 보이나 정체는 알 수 없다.

셋째로 연구다. 은어는 일상 쓰는 말 위에서 생긴다. 은어는 보통 쓰는 말을 멋대로 응용하고 재료를 닥치는 대로 끌어 내어 필요에 따라서는 이따금 그 의미를 조잡하고 간단하게 바꾸어 버린다. 그리고 때로는 그처럼 형태를 바꾼 상용어와 순수한 은어를 서로 혼합하여 앞서 말한 직접적인 창조와 비유의 두 요소를 동시에 느낄 수 있는 생생한 글귀로 만들어 내는 일도 있다. 예를 들어——『Le cab jaspine, je marronne que la roulotte de Pantin trime dans le sabri』. 이것은 『개가 짖는다. 파리로 가는 역마차가 숲속을 지나는 모양이다(le chien aboie, je soupçonne que la diligence de Paris passe dans le bois)』라는 말이다. 또——『Le dab est sinve, la dabuge est merloussière, la fée est bative』 이것은 『주인은 바보다. 마누라는 교활하다. 딸은 예쁘다(le bourgeois est bête, la bourgeoise est rusée, la fille est jolie)』라는 뜻이다. 대부분의 경우, 듣는 사람을 속이기 위해 은어는 보통 쓰는 온갖 말에 일종의 천한 꼬리, aille라든가, orgue라든가, iergue라든가, uche 등 애매모호한 어미를 붙인다. 예를 들어 『Vousiergue trouvaille bonorgue ce gigot-muche ?』란 말은 『이 지고(양의 넓적다리 고기)가 마음에 들었소(Trouvez-vous ce gigot bon) ?』 하는 뜻이다. 이 말은 대강도 카르투슈가 간수에게, 탈옥하기 위해 그 간수에게 바친 금액이 마음에 들었는가 어떤가를 물어 본 말이다——또 최근에 와서는 『mar』라는 어미도 쓰여지기 시작했다.

은어는 부패의 관용어이기 때문에 급속히 부패해 간다. 더구나 은어는 항상 몸을 감추려 하고 있으므로 세상이 다 알았다는 것만 알면 그 즉시 변형한다. 다른 모든 식물과 반대로 이 식물은 조금만 햇빛을 받으면 곧 말라 버리고 마는 것이다. 그 때문에 은어는 끊임없이 분해되고 그리고 다시 조직된다. 결코 쉬는 법이 없는 급속한 숨은 작업을 계속하는 것이다. 보통 말이 십세기나 걸려 도달하는 수많은 길을 은어는 겨우 십 년에 도달해 버린다. 이렇게 하여, 예를 들어 『빵(larton)』은 lartif가 되고 『말(馬 ; gail)』은 gaye가 되고, 『짚(fertanche)』은 fertille, 『꼬마(momignard)』는 momacque, 『헌옷(siques)』은 frusques, 『교회(chique)』는 égrugeoir, 『목(colabre)』은 colas가 되었다. 또 악마는 처음엔 gahisto였던 것이 rabouin이 되고, 다시 boulanger로 변했다. 사제는 ratichon에서 sanglier로 변했다. 단도는 Vingt-deux에서 surin으로, 다시 lingre로 변했다. 순경은 railles에서 roussins로, 다시 rousses로, 거기에서 다시 marchants de lacets로, 다시 coqueurs로, 거기에서 cognes로 변했다. 사형 집행인은 taule에서 Charlot로, 다시 atigeur로, 거기에서 다시 becquillard로 변했다. 십칠세기에는 『서로 치고받는다(se battre)』 는 『담배를 주고받는다(se donner du tabac)』였는데, 십구세기에는 『입을 서로 물어뜯는다(se chiquer la gueule)』라고 하게 되었다. 이들 새것과 낡은 것 두 표현 사이에는 몇 번인가 표현상의 변화를 거쳤다. 카르투슈의 말을 라스네르는 잘 모를 것이다. 이 언어(은어)에 속한 모든 말은 그것을 쓰는 사람들과 똑같이 어디까지나 도망쳐 돌아 다니는 것이다.

그러나 이따금 이 변화 때문에 오히려 낡은 은어가 다시 나타나 새로운 것이 되는 경우도 있다. 은어가 유지되는 중심지가 몇 군데 있는데 탕플 지방에는 십칠세기의 은어가 그대로 간직되고 있다. 비세트로 지방은 감옥이 있는 동안은 튄느 단의 은어가 그대로 남아 있었다. 거기서는 옛날 튄느 단이 사용하던 『anche』라는 어미를 들 수 있었다. 이를테면 『마실래(Boyanches-tu──Bois tu?)』라든가 『그는 믿는다(il croyanche──il croit)』라는 말 등을. 그러나 역시 끝없는 변화는 은어가 갖는 법칙이다.

만일 철학자가 끊임없이 소멸해 가는 이 말들을 잠시 고정시켜 관찰해 보면 그는 아마 대단히 가슴 아픈, 그러나 퍽 유익한 명상에 잠길 수 있을 것이다. 이처럼 유효하고 시사가 풍부한 연구는 다시 없다. 은어의 비유나 어원은 모두 하나의 교훈을 내포하고 있다──은어를 얘기하는 사람들 사이에서 『친다(battre)』라는 말은 『체하다(feindre)』라는 뜻이다. 그래서 『사람이 병을 친다(on bat une maladie)』, 즉 『병든 체한다』고 한다. 즉 책략이 그들의 힘인 것이다.

그들에게 인간에 대한 관념은 어둠의 관념과 불가분의 관계에 있다. 그들은 밤을 『la sorgue』라고 한다. 그리고 인간은 『l'orgue』라고 한다. 즉 인간이란 말은 밤이란 말에서 파생된 것이다.

그들은 사회를 자기들이 살해당하는 대기로 보고 거역할 수 없는 힘으로 보는 습관이 몸에 배어 있기 때문에 보통 사람이 자기 몸의 건강을 얘기하듯 자기들의 자유에 대해 얘기한다. 체포된 자는 하나의 『병자(malade)』이며 언도를 받은 사람은 하나의 『죽은 사람(mort)』이다.

사방 돌벽 속에 갇힌 죄수에게 있어 무엇보다 무서운 것은 금욕을 강요당하는 그 얼음처럼 차디찬 일종의 순결한 생활이다. 때문에 죄수들은 땅굴 감방을 가르켜 『순결(castus)』이라고 한다──그 음울한 장소에서 외부 생활의 환영이 나타날 때, 그 환영은 언제나 형언할 수 없는 즐거운 모습을 띤다. 죄수는 발에 쇠고랑을 차고 있다. 그런 죄수들이 인간이라는 관념 속에 발로 걷는다는 생각을 가지고 있다고 여러분들은 생각하는가? 천만에, 죄수들은 그렇게는 생각하지 않는다.

발로 뛴다고 생각한다. 때문에 그들은 족쇄가 용케 끊겼을 때 제일 먼저 생각하는
것은, 자아, 이제 나는 뛸 수 있다고 생각하는 것이다. 그래서 죄수들은 줄칼을
『bastringue』(춤출 수 있는 싸구려 선술집)라고 부른다——또 『이름(nom)』이란
말은 『중심(centre)』이라고 하는데 이것은 뜻깊은 동화이다. 악한은 두 개의 머
리를 가지고 있다. 하나는 자신의 행동을 생각하는 머리, 일생 동안 그를 이끄는
머리이고, 또 하나는 죽는 날 어깨 위에 놓인 머리이다. 악한은 죄악을 자극하는
머리를 『소르본느(sorbonne)』이라고 하고, 죄악을 보상하는 머리를 『tronche』
(크리스마스 전날밤에 때는 장작)라고 한다.——인간의 몸에 누더기밖에 걸친 것이
없고 마음에 악덕밖에 품은 것이 없게 됐을 때, 물질적인 타락과 정신적인 타락,
이 두 타락에——『gueux』라는 말이 가진 두 가지 의미(거지, 건달)가 나타내는
그 타락에——도달했을 때, 그 인간은 죄악 일보 직전에까지 가 있다. 그는 말하자면
날이 잘 선 칼과 같다. 그는 빈곤과 악의라는 두 칼을 가지고 있다. 그 때문에
은어는 그러한 인간을 『un gueux』라고 말하지 않고 『잔뜩 날이 선 것(réguisé)』
이라고 한다. 도형장이란 무엇인가? 영겁을 두고 벌의 불길이 타오르는 장소이고
지옥, 바로 그것이다. 때문에 도형수들은 스스로 자신을 가리켜 『장작 다발(fagot)』
이라고 부른다——마지막으로 악인들은 감옥에 어떤 명칭을 붙였는가 알아 보자.
그들은 감옥을 『학원(le collège)』이라고 부른다. 모든 감옥 조직은 이 말에서
나온다고 해도 좋다.

　도둑에게도 그의 육탄이 있다. 즉 그의 먹이가 되는 것으로 도둑질할 수 있는
재료, 여러분, 나, 그외 누구나 그곳을 지나가는 사람을 가리킨다. 그것을 그들은
『pantre』라고 한다.(『pan』이란 모든 사람이라는 뜻이다.)

　도형장에서 부르는 노래의 대부분이, 즉 특수한 용어로 『lirlonfa』라 하는 후렴
(이것의 한 예는 위고의 《사형수 최후의 날》 제16장에 있음)이 어디에서 생겼는지
독자들은 알고 싶다고 생각한 일이 없는가? 거기에 대해서는 다음 얘기를 들어
주기를 바란다.

　파리 샤틀레 감옥에는 길고 큰 하나의 굴이 있었다. 그 굴은 세느 강의 수면
보다도 팔 피트나 낮았다. 창도 없거니와 환기창도 없고 출입구만이 하나 달랑
열려 있었다. 사람은 안에 들어갈 수 있었으나 바깥 공기는 전혀 통하지 않았다.
그 굴의 천장은 돌로 둥글게 되어 있었고 바닥은 십 인치 정도 두께의 진창이었다.
옛날엔 돌이 깔려 있었으나 물이 스며 나오기 때문에 바닥들이 썩어 산산이 갈라져

있었다. 바닥에서 삼 피트쯤 높이에 길고 둥근 들보가 지하도 한쪽에 이쪽 끝에서 저쪽 끝으로 가로 걸려 있었다. 그 들보에는 일정한 간격을 두고 길이 약 삼 피트의 사슬이 늘어져 있고 그 사슬 끝에는 쇠 목고리가 달려 있었다. 징역 언도를 받은 죄수들은 툴롱 항으로 출발하는 날까지 그 굴 속에 갇혔다. 그들은 그 들보 밑에 넣어져 한 사람씩 어둠 속에 흔들리는 사슬에 묶였다. 사슬은 꼭 팔처럼 늘어져 있고 목고리는 손처럼 벌려 그들 비참한 자의 목을 꽉 잡았다. 자물쇠가 채이고 그들은 거기에 갇히게 되었다. 사슬이 짧기 때문에 그들은 누울 수도 없었다. 그들은 그 어두운 굴 속 들보 밑에 꼼짝도 못하고 선 채 마치 매달린 것 같은 모양으로 빵이며 물병을 잡는 데도 무척 애를 쓰지 않으면 안 되었다. 머리 위에는 둥근 천장이 덮여 있고 진창은 무릎까지 빠지고, 배설물은 발 위로 그대로 흘러 내리고, 허리와 무릎도 겨우 굽히고 극도로 피로에 지쳐 쉬기 위해서는 두 손으로 사슬을 움켜쥐고 있어야 했으며, 잠도 선 채로 자야 했고 그것도 목고리가 목을 조르는 아픔 때문에 쉴새없이 깨야 했다. 몇 명인가는 끝내 눈을 뜨지 않았다. 뭘 먹으려면 진창에 던져진 빵을 발뒤꿈치를 이용해 정강이로 손이 미치는 곳까지 끌어올려야 했다. 그들은 얼마나 그러고 있어야 했던가? 한 달, 두 달, 아니 어떤 때는 반 년이나 있었다. 한 사람은 일 년이나 남아 있었다. 그것은 말하자면 항구 감옥의 대기실이었다. 국왕의 토끼를 훔쳤다는 죄목으로 거기 갇힌 사람도 있었다. 그 지옥의 묘혈 속에서 그들은 대체 무엇을 하고 있었을까? 무덤 속에서 할 수 있는 일, 즉 다 죽어가고 있었다. 또 지옥 속에서 할 수 있는 일, 즉 노래를 부르고 있었다. 왜냐하면 이미 희망이 사라진 곳에도 노래는 남아 있었기 때문이다. 말타 섬의 바다에서는 징역선이 가까이 오면 노 젓는 소리보다도 노래 소리가 먼저 들려 왔다. 샤틀레 지하 감옥을 거쳐온 가련한 밀렵자 쉬르뱅쌍은 다음과 같이 말했다. 『나를 지탱해 준 것은 운율이다.』 시(詩)는 아무 소용이 없다. 운율이 무슨 소용이란 말인가? 하고 사람들은 말한다. 그러나 대부분의 은어의 노래가 생긴 것은 바로 이 굴 속에서였다. 『티말루미젠느, 티물라미종(Timaloumisaine, timoulamison)』이라는 몽고메리 항구의 저 슬픈 후렴이 생겨난 것도 바로 이 파리의 대 샤틀레 감옥 지하 감방인 것이다. 그러한 샹송의 대부분은 우울하나 개중에는 명랑한 것도 있고 또 때로는 다음과 같이 부드러운 사랑의 노래도 있다.

여기 무대로다

작은 사수의

Iciaille est le théâtre

Du petit dardant.

(dardant은 『활쏘는 사수(archer)』라는 뜻으로 큐핏(작은 사랑의 신)을 말함)

누가 어떻게 하든 인간의 마음에 영원히 남는 것, 즉 사랑을 없앨 수는 없을 것이다.

어두운 행위에 가득 찬 그 사회에서는 누구나 자기의 비밀을 지킨다. 비밀, 그것은 모든 사람의 공유물이다. 비밀은 그런 비참한 사람들에게는 단결을 이루는 하나의 기초가 된다. 비밀을 누설하는 것은 그러한 거친 공동체의 정원에서 뭔가를 뺏어내는 것과 같다. 그래서 밀고하는 것을 강한 은어로는 『한 조각을 먹는다(manger le morceau)』라고 한다. 즉 밀고자는 전원의 양분의 일부를 뺏고 각자 육체의 한 조각을 베어 먹는 것과 같다는 뜻이다.

따귀를 맞는다는 것은 무엇인가? 평범한 비유는 대답한다──『그것은 서른 여섯 자루의 촛불을 보는 것과 같다(C'est voir trente-six chandelles)』. 그러면 은어는 옆에서 이렇게 말한다──『촛불(chandelle)은 『camoufle』라고 하는 것이다』. 그 말을 들으면 일상어도 곧 『따귀를 때리는 것(soufflet)』의 동의어로서 『camouflet』라는 말을 쓰기 시작한다. 이처럼 아래에서 위로의 일종의 침투에 의해, 또 비유라는 예측할 수 없는 과정의 부축을 받아 은어는 동굴에서 아카데미에 까지 올라간다. 그리하여 풀라이에(도둑의 하나)가──『나는 촛불을 켠다(J'allume ma camoufle)』라고 하니까 그 영향을 받은 볼테르는 곧 『랑글르비엘 라 보멜르는 백 번 따귀를 맞아 마땅하다(Langleviel La Beaumelle mérite cent camoufets)』고 썼다.

은어를 캐들어 가노라면 한 걸음마다에서 뭔가가 발견된다. 이 불가사의한 관용어를 연구하며 차츰 깊이 들어가노라면 마침내 정상적인 사회와 저주받은 사회와의 신비한 교차점에 도달하게 된다.

은어, 그것은 그대로 도형수가 된 말이다.

인간의 사고력이 이토록 깊은 구렁텅이에 떨어져 그 깊은 곳에서 암담한 운명의 학대에 질질 끌려다니고 꼼짝 못하게 묶이고 정체를 알 수 없는 사슬에 묶이게 되다니 정말 생각만 해도 놀라운 일이다.

아아, 비참한 인간들의 가련한 사상이여!

이 어둔 그늘 속의 영혼을 구해 줄 사람은 아무도 없는가? 정신의 지도자를, 해방자를, 페가소스(천마)며 히포크리프스(날개달린 독수리. 몸은 말인 괴물)를 탄 거대한 기수를, 날개를 벌리고 푸른 하늘에서 날아내려오는 빛나는 용사를, 찬란한 미래의 기사를 언제까지나 기다려야 하는 것이 그들 영혼의 운명인가? 이상이라는 빛나는 창을 향해 늘 헛된 구원만을 빌어야 하는가? 『악』이 깊숙한 심연 속으로 무서운 발소리를 내며 가까이 다가오는 소리를 듣고, 그 냉혹한 머리와 거품을 문 무서운 입이, 발톱과 퉁퉁한 몸뚱이와 둘둘 감은 꼬리를 가진 괴물이 더러운 물속으로 차츰차츰 가까이 다가오는 것을 보는 그것이 그러한 영혼에 정해진 운명인가? 그 영혼은 빛은 물론 희망도 없고, 무서운 괴물에 쫓기며 공포에 떨고 머리를 풀어헤치고 팔을 비틀며 밤의 바위에 영원히 묶인 채 있어야 하는가? 아아, 암흑 속에 흰 알몸을 띄우고 있는 비참한 안드로메다여! (바다신에게 제물로 바쳐서 바닷가에 묶여 있다가 천마를 탄 베르슈스에게 구출된 이디오피아의 왕녀. 여기서는 비참한 자들의 영혼을 안드로메다라고 함).

3. 우는 은어와 웃는 은어

이상에서 알았듯이 사백 년 전이나 오늘날이나 모든 은어는, 혹은 슬픈 모습을 부여하기도 하고 혹은 위협적인 모습을 부여하기도 하여 내내 그 어두운 상징적인 정신으로 일관되어 있다. 거기에서는 쿠르 데 미라클의 무뢰한들 이후 줄곧 차지해 온 그 오래된 거친 비애가 느껴진다. 그들은 그들만의 트럼프로 노름을 하고 있었는데 그 중 몇 장은 오늘날까지 보존되어 있다. 예를 들어 클럽의 8은 클로버의 커다란 잎사귀 여덟 장을 이어 붙인 큰 나무를 그린 것인데 그대로 숲속의 환상적인 의인화 같았다. 이 나무의 뿌리 근방에는 불이 붙고 있고 세 마리의 토끼가 한 사냥꾼의 꼬챙이에 꿰어 구워지고 있다. 그리고 그 뒤에는 또한 무더기 불이 타고 있는데 그 위에 걸려 김이 무럭무럭 나는 냄비에는 개의 머리가 나와 있다. 밀수입자를 화형에 처하고 위조지폐자를 가마솥에 삶는 형벌에 비유한 트럼프의 그런 복수화보다 더 처참한 것은 없다. 은어의 왕국에서 사상이 갖는 갖가지의 형태는 그것이 비록 노래이거나 야유하는 말이거나 위협이거나 모두 그런 억눌린 무력한 성질을 띠고 있다. 그런 노래의 선율 중 몇 개는 아직도 남아 있으나 그것들은 다 어느 것이나 은근하고 눈물이 날 정도로 처량한 것들뿐이다. 도둑들은 자기들을 스스로 『불쌍한 놈들』이라고 한다. 그것은 항상 숨어야 하는 토끼며 도망치는 생쥐며 달아나는 작은 새다. 그들은 거의 항의의 소리도 내지 않는다. 다만 한숨만을 내쉴 뿐이다. 그 한탄하는 소리 중의 하나가 지금까지도 전해 내려오고 있다——『어찌하여 인간의 아버지이신 신이, 자기의 아들이며 손자가 괴로움에 슬피 우는 소리를 들으면서도 자기는 조금도 괴로워하지 않는지 나는 알 수 없다(Je n'entrave que le dail comment meck, le daron des orgues, peut atiger ses mômes et ses momignards et les locher criblant sans être atigé lui-même)』.

비참한 자는 생각에 잠길 여가가 있을 때마다 법률 앞에 몸이 오그라들고 사회 앞에서 비굴해진다. 그는 엎드리고 애원하며 자비의 얼굴을 우러러본다. 그가 자신의 죄를 알고 있다는 것을 충분히 느낄 수 있다.

그러나 십팔세기 중엽쯤 되자 하나의 변화가 일어났다. 감옥의 노래, 즉 도둑들의 노래가 갑자기 명랑하고 뻔뻔스런 모습을 띠게 된 것이다. 후렴도 한탄조의 슬픈 『말뤼레(maluré)』에서 갑자기 『라리플라(larifla)』로 바뀌었다. 십팔세기에는 항구의 감옥이거나 도형장이거나 징역선에서 흘러나오는 노래들 거의 모두가 악마적인 신비한 쾌활성을 띠었다. 이러한 노래 중에는 마치 인광 빛에 비친 것 같은, 또 피리를 부는 도깨비에 홀려 숲속에 던져진 것 같은, 팔딱팔딱 뛰는 날카로운 다음과 같은, 후렴도 들을 수 있다.

> 미를라바비 쉬를라바보,
>> 미를리통, 리봉, 리베트,
> 쉬를라바비, 미를라바보,
>> 미를리통, 리봉, 리보.
> Mirlababi, surlababo,
>> Mirliton ribon ribette,
> Surlababi, mirlababo,
>> Mirliton ribon ribo.

이것은 감옥과 숲 한구석에서 죄수들이 목이 터져라 부르던 노래이다.

중대한 징조. 십팔세기가 되고 나자 이 우울한 계급에서 옛 우수는 말끔히 사라져 버렸다. 그들은 웃기 시작했다. 그리고 위대한 신(meg)과 위대한 왕(dab)을 비웃었다. 루이 15세 시대가 되자 그들은 프랑스 국왕을 『팡탱 후작(le marquis de Pantin)』(팡탱은 은어로 파리를 가리키므로 파리 후작이라는 뜻)이라고 불렀다. 그들은 거의 명랑성을 되찾은 것이다. 이미 양심의 가책 같은 건 전혀 받지 않는 듯 일종의 쾌활한 빛마저 그들의 마음에서 발산했다. 그러한 어두운 그림자의 종족들은 이제는 단지 행위의 면에서만 절망적인 대담성을 갖게 된 것이 아니라 정신 면에서도 무신경한 대담성을 갖게 되었다. 그것은 그들이 죄의식을 잃었다는 증거이고 사상가들이며 몽상가들 사이에조차 그들에 대한 어떤 무의식적인 지지가 나타난 것을 그들 자신이 느꼈다는 증거이다. 도둑질이나 약탈이 주의나 궤변 속에까지 침입하기 시작하여 마침내는 그 자체의 추악함을 얼마간 상실하고 그 대부분을 주의나 궤변으로 옮기게 된 증거이다. 또 마지막으로 만약에 아무런 전환도 일어나지 않는다면 그 어떤 놀라운 시대가 차츰 다가오고 있다는 증거 이기도 하다.

잠깐 딴 얘기지만 작자는 여기서 지금 누구를 비난하고 있는 것인가? 십팔 세기를? 그 철학을? 물론 그건 아니다. 십팔세기의 사업은 지극히 건전하고 훌륭하다. 디드로를 위시한 백과 전서파, 튀르고를 위시한 중농주의자들, 볼테르를 위시한 철학자들, 루소를 위시한 유토피아를 꿈꾸는 사람들, 이들은 네 개의 신성한 군단이다. 광명을 향한 인류의 위대한 전진은 바로 그들의 힘이다. 그들은 진보의 네 기본 방향을 향해 전진하는 인류의 네 개의 전위다. 즉 디드로는 아름다운 것을 지향하고 튀르고는 유일한 것을 지향하고 볼테르는 진실한 것을, 루소는 올바른 것을 지향하고 있다. 그런데 철학자의 한편 구석에는, 또 그 밑에는 궤 변학자라고 하는 건전한 생장에 섞인 유독식물이, 즉 처녀림 속의 독당근이 있다. 사형 집행인이 재판소의 계단 위에서 세기를 해방하는 수많은 대저서를 태우는 한편에서는 오늘날 이미 잊혀진 저술가들이 국왕의 특허를 받고 이상하게 질서를 교란하는 정체를 알 수 없는 책을 출판하고 또 비참한 자들은 그것을 정신없이 읽고 있는 것이다. 괴이하게도 군주의 보호를 받고 간행된 그러한 책들 중 몇 권은 지금도《비밀 총서》에 남아 있다. 이러한 의미깊은 사실들은 세상에 알려지지 않았고 또 표면에도 전혀 나타나지 않았다. 어떤 사실의 경우에는 그것이 세상에 알려지지 않았기 때문에 오히려 위험한 것도 있다. 그것은 땅속 깊이 감추어져 있기 때문에 세상에 알려지지 않은 것이다. 그러한 저술가 중 당시 민중 속에 가장 해로운 갱도를 파들어간 자는 아마 레스티프 드 라 브르톤느였을 것이다.

그러한 작업은 전유럽에 걸쳐 일어났으나 특히 독일을 휩쓸었다. 독일에서는 쉴러가 유명한 희곡 《군도》 속에서 요령 있게 그리고 있는 시기 동안, 도둑질과 약탈이 마치 사유권과 노동에 대한 항의인 것처럼 휩쓸고, 그럴 듯하지만 그릇된, 겉으로 보기엔 정당한 듯이 보이나 실제는 부조리한 몇 개의 기초 관념을 흡수하여 그런 관념에 휩싸인 채 그 속에 정체를 감추는 추상적인 명칭 밑에서 학설의 위치로까지 뛰어오른, 그 혼합제를 조합한 화학자들도 모르는 사이에, 또 그것을 복용하는 민중들도 모르는 사이에 근면하고 고민하는 착실하고 정직한 민중 속으로 널리 퍼져 갔던 것이다. 이러한 사실들이 발생할 때 그 결과는 항상 매우 중대하기 마련이다. 고뇌는 분노를 낳고 그리고 부유한 계급이 맹목에서인지 아니면 잠이 들어서인지 어쨌든 눈을 감고 있는 동안, 불행한 계급의 증오는 한쪽에서 몽상하는 비통한 정신, 악질적인 정신에 불을 붙여 철저하게 사회를 조사하기 시작한다. 증오가 행하는 조사——참으로 무서운 일이다!

그러한 때 만일 시대가 불행을 요구한다면 전에 자크리라는 명칭이 붙은 저 무서운 동란이 일어날 것이다. 그러한 동란에 비교하면 단순한 정치적 동요 같은 건 아무것도 아니다. 그러한 동란은 이미 압제자에 대한 피압제자의 싸움이 아니고 안락에 대한 곤궁의 반란인 것이다. 그때 모든 것은 붕괴한다.

자크리는 민중의 전율이다.

십팔세기 말경에 거의 전유럽에 절박했던 그 위험을 프랑스 대혁명이, 저 거대한 성실의 행위가 한꺼번에 끊어 버리고 만 것이다.

칼을 든 이상이라고 할 수 있는 프랑스 대혁명은 벌떡 일어나 급격한 동작으로 단숨에 악의 문을 밀폐하고 선의 문을 활짝 열어 놓았다.

대혁명은 곧 문제를 해결하고 진리를 선포하고 독기를 일소하고 시대를 밝혀 민중에게 왕권을 씌웠다.

대혁명은 인간에게 제이의 영혼이라고 할 수 있는 권리를 줌으로써 인간을 재창조했다고 할 수 있다.

십구세기는 그 위업을 계승하고 그 혜덕을 입었다. 그 때문에 오늘날에 와서는 방금 지적한 것과 같은 사회의 파국은 절대로 일어나지 않게 되어 있다. 오늘날 그러한 파국이 일어날 것이라고 예고하는 자는 장님이고 그러한 파국을 두려워 하는 자는 어리석은 자이다. 혁명은 자크리를 예방하는 종두인 것이다.

대혁명에 의해 사회 상태는 일변했다. 봉건 제도와 군주 정치의 질병은 이미 우리들 피 속에는 스며 있지 않다. 우리의 국가 조직에는 이미 중세적인 것은 내포되어 있지 않다. 무서운 무엇이 무리져 내부에 만연하고, 발끝에 뭔가 괴상한 것이 이리저리 뛰어다니는 소리가 들리고 두더지가 땅을 파듯 문명의 표면이 꿈틀꿈틀 솟아오르고, 땅이 갈라지고, 동굴의 입이 떡 벌어지고, 괴물들의 머리가 땅 속에서 쑥 나오는 것이 보인 시대, 우리는 이미 그러한 시대엔 있지 않는 것이다.

혁명의 의의는 곧 도덕적인 의의이기도 하다. 권리의 감정이 발달할 때 그건 또 동시에 의무의 감정을 발달시킨다. 로베스피에르의 감탄할 만한 정의에 의하면 만인의 법칙은 자유라고 했는데 자유는 타인의 자유가 시작되는 데서 끝난다. 1789년 이래 민중 전체는 숭고한 개인이라는 것 속에 확대되어 왔다. 권리를 가지고 있으면서 빛을 가지고 있지 않은 빈자는 이미 없다. 벌거숭이 가난뱅이조차 자기 속에 프랑스의 도의를 느끼고 있다. 시민의 품위는 곧 정신의 갑옷이다. 자유로운 자는 양심적이기 마련이다. 그리고 투표하는 자가 지배하는 것이다. 거기에서 결백성이 생기고 불건전한 갈망이 유산되고, 거기에서 비로소 사람들은 유혹 앞에 영웅적인 용기로 눈을 감을 수 있게 된다. 혁명이 인심을 정화시키는 힘은 대단한 것으로 1789년 7월 14일과 8월 10일(1792) 같은 해방의 날에는 이미 천민이라는 것은 존재하지 않았다. 계몽되고 성장하는 민중이 제일 먼저 외치는 소리는 「도둑놈들에게 죽음을!」인 것이다. 진보란 정직한 인간이므로 이상이니 절대니 하는 것이 사람의 주머니를 노리거나 하진 않는다. 1848년에 튈르리 궁의 보물을 실은 마차는 누구에 의해 호송되었던가? 쌩 탕트완느 성밖의 넝마주이들에 의해서였다. 넝마가 보물의 파수를 섰던 것이다. 덕이 그 누더기를 걸친 자들을 찬연하게 비추었던 것이다. 그들 마차들 속에는 거의 뚜껑이 닫히지 않은 궤짝, 개중에는 반쯤 열린 궤짝도 있었는데 그 속에는 수많은 찬란한 보석에 섞여 왕위의 상징인 석류석과 삼천 프랑의 가치를 가진 섭정 다이아몬드와 그외의 다이아몬드가 온통 박힌 프랑스의 옛 왕관이 들어 있었다. 그들은 맨발 벗은 채 그 왕관을 지키고 있었던 것이다.

따라서 자크리는 다시는 일어나지 않는다, 책동자들에겐 매우 안된 얘기이긴 하지만. 이리하여 낡은 공포는 그 마지막 일을 다 끝내고 이후 다시는 정치에 이용되지 않을 것이다. 붉은 유령을 조종하고 있던 그 커다란 용수철은 이미 망그러지고 없다. 이제는 만인이 다 그것을 알고 있다. 그 위협은 이제 아무도 위협할 수 없게 되었다. 새들은 그 허수아비에 익숙해지고 풍뎅이는 그 위에 올라앉고 시민은 그것을 비웃고 있다.

4. 두 가지 의무——감시하는 것과 희망하는 것

그렇다면 사회적 위험은 완전히 사라져 버린 것일까? 물론 그렇지는 않다. 자크리는 일어나지 않는다. 사회는 그 점에서는 안심할 수 있다. 이미 피가 거꾸로 머리 위로 올라가는 일은 없을 것이다. 그러나 사회는 이제 숨을 어떻게 쉴까, 하는 문제로 고민하고 있다. 이미 기절할 걱정은 없으나 폐병은 아직 남아 있는 것이다. 사회의 폐병을 빈곤이라고 부른다.

사람은 순간적인 충격으로 죽을 수도 있지만 또 차츰 쇠약해져 죽는 일도 있다.

작자는 지칠 줄 모르고 되풀이 말하기로 한다——무엇보다 먼저 아무것도 없이 고생하는 사람들의 처지를 생각할 것, 그들을 위로할 것, 그들에게 공기와 빛을 줄 것, 그들을 사랑할 것, 그들을 위해 널찍하게 지평선을 펼쳐 줄 것, 온갖 형식으로 아낌없이 교육을 베풀어 줄 것, 그들에게 부지런한 예를 보여 줄 것, 결코 게으른 예를 보여주지 말 것, 보편적 목적의 관념을 증대하는 동시에 개인적인 짐을 덜어 줄 것, 부를 제한함이 없이 가난을 제한할 것, 공중을 위한, 민중을 위한 넓은 활동 분야를 만들 것, 브리아레우스처럼 백 개의 손으로 피로하고 여윈 자들을 사방에서 어루만져 줄 것, 공장을 모든 팔에 개방하고 학교를 모든 재능에 개방하고 실험실을 모든 지력에 개방하는 위대한 의무를 수행하기 위해 집단의 힘을 쓸 것, 임금을 높일 것, 노고를 덜어 줄 것, 채무와 채권을 평균화시킬 것, 다시 말해 향락을 노력과 균형 맞게 하고 만족을 요구와 맞게 할 것, 한 마디로 말해 고통을 당하는 사람과 무지한 사람들을 위해 한층 큰 광명과 복리를 사회 조직에서 끌어낼 것, 이것이야말로 동정심 많은 자들이 잊어서는 안 되는 국민의 제일 의무이며 이기적인 자들이 알아야 하는 정치의 제일 급선무이다.

다시 말하거니와 이상과 같은 모든 일은 아직 시작에 불과하다. 진정한 문제는 여기에 있다. 즉 노동은 하나의 권리가 되지 않는 한 절대로 하나의 법칙은 될 수 없다는 것에.

그러나 지금은 그것을 역설하지 않겠다. 여기는 그런 장소가 아니니까.

만일 자연이 섭리라고 불리어진다면 사회는 선견이라고 불리어져야 할 것이다.

지성과 도덕의 발달은 물질적 개선과 마찬가지로 불가결의 것이다. 지식은 하나의 양식이며 사상은 하나의 필요물이며 진리는 곡식 같은 영양분이다. 만일 학문과 지혜를 섭취하지 않는다면 이성은 여위어 버린다. 굶은 위와 마찬가지로 굶은 정신도 불쌍히 여겨야 한다. 빵을 못 먹어 죽어 가는 육체보다도 더 애처로운 것이 있다면 그것은 광명에 주려 죽어 가는 영혼일 것이다.

모든 진보는 그 해결을 지향하고 있다. 언젠가 사람들은 깜짝 놀라게 될 것이다. 인류가 향상해 가는 한 깊은 지층도 필연적으로 궁핍의 지대를 탈출해 나올 것이다. 가난과 고통을 없애는 길은 오직 민중의 수준을 높이는 데에만 가능한 것이다.

이 축복받은 문제 해결, 이것을 의심함은 잘못이다.

과거는 과연 현재에 있어서도 역시 강한 힘을 가지고 있다. 과거는 여전히 숨을 쉬고 있다. 죽은 시체의 이러한 소생은 정말 놀라운 일이다. 이제 그것은 걸음을 시작하여 이리로 차츰 다가오고 있다. 그는 언뜻 승리자처럼 보인다. 그 죽은 자란 바로 정복자인 것이다. 그는 그의 군사인 미신을 이끌고 그의 칼인 전제주의를 휘두르고 그 군기인 무지를 내걸고 쳐들어 오고 있다. 그는 벌써 열 번이나 전쟁에서 승리를 거두었다. 그는 전진하고 위협하고 비웃으며 우리들 문앞으로 육박해 온다. 그러나 그렇다고 우리는 절망하진 않는다. 한니발이 야영하는 들판은 팔아 버리면 그만이다.

신념을 가진 우리가 무엇을 두려워할 것인가?

강물이 거슬러흐르지 않는 것처럼 사상도 역행하는 법이 없다.

그러나 미래를 바라지 않는 사람들은 이 자리에서 반성해야 할 것이다. 진보를 향해 『아니』라는 말을 할 때 그들이 받는 벌은 미래가 아니라 그들 자신이다. 그들은 그들 자신에게 어두운 병을 주는 것이다. 과거의 감염을 받는 것이다. 『내일』을 거부하는 길은 오직 하나, 즉 죽는 길밖에 없을 것이다.

그러나 작자는 어떠한 죽음도 오지 않을 것을, 육체의 죽음은 될 수 있는 대로 늦어지고 영혼의 죽음은 영원히 오지 않을 것을 바라고 있다.

그렇다, 이윽고 그 수수께끼는 풀릴 것이고 스핑크스는 입을 열기 시작하고 문제는 해결될 것이다. 그러나, 십팔세기에 이미 소요되기 시작한 『민중』은 마침내 십구세기에 와서 완성될 것이다. 그것을 의심하는 자가 있다면 그건 백치다 !
미래의 개화, 차츰 다가오는 만인의 행복의 개화, 그것은 신이 정한 지극히 당연한
현상인 것이다.

　전체의 측량할 길 없는 추진력은 인류의 모든 행위를 통치하고 정해진 시간에
그것들을 평균적이고 공정한 논리적인 상태로 이끌 것이다. 땅과 하늘에 의해서
이루어진 하나의 힘은 인류에게서 생겨 마침내 인류를 지배할 것이다. 그 힘이
야말로 기적을 낳는 힘인 것이다. 놀라운 해결도 그 힘으로는 이상한 급변과 함께
힘 안 들이고 가능하다. 인간의 학문과 신의 도움을 받아 이루어지는 그 힘은
속인에게는 해결 불가능으로 여겨지는 문제 설정 속의 모순에 거의 놀라지 않는다.
그 힘은 몇 개의 관념을 연결지어 하나의 해결을 하는데 능숙하고 또 마찬가지로
몇 개의 사실을 연결지어 하나의 교훈을 이끌어 내는 데도 능숙하다. 그러므로
사람은 그 신비한 진보의 힘에서 모든 것을 기대할 수가 있는 것이다. 언젠가
그 힘은 무덤 밑바닥에서 동양과 서양과를 대면시키고 대 피라밋 속에서 이망
(회교국의 군주들)과 보나파르트를 서로 얘기하게 할 것이다.

　그때까지는 정신의 웅장한 전진에는 조그마한 정지도 없고 주저도 없고 멈추어
설 틈도 없다. 사회철학은 본질적으로 평화의 학문이다. 그것은 적내 행위의 연구에
분노를 해소할 것을 목적으로 하고, 또 그 결과를 실현으로 옮겨 놓지 않으면
안 된다. 그것은 조사하고 연구하고 분석하고 그 다음 재조직한다. 그것은 일체에서
증오를 제거함으로써 환원에의 길을 걸어간다.

　하나의 사회가 인간 위에 덮치는 광풍으로 인해서 침몰해 가는 것은 이미 여러
번 보아왔다. 역사는 민족이며 제국이 난파된 기록으로 가득 차 있다. 풍속이며
법률, 종교 등 모든 것이 하루 아침에 대선풍이라는 미지의 것이 닥쳐와 흔적도
없이 쓸어가 버리는 것이다. 인도, 칼레아(바빌론의 옛 이름), 페르시아, 앗시리아,
이집트 등, 이들 문명은 차례차례 사라져 갔다. 왠가 ? 우리는 그것을 모른다.
그 재난들의 원인이 무엇인가 ? 그것도 우리는 모른다. 그 사람들은 끝내 구출될
수 없었는가 ? 그들 자신에게 과오가 있었는가 ? 뭔가 치명적인 악덕을 고집하여
그것 때문에 파멸할 것인가 ? 한 국가나 한 종족의 그러한 파멸 속에는 얼마만큼
많은 자살이 내포되어 있는가 ? 이러한 모든 질문에 대답은 없다. 그림자가 처형된
문명들을 가지고 있다. 그것들은 물속으로 가라앉아 버렸다. 왜냐하면 지금은 바다
깊이 잠겨 있으니까. 그 이상 우리가 할 수 있는 말은 아무것도 없다. 바빌론이며

니니베며 타르스며 로마며 하는 저들 거대한 배가 과거라고 하는 깊은 바다 밑으로, 세기라고 하는 커다란 물결 속으로 사라져 가는 것을 상상할 때 우린 일종의 전율을 느끼지 않을 수 없다. 그러나 거기엔 어둠이 있으나 여기엔 광명이 있다. 우리는 고대 여러 문명의 병의 증상을 알지는 못하나 현대 문명의 병약점은 알고 있다. 우리는 그 문명 위에 골고루 빛을 비출 권리를 가지고 있다. 우리는 그것에서 아름다운 점을 찾아내고 추악한 점을 노출시킨다. 그리고 고통이 있는 데는 『존데 (sonde ; 消息子)』를 넣어 진찰한다. 그래서 일단 병이 확인이 되면 그 원인을 규명하여 약을 발명한다. 우리의 문명은 과거 이십여 세기가 만들어 낸 것이고 그것이 낳은 괴물인 동시에 또 기적이기도 하다. 그런 만큼 우리의 문명은 구원을 받을 만한 충분한 가치가 있다. 그것은 마침내 언젠가는 구원될 것이다. 그것을 구원하는 일은 대단히 힘든 일이다. 그것에 빛을 주기는 더욱더 큰 일이다. 현대 사회철학의 모든 노력은 남김 없이 이 하나의 목적에 집중되지 않으면 안 된다. 사상가는 오늘날 하나의 큰 의무를 가지고 있다. 그것은 문명을 제대로 진단하는 일이다.

되풀이 말하거니와 이 진단이야말로 사람을 격려하는 일이다. 그리고 우리는 비통한 드라마 사이에 낀 준엄한 간주곡인 이 몇 페이지를 이 격려의 강조로 끝을 맺을까 한다. 언젠가는 죽을 운명에 놓인 사회에서도 인류의 불멸은 느낄 수 있다. 여기저기 상처 자국 같은 분화구며 습진 같은 유기공이 있다 해도, 또 썩은 고름이 흐르는 화산이 있다 해도 그 때문에 지구가 죽는 일은 없다. 민중의 병이 인간을 죽일 수는 없다.

그런데도 불구하고 사회의 임상 강의에 귀를 기울이는 사람은 누구나 이따금 머리를 흔들지 않고는 견딜 수 없다. 아무리 강한 사람이라도, 아무리 마음 착한 사람이라도, 아무리 논리적인 사람이라도 기력을 잃을 때가 있다.

미래는 과연 찾아올 것인가 ? 이토록 숱한 무서운 그림자들을 볼 때 과연 우리는 이렇게 자문하지 않을 수 없다. 이기주의자들과 비참한 자들과의 어두운 대면, 이기주의자들의 내심에는 편견, 돈들인 교육이 초래하는 암흑, 도취로 인해 쌓여 가는 욕망, 번영에 빼앗긴 눈과 귀, 때로는 괴로워하는 사람들이 미워질 정도의 고통에 대한 공포, 충족되지 않는 욕망, 영혼을 막아 버릴 정도로 팽창한 자아 등이 있다——또 비참한 자들의 내심에는 갈망, 질투, 남이 즐거워하는 것을 보는 증오, 인간의 수성에 깊이 뿌리 박은 포만에의 욕구, 안개에 싸인 마음, 비애, 결핍,

불운, 불순하고 단순한 무지 등이 있다.

　그래도 여전히 눈은 하늘을 향해야 하는가 ? 하늘에는 하나의 빛이 빛나고 있으나 그것도 마침내 사라져 갈 것이 아닌가 ? 이상이 그토록 넓고 깊은 곳에서, 혼자 눈에 보이지 않을 정도로 조그마하게 고립되어 아직 빛나고는 있으나 무섭게 주위를 둘러싸고 있는 거대한 먹구름의 위협을 받으며 떠 있는 것은 참으로 보기에도 무서운 일이다. 그래도 그것은 구름의 입에 삼켜질 듯하면서도 삼켜지지 않는 별처럼 사실은 선혀 위험한 것이 아니다.

제 8 장 환희와 비탄

1. 넘치는 빛

독자도 이미 아다시피 에포닌느는 마뇽의 부탁으로 플뤼메 거리에 가서 거기
살고 있는 처녀가 누구인가를 철책 너머로 확인하자 우선 악당들을 그 거리에서
멀리해 놓고 그뒤 마리우스를 데리고 갔는데, 마리우스는 그 철책 앞에서 며칠이나
황홀하게 서 있던 끝에 마치 자석에 끌리는 쇠붙이처럼, 사랑하는 사람을 애인의
집 담벽락으로 이끄는 그 힘에 이끌려 줄리엣의 집에 들어간 로미오같이 마침내
코제트의 정원 안으로 들어갔던 것이다. 그러나 그의 경우는 로미오보다는 훨씬
쉬웠다. 왜냐하면 로미오는 벽을 타고 넘어야 했지만 마리우스는 녹슨 구멍으로
노인의 이빨처럼 건들건들하는 삭은 철책 하나를 약간 밀어젖히기만 하면 되었기
때문이다. 마리우스는 몸이 호리호리했기 때문에 그리로 쉽게 들어갈 수 있었다.
그 거리에는 거의 사람이 다니지 않았고 게다가 마리우스는 밤에만 들어갔기
때문에 사람 눈에 띌 염려는 전혀 없었다.
하나의 키스가 두 영혼을 굳게 맺어 준 그 시간부터 마리우스는 매일 밤 그곳을
찾아갔다. 인생의 이 시기에 만일 코제트가 분별없는 난잡한 남자와 사랑에 빠
졌더라면 그녀는 틀림없이 파멸해 버리고 말았을 것이다. 왜냐하면 여자 중엔
곧잘 몸을 내맡기는 관대한 성격이 있는데 코제트도 그러한 여자 중의 한 사람
이었기 때문이다. 여성의 관대성의 하나는 상대에게 몸을 내맡긴다는 데 있다.
사랑이 절대의 높이에 이를 때 사랑은 정절이 갖는 일종의 천상적인 맹목성을
내포하게 된다. 아아, 고귀한 영혼을 가진 여자들이여! 그대들은 얼마나 많은

위험을 당하는가? 그대들은 마음을 바치는데 남자들은 곧잘 육체만을 빼앗는 일이 있다. 그러면 마음은 여전히 그대들 안에 머물고 그대들은 몸을 떨며 어둠 속에서 그것을 지켜본다. 사랑에 중용은 없다. 사랑은 사람을 파멸시키든가 아니면 구원하든가 둘 중의 하나이다. 인간의 운명은 모두 이 한계에서 끝나 있다. 그러나 파멸이냐, 구원이냐 하는 이 한계를 사랑 만큼 가차 없이 인간에게 내리는 숙명은 달리 또 없다. 사랑은 죽음이 아니면 삶이다. 요람도 되고 무덤도 된다. 똑같은 감정이 인간의 마음속에서 그렇다라고노 하고 아니라고노 한다. 신이 만든 모든 것 중에서 인간의 마음은 가장 풍부한 빛을 발산하기도 하려니와 가장 깊은 어두움을 낳기도 한다.

신의 뜻에 의해 코제트에게 주어진 사랑은 인간을 구원하는 사랑 쪽에 속했다.

그해 1832년 5월중 내내 매일밤같이 그 한껏 황량하고 쓸쓸한 정원. 나날이 향기 높아가는 그 관목 덤불 아래서 모든 순결과 모든 무구로 이루어진 존재가 하늘의 온갖 축복을 받으며 인간이라기보다는 거의 천사에 가까운 모습으로 청순하고 성실하게 도취되어 빛나며 어둠 속에서 서로 비추고 있었다. 코제트에게는 마리우스가 왕관을 쓰고 있는 것같이 보이고 마리우스에게는 코제트의 뒤에 후광이 비치고 있는 것같이 보였다. 두 사람은 서로 어루만지고 바라보고 몸을 가까이 댔다. 그러나 거기에는 늘 그 이상 넘을 수 없는 어떤 거리가 있었다. 그렇다고 서로 피하는 것은 아니었다. 두 사람은 그냥 그 이상은 알지 못했던 것이다. 마리우스는 코제트에게서 순결이라는 하나의 장애를 느끼고 있었고 그녀는 마리우스에게서 성실이라는 하나의 지주를 느끼고 있었다. 최초의 키스는 그대로 최후의 키스가 되었다. 마리우스는 그후 코제트의 손이나 목언저리나 머리카락에 가볍게 입술을 대는 그 이상은 절대로 하지 않았다. 코제트는 그에게 있어서는 하나의 향기이지 한 사람의 여성은 아니었다. 그는 말하자면 그녀를 호흡하고 있었다. 그녀는 아무것도 거부하지 않았으며 그는 아무것도 원하지 않았다. 코제트는 다만 행복하기만 했고 마리우스는 충족감에 가득 차 있었다. 두 사람은 영혼과 영혼의 도취라고 할 수 있는 황홀한 상태 속에서 살아 가고 있었다. 그것은 동정을 간직한 두 사람이 이상 속에서 서로 포옹하는 저 형언할 수 없는 최초의 포옹과 같은 것이었다. 두 마리의 백조가 융프라우 산정에서 만난 것이다.

사랑의 그러한 시기에, 즉 육욕이 순결한 모습 아래 완전히 침묵하고 있는 그러한 시기에 마리우스가, 그 천사처럼 순결한 마리우스가 만일 코제트의 드레스를 복사뼈까지 들어올릴 심정이 되었더라면, 그는 차라리 창부의 집을 찾아갔을 것이다. 어느 날, 달빛이 환한 정원에서 코제트가 땅에 떨어진 무엇을 집어올리려고 몸을 굽혔을 때 그 벌어진 앞가슴 사이로 젖무덤이 약간 보이자 마리우스는 당황하여 눈길을 돌렸다.

그럼 이 두 사람 사이엔 어떤 일이 일어나고 있었는가? 아무 일도 일어난 일은 없었다. 다만 깊이 서로 사랑하고 있었을 뿐이었다.

밤에 그들이 거기 있을 때, 그 정원은 생명 있는 하나의 신성한 장소와 같았다. 온갖 꽃이 그들 주위에 활짝 피어 향기를 내뿜고 그들은 또 그들대로 영혼을 활짝 펴 그것을 꽃들 위에 펼쳤다. 분방하고 정력적인 식물들은 그 순결한 두 사람을 둘러싸고 수액과 도취에 바르르 떨고 두 사람은 또 그들대로 사랑의 말을 주고받아 나무들을 떨게 만들었다.

그 이야기란 어떤 것이었을까? 그것은 하나의 숨결이었다. 그것뿐이었다. 모든 자연을 휘젓고 흔들어 놓는 데는 숨결만으로 충분하였다. 나뭇잎을 흔들고 지나가는 바람에 연기처럼 사라져가는 그러한 덧없는 속삭임은 단순히 책 같은 데서 읽어서는 이해할 수 없는 하나의 마법과 같은 힘이 있다. 두 연인의 그러한 속삭임에서 영혼이 연주하는 선율을, 하프처럼 그 속삭임에 반주를 하는 그 영혼의 선율을 빼앗아 버린다면 남는 것은 다만 그림자뿐이다. 사람들은 이렇게 말할 것이다――「아니! 겨우 그것뿐이야?」 그렇다, 그 속삭임은 지극히 유치하고 쓸데없는 반복이요, 하잘 것 없는 웃음이요, 바보 같은 농담이었지만 숭고하고 더없이 뜻깊은 말이었다. 말하고 또 들을 가치가 있는 오직 하나의 것이었다.

그런 하잘 것 없는 농담, 그런 쓸데 없는 말을 한 번도 들은 일이 없는 인간, 한번도 얘기해 본 일이 없는 인간이 있다면 그 인간이야말로 가장 바보스런 인간이며 재미없는 인간일 것이다. 코제트는 마리우스에게 이렇게 말했다.

「당신 알아요?……」

순결한 처녀성을 잃지 않은 채 이상 속에서 두 사람은 서로 어떻게 얘기할지 몰라 고민하다 이제는 완전히 허물없는 말투를 쓰게 되었다.

「제 이름은 사실은 외프라지예요.」

「외프라지? 아니야, 당신 이름은 코제트야.」

「아니예요! 코제트는 제가 어렸을 때 부르던 이름이에요. 진짜 이름은 외프라지라구요. 외프라지란 이름, 당신 안 좋아요?」

「좋아…… 하지만 코제트란 이름도 나쁘지 않은데.」

「외프라지보다 그게 더 좋아요?」

「글쎄…… 그런 것 같애.」

「그럼 저도 그게 더 좋아요. 그러고 보니 참 귀여운 이름이에요, 코제트란. 이제부터 코제트라 불러 주세요.」

그리고 그녀는 방그레 웃었기 때문에 이 대화는 천국의 숲속에 어울리는 하나의 목가가 되었다.

또 어느 날, 그녀는 그를 그윽히 바라보다 이렇게 소리쳤다.

「당신 정말 잘 생기셨어요, 재치도 있고 조금도 빈틈이 없고 저보다 학식도 훨씬 많아요. 하지만 이 한 마디 말만은 저도 당신에게 결코 지지 않아요——『당신을 좋아해요!』」

마리우스는 이 순간 푸른 하늘 한가운데로 올라가 하나의 별이 노래하는 소리를 듣는 것 같았다.

또 어느 날, 그녀는 그가 기침을 했다고 해서 살짝 때리는 시늉을 했다

「기침을 하면 안 돼요. 저희 집에서 제 허락없이 기침을 하시면 어떻게 해요. 기침을 해서 저를 걱정하게 하다니 너무하시군요. 전 무척 불행해요, 그렇게 되면 전 어떻게 하죠?」

그러한 말도 전혀 꾸밈이 없는 청순한 말로 들리는 것이었다. 어느 날 마리우스는 코제트에게 이렇게 말했다.

「난 말이오, 한동안 당신 이름이 위르쉴르인 줄 알았소.」

이 말은 두 사람을 밤새도록 웃게 만들었다.

또 다른 말을 하던 도중 그는 갑자기 소리쳤다.

「아아! 언젠가 릭상부르 공원에서 말이오, 한 상이 군인을 때려 죽이고 싶었을 때가 있었소!」

그러나 그는 깜짝 놀라 입을 다물고 그 이상 얘기하지 않았다. 이 이야기를 하려면 코제트에게 양말 대님 얘기를 하지 않을 수 없었기 때문이다. 그것은 할 수 없는 얘기였다. 그 이야기에는 어떤 미지의 세계, 즉 육체적인 세계가 있어, 그의 순결한 사랑이 그것을 용납하지 않았던 것이다.

마리우스는 코제트와의 생활에 그 이상의 생각을 섞으려 하지 않았다. 매일밤 플뤼메 거리로 와서 그 옛날 재판소장 댁의 철책을 비틀고 들어가 벤치에 나란히

걸터앉아 나무 사이로 저물어가는 밤하늘의 별빛을 올려다보며 자기의 바지 주름과 코제트의 드레스 주름이 겹치게 하고 앉아 그녀의 엄지 손톱을 어루만지고 그녀를 당신이라고 부르며 둘이서 같은 꽃내음을 영원히 끝도 없이 들이마시는 것이었다.

그동안 구름은 두 사람의 머리 위를 흘러갔다. 바람은 불어올 때마다 하늘의 구름보다는 훨씬 많은 인간의 꿈을 싣고 왔다.

그렇다면 이 수줍고 정숙한 사랑에는 욕망이 전혀 섞여 있지 않았느냐 하면 그렇진 않았다. 사랑하는 여자의 비위를 맞추는 것은 예행 연습이다. 비위를 맞추는 것은 애무로 옮겨가는 첫걸음이요, 대담한 행동에 가까워지는 예행 연습이다. 비위를 맞추는 것은 말하자면 베일을 넘어 키스하는 것과 같다. 욕정을 안에 깊숙이 감추고 있으면서 그 날카로운 칼 끝을 살짝 내미는 것이다. 그 앞에 마음은 약간 뒷걸음치는 것 같으나 그것은 한층 더 잘 사랑하기 위해서일 뿐이다. 다정한 마리우스의 말은 한 마디가 온통 꿈에 젖어 있었는데 말하자면 푸른 하늘에 잠겨 있었다. 새가 천사 가까이 푸른 하늘을 날아 올라갈 때는 반드시 그런 소리를 들을 것이다. 그러나 그 말에는 생명이, 인간성이 마리우스가 품을 수 있는 한의 모든 적극성이 융합되어 있었다. 그것은 동굴 속에서 주고받는 말이며 언젠가 알코브 속에서 주고받을 다정한 말의 서곡이며, 서정적인 진정의 토로이며 하나로 융합된 스트로프(그리스의 합창곡)와 소네트(이탈리아의 서정시)이며 비둘기의 귀여운 외침이며 꽃다발로 묶이어 미묘한 천국의 향기를 내뿜는 온갖 세련된 사랑의 이야기이며 마음에서 마음으로 전달되는 형언할 수 없는 지저귐이었다.

「아아!」하고 마리우스는 나직히 속삭이는 것이었다. 「당신은 어쩌면 그렇게 아름답소! 감히 똑바로 쳐다볼 수도 없을 정도요. 그래서 난 항상 마음으로 당신을 바라보오. 당신은 바로 미의 여신이오. 난 지금 내가 무슨 생각을 하고 있는지도 모를 지경이오. 당신의 드레스 밑으로 구두 끝이 보이기만 해도 마음이 견딜 수 없이 산란하오. 그리고 또 당신의 마음이 살짝 들여다보이기만 해도 나는 말할 수 없이 기쁘오. 당신은 어쩌면 그렇게 옳은 소리만 하오. 나는 이따금 당신이 하나의 꿈이 아닌가 생각할 때가 있소. 자아, 내게 무슨 말을 들려 주오. 듣고 있을 테니까. 그리고 당신을 찬미할 테니까. 아아 코제트, 어쩌면 이렇게 황홀하고 매력적인 기분일까. 나는 거의 미칠 것 같소. 당신은 정말 멋진 아가씨. 나는 당신의 발을 현미경으로 연구하고 당신의 영혼을 망원경으로 연구하고 있소.」그러면 코제트는 이렇게 대답했다.

「난 당신을 사랑하고 있어요. 아침부터 쭉 당신만을 생각했어요.」

묻고 대답하는 것은 이러한 대화 속에서 허용되는 한 자유로이 오고갔으나 끝은 언제나 같은 생각으로 사랑 위에 귀착되었다. 마치 자동 인형이 그 밑바닥의 중심부로 가서 떨어지듯이.

코제트의 인품은 어디까지나 순진하고 솔직하고 투명하고 순백하고 천진하고 광휘에 싸여 있었다. 코제트는 한껏 빛이라고 할 수 있었다. 그녀는 보는 사람으로 하여금 4월의 빛과 새벽을 느끼게 했다. 그 눈에는 항상 이슬이 맺혀 있었다. 코제트는 말하자면 새벽 빛이 모여 한 사람의 여성으로 화한 것 같았다.

마리우스가 그녀를 열렬히 사랑하고 감탄한 것도 결코 무리는 아니었다. 사실 수도원의 기숙사를 갓 나온 이 소녀는 뛰어난 통찰력을 가지고 얘기를 했고 모든 일에 대해 진실하고 세련된 말을 썼다. 그래서 아무것도 아닌 얘기도 매우 훌륭한 회화가 되었다. 무엇에 대해서도 착각하지 않고 사물을 올바르게 관찰했다. 여성이란 바로 이런 과오 없는 부드러운 심정의 본능을 가지고 느끼거나 이야기하는 것이다. 여성만큼 다정하고 깊이 있는 얘기를 할 수 있는 존재는 달리 또 없다. 다정함과 깊이, 이것이야말로 여성의 전부이다. 또 그것이야말로 하늘의 전부이기도 하다.

그런 완전한 지복 속에서 두 사람의 눈에는 끊임없이 눈물이 괴었다. 짓밟힌 한 마리의 무당벌레만 보아도, 보금자리에서 떨어진 한 가닥의 새털, 꺾어진 아가위나무의 가지, 어느 것에서도 두 사람은 연민을 느끼고 애수를 느끼고 눈물을 흘렸다.

더없는 사랑의 표시는 이처럼 이따금 억제할 수 없이 용솟음치는 다정한 감상(感傷)에 있는 것이다.

그러는 한편에는 또——이러한 모순은 모든 사람의 유회에 으레 있는 것이지만——두 사람은 아무것도 아닌 것에도 거리낌 없이 자유롭게 웃었기 때문에 어떤 때는 꼭 두 소년같이 보일 정도였다. 그러나 순결에 취한 마음이 스스로 깨닫지 못하는 사이에도 인간의 본성은 잊지 않고 그 밑에 숨어 있게 마련이다. 이러한 본성은 그 동물적이고도 숭고한 목적을 안고 그 밑바닥에 숨어 있으므로, 영혼이 아무리 티가 없을지라도 또 단순한 우정이 아닌 남녀의 애정이 그 이상 결백할 수 없을 정도로 결백하다 할지라도 느껴지는 것이다.

그들은 영혼 밑바닥에서부터 서로 사랑하고 있었다.

영원한 것, 불변한 것은 확실히 존재한다. 서로 사랑하고 미소를 나누고 웃고 뾰죽 입술을 내밀며 토라지고 손을 서로 깍지 끼고 이야기를 나누어도 역시 영원은 존재한다. 두 연인은 황혼 속에, 어스름해서 보이지 않는 것 속에, 새와 더불어, 장미꽃과 더불어 몸을 숨기고, 눈동자 속에 마음을 담아 그늘 속에서 서로 매혹하고 속삭이고 소곤거렸다. 그리고 그러는 동안에도 끝없는 하늘의 별빛은 무한한 공간을 채우고 있었다.

2. 완전한 행복의 도취

두 사람은 행복에 도취해 멍한 나날을 보내고 있었다. 바로 그 달에 파리에서는 많은 사람들이 콜레라로 죽어 갔으나 두 사람은 그것도 전혀 몰랐다. 그들은 모든 것을 밝혔으나, 그래도 서로의 이름을 안 것 이외에는 아무것도 알지 못했다. 마리우스는 코제트에게 자기는 고아라는 것, 이름은 마리우스 퐁메르시라는 것, 변호사라는 것, 서점의 주문으로 글을 써서 먹고 살고 있다는 것, 아버지는 대령이었는데 용사였다는 것, 그 자신 부자인 할아버지와 사이가 나쁘다는 것 등을 밝혔다. 그는 또 자기가 남작이라는 사실도 약간 비쳤으나 그것은 코제트에게 아무런 효과도 주지 않았다. 마리우스가 남작이라고? 그녀는 납득이 가지 않았다. 그녀는 남작이라는 말이 무엇을 의미하는지 잘 알지 못했다. 마리우스는 어디까지나 그냥 마리우스였다. 한편 그녀는, 자기는 픽퓌스 수도원에서 자랐다는 것, 마리우스와 마찬가지로 어머니가 돌아가셨다는 것, 아버지 이름은 포슐르방 씨이고 무척 친절한 분으로서 가난한 사람을 많이 돕는다는 것, 자기에게는 무엇하나 부족함이 없이 해주나 아버지 자신은 퍽 검소한 생활을 한다는 것 등을 그에게 들려주었다.

이상하게도 마리우스는 코제트를 만난 이후, 일종의 교향악에 싸인 것 같은 생활을 하고 있어 과거의 일은, 바로 엊그제 일어난 일까지도 완전히 흐릿하게 잊혀져 버려 코제트가 하는 말은 무엇이나 그것으로 만족했다. 그래서 그 움집에서 밤에 일어난 일이며 테나르디에 식구들의 일이며 그녀의 아버지가 화상을 입은 일이며 그의 이상한 태도며 도망간 일에 대해 그녀에게 전혀 얘기하지 않았다. 마리우스는 그 모든 일을 완전히 잊고 있었던 것이다. 그리고 또 그는 저녁때가 되면 그날 아침에 자기가 무엇을 했는지, 어디서 아침을 먹었는지 누가 말을 걸었는지조차 완전히 잊어버렸다. 귀에는 언제나 노래 소리가 울리고 있어 그 외의 것은 일체 머리에 남아 있지 않고 그는 오직 코제트와 만났을 때만 살아 있는 것 같으니까 지상의 모든 일을 잊는 것도 결코 무리는 아니었다. 두 사람 다 육체적이 아닌 욕망의 형언할 수 없는 무게를 사랑의 고민 속에 질질 끌며 가고 있었다.

아아, 이러한 무수한 경험을 하지 않은 사람이 있을까? 왜 인간은 이런 창공에서 나와야 할 때가 오는 것일까? 왜 인생은 그후에도 끊이지 않고 계속되는 것일까?

사랑한다는 건 생각한다는 것과 마찬가지다. 사랑은 사랑 이외의 것을 잊게 만드는 맹렬한 불길이다. 정열에서 논리를 구할 수 있는가 찾아 보길 바란다. 천체 역학에 완전한 기하학적 도형이 없는 것처럼 사람의 마음속에도 이미 어떤 절대적인 논리의 줄거리는 찾아 볼 수 없다. 코제트와 마리우스에게 있어서는 이미 마리우스와 그녀 이상의 것은 아무것도 존재하지 않았다. 주위에 펼쳐진 우주 같은 것은 어딘가 구멍 속으로 모두 떨어져 버리고 만 것이다. 두 사람은 황금 같은 한순간 속에서 살고 있었다. 앞에도 뒤에도 아무것도 없었다. 코제트에게 아버지가 있다는 사실조차 마리우스는 거의 잊고 있었다. 그의 머릿속에 있는 것은 도취로 인해 모두 흔적도 없이 사라져 버리고 말았다. 그럼 이 연인들은 무슨 얘기를 하고 있었는가? 앞서도 말했듯이 꽃이며 제비며 석양이며 달이며, 즉 온갖 소중한 얘기를 주고받고 있었다. 그들은 온갖 얘기를 주고받으며 사실은 아무것도 얘기하지 않았다. 사랑하는 사람에게 사랑 이외의 것은 모두 없는 것과 같다. 아버지니 현실이니 그 움집이니 악당들이니 그날 일어난 일이니 하는 것들이 무슨 뜻이 있단 말인가? 그보다 그 악몽 같은 일은 실제로 있었던 일일까? 지금은 두 사람뿐이다. 그리고 서로 열렬히 사랑하고 있다. 그 이외에는 아무것도 없었다. 그와 같이 뒤에 있는 지옥이 차츰 쓰러져 감은 천국이 가까워지는 징조이다. 자기는 정말 악마를 보았는가, 악마란 정말 있는 걸까? 자기는 정말 그때 무서워 떨었던가? 괴로워했던가? 지금은 아무런 기억도 없었다. 장미빛 구름이 머리 위에 떠 있을 뿐이었다.

이같이 두 사람은 하늘 높이, 진실이라고 생각되지 않는 것에 둘러싸여 살고 있었다. 그들이 차지한 위치는 땅밑도 아니고 하늘 꼭대기도 아니고 인간과 천사의 중간이며, 진창 위 하늘 아래이며, 구름 속이긴 하나 골육을 갖춘 인간은 아니었고, 머리끝에서 발끝까지 다만 영혼과 황홀로만 둘러싸여 있어 이미 땅위로 걸어다니기에는 너무 숭고했고 하늘 속으로 사라지기엔 너무 인간적이었다. 그들은 마치 침전성을 지닌 원자처럼 중간 위치에 떠 있어 남의 눈에는 운명에서 완전히 떨어져 나간 것처럼 보이고 어제와 오늘과 내일의 궤도를 모른 채 다만 감격과 황홀경에 도취하여 때로는 무한 속으로 날아갈 듯이 가벼워지기도 하고 때로는 거의 영원 속으로 뛰어들 것 같기도 했다.

두 사람은 이러한 요람 속에서 눈을 뜬 채 잠자고 있었다. 아아, 이상의 무게에 눌린 현실의 그 빛나는 혼수(昏睡)여! 이따금 마리우스는 코제트가 더할 수 없이 아름다운데도 그 앞에서 눈을 감는 때가 있었다. 그것은 상대의 영혼을 보는 가장 좋은 방법이기 때문이다.

마리우스와 코제트는 현재 생활이 장차 자기들을 어디로 끌고 갈 것인가를 조금도 생각하지 않았다. 두 사람은 이미 목적지에 도달한 것 같은 심정이었다. 사랑의 방향을 정하고 싶어하는 사람이 있다면 그것은 어이없는 요구일 것이다.

3. 그림자의 도주

장 발장은 아직 아무것도 모르고 있었다.

코제트는 마리우스만큼 그렇게 도취되어 있지 않았고 또 쾌활했기 때문에 장 발장은 그것만으로 충분히 만족했다. 코제트가 품고 있는 생각이나 가슴속의 연정이며 마음속에 가득 차 있는 마리우스의 모습도 그녀의 순결한 미소가 감돌고 있는 이마의 비할 데 없는 청순함을 조금도 덜하게 하지는 못했다. 그녀의 나이는 천사가 백합을 바치듯 처녀가 사랑을 바칠 그러한 나이였다. 그렇기 때문에 장 발장은 조금도 불안하게 생각하지 않았다. 게다가 사랑하는 두 연인이 서로 조심하는 한 만사는 잘되어 가게 마련이고 또 설사 사랑을 방해하는 제삼자가 있다 할지라도 연인이면 누구나 아는 조그마한 주의로 그의 눈은 완전히 덮어 버릴 수가 있는 것이다. 이런 이유로 코제트는 절대로 장 발장의 뜻을 거슬리지 않았다. 그가 산책을 하자고 했다. 그러면 그녀는 「네, 아버지」라고 대답했다. 그리고 그가 집에 있고 싶다고 하면 그녀는 「그래요. 그게 좋습니다」 하고 대답했다. 또 그가 만일 저녁 시간을 네 옆에서 지내고 싶다고 하면 그녀는 쾌히 그것을 승낙했다. 장 발장은 언제나 밤 열 시가 되면 자기 방으로 돌아가기 때문에 그런 때는 마리우스는 열 시가 지나도 한길에 서서 코제트가 돌계단으로 문을 열고 나오는 소리가 들리기 전에는 절대로 정원으로 들어가지 않았다. 하루 종일 마리우스를 본 사람이 한 사람도 없는 것은 물론이었다. 장 발장은 이제 마리우스라는 사람이 있다는 것조차 의식하지 않게 되었다. 꼭 한 번 그는 어느 날 아침 문득 그녀에게 말한 일이 있었다. 「아니, 네 등에 웬 흰 게 묻어 있냐!」 그건 그 전날 밤, 마리우스가 자기도 모르게 코제트를 벽으로 밀었을 때 묻은 것이었다.

일하는 할멈 투쌩도 초저녁잠이 많아 일만 끝나면 잠잘 생각만 하기 때문에 장 발장처럼 아무것도 알지 못했다.

마리우스는 결코 집 안에도 들어가지 않았다. 코제트와 함께 있을 때는 지나가는 사람 눈에 띄지 않고 말소리가 들리지 않도록 후미진 돌계단 옆에 숨어 앉아, 이야기 대신 일 분간에 스무 번이나 손을 서로 마주 잡는 것으로 만족하는 일이 종종 있었다. 그런 때는 설사 서로 걸음 앞에 벼락이 떨어졌대도 두 사람은 알지 못했을 것이다. 그만큼 그들은 한편의 몽상이 다른 편의 몽상에 흡수되어 깊이 잠겨 있었던 것이다.

맑디맑은 순수함. 순백의 시간. 거의 한결같은 시간. 이런 종류의 사랑은 말하자면, 백합의 꽃잎과 비둘기의 깃털을 모은 것과 같다. 정원 전체가 그들 두 사람과 한길 사이에 놓여 있었다. 마리우스는 들어가고 나올 때마다 철책을 바로 잡아 자신의 흔적을 남기지 않았다.

그는 대개 밤이 으슥한 뒤에야 일어나 쿠르페락의 집으로 돌아갔다. 쿠르페락은 바오렐에게 이렇게 말했다.

「어떤가, 자네 생각엔? 마리우스는 요새 매일 밤 새벽 한 시가 돼야 돌아오는데.」

바오렐은 대답했다.

「그게 어떻단 말야? 신학 선생이라도 염문은 있는 거야.」

이따금 쿠르페락은 팔짱을 끼고 마리우스를 점잖게 나무랐다.

「자네 요새 너무 거친 생활을 하는군.」

쿠르페락은 실제적인 사람이었으므로 마리우스에게 깃든, 눈에 보이지 않는 낙원의 반영을 좋게 생각하려 하지 않았다. 그는 숨겨진 정열이라는 걸 별로 잘 이해하지 못했다. 그는 초조해하며 이따금 마리우스에게 현실로 돌아오라고 설교하곤 했다.

어느 날 아침 그는 마리우스에게 이런 경고를 했다.

「자넨 요즘 마치 달나라나 꿈의 왕국이나 공상의 나라나 비누 거품 세계에라도 처박혀 있는 것 같군그래. 대체 그 여자의 이름이 뭔가?」

그러나 끝내 마리우스의 입을 열게 하지는 못했다. 그가 만일 그 형언할 수 없는 신성한 세 음절의 코제트라는 이름을 기어코 입에 올려야 했다면 차라리 손가락에서 손톱을 뺐을 것이다. 진실한 사랑이란 이토록 여명처럼 굳게 침묵을 지켜야 하는 것이다. 쿠르페락의 눈에도 마리우스에게는 뭔가 전과는 전혀 다른 점이 있었다. 즉 그는, 말은 없을 망정 무척 명랑해 보였다.

그 감미로운 오월 한 달 동안 마리우스와 코제트는 이런 깊은 행복을 맛보았다.

말다툼을 하며 서로 서먹서먹하게 부르는 일이 있었는데 그것도 단지 후에 좀더 친밀하게 부르기 위해서였다.

두 사람과 아무런 관계도 없는 사람의 이야기를 꼬치꼬치 화제에 올리는 것, 그것은 또 사랑이라고 부르는 그 황홀한 오페라에서는 대사는 거의 아무래도 좋다는 증거였다.

마리우스가 코제트의 복장에 대해 하는 얘기를 듣는 것.

무릎을 꼭 맞대고 앉아 플뤼메 거리를 지나가는 마차 소리를 듣는 것.

하늘의 별과 풀 숲의 개똥벌레를 지켜보는 것.

함께 묵묵히 입을 다물고 있는 것. 그것은 이야기를 하는 것보다 훨씬 큰 즐거움이었다.

그외 여러 가지 일들.

그러는 동안에 이것저것 복잡한 일들이 일어났다.

어느 날 밤 마리우스는 밀회 장소로 가기 위해 앵발리드 큰길을 지나가고 있었다. 그는 언제나처럼 고개를 숙이고 걸어갔다. 플뤼메 거리 모퉁이를 막 돌아섰을 때 바로 옆에서 이런 소리가 들려 왔다.

「안녕하세요? 마리우스 씨.」

고개를 들어보니까 에포닌느였다.

그는 묘한 기분이 되었다. 그 처녀로부터 플뤼메 거리로 안내를 받은 날부터 그는 그녀를 한 번도 생각한 일이 없었고 또 모습을 본 일도 없었기 때문에 지금은 완전히 그녀를 잊고 있었다. 그는 오늘의 행복이 모두 그녀로 인한 것 같아 그녀에 대해서는 오직 감사의 마음뿐이었으나 그녀를 만나는 것은 역시 거북한 일이었다.

정열은 행복하고 순수할 때 흔히 인간을 무척 원만하게 만든다고 생각하나 그것은 틀린 생각이다. 앞서 말했듯이 정열은 다만 인간을 망각의 상태로 이끌 뿐이다. 그러한 입장에 놓이면 인간은 확실히 악의를 잊어버리지만 동시에 선의도 잊어버린다. 감사니 의무니 소중하나 귀찮은 생각 같은 것은 모두 사라져 버리고 만다. 다른 때 같았으면 마리우스도 에포닌느에 대해 전혀 다른 태도를 취했을지도 모른다. 그러나 지금은 코제트에게 온통 정신을 빼앗기고 있었기 때문에 에포 닌느의 이름이 에포닌느 테나르디에라는 것도, 이 테나르디에라는 이름이 자기 아버지의 유언에 씌어 있는 이름이라는 것도, 또 몇 달 전만 해도 그 이름을 위해서는 생명까지 바칠 각오가 돼 있었다는 것도 그는 모두 잊어버리고 말았다. 작자는 지금 마리우스의 있는 그대로를 말하고 있는 것이다. 이제 그에게는 아 버지의 일조차 사랑의 빛 밑으로 서서히 사라져 가고 있었다.

그는 약간 당황해 하며 대답했다.

「아아! 난 누구라고, 에포닌느 씨가 아니오?」

「왜 또 경어를 쓰고 그러세요? 제가 뭐 비위에 거슬리는 일이라도 했나요?」

「아니, 그런 건 아니지만.」 그는 대답했다.

물론 그가 그녀에 대해 나쁜 감정을 가지고 있을 리는 없었다. 절대로 그렇지는 않았다. 다만 코제트와 친밀해진 지금 에포닌느와는 그래야만 될 것 같은 생각이 들었을 뿐이다.

그가 입을 다물어 버렸기 때문에 그녀는 소리를 높여 말했다.

「저어……」

그리고 문득 입을 다물었다. 전에는 그토록 뻔뻔스럽던 그녀도 적당한 말이 떠오르지 않는 모양이었다. 방긋 웃으려 했으나 그것도 잘 되지 않았다. 그녀는 되풀이 말했다.

「저어……」

그리고 다시 주저하다 그대로 눈을 내리깔고 말했다.

「안녕히 가세요, 마리우스 씨.」 그녀는 불쑥 이렇게 말하고 획 가버렸다.

4. 개는 영어로 싸다니고 은어로 짖는다

그 이튿날은 6월 3일이었다. 이 1832년 6월 3일은 마침 그 무렵 파리 지평선 위에 먹구름처럼 피어오른 중대 사건(뒤에 나옴. 6월 5일, 자유주의 장군 라마르크의 장례식을 틈타 공화주의자의 폭동이 일어남—역주)으로도 특히 기록해 둘 만한 날이다. 마리우스는 해질녘에 여전히 황홀한 생각에 잠겨 어제 지나간 길과 같은 길을 지나가려니까 큰길 가로수 사이로 에포닌느가 이쪽을 향해 다가오는 것이 보였다. 이틀이나 계속해 만나다니 너무한 일이었다. 그는 홱 몸을 돌려 큰길을 벗어나 무슈 거리로 해서 플뤼메 거리 쪽으로 갔다.

그 때문에 에포닌느는 오히려 지금까지 한 번도 그런 일이 없었는데 그의 뒤를 쫓아 플뤼메 거리까지 갔다. 그녀는 지금까지 그냥 큰길에서 그가 지나가는 것을 보는 것만으로 만족해 했고 절대로 그의 앞에 나서려고는 하지 않았다. 어제 처음으로 그에게 말을 걸어보고 싶은 충동을 느꼈던 것이다. 에포닌느는 그가 알지 못하게 뒤를 쫓아갔다. 그는 그녀가 보고 있는 앞에서 철책을 빼고 살짝 정원 안으로 들어갔다.

「어마!」 그녀는 중얼거렸다. 「집 안으로 들어가잖아!」

그녀는 철책으로 다가가 하나하나 만져본 다음 마리우스가 성큼 빼었던 쇠막대기를 곧 발견해냈다. 그녀는 우울한 어조로 낮게 중얼거렸다.

「이러면 안 돼, 리제트!(희극에 등장하는 말괄량이 소녀인데 여기선 자신에게 말한 것이다)」

그녀는 철책 주춧돌 위 그 쇠막대기 바로 옆에 마치 그 쇠막대기를 지키기라도 하려는 듯 쭈그리고 앉았다. 그곳은 철책이 바로 이웃집 담과 이어지는 곳이었다. 거기에는 에포닌느가 몸을 숨기기에 적당한 어두운 장소가 있었다.

그녀는 그렇게 한 시간 동안이나 꼼짝도 하지 않고 숨을 죽인 채 깊은 생각에 잠겨 있었다. 밤 열 시쯤 플뤼메 거리를 드문드문 지나가는 행인 중 밤늦게 이 쓸쓸한 거리를 부지런히 지나가던 한 늙은 시민이 이 철책, 벽과 철책이 맞닿은 곳까지 왔을 때 기분 나쁘게 어떤 나직한 목소리가 이렇게 말하는 것을 들었다.

「그이가 여기 밤마다 온대도 놀랄 것 없어!」

노인은 주위를 둘레둘레 둘러보았으나 사람의 그림자는 없고 해서 그만 간이

콩알만해지고 말았다. 그는 걸음을 재촉해 그 자리를 떠나 버렸다.

그 사람이 재빨리 떠난 것은 다행이었다. 왜냐하면 여섯 명의 남자가 하나씩 차례차례 벽 옆으로 다가왔기 때문이다. 그들은 마치 비밀 정찰대처럼 플뤼메 거리로 살짝 숨어 들어왔다.

제일 처음 철책 옆으로 다가오는 남자는 걸음을 멈추고 뒤에 오는 사람을 기다렸다. 얼마 안 있어 여섯 사람은 한곳에 다 모였다. 그들은 뭔가 수군수군 얘기하기 시작했다.

「요고데다.」그 중 한 사람이 말했다.

「마당에 개(cab)가 있나?」다른 남자가 물었다.

「모르겠어. 하여튼 먹일 비상떡은 가져왔으니까.」

「유리창 깨는 데 쓸 퍼티도 가져 왔나?」

「응, 가져왔어.」

「철책이 꽤 낡았는데.」다섯 번째 남자가 굵은 소리로 말했다.

「거 잘됐군.」두 번째로 말한 남자가 입을 열었다.「톱질을 해도 소리가 안 나고 자르기도 훨씬 쉬우니까.」

여섯 번째 남자는 아직 입을 열지 않았으나 한 시간 전에 에포닌느가 한 것처럼 쇠막대기 하나하나를 쥐고 주의깊게 흔들어 보았다. 이윽고 마리우스가 뺐던 쇠막대기 있는 데까지 왔다. 그가 그 쇠막대기를 쥐려고 하는 순간 어둠 속에서 불쑥 한 손이 나와 그 손을 툭 쳤다. 남자는 가슴 한복판을 세게 얻어 맞은 느낌인지 쉰 목소리로 이렇게 중얼거렸다.

「개가 있는데.」

동시에 그 남자는 안색이 나쁜 한 처녀가 눈앞에 서 있는 것을 발견했다.

남자는 뜻밖의 일을 당했을 때의 그 동요를 느꼈다. 그는 공포에 질려 무서운 얼굴이 되었다. 불안해진 맹수만큼 보기에 무서운 것은 없다. 겁에 질린 맹수의 모습은 오히려 사람을 두렵게 만드는 것이다. 남자는 뒷걸음질치며 중얼거렸다.

「뭐야, 이 말괄량이 계집애는?」

「당신 딸이에요.」

과연 테나르디에에게 말을 건 여자는 에포닌느였다.

에포닌느가 나타난 것을 알자 다른 다섯 남자인 클라크수, 괼르메르, 바베, 몽파르나스, 브뤼종은 아무 소리도 없이 서두르지 않고 천천히, 그런 밤의 인간

특유의 여유가 있는 무시무시한 동작으로 가까이 다가왔다.

그들 손에는 뭔가 심상치 않은 도구가 쥐어져 있는 것이 보였다. 괼르메르는 부랑자들이 머리 수건이라고 부르는 꾸부러진 쇠 지렛대를 하나 들고 있었다.

「야, 너 거기서 뭘 하고 있는 거냐? 대체 어쩌자는 거지? 얘가 혹시 미친 게 아냐?」테나르디에는 소리를 죽인 채 목소리를 낼 수 있는 한 다 내어 소리쳤다. 「우리 일을 방해할 생각이야?」

에포닌느는 깔깔 웃으며 그의 목에 매어달렸다.

「제가 여기 있는 건 그냥 있게 돼서 있는 거예요, 아버지. 요샌 돌 위에도 맘대로 못 앉게 됐나요? 여긴 뭘 하러 오셨어요? 비스킷이라고 하는데. 마뇽한테 잘 일러 보냈잖아요. 그건 그렇고 잠깐 키스해 주세요, 네? 아버지. 상당히 오래 간만이네요. 거기선 나오셨어요?」

테나르디에는 에포닌느의 팔을 뿌리치며 투덜투덜 말했다.

「그래그래, 네가 나한테 키스하지 않았니. 거기선 나왔다. 그런 데에 내가 처박혀 있을 것 같으냐? 자아, 저리 비켜라.」

그러나 에포닌느는 손을 놓으려고 하지 않고 점점 더 바싹 달려들었다.

「아버지, 대체 어떻게 하셨어요? 거기서 도망쳐 나오시다니 머리가 보통이 아니시군요. 제게 들려 주세요. 그리고 어머닌 어떻게 되셨어요? 어머닌 지금 어디 계세요? 그것도 가르쳐 주세요.」

테나르디에는 대답했다.

「응, 잘 있어. 너도 잘 알지 않니. 자아, 이거 놔라, 저리 비키라니까.」

「그렇게 쉽겐 안 물러나요.」에포닌느는 어리광부리는 애처럼 떼를 쓰며 말했다. 「넉 달이나 만나지 못했다가 겨우 키스를 하고 나니까 금세 비켜나라고.」

그리고 그녀는 또 아버지의 목에 바싹 매달렸다.

「아니 이게 무슨 바보 같은 짓이야.」바베가 말했다.

「서둘러야 해.」괼르메르가 말했다.

「개가 지나갈지도 몰라.」

굵직한 목소리의 남자가 이런 노래를 불렀다.

　　오늘은 설날도 아닌데
　　엄마 아빠보고 떼를 쓰네

에포닌느는 다섯 악당 쪽을 향해 돌아섰다.

「어마, 브뤼종 씨. 안녕하세요, 바베 씨. 안녕하세요, 클라크수 씨. 아, 괼르메르 씨 날 잊었어요. 어마, 몽파르나스 씨는 또 어떻게 된 기예요 ?」

「아니, 아무도 널 잊은 사람은 없어.」 테나르디에가 대답했다. 「자아, 인사는 그쯤 해두고 이제 길을 비켜라. 우리 일을 방해하지 마.」

「여우님들 행차에 암탉일랑 비켜라.」 몽파르나스가 말했다.

「우린 여기서 지금 한 몫 보려는 거야.」 바베가 덧붙여 말했다.

에포닌느는 몽파르나스의 손을 잡았다.

「조심해 !」 그는 말했다. 「손 다쳐, 단도를 가지고 있으니까.」

「이봐요, 몽파르나스 씨.」 에포닌느는 시종 조용한 어조로 말했다. 「한패를 믿지 않고 어떻게 해요. 난 이분의 딸이죠. 게다가 바베 씨, 그리고 괼르메르 씨, 이 일의 조사를 맡은 건 애초 내가 아니었어요 ?」

주의해야 할 말인데도 에포닌느는 은어를 쓰지 않고 있었다. 마리우스를 알고부터는 그런 무서운 말은 쓸 수 없었던 것이다.

그녀는 해골처럼 바싹 마른 가냘픈 작은 손으로 괼르메르의 기칠고 굵은 손을 잡고 말을 계속했다.

「제가 바보가 아니라는 건 잘 아시잖아요 ? 보통 땐 절 믿어 주시더니. 당신도 제가 여러 번 도와주었잖아요. 아주 샅샅이 조사했어요. 그리고 위험한 짓은 해본들 아무 소용이 없다는 걸 알았어요. 틀림없어요. 이 집엔 일거리가 될 만한 게 하나도 없어요.」

「하지만 여자들만 사는 집 아냐.」 괼르메르가 말했다.

「아니예요. 전부 이사갔어요.」

「촛불만 이사를 가지 않았단 말인가 ?」 바베가 말했다.

그리고 그는 나뭇가지 너머로 본채 지붕밑 방에서 왔다갔다 하는 한 불빛을 에포닌느에게 가리켰다. 그것은 투쌩이 밤에 빨래를 해서 너느라고 켜놓은 불이었다.

에포닌느는 마지막으로 다시 한 번 우겨 보았다.

「하지만, 몹시 가난한 집이에요. 일 수우도 없는 판자집이에요.」

「냉큼 저리 비켜 !」 테나르디에는 소리쳤다. 「우리가 들어가서 집 안을 벌컥 뒤집어 본 다음에 안에 뭐가 있는지 네게 가르쳐 주마.」

그리고 그는 들어가려고 그녀를 옆으로 떠밀었다.

「제발 몽파르나스 씨.」에포닌느는 애원했다.「제발 당신은 좋은 사람이니까 안에 들어가지 마세요.」

「조심하라니까, 손 베어!」몽파르나스가 꽥 화를 내었다.

테나르디에가 그 특유의 단호한 어조로 말했다.

「시끄러워, 저리 가, 남자 일에 간섭하지 마.」

에포닌느는 잡고 있던 몽파르나스의 손을 놓으며 말했다.

「그럼 무슨 일이 있어도 이 집안엔 꼭 들어가겠단 말인가요?」

「그렇다!」굵은 목소리의 남자가 비웃으며 대답했다.

그러나 그녀는 재빨리 문을 가로막고 서며 어두움 때문에 더욱 악마처럼 보이는 악당 여섯 명을 향해 날카로운 소리로 나지막하게 이렇게 말했다.

「흥, 하지만 내가 그렇게 하도록 그냥 두지는 않을 걸.」

그들은 어리둥절해서 멈추어 섰다. 다만 굵은 목소리의 남자만이 여전히 웃고 있었다. 그녀는 계속해서 말했다.

「잘들 들어요. 그렇게 마음대로 안 될 거예요. 미리 일러두지만 만일 이 마당 안으로 들어가는 날이면, 아니 이 담에 손가락 하나만 대어도 난 소리를 지르고 이 근처 문이란 문은 모조리 두드려 사람들을 깨워 놓을 테니까. 여섯 사람 몽땅 잡히게 순경을 불러올 테니까.」

「정말 그럴는지도 모르겠는데.」테나르디에가 브뤼종과 굵은 목소리의 남자에게 말했다.

그녀는 머리를 흔들며 덧붙였다.

「아버질 제일 먼저 잡겠어요!」

테나르디에가 한 걸음 다가갔다.

「가까이 오지 마세요, 아버지!」그녀는 소리쳤다.

그는 투덜투덜 중얼거리며 도로 물러났다.「그래 대체 어쩌겠단 말야?」「개 같은 년!」

그녀는 굉장히 큰소리로 깔깔 웃었다.

「그야 당신들 마음대로. 하지만 안에는 못 들어가요. 그리고 난 개의 딸년이 아니라 늑대의 딸년이에요. 당신들은 모두 합해 여섯 명이지만 그게 어떻단 말예요? 당신들은 남자죠? 흥, 난 여자예요. 하지만 난 조금도 무섭지 않아요. 알겠어요? 당신들을 절대로 이 안에 들여보내지 않을 테니까. 옆에 가기만 해 보세요. 당장 짖어 대겠어요. 아까 말했죠? 개가 있다고. 그게 바로 나예요. 당신들 같은 건 문제 없어요. 곧장 돌아가세요. 이렇게 귀찮게 굴지 말고. 어디든 좋은 데로 가세요. 하지만 여기만은 절대로 오지 마세요. 내가 용서 안할 테니까! 당신들이 단도를 가지고 있다면 난 발로 차는 수가 있어. 그런 건 아무래도 좋아. 자아, 해볼 테면 해봐!」

그녀는 악당들 쪽으로 한 걸음 다가갔다. 무시무시한 모습으로 그녀는 또 웃기 시작했다.

「흥! 무섭긴 뭐가 무서워. 어차피 올여름에도 또 배를 곯을 테고 겨울이 되면 추워 벌벌 떨 텐데. 정말 웃기는군, 이 사내들의 어리석은 꼴이라니, 참. 계집애니까 무서워할 거라 이거지. 뭐, 무서워 떤다고? 흥, 천만에. 맨날 소리지르면 쩔쩔매는 계집들하고만 살아 봐서 그런 줄 알지만 어림도 없어. 난 아무것도 무서운 게 없다 이기야!」

그녀는 테나르디에를 똑바로 쏘아보며 말했다.

「아버지도 무섭지 않아요!」

그리고 그녀는 유령처럼 핏발이 선 눈으로 악당들을 쭉 둘러보고 계속해 말했다.

「플뤼메 거리 돌바닥에서 아버지 단도에 맞아 죽어, 설사 내일 실려 나가는 한이 있더라도 말예요. 또 일 년 후에 쌩 클루 다리 아래에 있는 쓰레기를 건지는 그물 속이나 씨뉴 섬가에 썩은 병마개랑 물에 빠져죽은 개에 섞여서 발견된 데도 그게 나하고 무슨 상관이 있어요?」

여기서 그녀는 잠시 말을 끊지 않을 수 없었다. 마른 기침이 나오며 좁고 허약한 가슴에서 숨넘어 갈 듯한 소리가 나왔기 때문이다.

그녀는 다시 계속했다.

「내가 소리만 치면 사람들이 우르르 달려올 거야. 당신들은 여섯 명이지만 여긴 세상 사람 다야.」

테나르디에는 그녀 옆으로 조금 다가섰다.

「가까이 오지 마세요!」 그녀는 소리쳤다.

그는 멈추어서서 부드러운 목소리로 말했다.

「그래, 그래. 안 갈게. 안 갈 테니까 그렇게 소리치지 마. 그런데 얘야, 너 왜 우리 일을 못하게 하지? 우리도 벌어야 할 게 아니야? 네가 이 애비한테 그렇게 야속하게 할 수 있니?」

「그런 소린 싫증이 나도록 들었어요.」 그녀는 소리쳤다.

「우리도 살아야 할 게 아니냐, 먹고 살아야 할 게 아니야……」

「차라리 죽어 없어지는 게 나아요.」

말하고 그녀는 철책 아래 주춧돌에 쭈그리고 앉더니 이런 노래를 홍얼거리기 시작했다.

> 포동포동하던 팔,
> 날씬하던 다리,
> 옛날은 헛되이 지나갔네
>
> (베랑제의 샹송 〈우리 할머니〉의 후렴)

그녀는 무릎 위에 두 손으로 턱을 괴고 될 대로 되라는 듯, 다리를 흔들흔들하며 앉아 있었다. 떨어진 옷 사이로 바싹 여윈 몸체가 들여다보였다. 옆에 있는 가로등 불빛이 그러한 그녀의 옆 얼굴과 앉아 있는 모습을 비췄다. 배짱이 더할 수 없이 두둑한 대담한 태도였다.

여섯 명의 강도는 한 조그만 처녀에게 일의 방해를 당하고 잔뜩 기분이 상해 불쾌한 얼굴로 가로등 그늘 밑으로 가서 이마를 맞대고 의논하기 시작했다.

그녀는 그동안 태연하게 무척 거친 태도로 그들을 지켜 보았다.

「저 계집애에게 무슨 일이 있는 모양인데.」 바베가 말했다. 「어떤 개자식한테 반한 건가? 하지만 이대로 만만히 물러나긴 참 섭섭한데. 여자 둘이만 살고 뒷뜰에 늙은 노인이 하나 사는 모양인데. 창에 친 커튼도 그렇게 싸구려가 아니야. 그 늙은인 틀림없이 유태인일 거야. 그러니까 일은 참 좋은 일인데.」

「좋아, 그럼 자네들은 들어가.」 몽파르나스가 소리쳤다.

「그리고 일을 해. 난 저 계집애하고 여기 남을 테니까. 만일 저년이 소란을 피우거나 하면 그냥……」

그는 옷 소매 속에 감추었던 칼을 가로등 불빛에 번쩍 비쳐 보였다. 테나르디에는 말없이 동료들의 의향을 따라갈 모양이었다.

브뤼종은 늘 결정을 잘 내리는 사람이고 또 아다시피 이 일의 『주동자』이기도 했으나 아직 한 번도 입을 열지 않았다. 그는 곰곰이 생각하고 있는 것 같았다. 그는 어떤 일에도 후퇴하는 일이 없는 남자로 통하고 있었고 언젠가는 단순히 허세를 부리기 위해 경찰서에서 소란을 피운 것으로도 유명했다. 게다가 시구며 상송의 구절을 묘하게 비꼬기를 잘해 그것으로 또 대단한 인정을 받고 있었다.

바베가 그에게 물었다.

「자넨 왜 아무 말도 안 하나, 브뤼종?」

그래도 여전히 입을 다물고 있더니 한참 후에 고개를 이쪽저쪽으로 이상하게 갸웃거리고 나서 마침내 결심한 듯 소리를 높여 말했다.

「이렇게 하지. 오늘 아침엔 참새 두 마리가 서로 싸우는 것이 보이더니 이젠 또 계집년이 싸우자고 덤벼드니 아무래도 재수가 없는 모양이야. 돌아가도록 하세.」

그리하여 그들은 돌아갔다.

돌아가며 몽파르나스는 중얼거렸다.

「모두가 찬성만 했다면 난 그년을 그냥 목을 졸라 죽여 버리고 말았을 거야.」

바베가 그 말에 대답했다.

「난 여자에겐 손을 안 대.」

길 모퉁이에서 갑자기 그들은 발걸음을 멈추고 이상한 말을 수군수군 나누었다.

「오늘 밤은 어디서 잘까?」

「팡탱(파리) 아래.」

「쇠울타리 열쇠는 가지고 있나, 테나르디에?」

「물론 가지고 있지.」

에포닌느가 꼼짝 않고 지켜보고 있으려니까 그들은 방금 온 길을 다시 돌아갔다. 그녀는 일어나 살짝 벽을 따라 그들의 뒤를 밟기 시작했다. 그녀는 큰길까지 쫓아갔다. 거기서 그들은 제각기 헤어졌다. 그리고 여섯 남자가 어둠 속으로 마치 빨려들어가 녹아 버리듯 사라지는 것을 그녀는 보았다.

5. 밤에 있는 온갖 것들

악당들이 가버리자 플뤼메 거리는 다시 밤의 고요한 상태로 되돌아갔다.

방금 이 거리에서 일어난 일도 나무들을 놀라게 하지는 못했다. 큰 나무나 잡목이나 히이드, 멋대로 엉킨 나뭇가지나 키 높은 풀들이 모두 깊은 정적에 잠겨 있었다. 멋대로 돋아난 야생 식물들은 거기 눈에 보이지 않은 것 속에 나타난 것을 선명히 본다. 인간 아래에 존재하는 것이 안개를 통해 인간 저쪽에 있는 것을 식별하는 것이다. 또 거기에는 우리 살아 있는 사람들이 모르는 온갖 것들이 어둠 속에 서로 이마를 맞대고 있다. 털을 곤두세운 야수 같은 자연이, 초자연으로 느껴지는 그 무엇이 다가오는 것을 느끼고 무서워 떤다. 갖가지 그림자는 서로의 힘을 알고 서로의 사이에 신비한 균형을 이루고 있다. 야수의 이빨도 발톱도 그 잡을 수 없는 것이 무서워 벌벌 떤다. 그것은 피를 빠는 수성이요, 먹이를 찾아 헤매는 탐욕이요, 발톱과 턱만을 무기로 배를 불리는 것을 유일한 이유와 목적으로 삼는 본능이다. 그들은 이러한 것들이 수의를 걸친 무감각한 망령의 그림자들처럼 흐릿하게 흔들거리는 옷차림에 둘러 싸여 죽음의 삶을 살아 가는 것을 불안한 눈초리로 지켜 보고 또 냄새를 맡고 있다. 그들 수성은 단순한 물질에 지나지 않으나 뭔가 정체를 알 수 없는 어둠과 상대하는 것을 어쩐지 두려워하는 것 같다. 길을 막는 어두운 그림자는 맹수의 걸음을 단번에 멈추게 한다. 무덤에서 나온 것이 동굴에서 나온 것을 무서워 떨게 하고 당황하게 한다. 흉포한 것이 불길한 것을 두려워한다. 늑대가 시체를 뜯어 먹는 마녀를 만나 어쩔 줄 몰라 쩔쩔매는 것이다.

6. 마리우스는 현실로 돌아와 코제트에게 주소를 가르쳐주다

인간의 탈을 쓴 암캐가 철책을 지키는 바람에 여섯 악당이 한 여자 앞을 물러나는 동안 마리우스는 코제트의 옆에 있었다.

그는 이때만큼 별이 가득 깔린 하늘이 아름답게 보이고, 나무의 흔들림이며 풀의 향기가 폐부 깊숙이 스며드는 것을 느껴 본 일이 없었다. 그리고 이 순간만큼 새가 나뭇잎 사이에서 조용히 잠든 일이 없었고, 우주의 맑디맑은 화음이 사랑의 내적 음악과 하모니를 이룬 때가 없으며 마리우스가 도취되고 행복에 취하고 황홀감에 잠긴 일이 또 없었다. 그러나 그는 이윽고 코제트가 슬픔에 잠겨 있는 것을 알았다. 그녀는 울고 있었던 것이다. 눈이 빨갛게 충혈되어 있었다.

그것은 이 멋진 꿈속에 처음으로 낀 구름이었다.

마리우스가 처음으로 한 말은 이런 것이었다.

「웬일이오?」

그러자 그녀는 대답했다.

「이제 얘기할께요.」

그리고 그녀는 돌 계단 바로 옆 벤치에 걸터앉아 그가 떨며 옆에 앉는 동안 말을 이었다.

「아버지가 오늘 아침 말씀하셨어요. 준비를 해두라고요. 일이 생겨서 어쩌면 곧 어디론가 출발하게 될 거라고요.」

마리우스는 머리끝에서 발끝까지 부르르 떨었다.

인생을 다 산 사람에게는 죽는다는 건 출발을 의미한다. 그러나 코르네이유가 말했듯이 인생 초기에 있는 사람에게 출발한다는 건 곧 죽는 것을 의미한다.

육 주일 전부터 마리우스는 조금씩 천천히 코제트를 제것으로 만들어 가고 있었다. 물론 관념뿐이었으나 깊숙이 제것으로 만들어 가고 있었다. 이미 말한 것처럼 첫사랑에서는 육체보다도 먼저 영혼을 소유하는 것이다. 나중에는 영혼보다 육체를 먼저 소유하게 되고 또 때로는 영혼을 전혀 소유하지 않게 되는 경우도 있지만. 포블라(18세기 말 쿠레의 통속소설에 나오는 호색가의 전형)며 프뤼돔(앙리 모니에가 만든 속물의 전형) 같은 사람은 이렇게 말할 것이다.「그야 뭐, 영혼이란 원래 없는 거니까.」 그러나 그런 빈정거림은 다행히도 단순한 폭언에 지나지 않는다. 마리우스는 순전히 정신적인 의미에서 코제트를 제것으로 만들어 가고 있었다. 그의 영혼 전체로 그녀를 싸고 믿어지지 않을 정도의 확신으로 갖가지 마음을 쓰며 그녀를 사로잡아 가고 있었다. 그녀의 미소, 그녀의 숨결, 그녀의 체취, 느껴지는 부드러운 감촉, 그녀의 목덜미에 있는 귀여운 점, 그녀가 생각하는 온갖 것을 그는 자기 것으로 만들어 가고 있었다. 두 사람은 잘 때는 꼭 서로의 꿈을 꾸자고 약속하고 또 그것을 실행했다. 그래서 그는 코제트가 꾸는 꿈까지도 전부 소유하고 있었다. 끊임없이 그녀의 목덜미의 솜털을 바라보고 입김으로 불며 그 중 어느 하나도 자기 것이 아닌 것이 없다고 단언했다. 그녀가 몸에 지니고 있는 모든 것, 설사 리본이며 장갑이며 커프스며 구두까지도 마치 자기가 가지고 있는 신성한 것인 듯 쉴새없이 바라보며 열렬히 사랑했다. 그녀가 머리에 꽂고 있는 아름다운 빗도 자기 것이라고 생각하고, 또 차츰 고개를 들기 시작하는 육욕의 둔하고 막연한 속삭임 속에서는 그녀의 드레스 끈 하나나 양말 코 하나도, 치마의 주름 하나도 모두 제것이 아닌 것이 없다고 생각할 정도였다. 그는 그녀 옆에 있으면 마치 자기의 풍요 옆에, 자기의 소유물이나 노예나, 또는 폭군 옆에 있는 것처럼 생각되었다. 두 사람의 영혼은 너무 얽혀 있었기 때문에 이제 그것을 도로 나누려 해도 거의 분별이 어려울 정도였다.『이게 내 영혼이야.』『아니예요, 그건 내것이에요.』『아니야, 당신은 착각을 하고 있어. 이건 확실히 내것이야.』『당신이 자기라고 생각하는 것은 사실은 바로 나예요.』마리우스는 코제트의 일부가 된 무엇이었으며 코제트는 마리우스의 일부가 된 그 무엇이었다. 마리우스는 코제트가 자기 내부에 살고 있는 것을 느끼고 있었다. 코제트를 소유하고 그녀를 내것으로 하는 것, 그것은 바로 그가 숨을 쉬는 것과 같았다. 그런데 그러한 신뢰, 그러한 도취, 그러한 비할 데 없이 순결한 소유, 그러한 권리를 누리고 있는 이때 갑자기『출발하게 될 것이다』는 말이 떨어져 내리고 현실의 당돌한 목소리가 코제트는 네것이 아니다, 하고 그에게 소리친 것이다.

마리우스는 꿈에서 깨어났다. 육 주일 전부터 사실 마리우스는 현실 밖에서 살고 있었다. 그런데 이제 이『출발한다』는 한 마디가 그를 냉혹하게 현실로 돌아오게 한 것이다.

그는 한 마디도 할 말을 찾지 못했다. 코제트는 그의 손이 무척 찬 것을 느꼈다. 그녀가 먼저 입을 열었다.

「왜 그러세요?」

그는 대답했으나 그 목소리는 코제트가 거의 알아듣기 어려울 정도로 낮았다.

「무슨 말인지 잘 못 알아듣겠소.」

그녀는 되풀이 말했다.

「오늘 아침 아버지가 자질구레한 걸 전부 챙겨서 떠날 준비를 해놓으라고 하셨어요. 그리고 나중에 아버지의 내의를 줄 테니까 트렁크에 넣으라고. 곧 떠나게 된다고요. 내것은 큰 트렁크를 마련하고 아버지 것은 작은 트렁크를 마련해서 이제부터 일주일 동안 준비를 다 끝내 가지고 영국으로 떠난다나 봐요.」

「그건 너무한데!」마리우스는 소리쳤다.

이때의 마리우스의 심정으로는, 어떤 권력의 남용이나 폭력도, 또 어떤 무서운 전제 군주의 만행도 부시리스(외국인을 신의 제단 앞에 모조리 바쳤다는 전설상의 이집트 왕)나 티베류스나 방탕하고 잔인한 헨리 8세의 어떤 행위도, 잔인한 면에서는 포슐르방 씨가 일이 생겼다고 딸을 데리고 영국으로 가려는 것엔 비길 것이 못되었다.

그는 힘없는 목소리로 물었다.

「그래 언제 출발한대요?」

「아직 말씀하시지 않았어요.」

「그럼 돌아오는 건 언제래요?」

「그것도 말씀하시지 않았어요.」

마리우스는 일어나며 냉랭한 목소리로 말했다.

「코제트, 당신도 갈 테요?」

코제트는 슬픔에 젖은 눈을 당황히 그의 쪽으로 돌리며 대답했다.

「어디 말예요?」

「영국 말이오, 당신도 가냔 말이오?」

「왜 갑자기 그렇게 서먹서먹하게 말씀하세요? 저에게.」

「당신도 가느냐고 묻지 않았소?」

「그럼 저보고 어떻게 하란 말씀이세요?」 그녀는 손을 깍지 끼면서 대답했다.

「그럼 그대로 당신은 가겠단 말이오?」

「아버지가 가시면…….」

「그냥 떠나겠단 말이오?」

코제트는 아무 대답도 없이 마리우스의 손을 꼭 잡았다.

「좋아.」 마리우스는 말했다.「그럼 나도 딴 데로 떠나지.」

코제트는 이 말을 이해했다기보다 느낌으로 알아들었다. 그녀의 얼굴은 갑자기 창백해졌기 때문에 어둠 속에 하얗게 떠보였다. 그녀는 더듬거리며 말했다.

「그게 무슨 뜻이에요?」

마리우스는 그녀를 바라보다 천천히 눈을 들어 하늘을 보며 대답했다.

「아무것도 아니오.」

그리고 눈을 내려깔다 그녀가 미소짓는 것을 보았다. 사랑하는 여자의 미소는 밤에 보는 광명과 같은 것이다.

「우린 참 바보들이에요, 마리우스 씨. 저 참 좋은 생각을 했어요.」

「무슨?」

「당신도 같이 출발하는 거예요. 우리가 출발하면 곧! 가는 데를 알려 드릴께요. 그럼 우리 가는 곳으로 만나러 오시면 될 거 아녜요?」

마리우스는 이제 완전히 꿈에서 깨어난 인간이었다. 그는 다시 냉혹한 현실을 절감했다. 그는 코제트에게 소리쳤다.

「같이 출발하자고? 당신 그거 제 정신으로 하는 말이오? 그러려면 돈이 있어야 하는데 난 지금 한푼도 없는 신세요. 쿠르페락이라는, 당신은 잘 모르는 친구에게 꾸어 쓴 형편이오. 게다가 내 낡은 모자는 삼 프랑도 채 안 나가는 것이고 윗도리는 단추가 다 떨어졌고 셔츠는 너덜너덜하고 팔꿈치가 다 나가고 구두에는 물이 들어오는 형편이오. 그래도 난 이런 걸 육 주일 전부터 하나도 신경을 쓰지 않기로 하고 있소. 그리고 코제트, 당신에게 아직 말하지 않았지만 난 참 초라하고 보잘 것 없는 인간이오. 당신은 밤에만 나를 보고 나를 사랑하고 있소. 그러나 만일 낮에 보게 되는 날이면 아마 거지라고 일 수우짜리 동전을 집어던져 줄 거요. 영국에 간다고? 그건 도저히 불가능한 일이오. 난 지금 지갑을 살 돈도 없소.」

그는 나무 옆으로 다가가 두 손을 머리 위로 올리고 이마를 나무에 댄 채 꼼짝 않고 서 있었다. 그리고 나무가 살갗을 찌르는 것도 또 뜨거운 열이 관자놀이에서 맥박치는 것도 느끼지 못하는 듯 당장에라도 쓰러질 듯 마치 절망의 조각처럼 서 있었다.

그는 한참 동안 그렇게 서 있었다. 누구나 그러한 절망의 심연에 빠지면 쉽게 헤어나올 수 없는 것이다. 그러나 마침내 그는 돌아섰다. 등 뒤에서 숨이 막힌 듯한 부드럽고 나지막한 소리가 들려 왔기 때문이다.

코제트가 흐느껴 울고 있는 것이었다.

그녀는 벌써 두 시간 이상이나 생각에 잠긴 마리우스 옆에서 울고 있었던 것이다.

그는 그녀 옆으로 다가가 무릎을 꿇고 앉아 천천히 엎드리며 드레스 밑으로 나온 그녀의 발끝을 잡고 거기에 입술을 댔다. 그녀는 묵묵히 그가 하는 대로 내버려두었다. 여성은 이따금 이처럼 우수에 잠긴 체념의 여신같이 사랑의 예배를 말없이 받아들일 때가 있다.

「울지 마오.」 그는 말했다.

그녀는 중얼거렸다.

「전 틀림없이 가게 될 텐데 당신은 못 오신다니!」

그는 계속해 말했다.

「날 사랑하고 있소?」

그녀는 흐느껴 울며, 눈물을 흘리며 말할 때 그 어느 때보다도 가장 매혹적인 저 천국의 말로 대답했다.

「당신을 진심으로 사랑해요!」

그는 형언할 수 없는 애정을 담은 어조로 말했다.

「울지 말아요, 응? 나를 위해서 울음을 그쳐 주지 않겠소?」

「당신도 저를 사랑하고 계세요?」

그는 그녀의 손을 잡았다.

「코제트, 난 지금까지 아무에게도 내 명예를 걸고 맹세해 본 일이 없소. 왜냐하면 그런 맹세가 무섭기 때문이오. 난 언제나 내 옆에 아버지를 느끼며 사오. 그러나 나는 지금 당신을 향해 나의 가장 신성한 맹세를 하겠소. 알겠소? 당신이 가면 나는 죽어 버릴 거라고.」

이 말을 하는 그의 어조에는 무척 엄숙하고 조용한 우수가 서려 있었기 때문에 코제트는 자기도 모르게 몸을 떨었다. 어두운 진실에 찬 그 무엇이 퍼뜩 스치고 지나갈 때 주는 그 싸늘한 느낌을 그녀는 받은 것이다. 그녀는 등골이 오싹해 울음을 뚝 그쳤다.

「자아, 잘 들어 봐.」

「내일은 나를 기다리지 마.」

「왜요?」

「모레 기다려.」

「어마, 왜요?」

「곧 알게 돼.」

「하루를 못 만난다니 그럴 순 없어요.」

「일생을 위한 일이 될지 모르니 하루만 희생해요.」

그리고 마리우스는 목소리를 낮추어 혼잣말처럼 이렇게 덧붙였다.

「습관을 절대로 바꾸는 일이 없는 사람이고, 게다가 밤이 아니면 아무도 만나지 않는 사람이니.」

「지금 누구 얘기를 하고 계신 거예요?」

「나 말이야? 아니 아무것도 아니야.」

「무슨 희망이라도 있어요?」

「모레까지 기다려 봐요.」

「꼭 그렇게 하라는 말씀이군요.」

「그래요, 코제트.」

그녀는 두 손으로 그의 머리를 싸안고 그의 키에 닿도록 발꿈치를 든 다음 그의 눈을 들여다보며 그 눈 속에서 그 희망이란 게 무엇인가 읽어내려 하였다.

마리우스는 다시 입을 열었다.

「참 그렇군, 당신한테 우리 집 주소를 가르쳐 줄 필요가 있겠군. 무슨 일이 일어날지 모르니까 말이야. 난 조금 전에 말한 그 쿠르페락네 집에 있소. 베르리 거리 16번지야.」

그는 주머니를 뒤져 칼을 찾아내더니 칼끝으로 회벽에 『베르리 거리 16번지』라고 새겼다. 코제트는 그동안 여전히 그의 눈속을 살폈다.

「네, 마리우스 씨, 말씀해 주세요, 뭘 생각하고 계신지. 제게 말씀해 주세요, 네? 제가 오늘밤 잠을 잘 수 있게 말씀해 주세요.」

「내가 생각하고 있는 건 바로 이거요. 하느님은 절대로 우릴 떼놓으시지 않으실 거라고. 모레 기다려요.」

「그때까지 전 뭘하고 있으면 좋아요? 당신은 밖에 나가서 여기저기 돌아다닐 수나 있지만! 남자란 참 행복한 존재예요. 전 하루 종일 혼자 여기 있어야 해요. 아아, 얼마나 쓸쓸할까! 그래 내일 저녁엔 뭘 하실 작정이에요?」

「응, 뭘 좀 해볼 일이 있어.」

「그럼 전 그 일이 잘 되도록 하느님께 빌며 만날 때까지 계속 당신만을 생각하겠어요. 이제 아무것도 묻지 않겠어요. 당신이 대답해 주시질 않으니까. 당신은 저의 주인이에요. 전 내일 밤, 당신이 좋아하는 《외리앙트》노래를, 언젠가 당신이 제 창 밖에서 들으셨다는 그 노래를 부르며 지내겠어요. 하지만 모레는 일찍 오셔야 해요. 밤이 되면 곧 기다리고 있을 테니까요. 정각 아홉 시에 와야 해요. 아아, 해는 왜 그렇게 긴지. 아시겠죠? 아홉 시를 치면 마당에 나와 있겠어요.」

「틀림없이 올게.」

그리고 서로 소리내어 말을 하지 않았으나 같은 생각에 움직이는 두 연인 사이를 끊임없이 오가는 전류의 충동으로 고뇌 속에서도 역시 쾌감을 느끼면서 두 사람은 서로의 팔에 몸을 던져 언제 입술이 마주 닿았는지도 느끼지 못한 채 황홀감과 눈물에 넘친 눈을 들어 하늘의 별을 올려다보는 것이었다.

마리우스가 나갔을 때 길에는 사람이 하나도 없었다. 마침 에포닌느가 악당들의 뒤를 따라 큰길까지 나간 직후였다.

조금 전에 마리우스가 나무에 기대어 생각에 잠겨 있을 때 그의 마음에는 문득 한 생각이 떠올랐다. 떠오르긴 했어도 무척 슬픈 것이고 자신이 생각해도 그것은 도저히 불가능한, 얼토당토 않은 것이었다. 그러나 그는 단호히 결심했던 것이다.

7. 마주 앉은 늙은 마음과 젊은 마음

질르노르망 노인은 그때 이미 만 아흔한 살이었다. 그는 여전히 질르노르망 양과 함께 피유 데 칼베르 거리 6번지 그 낡은 집에서 살고 있었다. 그는 독자의 기억에도 남아 있듯이 죽음을 기다리는 나이가 되었어도 끄떡없이 여전히 약해질 줄 모르는, 슬픔에도 굴복하지 않는 그런 구식 노인의 한 사람이었다.

그러나 근래에 와서는 그도 그의 딸이「아버님도 이제 상당히 약해지셨다」고 할 만큼 변했다. 그는 이제 하녀의 뺨을 때리는 일도 없었고 또 어쩌다 바스크가 문을 늦게 연다고 무서운 얼굴로 층계참을 지팡이로 두드리는 일도 없었다. 7월 혁명에 대한 분노도 겨우 육 개월밖에 가지 않았다. 〈모니외퇴르〉 신문에『프랑스 귀족원 의원 옹블로 콩테 씨』운운하고 나온 것을 보아도 그전처럼 그렇게 화를 내지 않았다. 사실 노인은 무척 쇠약해 있었던 것이다. 좀처럼 기가 죽는 일이 없고 약한 소리를 하지 않는 것은 육체적으로나 정신적으로나 그의 특징이었지만 마음속으로는 확실히 쇠잔해 가는 자신을 느끼고 있었다. 사 년 전부터 그는 기를 쓰고 마리우스를 기다렸다. 그 만만치 않은 놈이 언젠가는 대문의 벨을 누르며 찾아올 것이라고 굳게 믿으며. 그러나 요즘엔 곧잘 침울한 기분 속에서도 문득 『마리우스가 이대로 나를 내내 기다리게 한다면……』하고 생각하게 되었다. 그로서 가장 견딜 수 없는 것은 자기가 얼마 안 있어 죽을 것이라는 생각보다 어쩌면 마리우스와 다시는 만날 수 없을지도 모른다는 생각이었다. 그것은 극히 최근까지도 그의 머리에는 한 번도 떠오른 일이 없는 생각이었다. 그러나 요즘은 그 생각이 자주 떠오르기 시작해 그 때문에 그를 오싹 소름끼치게 만들었다. 자연스런 진실한 감정이 언제나 그렇듯, 그런 식으로 집을 뛰쳐나간 배은망덕한 손자에 대한 할아버지로서의 애정은 본인이 없는 만큼 날이 갈수록 더해갔다.

사람이 가장 태양을 그리워하는 때는 어느 때보다도 섣달 영하 십도의 밤이다. 질르노르망 씨로선 할아버지인 자기가 손자를 찾아간다는 것은 도저히 있을 수 없는 일이었고, 또 그렇게 굳게 믿고 있었다. 『그러느니 차라리 죽는 게 낫지.』 그는 중얼거리곤 했다. 자기가 나빴다고는 결코 생각하지 않았으나 마리우스를 생각할 때마다 그는 어둠 속으로 사라지려는 노인 특유의 깊은 감상과 절망을 느끼지 않을 수 없었다.

마침내 이도 빠지기 시작하여 그것이 그를 한층 슬프게 만들었다.

하여튼 화가 나고 부끄럽기도 하여 스스로 인정하진 않았으나 질르노르망 씨가 지금 마리우스를 사랑하는 것은 한 여자를 사랑하는 것 이상으로 컸다.

그는 눈을 뜨면 곧장 보이게끔 자기 방 침대 머리에 죽은 또 하나의 딸인 퐁메르시 부인의 초상화를 세워 놓았다. 그녀가 열여덟 살 때 그린 것으로 그는 그것을 밤낮으로 들여다보았다. 어느 날 그것을 한참 들여다보다가 그는 문득 중얼거렸다.

「꼭 닮았어.」

「동생하고 말씀이죠?」질르노르망 양이 말했다. 「네, 꼭 닮았어요.」

노인은 덧붙여 말했다. 「그리고 그 녀석하고도.」

어느 날, 그가 무릎을 꼭 맞대고 거의 눈을 감듯이 한 채 침울한 모습으로 앉아 있는 것을 보고 딸이 그에게 물어 보았다.

「아버님, 아직도 그애를 원망하고 계십니까? 여전히…….」

그녀는 더 이상 말할 용기가 없어 입을 다물어 버리고 말았다.

「누구 말이냐?」하고 그가 물었다.

「그 가엾은 마리우스 말이에요.」

그는 늙은 얼굴을 쳐들고 주름투성이 손을 테이블 위에 올려 놓으며 한껏 화가 난 듯한 목소리로 외쳤다.

「마리우스가 가엾다고! 그놈은 못된 놈이야. 악당이야. 뻔뻔하고 인정머리 없고 피도 눈물도 없는 건방진 놈이야. 저밖에 모르는 고약한 놈이야.」

그리고 그는 눈물이 괸 눈을 보이지 않으려고 딸에게서 고개를 돌렸다. 그 사흘 후, 네 시간이나 침묵을 지키던 그는 문득 딸에게 이렇게 말했다.

「결코 그놈 얘기는 말라고 네게 진작부터 부탁해 두었을 텐데.」

질르노르망 이모는 완전히 체념하고 이런 결론을 내렸다.

『아버님은, 동생이 그런 어리석은 짓을 저지르고부터는 별로 사랑하시지 않게 된 데다 또 마리우스도 미워하고 계시는 게 틀림없구나.』

『그런 어리석은 일을 저지르고부터』라는 말은 딸이 대령과 결혼하고 나서부터라는 뜻이다.

그래서 독자도 이미 알았을 것으로 알지만 질르노르망 양은 그녀 마음에 드는 창기병 장교 테오딜르를 마리우스 대신 놓으려고 끈질기게 노력하다 그만 실패하고 말았다. 이 대역의 계획은 결국 성공을 거두지 못하고 말았다. 질르노르망 씨는 대역을 받아들이지 않았던 것이다. 마음의 공허는 대용품으로 메울 수 없는 것이다. 한편, 테오딜르도 유산에는 침을 흘렸으나 노인의 비위를 맞추는 건 질색이었다. 노인은 창기병을 질리게 만들었고 창기병은 노인의 기분을 상하게 만든 것이다. 테오딜르 중위는 꽤 쾌활한 남자이기는 했으나 말이 너무 많았다. 싹싹하긴 했으나 너무 평범했다. 유쾌하긴 했으나 예의가 없었다. 당연한 것처럼 정부를 몇 명이나 가지고 있었고 또 당연한 것처럼 그 이야기를 즐겨 했다. 게다가 그 말하는 것이 몹시 천하고 비열했다. 그의 장점에는 무엇이나 다 한 가지씩 단점이 곁들여 있었다. 바빌론느 거리 병영 근처에서 여자들이 줄줄 따른다는 얘기는 질르노르망 노인을 아주 실리게 만들어 버렸다. 게다가 테오딜르 중위는 이따금 삼색 모표에 군복을 입고 나타났다. 그것으로 그는 완전히 낙제했다. 질르노르망 노인은 마침내 딸에게 이렇게 말했다. 「테오딜르, 그 녀석은 이제 아주 지긋지긋하다. 네 마음에 들걸랑 너나 상대하라. 난 평화로울 때 군인을 볼 취미는 없다. 그냥 군도를 늘이고 다니는 놈보다는 차라리 군도를 휘두르는 놈이 훨씬 나을지도 모른다. 요컨대 전쟁에서 칼 싸움을 하는 편이 포도에서 칼집을 덜거덕거리는 것보다는 보기에 덜 흉하다. 게다가 영웅이기나 한 듯 으스대고 다니며 여자처럼 가죽 벨트로 허리를 죄고 가슴에 콜셋을 하고 다니니 정말 웃기는 얘기야. 진짜 사내라면 허세 부리는 것도 사랑하는 것도 다 삼가는 법이야. 너무 잘난 체하는 것도 안 되고 너무 온순한 체해도 안 되는 거야. 좋걸랑 테오딜르는 이제 너나 상대해라.」

딸은 이렇게 말해 보았으나 아무 소용이 없었다. 「하지만 아버님의 종손이 아니예요?」 결국 질르노르망 씨는 발끝에서 머리끝까지 할아버지였지 조금도 종조부는 될 수 없는 인간이었다.

사실, 그는 재주도 있고 사람을 알아보는 눈도 있어 테오딜르를 보면 마리우스의 생각이 더욱 간절했다.

어느 날 밤, 이미 6월 4일이었는데도 질르노르망 노인은 여전히 난로에 불을 벌겋게 피워 놓고 있었다. 딸은 옆방에 들어가 난로 장작 받침대에 발을 올려 놓고 코로망델 나무로 만든 커다란 아홉 폭짜리 칸막이에 반쯤 숨어 앉아 녹색 갓 아래 두 개의 촛불이 켜진 테이블에 팔꿈치를 괸 채 안락의자에 몸을 깊숙이 파묻고 책을 들고 있었으나 읽지는 않았다. 언제나처럼 옷은 집정정부 시대의 멋쟁이처럼 차려입어 언뜻 보면 가라(대혁명과 제정시대의 정치가)의 오래 된 초상과 똑같았다. 만일 그런 차림으로 거리를 걸어갔다면 틀림없이 많은 사람이 줄줄 따라다녔겠지만 다행히도 그는 외출할 때마다 언제나 딸이 신부가 입는 것 같은 커다랗고 긴 망토를 입혀 주었기 때문에 그 옷은 사람들 눈에 띄지 않았다. 집에서는 일어날 때와 잘 때 이외에는 절대로 실내복을 입지 않았다.

「그걸 입으면 너무 늙어 보여서 말이야.」 그는 곧잘 말했다.

질르노르망 노인은 사랑하면서도 괴로운 심정으로 마리우스를 생각하고 있었는데 오늘밤도 언제나처럼 괴로운 심정이 더 앞섰다. 그의 초조한 애정은 언제나 마지막엔 부글부글 끓다가 분노로 변해 버렸다. 요즘은 이미 마음을 굳게 먹고 가슴 아픈 일도 감수하려고까지 생각하게 되었다. 이제 마리우스가 돌아올 까닭은 하나도 없었다. 돌아오려면 벌써 옛날에 돌아왔을 게 아닌가. 단념하는 수밖에 없다. 노인은 지금도 자신에게 이렇게 타이르고 있는 중이었다. 이제 모든 것은 끝났다. 두 번 다시 『그놈』을 만나보지 못하고 죽을 것이다, 하는 생각에 애써 익숙해지려고 노력했다. 그러나 그의 본심은 언제나 그런 생각에 반발했다. 그의 늙은 할아버지로서의 애정은 그것을 납득할 수가 없었다. 『기어코』 그런 때면 언제나 하듯 그는 슬픈 어조로 중얼거렸다. 「그 녀석은 안 돌아올지도 몰라.」 그러면 그의 머리카락이 다 빠진 머리는 앞으로 푹 숙여지고 그 가련하고 초조한 눈은 멍하니 난로의 재를 바라보곤 했다.

그가 그런 깊은 생각에 잠겨 있을 때 늙은 하인 바스크가 들어와 물었다.

「나리, 마리우스 씨가 와서 뵙자고 하시는데요.」

노인은 얼굴이 하얗게 질려 마치 시체가 전기를 맞고 벌떡 일어나듯 의자에서 일어났다. 전신의 피가 한꺼번에 심장으로 역류했다. 그는 더듬더듬 말했다.

「마리우스, 누구래?」

「그건 잘 모르겠습니다.」 바스크는 주인이 너무나 놀라는 모습에 깜짝 놀라 당황하며 대답했다. 「제가 만난 게 아닙니다. 니콜레트가 저한테 와서 마리우스라는 젊은 분이 나리를 만나뵙겠다고 한다고 해서.」

질르노르망 노인은 작은 소리로 중얼거렸다.

「들여보내.」

그리고 그는 똑같은 자세로 머리를 좌우로 흔들흔들하며 문 쪽을 눈도 깜짝하지 않고 바라보았다. 문이 열렸다. 한 청년이 들어왔다. 마리우스였다.

마리우스는 들어오라는 말을 기다리는 듯 입구에서 발을 멈추었다.

그의 옷차림은 초라하기 짝이 없었으나 램프의 갓 그늘에 가려 노인의 눈에는 보이지 않았다. 다만 그의 침착하고 진지한, 그러면서도 이상하게 슬퍼 보이는 얼굴만이 흐릿하게 떠보였다.

질르노르망 노인은 놀람과 기쁨에 멍청해져 마치 귀신에 홀린 듯 한참 동안은 환하게 밝은 빛밖에는 아무것도 눈에 보이지 않았다. 그는 거의 정신을 잃을 것 같았다. 그는 그 환한 빛 속에서 마리우스의 모습을 알아 보았다. 확실히 그였다. 틀림없는 마리우스였다! 드디어! 사 년만에! 노인은 한 눈에 마리우스를 알아 보았다. 그리고 마리우스가 무척 아름답고 기품 있고 고상하고 늘씬하게 자라 어른이 다 된 모습에 예의가 방정하고 호감이 가는 모습을 하고 있다는 것을 알았다. 그는 팔을 활짝 벌리고 마리우스의 이름을 부르며 뛰어가고 싶었다. 마음은 한없는 기쁨에 떨리고 다정한 말이 부풀어 올라 가슴에서 그대로 넘쳐흐를 것 같았다. 그 애정은 마침내 표면으로 나타나 입술에까지 치밀어 올랐다. 그러나 그의 입은 항상 본심과는 동떨어진 말을 하는 것이 그의 뿌리 깊은 버릇이었기 때문에 그의 입술 사이로 튀어나온 말은 냉혹하기 짝이 없는 말이었다. 그는 거친 목소리로 불쑥 말했다.

「여긴 뭣하러 왔느냐?」

마리우스는 당황하여 대답했다.

「저어…….」

질르노르망 씨로선 마리우스가 먼저 그의 팔에 뛰어들기를 바랐던 것이리라. 그는 마리우스에게도 자기 자신에게도 다 불만을 느꼈다. 자기를 부정하다고 생각했다. 마음속에선 그토록 사랑하고 눈물을 흘리고 있으면서도 겉으로 무뚝뚝하고 매정한 태도밖에 취할 수 없는 것이 노인에게는 견딜 수 없는 고통이었다. 못마땅한 감정이 다시 그의 마음을 차지했다. 그는 불쾌한 어조로 마리우스의 말을 가로막았다.

「그래, 왜 왔냐 말야?」

이『그래』는『나에게 키스해 주러 오지 않았으면』하는 뜻이었다. 마리우스는 기가 질려 마치 대리석 같은 얼굴로 할아버지를 바라보았다.

「저어…….」

노인은 험악한 목소리로 말했다.

「내게 빌러 왔냐? 잘못했다는 걸 깨달았냐?」

그는 마리우스에게 기회를 주려고 이렇게 말하고, 이 말을 들으면 아이는 꺾이리라 생각했다. 그러나 마리우스는 몸을 부르르 떨었다. 그가 지금 요구당하고 있는 것은 바로 아버지를 부인하라는 얘기나 같았다. 그는 눈을 내리깔고 대답했다.

「아닙니다.」

「그럼?」할아버지는 분노에 찬 슬픈 목소리로 부르짖었다.「그럼 대체 내게 무슨 용건이 있어 왔느냐?」

마리우스는 손을 마주 잡고 한 걸음 다가가 떨리는 약한 소리로 말했다.

「저어, 저를 불쌍히 여겨 주세요.」

이 말은 질르노르망 씨를 한껏 흥분시켰다. 만일 조금만 일찍 말했어도 이 말을 듣고 질르노르망 씨는 곧 마음을 풀었을지 모르나 때는 이미 늦었다. 그는 입술이 파랗게 질리고 이마를 부들부들 떨며 자리에서 일어났다. 두 손으로 지팡이를 짚고 선 그의 큰 키가 머리를 숙이고 서 있는 마리우스를 위압했다.

「너를 불쌍히 여기라고! 새파랗게 젊은 놈이 아흔한 살 난 노인에게 동정을 구하는 거냐! 넌 지금 한참 인생으로 들어가는 길이고 나는 인생에서 나오는 길이다. 너는 연극 구경이고 무도회고 당구장에고 마음대로 들락거릴 수 있고, 재주도 있고 여자에게도 인기가 있는 훌륭한 놈이다. 그런데 나는 이렇게 한여름에도 불을 쬐고 있어야 해. 너는 이 세상의 것이란 모조리 가지고 있지만 나는 노인의 온갖 초라함과 여윈 몸뚱이와 고독밖에 가진 것이 없다. 너는 서른두 개의 이와 튼튼한 위와 잘 보이는 눈과 힘과 식욕과 건강과 쾌활함과 숱많은 검은 머리를 가지고 있다. 하지만 나는 이제 백발마저 다 빠지고 이도 빠지고 다리는 약하고 기억력도 흐려져 샤를로 거리와 솜므 거리와 쌩 클로드, 이 세 거리를 늘 혼돈하는 형편이다. 너는 햇빛이 찬란한 미래를 앞에 놓고 있지만 나는 이제 아무것도 보이지 않기 시작하고 있어. 그만큼 나는 어둠에 깊이 빠져 있는 거야.

넌 여자한테 반해 있어 그건 말하나마나 뻔한 일이지. 그런데 나는 지금 세상에서 아무에게도 사랑을 못 받고 있다. 그런데 네가 내게 동정을 구한다는 거냐. 흥, 이건 참 몰리에르도 못다 쓴 희극이구나. 만일 이런 우스운 소리를 법정에서 한다면, 변호사 여러분, 난 참 진심으로 경의를 표하겠어. 정말 우스운데.」

그리고 오래 전에 팔십 고개를 넘어선 이 노인은 노기 띤 엄숙한 목소리로 계속해 말했다.

「흥, 그래 나한데 뭘 부탁하겠다는 거야?」

「저어,」 마리우스는 말했다. 「제가 찾아오면 역정을 내시리라는 건 알고 있었습니다만 한 가지 부탁이 있어 왔습니다. 끝나면 곧 돌아가겠습니다.」

「넌 참 바보구나.」 노인은 말했다. 「누가 돌아가라고 했냐?」

이 말은 그의 마음 깊이 숨어 있는 『애야, 한 마디만 용서해 달라고 다정하게 말해 보렴. 그리고 내 목에 매달려 보렴!』 하는 말을 바꾸어 한 것이었다. 질르노르망 씨는 마리우스가 곧 여기에서 나갈 것 같은 것을, 자기가 거칠게 맞아들여 그를 실망시킨 것을, 자기의 냉대가 끝내 그를 내쫓고 만다는 것을 느끼고 있었다. 그는 그것을 속으로 생각했다. 그러자 그의 마음은 갑자기 슬픔에 싸이고 버릇대로 노여움으로 변하기 쉬운 그 슬픔은 그를 더욱 냉혹하게 만들었다. 그는 마리우스가 자기의 마음속을 살펴 주길 바랐으나 그는 살펴 주지 않았다. 이것이 또 이 노인을 더욱 화나게 만들었다. 그는 말했다.

「뭐라고? 넌 나를, 이 할애비를 내팽개치고 집을 뛰쳐나가 소식도 없이 있으면서 이모를 슬프게 하고 자기 편하라고 혼자 살며 마음대로 사치를 부리고 아무때고 상관없이 돌아다니며 놀아 먹었다. 난 네가 말 안 해도 다 알아. 그리고 내겐 상의 한 마디도 없이 빚을 지고 망나니 노릇을 하며 다녔다. 그리고 사 년이나 지나 가지고 내 집에 찾아와서 한다는 소리가 기껏 그거란 말이냐!」

억지로 마리우스의 사랑을 요구하려는 이 난폭한 말투는 반대로 마리우스의 입을 다물게 만들었을 뿐이었다. 질르노르망 씨는 팔짱을 꼈다. 그렇게 하자 그는 더욱 거만해 보였다. 그는 씹어 뱉듯이 마리우스에게 말했다.

「자아, 그 말은 이제 그쯤 해두고, 뭐 나한테 부탁이 있다고 했지? 그 부탁이란 뭐냐? 말해 봐라.」

「저어」 마리우스는 심연에 빠지기 직전의 사람 같은 눈으로 말했다. 「결혼을 승낙해 주십사고 왔습니다.」

질르노르망 씨는 벨을 눌렀다. 바스크가 문을 열었다.

「마님을 불러.」

문이 다시 열리고 질르노르망 양이 들어오지 않은 채 모습만 나타냈다. 마리우스는 죄지은 사람처럼 입을 다물고 팔을 축 늘어뜨리고 서 있었다. 질르노르망 씨는 방안을 왔다갔다 하다 딸 쪽을 돌아보며 말했다.

「별일 아니다. 마리우스가 왔다. 결혼한다나. 그것뿐이야. 물러가거라.」

노인의 무뚝뚝하고 쉰 목소리는 노인이 무척 화가 나 있다는 것을 나타내고 있었다. 이모는 깜짝 놀라 마리우스를 쳐다보고 겨우 그라는 것을 알아보았으나 아무런 태도도, 말 한 마디도 못한 채 마치 할아버지의 콧김에 불려 가는 지푸라기처럼 얼른 사라져 버리고 말았다.

그동안 질르노르망 노인은 난로 앞으로 가 거기에 등을 돌리고 서 있었다.

「결혼한다고! 스물한 살에! 너 혼자 정해 버렸냐! 그리고 이제 승낙만 맡으면 된다 이거지! 형식적인 절차로 말이야. 자아, 그건 그렇고 거기 앉거라. 너를 못 보는 동안 혁명이 일어났다. 그래 자코뱅 당이 이겼지. 넌 아마 꽤 만족했을 게다. 넌 남작이 된 후로 줄곧 공화주의자가 아니었냐? 공화제가 되면 남작이라는 자리도 훨씬 유리해지는 건가. 칠월 혁명에선 뭐 훈장이라도 탔냐? 루브르 궁전에 들어가서 소란도 피우고? 바로 요 옆 노냉 디에르 맞은쪽 탕트완느 거리에 있는 어느 사층집 벽에는 탄환 하나가 박혔는데 1830년 7월 28일이라고 씌어 있더라. 한번 가보아라. 유익할 테니. 야, 너희 친구들은 참 훌륭한 일을 하더구나. 베리 공 기념비 광장에다 분수도 만든다면서? 그래서 너도 결혼하고 싶어진 거냐? 그게 누구냐? 이름을 묻는다고 실례될 건 없겠지?」

그는 잠깐 말을 끊었으나 마리우스가 대답할 틈도 없이 어조를 높여 계속했다.

「어떻게 지위는 좀 높아졌냐? 돈도 좀 만들고? 변호사 업으로 얼마나 벌었냐?」

「수입이 전혀 없습니다.」 마리우스는 단호한 어조로 거칠게 대답했다.

「전혀 없어? 그럼 내가 주는 천이백 프랑에만 매달려 사는 거냐?」

마리우스는 대답을 안 했다. 질르노르망 씨는 계속 말했다.

「응, 알겠다. 그 처녀가 부자구나.」

「저와 마찬가지 처지입니다.」

「뭐라고? 지참금도 없단 말이냐?」

「네.」

「유산받을 희망은 있나?」

「없을 줄 압니다.」

「몸뚱이뿐이라! 그래 아버지는 뭐하는 사람이냐?」

「모릅니다.」

「처녀 이름은?」

「포슐르방이라고 합니다.」

「포슈 뭐라고?」

「포슐르방.」

「쯧쯧쯧!」노인은 혀를 찼다.

「할아버지!」마리우스는 소리쳤다.

질르노르망 씨는 중얼거림 같은 어조로 그의 말을 가로막았다.

「그래, 스물한 살에 직업도 없이 일 년에 천이백 프랑 가지고서는 퐁메르시 남작 부인도 채소 가게에 이 수우어치 파슬리를 사러 가야 할 테니.」

「저, 할아버지」마리우스는 마지막 희망마저 사라져 가는 것을 느끼면서 창황히 말했다. 「제발 부탁입니다. 하늘에 맹세코 두 손 모아 할아버지의 발 아래 엎드려 부탁드립니다. 이 결혼을 승낙해 주세요!」

노인은 불쾌한 목소리로 껄껄 웃으며 이따금 기침을 쿨룩쿨룩 해가며 말했다.

「핫, 핫, 핫! 네놈은 이렇게 생각했지. 한 번쯤 그 구식 바보 늙은이를 찾아가 주자! 스물다섯 살이 못 돼 참 유감이다! 그랬으면 결혼 승낙 요구서만 던져 주면 되는 건데! 그놈 신세를 지지 않고도 되는 건데. 뭐 상관있나. 이렇게 말해 주지 뭐. 바보 늙은이! 나를 보면 틀림없이 기뻐할 거야. 난 결혼하고 싶소, 어느 집 처녀를, 뭐라는 사람의 딸을 맞아들이고 싶소, 난 구두도 없고 그 여자는 슈 미즈도 없소, 하지만 상관 없소, 나는 직업이고 장래고 청춘이고 생활이고 모두 강물에 던져 버릴 참이오, 여자 목을 끌어 안고 가난 속에 뛰어드는 참이오, 그러나 당신도 승낙해야 하오──그러면 그 화석 같은 늙은이도 승낙하겠지. 오냐, 오냐, 네 좋을 대로 해라. 네 그 푸쓸레방인지 쿠플르방인지 하고 맘대로 살아라──고 하겠지, 하고 말이야. 하지만 어림도 없어! 절대로 안 돼!」

「아버님!」

「절대로 안 돼!」

이『안 된다』는 말의 어조를 듣자 마리우스는 일체의 희망을 잃었다. 그는 고개를 푹 숙이고 천천히 비틀비틀 물러가는 사람이라기보다 죽어 나가는 사람 같은 모습으로 방을 지나갔다. 질르노르망 씨는 그를 눈으로 쫓다 마리우스가 문을 열고 나가려고 하자 거만하고 고집 센 노인 특유의 재빠른 솜씨로 네댓 걸음 다가가 마리우스의 뒷덜미를 덥석 움켜잡고 힘껏 방으로 끌고 들어와 안락의자에 앉히며 이렇게 말했다.

「어디 얘기해 봐라!」

이 변화를 일으킨 것은 마리우스의 입에서 나온『아버님』이라는 한 마디였다. 마리우스는 멍하니 그를 쳐다보았다. 질르노르망 씨의 변하기 잘하는 얼굴엔 이제 형언할 수 없는 호인의 표정 이외엔 아무런 감정도 나타나 있지 않았다. 그는 엄격한 할아버지에서 단숨에 다정한 할아버지로 변한 것이다.

「자아, 말해 봐라. 네 그 연애 얘기를 해봐. 무슨 말이든 해, 다 털어 놓아 봐라! 에잇 참! 젊은 놈이란 할 수 없군!」

「아버님!」 마리우스는 또 말했다.

노인의 얼굴엔 무어라 말할 수 없는 빛이 확 스치고 지나갔다.

「그래그래, 나를 아버지라고 불러라! 네 얘기를 들어 주마!」

지금은 그 무뚝뚝한 언동 속에도 선량하고 다정하고 허물없는 아버지다운 그 무엇이 나타나 있었기 때문에 마리우스는 절망에서 갑자기 희망을 품게 되었으나 너무나 놀라 얼떨떨해 멍해진 것 같았다. 그가 테이블 옆에 앉자 불빛에 그의 다 떨어진 옷이 드러났다. 질르노르망 노인은 그것을 보고 깜짝 놀랐다.

「그럼, 아버님.」 마리우스는 말했다.

「아니, 애야.」 질르노르망 씨는 중간에서 그의 말을 가로막았다. 「넌 정말 한 푼도 없는 모양이구나. 도둑놈 같은 꼴을 한 걸 보니.」

그는 서랍 속을 뒤져 지갑을 꺼내 테이블 위에 놓았다.

「엣다, 백 루이(2000프랑)다. 모자라도 사 써라.」

「아버님.」 마리우스는 하던 말을 계속했다. 「아버님, 제발 이해해 주십시오. 전 정말 사랑하고 있습니다. 도저히 상상도 못하시겠지만 그 여자와 처음 만난 건 릭상부르 공원이에요. 그 여자도 거기 나온 거죠. 처음엔 별로 주의해서 보지 않았는데 어떻게 해서 그렇게 됐는지 차츰 좋아하게 됐습니다. 아아. 그것이 얼마나 저를 불행하게 만들었었는지 몰라요. 하지만 이젠 그 여자 집에 만나러 갈 수 있게 됐습니다. 그 여자 아버지는 아직 몰라요. 그런데 어제 갑자기 그 부녀는 여행을 떠난다지 않아요. 저희가 만나는 건 그 집 정원인데 밤이 돼야 합니다. 그 여자 아버지는 그 여자를 영국으로 데리고 갈 참이래요. 그래서 전 할아버지를 만나 모든 걸 얘기하기로 작정했습니다. 만일 그 여자가 가버리면 전 죽어 버리고 말아요. 병이 나거나 물에 빠져 죽기나 할 기예요. 전 무슨 일이 있어도 그 여자와 결혼하지 않으면 안 돼요. 만일 그렇게 안 되면 전 미쳐 버리고 말 거예요. 제가 얘기하려던 건 이겁니다. 하나도 숨김없이 다 말씀드렸습니다. 그 여자는 플뤼메 거리 철책으로 두른 정원 안에 살고 있어요. 앵발리드 쪽입니다.」

 질르노르망 노인은 환하게 밝은 얼굴로 마리우스 옆에 앉아 있었다. 그리고 그의 이야기에 귀를 기울이고 그의 목소리의 울림을 즐겁게 들으며 코담배를 한 줌 집어 냄새를 맡고 있었다. 그러나 플뤼메 거리라는 말을 듣자 그는 담배 쥔 손을 문득 멈추었다. 그 서슬에 손에 쥐었던 담배를 조금 무릎 위에 흘렸다.

「플뤼메 거리, 플뤼메 거리라고 했지? 혹시 그 근방에 병영이 있지 않더냐? 응, 바로 네 외사촌 테오딜르가 말하던 그 여자구나. 그 창기병 장교로 있는 애 말이다. 어린 소녀니? 응, 소녀지? 그래 맞았어. 플뤼메 거리라고 했어. 옛날에 블로메 거리라고 하던 데지. 네 말을 들으니까 생각나는구나. 플뤼메 거리 철책으로 두른 정원 안에 사는 소녀 얘기라면 나도 들은 소리가 있다. 파멜라(18세기 영국 작가 리처드슨의 소설《파멜라》의 여주인공)하고 비슷한 여자라며? 네 취미도 보통이 아니구나. 예쁜 처녀라고 하더라. 이건 비밀이다만 그 창기병 멍청이 녀석도 잔뜩 눈독을 들이고 있는 모양이더라. 어느 정도의 관계인지는 모르지만 뭐 그런 거 마음에 둘 거 없다. 첫째 그놈의 말은 통 믿을 수 없으니까. 그 녀석은 허풍 쟁이야. 마리우스! 너 같은 젊은 애가 연애를 한다는 건 퍽 좋은 일이다. 이제 그럴 나이가 아니냐. 난 자코뱅 당원인 너보다 연애에 빠진 네가 더 좋다. 로베스피에르한테 반한 것보다는 여자한테 반한 네가 더 좋단 말이야. 여자야 될 수 있는 대로 많이 사귈수록 좋지. 난 지금도 쌍킬로트들과 어울렸을 때 여자를 좋아한 것밖에 자랑으로 생각하는 게 없다. 예쁜 처녀는 역시 예쁜 거니까. 거기에 무슨 다른 의견이 있을 수 있겠니. 그런데 그 처녀 얘기다만, 저희 아버지도 모르게 몰래 너를 끌어들이고 있구나. 흔한 얘기지. 내게도 그런 일이 있었다. 한두 번이 아니야. 그런 땐 어떻게 해야 하는지 아냐? 너무 빠지지 않도록 해야 해. 꼼짝 못하게 되지 않도록 조심해야 해. 무엇보다도 결혼 약속이니 입적 수속 같은 걸 해서는 안 된다. 분별을 잃지 않고 살짝 빠져나올 수 있게 기술적으로 해야 해. 알았느냐? 또 절대로 결혼은 해선 안 돼. 그리고 언제든지 나를 만나러 오너라. 이 할애비한테. 마음좋고, 언제든지 서랍에 잔돈푼을 장만해 놓고 있는 이 할애비한테 말이야. 그리고 다 털어 놓는 거야. 이렇게. 할아버지, 사실은 여차여차 합니다. 그러면 이 할애빈 이렇게 말하지. 그야 아주 간단한 얘기지, 하고 말이야. 청춘이란 흘러가는 것이고 노인은 차츰 시들어가기 마련이다. 나도 옛날엔 저랬었고 너도 이제 얼마 안 있어 늙을 거다. 그리고 늙으면 너도 나처럼 손자에게 이런 소리를 하게 되는 거야. 엣다, 이백 피스톨(2000프랑), 이걸 가지고 가서 실컷 즐기고 오너라. 그러면 다 끝나는 거야. 만사는 원래 이렇게 돼 가게 마련이야. 결혼 같은 건 안 해도 상관없어. 알았냐?」

마리우스는 멍하니 한 마디도 하지 못하고 무슨 말인지 모르겠다는 듯 머리를 흔들었다. 노인은 껄껄 웃고 늙은 눈을 반짝이며 마리우스의 무릎을 한 대 탁 치더니 은근하고 쾌활한 모습으로 그의 얼굴을 들여다보며 어깨를 으쓱하고 말했다.

「이 바보! 정부로 삼으란 말이야.」

마리우스는 얼굴이 창백해졌다. 지금 할아버지가 한 말은 도무지 이해가 가지 않았다. 플뤼메 거리니 파멜라니 병영이니 창기병이니 하는 말이 나온 그 장광설은 마치 그림자처럼 그의 앞을 스치고 지나갔을 뿐이었다. 그런 것은 백합꽃 같은 코제트와는 하등 관계가 없는 것들로 여겨졌다. 노인은 그냥 우스개 소리를 한 것이다. 그러나 그 우스개 소리는 마리우스의 귀에 분명히 울린, 코제트에게 치명적 모욕인 한 마디 말로 끝을 맺었다. 이『정부로 삼으란 말이야』하는 한 마디 말은 근엄한 청년의 마음을 칼로 찌르듯이 푹 찔러 놓았다.

그는 벌떡 일어나 마루에 떨어진 모자를 집어들고 결연한 걸음걸이로 문쪽을 향해 걸어갔다. 거기서 그는 돌아서서 할아버지를 향해 정중하게 인사를 한 다음 고개를 똑바로 들고 말했다.

「오 년 전, 할아버지는 아버님을 모욕하셨습니다. 그런데 오늘은 또 저의 아내될 사람을 모욕하셨습니다. 이제 다시는 아무것도 부탁하지 않겠습니다. 안녕히 계십시오.」

질르노르망 노인은 깜짝 놀라 입을 멍하니 벌리고 팔을 벌리며 일어나려고 했으나 아직 한 마디 말도 하기 전에 문이 닫히고 마리우스는 사라져 버렸다.

노인은 한참 동안 꼼짝도 못하고, 벼락이라도 맞은 듯한 모습으로 말도 못하고 숨도 쉬지 못하고 마치 힘찬 팔목으로 목이라도 조인 것 같았다.

잠시 후 그는 의자에서 일어나 아흔한 살 난 노인이 할 수 있는 최대한의 빠른 동작으로 문쪽으로 뛰어가 문을 확 열었다. 그리고 목청껏 소리쳤다.

「거기 아무도 없느냐? 아무도 없어?」

딸이 나오고 이어 하인이 뛰어나왔다. 노인은 숨을 헐떡이며 말했다.

「저놈을 쫓아가 잡아라! 내가 저한테 뭘 잘못했다는 거야! 저놈은 미친 놈이야. 아아. 이제 아주 가버릴 거다. 이번에 가면 다시 안 올 거야.」

그는 길로 면한 창으로 달려가 늙은 손으로 창문을 힘껏 열고 바스크와 니콜레트가 뒤에서 붙잡는 데도 불구하고 몸을 창 밖으로 반쯤 내밀고 소리쳤다.

「마리우스! 마리우스! 마리우스! 마리우스!」

그러나 마리우스의 귀엔 이미 이 소리가 들릴 리가 없고 그는 그때 벌써 쌩루이 거리 모퉁이를 돌아가고 있었다.

팔십 고개를 오래 전에 넘은 노인은 고뇌에 찬 표정으로 두 손을 관자놀이에 대고 비틀비틀 뒷걸음쳐 의자에 푹 주저앉더니 소리도 눈물도 나오지 않은 채 머리를 흔들고 입술을 부들부들 떨며 멍하니 앉아 있었다. 그러한 그의 눈에는 밤같이 음울하고 깊은 어두움 이외에는 아무것도 없었다.

제 9 장 그들은 어디로 가는가

1. 장 발장

같은 날 오후 네 시경, 장 발장은 혼자서 연병장의 가장 호젓한 둑 뒤에 앉아
있었다. 조심하기 위해선가, 조용히 생각에 잠겨 있었기 때문인가. 아니면 누구의
생활에나 조금씩 일어나는 그 단순한 습관의 변화에서인가. 아무튼 그는 요즘
코제트를 별로 데리고 나가지 않았다. 그는 노동복 상의를 입고 굵은 회색빛 무명
바지에 챙 넓은 모자를 푹 쓰고 얼굴을 가리고 있었다. 그는 요즘 코제트의 옆에서
평화로운 행복한 생활을 보내고 있었으므로 오랫동안 그를 불안하게 하던 걱정도
완전히 사라져 버렸다. 그런데 한두 주일 전부터 그것과는 성질이 다른 또 하나의
불안이 생겼다. 어느 날 큰길을 지나다가 우연히 테나르디에를 발견한 것이다.
변장하고 있었기 때문에 테나르디에 쪽에서는 그를 알아보지 못했다. 그러나
그후로 장 발장은 그를 여러 번이나 보았기 때문에 이제는 테나르디에가 그 근방을
배회하고 있다고 확실히 믿지 않을 수 없었다. 이것이 그에게 일대 결심을 하게
만들었다. 테나르디에가 가까이 있다는 것은 온갖 위험이 일시에 다가와 있다는
것을 의미했다.

그뿐만 아니라 파리의 상태도 매우 심상치 않았다. 정치적 불안으로 인해 뭔가
꺼림칙한 구설이 있는 사람에게는 매우 불리하게 되었다. 페팽(파리 식료품상
주인으로 과격파 비밀당원. 1832년 라마르크 장군 장례식 때 혐의자로 몰리고 1835년
루이 필립 습격 사건에 가담하여 그 이듬해 처형됨)이며 모레(파리의 상인으로 루이
필립 습격 사건에 가담하여 페팽과 함께 처형됨) 같은 사람을 노리고 수색하다가

장 발장 같은 사람도 끄집어 낼 우려가 있었기 때문이다.

　이런 모든 일을 종합해 그는 매우 조심에 싸여 있었다.

　바로 조금 전만 해도 한 불가사의한 일로 인해 그는 매우 홍분하고 또 그것 때문에 그의 경계심은 더욱 커졌다. 그날 아침 집안의 누구보다도 일찍 일어나 코제트 방의 덧문이 열리기 전에 정원을 산책하던 그는 문득 벽 위에 못으로 새긴 다음과 같은 글을 발견했다.

　『베르리 거리 16번지.』

　그것은 새긴 지 얼마 안되는 듯 낡고 시커먼 몰타르 위에 하얗게 드러나 있고 그 벽밑에 난 한 무더기의 쐐기풀 위에는 하얀 횟가루가 흘러 있었다. 틀림없이 어제 밤에 새겨진 것 같았다. 이것은 무엇을 의미하는 건가? 누구의 주소일까? 아니면 어떤 인간에 대한 신호일까? 그렇지 않으면 자기에 대한 경고일까? 어쨌든 정원은 누구의 침입을 받은 것이 틀림없었고 알지 못하는 사이에 이런 일이 일어난 것이 확실했다. 그는 전에도 이상한 사건이 일어나 온 집안이 불안해 했던 것을 생각했다. 그의 머리는 이 문제를 놓고 갖가지 추측을 했다. 그는 코제트가 놀랄 것을 생각해 벽에 못으로 새긴 이 글에 대한 얘기는 그녀에게는 하지 않았다.

　그런 모든 것을 생각한 결과 장 발장은 일단 프랑스를 떠나 영국으로 건너가자고 굳게 결심했던 것이다. 코제트에게도 벌써 말해 두었다. 일주일 후에 떠나리라 마음먹었다. 지금도 장 발장은 연병장 둑에 앉아 테나르디에며 경찰이며 벽에 쓰인 그 이상한 글이며 이제부터 할 여행, 지갑을 어떻게 손에 넣을까 하는 것 등 갖가지 생각에 잠겨 있었다.

　그런 근심에 마음을 빼앗기고 있던 그는 문득 한 줄기 그늘이 비치는 것을 보고 그의 뒤 둑 위에 누가 서 있는 것을 알았다. 그가 고개를 돌리려는 순간 넷으로 접은 종이 한 장이 그의 무릎 위에 떨어졌다. 누군가가 그의 머리 위로 던진 모양이었다. 그는 그 종이를 집어 펴 보았다. 안에는 이런 간단한 글이 연필로 커다랗게 씌어 있었다.

　『이사가시오.』

　장 발장은 벌떡 일어났으나 둑 위엔 이미 아무도 없었다. 주위를 둘러보니 아이라고 하기엔 좀 크고 어른이라고 하기엔 좀 작은 회색 작업복 상의에 흙색 우단 바지를 입은 어떤 사람이 흙벽을 넘어 연병장 안으로 미끄러져 들어가는 것이 보였다.

장 발장은 깊은 생각에 잠겨 그 길로 집으로 돌아왔다.

2. 마리우스

마리우스는 모든 희망을 잃고 질르노르망 씨 집에서 나왔다. 그는 약간의 희망을 안고 할아버지 댁을 찾아갔었으나 이제는 한없는 절망을 안고 거기에서 나왔다.

그러나 인생의 초기를 관찰해 본 사람이면 누구나 잘 알겠지만 이 창기병 장교인 얼간이 외사촌 테오딜르는 마리우스의 정신에 아무런 그림자도 던져 주지 못했다. 그런 우려는 전혀 없었다. 극작가라면 할아버지가 손자에게 불쑥 털어 놓은 그 비밀에서 뭔가 복잡한 줄거리의 전개를 기대했을지도 모른다. 그러나 그렇게 되면 연극은 재미있을지 몰라도 진실은 결여된다. 마리우스는 아직 악에 대해선 아무것도 믿지 않는 나이였다. 조금 있으면 그도 모든 것을 믿는 나이가 될 것이다. 그러니까 의혹은 말하자면 얼굴에 생기는 주름과 같은 것이다. 젊은 청춘에 주름이 있을 리 없다. 오델로의 마음을 번민에 빠뜨린 일도 캉디드(볼테르의 소설《캉디드》의 천진난만한 주인공)의 마음 위론 그냥 흘러가 버릴 뿐이었다. 코제트를 의심하다니, 그것보다는 차라리 마리우스는 숱한 죄악을 범하는 편이 훨씬 마음 편했을 것이다.

고민에 빠진 사람이 곧잘 그렇듯 그는 이 거리에서 저 거리로 정처없이 돌아다녔다. 나중에 생각해도 그때 무엇을 생각했는지 전혀 알 수 없었다. 새벽 두 시에 그는 쿠르페락에게로 돌아와 그대로 옷을 입은 채 요 위에 쓰러졌다. 그리고 머릿속에 갖가지 생각이 멋대로 오가는 그 괴로운 잠에 떨어졌을 때는 이미 해가 중천에 떠 있었다. 눈을 떴을 때 그는 방안에서 쿠르페락과 앙졸라와 페이와 콩브레르가 모자를 쓰고 외출 준비를 하느라고 바쁘게 왔다갔다 하는 것을 보았다.

쿠르페락이 그에게 말했다.

「넌 라마르크 장군 장례식에 안 갈래?」

그에게는 쿠르페락이 알아들을 수 없는 중국어라도 지껄이고 있는 것같이 여겨졌다.

그는 친구들보다 조금 늦게 집에서 나왔다. 주머니엔 2월 3일 소동 때 자베르로부터 받은 권총 두 자루가 들어 있었다. 두 자루 다 장전되어 있었다. 마음속에 숨은 어떤 생각에서 그것을 지니고 나왔는지 설명하기는 매우 어렵다.

하루 온종일 그는 정처없이 돌아다녔다. 이따금 비가 뿌리곤 했으나 그는 그것도 알지 못했다. 저녁 대신 일 수우를 내고 가느다란 빵 한 조각을 샀으나 그것도 주머니에 찌른 채 잊어버렸다. 확실한 기억은 없으나 세느 강에 가서 미역을 감은 것 같기도 했다. 사람은 누구나 머릿속이 훨훨 타는 것 같은 때가 있다. 마리우스는 지금이 그런 때인 것이다. 이제 그는 아무것도 바라지 않고 또 아무것도 무서워하지 않았다. 어젯밤부터 쭉 그런 상태가 계속되었다. 그는 열에 들뜬 것처럼 안절부절하며 저녁때가 되기를 기다렸다. 확실한 생각은 오직 저녁 아홉 시에 코제트를 만난다는 사실뿐이었다. 그 마지막 희망만이 이제 와선 그의 미래의 전부였다. 이따금 인적이 없는 거리를 지나갈 때도 파리 전체가 이상하게 소란스러운 것같이 느껴졌다. 그는 마치 꿈에서 깨어난 듯 머리를 쳐들고 중얼거렸다. 『전쟁이라도 일어난 건가?』

해가 지고 아홉 시 정각이 되자 그는 코제트와의 약속대로 플뤼메 거리로 갔다. 철책 가까이 가자 그는 모든 것을 잊어버렸다. 사십팔 시간이나 만나지 못했던 코제트와 이제부터 재회하는 것이다. 그 외의 생각은 일체 사라져 버리고 지금까지 느껴 보지 못한 깊은 기쁨만이 넘쳐 흘렀다. 여러 세기 같은 느낌을 주는 그러한 몇 분간은 그것이 사라질 때 비로소 사람의 마음을 채워 주는 감탄할 만한 높은 특성을 갖고 있는 것이다.

마리우스는 쇠창살을 떼고 마당 안으로 뛰어들어갔다. 언제나 그를 기다리고 있던 그 자리에 그러나 그녀는 없었다. 그는 덤불을 헤치고 돌계단 옆 으슥한 곳으로 갔다. 『거기 있는가 보다.』 그러나 코제트는 거기에도 없었다. 올려다보니 집엔 덧문이 모조리 닫혀 있었다. 정원을 한바퀴 돌아보았으나 인기척이 전혀 없었다. 그는 집앞으로 가 거의 실성한 사람처럼 슬픔과 불안에 떨며 마치 밤늦게 돌아온 주인처럼 덧문을 마구 두드렸다. 계속해 두드렸다. 창문이 열리고 그녀의 아버지가 무서운 얼굴로「무슨 일이오?」하고 물을지도 모른다는 생각도 하지 않고. 그런 것은 지금 그가 예감하고 있는 것에 비교하면 아무것도 아니었다. 그는 한참 두드리다 이번엔 소리를 내어 코제트의 이름을 불렀다.

「코제트!」그는 소리쳤다.「코제트!」그는 명령하는 투로 계속 소리쳤다.

대답이 없었다. 이제 모든 것은 끝장이었다. 정원에도 아무도 없고 집안에도 아무도 없었다.

마리우스는 무덤처럼 고즈넉하고 무덤보다 더 공허한 그 집을 절망적인 눈으로 올려다 보았다. 코제트와 함께 많은 충만된 시간을 보낸 돌 벤치를 쳐다보았다. 그리고 돌계단 위에 쭈그리고 앉아 마음 깊이 자기의 사랑하는 사람을 축복하고 코제트가 가버린 이상 이제 자기는 죽을 수밖에 없다고 굳게 결심했다.

문득 그는 누군가 분명 길 쪽에서 나무 사이로 자기를 부르는 소리를 들었다.

「마리우스 씨!」

그는 벌떡 일어나며 대답했다.

「응?」

「마리우스 씨 거기 계세요?」

「네, 여기 있어요.」

「마리우스 씨.」 그 목소리는 다시 말했다. 「친구들이 모두 샹브르리 바리케이드에서 기다리고 있어요.」

그 목소리는 그에게 아주 생소한 목소리는 아니었다. 그것은 에포닌느의 약간 쉰 듯한 귀에 거슬리는 목소리와 아주 비슷했다. 마리우스는 울타리 쪽으로 달려가 흔들흔들 하는 쇠막대기를 빼고 목을 늘여 소리의 임자를 찾았다. 젊은 남자같이 보이는 사람이 저쪽 어둠 속으로 부리나케 숨는 것이 보였다.

3. 마뵈프 씨

장 발장의 지갑은 마뵈프 씨에게는 아무 소용이 없었다. 마뵈프 씨는 어린애같은 단순한 엄격성을 가지고 하늘에서 내린 선물을 결코 받아들이지 않았다. 별이 돈으로 변한다는 것은 그로서는 생각할 수도 없는 일이었다. 더구나 하늘에서 떨어진 것이 사실은 가브로슈가 던져 준 것이라는 것은 상상도 못했다. 그는 그 지갑을 청구자 마음대로 찾아갈 수 있게 그 지방 경찰서에 맡겼다. 그 지갑은 과연 분실물이었다. 그러나 청구자는 물론 한 사람도 없고 그렇다고 해서 마뵈프 씨의 도움도 되지 못했다.

마뵈프 씨는 여전히 곤란을 겪고 있었다.

쪽의 시험 재배는 오스테를리츠의 정원에서와 똑같이 식물원에서도 성공을 거두지 못했다. 가정부의 지난해 월급도 다 지불하지 못했고 이미 독자도 아다시피 집세도 몇 기분이나 밀려 있었다. 공설 전당포는 그의 《식물지》의 동판을 열 세 달이나 맡고 있었으나 끝내 그것도 유실되고 말았다. 어떤 철물상이 사다 그것으로 냄비를 만들어 버렸다. 동판이 없어졌기 때문에 아직 수중에 남아 있는 《식물지》의 부족한 책도 보충할 수 없고 하여 그는 목판과 본문을 책방에 싸게 넘겨 버렸다. 그의 평생을 걸어 만든 책은 이렇게 하여 완전히 흔적도 없이 사라지고 만 것이다. 그는 그렇게 하여 들어온 돈을 야금야금 먹어갔다. 그리고 자금이 떨어지자 정원도 돌보지 않고 되는 대로 내버려 두었다. 이따금 습관삼아 먹던 계란 두 개와 고기 한 조각도 벌써 오래 전부터 끊었다. 요즘은 저녁 식사도 빵과 감자로만 때웠다. 마지막 남은 가구까지 팔고 침구며 옷이며 담요도 단벌씩만 남겨 놓고 모조리 팔고 다음엔 식물 표본이며 판화까지 팔았다. 그래도 희귀한 책은 몇 권 가지고 있어 그 중에는 특히 1560년 판 《성서 역사 연포》며 피에르 드 베쓰가 쓴 《성서 용어 색인》이며 나바르 여왕에게 바치는 헌사가 붙은 장 드 라에의 저서 《레마 르그리트》며 빌리에 오트망이 쓴 《대사의 직책과 위엄에 대하여》며 1644년 판 《유대 사화집》 한 권이며, 《베네치아 마누차누스 가에서》(라틴어)라는 화려한 제목이 붙은 1657년 판 티블루스의 시집 한 권이며, 마지막으로 1644년에 리용에서 인쇄된 디오게네스 라에르튜스의 저서 한 권이 있었는데 그 속에는 바티칸에 있는 십삼세기의 사본 제411번의 유명한 진본이 몇 종류나 있고 앙리 에티엔느가 참조해 수많은 것을 얻은 베네치아 사본의 제393번과 394번의 두 진본도 실려 있고 게다가 나폴리 도서관에 있는 십이세기의 유명한 사본에서밖에 볼 수 없는 도리스 방언의 문장이 거의 빠짐없이 들어 있었다. 마뵈프 씨는 방에 절대로 불을 피우지 않았으며 촛불도 켜지 않도록 해가 저물면 곧 자리에 누웠다. 사람들과도 전혀 왕래를 갖지 않아 사람들은 그가 나가도 못 본 척 피했으며 또 그 자신도 그것을 알 수 있었다. 아이의 초라함은 어머니의 주의를 끌고 청년의 초라함은 젊은 처녀의 주의를 끄나, 노인의 초라함은 누구의 주의도 끌지 않았다. 그것은 어떤 고뇌 중에서도 가장 무정한 것이었다. 그래도 마뵈프 노인은 천성의 그 순진성을 아주 잃어버린 것은 아니었다. 그의 눈동자는 몇 권 남은 장서를 볼 때는 반짝반짝 빛났으며 이 세상에 꼭 한 권밖에 없는 디오게네스 라에르튜스를 볼 때는 미소까지 떠올랐다. 유리창이 달린 책장은 없어선 안 될 것 이외에 그가 가지고 있는 유일한 가구였다.

어느 날 플루타크 할멈이 그에게 말했다.

「저녁 지을 돈이 없는데요.」

그녀가 저녁 식사라고 하는 것은 빵 한 조각과 감자 네댓 개를 말하는 것이다.

「외상으로 하지그래?」

「줄 리가 없지 않습니까.」

마뵈프 씨는 책장문을 열고 마치 자식 하나를 죽여야 하는 아버지가 어느 놈으로 할까 하고 둘러보듯 한참 동안 장서를 한 권 한 권 들여다보다가 그 중 한 권을 쑥 빼서 겨드랑이에 끼고 나갔다. 두 시간쯤 지나자 그는 겨드랑이에 아무것도 없이 돌아왔는데 대신 책상 위에 삼십 수우를 놓으며 말했다.

「저녁밥을 준비하우.」

그때부터 플루타크 할멈은 노인의 천진한 얼굴에 검은 베일이 덮인 것을 보았는데 그 베일은 두 번 다시 걷히지 않았다.

이튿날도 그 이튿날도 매일 같은 일을 반복하지 않으면 안 되었다. 매일 마뵈프 씨는 책 한 권을 가지고 나가서는 얼마 안 되는 돈을 가지고 돌아왔다. 헌책방 주인은 그가 무슨 일이 있어도 팔아야 한다는 걸 알고 단돈 이십 수우라는 헐값만을 지불했다. 어떤 때는 그 책을 산 바로 그 집에서조차 그러했다. 장서는 한 권 한 권 차례로 남의 손에 넘어갔다. 그는 이따금 장서가 다 없어지기 전에 자기 생명이 끊기길 바라는 듯「나도 이제 나이가 팔십이 됐으니까」하고 중얼거렸다. 그의 슬픔은 날이 갈수록 쌓일 뿐이었다. 그러나 꼭 한 번 기쁨을 맛본 때가 있었다. 그것은 로베르 에스티엔느 한 권을 가지고 나가 그것을 말라케 강둑에서 삼십 오 수우에 팔아 가지고 돌아오는 길에 그레 거리에서 사십 수우에 알드 판 책 한 권을 사가지고 돌아왔을 때였다.「오 수우는 빚졌어.」그는 기쁨에 넘친 얼굴로 플루타크 할멈에게 말했다.

그날 그는 저녁밥을 먹지 않았다.

그는 원예 협회 회원이었다. 거기서도 그가 생활의 곤란을 받고 있다는 것을 다 알고 있었다. 그곳 협회장이 그를 찾아와 그의 얘기를 농상무 대신에게 상신하겠다고 약속하고 그대로 실행해 주었다.

「아이구 그렇습니까?」대신은 소리쳤다.「그래요. 그 연로한 학자가. 그 식물학자이고 점잖은 노인이 말씀이죠. 어떻게든 해드려야죠.」

이튿날, 마뵈프 씨는 대신 저택에 초청을 받았다. 그는 너무 기뻐 몸을 떨며 초대장을 플루타크 할멈에게 보였다.

「이제 우린 살게 됐어!」그는 말했다.

그날 그는 대신의 저택으로 갔다. 그가 들어가자 집안에 있는 사람들이 모두 그의 꾸깃꾸깃한 넥타이와 헐렁헐렁한 낡은 상의와 계란을 이겨붙인 구두를 보고 입을 딱 벌렸다. 그리고 누구 한 사람, 대신 자신까지도 그에게 말을 걸려 하지 않았다. 밤 열 시경, 행여나 무슨 얘기가 있으려나 기다리던 그는 감히 자기 쪽에선 가까이 갈 용기도 없었던 목이 넓게 패인 드레스 차림의 아름다운 대신 부인이 「저 늙은 분은 누구예요?」하고 묻는 소리를 들었다. 그는 밤 열두 시, 굉장히 퍼붓는 비를 맞으며 집으로 돌아왔다. 그는 갈 때 마차삯을 내기 위해 엘제비르 판 책 한 권을 팔았던 것이다.

그는 매일밤 잠자리에 들기 전에 그 디오게네스 라에르튜스를 몇 페이지씩 읽는 것이 습관이 되었다. 그는 원문의 특수성을 즐기기에 충분한 그리스어 지식을 익히고 있었다. 이제는 다른 낙이라곤 아무것도 없었다. 이렇듯 하여 몇 주일이 흘러갔다. 플루타크 할멈이 갑자기 병에 걸렸다. 빵집에서 빵을 사올 수 없는 것보다 더 괴로운 일이 또 한 가지 늘었다. 그것은 약방에 가서 약을 지어올 수 없는 일이었다. 어느 날 밤, 의사는 무척 값비싼 물약 처방을 내렸다. 게다가 증세가 매우 악화되었기 때문에 간호원을 한 사람 부르지 않으면 안 되었다. 마뵈프 노인은 책장을 열어 보았으나 이제 아무것도 없었다. 마지막 한 권까지 다 팔아 버린 것이다. 남은 것은 오직 디오게네스 라에르튜스 한 권뿐이었다.

그는 더할 수 없이 소중한 그 책을 옆에 끼고 밖으로 나갔다. 1832년 6월 4일의 일이었다. 그는 쌩 지프 성문 근방에 있는 르와이올 서점 후계자에게 가서 백 프랑을 받아들고 돌아왔다. 그는 오 프랑 화폐를 늙은 하녀의 머리맡에 쌓아 두고 아무 말도 없이 자기 방으로 돌아왔다.

이튿날, 날이 밝기가 무섭게 그는 정원의 돌바닥에 나와 앉았다. 그리고 오전 내내 꼼짝도 않고 고개를 푹 숙인 채 바싹 마른 화단을 멍하니 바라보는 것이 울타리 너머로 보였다. 이따금 비가 후드득 뿌리곤 했으나 그는 그것도 모르는 것 같았다. 오후가 되자 심상치 않은 소리가 파리에서 들려왔다. 그것은 언뜻 총소리와 많은 군중의 외침같이 들렸다.

마뵈프 노인은 고개를 들었다. 정원사 한 사람이 지나가는 것을 보고 그는 말을 걸었다.

「저게 무슨 소리요?」

정원사는 삽을 멘 채 태평스런 어조로 대답했다.
「폭동이 일어났어요.」
「뭐라고! 폭동이오?」
「네, 지금 한창 싸우고 있는 중이에요.」
「왜 싸운대요?」
「글쎄요, 저도 잘 모르겠는데요.」
정원사는 대답했다.
「어느 쪽 방향이오?」마뵈프 노인은 다시 물었다.
「병기창 쪽이에요.」
마뵈프 노인은 집 안으로 들어가 모자를 집어들고 겨드랑이에 낄 책을 무의
식적으로 찾다 한 권도 없는 것을 알고「오, 참 그렇지」하고 황급히 나갔다.

제 10 장 1832년 6월 5일

1. 문제의 표면

폭동은 무엇에서 성립되는가? 무에서, 그리고 또 모든 것에서 성립된다. 조금씩 방산하는 어떤 전기에서, 갑자기 내뿜는 어떤 불꽃에서, 떠돌아다니는 어떤 힘에서, 지나가는 어떤 바람에서 성립된다. 이 바람은 생각하는 머리나 꿈꾸는 두뇌나 괴로워하는 영혼이나 타오르는 정열이나 성난 빈곤 등에 부딪쳐 그것들을 모두 휩쓸어 간다.

어디로?

아무 데로나. 국가를 넘어, 법률을 넘어, 타인의 번영과 교만을 넘어.

조급한 신념, 급진적인 열광, 끓어오르는 분노, 억눌린 투쟁 본능, 흥분된 청춘의 객기, 용감한 맹목적인 행동, 호기심, 변화를 좋아하는 마음, 생소한 것에 대한 갈망, 새로운 연극 광고나, 극장에서 연극 지시하는 호각 소리를 듣고 좋아하는 감정, 애매모호한 증오, 원망, 실의, 운명이 자기를 망쳤다고 생각하는 허영심, 불쾌, 허황한 꿈, 벽에 부딪친 야심, 붕괴가 출구를 내줄 것을 기대하는 마음, 그리고 마지막으로 맨 밑바닥에 있는 하층민, 즉 성냥을 그어 대기가 무섭게 불붙는 시궁창——이런 모든 것이 폭동의 요소다.

가장 위대한 것과 가장 천한 것, 모든 것에서 소외되어 기회를 기다리며 떠돌아다니는 것, 방랑자, 불량자, 이 거리에서 저 거리로 떠돌아 다니는 부랑자, 하늘의 싸늘한 구름밖엔 지붕도 없는 자, 밤엔 인가가 다닥다닥한 사막에서 자는 자들, 하루하루의 빵을 운에 맡기고 일을 해서 얻으려고 하지 않는 자들, 빈곤과 허무에 빠져 이름도 없는 자들, 팔을 다 드러내 놓고 맨발 벗은 자들, 이러한 자들이 폭동에 참가하는 것이다.

국가나 인생이나 숙명에 대해 남모르는 반항심을 품은 자는 모두 폭동 일보 직전에 있다고 할 수 있는 것으로 폭동이 일어나기가 무섭게 전신을 떨며 자기가 혼란 속에 휩쓸려드는 것을 느끼기 시작한다.

폭동은 사회의 대기가 어떤 기압 상태에 도달하면 갑자기 일어나는 회오리바람 같은 것으로 그것은 소용돌이 치며 상승하고 질주하고 번개가 일어나고 모든 것을 찢어발기고 파괴하고 짓뭉개고 뒤집어 엎고 뿌리째 뽑아 놓고, 위대한 본성을 가진 자나 비천한 자나, 강자나 약자나 큰 나무나 지푸라기나 뭐든지 다 휩쓸어 가버린다.

그 회오리바람에 휩쓸린 자나 거기에 맞서 대항하는 자나 다같이 재난이다. 회오리는 그 양자를 충돌시켜 산산조각을 내는 것이다.

이 회오리는 거기에 휘말린 자에게 뭔가 알 수 없는 이상한 힘을 준다. 어떤 인간도 사건이 갖는 힘으로 채워 주고 일체를 탄환으로 바꾸어 버린다. 단순한 돌도 포탄으로 만들고 짐꾼을 장군으로 만든다.

엉큼한 정치가가 내리는 어떤 종류의 판단을 믿는다면 권력에는 다소의 폭동이 바람직한 일이라고 한다. 즉 폭동은 정부를 뒤엎지 않는 한 정부를 강화시키는 것이 된다는 이론인 것이다. 폭동은 군대에 시련을 주고 부르조아를 단결시키고 경찰의 근육을 부드럽게 하고 사회의 골격이 얼마나 강한가 시험한다. 그것은 말하자면 체조이다. 아니 거의 건강법에 가까운 것이다. 권력은 폭동을 경험하고 나면 마치 피부 마찰을 하고 난 사람처럼 기운이 솟구치는 것이다.

폭동도 지금부터 약 삼십 년 전에는 전혀 다른 견해로 보아졌다.

무슨 일이든지 스스로 『양식(良識)』이라 주장하는 하나의 이론이 있다. 그것은 알쎄스트에 대한 필랭트이다(몰리에르의 《인간 혐오》에 등장하는 인물. 전자는 매우 까다롭고 후자는 재주꾼). 진실과 허위 사이에 끼어드는 중재이다. 설명이며 충고이다. 그것은 비난과 변명을 내포하고 있으니까 스스로 현명하다고 생각하고 있지만 대개는 아는 척하는 약간 교만한 완화의 입장에 불과하다. 중간파라고 불리는 정치상의 일파는 모두 여기에서 생겨난 것이다. 냉수와 열탕 사이에 있는 미온수 같은 당파이다. 그 일파는 매우 신중한 척하나 사실은 겉으로만 그럴 뿐 원인을 살피지 않고 결과만 분석하여 교만한 자세로 광장의 소동을 질책한다.

이 일파가 하는 말을 들어 보기로 하자. 1830년의 사건을 복잡하게 한 몇 가지 폭동은 저 대사건에서 순수성의 일부를 뺏어 버렸다. 칠월 혁명은 기분좋게 확 불어온 민중의 바람이었고 그 뒤엔 갑자기 푸른 하늘이 되었다. 그러나 몇 가지의 폭동이 또다시 하늘을 흐리게 만들었다. 폭동은 처음 그토록 멋있게 국민을 단결시켰던 저 혁명을 하나의 커다란 싸움판으로 만들어 버렸다. 급격한 진보가 항상 그렇듯 칠월 혁명에서도 표면에 드러나지 않는 파괴가 행하여졌다. 그리하여 폭동이 그것을 사람들의 눈에 뜨이게 했다. 아아, 여기가 파괴되었구나, 하고 사람들이 말하게 되었다. 칠월 혁명 후에 사람들은 해방감만을 맛보았지만 폭동뒤에는 파국을 느꼈다.

폭동이라는 것은 상점을 닫게 하고 자금 유통을 막고 주식 시장을 혼란에 빠지게 하고 상업을 정지시키고 사업을 저해하고 파산을 촉진시킨다. 그 때문에 금융은 정지되고 사유 재산은 위협당하고 신용은 떨어지고 공업은 혼란되고 임금은 저하되고 자본은 후퇴하고, 가는 곳마다 공황이 생겨 모든 도시에 그 반동이 나타난다. 거기에서 큰 손실이 일어난다. 폭동의 첫날은 프랑스에 이천 프랑의 손실을 주고 둘째 날은 사천 프랑, 셋째 날은 육천 프랑의 손실을 주는 것으로 계산되고 있다. 폭동이 사흘간 계속되면 일억 이천만 프랑의 손실이 되므로 재정상의 영향만 따져도 육십 척의 함대를 전멸시키는 난파나 패전 같은 재난과 맞먹는 꼴이 된다.

역사적으로 보면 과연 폭동에도 어떤 아름다움이 있다. 시가전에는 산이나 들판의 게릴라 전에 못지않는 웅대하고 비장한 맛이 있고, 후자에 숲의 정신이 깃들어 있다고 할 수 있다. 전자에는 장 슈앙(대혁명 후 브르타뉴를 중심으로 일어난 왕당파 농민 폭동의 우두머리)이 있고 후자에는 잔느(1832년 6월 폭동에서 대활약을 하다 유형된 남자 노동자)가 있다. 폭동은 또 이따금 파리의 가장 근본적인 여러 가지 성격들, 즉 대범함이며 열성이며 폭풍우 같은 쾌활성이며 용기가 지성의 일부라는 걸 헌신적으로 입증하는 학생들이며, 꿈쩍도 않는 국민군이며 상인들의 진영이며 부랑아들의 요새며 죽음을 두려워하지 않고 지나가는 행인들의 모습을 환하게, 그러면서도 대단히 훌륭하게 드러내 놓았다. 폭동에서는 학생과 군대가 충돌했다. 요컨대 싸우는 사람 사이에는 연령의 차이밖에 없었다. 적도 동지도 하나의 인종이었다. 스무 살에 사상을 위해 죽는 사람이나 마흔 살에 가족을 위해 죽는 사람이나 자기를 버렸다는 면에서는 다 같았다. 군대는 내란이 일어날 때마다 언제나 괴로운 입장에 놓이지만 그러나 상대의 대담성에는 언제나 신중한 태도로 맞섰다. 폭동은 민중의 대담성을 나타내는 동시에 부르조아에게 용기를 가르쳤다.

그건 매우 좋은 일이다. 하지만 그런 것 때문에 피를 흘릴 가치가 있을까. 게다가 피만 흘리는 것이 아니라 미래는 암담하고 진보는 위험에 처하고 가장 선량한 사람들 사이에 불안이 퍼지고 성실한 자유주의자가 절망하고 외국의 전제주의는 혁명이 스스로에게 상처입히는 것을 보고 기뻐하고 1830년의 패자는 그것 보라는 듯, 그러니까 우리가 뭐라고 했느냐, 하고 말한다. 그뿐만 아니라 파리는 전보다 커졌는지는 몰라도 프랑스 전체는 확실히 작아졌다. 그리고 뭐든지 다 폭로해야 하니까 하는 말이지만, 광기로 변한 자유에 대한 광포해진 질서의 승리가 학살에 의해 너무 자주 더럽혀진 것을 생각해 볼 필요가 있다. 요컨대 폭동은 유해한 것이다.

가짜 국민인 부르조아지는 즐겨 이런 가짜 지혜를 입에 올린다.

우리는 이 폭동이라는 너무나 의미가 넓고 편리한 말은 쓰지 않기로 하자. 한 민중 운동과 다른 민중 운동 사이의 구별만을 짓기로 하자. 하나의 폭동이 하나의 대전과 같을 정도의 막대한 손실을 가져오는지 어쩐지 하는 것은 캐내지 말기로 하자. 첫째 왜 전투를 끄집어내는가? 여기에 전쟁의 문제가 나온다. 폭동이 재화인 이상 전쟁은 바로 천재가 아닌가? 그런데 폭동을 모두 재화라고 할 수 있을 것인가? 설사 1789년 7월 14일 일억 이천만 프랑의 손실을 가져왔다 해도 그게 어떻단 말인가? 필립 5세(루이 14세의 손자로 18세기 전반 스페인 왕)를 스페인 왕으로 앉히기 위해 프랑스는 이십억 프랑을 썼다(스페인 왕위 계승전을 말함). 가령 이것과 맞먹는 지출이 있었다 할지라도 7월 14일 쪽이 나을 것이다. 그리고 그럴 듯해 보이기는 하지만 결국 말뿐인 이런 숫자를 우리는 인정하지 않는다. 하나의 폭동이 문제가 될 때 우리는 그것을 폭동 자체로서 검토하기로 하자. 앞서 열거한 공리공론적인 반대론에서는 결과만이 문제가 되었는데 우리는 원인을 캐보기로 하자.

이제부터 그것을 더듬어 보기로 한다.

2. 문제의 밑바닥

폭동이라는 것이 있고 반란이라는 것이 있다. 둘 다 분노의 폭발이지만 하나는 부당한 것이고 하나는 정당한 것이다. 정의를 기초로 하는 유일한 국가인 민주 국가에 있어서도 한 당파가 권력을 부당하게 획득하는 일이 가끔 있는데 그런 때는 전체가 들고 일어나고 때로는 전체의 권리를 꼭 되찾아야 할 경우엔 무기를 잡는 것도 불사한다. 집단의 주권과 관계되는 모든 문제에 대해 한 당파에 대한 전체의 투쟁은 반란이고 전체에 대한 한 당파의 공격은 폭동이다. 튈르리 궁전의 주인이 국왕인가 국민의회인가에 따라 궁전에 대한 공격은 적당한 것이 되기도 하고 부당한 것이 되기도 한다. 마찬가지로 군중을 향한 대포도 8월 10일(1792년 군중이 궁전을 습격하여 국왕의 호위병과 싸워 루이 16세를 위폐함)에는 부당했고 포도월 14일(실제는 공화력 4년 포도월 13일, 즉 1795년 10월 4일 국민의회를 습격한 폭도를 나폴레옹이 지휘한 군대가 습격함)에는 적당했다. 겉보기에는 비슷하나 그 바탕은 다르다. 루이 16세의 호위병은 허위를 방위하고 보나파르트는 진실을 방위했다. 보통 선거가 그 자유와 주권에 의해 형성한 것이 도시의 군중에 의해 해체되어야 되겠는가 ? 순수한 문명의 문제에 있어서도 똑같다. 대중의 본능은 어제는 깊은 통찰력을 갖추고 있었을지 몰라도 내일은 어떻게 흐려질지 모른다. 똑같은 분노의 폭발로 테레(루이 15세 때 재상으로 특권을 지지함)에 대해서는 정당했으나 튀르고(루이 16세가 테레 대신 등용한 재상. 상공업 자유 확대를 위해 혁신 정책을 실시)에 대해서는 부조리했다. 기계가 파괴되고 창고가 부서지고 철도가 막히고 선착장이 파괴되고 군중이 그릇된 길을 걷고 국민이 진보의 이름으로 심판받기를 거부하고 라뮈(16세기의 휴머니스트. 쌩 바르돌로뮤 대학살 때 그 학원에서 살해됨)가 학생에게 암살되고, 루소가 돌팔매를 맞고 스위스에서 쫓겨 나는 이런 것들이 폭동의 실태다. 이스라엘이 모세에 반항하고 아테네가 포키온(아테네의 공평한 정치가. 부당하게 처형됨)에 거역하고 로마가 스키피오(카르타고를 부수고 로마를 구한 장교)를 배반한 것, 이것이 폭동이다. 파리가 바스티유 감옥을 공격한 것, 그것은 반란이다. 알렉산더에 반항한 병사, 크리스토퍼 컬럼 버스에 반항한 선원, 이들은 똑같이 모반자들이다. 아주 충성되지 못한 모반자 들이다. 왜 그런가 ? 알렉산더는 크리스토퍼 컬럼버스가 나침반으로 아메리카를 대한 것처럼 칼을 들고 아시아에 대했기 때문이다. 알렉산더도 컬럼버스와 마 찬가지로 신세계를 발견했기 때문이다. 이처럼 신세계를 문명에 제공하는 것은 곧 문명을 넓히는 일이며 따라서 거기에 거역하는 반항은 모두 유죄이다. 국민은 이따금 자기에 대한 성실을 착각하는 경우가 있다. 군중이 국민의 의지를 배반하는 것이다. 예를 들어 오랫동안 피를 흘리며 항의해 온 소금 제조업자들의 투쟁만큼 기묘한 결과를 낳은 일이 또 있을까? 그것은 만성화한 합법적인 모반이었으나 결정적인 구원의 순간에, 민중의 승리의 순간에 이르러 갑자기 왕과 결탁하여 올빼미 당(1793년 이후에 일어난 브르타뉴의 반혁명 왕당파)으로 변절하여 적대하는 반란에서 편을 드는 폭동으로 변해 버린 것이다. 무지가 낳은 슬픈 걸작이다! 밀염업자들은 국왕으로부터 교수형을 사면받자 아직 밧줄 끝을 목에 건 채 왕당파 표시인 흰 모표를 달았다. 염세를 폐지하는 주장이 국왕 만세라는 소리를 낳게 한 것이다. 쌩 바르돌로뮤 때의 학살자들, 9월 학살(1792년 9월, 파리에서 유폐자 맹세를 반대한 수백 명의 사제가 군중에 의해 살해됨)의 교수자들, 아비뇽(1815년의 백색 테러)의 학살자들, 콜리니(16세기, 쌩 바르돌로뮤 축제 밤에 살해된 신교도 장군)의 암살자들, 랑발 부인(마리 앙트와네트의 절친한 친구. 9월 학살에서 참살된 공작 부인)의 암살자들, 브류느(아비뇽의 백색 테러에서 살해된 장군)의 암살자들, 미클레(17세기의 스페인 산적, 뒤에 병사가 됨. 1808년에 나폴레옹은 스페인의 게 릴라를 제압하기 위해 의용군을 조직), 녹색 모표(녹색 모표를 단 왕당파. 테르미돌 반동기와 제2차 왕정 복고 초기에 남부에서 백색 테러를 일으킴), 변발당, 츄위 일당 (테르미돌 반동기에 주로 남부에서 학살 행위를 한 반혁명파), 완장 기사(1814년 왕정 복고 시대 녹색 완장을 두르고 앙굴렘에 입성한 귀족들), 이 모든 것이 폭동이다. 방데의 난(1793년 방데 지방에서 일어난 농민 봉기)은 가톨릭 교도가 일으킨 가장 큰 폭동이다.

정당한 권리가 움직이는 소리는 곧 식별되는 것이지만 그렇다고 혼란에 빠진 군중의 몸부림에서 항상 그 소리가 들리는 것은 아니다. 미친 격노라는 것이 있다. 금이 간 종이 있다. 모든 종소리가 청동의 맑은 소리를 내는 것은 아니다. 감격과 무지의 진동은 진보의 충동과는 별개의 것이다. 사람들이여 일어나라, 하고 외치는 것은 좋지만 그것은 언제나 향상을 목적으로 하지 않으면 안 된다. 방향의 진로를 결정하지 않으면 안 된다. 반란엔 오직 전진이 있을 뿐이다. 그 이외의 반대 운동은 모두 부정이다. 폭력에 의한 역행은 모두 폭동이다. 후퇴하는 것은 인류에 대한 폭력 행위이다. 반란은 노한 진리의 발작이다. 반란이 파 뒤집는 돌바닥은 권리의 불꽃을 튀긴다. 그러나 똑같은 돌바닥도 폭동에는 진탕을 튀길 뿐이다. 루이 16세에 대한 당통의 행위는 반란이고 당통에 대한 에베르의 행위는 폭동이다.

따라서 반란이 어떤 경우에는 라파이에트가 말한 것처럼 더없이 신성한 의무가 될 수 있는 데 반해 폭동은 더없이 잔인한 폭력 행위가 될 수 있다.

그 열의 강도에도 차이가 있어 반란은 때로 커다란 화산이 될 수 있는 데 반해 폭동은 한낱 짚불에 그치는 수가 많다.

이미 말했듯이 모반은 때로 권력의 내부에 숨어 있는 일이 있다. 폴리냐크(샤를르 10세의 외무 대신으로 7월 혁명의 원인이 된 가혹한 칙령을 내린 사람)는 폭동의 장본인이며 카미유 데물랭(바스티유 습격의 지도자)은 통치자이다.

때때로 반란(insurrection)은 부활(réssurection)이다.

일체를 보통 선거에 의해 해결하게 된 것은 극히 최근의 일이고, 그 이전의 역사는 사천 년에 걸친 침해된 권리와 민중의 고통으로 점철되어 있기 때문에 역사의 각 시대는 그 당시로서 가능한 모든 항의를 제출하고 있다. 시저의 통치 때는 반란은 없었으나 유베날리스(로마의 풍자 시인)가 있었다.

『공중의 분노가 만든다』(라틴어, 유베날리스의 시구. 비록 천재적 재능은 없으나 공중의 분노가 시를 짓는다)라는 말이 그라크 형제(기원전 5세기 로마의 호민관. 귀족의 전제를 억제하려다 비명에 감) 대신으로 쓰이게 된 것이다.

시저 시대에는 시에나의 망명자(유베날리스)가 있고 또 연대기의 작자(타키투스)가 있다.

파트모스 섬의 거대한 망명자(성 요한을 말함. 파트모스 섬에서 《묵시록》을 씀. 위고는 저지 섬이며 간지 섬에 있었던 자기를 즐겨 요한에 비교했다)에 대해서는 말할 것까지도 없다. 그도 역시 이상 세계의 이름으로 현실 세계에 항의를 퍼붓고 환상에 의해 뛰어난 풍자시를 지었으며 로마와 맞먹는 니네베며 바빌론이며 소돔 (모두 성서 속의 고대 오리엔트 도시) 위에 불 같은 《묵시록》의 빛을 던졌던 것이다.

바위 위의 요한은 받침돌 위의 스핑크스와 같이 수수께끼이다. 그의 말을 이해할 수는 없다. 그는 유태인인데 그의 말은 희랍어다(사실 《묵시록》은 그리스어로 씌어졌다). 그러나 연대기를 쓴 사람은 라틴 사람, 자세히 말해 로마인이다.

네로와 같은 폭군들이 암흑 통치를 할 때는 그들을 역시 어둡게 묘사하지 않으면 안 된다. 끌로 모양만 새겨서는 효과가 나지 않을 것이다. 새김 하나하나에 인간의 마음에 스며들 농후한 산문을 흘려넣지 않으면 안 된다.

전제 군주도 사상가에게 있어서는 다소 의미가 있는 존재이다. 사슬에 묶인 말, 그것은 무서운 말이다. 지배자가 국민에게 침묵을 강요할 때 저술가는 자연 그 문제에 이중 삼중의 의미를 섞게 된다. 그 침묵에서 어떤 불가사의한 충실감이 생겨 그것이 사상 속에 스며들어 하나로 응결하여 맑은 소리를 내는 청동이 된다. 역사상의 압제는 역사가의 문장을 극히 간단하고 명백한 것으로 만들어 놓고 있다. 그러한 종류의 유명한 산문이 지닌 화강암 같은 경도는 모두 다름아닌 폭군에 의해 압축되어 일어난 결과인 것이다.

전제 군주 정치는 저술가에게 어쩔 수 없이 대상의 범위를 좁혀 주나 그 때문에 오히려 그들의 필력은 한껏 커진다. 키케로와 같은 문장은 벨레스(로마의 지방 총독. 키케로가 그의 공금 횡령을 풍자함)에게는 대충 어울리나 칼리굴라(로마의 황제. 정신이상으로 몹시 잔인했다 함)에게는 무디기 짝이 없다. 문장의 규모가 작아질수록 읽는 자에게 주는 충격은 커지게 마련이다. 타키투스는 전력을 기울여 생각을 짜낸다.

위대한 마음의 성실성은 정의와 진리로 응축될 때 상대를 분쇄하는 힘이 된다.

이왕 나왔으니 하는 말이지만 타키투스가 역사상 시저와 겹쳐지지 않은 것은 매우 주목할 만한 일이다. 그에게는 티베류스 같은 폭군이 할당되었다. 시저와 타키투스는 연이어 나타난 두 현상이나 이 두 사람의 상봉은 여러 세기의 연출 가로서 등장 인물을 정하는 신이 생각하는 바 있어 피하게 한 것 같다. 시저도 위대하고 타키투스도 위대하다. 신은 이 두 인물의 위대성을 아껴 서로 충돌하지 않게 하였다. 이 심판자(타키투스)가 시저를 공격하면 공격이 너무 심하여 불공 평하게 될지도 모른다. 신은 그것을 바라지 않는다. 아프리카나 스페인에서의 대전쟁, 킬리킬아의 해적 토벌, 고올과 브르타뉴와 게르마니아에의 문명 도입, 이들 수많은 영광이 시저의 루비콘 도강의 죄악(시저는 원로원의 저지를 물리치고 루비콘 강을 건너 독재 집정관이 되었다)을 보상해 주고 있다. 여기에 신의 심판의 섬세한 배려가 있는 것이다. 신은 뛰어난 권력 횡령자에게 무서운 역사가를 대 결시킬 것을 주저하고 시저에게 타키투스의 비판을 피하게 함으로써 천재에게 정상 참작의 여지를 주었다.

물론 전제 정치는 어디까지나 전제 정치로 천재가 전제 군주가 되어도 변함은 없다. 뛰어난 폭군의 치하에도 타락은 있다. 그러나 정신의 페스트는 비열한 폭군 밑에서는 더욱 굉장한 것이다. 그러한 통치에서는 아무것도 수치를 감추지 않는다. 때문에 타키투스나 유베날리스처럼 세상을 응집하려는 자는 인류의 면전에서 그 치욕을 변명할 수 없을 만큼 공격하여 한층 더 효과를 높일 수 있다.

로마는 독재 집정관 실라 시대보다 비텔리우스(로마의 황제로 방탕과 난행으로 유명) 시대에 한층 더 악취를 풍겼다. 클로디우스(왕후에게 독살된 1세기의 로마 황제)나 도미티아누스(압정으로 노예의 손에 암살된 로마 황제) 시대에는 추악한 폭군에 어울리는 하층민의 추악성이 있었다. 노예의 비천한' 행위는 전제 군주 자신에 의해 빚어진 것이다. 지배자의 성격을 그대로 나타내고 있는 그 시궁창 같은 의식에서는 독기가 오르고 있다. 공권은 더럽혀지고 사람의 마음은 비소해지고 의식은 평범해지고 영혼은 구린내가 난다. 즉 칼리쿨라(이만 명을 처형한 후 암살된 2세기 초의 로마 황제) 시대가 그러했고 코모디우스(많은 잔인한 행위를 하다 독살된 3세기의 로마황제) 시대가 그러했고 헤리오가발레우스(수많은 만행 끝에 암살된 3세기 초의 로마 황제) 시대가 그러했으나 그 반면 시저 시대에는 로마 원로원에서 독수리집의 냄새 같은 분뇨 냄새가 풍겼을 뿐이다.

그렇기 때문에 타키투스나 유베날리스 같은 인물이 약간 늦게 나타나지 않았나 생각하게 되나 사실은 증명자가 나타나는 것은 명증의 시대가 된 후이다.

그런데 유베날리스도 타키투스도 구약시대의 이사야와 마찬가지로 중세의 단테처럼 개인이다. 한편 폭동이나 반란은 군집이다. 부당해질 수도 정당해질 수도 있는 군집이다.

대개의 경우 폭동은 물질적인 문세에서 일어나나, 반란은 언제나 정신적인 현상이다. 폭동은 말하자면 마사니엘로(17세기 나폴리 호민관으로 모반을 일으킴)와 같은 것이고 반란은 이를테면 스파르타쿠스(B.C. 1세기 로마에서 반항운동을 일으킨 노예의 수령)와 같은 것이다. 반란은 정신과 나란히 있고 폭동은 위장과 나란히 서 있다. 가스테르(라블레가 창조한 인물, 그리스어로 위장이라는 뜻)는 곧잘 화를 낸다. 물론 그 가스테르라고 해서 다 잘못을 저지르는 것은 아니다. 굶주림의 문제가 되면, 예를 들어 뷔장쎄(앵드르 현의 소도시. 1847년 1월에 식량 위기로 유혈 사태가 일어남)의 경우가 그런 건데 폭동은 하나의 진실된 비극과 극히 정당한 출발점을 가지고 있다. 그렇다고 해도 그것은 역시 폭동임엔 틀림없다. 왠가 ? 내용은 정당했지만 형식에 있어 부당했기 때문이다. 권리는 있었으나 야만적이었고 힘은 있었으나 과격했고 닥치는 대로 공격했기 때문이다. 그것은 마치 눈먼 코끼리처럼 아무거나 깔아 뭉개며 전진했다. 노인과 아녀자의 시체를 함부로 남겨 놓았다. 무작정 해도 끼치지 않았고 죄도 없는 자의 피를 흘렸다. 민중에게 먹을 것을 준다는 목적은 좋았으나 그 때문에 국민을 학살한 수단은 나빴다.

무력에 의한 항의라는 것은 가장 옳은 것이라 할지라도, 가령 1792년 8월 10

일이나 7월 14일(1789)처럼 정당한 것이라도 모두 똑같은 혼란에서 비롯된다. 권리에서 사슬이 풀릴 때까지는 동요가 있고 소란이 있다. 처음엔 큰 강도 계곡의 급류였듯이 반란도 폭동과 다를 바 없다. 대개 그것은 혁명이라는 큰 바다로 흘러 들어가게 된다. 그러나 때로는 정신의 지평선에 우뚝 솟은 정의나 지혜나 이성이나 권리 등 높은 봉우리에 원천을 두고 이상이라는 더없이 순결한 흰 눈을 녹이며 오랫동안 바위에서 바위로 계속 떨어져 내린 후 많은 지류가 합쳐 큰 강을 이루고 그 맑은 수면에 푸른 하늘이 비치게 되자, 흡사 라인 강이 늪지대로 흘러 들어 가듯이 반란이 갑자기 부르조아지의 늪으로 흘러 들어가 버리는 수도 있다.

그러나 이상과 같은 일은 모두 과거의 일이므로 미래는 또 다르다. 보통 선거는 폭동을 자기 원칙 속에 용해시켜 버리고 반란에 투표권을 주는 대신 무기를 몰수한다는 감탄할 만한 장점을 지니고 있다. 전쟁이라는 것이 시가전에서 국경전에 이르기까지 완전히 없어진다는 것, 그것은 불가피한 진보이다. 오늘날이 어떻든 『미래』에는 평화만이 있을 것은 명백한 사실이다.

그런데 이 부르조아는 이 반란과 폭동이라는 것이 어떤 점에서 어떻게 다른가를 전혀 모른다. 부르조아들이 보기엔 어느 것이나 다 폭동이고 단순한 모반이고 주인에 대한 개의 반항이고 주인을 물려고 하기 때문에 사슬로 묶어 개집에 처넣어야 하는 광포성이고 시끄럽게 짖어 대는 소리이고 귀찮은 울음 소리이다. 그러나 부르조아가 그렇게 생각하고 천연스레 있을 수 있는 것도 머리가 갑자기 커져 사자의 얼굴이 되어 어둠 속에 희미하게 떠오르게 되는 날까지다.

그때에야 비로소 부르조아는 부르짖는다——「국민 만세!」

여기서 한 가지 생각해 보기로 하자. 그럼 1832년 6월의 동란은 역사적인 견지에서 무엇이었는가? 폭동일까, 아니면 반란일까?

그것은 반란이다.

앞으로 이 사건을 무대에 올림에 있어 작자는 혹시 이따금 폭동이라는 말을 쓸지도 모른다. 그러나 그것은 다만 표면적인 사실을 부를 때뿐이고 폭동이라는 형식과 반란이라는 실질적 차별은 항상 둘 생각이다.

이 1832년의 동란은 그 급속한 반발과 슬픈 종말에도 불구하고 대단히 위대한 요소들을 지니고 있기 때문에 그것을 단순한 폭동으로 보는 사람들조차 그것에 대해 얘기할 때는 반드시 경의를 표한다. 그들에게 있어 그것은 1830년 7월 혁명의 여파와 같은 것이다. 그들의 말에 의하면 한 번 흔들린 상상력은 하루 아침에 가라앉진 않는다는 것이다. 혁명은 일시에 중단되지는 않는다. 평화로운 상태로 돌아갈 때까지는, 예를 들어 산에서 평야로 내려가는 길처럼 반드시 몇 개의 기복이 있다. 쥐라 산맥에 이어지지 않은 알프스 산맥과 아스투리아스 산맥에 이어지지 않은 피레네 산맥은 없다.

파리 시민이 『폭동의 시기』라고 회상하는 저 현대사의 비장한 위기는 확실히 금세기의 폭풍우와 같은 여러 시기 중에서도 독특한 한 시기이다.

이야기로 들어가기 전에 마지막으로 한 마디만 더해 두기로 하자.

이제부터 하는 얘기의 줄거리는 지극히 극적이고 생생하지만 역사가는 시간과 지면이 없다는 이유로 대개 쓰기를 등한히 하는 현실의 일부이다. 그러나 사실은 거기에, 거기에야말로 인간의 생명이, 고동이, 전율이 있는 것이라고 역설하고 싶다. 언젠가도 얘기한 일이 있지만 자질구레한 부분이란 이른바 큰 사건의 지엽과 같은 것이므로 역사의 원경 속에 휩쓸려 들어가 있다. 말하자면 폭동의 기간에는 그런 종류의 지엽적인 일이 많다. 재판소의 심리도 역사와는 별개의 이유로 모든 것을 밝히지 않았고 또 필경은 모든 것을 깊이 파고 들지도 않았을 것이다. 누구나 알도록 공표된 전말 속에 아무에게도 알려지지 않은 사실이나 알고 있던 사람도 잊어버렸거나 죽었거나 한 사실을 덧붙여 표면화시킬 생각이다. 이 거대한 장면을 연출하던 사람들은 대부분 이미 사라져 버렸다. 또 그렇지 않으면 그 이튿날부터 그들은 입을 봉해 버렸다. 그러나 이제부터 하려는 얘기에 대해서는 작자인 나 자신이 그것을 직접 목격했다고 해도 좋을 것이다. 역사는 얘기하는 것이지 고발하는 것은 아니니까. 몇 사람의 이름은 바꿀 생각이나 사건 그 자체는 있었던 그대로 묘사할 생각이다. 다만 이 책의 조건으로 1832년 6월 5일과 6일 사이에 일어난 일면만을, 하나의 에피소드만을, 그것도 가장 알려지지 않은 사건을 이야기하게 될 것이다. 그러나 작자는 이제부터 그 어두운 베일을 쳐들어 거기에서 연출된 무서운 사건의 진상을 독자가 직접 목격하도록 최선의 노력을 기울일 작정이다.

3. 장례식——부활의 기회

1832년 봄, 석 달 전부터 콜레라가 사람들의 마음을 얼어 붙게 만들어 불안한 정세에다 어떤 음울한 진동을 던져 주고 있었으나 파리에는 상당히 오래 전부터 곧 터질 것 같은 지친 기운이 감돌고 있었다. 이미 말한 것처럼 대도시는 하나의 대포와 비슷하여 장전되어 있을 때는 불똥만 떨어져도 그 총알은 발사된다.

1832년 6월, 그 불똥이란 라마르크 장군의 죽음이었다.

라마르크는 유명한 행동형의 인물이었다. 그는 제정기와 왕정 복고기에 걸쳐 이 두 시대에 필요한 두 가지 용기를 계속해 발휘했다. 즉 전장에서의 용기와 단상에서의 용기이다. 그는 처음에 용감했던 것처럼 후에는 웅변가가 되었다. 그의 말에는 칼날과 같은 날카로움이 느껴졌다. 선배인 프와(나폴레옹 휘하의 장군에서 자유주의파의 대변자가 됨)와 마찬가지로 지휘권을 높이 쳐든 다음엔 자유의 깃발을 높이 쳐들었다. 그가 차지한 의석은 좌파와 극좌파의 중간 위치였으며 미래가 어찌 되든 두려워하지 않았기 때문에 국민으로부터 사랑받았다. 제라르 백작과 드루에 백작과 함께 그도 나폴레옹의『가슴 속의』(이탈리아어, inpetto. 로마 교황이 추기경으로 예정하고 있으나 아직 승진을 공표하지 않은 사람을『가슴 속의』추기경이라 했음) 장군의 한 사람이었다. 1815년의 조약(워털루 전쟁에 이은 프랑스의 항복조약)은 마치 개인적인 치욕이기나 한 것처럼 그를 격분케 했다. 그는 웰링턴을 증오했는데 그것이 또 대중의 뜻에 맞았다. 그리고 십 칠 년 전부터 그동안에 일어난 갖가지 사건에도 불구하고 오직 한결같은 마음으로 워털루의 슬픔만을 잊지 않고 지켰다. 임종할 때도 그는『백일 천하』(1815년에 나폴레옹이 엘바 섬에서 탈출하여 워털루에서 패할 때까지의 짧은 황제 복위 기간)의 장군들이 보낸 칼을 가슴에 꼭 안고 있었다. 나폴레옹은『군대』라는 말을 하며 숨을 거두었으나 라마르크는『조국』이라는 말을 하며 죽었다.

그의 죽음은 벌써부터 예상되고 있었으나 국민은 그것을 손실이라고 해서 두려워하고 정부는 무슨 사건의 계기가 되지 않을까 해서 두려워하고 있었다. 그의 죽음은 모두의 애도가 되었다. 그러나 모든 슬픈 일이 다 그렇듯 장례도 모반으로 변하는 일이 있다. 과연 그대로 되었다.

라마르크 장군의 장례날로 정해진 6월 5일의 전날 밤과 그날 아침 장례 행렬이 지나가기로 되어 있는 쌩 탕트완느 성밖에는 무시무시한 분위기가 떠돌았다. 이 혼란된 그물코 같은 거리는 심상치 않은 기적으로 술렁거렸다. 사람들은 최대한의 무장을 하고 있었다. 목수들은『정문을 부수기 위해』작업대의 꺾쇠를 휴대하고 있었다. 그들 중 한 사람은 제화공의 코바늘 끝을 꺾어 그것을 갈아 단도를 만들었다. 또 어떤 사람은 열병이 걸린 것처럼『공격하고 싶다』는 생각에 사흘 전부터 옷도 안 벗고 잤다. 롱비에라는 목수는 길에서 만난 친구들에게 이런 질문을 받았다.「어디 가는 거야?」「글쎄, 무기로 쓸 게 없어서 말야.」「그래서 어떡 하려고?」「작업장에 콤파스를 가지러 가.」「그걸로 뭘 하려구?」「글쎄, 나도 모르겠어.」자클린느라는 민첩한 남자는 노동자가 지나갈 때마다 가까이 다가갔다. 「자네 잠깐, 이리 오게!」그리고 포도주를 십 수우어치 대접하고 나서,「일거리는 있나?」「없습니다.」「피스피에르네 집에 가보게. 몽트뢰이유 성문과 샤론느 성문 중간이야, 거기 가면 일이 있네.」그래 피스피에르네 집에 가보니까 탄약과 무기가 있었다. 몇 명의 유명한 두목들은『우편 배달』, 즉 동지들을 모으기 위해 집집으로 뛰어다니고 있었다. 트론느 성문 옆 바르돌로뮤의 집과 프티 샤포의 카펠 집에서도 술꾼들이 무시무시한 모습으로 서로 이마를 맞대고 있었다. 그들의 이야기에서 이런 소리가 들렸다.「자네 권총 어디에 간직하고 있나?」「작업복 밑에.」「자 네는?」「셔츠 속에.」롤랑공장 앞 트라베르시에르 거리와 공구상 베르니에의 공장 앞 메종 브릴레 안뜰에서는 사람들이 여기저기 모여 쑤군대고 있었다. 그 중 가장 열성 있는 사람으로 마보라는 남자가 특히 사람의 눈을 끌었다. 그는 한 공장에 일 주일 이상 있는 일이 없는데 그것은 주인이 모두『매일 그와 논쟁을 해야 하기 때문에』견딜 수 없어 모가지를 잘랐기 때문이다. 이 마보라는 사내는 그 이튿날 메닐몽탕 거리 바리케이드에서 살해되었다. 역시 이 전투에서 죽은 프르토라는 남자가 마보에게「자네 목적이 뭔가?」하고 묻자 그는「반란을 일 으키는 거야」하고 대답했다. 베르시 거리 한 모퉁이에 모여 있던 노동자들은 쌩 마르소 성밖 담당 혁명 지도자인 르마랭이라는 남자를 기다리고 있었다. 그들 사이엔 암호가 거의 공공연하게 오가고 있었다.

 6월 5일은 비가 왔다 갰다 하는 고르지 못한 날씨였는데 라마르크 장군의 장례 행렬은 경계 때문에 인원수를 훨씬 늘인 군대에 둘러싸여 파리를 통과했다. 북에 검은 천을 드리우고 총을 거꾸로 든 이개 대대, 군도를 늘인 만 명의 국민군, 국민군 포병의 포열 등이 관을 호위하고 있었다. 영구차는 청년들의 손으로 끌려갔다. 그 바로 뒤로 상이 군인 장교들이 월계수 가지를 받쳐들고 따라갔다. 그 뒤에는 이상하게 흥분한 무수한 군중들이 쫓아갔다.『국민의 벗』의 대원, 법학도들, 의 학도들, 각국에서 온 망명자들, 스페인, 이탈리아, 독일, 폴란드 등의 국기, 수평으로 든 삼색기, 갖가지 기, 푸른 나뭇가지를 휘두르며 가는 아이들, 마침 파업을 일으키던 석공들이며 목수들, 종이 모자로 금방 알 수 있는 인쇄공들, 이들이 모두 삼삼오오 떼를 지어 걸으며 함성을 지르기도 하고 몽둥이를 휘두르기도 하고 어떤 자는 군도를 휘두르기도 하여 질서는 없으나 하나의 정신으로 뭉쳐 떼지어 가기도 하고 일렬종대로 전진하기도 했다. 그리고 어느 집단에나 다 지휘자가 있었다. 권총 두 자루를 밖으로 찬 남자 하나가 다른 패들을 사열하고 있는지 대오는 그의 앞에 오자 싹 길을 비켰다. 큰 길가며 가로수 나뭇가지며 집집의 발코니며 창이며 지붕에도 남자와 여자와 아이들의 얼굴이 옹기종기 붙어 있었다. 그들의 눈은 모두 불안에 싸여 있었다. 무장한 군중이 지나가는 것을 겁에 질린 군중이 지켜보고 있었다.

정부 쪽에서도 칼자루에 손을 대고 감시하고 있었다. 루이 15세 광장에는 중기병의 사개 중대가 말을 타고 나팔을 선두로 탄약갑에 탄약을 잰 다음 소총이며 기총에 장전을 한 완전 무장한 태세로 전진의 명령만을 기다리는 모습이 보였다. 라틴 구역과 식물원에는 시의 위병들이 거리거리에 사다리꼴로 배치되어 있었다. 포도주 시장에는 용기병이 일개 중대가 있었고 그레브에는 제12경기병 대대의 절반, 나머지 반은 바스티유에, 또 쎌레스탱에는 용기병 제6 대대, 루브르 궁전 안뜰에는 포병이 가득 들어차 있었다. 이 외의 부대는 모두 병영주둔하고 있었으며 게다가 파리 주위에도 몇 개의 연대가 배치되어 있었다. 불안해진 권력은 압도적인 군중에 대한 대비로 시내에 이만 사천, 교외에 삼만의 병력을 준비해 놓았다.

행렬 속에는 온갖 소문이 떠돌아 다녔다. 정통 왕조파가 책동하고 있다는 소문도 있고 라이히슈타트 공작에 대한 소문도 있었다. 지금 군중이 장차 올 제국의 제왕으로 삼으려던 이 공작에게는 신이 이미 그의 죽음을 정해 놓고 있었다(라이히슈타트 공작은 나폴레옹 2세로 몇 주일 후인 7월 22일 오스트리아에서 객사함). 이제까지 그 이름이 밝혀지지 않은 어떤 남자는, 매수된 직공장 두 사람이 정한 시각에 병기 공장 문을 민중에게 열어 주기로 되어 있다고 알리며 다녔다. 참석자 중 모자를 쓰지 않은 대다수 사람들의 얼굴에는 고민과 흥분이 뒤섞여 감돌고 있었다. 과격하긴 하나 고귀한 감동에 사로잡힌 이들 군중 속에는 틀림없이 악한으로 보이는 얼굴이며 「약탈하자!」 하고 외치고 있는 듯한 야비한 자들의 입도 여기저기 보였다. 이런 경우엔 늘 밑바닥을 휘저어 물속을 허우적거리는 것 같은 그런 종류의 선동 행위가 흔히 있다. 그러한 현상에는 『잘 훈련된』 경찰도 전혀 관계가 없지 않다.

행렬은 열병에 걸린 것처럼 느릿느릿, 고인의 집을 떠나 몇 개의 큰길을 거쳐 바스티유까지 다다랐다. 이따금 빗방울이 흩뿌렸으나 군중은 아랑곳하지 않았다. 그동안 몇 가지 사건이 이 장례 행렬을 장식했다. 즉 관이 방돔 광장에 왔을 때는 기념주의 주위를 몇 번이나 끌려 돌았으며 모자를 쓴 채 발코니에 나타난 과격 왕정주의자 피트 제임스 공작에게 돌이 날라갔으며 고올의 닭(7월 왕정의 표식)이 민중들의 깃발 중의 하나에서 찢겨 시궁창에 던져졌으며 생 마르탱 성문에서 순경 한 사람이 칼에 찔려 부상을 입었으며 제12경기병 대대의 한 장교가 큰소리로 「나는 공화주의자다」 하고 외쳤으며 이공과 학생들이 저지를 뚫고 밀려나와 「이공계 학교 만세! 공화제 만세!」를 외치는 등 갖가지 사건이 일어났다. 바스티유에 다다르자 행렬엔 쌩 탕트완느 성문 근방에서 몰려나온 구경꾼들의 긴 행렬이 합류하여 일종의 무시무시한 홍분을 군중 사이에 불러일으켰다.

한 남자가 다른 남자에게 이렇게 말하는 소리가 들렸다. 「저기 수염이 빨간 남자가 있지. 그 남자가 신호하면 발사해.」 그 수염이 빨간 남자는 그후 또 하나의 사건, 즉 케니세 사건(1841년 9월에 케니세가 탕트완느 성밖에서 오를레앙과 오말르 두 공작을 저격한 사건) 때도 똑같은 역할을 담당하여 현장에 나왔다.

영구차는 바스티유를 통과하여 운하를 따라 가다 조그만 다리를 건너 오스테를리츠 다리 앞 광장에 다다랐다. 영구차는 거기서 멎었다. 그때 만일 군중을 하늘에서 내려다보았다면 꼭 혜성과 같은 모양으로 보였을 것이다. 머리는 광장에 있고 꼬리는 부르동 운하가에 펼쳐져 바스티유를 꽉 메우고 생 마르탱 문까지 뻗어 있었다. 영구차 주위에는 큰 원이 만들어졌다. 군중은 갑자기 소리를 죽였다. 라파이예트가 입을 열어 라마르크에 대한 고별 인사가 시작된 것이다. 그것은 가슴을 치는 엄숙한 한순간이었다.

일제히 모자를 벗은 사람들의 가슴에는 감동이 굽이쳤다. 그때였다. 갑자기 검은 옷에 말을 탄 남자 한 사람이 빨간 기를 들고, 또 어떤 사람의 말로는 빨간 모자를 끝에 매단 창을 들고 한가운데로 뛰어나왔다. 라파이예트는 깜짝 놀라 고개를 돌렸다. 귀족원 의원 에그젤망은 재빨리 행렬에서 떠났다.

그 붉은 기는 군중 사이에 삽시간에 폭풍을 일으키고 그 폭풍 속에 사라져 버렸다. 부르동 거리에서 오스테를리츠 다리에 걸쳐 파도 같은 소란이 군중을 흔들고 지나갔다. 순간 두 개의 묘한 함성이 터졌다. 「라마르크를 팡테옹으로!」 「라파이예트를 시청으로!」 청년들은 군중의 환호성 속에 라마르크를 실은 영구차의 수레채를 들어 오스테를리츠 다리로 끌고 가기 시작하고, 라파이예트를 짐마차에 태워 모를랑 강쪽으로 끌고 가기 시작했다.

라파이예트를 둘러싸고 환성을 지르고 있는 군중 속에서 사람들은 루드비히 쉬니데르라는 독일 사람을 발견하고 손가락질했다. 그는 후에 백 살까지 장수한 남자로 1776년 전쟁(미국 독립전쟁. 라파이예트도 참가)에도 참가한 일이 있고 거기서는 워싱턴의 부하로 트렌턴에서 싸웠으며 라파이예트의 부하로 브랜디와인에서 싸운 일도 있다.

그동안 왼쪽 강변에서는 시의 기병대가 출동하여 다리를 막기 시작했고 바른쪽 강변에서는 용기병이 쎌레스탱에서 나와 모를랑 강둑을 따라 흩어졌다. 라파이예트의 마차를 끌고 가던 군중은 강변 모퉁이에서 갑자기 그들이 오는 것을 보고 소리쳤다. 「용기병이다! 용기병이다!」용기병들은 침묵 속에 권총을 가죽주머니에 간직하고 군도를 칼집에 꽂고 기총은 안장 주머니에 찌른 채 어두운 얼굴로 줄을 지어 전진해 오고 있었다.

프티 퐁(노틀담 광장과 시립 병원을 지나 오른쪽은 시청으로, 반대쪽은 팡테옹을 통하는 다리)에서 약 이백보 떨어진 지점에서 용기병들은 걸음을 멈추었다. 라파이예트를 태운 마차가 다가오자 그들은 길을 비켜 마차를 통과시킨 다음 곧 다시 막아섰다. 용기병과 군중이 그대로 맞닥뜨렸다. 여자들은 겁을 먹고 도망쳤다.

이 숙명적인 순간에 무슨 일이 일어났는가? 아무도 분명한 대답은 할 수 없을 것이다. 그것은 두 개의 먹구름이 마주치는 캄캄한 순간이다. 공격의 나팔소리가 병기창 쪽에서 들려 왔다는 소리도 있고, 한 아이가 단도로 용기병을 찔렀다고 하는 사람도 있다. 사실은 돌연 세 발의 총소리가 일어나며 한 발은 숄레 중령을 쏴 죽이고 또 한 발은 콩트르카르프 거리로 날아가 창문을 닫고 있던 벙어리 노파를 쏴 죽이고 나머지 한 발은 장교의 견장을 태웠던 것이다. 한 여자가 고함을 질렀다. 「어머나, 벌써 시작됐네!」그러자 갑자기 모를랑 강변 반대쪽 병영에 남아 있던 용기병의 일개 중대가 칼을 빼들고 바송피에르 거리와 부르동 큰길 쪽에서 전속력으로 달려와 군중을 해산시키는 것이 보였다.

그러자 사태는 이미 수습하기 어렵게 되었다. 폭동은 미친듯 일기 시작하고 돌팔매가 비처럼 쏟아지고 총소리가 사방에서 울려퍼졌다. 대부분의 군중은 방죽 아래로 쏟아져 내려가고 오늘날엔 메워져 버린 세느 강의 좁은 지류를 건너갔다. 루비에 섬에 있는 원목장은 삽시간에 대 요새가 되어 병사들로 가득 찼다. 말뚝은

뽑히고 권총은 난사되고 눈깜짝 할 사이에 바리케이드가 섰다. 밀린 청년들은
영구차를 끈 채 오스테를리츠 다리를 건너가 뛰어 시위병에 공격을 가했다. 중
기병은 돌격해 오고 용기병은 군도를 휘둘렀다. 군중들은 사방으로 흩어졌다.
충돌이 일어났다는 소식은 삽시간에 온 파리에 퍼졌다.「무기를 잡으라!」하는
외침이 사방에서 터졌다. 사람들은 뛰어가고 넘어지고 도망치고 저항했다. 마치
바람이 불길을 부채질하듯 분노가 폭동을 자극했다.

4. 과거의 흥분

　폭동 시초의 혼란만큼 기묘한 것은 없다. 모든 것이 도처에서 동시에 폭발한다.
그것은 미리 알려져 있었는가? 그렇다. 그럼 준비되어 있었는가? 아니다. 어
디에서 나오는가? 길바닥에서. 어디에서 쏟아지는가? 하늘의 구름에서. 반란은
어느 장소에서는 음모의, 다른 장소에서는 급습의 성격을 띤다. 누군가가 군중의
흐름을 지배하여 멋대로 끌어가 버린다.
　공포에 찬 첫걸음이지만 거기엔 일종의 놀랄 만한 유쾌함도 섞여 있다. 제일
먼저 소란이 일어나고 상점의 문이 모두 닫히고 진열장의 물건들이 자취를 감추어
버린다. 그 다음 산발적으로 총소리가 일어난다. 사람들은 이리저리 도망친다.
총의 개머리판이 집집의 문을 두드리고 그 안뜰에서는 하녀들이 웃으며「한바탕
할 모양이야!」하고 떠드는 소리가 들린다.
　십오 분도 채 지나기 전에 파리 전역에서는 거의 동시에 다음과 같은 사건이
일어났다.
　쌩트 크르와 드 라 브르토느리 거리에서는 수염과 머리를 더부룩하게 기른 약
이십여 명의 청년이 한 선술집으로 들어가 곧장 검은 리본을 단 삼색기를 들고
한 사람은 군도를, 한 사람은 소총을, 한 사람은 창을 든 세 남자를 앞세우고 나왔다.
　노냉 디에르 거리에서는 배가 불룩 나오고 목소리가 우렁차고 넓은 이마에
머리가 벗어지고 구레나룻이 시커멓고 수염이 뻣뻣하고 제법 잘 차린 부르조아
한 사람이 지나가는 사람들에게 탄약을 마구 공급하고 있었다.
　쌩 피에르 몽마르트르 거리에서는 팔을 걷어붙인 남자들이 검은 바탕에 하얀
글씨로『공화제냐 죽음이냐』라고 쓴 기를 들고 걸어가고 있었다. 죄뇌르 거리며

카드랑 거리며 몽토르괴이유 거리 등에서는 금 글자로 부대와 부대의 번호를 쓴 기를 휘두르는 집단이 몇 나타났다. 그 기들 중의 하나는 빨간 색과 파란 색이 대부분을 차지하고 중간의 하얀 색은 거의 알아볼 수 없을 정도로 좁았다(삼색기 중 부르봉 왕가의 상징인 흰색을 일부러 작게 한 것).

생 마르탱 큰길에 있는 병기 공장 하나와 보부르 거리와 미셸 르 콩트 거리와 탕플 거리에 있는 무기 상점 세 곳이 완전히 수라장이 되었다. 불과 몇 분 동안에 무수한 군중의 손이 거의가 이연발인 이백 삼십 정의 소총과 육십 네 자루의 군도와 팔십 세 정의 권총을 약탈했다. 될 수 있는 대로 많은 사람이 무장할 수 있도록 한 사람이 소총을 잡으면 다른 한 사람은 거기에 붙은 총검을 빼들었다.

그레브 강둑 맞은쪽에서는 화승총을 든 젊은이들이 총을 쏘기 위해 여자들만 남아 있는 곳에 진을 치러 갔다. 그 젊은이들 중의 한 사람은 바퀴식 방아쇠가 달린 화승총을 가지고 있었다. 그들은 벨을 누르고 안에 들어가서 곧장 탄약을 만들기 시작했다. 그곳 여자들 중 한 사람이 뒤에 이렇게 말했다.「전 탄약이 어떤 것인지 몰랐는데 남편이 가르쳐 주었어요.」

군중의 한 떼는 비에이유 오드리에트 거리에 있는 한 골동품상으로 들어가 긴 칼이나 터키 무기를 빼앗았다.

사살된 한 석공의 시체가 페를르 거리에 뒹굴고 있었다.

또 강 바른쪽과 왼쪽 모든 강변과 큰길, 라틴 구역, 시장 주변 등에는 노동자와 학생과 각 지구의 대원들이 떼를 지어 거친 목소리로 성명서를 낭독하고「무기를 들라!」고 외치며 가로등을 부수고 마차에서 말을 놓아 주고 포도의 포석을 빼고 집집의 대문을 때려부수고 가로수를 뽑고 지하실을 뒤지고 술통을 굴려내오고 포석이며 가구며 판자를 쌓아올려 바리케이드를 만들고 있었다.

부르조아들도 강제로 동원되었다. 사람들은 여자들만 남은 집으로 몰려들어가 출타중에 있는 남편의 군도며 소총을 꺼내라고 하고 그 집 입구에 백묵으로『무기 징발 완료』라고 썼다. 개중에는 소총이며 군도를 맡은 영수증에 자신의 이름을 적고「내일 구청에 가서 찾아 가세요.」하고 말하는 자도 있었다. 길에서는 닥치는 대로 뿔뿔이 흩어진 보초병들이며 시청으로 가는 국민병의 무장을 해제시켰다. 장교들은 견장까지 모조리 뜯겼다. 씨메티에르 쌩 니콜라 거리에서는 국민군 장교 한 사람이 손에손에 곤봉이며 펜싱칼을 든 한 떼의 군중에 쫓겨 간신히 어떤 집으로 도망쳤으나 밤이 되어 변장을 하고서야 겨우 거기서 나올 수 있었다.

쌩 자크 구역에서는 하숙에서 몰려나온 학생들이 몇 패로 나뉘어 쌩 티아쌩트 거리로 올라가 카페 프로그레에 가기로 하고 마뒤랭 거리에 있는 카페 세 비야르로 내려가기도 했다. 그런 카페 앞에는 청년들이 진을 치고 서서 무기를 나누어 주고 있었다. 트랑스노냉 거리에 있는 원목장에서는 바리케이드용으로 재목을 다 빼앗겼다. 오직 한 군데, 생트 아브와 거리와 씨몽 르 프랑 거리가 교차하는 점에서는 주민들이 스스로 바리케이드를 허물고 있었다. 또 꼭 한 군데 폭도 측에서 항복한 곳이 있었다. 탕플 거리 바리케이드에 진치고 있던 군중이 국민군 일개 별동대에 발포한 다음 코르드리 거리 쪽으로 도망친 것이다. 승리한 별동대는 바리케이드로 들어가 붉은 기 하나와 탄약 한 무더기와 권총 탄환 삼백 발을 거두었다. 국민군은 그 기를 갈가리 찢어 그 조각을 총검 끝에 달고 그곳을 떠났다.

우리가 지금 여기서 천천히 차례차례 얘기하고 있는 모든 일은 모두 한 번의 우뢰 소리와 함께 사방으로 퍼지는 무수한 번개처럼, 커다란 혼란 속에 시내의 모든 지점에서 한꺼번에 일어나고 있었던 것이다.

한 시간도 채 되기 전에 중앙 시장 부근에서만도 스물일곱 개의 바리케이드가 마치 땅에서 솟아난 듯 나타났다. 그 한가운데 잔느와 그의 백육 명의 동지가 요새로 쓰딘 저 유명한 50번지 집이 있었다(산느는 동지들을 지휘하여 싸우다 유형에 처해진 남자 노동자). 그 집은 쌩 메리 바리케이드와 모베뷔에 거리에 마련된 바리케이드를 각각 옆에 끼고 아르씨스 거리와 생 마르탱 거리, 그리고 정면의 오브리 르 부셰 거리 등 세 거리를 한꺼번에 지휘하고 있었다. 직각을 이룬 두 개의 바리케이드가 하나는 몽르괴이유 거리에서 그랑드 트뤼앙드리 쪽으로, 또 하나는 조프르와 랑즈뱅 거리에서 쌩트 아브와 거리 쪽으로 구부러져 이어져 있었다. 그 밖에도 무수한 바리케이드가 파리의 다른 이십 개 지역과 마레 교외며 쌩트즈에브 언덕 등에 배치되어 있었다. 그 중의 하나 메닐몽탕 거리의 바리케이드에는 방금 떼어온 문짝이 사용되고 있었다. 또 시립 병원 앞으로 나오는 프티 퐁 다리 부근에 있는 바리케이드에는 말을 풀고 옆으로 쓰러뜨린 커다란 마차가 놓여 있었으며 경찰서에서 불과 삼백 걸음밖에 떨어져 있지 않았다.

메네트리에 거리에 있는 바리케이드에서 잘 차려 입은 남자 한 사람이 일하는 사람들에게 돈을 나누어 주고 있었다. 그르네타 거리의 바리케이드에는 한 남자가 말을 타고 와 바리케이드의 지휘자같이 보이는 남자에게 뭔가 둘둘 만 것을 주었는데 그것은 아무래도 돈 꾸러미 같았다. 「이걸로」 말을 탄 남자는 말했다.

「비용과 술값, 그밖에 여러 가지 잡비를 지불하시오.」 넥타이도 매지 않은 금발의 청년 하나가 각 바리케이드를 찾아다니며 암호를 전달하고 있었다. 푸른 경찰모에 칼을 빼든 남자 한 사람은 보초를 배치하며 돌아다녔다. 바리케이트 안쪽에는 선술집이며 문지기 집이 위병실로 변해 있었다. 그뿐만 아니라 폭동은 또 실로 교묘한 전술을 사용하고 있었다. 좁고 울퉁불퉁하고 꾸불꾸불한 구석과 골목이 많은 거리가 교묘하게 이용되고 있었다. 그 중에도 특히 숲속보다 더 복잡한 가로망이 있는 중앙 시장 부근이 선택되었다. 소문에 의하면『국민의 벗』협회가 쌩 타브와 지역에서 반란을 지휘하고 있는 것 같았다. 풍소 거리에서 피살된 남자의 시체를 뒤졌더니 주머니에서 파리 시가의 지도가 나왔다. 그러나 실제로 폭동을 지휘하고 있었던 것은 주위의 공기에 가득 차 있는 뭐라 표현할 수 없는 일종의 격정이었다. 반란은 한 손으로 갑자기 바리케이드를 세움과 동시에 다른 한 손으로 수비군의 거의 대부분을 봉쇄해 버렸다. 세 시간도 되기 전에 도화선에 불이 붙은 것처럼 폭도들은 각지로 흩어져 점령했다. 오른쪽 강변에서는 라르스날과 르와이알 광장에 있는 구청, 마레의 전지역, 포팽쿠르 병기 공장, 갈리오트 샤토로도, 중앙 시장 부근의 모든 도로, 오른쪽 강변에서는 베텔랑 병영, 쌩트 펠라지 감옥, 모베르 광장, 되 물랭의 화약고, 모든 성문 등. 오후 다섯 시에는 바스티유 광장과 랭즈리 거리와 블랑 망토 거리도 그들 손에 떨어졌다. 그들의 척후병은 빅트와르 광장에까지 전진하여 프랑스 은행이며 프티 페르 병영이며 중앙 우체국을 위협했다. 파리의 삼분의 일이 폭도들 손에 들어갔다.

파리의 모든 지점에서 싸움이 대대적으로 행해지고 있었다. 무장 해제를 시키기도 하고 가택 수색을 하기도 하고 무기 상점에 떼지어 몰려들어 가거나 한 결과 돌팔매로 시작된 싸움이 총격전으로 계속되게 되었다.

오후 여섯 시쯤에는 소몽 골목이 전쟁터로 변했다. 폭도와 군대가 제각기 맞은쪽에 대치했다. 한쪽 철책에서 다른 쪽 철책으로 총격이 가해졌다. 그러한 분화구를 직접 보러 갔던 관찰자이며 몽상가, 즉 이 책의 작가는 알고 보니 양쪽 군의 총화로 에워싸인 그 골목 안에 있었다. 탄환에서 몸을 숨길 수 있는 곳이라곤 상점과 상점 사이를 잇는 반원형으로 불쑥 나온 기둥이 있을 뿐이라 작가는 반 시간 가깝도록 그런 불안한 위치에 있었다.

그러는 동안에 집합을 알리는 북이 울리어 국민병들은 급히 무장을 하고 헌병대는 각 구청에서 출동하고 각 연대는 병영에서 출동했다. 앙크르 골목 맞은

쪽에서 고수가 한 사람 단도에 찔려 죽었다. 또 한 고수는 씨뉴 거리에서 약 서른 명의 청년의 습격을 받고 북이 찢기고 군도를 뺏겼다. 또 한 사람은 그르니에 쌩 라자르 거리에서 피살되었다. 미셀 르 콩트 거리에서는 세 명의 장교가 차례차례로 전사했다. 시의 대부분의 경비병들이 롱바르 거리에서 부상을 입고 후퇴했다.

쿠르 바타브 앞에서는 국민군의 일개 별동 부대가 『공화 혁명 제127호』라고 쓴 붉은 기 하나를 발견했다. 이것이 과연 혁명이었을까 ?

반란은 파리의 중심부를 복잡하고 꼬불꼬불하고 거대한 하나의 성채로 만들어 놓고 있었다. 그러나 사실은 거기야말로 사건의 중심이며 분명한 문제가 있었다. 그밖의 것은 모두 조그만 싸움에 불과했다. 만사가 귀착되는 곳이 거기라는 증거는 거기에서 아직 전투가 행해지지 않고 있는 것으로 알 수 있었다.

몇몇 연대에서는 병사들의 움직임이 심상치 않아 그것이 무서운 위기의 어둠을 한층 심각하게 했다. 병사들은 1830년 7월에 보병 제53 연대의 중립이 얼마나 민중의 환영을 받았는가를 생생하게 기억하고 있었던 것이다. 큰 전쟁을 몇 번이나 치른 두 대담한 인물, 로보 원수와 뷔조 장군이 같이 지휘를 맡아 보고 있었다. 대대적인 정찰대가 국민군의 전중대 속에 포함되어 있는 일선 부대에서 조직되어 견대를 붙인 한 경찰의 인도로 폭도의 손에 떨어진 거리로 정찰을 나섰다. 폭도측에서도 로타리에 보초를 세우고 대담하게도 자기들의 정찰대를 바리케이드 밖으로 파견했다. 양쪽이 다 상대의 동정을 살피고 있었던 것이다. 정부는 군대를 장악하고 있으면서도 주저하고 있었다. 밤이 으슥했을 때 쌩 메리에서 경종 소리가 울려왔다. 당시 육군 대신이며 아우스테를리츠 회전의 경험자이기도 했던 쑬트 원수는 어두운 얼굴로 사태를 지켜보고 있었다.

정확한 조종에 익숙하고 전술이라는 회전의 나침반만을 유일한 수단과 안내자로 생각하는 그러한 늙은 선원들도 민중의 분노라는 이 거대한 파도 앞에서는 당황할 뿐이었다. 혁명이라는 바람만은 그들도 어쩔 수 없었던 것이다.

교외에 있던 국민병들은 숨을 헐떡이며 뿔뿔이 흩어져 달려왔다. 경기병 제12 대대는 쌩 드니에서 말을 타고 달려왔다. 보병 제14 연대는 쿠르브브와에서 도착했다. 사관 학교의 포병대는 어느새 카루셀 광장에 진을 쳐놓고 있었다. 뱅센 느에서도 대포가 속속 내려왔다.

튈르리 궁전만이 적막에 싸여 있었다. 루이 필립은 태연히 침착하게 있었다.

5. 파리의 특이한 점

이미 말했듯이 근 이 년 동안에 파리는 여러 번 반란을 경험해 왔다. 폭동이 일어난 지역을 제외한 파리의 각 지역은 폭동이 일어나고 있는 동안 으레 묘한 정적에 싸이곤 했다. 파리는 무슨 일에나 곧잘 익숙해지는 것이다——고작해야 폭동에 지나지 않았으니까——. 게다가 파리는 그 정도의 일에 구애되기에는 너무나 많은 문제를 내포하고 있었다. 그건 또 파리가 대규모의 도시이므로 그런 상태를 유지하는 것이라고 해석할 수도 있다. 이러한 광대한 지역만이 그처럼 내란과 동시에 일종 뭔가 묘한 정적을 함께 가질 수가 있는 것이다. 보통 내란이 시작되어 북소리나 집합 나팔 소리나 비상 신호가 울려와도 상점 주인들은 이렇게 말할 뿐이었다.

「생 마르탱 거리에서 한바탕 하는 모양이지.」

「쌩 탕트완느 성 밖 같은데.」

또 어떤 때는 이렇게 태평스럽게 덧붙인다.

「뭐 그 근처 어딘가 봐.」

한참 후, 일제 사격과 분대 사격의 째지는 듯한 처참한 소리가 분명히 들려오기 시작하면 상점 주인들은 말한다.

「진짜 붙은 모양인가 ? 어, 진짜 붙었는데.」

곧 이어 폭동이 점점 소란스러워지고 가까이 다가오면 그들은 재빨리 상점문을 닫고 평상복으로 갈아입는다. 말하자면 상품을 안전한 곳에 두고 몸은 위험한 곳에 두려는 생각에서이다.

전투가 벌어진 로타리며 골목이며 막다른 골목에서는 바리케이드를 점령하기도 하고 점령당했다 다시 되찾기도 하는 속에 피가 흐르고 산탄이 집 앞을 구멍투성이로 만들고 유탄이 침대에서 자고 있던 사람들을 죽이고 시체가 길거리에 산더미처럼 쌓였다. 그런데 그 바로 건너 한길 당구장에서는 당구공 치는 소리가 들려 왔다.

구경꾼들은 전투가 한창 벌어진 거리에서 불과 얼마 떨어지지 않은 곳에서 서로 농담을 주고받고 있었다. 극장은 언제나와 마찬가지로 통속 희극을 상연하고 있고 역마차는 왔다갔다하고 사람들은 밖으로 식사를 하러 나갔다. 때로는 전투가 벌어지고 있는 바로 그 지역에서도 이런 형편이었다. 1831년에는 결혼식 행렬을 통과시키기 위해 소총 사격이 일시 중단된 일도 있었다.

1839년 5월 12일의 반란(몰레 내각이 물러난 후 비밀 결사조직이 일으킴) 때는 병자같이 보이는 자그마한 노인 한 사람이 뭔가 음료수를 담은 유리병과 삼색기를 손수레에 싣고 바리케이드에서 군대 쪽으로, 또 군대 쪽에서 바리케이드 쪽으로, 왔다갔다하며 음료수를 따른 컵을 정부 측에도 무정부주의자 측에도 골고루 나누어 주었다.

이보다 더 기묘한 광경은 없을 것이다. 그러나 이거야말로 다른 나라에서는 절대로 볼 수 없는 파리 폭동의 특성인 것이다. 그러기 위해서는 두 가지, 즉 파리의 위대성과 쾌활성이 동시에 필요하다. 볼테르의 도시이기도 하고 나폴레옹의 도시이기도 할 필요가 있었던 것이다.

그러나 이번에는 즉 1832년 6월 5일의 소동에서는, 이 대도시도 뭔가 힘에 겨운 강력한 것을 느끼고 있었다. 파리는 삽시간에 공포를 나타냈다. 어디든, 가장 먼 곳, 가장 관계가 없는 지역에서도 대낮부터 대문과 창문과 덧문이 닫힌 것이 보였다. 용감한 자는 무기를 잡고, 겁쟁이는 슬금슬금 숨었다. 태연히 볼일을 보러 다니던 사람도 곧 모습을 감추었다. 대부분의 거리는 새벽 네 시경처럼 텅 비었다. 불안한 정보가 오가고 불길한 뉴스가 흘러나왔다. 「그들은 프랑스 은행을 점령했다.」「쌩 메리 교회 한 군데에만도 육백 명이 들어가 교회 안에서 방비를 갖추어 총구를 새로 만들고 있다.」「일선 부대는 믿을 수 없다.」「아르망 카렐(〈나씨오날〉지의 주간. 이 폭동을 부정했다)이 클로젤 원수와 회견했는데 원수는 『우선 일개 연대를 확보하라』고 했다.」「라파이예트는 지금 병중이지만 그래도 그들에게 『나는 제군들의 편이다. 의자 하나만 놓을 여지가 있는 곳이라면 나는 어디라도 제군들을 따라가겠다』고 말했다.」「각자 경계하지 않으면 안 된다. 해가 지면 파리 변두리, 인기척 없는 외딴 집을 약탈하는 자가 나올는지도 모른다. 이것은 아무래도 경찰의 지나친 망상 같다. 아무튼 경찰은, 안느 래드클리프(영국의 여류 괴기 소설가)와 정부가 합체한 것 같은 것이었으므로.」「오브리 르 부셰 거리에는 대포가 설치되었다.」「로보와 뷔조가 협상중에 있다. 밤 열 두 시에는, 늦어도 새벽까지는 4개 종대가 동시에 폭동 중심부를 향해 돌격할 것이다. 제1대는 바스티유에서 오고 제2대는 생 마르탱 성문에서 오고 제3대는 그레브에서 오고 제4대는 중앙 시장에서 출동할 것이다.」「어쩌면 군대는 파리에서 퇴각하여 샹 드 마르스로 후퇴할지도 모른다.」「어찌 될지는 전혀 짐작이 안 가지만 어쨌든 이번엔 대단하다.」「사람들은 특히 쓸트 원수가 주저하고 있는 것을 걱정하고 있다.」「그는 왜 곧 공격하지 않을까?」「원수는 확실히 신중하게 생각하고 있는 것 같다. 늙은 사자는 벌써 이 어둠 속에서 뭔가 정체를 알 수 없는 괴물의 냄새를 맡은 것 같다.」

저녁 때가 되었다. 극장은 열지 않았다. 정찰대는 초조한 듯 돌아다녔다. 통행인들은 몸수색을 당하고 수상한 자로 모조리 체포되었다. 아홉 시에는 체포된 자가 무려 팔백 명이 넘었다. 경찰서는 만원이 되고 콩씨에르쥬리 감옥과 포르스 감옥도 모두 꽉꽉 들어찼다. 특히 콩씨에르쥬리 감옥에서는 파리 거리라고 불리는 기다란 지하실에 짚단을 깔고 죄수들이 거기에 모두 겹겹이 누워 있었는데 리용의 라그랑쥬라는 한 남자는 그 속에서 대담하게도 연설을 하고 있었다. 죄수들이 움직일 때마다 짚단에서는 꼭 소나기가 쏟아지는 것 같은 소리가 났다. 다른 감옥에서는 죄수들이 지붕도 없는 마당에 포개어 누워 있었다. 가는 곳마다 불안이 넘치고 있었다. 그리고 어떤 전율이 넘쳐 있었다. 여느 때의 파리에는 없던 전율이.

사람들은 문을 굳게 닫고 틀어박혀 있었다. 어머니나 아내들은 거의 제 정신이 아니었다. 그들 사이에는 이런 소리만이 들렸다.「아아 어떻게 하지! 그분은 아직 돌아오시지 않았는데!」가끔 생각난 듯이 멀리서 마차가 지나가는 소리가 들렸다. 문밖 계단 위에 나와 선 사람들은 소란스런 소리며 함성이며 소음이며 둔하고 분명치 않은 소리에 귀를 기울이고 그때마다「저건 기병대다」라든가「저건 탄약 운반차가 달리는 소리다」하고 주고받았다. 나팔이 울리고 북소리가 울려 퍼지고 소총 소리가 메아리지고, 특히 쌩 메리의 슬픈 경종 소리가 들렸다. 사람들은 모두 대포가 한 발 터지기를 고대하고 있었다. 무장한 사람들이 길 모퉁이에 불쑥 나타나「집 안으로 들어가쇼!」하고 소리치며 사라졌다. 그러자 모두 황급히 집안으로 들어가 문을 잠갔다. 그리고「결국 어떻게 될까?」하고 중얼거렸다. 점차 밤이 깊어감에 따라 파리는 폭동의 살벌한 불길에 점점 더 음산하게 채색되어 가는 것 같았다.

제 11 장 원자는 회오리바람에 협력한다

1. 한 아카데미 회원의 영향을 받은 가브로슈 시의 기원

라르스날 앞에서 민중과 군대가 출동함으로써 표면화된 반란의 물결이 영구차 뒤를 따르며 몇 개의 큰길을 꽉 메우고 장례 행렬 선두에 강한 압력을 주고 있던 군중의 움직임을 앞에서 뒤로 방향을 바꾸게 한 순간, 그것은 무서운 역류로 변했다. 군중은 갑자기 동요하여 행렬에서 빠져나와 너나 없이 황급히 달리며 어떤 사람은 공격의 고함을 지르고 어떤 사람은 새파랗게 질려 도망쳤다. 큰길을 꽉 메우고 있던 물은 삽시간에 좌우로 갈라져 마치 둑이 무너진 탁류처럼 소용돌이치며 한꺼번에 이백 개의 길로 들이닥쳤다. 그때 누더기를 걸친 한 소년이 벨르빌 언덕에서 꽃이 만발한 금작화 한 가지를 꺾어 들고 메닐몽탕 거리 쪽에서 내려오다 여자가 앉아 있는 한 골동품 상점 앞에서 문득 승마용 헌 권총 한 자루를 발견했다. 그는 들고 있던 꽃가지를 길바닥에 던지고 큰소리로 말했다.
「아주머니, 이것 좀 빌려 주세요.」
그리고 그는 권총을 쥐자 뺑소니를 쳤다.
잠시 후, 아믈로 거리와 바쓰 거리를 겁에 질려 도망치던 부르조아들은 권총을 휘두르며 노래를 부르는 한 소년을 만났다.

밤에는 안 보이나
낮에 보면 분명하다,
이크, 가짜 문서

　　부르조아 깜짝 놀라네,
　　쌓아요, 쌓아요, 미덕(美德)
　　뾰족뾰족 고깔 모자 !

　그것은 막 전쟁터로 가고 있는 소년 가브로슈였다.

　큰길에 나왔을 때 그는 권총에 노리쇠가 없는 것을 알았다.

　가끔 그가 즐겨 부르는 노래로 지금 그가 발걸음에 맞추어 부르는 노래는 대체 누가 지은 것인가? 그건 알 수 없다. 누가 그것을 알 수 있을 것인가? 아마 그 자신이 지은 것일 게다. 가브로슈는 원래 민중 사이에 유행되는 콧노래를 거의 다 알고 있었기 때문에 거기에 자기 나름대로 가사를 붙여 부르는 것이다. 요정이기도 하고 장난꾸러기이기도 한 그는 자연계의 소리에 파리에서 들리고 있는 소리를 섞어 혼성곡을 만들었다. 새들의 노래에 공장의 노래를 맞추는 것이다. 그는 또 그의 패와는 한 배를 탔다고 할 수 있는 미술과 학생들과도 친분이 두터웠다. 약 석 달 전에는 인쇄소의 견습공으로 들어간 일도 있었다. 또 언젠가는 불멸의 사십 인의 한 사람인 바우르 로르미앙 씨(시인이며 아카데미 회원, 아카데미 프랑세즈의 정원은 전부 40명이다)에게 심부름을 간 일도 있었다. 가브로슈는 문자 그대로 부랑아였다.

　가브로슈는 두 아이를 코끼리 속에 데리고 간 그 비 쏟아지는 날 밤, 자기가 구원의 손길을 뻗친 그 아이들이 사실은 자기의 친동생들이었다는 것을 꿈에도 몰랐다. 그는 하룻밤 동안 밤에는 동생들을 구하고, 아침에는 아버지를 구한 것이었다. 동녘 하늘이 훤하게 밝아올 무렵 발레 거리를 떠난 그는 곧장 코끼리 있는 곳으로 돌아와 두 아이를 능란한 솜씨로 꺼내 주고 어떻게 변통해서 마련해 온 아침을 나누어 먹은 다음 자기를 키워 준 다정한 어머니라고 할 수 있는 거리에 아이들을 맡기고 자기는 어디론가 사라져 버렸다. 헤어질 때 그는 바로 그 자리에서 기다리겠다고 약속하고 이런 말 한 마디를 남기고 떠났다. 「난 지팡이를 꺾겠어. 다른 말로 내빼겠어. 점잖게 말해서 이만 실례하겠어. 꼬마야, 만일 아빠랑 엄마를 만나지 못하걸랑 오늘 밤 이리 오도록 해. 밥도 먹여 주고 잠도 재워 줄 테니까.」 그러나 두 아이는 순경한테 잡혀 수용된 건지 곡예사한테라도 채인 것인지 아니면 커다란 수수께끼 같은 파리의 민중 속으로 빠져 버린 것인지 끝내 돌아오지 않았다. 현대 사회의 밑바닥은 이런 불분명한 발자국으로 가득 차 있다. 가브로슈는 두 번 다시 두 아이를 만나지 못했다. 그날로부터 벌써 열두 주일이나 지나 있었다. 그는 몇 번이나 머리를 긁적이며「그 아이들은 대체 어디 있을까?」하고 중얼거렸다.

그는 권총을 움켜쥔 채 퐁 토 슈 거리로 갔다. 보니까 그 거리엔 상점이라곤 꼭 한 집밖에 문을 열지 않았는데 공교롭게도 그건 과자집이었다. 미지의 세계로 뛰어들기 전에 다시 한 번 애플 파이를 먹을 수 있게 된 것은 하느님이 준 좋은 기회였다. 가브로슈는 발걸음을 멈추고 옆구리를 뒤지고 바지 주머니를 홀렁 뒤집어 보았으나 일 수우도 없는 것을 알고 이렇게 비명을 질렀다.「아이구, 살려 주우!」

마지막으로 과자를 먹을 수 있는 기회를 놓친 것은 참으로 유감이었다.

그대로 가브로슈는 계속 걸음을 재촉했다.

얼마 안 가 쌩 루이 거리로 나갔다. 파르크 르와이얄 거리를 가로지를 때 그는 애플 파이를 못 먹은 분풀이로 대낮에 공공연하게 연극 포스터를 찢어 기분을 풀었다.

그 바로 앞으로 부자같이 보이는 한떼의 사람이 기운차게 지나가는 것을 본 그는 어깨를 으쓱하며 그 즉시 다음과 같은 철학적인 분노를 터뜨렸다.

「저 부자새끼들, 어느 놈이나 똑같이 돼지처럼 살쪘군. 음식에 푹 파묻혀 배가 터지도록 먹으니까 그렇지. 그 돈을 다 무엇에다 쓸 거냐고 묻고 싶군. 아마 저희들도 잘 모를 거야. 어쩌면 돈을 씹어 먹는지도 모르지! 정말이지, 밥통의 가스와 함께 사라지다인데(성서의 『바람과 함께 사라지다』를 흉내낸 것임).」

2. 행진하는 가브로슈

길 한복판에서 노리쇠가 없는 권총을 오늘만은 마음대로 휘두를 수가 있으므로 가브로슈는 한 걸음 걸을 때마다 힘이 솟구치는 것을 느꼈다. 그는 〈마르세이예즈〉를 띄엄띄엄 부르며 그 사이사이에 이렇게 소리쳤다.

「아아, 기분 좋은데. 하긴 왼쪽 다리는 좀 아프군. 옛날에 류머티즘을 앓은 일이 있어서 말이야. 하지만 난 만족해, 시민 여러분. 부르조아는 조금만 더 버티는 게 좋을 거야. 내가 곧 홀렁 뒤집어 놓은 노래를 불러 줄 테니까. 스파이가 뭐지?

개 아니야, 개. 제기랄! 실례를 해선 안 되지. 하긴 이 권총에 개가 꼭 한 마리 필요하긴 한데 여러분, 나는 방금 큰길에서 오는 길이오. 거긴 지금 한창 열이 올라 거품이 일고 부글부글 끓고 있는 참이오. 슬슬 냄비의 거품을 걷어도 될 때지. 사람들이여, 전진하라! 불순한 피가 밭고랑에 넘치게 하라! 나는 이제부터 조국에 목숨을 바치련다. 다신 정부와도 만나지 않을 테다, 이걸로 마지막이다, 끝장이다, 알았니? 피니! (끝장이라는 뜻의 피니는 여자 이름 니니의 어미를 맞춘 것) 아니, 이 따위 말장난은 아무래도 좋아, 정말 신바람 나는구나! 자아, 싸우자! 이젠 전제 정치는 지긋지긋해.」

이때 국민군 창기병을 태운 말이 지나가다 넘어지는 것을 보자 가브로슈는 권총을 길바닥에 내려 놓고 남자를 일으킨 다음 말도 도와 일으켜 주었다. 그리고는 자기 권총을 집어들고 다시 걷기 시작했다.

토리니 거리로 나가자 주위는 갑자기 평온하고 조용해졌다. 마레 지구 특유의 그 정적은 부근 일대의 소동과는 아주 대조적이었다. 아낙네 넷이 문앞의 돌계단 위에 서서 이야기를 주고받고 있었다. 스코틀랜드에는 세 마녀(셰익스피어 작 《맥베드》에서 주인공의 운명을 예언함)가 있었지만 파리에서는 네 아낙네가 있다. 「당신은 장차 왕이 될 것입니다」 하는 말은 아르뮈르의 황야에서 맥베드에게 던져질 때와 똑같이 불길한 어조로 보드와이에 로타리에서 나폴레옹에게 던져 질는지도 몰랐다. 그것은 거의 뜻이 비슷한 악담이 될 것이다.

그러나 토리니 거리의 아낙네들은 사실은 자기네 일밖에 염두에 없었다. 그들은 세 문지기 마누라와 바구니와 갈고리를 든 한 넝마주이 여자였다.

네 여자 다 노쇠와 쇠약과 나락과 비애라는 늙은이의 네 가지 문턱에 서 있는 것 같았다.

넝마주이 여자는 저자세였다. 이 똑같이 거친 사회에서도 넝마주이는 저자세 이고 문지기 마누라들은 고자세였다. 그건 쓰레기와 관계되는 일로, 즉 쓰레기가 좋고 나쁘고는 문지기의 마음에 달렸으며, 쓰레기를 받아모으는 사람의 기분 여하에 달려 있기 때문이다. 비질을 하는 데도 호의는 있을 수 있다.

그 넝마주이 여자는 전신이 감사의 바구니가 되어 세 문지기 마누라에게 말할 수 없는 애교띤 웃음을 흘리고 있었다. 그들 사이엔 이런 말이 오가고 있었다.

「그럼 댁의 고양이는 버릇이 몹시 고약한 모양이군요?」

「글쎄 그래요, 고양이는 본래부터 개하곤 원수지간 아니예요? 으르렁대는 건 언제나 개죠.」

「사람도 똑같아요.」

「하지만 고양이 벼룩은 사람에게는 안 옮아요.」

「정말 개는 위험해요. 어느 핸가는 개가 너무 불어나서 신문에까지 난 일이 있지 않아요. 튈르리 궁전에서 큰 양을 키워 로마 왕 나폴레옹 25세의 작은 마차를 끌게 하던 때죠. 로마 왕 생각나우 ?」

「난 보르도 공작(샤를르 10세의 손자)을 좋아해서.」

「난 루이 17세(루이 16세의 둘째 아들)를 본 일이 있어. 루이 17세가 좋더라.」

「파타공 아주머니, 고기 값이 무척 올랐죠 ?」

「아아 ! 말도 말아요. 푸줏간 얘기만 들으면 소름이 끼쳐요. 소름이 끼칠 정도가 아니라 아주 치가 떨려요. 요즘은 어디 뼈밖에 더 팝니까 ?」

그러자 넝마주이 여자가 끼어들었다.

「요즘은 장사도 잘 안 돼요. 쓰레기 통속도 아주 형편없어졌어요. 뭐 하나 버리려고들 해야죠. 몽땅 먹어치우니까.」

「당신보다 더 가난한 사람도 있다우.」

「하긴 그건 그래요.」넝마주이는 겸손하게 대답했다.「전 어엿이 직업도 가지고 있으니까요.」

여기서 잠깐 말을 끊었으나 넝마주이는 인간의 본능인 자랑하고 싶은 기분을 억제할 수 없어 덧붙였다.

「아침에 집으로 돌아가면 바구니 속을 골고루 나누죠. 격자 만들기(treillage ; 아마 분류(triage)라는 말을 할 생각이었던 모양이다)를 하는 거예요. 방안에 산더미같이 쌓아 놓고 넝마는 바구니에 넣고 야채부스러기는 물통에 담고 내의 같은 건 선반에, 모직물은 옷장에, 휴지는 창문 구석에, 먹을 수 있는 건 그릇에, 유리 조각은 난로에, 헌 구두는 문옆에, 뼈는 침대 밑에 각기 챙겨 넣죠.」

가브로슈는 걸음을 멈추고 엿듣다가 말했다.

「할머니, 할머니들은 정치 얘기 같은 걸 뭣하러 해요 ?」

그러자 네 여자들이 일제히 욕설의 사격을 그에게 퍼부었다.

「이 망할 놈, 또 왔구나 !」

「뭘 들고 있는 거야 ? 아니 권총 아냐 !」

「이 거지 새끼, 네가 뭔데 참견이야 !」

「저런 게 다 정부를 뒤엎으려고 하니, 참.」

가브로슈는 사뭇 경멸하듯 대답 대신 엄지손가락으로 코끝을 번쩍 밀어올릴 뿐이었다.

넝마주이 여자가 꽥 소리쳤다.

「이 고약한 거지 녀석 같으니!」

조금 전에 파타공 아주머니라고 부르니까 대답했던 여자가 사뭇 대단한 얘기라는 듯 손뼉을 탁 치며 말했다.

「아무래도 무슨 일이 나긴 날 모양이에요. 거 왜 요옆에 염소수염을 기른 남자 있잖아요. 그 사람 매일 아침 분홍 모자를 쓴 젊은 여자를 데리고 요앞을 지나 다니더니 오늘 아침 지나가는 걸 보니까 아 글쎄 총을 메고 있잖겠어요. 바슈 아주머니가 그러는데 지난 주일에는 혁명이 일어났었대요. 뭐라더라, 아이고, 어디라고 하더라. 아, 그래, 퐁트와즈라든가. 그런데 어떻게 되어가는 세상인지 이런 놈의 새끼까지 권총을 들고 다니니! 쎌레스탱은 대포가 꽉 차서 발들여 놓을 틈이 없대요. 아마 정부도 이제 손을 들고 말았나 봐요. 하긴 워낙 상대도 세상을 시끄럽게 할 줄밖에 모르는 녀석들이니까. 먼저 난리가 좀 가라앉아 조용해졌는가 했더니 또 이런 소동이니, 참. 난 그 가엾은 왕비가 짐마차를 타고 지나가는 걸 봤다우! 그건 그렇고, 이렇게 되면 또 담배 값이 뛰어오를 텐데. 에끼, 이 녀석, 너도 이제 그렇게 목이 뎅강 잘릴 거다. 그땐 내가 구경을 가주마, 이 나쁜 놈!」

「아이구, 할머니 콧물이 나오네요.」 가브로슈는 말했다. 「코나 좀 푸시지.」

이렇게 말하고 그는 그 앞을 떠났다. 파베 거리로 나왔을 때 조금 전에 넝마주이 여자가 한 말을 생각하고 그는 이렇게 혼자 중얼거렸다.

「넝마주이 할머니, 혁명가를 욕하지 마우. 이 권총은 알고 보면 할머니 편이라우. 이것 때문에 할머니 바구니엔 먹을 게 훨씬 많이 담길 테니까.」

그때 그는 문득 등뒤에 인기척을 느꼈다. 돌아보니까 문지기 마누라 파타공이 쫓아오고 있었는데 멀리서 주먹을 휘두르며 소리치고 있었다.

「이 후레자식 같으니라구!」

「난 또 뭐라고. 그런다고 내가 끄떡이나 할 줄 알고.」

얼마 안 있어 그는 라므와뇽 저택 앞을 지나갔다. 거기 가자 그는 말했다.

「자아, 싸우러 나가자!」

그리고 그는 문득 애수에 사로잡혔다. 매정한 권총을 그는 마치 나무라는 듯한 얼굴로 내려다보았다.

「나는 출발하려는데.」 그는 권총에게 말했다. 「너는 출발하지 않는구나.」

한 마리의 개가 다른 한 마리의 개(권총의 노리쇠를 말함)에서 마음을 떠나게 해주는 수가 있는 법이다. 비쩍 마른 개 한 마리가 지나가는 것을 보자 가브로슈는 문득 동정이 갔다.

「가엾은 멍멍아, 물통이라도 삼켰냐? 통테 같은 갈비가 훤히 들여다보이게.」

그리고 그는 롬므 쌩 제르베 쪽으로 걸어갔다.

3. 이발사의 당연한 분개

가브로슈가 코끼리의 따뜻한 배 안으로 데리고 간 두 아이를 전에 내쫓은 일이 있는 그 건방진 이발사는 이때 마침 가게에서 어떤 제정 시대에 복무하다 레지옹 도뇌에르 훈장까지 받은 일이 있는 한 늙은 병사의 수염을 밀어 주고 있었다. 이야기의 꽃이 피었다. 이발사는 늙은 병사에게 당연한 순서로 우선 폭동에 대해 들은 얘기를 하고 다음 라마르크 장군 얘기를 하다 끝내 나폴레옹에 대한 얘기로까지 옮아 갔다. 그것은 어디까지나 이발사와 병사에 어울리는 대화였다. 만일 속물 같은 인간이 그 자리에 있었다면 틀림없이 그 얘기에 아라비아 풍의 색채를 넣어 『면도칼과 군도의 대화』라는 제목을 붙였을 것이다.

「나리!」 이발사는 말했다. 「황제께서 말타시는 게 어땠습니까?」

「서투르셨어. 낙마를 할 줄 아셔야지. 하긴 그래 한 번도 낙마를 안 하시긴 했지만.」

「말은 좋았겠죠? 보나마나 말은 좋았을 거예요.」

「황제께서 십자훈장을 내리시는 날 그 말을 자세히 보았어. 아주 잘 달리는 암말이더군. 귀 사이가 넓고 안장 자리가 깊고 영리해 보이는 얼굴엔 까만 점이 하나 있고 목이 길고 무릎뼈가 튼튼하고 옆구리가 툭 불거지고 어깨가 늘씬하고 방둥이는 탄탄하더군. 키는 열댓 뼘도 더 되겠어.」

「굉장한 말이군요.」

「안 그렇겠나, 폐하의 애마인데.」

　이발사는 폐하라는 말이 나왔으니까 침묵을 좀 지키는 것이 예의라고 생각하고 잠시 기다렸다 다시 입을 열었다.

　「황제께선 꼭 한 번밖에 부상당하신 적이 없으시다죠, 아마?」

　늙은 병사는 그 자리에 있었던 사람답게 조용하고 엄숙한 어조로 대답했다.

　「발꿈치를 다치셨지. 라티스본느(나폴레옹이 1809년 오스트리아 군을 물리친 다뉴브 강가의 마을)에서였어. 난 황제께서 그날만큼 잘 차리신 걸 본 일이 없네. 정말 갓나온 일 수우짜리 동전 같으셨어.」

　「하지만 나리같이 전쟁터에 오래 계신 분은 아마 부상도 많이 당하셨을 걸요.」

　「나 말이야? 아니야. 뭐 대단치 않았어. 마랭고에선 칼로 목덜미를 좀 찔리고 아우스테를리츠에선 오른팔에 총알을 한 방 맞고 이예나에선 왼팔에 한 방, 프리들란드에선 총검으로 찔렸었지.──그리고 또 뭐가 있더라──아 그래, 모스크바 강에선 전신에 창으로 일고여덟 군데나 찔리고 루첸에서는 포탄의 파편에 맞아 손가락이 달랑 달아났지…… 아아, 그리고 참 워털루에서는 허벅지에 산탄을 맞은 일도 있어.」

　「얼마나 멋있을까요.」 이발사는 과장된 감격조로 소리쳤다. 「전쟁터에서 죽는다는 것이! 정말이지 저도 약이다, 찜질이다, 주사다, 의사다, 하고 떠들썩하게 굴던 끝에 매일 침대에서 앓다 시들시들 죽는 것보다는 배에 폭탄이라도 한 방 맞고 죽는 것이 소원이랍니다.」

　「자넨 참 재미있는 사람이야.」 병사는 대답했다.

　그가 말을 채 마치기도 전에 요란한 소리가 가게를 뒤흔들었다. 진열장의 유리가 커다랗게 금이 가며 깨진 것이다. 이발사는 얼굴이 새파래졌다.

　「아이구! 벌써 한 방 터졌는데!」

　「뭐가?」

　「대포 말예요.」

　「이것 말인가?」

　그리고 마룻바닥에 떨어진 걸 주워 올렸다. 그것은 작은 돌멩이였다.

　이발사는 깨진 창으로 뛰어가 가브로슈가 쌩 장 시장 쪽으로 정신없이 도망치는 것을 보았다. 마침 이발소 앞을 지나던 가브로슈는 두 아이의 일이 마음에 걸리던 참이라 한 마디 인사라도 해주지 않고는 직성이 풀리지 않아 창 유리에 돌을 던진 것이다.

「저놈 봐라 ! 」약간 화색이 돌아온 이발사는 소리쳤다.「나쁜 짓을 해도 분수가
있지. 원, 내가 제놈한테 무슨 짓을 했다고 이러지 ? 」

4. 소년은 노인을 보고 놀라다

그럭저럭 하는 동안에 가브로슈는 초소가 이미 완전히 무장해제된 쌩 장 시
장까지 와 거기서 앙졸라, 쿠르페락, 콩브페르, 페이 등이 이끄는 일단에 가담했다.
그들은 거의 전부가 무장하고 있었다. 바오렐과 장 프루베르는 그들과 합류했다.
앙졸라는 이연발 사냥총을 들고 있었고 콩브페르는 낡은 기병 단총을 들고 바
오렐은 기총을 들고 쿠르페락은 칼을 장치한 지팡이를 휘두르고 있었다. 페이는
군도를 빼들고「폴란드 만세 ! 」하고 외치며 오고 있었다.

그들은 넥타이도 매지 않고 모자도 쓰지 않고 숨을 헐떡이며 비에 흠뻑 젖어
눈을 번쩍번쩍 빛내며 모를랑 강변 쪽에서 걸어왔다. 가브로슈는 침착하게 그들
옆으로 다가갔다.

「어디로들 가십니까 ? 」

「너도 따라와.」쿠르페락이 말했다.

페이의 뒤로 바오렐이 오고 있었다. 그는 걸어온다기보다 폭동이라는 물을 만난
고기처럼 펄쩍펄쩍 뛰어 오고 있었다. 그는 빨간 조끼를 입고 아주 과격한 말을
외치며 왔다. 그 조끼를 보고 지나가던 한 사람이 깜짝 놀라 자기도 모르게 이렇게
소리쳤다.

「빨갱이들이 온다 ! 」

「빨갱이지, 빨갱이들이지 ! 」바오렐은 마주 소리쳤다.「거 이상하게 겁을 내
는데, 부르조아 양반. 난 빨간 양귀비를 봐도 아무렇지 않고 더구나 조그만 빨간
모자 같은 건 하나도 무섭지 않던데. 부르조아 양반, 알겠소 ? 빨간 색을 무서워
하는 건 뿔난 짐승뿐이란 말이오.」

그는 어떤 한구석에 아주 평화스런 공고가 한 장 나붙은 것을 보았다. 그것은
파리의 대주교가, 사순절을 맞아 어린 『양』들에게 계란을 먹어도 된다는 내용
이었다.

바오렐은 그것을 보자 소리쳤다.

「양이라고? 거위라는 말을 빗대 놓고 한 말이겠지(거위(oies)에는 바보라는 뜻이 있는데, 양(ouailles)과 음이 비슷해서 한 말).」

그리고 벽보를 잡아뜯었다. 그 행동은 가브로슈의 존경을 샀다. 그 순간부터 가브로슈는 바오렐을 열심히 관찰하기 시작했다.

「바오렐」 앙졸라가 주의를 주었다. 「거 왜 그런 짓을 하나. 그 교서는 그냥 두는 게 나을 뻔했어. 우리가 싸우는 상대는 그런 게 아니야. 자네는 괜히 쓸데없는 것에 곧잘 화를 낸단 말이야. 힘을 아끼게. 전쟁터 밖에서 함부로 총을 쏴선 안 돼. 소총알만이 아니야, 정신의 총알도 마찬가지지.」

「제각기 생각이 다 다른 거지 뭐. 그 주교의 말투가 영 비위에 거슬린단 말야. 계란을 먹는 데도 일일이 누구의 지시를 받아야 하나. 자네는 가슴이 타도 냉정하게 있을 수 있는 성격이지만 난 그걸 즐기는 편이야. 그리고 난 지금 정력을 낭비하고 있는 게 아니라 기운을 돋구고 있는 거야. 내가 그 교서를 찢어 버린 것은 헤르클레(라틴어『헤라클레스에 걸어서』라는 저주의 말), 말하자면 일종의 소화 운동이지.」

이 『헤르클레』라는 말이 가브로슈의 마음에 걸렸다. 그는 기회 있을 때마다 배우려고 노력하고 있었고 또 이런 벽보를 찢은 사람을 존경하고 있었다. 그는 바오렐에게 물었다.

「그게 무슨 뜻이에요?」

「라틴어인데 제기랄, 이란 뜻이야.」

그때 바오렐은 구레나룻이 시커멓고 안색이 창백한 한 청년이 어느 집 창가에 서서 그들이 지나가는 것을 내려다보고 있는 것을 보았다. 그것은 틀림없는 ABC 회원 같았다. 그는 그 남자에게 소리쳤다.

「빨리, 탄약통을!『파라 벨룸』(라틴어로『전쟁 준비를 하라』라는 뜻)」

「벨롬므(불어로 미남자라는 뜻)라고, 정말 그렇군.」가브로슈는 중얼거렸다. 그도 이제 라틴어를 어느 정도 알아들을 수 있게 된 것이다.

소란스런 행렬이 그들 뒤를 쫓아오고 있었다. 학생, 예술가, 엑스 호리병 당에 가입한 청년들, 노동자, 뱃사람 등으로 손에 손에 곤봉이며 총검을 들고, 어떤 사람은 콩브페르처럼 권총을 바지 속에 찬 사람도 있었다. 몹시 나이가 든 노인 한 사람이 그들과 섞여 걸어오고 있었다. 무기라곤 아무것도 들지 않고 근심스런 얼굴로, 그러면서도 뒤떨어지지 않으려고 재빨리 발걸음을 옮겨 놓았다. 가브로 슈는 노인을 쳐다보았다.

「케크세크싸(저 사람은 누구야)？」그는 쿠르페락에게 말했다.

「노인이야.」

그 사람은 마뵈프 씨였다.

5. 노   인

그때까지 일어났던 일을 여기서 잠깐 적어 두기로 하자.

앙졸라와 그의 친구들은 용기병이 쳐들어 왔을 때 부르동 거리 공설 양곡 창고 부근에 있었다. 앙졸라와 쿠르페락과 콩브레는「바리케이드로 가자！」하고 외치며 바쏭피에르 거리 쪽에서 다가오는 한떼의 사람과 합세했다. 레디기에르 거리에서 그들은 터벅터벅 걸어오는 한 노인과 만났다.

그들의 주의를 끈 것은 노인이 술에 취하지도 않았는데 비틀비틀 걸어오는 것이었다. 게다가 노인은 오전 내내 비가 오고 지금도 몹시 쏟아지고 있는데도 모자를 쓰지 않고 손에 들고 있었다. 쿠르레락은 그가 마뵈프 노인이라는 것을 금방 알아보았다. 그는 마리우스를 전송하여 몇 번이나 그의 문 앞에까지 간 일이 있기 때문에 노인을 알고 있었던 것이다. 그리고 그 책에 미친 늙은 교구 위원이 지극히 온순하고 조용한 생활을 보내고 있다는 것을 알기 때문에 지금 이 소동 중에, 그것도 기병의 습격으로 바로 코앞에 총알이 튀는 한가운데를 모자도 쓰지 않고 헤매는 것을 보고 깜짝 놀라 노인 옆으로 다가갔다. 그리하여 스물다섯 살 난 청년과 여든을 넘은 노인 사이에 다음과 같은 대화가 오고갔다.

「마뵈프 씨, 집으로 돌아가십시오.」

「왜 그러오？」

「한바탕 소동이 날 겁니다.」

「그것 좋죠.」

「막 치고 쏘고 할 겁니다, 마뵈프 씨.」

「그것도 좋구.」

「대포도 터질 텐데요.」

「그건 더욱 좋소. 그런데 당신들은 어디 가오？」

「정부를 때려엎으러 갑니다.」

「그거 대단히 좋군.」

그리고 노인은 그들 뒤를 따르기 시작했다. 그때부터 그는 한 마디도 입을 열지 않았다. 그의 발걸음은 갑자기 확고해지고 노동자들이 팔을 부축하려 해도 머리를 흔들어 거절했다. 그는 행렬 제일 앞으로 나가 걸었는데 그 동작은 행진하는 사람 같으면서도 꼭 자는 사람 같았다.

「저 노인 굉장히 살기등등한데!」학생들은 이렇게 중얼거렸다. 소문이 삽시 간에 군중 사이에 퍼졌다.「저 사람 전에 국민의회 의원이었어.」「루이 16세를 처형할 때 찬성표를 던진 사람이지.」

군중은 베르리 거리 쪽으로 향했다. 소년 가브로슈는 있는 대로 고함을 지르고 노래하며 갔기 때문에 꼭 나팔수 같은 꼴이 되었다. 그는 이렇게 노래했다.

이크 달이 떴네,
언제 갈까, 둘이서 숲속으로.
샤를로트에게 샤를로가 물었네.

투우 투우 투우
샤투우로 가세.
하느님 하나, 왕 하나, 동전 한 닢, 장화 한 짝,
가진 건 그것뿐.

아침부터 감로주
사향나무에서 직접 마시고
두 마리 참새 곤드레가 되었네.

지이 지이 지이
지이로 가세.
하느님 하나, 왕 하나, 동전 한 닢, 장화 한 짝,
가진 건 그것뿐.

가엾은 두 마리 이리 새끼

곤드레만드레 취해 버렸네.
호랑이가 굴 속에서 웃고 있었네.

　　동 동 동
　　뙤동으로 가세.
하느님 하나, 왕 하나, 동전 한 닢, 장화 한 짝,
가진 건 그것뿐.

한 사람은 욕하고 한 사람은 저주했네.
언제 갈까? 둘이서 숲속으로.
샤를로트에게 샤를로가 물었네.

　　탱 탱 탱
　　팡탱으로 가세.
하느님 하나, 왕 하나, 동전 한닢, 장화 한 짝,
가진 건 그것뿐.

그들은 쌩 메리 쪽으로 걸어갔다.

6. 새 가입자

　군중은 계속해서 불어났다. 비예트 거리 근처에서 키가 크고 머리가 희끗희끗한 남자 한 사람이 끼어들었다. 너무나 대담한 얼굴이라 쿠르페락도 앙졸라도 콩브페르도 그 남자를 유심히 보았으나 아무도 모르는 사람이었다. 가브로슈는 노래를 하고 휘파람을 불고 시끄럽게 떠들고 앞으로 나갔다. 노리쇠 없는 권총으로 상점 덧문을 두드리는 데 정신이 팔려 그 남자를 주의해 보지 않았다.
　베르리 거리로 들어가자 마침 쿠르페락의 집 앞을 지나가게 되었다.
　「마침 잘 됐군.」 쿠르페락은 중얼거렸다. 「지갑도 잊고 모자도 놓고 나왔으니까.」 그리고 군중을 떠나 곧장 계단을 네 개씩 뛰어 자기 방으로 들어갔다. 그리고

낡은 모자와 지갑을 집어들고 빨랫감 사이에 숨겨둔 커다란 상자 하나를 꺼내
들었다. 그가 아래로 뛰어내려 가자 문지기 여자가 그를 불러 세웠다.
「드 쿠르페락 씨！」
「가만 있자, 문지기 아주머닌 이름이 뭐였더라？」
문지기 여자는 어이가 없어 입을 벙긋 벌렸다.
「잘 아시면서, 저 문지기 아네요. 이름은 뵈뱅이구요.」
「그렇지, 그런데 아주머니가 날 드 쿠르페락 씨라고 하면 나도 이제부터 드
뵈뱅 씨라고 부르겠소(이름에『드』가 붙는 것은 귀족을 나타내는 말). 그건 그렇고
왜 그러시오？ 무슨 일이오？」
「쿠르페락 씨를 만나려는 사람이 있어요.」
「누군데요？」
「모르겠어요.」
「어디 있는데？」
「저희 방에 있어요.」
「쳇！」그는 혀를 찼다.
「하지만 벌써 한 시간이나 됐어요. 기다린 지가！」
마침 그때, 노동자 차림을 한 청년이 문지기 방에서 나왔다. 여위고 안색이
나쁘고 키가 작고 얼굴엔 주근깨가 있고 해진 작업복에 허리를 군데군데 기운
기병 빌로도 바지를 입고 있었는데 남자라기보다는 남자 옷을 입은 젊은 여자같이
보였다. 그러나 쿠르페락에게 말을 건 목소리에는 여자 같은 데가 하나도 없었다.
「실례합니다만, 마리우스 씨 어디 계신지 모르십니까？」
「지금 집에 없는데요.」
「오늘 밤 돌아오실 건가요？」
「글쎄 모르겠는데요.」
그리고 쿠르페락은 덧붙여 말했다.
「난 안 돌아올 겁니다.」
청년은 똑바로 그를 쏘아보았다.
「왜요？」
「그냥, 그럴 일이 좀 있습니다.」
「그럼 어디로 가실 겁니까？」

「그런 건 왜 물어 보는 거요 ? 」

「그 상자를 들어다 드릴까요 ? 」

「난 지금 바리케이드로 가는 중이오.」

「저도 같이 데리고 가주시지 않겠습니까 ? 」

「좋으실 대로 ! 길은 누구에게나 자유이고 도로는 만인의 것이니까요.」

그리고 그는 동료들을 따라가려고 급히 그 자리에서 도망쳐 나왔다. 군중 속으로 들이가자 그는 그 중 한 사림에게 그 상자를 밑겼다. 그리고 그로부터 불과 십오 분 후에 그는 조금 전의 그 남자가 정말로 따라 온 것을 알았다.

군중이란 꼭 처음 목표했던 길로 정확히 가는 것은 아니다. 그것은 바람 부는 대로 아무데로나 간다는 것은 앞서도 설명한 바이다. 그들은 쌩 메리를 지나자 어떻게 된 건지 자기들도 모르는 사이 쌩 드니 거리로 나와 있었다.

제 12 장 코 랭 트

1. 코랭트의 역사

오늘날 중앙 시장 쪽에서 랑뷔토 거리로 발을 들여 놓는 파리 시민은 몽데투르 거리의 맞은편에 나폴레옹 황제의 모습을 본뜬 광주리에 다음과 같은 문구를 새겨서 간판으로 하고 있는 광주리 가게가 하나 있는 것을 보게 될 것이다.

나폴레옹의 온몸은
버들가지로 만들어져 있다.

그러나 오늘날의 파리 시민들은 바로 그 자리에서 불과 삼십 년 전에 무시무시한 광경이 벌어졌으리라고는 꿈에도 생각하지 못할 것이다.

그곳이 예전의 샹브르리 거리——옛날 이름으로는 샹베르리라고 씌어 있다——코랭트(corinthe. 그리스의 지명. 코린토스라는 뜻)라는 유명한 술집이 있던 곳이다.

쌩 메리의 바리케이드 그림자에 가려져서 눈에 뜨이지는 않지만 이곳에 세워진 바리케이드에 관해서는 독자들은 앞에서 이미 기억하고 있을 것이다. 오늘날에는 깊은 어둠 속에 가라앉아 버린 샹브르리 거리의 이 유명한 바리케이드에 이제부터 빛을 조금 비추어 보려고 한다.

이야기의 줄거리를 명확하게 하기 위해 이미 워털루 때에 사용했던 간편한 방법에 다시 한 번 의지하는 것을 용서해 주기 바란다. 당시 쌩 테스타슈 시장의 북동쪽 모퉁이에 늘어서 있던 일부의 집들을 꽤 정확하게 상상하려고 하면 맨위는 쌩 드니 거리에 접하고 아래는 시장에 접하고 있는 N 자를 상상하고, 그 두 줄의 세로로 그은 획을 그랑드 트뤼앙드리 거리(왼쪽 세로로 그은 획)와 샹브르리 거리 (오른쪽 세로로 그은 획)로 생각하고 프티트 트뤼앙드리 거리를 비스듬히 그은 획으로 보면 될 것이다. 낡은 몽데투르 거리는 꼬불꼬불하게 꼬부라진 거리 모퉁이를 만들고, 이들 세 획을 가로지르고 있다. 그 결과 이 네 개의 거리가 미로처럼 서로 얽혀 있기 때문에 한편으로는 시장과 쌩 드니 거리 사이에 끼이고 다른 편은 씨뉴 거리와 프레쉐르 거리 사이에 끼인 이백 정보 남짓한 땅 위에 작은 섬 같은 집들이 일곱 채나 세워져 있었다. 일곱 채가 모두 기묘한 형태로 구획되어 크기는 달랐으나 아무렇게나 늘어서 있어 마치 돌산의 돌덩어리처럼 좁다란 틈바구니로 간신히 구분되어 있었다.

지금 좁다란 틈바구니라고 했지만, 어둡고 좁아서 답답하고 모퉁이가 많은 구층 건물의 낡은 집 사이를 통하는 뒷길을, 이 이상 바르게 표현할 수는 없다. 그러한 낡은 집들을 이미 완전히 헐어서 샹브르리 거리나 프티트 트뤼앙드리 거리에서는 가옥의 정면을 이 집에서 저 집으로 대들보를 질러서 받쳐 놓고 있었다. 길이 좁고 도랑이 넓기 때문에 지나가는 사람들은 지하실 같은 상점이며 쇠고리를 끼운 커다란 차를 막는 돌이며, 엄청난 쓰레기더미며, 극히 낡은 거대한 쇠창살이 달린 문 등을 따라서 일 년 내내 젖어 있는 포석 위를 걷는 것이었다. 랑뷰트 거리가 생겼을 때 이것들은 모조리 헐려 버렸다.

이 몽데투르라는 이름(나의 지표는 길이라는 뜻)은 꼬불꼬불한 그 길을 참으로 잘 표현하고 있다. 좀더 앞으로 가면, 몽데투르 거리로 나가는 『피루에트 거리』 (팽이 길, 겨우 삼십이 미터의 짧은 거리)라는 이름이 그것을 한층 더 훌륭하게 나타내고 있다.

쌩 드니 거리에서 샹브르리 거리로 접어든 통행인은 그 길이 차츰 좁아지기 때문에 마치 길쭉한 깔때기 속에라도 들어가는 것 같았다. 대단히 좁은 그 길 끄트머리는 시장 쪽으로, 한 줄로 늘어선 높은 집으로 길이 막혀 있는데, 오른쪽과 왼쪽에 두 줄기의 어두운 문이 있어서 거기로 빠질 수가 있다는 것을 알아채지 못하면 막다른 골목으로 들어선 인상을 주었다. 그것이 바로 몽데투르 거리로, 그 한편은 프레쉐르 거리로 통하고, 다른 편은 씨뉴 거리와 프티트 트뤼앙드리로 통하고 있었다. 이 막다른 골목 같은 거리의 막다른 곳, 오른편 골목 모퉁이에

122

다른 집들보다 낮고, 곶〔岬〕처럼 한길로 돌출한 집 하나가 있었다.

겨우 삼층밖에 안 되는 그 집 안에는 삼백 년 전부터 번창해 오고 있는 유명한 선술집이 있었다. 그 술은 늙은 테오필르(17세기의 시인 테오필르 드 비오)가 다음의 두 줄의 시구로 표현한 바로 그 자리에 명랑한 소리를 만들어 내고 있었다.

> 목매어 죽은 불쌍한 여인의
> 무서운 해골이 흔들거린다.
> (이 시구는 테오필르 드 비오의 시가 아니라 쌩 타망의 시이며, 코랭트가 아니라 벨르 일르의 옛 성의 황폐를 노래하고 있다.)

장소가 좋았으므로 이 술집 주인은 아버지로부터 아들에게로 몇 대를 이어 오고 있었다. 마튀랭 레니에(17세기 초의 풍자 시인) 시절, 이 집은 『포 토 로즈』(장미꽃 화분)라고 불리고 수수께끼가 유행했었으므로 말뚝(포트)을 장미빛으로 칠해서 간판으로 하고 있었다. 십팔세기에는, 오늘날 완고파로부터 멸시받고 있는 기인 적인 대가의 한 사람인 나트와르(18세기의 화가)가 몇 번이나 이 선술집에 모습을 나타내, 풍자 시인이 취하도록 마신 바로 그 테이블에 자리를 잡고 기분이 좋아서 그 사례로 장미빛 말뚝 위에 코랭트(그리스의 코린토스)의 포도 한 송이를 그렸다. 기뻐한 주인은 그것을 기념하여 간판을 바꾸고 포도송이 밑에 금빛으로 『코랭트의 포도집』이라는 말을 쓰게 했다. 이것이 『코랭트』라는 이름의 기원이다. 말을 생 략하는 것은 주정꾼들에게 흔히 있는 것이다. 글귀의 생략은 문장의 비틀걸음이다. 코랭트라는 이름은 차츰 포 토 로즈라는 이름을 물리쳐 버렸다. 이 유서 깊은 상점의 마지막 주인인 위슐루 영감은 이런 전통도 모르고 말뚝을 파랗게 칠해 버렸다.

계산대가 있는 아래층 홀과, 당구대가 있는 이층의 홀, 천장을 꿰뚫은 목조 나선형 계단, 테이블 위의 포도주, 벽에 붙어 있는 그을음, 대낮에도 켜져 있는 촛불, 이러한 것들이 이 술집의 정경이었다. 아래층 홀 바닥에 들어올리는 뚜껑이 달린 계단은 지하실로 통하게 돼 있었다. 삼층에는 위슐루네가 거처하는 방이 있었다. 출입구는 이층의 홀에 있는 비밀문 하나뿐이고, 거기로부터 계단은, 아니 계단이라기보다는 사다리를 올라가는 것이었다. 지붕 밑에는 두 개의 고미다락 방이 있고, 하녀들이 거처하고 있었다. 그리고 주방은 계산대가 있는 넓은 방과 함께 아래층에 있었다.

위슐루 영감은 아마 화학자다운 소질을 타고 난 듯했으나 현재는 요리사였다. 그의 술집에서는 술만 마실 수 있는 게 아니라 식사도 할 수 있었다. 위슐루는 이 상점이 아니면 먹을 수 없는 훌륭한 것을 하나 제공하고 있었다. 그것은 다진 고기를 뱃속에 쟁여 놓은 잉어로, 그는 『carpes au gras』(고기가 든 잉어 요리)라고 부르고 있었다. 손님들은 그것을 동물 기름 초나 루이 16세 시대의 남폿불을 켜놓고, 테이블보 대신 기름 먹인 상보를 못으로 박아 놓은 식탁에서 먹는 것이었다. 손님은 먼 데서도 왔다. 그는 어느 날 아침, 그의 명물 요리를 광고하는 게 좋겠다고 생각했다. 그래서 먹물 단지 속에 붓을 적셔서 요리와 마찬가지로 자기 특유의 철자법으로 벽에 이렇게 주목할 만한 글을 즉석에서 썼다.

CARPES HO GRAS
(카르프 오 그라. 바른 철자법은 Carpes au gras다)

어느 겨울, 소나기와 우박 섞인 폭풍우가 변덕스럽게도 첫 단어의 어미 S 자와 셋째 단어의 G를 지워 버려서 다음과 같은 글자만이 남았다.

CARPE HO RAS
(라틴어 carpe haras는 『시간을 향락하라』는 뜻이고 호라티우스에 carpe diem (오늘을 향락하라)라는 시구가 있다)

세월과 비바람 덕택으로 대수롭잖은 요리 광고는 깊은 충고가 된 셈이다.

이리하여 위슐루 영감은 프랑스어는 잘 몰랐지만 라틴어는 할 줄 아는 셈이 되고, 음식점에서 철학을 만들어 내고 다만 사순절의 육식 금지를 없애려고 했을 뿐인데, 결국 호라티우스와 같은 대시인과 어깨를 견주게 된 셈이었다. 더욱이 놀라운 것은 이 한 구절은 『우리 술집에 들어오시오』라는 뜻이기도 했던 것이다.

그러나 그러한 것은 오늘날 아무것도 남아 있지 않다. 몽데투르의 미로는 1847년에는 이미 크게 절개되어 내장이 도려내졌으니 지금은 아마도 없어졌을 것이다. 샹브르리 거리도 코랭트도 랑뷔토 거리의 포석 밑에 모습을 감추어 버렸다.

앞서도 말한 바와 같이 코랭트는 쿠르페락과 그 친구들의 집합 장소라고까지는 말할 수 없더라도 서로 약속하고 만나는 장소의 하나였다. 코랭트를 발견한 사람은 그랑테르였다. 처음에는 『시간을 향락하라』에 이끌려 들어갔으나 두 번째부터는 『고기가 든 잉어 요리』 때문에 다녔다. 거기서는 마시기도 하고 먹기도 하고 떠들 수도 있었다. 돈을 조금밖에 지불하지 못하거나 지불을 미루거나 전혀 지불하지 않아도 언제나 변함없는 환대를 받았다. 위슐루 영감은 호인이었다.

위슐루가 과연 호인이라는 것은 지금 말한 그대로인데, 그는 싸구려 요리집 주인인 주제에 콧수염까지 기른 재미있는 괴짜였다. 일 년 내내 언짢은 듯한 얼굴로 손님을 놀라게 해주려는 태도를 보이고, 상점에 들어오는 사람들에게 투덜거리면서 음식을 주는 것보다는 싸움을 걸려고 하는 듯싶었다. 그럼에도 불구하고 거듭 말하지만 손님들은 언제나 환영을 받았다. 이러한 괴상한 점이 오히려 그의 가게를 번창하게 하고, 특히 청년들을 끌어 청년들은 「위슐루 영감이 투덜거리는 것을 보러 가자」고 말하곤 했다. 그는 이전에 검술 교사였다. 느닷없이 너털웃음을 터뜨리는 일이 곧잘 있었다. 목소리가 굵은 호걸이었다. 겉보기에는 비극 배우 같았지만 사실은 희극 배우처럼 재미있는 위인이었다. 잠깐 손님을 겁나게 해주려고 할 뿐, 마치 권총 모양으로 만든 담뱃갑 같은 사나이였다. 고함을 쳤다고 생각한 것이 재채기로 끝나는 것이다.

그의 아내 위슐루는 남자처럼 수염이 난, 못생기고 나이든 여자였다.

1830년 경에 위슐루 영감은 죽었다. 그와 함께 잉어 고기 요리의 비결도 사라져 버렸다. 혼자 남은 그의 아내는 위로 받을 수 없는 심정이었지만 그래도 선술집을 계속했다. 그러나 요리맛은 떨어져서 형편 없는 것이 되고, 원래부터 좋지 않았던 술은 마실 수가 없어졌다. 쿠르페락과 그 친구들은 그래도 코랭트에 계속해서 다녔다.——「불쌍하니까」 하고 보쉬에는 말하는 것이었다.

위슐루 과부는 숨을 곧잘 헐떡거리는 여자로 걸핏하면 시골의 추억을 지껄이곤 했다. 시골 봄날의 회고담에 흥취를 돋우는 그녀 특유의 말투가 있었다. 『아가위 나무 밑에서 여새가 지저귀는(그녀는 아가위나무 aubépines를 ogrépines로 여새 rougesgorges를 loups-de-gorge라고 말하고 있다. 전자에는 『귀신』 후자에는 『늑대』라는 의미가 있다) 소리를 듣는 것이 옛날에는 즐거웠다고 그녀는 입버릇처럼 되뇌었다. 『레스토랑』이 되어 있는 이층의 홀은 크고 등받이며 가로대가 없는 기다란 방인데 네모진 걸상, 의자, 벤치, 식탁 등이 가득 늘어 놓여 있고 다리가 절름발이인 낡은 당구대가 하나 있었다. 아래층에서 나선형 계단을 올라가면 배의 갑판의 승강구와 같은 네모난 구멍을 지나 넓은 방의 한편 구석으로 나오는 것이었다.

이 넓은 방의 조명은 단 하나의 좁은 창문과 언제나 켜놓은 채로인 남폿불 하나뿐이어서 마치 고미다락방과 같았다. 네 발이 달린 가구들은 모두 세 발밖에 없는 양 덜거덕거렸다. 석회를 하얗게 칠한 벽의 장식으로는 위슐루 아주머니에게 바쳐진 다음과 같은 사행시뿐이었다.

> 열 걸음 밖에서는 놀라고 두 걸음 밖에서는 기겁을 하네.
> 사마귀가 하나 박힌 험악한 콧대,
> 콧물이 흐를세라 또 언젠가는 그 콧물이
> 입속으로 떨어질세라 근심이 되네.

이것은 벽에 숯으로 씌어져 있었다.

그 시구 그대로인 위슐루 아주머니는 이 사행시 앞을 태평하게 아침부터 밤까지 왔다갔다했다. 마틀로트(생선으로 만든 스튜 요리)와 지블로트(토끼 고기를 백포도주와 섞어 만든 요리)라는 이름으로밖에 알려지지 않은 두 하녀가 위슐루 아주머니를 도와서 적포도주병이며, 사기 그릇에 담아서 시장한 손님들에게 권하는 여러 가지 수프 등을 테이블 위에 늘어 놓는 것이었다. 마틀로트는 살이 쪄서 오동통하고 붉은 머리칼에 쇳소리를 내는 여자인데 세상을 떠난 위슐루가 매우 마음에 들어했지만, 그 못생긴 얼굴이란 신화 속에 나오는 어떤 괴물보다 더 흉악할 정도였다. 그렇지만 하녀란 항상 여주인보다 뒤떨어져 있어야만 되는지라, 그녀는 위슐루 아주머니보다 더 못생겼다. 지블로트는 키가 껑충하니 크고 가냘프고 해맑은 여자인데 눈 가장자리가 푹 꺼지고 눈꺼풀은 무겁게 처지고 항상 피로하게 늘어져 있어 만성 피로증이라는 병에라도 걸린 것 같았으나, 그래도 누구보다도 일찍 일어나고 제일 늦게 자며 누구에게나, 심지어 동료인 하녀의 일까지 보살펴 주고, 말없고 다정하며 피곤한 얼굴에 조는 듯한 생기없는 미소를 띠우고 있었다.

계산대 위에는 거울이 하나 걸려 있었다.

레스토랑으로 되어 있는 홀에 들어서는 사람들은 입구의 문에 쿠르페락이 백묵으로 써놓은 다음의 시구를 읽는 것이었다.

> 가능할 때면 남에게 한턱 써라.

그렇지 못할 때만 혼자 먹어라.

2. 전야제

아는 것처럼, 레글르 드 모는 다른 어느 곳보다도 졸리네 집에 있는 때가 많았다. 새에게 나뭇가지가 있듯 그에게도 보금자리가 있었던 것이다. 이 두 친구는 함께 살고 함께 먹고 함께 잤다. 무엇이든지 두 사람의 공유여서 뮈지셰타(졸리의 애인)까지도 다소 그러했다. 그들은 수련 수사들 사이에서 『짝패』라고 불리는 그런 사이였다. 6월 5일 아침, 그들은 코랭트에 아침 식사를 하러 갔다. 졸리는 심한 코감기에 걸려서 코가 막혔는데 그것도 사이좋게 나누려는지 레글르에게도 옮겨지려 하고 있었다. 다만 레글르의 윗도리는 다 닳아 빠졌지만 졸리의 옷차림은 단정했다.

그들이 코랭트의 문을 연 때는 아침 아홉 시 무렵이었다. 그들은 이층으로 올라갔다. 마틀로트와 지블로트가 그들을 맞이했다.

「굴하고 치즈, 그리고 햄」 하고 레글르가 말했다.

그들은 식탁에 앉았다. 술집 안은 텅 비어 있었다. 두 사람외에 다른 손님은 없었다. 지블로트는 졸리와 레글르가 단골 손님이었으므로 포도주를 한 병 식탁 위에 놓았다.

그들이 막 굴을 먹으려 했을 때 누군가가 계단 승강구에 머리를 내밀면서 말했다. 「마침 이 앞을 지나가던 참에 문밖으로 브이리 산 치즈 냄새가 기막히게 풍기지 않겠어? 들어가겠네.」

그것은 그랑테르였다. 그랑테르는 둥그런 걸상을 끌어당겨 식탁에 앉았다. 지블로트는 그랑테르를 보자 포도주를 두 병 식탁에 놓았다. 모두 세 병이 되었다.

「자네 두 병 마실 작정인가?」 하고 레글르가 그랑테르에게 물었다.

「모두 다 영리한데 자네만 멍청하군. 겨우 두 병쯤으로 놀란다면 남자가 아니지.」

다른 사람은 식사부터 했지만 그랑테르는 마시기부터 했다. 반 병 가량을 단숨에 들이켰다.

「밑이 빠졌나 보군, 자네 밥통은」 하고 레글르가 또 말했다.

「뚫린 건 자네 팔꿈치일세.」

그리고 그랑테르는 술잔을 비우고는 덧붙였다.

「이봐, 조사(吊辭)의 레글르(레글르는 17세기《조사》의 작자 보쉬에와 같은 이름을 별명으로 쓰고 있다), 네 옷은 꽤 낡았군그래.」

「이편이 좋아」 하고 레글르가 대꾸했다. 「이래야만 어울린단 말일세, 옷하구 나하구는 말이야. 내 버릇을 알아 주어 거북한 데가 없고 몸에 잘 맞아서 움직이기 편하거든. 또 따뜻하게 해주어 비로소 내가 겨우 옷을 입고 있다는 걸 깨닫게 될 정도야. 헌 옷이란 오래 사귄 친구와 같거든.」

「딴은 그래」 하고 졸리가 대화에 끼어들며 외쳤다. 「낡은 아비(옷)는 낡은 아비 (친구)지(나중의 아비는 아미, 즉 친구라는 뜻. b음을 m음으로 발음했다).」

「더군다나」 하고 그랑테르가 말했다. 「코감기가 든 사람이 발음하면 그렇지.」

「그랑테르」 하고 레글르가 물었다. 「자넨 큰길에서 오는 길인가?」

「아니.」

「졸리와 나는 장례 행렬의 선두가 지나가는 걸 봤네.」

「정말로 볼 만하던 걸」 하고 졸리가 말했다.

「이 거리는 참 조용하군그래!」 하고 레글르가 외쳤다. 「지금 파리가 벌컥 뒤집혔다고 생각할 수 있겠나? 옛날에 이 근처에는 수도원이 들어서 있었다더니 과연 그렇군그래! 뒤브뢸과 소발이 그런 수도원 이름을 하나하나 열거했었고, 르뵈프 대수도원장도 역시 그렇게 썼어. 이 근처 일대는 수도사들이 개미떼처럼 모여 있었다더군. 구두를 신은 사람, 맨발인 사람, 머리를 깎은 사람, 수염을 기른 사람, 회색 옷이나 흰 옷을 입은 사람, 프란시스코 파 수도사, 미니모 파 수도사, 카프신 파 수도사, 카르멜 파 수도사, 소(小)아우구스티누스 파 수도사, 대 아우구스티누스 파 수도사, 옛 아우구스티누스 파 수도사 등등──수두룩했더군.」

「수도사들 이야기는 집어치우세」 하고 그랑테르가 가로막았다. 「몸이 답답해진단 말야.」

그리고 그는 큰소리를 질렀다.

「윽! 상한 굴을 삼켰군. 아아, 또 기분 잡쳤어. 굴은 상한 데다가 하녀는 못생겼으니, 원. 사람들이 싫어졌단 말야. 바로 조금 전에 슐리외 거리의 그 큰 공공 도서관(왕립 도서관) 앞을 지나왔네. 도서관이라고 불리는 그 굴껍질의 무더기를 보자 아무것도 생각하기가 싫어지더군. 그 산더미 같은 종이! 그 많은 잉크! 그 시시한 책! 그걸 모두 인간이 썼단 말일세! 인간은 플림므(깃털과 펜이란 두 가지 의미가 있다) 없는 두 발 짐승이라고 한 숙맥은 대관절 어느 놈이냐? 난 내가 아는 귀여운 아가씨를 만났네. 봄처럼 아름답고 플로레알(꽃 아가씨) 이라고 할 만하고, 아주 기쁜 듯하고 즐겁고 행복한 것 같고 황홀하기는 한데 그게 한심하단 말야. 어제, 형편없이 얽고 소름 끼칠 듯해 뵈는 은행가가 그녀를 차지했다는군! 아, 여자란 돈 있고 잘 생긴 놈에게만 눈독을 들인단 말일세. 암코양이는 새도 쫓고 쥐도 쫓는 셈이지. 그 계집애도 바로 두 달 전에는 고미 다락방에서 얌전하게 살면서 속옷의 단추 구멍에 조그마한 구리쇠 고리를 다는 일을 했단 말일세. 알겠나? 삯바느질을 하고 접는 침대에서 자고 화분의 꽃을 들여다보는 것으로 만족했었단 말일세. 그랬는데 지금은 은행가의 부인이란 말야. 어젯밤에 그렇게 변했단 말일세. 나는 오늘 아침에 바로 그 희생자를 만났는데 매우 만족해 있더란 말야. 견딜 수 없는 건 그녀의 모든 것이 오늘도 어제와 변함없이 아름답다는 걸세. 그 얼굴에는 그 험상궂은 은행가의 그림자조차 비치지 않더란 말일세. 장미꽃이 여자와 달리 좋은 점이기도 하고 나쁜 점이기도 한 건, 벌레가 먹으면 뚜렷하게 흔적이 남는다는 점일세. 아아! 지상에 윤리 따위란 없네. 그 좋은 증거로는 사랑의 상징 뮈르트(도금양), 전쟁의 상징 월계수, 평화의 상징인 그 어리석은 감람나무, 그 씨가 하마터면 아담의 목에 걸릴 뻔했던 사 과나무, 패티코트의 선조인 무화과나무, 그런 것들을 보면 알 걸세. 권리만 해도 그렇지. 권리가 무언지 가르쳐 줄까? 곧 사람들은 클류지움(에트루리아의 옛 도시) 을 탐내고 로마는 클류지움을 보호하며 클류지움이 너희들에게 무슨 해를 끼쳤 냐고 고올 사람에게 묻지. 그러면 브레뉴스(B.C. 4세기에 에트루리아를 침략하고 한때 로마를 점령했던 고올의 수령)는 대답하네——『그렇다면 알바는 여러분들을 해쳤는가, 피데네는 해를 입혔는가, 에키 사람이나 볼스키 사람이나 사비니 사람 (모두 로마가 정복했던 땅과 인종)은 어떤 해를 끼쳤는가, 그것과 마찬가지다. 그들은 여러분의 이웃 사람들이었다. 클류지움 사람들은 우리들의 이웃 사람이다. 우리 들은 이웃 관계라는 것을 여러분과 마찬가지로 생각하고 있다. 여러분은 알바를 빼앗았다. 클류지움을 차지한 것이다.』로마는 또 말한다——『너희들이 클류지움을 차지할 수 있을 것 같은가!』그러나 브레뉴스는 로마를 차지했다. 그리고 외쳤네. ——『패자에게 재난 있으라!』(고올 사람들에게 로마를 철퇴하는 값으로 지불하는 황금을 다는 저울이 부정함을 로마 사람들이 항의했을 때, 브레뉴스가 자기의 긴 칼을 그 저울 속에 던지면서 외친 말) 이것이 권리라는 걸세. 아아! 이 세상에는 너무나 육식 동물이 많아! 너무나 독수리(독수리의 원어는 에글르. 상대편 레글르에게 빗대어 한 말이다)가 많아! 독수리가 너무 많단 말야! 그걸 생각하면 소름이 끼치네.」

그는 그 술잔을 졸리에게 내밀어 철철 넘치도록 술을 붓게 하여 단숨에 쭈욱 들이키더니, 말을 중단하지 않고 계속했다. 방금 따르게 한, 한 잔의 포도주를 그가 마신 것을 아무도 눈치채지 못했고, 그 자신도 깨닫지 못했을 정도였다.

「로마를 차지한 브레뉴스는 독수리일세. 마음이 달뜬 처녀를 차지한 은행가도 독수리야. 모두 다 뻔뻔한 놈들이지. 그러니까 아무것도 믿지 않으려네. 현실은 단 하나, 즉 술이 있을 뿐일세. 자네들의 의견이 어떻든간에 유리 주처럼 여윈 닭의 편을 들건, 글라리스 주처럼 살찐 닭의 편을 들건간에(유리, 글라리스는 스위스에 있는 주의 이름. 비유적으로 어느 편을 들건 이라는 뜻) 그런 것은 아무래도 좋아, 우선 마시게나. 자네들은 큰길에서 있었던 일, 장례 행렬이 있었다는 것, 『그런』 일들을 얘기했겠다. 그래, 다시 혁명이라도 일어난단 말인가? 놀랐는 걸, 그 서투른 수단을 신께서 하신 일이라곤 생각할 수도 없지 않은가. 신께선 끊임없이 사건이 미끄러질 홈에 기름을 고쳐 발라야 할 게 아닌가. 그것이 걸려서 잘 굴러가지 않기 때문이야. 빨리 혁명을 일으키라는 거지. 그런 고약한 기름 때문에 신께선 언제나 손을 시커멓게 더럽히고 있게 마련이지. 내가 신이라면 좀더 간단하게 해치우겠네. 나라면 끊임없이 기계의 나사를 죄는 일을 하지 않고, 인류를 대번에 목적지에 데리고 가지. 사실의 그물코를 실이 끊기지 않게 짜나가지. 예상하지 않았던 일의 대비 따위는 않네. 임시 여분 같은 것도 마련하지 않겠네. 자네들이 진보라고 부르는 것은 인간과 사건이라는 두 가지 발동기에 의해서 움직여지는 걸세. 그러나 슬픈 일이지만 이따금 예외적인 것이 필요하게 되네. 인간에게 있어서나 사건에 있어서나 상비군만으로는 충분치가 못하네. 인간 속에는 천재가 필요하고, 사건 속에는 혁명이 섞여야만 하네. 큰 참사가 일어나는 것은 당연한 법칙일세. 그것 없이는 사물의 질서는 성립되지 않네. 혜성이 나타나는 것을 보면, 하늘에도 배우 역할을 하는 사람이 필요하구나, 하고 생각하게 되네. 사람이 전혀 예기치 못할 때 신은 창공이라는 벽 위에 유성을 내어 거네. 어떤 이상야릇한 별이, 길고 큰 꼬리를 끌며 갑자기 나타나네. 그리고 그 때문에 케사르(시저)가 죽네. 브루투스는 그에게 단도를 들이대고, 신은 혜성을 후려치네(시저를 암살할 때 로마의 하늘에 혜성이 나타났다). 쾅 하는 소리와 함께 북극광이 나타나고 혁명이 일어나고 위인이 태어나네. 대서특필 1793은 표제가 되는 나폴레옹 전단 첫머리에 쓰이는 1811년의 혜성. 아아 ! 아름다운 푸른 전단, 뜻밖의 불꽃으로 빛나는 전단 ! 쾅 ! 쾅 ! 참으로 볼만한 장관이 아닌가. 눈을 들고 보게나, 건달 제군들. 모든 것은 뒤죽박죽이네. 별〔星〕도 연극도. 아아, 그건 좀 지나치다, 그리고 동시에 불충분해. 그러한 수단들은 예외적으로 취해지는 것이고 겉보기에는 화려하지만 사실은 참으로 보잘것없는 거네. 여러분, 신은 궁여지책을 쓰고 있는 걸세. 혁명, 그것은 무엇을 증명하고 있는가 ? 신께서 나갈 길이 막혔음을 말하는 걸세. 쿠데타가 일어나는 것은 현재와 미래 사이에 단절이 있기 때문이며, 신이 그 양쪽 끝을 연결시키지 못했기 때문일세. 요컨대 그것은 여호와(신)의 재산 상태에 대해서 내가 내린 추측을 입증해 주네. 천상에도 지상에도 이토록 많은 곤궁을 보고, 한 톨의 좁쌀도 갖지 않은 새로부터 십만 프랑의 연금조차도 없는 나에 이르기까지 하늘과 땅에 이토록 많은 초라함과 인색한 탐욕과 궁핍을 보고, 형편 없이 닳아 버린 인류의 운명을 보고, 더욱이 또 목매어 죽은 콩데 대공(1830년 8월에 목매어 죽다)이 그 본보기이지만, 목을 매다는 새끼를 늘어뜨리고 있는 왕가의 운명을 보고, 찬 바람이 불어오는 꼭대기의 파열구에 불과한 겨울을 보고, 언덕 위를 물들이는 신선한 아침의 진홍빛 옷자락 속에 이토록 많은 누더기를 보고, 이슬 방울이라는 저 가짜 진주를 보고, 빙화라는 저 인조 다이아를 보고, 산산이 떨어져 나간 인류와 남루한 사건을 보고, 태양이 얼룩투성이이고 달이 구멍투성이인 것을 보고, 또 도처에 이토록 많은 비참함을 보면 신도 그다지 부자가 못된다고 나는 생각하네. 분명히 겉보기에는 훌륭하지만 사실은 궁색하다는 것을 알 수 있네. 신이 사람에게 혁명을 주는 것은 마치 금고가 텅 비어 있는 부자가 무도회를 여는 것 같은 거란 말일세. 신들은 겉으로 보는 것만으로 평가해서는 안되네. 금빛으로 빛나는 하늘 밑에 가난한 우주가 들여다보이네. 삼라만상 속에는 파산이 있네. 그러니까 불만인 걸세, 나는. 알겠나 ? 오늘은 6월 5일일세만 아직 밤이야. 아침부터 나는 해가 솟는 것을 기다리고 있네. 그러나 해는 아직 솟지 않네. 나는 장담하네, 하루 종일 해는 떠오르지 않을 걸세. 급료가 적은 고용인은 알뜰한 일꾼이 못된다는 걸세. 아무렴, 그렇구말구. 모든 것이 제대로 정리되어 있는 게 없고 무엇 하나 조화가 이루어진 게 없어. 이 늙어 빠진 세계는 모든 게 엉망이야. 그렇기 때문에 나는 반대한다. 모든 게 비스듬히 걸어가고 있네. 우주는 비꼬여 있어. 마치 아이들의 세계와 흡사해. 갖고 싶어하는 아이는 얻지 못하고 도리어 갖기를 원하지 않는 아이는 얻는다. 요컨대 나는 울화통이 터져서 죽을 지경이란 말일세. 게다가 말이야, 레글르 드 모, 자네의 대머리를 보면 나는 서글퍼지네. 비참한 기분이 든단 말일세. 이런 대머리하구 동갑인가 하고 생각하면 말일세. 그렇다고는 하지만 나는 비평하는 것이지 절대로 모욕하고 있는 게 아닐세. 우주는 생겨난 그대로 우줄세. 나는 조금도 악의가 있어서 이런 말을 하는 게 아닐세. 이건 다만 마음을 편하게 쉬자는 것뿐이야. 오오! 신이여, 나의 깊은 존경을 받아들이소서. 오오! 올림퍼스의 모든 성인, 천국에 계시는 모든 신께 맹세코 말해도 좋다. 나는 원래 파리 시민으로 태어난 건 아니다. 다시 말하면 두 개의 라켓 사이를 왕복하는 샤틀콕처럼, 게으름뱅이와 수선스러운 사람들 사이를 언제까지나 뛰어다니도록 태어나지는 않았단 말일세! 나는 터키 사람으로 태어났단 말야. 순결한 사람들이 보는 꿈처럼, 동양의 말괄량이 처녀들이 저 형용할 수 없는 음란한 이집트 춤을 하루 종일 바라보며 사는 터키 사람으로 말일세. 그렇지 않다면 포쓰 평야의 농민이거나 귀족의 처녀들에게 둘러싸인 베니스의 왕이거나 보병의 절반을 독일 연방에 보내 놓고 자기의 울타리 즉 국경선 위에서 젖은 양말을 말리는 것으로 여가를 보내고 있는 독일의 작은 군주로 나는 태어났단 말일세! 그러한 운명에 맞도록 태어났어! 그렇지, 지금 나는 터키 사람이라고 했는데 그것을 취소하지는 않네. 사람들이 어째서 언제나 터키 사람을 좋지 않게 말하는지 나는 모르겠더군. 마호메(중세기 프랑스의 《무훈시》에서 사라센 사람이 숭배하는 마호멧을 말한다)에게는 좋은 점이 있네. 아름다운 후궁들이며 오달리스크의 낙원을 생각해 낸 인물에게 경의를 표할지어다! 마호멧 교를 모욕하는 것은 그만두게. 암탉들로 장식된 유일한 종교다! 그런 까닭에 나는 술을 마실 것을 역설하네. 이 세상은 어리석기 짝이 없네. 그들 미련한 놈들은 이 녹음 짙은 좋은 여름에 아름다운 여자와 팔짱을 끼고 시골로 가면 꼴을 벤 향기로운 풀냄새를 만끽할 수 있을 텐데도 서로 치고 받고 죽이려고만 하고 있네! 그야말로 어리석은 짓만 하고 있다 그 말일세. 아까도 골동품점 가게 앞에서 낡고 찢어진 램프가 굴러 있는 것을 보고 나는 문득 생각했네. 지금이야말로 인류에게 광명을 줘야 할 때가 왔다고. 그렇다네, 나는 또 서글퍼졌네! 굴과 비뚤어진 혁명을 집어삼켰기 때문일세! 나는 또 우울해지네. 아아! 추한 늙어 빠진 세계여! 인간은 정력과 근기를 온통 써 버리고 생업을 잃고 절개를 팔고 자살하고 그리고 거기에 타성에 젖어 버리고 있네!」

이러한 웅변의 발작이 끝나자 그랑테르는 이번에는 거기에 어울리는 듯한 기침의 발작에 사로잡혔다.

「혁명이라고 한다면」졸리가 말했다.「마리우스는 아주 사랑에 빠진 모양이지.」

「그 상대가 누군지 아나?」레글르가 물었다.

「보르지.」(모르지)

「몰라?」

「보른다고 했잖아!」(모른다고 했잖아)

「마리우스의 사랑 말인가?」그랑테르가 외쳤다.「나는 여기 앉아서도 환하게 알지. 마리우스는 안개 같은 놈이니까 김 같은 여자를 발견했을 테지. 마리우스는 시인 기질이야. 시인이란 미치광이란 말일세.『팀브라에우스 아폴로』(라틴어 팀브라에우스(Thymbraeus)는 시의 신 아폴론의 별명의 하나. 여기에 프랑스어의 탱브레(timbré)는『머리가 약간 돈』상태를 표현함). 마리우스와 그 연인 마리인지 마리아인지 마리에트인지 마리옹인지 모르지만 그들은 묘한 연인일 게 뻔해. 어떤 연애를 하는지 안 봐도 나는 다 알지. 키스하는 것조차도 잊어버린 황홀경일 거야. 지상에서는 순결하고 무한 속에서 포옹하는 그런 관계. 관능을 남모르게 숨기고 있는 영혼이지. 그들은 별하늘 속에서 함께 자고 있는 거야.」

그랑테르가 두 병째의 병마개를 열고 또다시 두 번째의 긴 사설을 늘어 놓기 시작하려 했을 때, 새로운 얼굴이 계단의 네모진 구멍에 나타났다. 그것은 열 살도 채 못된 누더기를 걸친 소년이었는데, 극히 조그맣고 빛이 누런 개처럼 생긴 얼굴에 눈은 날카롭고 머리는 더부룩하고 몸은 비에 젖었으나 명랑한 표정을 띠고 있었다.

소년은 분명히 세 사람 중 아무도 낯익은 사람이 없었지만, 그는 서슴지 않고 레글르 드 모를 골라잡고 말을 걸었다.

「아저씨가 보쉬에 씬가요?」

「그건 내 별명이다.」레글르가 대답했다.「무슨 일이지?」

「저 말이죠, 저 큰길에서 금발머리의 키큰 사람이『너 위슐루 아주머니를 아느냐』하고 묻더군요. 나는『네, 알아요. 샹브르리 거리의 유명한 할아버지네 과부댁이죠』했더니, 그 사람은『그럼 거기에 좀 갔다오너라. 거기에 보쉬에란 사람이 있을 테니 그 사람에게 A—B—C라고 그러더라구 전해라』그러더군요. 아마 아저씨를 놀리는 게 아닐까요? 내게 십 수우 주었지만요.」

「졸리, 십 수우 빌려 주게.」레글르가 말했다. 그리고 그랑테르를 보고 말했다.

「그랑테르, 자네도 십 수우 빌려 주게.」

모두 합해서 이십 수우를 레글르는 소년에게 주었다.

「고맙습니다.」 소년이 말했다.

「넌 이름이 뭐냐?」 레글르가 물었다.

「나베예요. 가브로슈하고 친구지요.」

「이리로 오렴.」 레글르가 말했다.

「이것 좀 먹고 가거라.」 그랑테르는 말했다.

「그럴 수가 없어요. 난 장례 행렬에 참가하고 있어요. 폴리냐크를 타도하라, 하는 구호를 외쳐야 하거든요.」

그리고 한쪽 발을 뒤로 빼어 큰절을 하고는 가버렸다.

소년이 가버리자 그랑테르가 입을 열었다.

「저놈은 순수한 파리의 부랑아다. 부랑아에는 여러 종류가 있지. 공증인의 부랑아를 서기라 하고, 요리사의 부랑아는 접시 닦기라 하고, 빵집의 부랑아를 사환이라 하고, 하인의 부랑아는 머슴애라 하고, 선원의 부랑아는 견습 수부라 하고, 병사의 부랑아는 고수(鼓手)라 하고, 화가의 부랑아는 제자라 하고, 장사꾼의 부랑아는 사환이라 하고, 궁정 조신의 부랑아는 시동이라 하고, 국왕의 부랑아는 황태자라 하고 신의 부랑아는 밤비노(이탈리아어. 어린 그리스도)라고 한다네.」

그동안 레글르는 곰곰이 생각하고 있었다. 그는 조그만 목소리로 말했다.

「A—B—C, 라마르크의 장례식이란 말이로군.」

「키큰 금발머리의 사나이란」 그랑테르가 말했다.「앙졸라가 자네에게 말을 전한 거군.」

「우리도 갈까?」 보쉬에가 말했다.

「비가 오는 걸.」 졸리가 대답했다.「나는 불 속에는 뛰어들겠다고 했지만, 물 속은 싫네. 감기들면 싫네.」

「나는 여기 남겠네.」 그랑테르가 말했다.「영구차보다는 식사하는 편이 훨씬 좋으니까.」

「그럼 결론은 모두 남는 거다.」 레글르가 말했다.「좋아, 그렇게 정해진 바엔 마시자구. 장례식엔 가지 않더라도 폭동에는 참가할 수 있으니까.」

「야아! 폭동인가? 그것 참 좋은데」 하고 졸리가 외쳤다. 레글르는 손을 비볐다.

「자아, 이제야말로 1830년의 혁명을 손질할 때가 왔군. 요컨대, 그 혁명은 민중을 속박하고 있으니까.」

「자네들이 말하는 혁명 같은 것은 나는 아무래도 좋아.」그랑테르가 말했다. 「나는 현재의 정부가 싫은 건 아닐세. 그것은 무명 모자로 교묘하게 조절한 왕관이야. 끝에 우산을 붙들어 맨 왕홀(王笏)일세. 요컨대 오늘날 같은 형세 아래서 생각하면 루이 필립은 그의 왕위를 두 가지 목적으로 사용해서 왕홀로 되어 있는 쪽을 민중들에게 뻗치고, 우산으로 되어 있는 쪽을 하늘로 펼 수가 있는 셈이지.」

방안은 어두컴컴했다. 커다란 구름이 해를 가리고 있었다. 술집 안에도 길 위에도 아무도 없었다. 모두 『사건을 보러』간 것이다.

「지금이 대관절 대낮이야, 한밤중이야 ? 」보쉬에가 외쳤다. 「전혀 아무것도 안 보이지 않아 ? 지블로트, 불 좀 켜라구 ! 」

그랑테르가 울적한 얼굴로 술을 마시며 중얼거렸다.

「앙졸라는 나를 경멸하고 있어. 앙졸라는 이렇게 말했어, 졸리는 아프고 그랑테르는 술에 취했을 거라구. 그래서 나베를 보쉬에에게로 보낸 거야. 나를 부르러 왔다면 따라가 주었을 걸. 앙졸라에겐 참 안됐는 걸 ! 나는 그런 장례식엔 안 가네.」

그렇게 마음을 정해 버리자 보쉬에와 졸리와 그랑테르는 이제는 술집에서 떠나려 하지 않았다. 오후 두 시경에는 그들이 팔꿈치를 짚고 있는 식탁이 빈 병으로 가득 찼다. 두 자루의 촛불이 한 자루는 시퍼렇게 녹이 쓴 구리 촛대에서, 또 한 자루는 깨져서 금이 간 물병 끝에 꽂힌 채 타고 있었다. 그랑테르는 졸리와 보쉬에를 술 쪽으로 끌어들이고, 보쉬에와 졸리는 그랑테르를 유쾌한 마음으로 되돌아가게 했다.

그랑테르는 정오쯤부터 차츰 포도주라는 몽상의 인색한 샘물로는 만족할 수 없게 되었다. 포도주란 진정한 술꾼에게는 그다지 확실한 성공을 거두지 못한다. 술에 취하는 데 있어서는 검은 마술과 흰 마술이 있다. 포도주는 흰 마술에 불과하다. 그랑테르는 앞뒤를 생각지 않고 마시는 술꾼이었다. 눈앞에는 절반쯤 열려진 무시무시한 술독의 암흑이 있더라도, 그를 잡아세우기는커녕 반대로 잡아당겨 갔다. 그는 포도주병을 내던지고 커다란 맥주 조끼를 집어들었다. 커다란 맥주 조끼, 그것은 곧 깊은 웅덩이와 같았다. 아편도 마약도 갖고 있지 않았으므로 머릿속을 황혼의 어스름으로 채우기 위해 그는 저 무서운 혼수 상태를 빚어내는 브랜디와 스타우트와 압쌩트의 독한 혼합주의 힘을 빌렸다. 영혼을 납덩이처럼 무겁게 만드는 것은 맥주와 브랜디, 압쌩트, 이 세 가지가 발산하는 증기이다. 그것은 세 가지의 암흑이어서 천상을 나는 나비도 거기에서는 **빠져** 죽게 된다. 또한 어렴풋이 박쥐의 날개로 응결된 피막의 연기 속에 『악몽』과 『밤』과 『죽음』의 말없는 복수의 세 여신이 잠든 싸이키(사랑의 신 에로스의 사랑을 받은 아름다운 소녀. 영혼의 상징) 위를 날아다니면서 모습을 나타낸다.

그랑테르는 아직 그렇게 심한 상태에까지는 이르지 않았다. 거기까지에는 아직도 멀었다. 그는 오히려 쾌활했고, 보쉬에와 졸리가 그의 상대가 되어 주고 있었다. 그들은 계속해서 건배를 들었다. 그랑테르는 말과 사상을 지나칠 만큼 과장한 데다가, 열에 들뜬 듯한 몸짓을 덧붙이고 있었다. 그는 위풍당당하게 왼손 주먹을 무릎 위에 놓고, 그 팔을 직각으로 구부리고, 넥타이를 풀고, 걸상에 말을 타듯 걸터앉아 철철 넘게 따른 술잔을 오른손으로 들고서 뚱뚱한 하녀 마틀로트에게 이런 위엄 있는 말을 던졌다.

「궁전의 문을 열어라! 모든 사람을 아카데미 프랑세즈의 회원이 되게 하고 위슐루 아주머니에게 키스할 권리를 모든 사람에게 갖게 하라! 자아, 마음껏 마시자.」

그리고 위슐루 아주머니 쪽을 돌아다보고 덧붙였다.

「오랜 동안의 습관에 의하여 축복받은 낡은 세대의 여성이여, 자아 이리로 가까이 와서 나에게 그대의 얼굴을 바라보게 할지어다!」

또 졸리는 외쳤다.

「바틀로트(마틀로트), 지프로트, 이제 그랑테르에겐 바(마)시게 하지 마. 꼭 비(미)친 녀석처럼 돈을 쓰고 있어. 아침부터 공연히 벌써 이 프랑 구십오 쌍팀이나 바(마)셔 버렸잖아.」

그랑테르도 말을 계속했다.

「내 허락도 받지 않고 별을 하늘에서 떼다가 촛불 대신 식탁에 놓은 게 도대체 어느 놈이냐?」

보쉬에는 매우 취했지만 평소의 침착성은 잃지 않았다.

그는 열어젖힌 창문의 난간에 걸터앉아서 떨어지는 빗방울에 등을 적시며 두 친구를 지켜보고 있었다.

갑자기 그는 등 뒤에서 떠들썩한 소리를, 황급한 발자국 소리를, 「무기를 들어라!」 하는 외침 소리를 들었다. 돌아보니 샹브르리 거리를 벗어난 쌩 드니 거리를 앙졸라가 총을 들고 지나가는 것이 보였다. 그리고 권총을 든 가브로슈, 군도를 가진 페이, 긴 칼을 가진 쿠르페락, 단총을 가진 장 프루베르, 소총을 든 콩브페르, 기병총을 가진 바오렐, 이어서 그들을 뒤따르는 무장한 폭풍우와 같은 군중들의 모습이 보였다. 샹브르리 거리는 겨우 기병총의 사정거리 정도의 길이밖에 되지 않았다. 보쉬에는 갑자기 즉석에서 입에 두 손을 갖다 대고 메가폰을 만들어 큰소리를 질렀다.

「쿠르페락! 쿠르페락! 여어이!」

쿠르페락은 자신을 부르는 목소리가 보쉬에임을 알아보자, 샹브르리 거리 쪽으로 대여섯 걸음 발을 들여 놓고「무슨 일인가?」하고 외쳤다. 그것은 보쉬에의 「어디로 가는 건가?」하는 외침 소리와 엇갈렸다.

「바리케이드를 만드는 걸세.」쿠르페락이 대답했다.

「그렇다면 여기로 하게! 장소가 좋아! 여기에 만들어, 쿠르페락!」

「정말 그렇군, 에글르.」

그리고 쿠르페락의 신호와 함께 군중들은 샹브르리 거리로 쏟아져 들어왔다.

3.『밤』이 그랑테르를 덮치기 시작하다

거기는 확실히 다시 없이 좋은 장소였다. 거리 입구는 넓고 안으로 들어갈수록 좁은 막다른 골목이요, 코랭트는 그 길목을 차지하고 있어, 몽데투르 거리는 좌우를 모두 쉽게 차단할 수가 있고, 공격은 아무것도 가려져 있지 않은 쌩 드니 거리 정면으로부터 이쪽의 총격을 받으면서 할 수밖에 없었다. 술취한 보쉬에는 정신이 말똥말똥한 한니발과 같은 기막힌 혜안을 지니고 있었던 셈이다.

군중들이 몰려든 바람에 이 거리 일대는 공포에 사로잡혔다. 지나가는 사람들은 모조리 자취를 감추었다. 순식간에 거리 안쪽도, 오른쪽도, 왼쪽도, 상점, 일터, 대문, 창문, 덧문, 고미다락방의 채광창 크기가 각각인 겉창, 모든 것이 아래층에서부터 꼭대기까지 단단히 닫혀졌다. 겁을 집어먹은 한 노파는, 총알의 피해를 막기 위해 창문 앞의 두 개의 빨래 너는 장대에 요를 걸쳐 놓았다. 다만 술집만이 문을 열어 놓고 있었다. 그것도 무리가 아닌 것이 군중들이 몰려들었기 때문에 어쩔 수가 없었다.

「아이구, 이를 어째! 어떡하면 좋아!」 위슐루 아주머니는 한탄을 거듭했다.

보쉬에는 쿠르페락을 맞으러 이미 아래로 내려와 있었다.

창가에 나와 있던 졸리가 외쳤다.

「쿠르페락, 우산을 갖고 왔더라면 좋았을 걸. 감기 들겠어.」

잠깐 사이에 술집의 창살 달린 가게 앞의 쇠막대가 뽑히고 거리는 포석이 여러 곳 벗겨졌다. 가브로슈와 바오렐은 앙쏘라는 석회 장수의 이륜 마차가 지나가는 것을 빼앗아 그것을 뒤집어 엎고, 그 마차에 실렸던 석회를 가득 넣은 세 개의 큰 통을 나란히 놓고, 그 위에 포석을 쌓아올렸다. 앙졸라는 지하실의 뚜껑을 들어올리고, 위슐루 미망인의 빈 술통을 모조리 거두어다가 석회통 옆에 나란히 놓았다. 푀이는 부채의 부드러운 살의 채색에 익숙한 손가락으로 두 곳에 돌을 쌓아 큰 통과 마차를 괴었다. 돌이며 그 밖의 것들과 마찬가지로 그 자리에서 생각해 내고 어디에선가 가져온 것이다. 이웃집 정면을 받쳐 놓은 대들보가 몇 개씩이나 뽑혀서 통 위에 가로놓여졌다. 보쉬에와 쿠르페락이 돌아다보았을 때는 거리의 절반은 이미 사람의 키보다도 높은 보루로 막혀 있었다. 파괴하면서도 건축하는 데 있어서는 민중의 손을 당해낼 건 아무것도 없다.

마틀로트와 지블로트도 한데 섞여 일하고 있었다. 지블로트는 건물의 헐린 덩어리를 짊어지고 왔다갔다했다. 생기 없어 보이는 그녀는 바리케이드 만드는 일을 돕고 있었다. 조는 듯한 얼굴이면서도 그녀는 손님에게 포도주를 가져다 줄 때처럼 포석을 날라왔다.

세 마리의 흰 말이 끄는 승합 마차가 거리의 한쪽 끝을 지나갔다.

보쉬에는 포석을 타고 넘어 쫓아가서, 마부를 불러 세워 승객을 내리게 하고 귀부인들은 부축해 주고 마부를 돌려 보내어 마차와 말을 고삐로 끌고 돌아왔다.

「승합 마차는」 그는 말했다. 「코랭트 앞을 통과할 수 없다. 『코린토스에 접근하는 것은 아무에게도 허용되어 있지 않다』니까(라틴어를 인용함. 라틴어의 Omnibus (만인)에 프랑스어의 Omnibus(승합 마차)를 비유하고, 코린토스에 코랭트를 비유하고 있다. 『코린토스에서는 돈이 비싸게 먹히므로 아무나 접근할 수 있는 게 아니다』라는 그리스의 속담이 있다).」

수레에서 떼낸 말은, 곧 아무렇게나 제멋대로 몽데투르 거리로 달려가 버리고, 옆으로 넘어뜨려진 마차는 가로의 바리케이드를 보강했다.

138

위슐루 아주머니는 울먹울먹하면서 이층으로 피해 들어갔다.

그녀는 공허한 눈으로 주위를 불안하게 두리번거리면서 억누른 목소리로 울 부짖고 있었다. 그 외침은 너무 놀라서 목구멍 밖으로 감히 나오지도 못했다.

「이 세상의 마지막이야.」 그녀는 중얼거렸다.

졸리는 위슐루 아주머니의 주름잡힌 빨갛고 굵은 목덜미에 키스해 주고 나서 그랑테르에게 말했다.

「이봐, 자네. 나는 여자의 목덜미란 한없이 섬세한 거라고 생각했었는데 말야.」

그러나 그랑테르는 취흥이 극에 달해 있었다. 마틀로트가 다시 이층으로 올 라오자, 그랑테르는 그녀의 허리를 끌어안고 창문이 울릴 만큼 한참 웃어댔다.

「마틀로트는 못생겼어!」 하고 그는 떠들어댔다. 「마틀로트는 추악한 꿈이로 다! 마틀로트는 쉬메르(환상의 괴물)이다. 이 여자가 태어난 비밀을 털어 놓아 야지, 대성당의 홈통 주둥이(괴물의 얼굴 모양을 본떠서 만들어졌다)를 만들던 어떤 고딕의 피그말리온(그리스 신화 속의 조각가. 자기 자신이 만든 갈라테의 상에 반하여, 비너스에게 부탁해서 상에 생명을 불어 넣어 그것을 아내로 삼았다)이 어느 날 아침 그 홈통 속에서 가장 흉한 것에 반해 버렸다. 그는 그것에 생명을 불어 넣어 달라고 사랑의 신에게 부탁하여 마틀로트가 태어났단 말일세. 이 여자를 좀 보게나, 동지 여러분! 티티안이 그린 애인처럼 머리칼이 아연빛일세. 그리고 매우 친절한 처녀일세. 이 여자가 잘 싸우리라는 것은 내가 보증하네. 친절한 처녀는 반드시 가슴 속에 영웅을 숨기고 있네. 위슐루 아주머니는 어떤가 하면, 실로 용감한 할머닐세! 그분의 수염을 보게나, 그것은 주인 어른에게서 물려받은 거라네. 여자 경기병, 바로 그걸세! 그분도 역시 잘 싸울 걸세, 그들 두 사람만으로도 교외에 공포를 불러일으키기에 충분할 걸세. 동지 여러분, 우리는 정부를 정복할 걸세. 마가린 염산과 의산과의 사이에 열다섯 종류의 산이 있다는 게 진실이듯 그것은 확실한 진실이다. 아아, 그런 건 아무래도 상관 없어. 여러분, 나의 아버지는 내가 수학을 모른다고 언제나 나를 미워했네. 나는 사랑과 자유밖에는 모르네. 나는 점잖고 독실한 그랑테르라네! 도무지 돈과는 인연이 없어서 돈을 가져본 적도 없네, 그런고로 돈의 결핍을 느껴 본 적이 없네. 그러나 만약 내가 부자였다면 가난한 사람은 깡그리 없어졌을 걸세! 세상을 깜짝 놀라게 했을 테지! 아아! 만약에 선량한 마음을 지닌 사람이 두둑한 돈지갑을 갖고 있다면, 만사는 잘되었을 걸세! 나는 로스차일드(유태인 대부호)의 재산을 가진 예수 그리스도를 상상한다! 그 그리스도는 얼마나 많은 선을 행할 것인가! 마틀로트, 나에게 키스해 주게나. 너는 육감적이면서도 수줍구나. 그대는 누이동생의 키스를 부를 뺨과 애인의 키스를 요구할 입술을 갖고 있구나!」

「닥쳐, 이 술통아!」쿠르페락이 말했다.

그랑테르는 대답했다.

「나는 카피툴(옛날의 툴루즈의 시 관리란 뜻)이고 또 메트르 에스 죄 플로로(툴루즈의 시구. 경기회장)란 말일세!」

바리케이드 꼭대기에 저 소총을 들고 서 있던 앙졸라는 준엄하게 긴장시킨 그 아름다운 얼굴을 번쩍 쳐들었다. 독자들도 아시는 바와 같이 앙졸라에게는 스파르타 사람이나 청교도를 닮은 데가 있었다. 그는 테르모필에서 레오나다스(페르시아군과 싸우고 죽은 스파르타의 왕. 테르모필라이는 그 옛 싸움터)와 함께 죽기도 하고 크롬웰과 함께 도르게다(크롬웰에게 정복된 아일란드의 도시)를 불살라 버림직한 그런 사나이였다.

「그랑테르!」하고 그는 외쳤다.「술이 깰 때까지 어디 다른 데 가서 자고 오게나. 여기는 감격스러운 장소지 술주정하는 장소가 아니야. 바리케이드의 명예를 손상케 하지 말게!」

이 분노의 말은 그랑테르에게 이상한 효과를 미치게 했다. 그는 마치 한 잔의 찬물을 얼굴에 끼얹은 것 같았다. 취기가 대번에 깨어난 듯했다. 그는 자리에 앉아서 창가의 식탁에 팔꿈치를 괴고, 말할 수 없는 다정한 빛으로 앙졸라를 바라보며 그에게 말했다.

「나는 자네를 믿고 있지 않나.」

「어서 가라구.」

「여기서 자게 해 줘.」

「딴 곳에 가서 자.」앙졸라는 외쳤다. 그래도 그랑테르는 역시 애정이 담긴 정다운 눈초리로 가만히 그를 보면서 대답했다.

「여기서 자게 해주게——죽을 때까지.」

앙졸라는 경멸하는 듯한 눈으로 그를 바라보았다.

「그랑테르, 자네는 믿을 수도 생각할 수도, 하려고 하는 일도, 살 수도, 그리고 죽을 수도 없단 말일세.」

그랑테르는 묵직한 목소리로 대꾸했다.

「이제 두고 보면 알게 돼.」

그는 여전히 알아들을 수 없는 말을 중얼거렸으나, 이윽고 그의 고개는 테이블 위에 떨어졌다. 그리고 앙졸라에 의해서 느닷없이 난폭하게 한층 더 취한 경지로 떠밀리운 그는, 그럴 때면 으레 그런 결과가 나타나게 마련이지만, 금세 잠들어 버렸다.

4. 위슐루 미망인의 위로

바리케이드를 만드느라고 열중했던 바오렐이 외쳤다.

「이젠 거리를 환히 내다보게 됐구나! 참 잘되었다.」

쿠르페락은 술집의 일부를 부수면서도 안주인인 과부를 위로하려고 애썼다.

「위슐루 아주머니, 언젠가 지블로트가 창문에서 침대요를 털었다고 아주머니가 경찰 조사를 받고 경범죄로 처벌되었다고 투덜거리신 일이 있었죠?」

「그랬어요, 쿠르페락, 아니! 당신은 그 식탁도 그 끔찍한 데로 끌어가려는 건가요? 그리고 그랬죠, 침대요도 그랬지만, 꽃화분이 하나 고미다락방에서 한 길로 떨어졌을 때도 말예요, 그걸 트집 잡고 백 프랑의 벌금을 뺏겼답니다. 정말 지독해요!」

「그러니까 위슐루 아주머니, 저희들이 그 보복을 해드리는 거예요.」

그러나 위슐루 아주머니는 이렇게 해서 보복을 해주는 거라고는 해도, 그것이 어째서 자기를 위한 일이 되는지 도무지 이해되지 않는 것 같았다. 그녀가 화풀이할 수 있는 것은 어떤 아라비아 여자와 같은 방법뿐이었다. 그 아라비아 여자는 남편에게 뺨을 맞고 아버지에게로 달려가 울면서 앙갚음해 달라고 이렇게 말했다──「아버지, 제 남편에게서 받은 모욕을 보복해 주세요.」 아버지는 물었다──「너는 어느 뺨을 맞았느냐?」──「왼쪽 뺨이에요.」 아버지는 딸의 오른쪽 뺨을 때리고 말했다──「자아, 이젠 만족하겠지. 남편에게 돌아가서 말해라, 그는 내 딸을 때렸지만 나는 그의 아내를 때렸다고 말이다.」

어느덧 비가 그쳤다. 새로 참가한 사람들도 있었다. 노동자들은 작업복 밑에 화약통이며 유산(硫酸)병을 담은 광주리며, 두서너 자루의 횃불, 『국왕 성명(聖名) 축하일』에 쓰다 남은 등을 넣은 바구니 등을 감추어 가지고 왔다. 성명 축일은 바로 최근, 5월 1일에 있었던 것이다. 이러한 물건들은 포부르 쌩 탕트완느의 페팽이라는 식료품점 주인이 내보낸 것이라고 했다. 샹브르리 거리의 단 하나밖에 없는 가로등이며, 그와 마주 보고 서 있는 쌩 드니 거리의 가로등, 그리고 몽데투르 거리, 씨뉴, 프레쉐르, 그랑드 트뤼앙드리, 프티트 트뤼앙드리 등 인근 거리의 가로등도 모조리 부수어 버렸다.

앙졸라와 콩브페르와 쿠르페락이 모든 것을 지휘하고 있었다. 두 곳의 바리케이드가 동시에 만들어졌다. 이 두 곳 다 코랭트를 기점으로 직각을 이루고 있었다. 커다란 쪽은 샹브르리 거리를 막고, 또 하나는 씨뉴 거리를 향하여 몽데투르 거리를 막고 있었다. 이 두 번째 바리케이드는 대단히 좁고, 통과 포석으로 쌓아올려져 있었다. 거기에는 약 오십 명의 작업 인원이 있었고 삼십 명 정도는 소총을 지니고 있었다. 오는 길에 어떤 무기 상점의 물건을 고스란히 징발해 왔던 것이다.

이 군중들만큼 기묘하고 잡다한 것은 또 없다. 한 사람은 짧은 윗도리 차림으로 기병의 군도와 두 자루의 승마용 권총을 가지고 있는가 하면, 한 사람은 셔츠 바람으로 모자를 쓰고 화약통을 옆구리에 늘어뜨리고 있고, 또 한 사람은 회색 종이를 아홉 장 겹쳐서 흉갑으로 하고 마구(馬具) 직공용의 가죽 뚫는 송곳을 갖고 있었다.「마지막 한 놈까지 무찌르고, 우리들의 총검으로 죽자!」하고 외치는 사나이가 있었다. 그는 총검을 갖고 있지 않았다. 또 다른 사나이는 프록코트 위에 국민군의 혁대와 탄약통을 자랑하고 있었는데, 그 탄창 뚜껑에는 빨간 털실로 『공공 질서』라고 수놓여져 있었다. 많은 소총에는 국민군의 부대 번호가 붙어 있고, 모자는 거의 쓰지 않고, 넥타이는 전혀 매지 않고, 많은 사람들이 팔을 드러내 놓고 있으며, 창도 몇 개 있었다. 게다가 또한 가지가지의 연령에 갖가지의 얼굴 모양, 혈색이 좋지 않은 조그만 청년, 볕에 그을은 부두의 노동자. 모든 사람들이 작업을 서두르고 서로 도우면서 성공의 가능성을 이야기하고 있었다——「새벽 세 시경에나 구원대가 오겠지——일 연대쯤이야 문제 없지——온 파리가 모두 들고 일어날 거다.」무서운 화제인데도 일종의 친밀한 쾌활함이 섞여 있었다. 마치 형제끼리인 것 같았다. 그러나 그들은 서로의 이름도 모르는 것이다. 커다란 위험은 낯모르는 사람들로 하여금 서로 우정을 갖게 한다는 아름다움을 지니고 있다.

주방에서는 불을 피우며, 국자며 스푼이며 포크 등 술집에 있는 모든 양은 그릇을 쇠붙이 그릇에 넣어서 녹이고 있었다. 그리고 일하는 사이사이에는 술을 마셨다.

뇌관이며 산탄이 포도주잔과 섞여서 식탁 위에 흩어져 있었다. 당구대가 있는 넓은 방에서는 위슐루 아주머니와 마틀로트와 지블로트가 각각 공포 때문에 일그러진 모습으로, 한 사람은 멍청하고, 한 사람은 헐떡이고, 한 사람은 평소와는 달리 눈이 말똥말똥해서, 헌 행주를 찢어 붕대를 만들고 있었다. 세 사람의 폭도가 그녀들을 돕고 있었다. 머리를 길게 기르고 구레나룻과 콧수염을 기른 세 사람의 건장한 사나이가 여공 같은 솜씨로 클로드를 가려 놓고 있었는데 그것이 더욱 여자들을 겁먹게 했다.

쿠르페락과 콩브페르와 앙졸라가 조금 전에 비예트 거리의 모퉁이에서 군중 쪽으로 다가오는 것을 발견한 예의 키큰 사나이는 작은 바리케이드에서 작업을 하고 있어 매우 도움이 되고 있었다. 가브로슈는 큰 바리케이드에서 일하고 있었다. 쿠르페락이 돌아올 것을 기다리다가 마리우스 씨가 계시느냐고 묻던 예의 청년은 모두가 승합 마차를 뒤엎던 그 무렵쯤에서 자취를 감추었다.

가브로슈는 일에 열중해서 명쾌한 얼굴로 추진기 구실을 맡고 있었다. 왔다갔다 올라갔다 내려갔다 다시 올라갔다 시끄러운 소리를 냈다 하면서 불꽃이 튀는 양 뛰어다니고 있었다. 마치 모든 사람을 격려하기 위해서 와 있는 것 같았다. 박차를 갖고 있는 것일까? 그렇다, 분명히 그는 비참이라는 박차를 지니고 있었다. 날개를 지녔을까? 그렇다, 그는 분명히 쾌활이라는 날개가 있었다. 가브로슈는 하나의 회오리 바람이었다. 사람들은 끊임없이 그 모습을 보고, 언제나 그 목소리를 들었다. 그는 도처에 동시에 나타나고 주위의 공기를 채우고 있었다. 그는 거의 귀찮을 정도로 두루 퍼져 있어서 한곳에 머물러 있지를 못했다. 거대한 바리케이드는 자기 등에 그가 올라타고 있음을 느끼고 있었다. 그는 게으른 자를 자극하고, 둔한한 자를 선동하고, 피로한 자에게 기운을 불어넣고, 생각에 잠긴 자를 격려하고, 어떤 사람은 명랑하게 만들고 어떤 사람은 의욕을 북돋우고, 어떤 사람은 화를 돋구어 주고, 전원을 활동하게 하고, 어느 학생을 노하게 하고, 어느 노동자에게는 덤벼들고, 우뚝 서고, 발을 멈추고, 또 뛰기 시작하고, 시끄러움과 노력 위를 뛰어다니고, 이쪽 사람들에게서 저쪽 사람들에게로 뛰어다니고, 중얼거리고, 잔소리를 하고, 모두에게 채찍질하고 있었다. 그는 거대한 혁명의 승합 마차에 앉은 한 마리의 파리였다.

그의 작은 양팔은 끊임없이 움직이고, 그의 조그마한 폐는 끊임없이 고함을 지르고 있었다.

「기운을 내! 포석을 더! 통을 좀더! 저것을! 그건 어디 있지? 석회 반죽을 가득 주어, 내가 이 구멍을 막을 테니. 아주 작구나, 저쪽 바리케이드는. 좀더 높여야겠는 걸. 무어라도 좋으니 모조리 쌓아올려. 옆을 더 단단히 다져, 콱 박으라구. 집을 헐어. 바리케이드를 하나 더 만들어야겠어. 지부 아주머니네 차 마시는 방이다. 자아, 유리 창문이 왔구나.」

이 말을 듣자 일하던 사람들은 외쳤다.

「유리창이라구? 유리 창문을 어쩌려는 거야, 튀베르킬르(작은 감자라는 뜻)!」

「뭐라구, 헤르킬르(헤라클레스. 거대한 힘의 소유자. 운을 맞추어서 대꾸함)!」 하고 가브로슈는 즉석에서 반격했다.「유리 창문은 바리케이드에 그만이야. 그야 공격을 막을 수는 없지. 하지만 점령하는 것을 막을 수는 있거든. 야, 너희들은 병 조각을 꽂아 놓은 담장 너머로 사과를 훔쳐본 일은 없나? 유리 창문은 바리케이드 위로 기어오르려는 국민병의 발바닥을 베어 버린단 말야. 유리는 안심이 안 되는 물건이거든. 이봐! 이봐! 자네들은 기발한 생각엔 엄두를 못 내는군!」

그렇게 말은 했지만 그는 노리쇠가 떨어진 권총 때문에 화가 나 있었다. 그는 이 사람 저 사람에게 부탁하고 다녔다.

「소총 없나? 소총이 필요해! 어째서 모두들 내게 소총을 주지 않는 거야?」

「네게 말인가!」 하고 콩브페르가 말했다.

「그렇지!」 하고 가브로슈는 대꾸했다.「어째서 안되지? 1830년에 샤를르 10세와 싸웠을 때는 나도 한 자루 가졌었단 말이야!」

앙졸라는 어깨를 으쓱했다.

「어른들에게 모두 돌아가고 나면 아이에게도 주겠네.」

가브로슈는 화가 나서 돌아보면서 그에게 대답했다.

「자네가 나보다 먼저 죽으면 자네 것을 갖겠네.」

「이 녀석 봐!」 앙졸라가 말했다.

「이런 풋내기!」 가브로슈가 말했다.

길을 잘못 접어든 듯한 멋쟁이가 거리 저쪽에서 우물거리는 것을 보자 그들은 곧 생각이 달라졌다.

가브로슈는 그 사나이에게 외쳤다.

「우리 패에 끼게, 젊은 친구! 어때, 이 늙어 빠진 조국을 위해 뭔가 해보지 않겠는가?」

멋쟁이는 달아나 버렸다.

5. 준 비

당시의 신문은 샹브르리 거리의 바리케이드는——신문에서 말하기는, 『거의 난공불락의 구축물』——이층집 높이에 달하고 있었다고 보도했으나 사실은 그렇지 않았다. 육, 칠 피트의 높이에 지나지 않았다. 그것은 전투원들이 그 뒤에 숨을 수도, 장벽 전체를 내려다볼 수도, 또 안쪽에 쌓아올려 계단 모양으로 늘어 놓은 네 줄의 포석에 의하여 꼭대기로도 마음대로 올라갈 수 있도록 만들어져 있었다. 바깥쪽을 보면 바리케이드의 정면은 앙쏘의 짐마차와 뒤집어 놓은 승합 마차의 바퀴에 대들보며 판자를 얽어 놓아 거기에 포석이며 통을 쌓아올려 비끌어 매어 있어 얼핏 보기에 고슴도치처럼 보이도록 만들어 놓은 것이었다. 어른 하나가 충분히 빠져나갈 수 있을 정도의 틈새가 집들의 벽과 술집에서 가장 먼 바리케이드의 끝 사이에 있어서 밖으로는 나갈 수 있도록 되어 있었다. 승합 마차의 수레채는 똑바로 세워져서 고삐로 단단히 묶여지고, 그 앞채에 비끌어 매어진 붉은 기가 바리케이드 위에 펄럭이고 있었다.

몽데투르 쪽의 작은 바리케이드는 술집 건물 뒤에 가려져서 보이지 않았다. 한데 연결된 두 개의 바리케이드는 진짜 각진 보루와 매우 흡사했다. 앙졸라와 쿠르페락은 프레쉐르 거리에서 중앙 시장으로 통해 있는 몽데투르 거리의 또 하나의 옆골목에는 바리케이드를 만들지 않는 편이 좋다고 판단했다. 아마도 될 수 있는 대로 외부와의 연락을 가져야겠다고 생각한 때문이고, 또 위험하고, 지나다니기 어려운 프레쉐르 뒷길로부터 공격당할 근심을 그다지 느끼지 않았기 때문이다.

폴라드(18세기의 군인, 병법가)라면 그의 전술상 용어로 톱니형 연락호라고 이름붙였음직한 그런 모양이 되어 있는 그 방치된 출구를 제외하고, 또 샹브르리 거리에 마련된 극히 좁은 틈바귀를 그대로 둔다면 바리케이드의 내부는 술집이 툭 불거져 나와 있으므로 사방이 모두 막힌 불규칙적인 네모꼴의 요새를 이루고 있었다. 큰 바리케이드 쪽의 장벽과 막다른 길에 있는 높은 집들과의 사이엔 스무 걸음 정도의 거리밖에 없어, 그 때문에 바리케이드는 사람이 살지만 위에서 아래까지 모조리 닫아걸은 그 집들을 뒷방패로 삼고 있다고 해도 좋을 법했다.

이상의 작업은 한 시간도 채 못되는 사이에 별지장 없이 진행되고, 이 얼마 되지 않는 극소수의 대담한 사람들은 그 동안에 국민군의 군모나 총검의 얼씬거림 없이 일을 끝낼 수 있었다. 폭동이 일어날 이 무렵에 아직 겁없이 쌩 드니 거리를 거니는 시민도 간혹 보였지만 모두 샹브르리 거리를 흘끗 보고 바리케이드가 눈에 띄자 황망히 달아나 버렸다.

두 개의 바리케이드가 완성되고 깃발이 꽂혀지자, 모두들 탁자를 하나 술집 밖으로 끌어 냈다. 그리고 쿠르페락의 탁자 위에 섰다. 앙졸라가 네모난 상자를 가져오자 쿠르페락은 그것을 열었다. 그 상자에는 탄환이 가득 들어 있었다. 탄약을 보자, 가장 용감한 사람들 사이에선 전율이 흐르고 한순간 조용해졌다. 쿠르페락은 웃음을 띠면서 그것을 나누어 주었다.

전원이 삼십 발씩의 탄환을 받았다. 화약을 가지고 있는 사람도 많았으므로 그들은 그것과 주조한 탄환을 사용해서 또 탄환을 만들기 시작했다. 화약통은 문 옆의 탁자 위에 갖다 보관해 두었다.

온 파리를 뛰어다니며 국민군의 집합을 알리는 목소리는 널리 계속됐지만 어느 틈엔지 단조로운 소리로밖엔 들리지 않게 되어 누구의 주의도 끌지 않게 되었다. 그 소리는 어떤 때는 멀고 어떤 때는 가깝게 기분 나쁜 파동을 전하고 있었다.

사람들은 일제히 서두르지 않고 위엄 있고 엄숙한 태도로 소총이나 기총에 총알을 장전했다. 앙졸라는 세 보초를 바리케이드 밖에 세웠다. 한 사람은 샹브르리 거리에, 또 한 사람은 프레쉐르 거리에, 한 사람은 프티트 트뤼앙드리 거리 모퉁이에.

바리케이드를 구축하고 부서를 정하고 소총을 장전하고 보초를 세우고, 이제는 아무도 지나가지 않는 이 무시무시한 거리에 머물면서 인기척도 없이 고요하기만 한 죽은 듯한 집들에 둘러싸이고, 차츰 다가드는 깊어져 가는 황혼의 그림자에 휩싸여서 무언가 다가오는 것이 느껴지는 어두움과 침묵, 무언지 모르게 비극적인 공포를 지닌 그 어두움과 침묵 속에서 고립되어 무장하고 각오를 굳히고 조용히 그들은 기다렸다.

6. 기다리면서

그렇게 기다리는 몇 시간, 그들은 무엇을 했겠는가?
이것은 역사의 일부이므로 말해 둘 필요가 있다.

남자들이 탄환을, 그리고 여자들이 붕대를 만들고, 탄알의 주형에 부울 녹인 주석과 납으로 가득 찬 큰 냄비가 거세게 타오르는 화롯불 위에서 그을리고 있는 동안, 보초가 무기를 들고 바리케이드 위에서 경계하고 있는 동안, 그리고 마음을 놓을 수 없는 앙졸라가 보초들을 돌아보고 있는 동안, 콩브페르와 쿠르페락, 장 프루베르, 페이, 보쉬에, 졸리, 바오렐, 그 밖의 몇 사람은 학생들끼리 여느 때처럼 서로 잡담의 꽃을 피워 가며 한군데 모여 있었다. 그리고 성채로 바뀐 술집 한구석, 자기들이 만든 각면보와 아주 가까운 곳에서 뇌관을 달고 탄환을 잰 기총을 의자 등받이에 기대 놓고, 이들 유쾌한 젊은이들은 마지막 순간이 임박해 있는데도 사라의 시구를 읊기 시작했다.

어떤 시일까? 그것은 이런 것이다.

그대 기억하는가, 즐거웠던 생활을.
우리들, 너도나도 젊은 시절에
몸치장 갖추고 서로 사랑하기를,
오직 그것만을 바라고 바라던 시절!

너와 나의 나이를 서로 합쳐 보아도 사십도 되지 않던
그 젊은 시절을,
조촐하고 조그마한 보금자리 안에는
겨울이라 할지라도 봄 같던 시절을!

아름다운 날들이여! 마뉘엘은 거만하고
파리는 거룩한 향연의 연속이며
프와는 열변을 토하고 그대 옷가슴에
숨겨졌던 핀으로 내 가슴은 찔렸네.

(마뉘엘은 왕정 복고 시대의 대의원. 프와는
나폴레옹 휘하 장군으로 나중에 자유주의파 대의원이 됨)

모두들 그대에게 넋을 잃고 있었네.
찾는 사람 하나 없는 변호사인 내가
프라도의 만찬에 함께 간 그대의 미모
장미꽃도 뒤돌아볼 아름나움이었네.

그 장미가 말하길「오오, 아름다운 소녀여!
향기로운 그대! 아름다운 머리칼은 물결치고!
케이프 밑에는 날개가 숨어 있으리,
귀여운 모자는 피기 시작한 꽃봉오리이리니!」

부드러운 그대 팔 끼고 함께 거닐면
사람들은 부러워했네. 매혹된 사랑의 신이
다정한 사월을 아름다운 오월과 결합시켜서
우리 같은 행복한 한 쌍을 낳았다고.

세상을 피해 흐뭇한 마음으로 문닫고 우리는 살았네.
사랑을, 달콤한 금단의 과실을 먹으며.
내 말하기도 전에
그대의 마음은 이미 화답하였네.

소르본느는 목가의 동산, 나는 거기서
아침 저녁 그대 바라보았네.
사랑하는 마음은 끌어당기네, 그처럼
사랑의 지도를 라탱 거리 속으로.

오오, 모베르 광장! 오오, 도핀느 광장!
봄의 싸늘한 오막살이 속에서

그대 고운 다리에 양말을 치킬 때
나는 보았네, 방안에 반짝이는 별을.

탐독한 플라톤도 내 마음엔 남지 않았네.
말르브랑슈나 라므네보다 더 잘
그대는 가르쳐 주었네, 하느님의 은혜를,
그대가 내게 준 한 송이의 꽃으로.
(말르브랑슈는 17세기 말의 유신론자.
라므네는 19세기 초의 신학자)

나 그대 따르고 그대 나를 믿었네.
오오, 그대 옷끈 매는 금빛 다락방!
아침 일찍 속옷 바람으로 왔다갔다하면서
젊은 이마 낡은 거울에 비춰보는 그대 모습!

아아, 어찌 잊으랴, 그 추억을
여명과 푸른 하늘, 리본과 꽃과,
엷은 비단과 므와레의 그 시절을,
사랑이, 즐거운 은어를 속삭이던 그날을.

우리들의 정원은 튤립의 화분.
그대는 속옷으로 창문을 가렸네.
질그릇은 내가 쓰고
그대에겐 사기 그릇 주었지.

그리고 또 둘이서 웃어 버린 큰 불행!
그대의 토시 불에 타고 그대의 털목도리 없어졌네
또 어느 날
저녁거리를 위해 팔아 버린 소중한 초상화!

나는 구걸하고 그대 은혜 베풀었네.
나는 입맞추었네, 그대의 싱싱한 팔에.
이절판의 단테 책을 식탁삼아
우리는 홍겹게 먹었네, 수북이 쌓인 밤을.

즐거웠던 나의 오두막집, 처음으로 그대의
불 같은 입술을 빼앗았던 그때,
머리를 흩뜨린 채 그대 새빨개져서 뛰어나가고
나 홀로 창백하게 신께 기도했던 그때!

그대 기억하는가, 무수한 우리의 행복,
누더기로 변해 버린 저 비단을!
아아! 숱한 한숨 어둠에 찬 우리 가슴에서
이젠 사라졌겠지, 하늘 깊숙이!

시간, 장소, 회상되는 청춘의 추억, 하나씩 둘씩 반짝이기 시작한 별들의 모습,
적막한 거리의 불안한 고요, 바야흐로 일어나려고 하는 냉혹한 사건의 절박감,
그것들은 앞에서도 말한 것처럼 서정 시인 장 프루베르가 어둠 속에서 나지막하게
읊조리는 이 시에 어떤 감동적인 매력을 곁들이고 있었다.

어느덧 작은 바리케이드에는 간데라 불이 켜지고 큰 바리케이드에는 사육제
마지막 날, 가면을 싣고 쿠르티유로 가는 마차 앞에 달려 있는 것 같은 밀초칠을
한 횃불이 하나 켜졌다. 그 횃불은 이미 말한 바와 같이 쌩 탕트완느에서 가져온
것이다.

횃불은 포석으로 삼 면을 가려서 바람을 막을 일종의 우리 속에 놓여져 불빛이
그대로 깃발에 비추어지도록 마련되어 있었다. 거리도 바리케이드도 어둠 속에
잠겨 있어서 마치 거대한 암등의 강렬한 빛을 받고 있는 듯한 붉은 깃발 외에는
아무것도 보이지 않았다.

그 빛은 진한 붉은 빛의 깃발에 어떠한 두려움을 더하는 듯한 주홍색을 띠고
있었다.

7. 비예트 거리에서 참가한 사나이

　날은 이미 완전히 저물었지만 아무 일도 일어나지 않았다. 다만 분명치 않은 소요가 들리고 이따금 총소리가 일어났지만 그것도 드문드문 간간이, 어렴풋이 들렸다. 이토록 시간이 길어지는 것은 정부가 그 틈을 타 병력을 모으는 증거였다. 여기에 모인 쉰 명의 사람들은 육만 명의 적을 기다리고 있는 것이었다.

　앙졸라는 자신이 무서운 사건이 일어나기 직전에 굳센 영혼을 지닌 사람을 괴롭히는 저 초조감에 사로잡혀 있는 것을 느꼈다. 그는 가브로슈를 만나러 갔다. 가브로슈는 아래층 홀에서, 식탁 위에 화약이 널려 있기 때문에 조심스럽게 계산대 위에 놓여진 두 개의 촛불의 희미한 불빛 아래서 탄환을 만들고 있었다. 그 두 개의 촛불 빛은 외부에는 전혀 새어나가지 않았다. 또 폭도들은 위층에서 절대로 불을 켜지 않도록 주의하고 있었다.

　가브로슈는 이때 매우 골몰하고 있었다. 그러나 분명히 탄환에 몰두한 것은 아니었다. 비예트 거리에서 대열에 참가한 사나이가 아래층 홀로 들어오더니 가장 불빛이 비치지 않는 식탁에 가서 앉았던 것이다. 그는 어느 틈엔가 대형의 보병총을 입수하여 그것을 두 다리 사이에 끼고 있었다. 가브로슈는 그때까지 가지가지의 『재미있는』 일에 정신이 팔려 있어서 그 사나이에게 주의하지 않았었다.

　그가 들어왔을 때, 가브로슈는 그 총에 감탄하여 무의식적으로 눈길을 주었다가 그가 앉자 갑자가 일어섰다. 만약 그때까지 그 사나이를 눈여겨본 사람들이 있었다면, 그가 바리케이드며 폭도들의 여러 가지 일들을 이상할 만큼 주의해서 샅샅이 관찰하고 있다는 것을 알아 냈을 것이다. 그러나 홀에 들어와서부터는 그 사나이는 무언가 깊은 생각에 잠겨 주위에서 벌어지고 있는 일들을 어느 것도 보고 있지 않는 것 같았다. 가브로슈는 생각에 잠겨 있는 사나이에게로 가까이 가서 곁에서 잠든 사람을 깨우지나 않을까 조심해서 걸을 때처럼, 발뒤꿈치를 들고 그 주위를 돌기 시작했다. 그와 동시에 뻔뻔스럽고도 진지한, 경박하면서도 생각이 깊은, 명랑하면서도 침울한, 그의 어린아이 같은 얼굴 위에 이러한 의미의 갖가지 찡그린 얼굴이 떠올랐다――설마 ! ――그럴 리가 있나 ! ――잘못 본 거 겠지 ! ――꿈이야 ! ――어쩌면 ?……아니, 그렇지 않다 ! ――역시 그렇다 ! ―― 아니, 그렇지 않아 ! 등등. 가브로슈는 발뒤꿈치로 몸의 균형을 잡고 두 주먹을 호주머니 안에서 움켜쥐고 작은 새처럼 고개를 끄덕이며 아랫입술을 쑥 내밀고 자못 영리한 표정을 지었다. 그는 어리둥절하며 망설이고 반신반의하고, 현기증이 났다. 그 표정은 노예 시장에서 뚱뚱한 여자들 속에서 한 사람의 비너스를 발견한 내시 같았고, 또 서투르기 짝이 없는 그림 가운데서 라파엘이 그린 한 장의 그림을 발견한 미술 애호가와도 같았다. 내부의 냄새를 맡는 그의 본능도 계책을 세우는 지능도 모두 활동하고 있었다. 분명히 어떤 사건이 가브로슈에게 일어난 것이다.

앙졸라가 그에게 다가간 것은 그가 그처럼 한참 몰두해 있는 때였다.

「자네는 조그마하니까」 하고 앙졸라가 말했다. 「눈에 잘 뜨이지 않을 걸세. 바리케이드에서 나가 집 그늘을 따라 살그머니 한 바퀴 돌고 잠깐 저쪽 거리의 동정이 어떤지 내게 알려 주게나.」

가브로슈는 허리를 폈다.

「꼬마도 무언가에 써먹을 데가 있군그래! 좋아! 갔다오지. 어쨌든 꼬마는 믿어도 좋지만 어른은 조심하는 게 좋아…….」

그리고 가브로슈는 고개를 들고 낮은 목소리로 비예트 거리에서 참가한 사나이를 가리키면서 덧붙였다.

「저기 어른이 있잖아?」

「그래서?」

「저건 개야.」

「정말인가?」

「두 주일쯤 전에 내가 르와이얄 다리에서 바람을 쐬고 있자니까 저 작자가 난간에서 나를 끌어 내리잖겠어. 귀를 잡고 말야.」

앙졸라는 얼른 소년의 곁을 떠나서 가까이에 있던 술통 나르는 인부에게 두서너 마디 수군거렸다. 그 노동자는 홀을 나가더니 세 동료를 데리고 돌아왔다. 모두 어깨가 떡 벌어진 네 짐꾼들은 비예트 거리의 사나이가 팔을 괴고 생각에 잠겨 있는 식탁 뒤로 가서 상대가 알지 못하도록 살그머니 늘어섰다. 그들은 당장에라도 사나이에게 덤벼들 자세를 취했다.

그때 앙졸라가 사나이에게 다가가서 물었다.

「당신은 누구요?」

이 갑작스런 질문에 사나이는 꿈틀했다. 그는 앙졸라의 순진한 눈동자를 깊숙한 바닥까지 들여다보고, 그 생각을 알아 낸 듯했다. 그는 말할 수 없이 건방지고 힘세고 다부진 미소를 띠었다. 그리고 위압적인 목소리로 대답했다.

「자네가 묻는 뜻을 알겠네……. 자네가 생각한 그대롤세!」

「당신은 밀정이지?」

「그 계통의 사람이지.」

「이름은?」

「자베르.」

앙졸라는 네 사나이들에게 눈짓을 했다. 눈 깜짝할 사이에, 돌아다볼 겨를도 없이 자베르는 목덜미를 잡혀서 넘어뜨려지고 꽁꽁 묶여서 몸 수색을 당했다.

두 장의 유리 사이에 붙은 한 장의 조그맣고 둥근 카드가 그의 품안에서 발견되었다. 그 한편에는 프랑스의 문장과 『감시와 경계』라는 문구가 박혀 있고, 또 한편에는 『자베르 경위 오십이 세』라고 씌어 있고, 당시의 시경 국장 지스케 씨의 서명이 있었다.

그밖에 그는 시계와 금화가 대 여섯 닢 든 지갑을 가지고 있었다. 지갑과 시계는 그에게 돌려주었다. 시계가 나온 안주머니 속을 더 뒤지자 봉투에 넣은 한 장의 종이가 발견되었다. 앙졸라는 그것을 펴서 시경 국장의 자필로 되어 있는 다음과 같은 몇 줄의 글을 읽었다.

『자베르 경위는 정치상의 임무를 수행한 다음에는 곧 특별 감시에 임하여 세느 강 오른쪽 제방 위 이예나 다리 부근에서 폭도들이 불온한 움직임을 보이고 있다는 정보가 사실인가의 여부를 확인하라.』

몸 수색이 끝나자 사람들은 자베르를 일으켜 세우고 양팔을 등 뒤로 돌려 맨 아래층 홀 중앙, 일찍이 술집 이름의 기원이 된 그 유명한 기둥에 붙들어 맸다.

가브로슈는 줄곧 그 자리에 있으면서 말없이 모든 일에 고개를 끄덕거리고 있다가 자베르에게 다가가서 말했다.

「생쥐가 고양이를 잡은 거야.」

이 모든 일은 매우 신속하게 진행되었기 때문에 술집 주위에 있는 사람들이 알게 되었을 때에는 이미 사건은 끝나 있었다. 자베르는 한 번도 고함을 치거나 하지 않았다.

자베르가 기둥에 매어진 것을 보고 쿠르페락, 보쉬에, 졸리, 콩브페르, 그밖에 두 바리케이드에 흩어져 있던 사람들이 그 자리로 달려왔다.

자베르는 기둥에 등이 꼼짝할 수 없을 정도로 노끈으로 감겨 있으면서도 일생한 번도 거짓말을 한 적이 없는 사람답게 용감하고 태연하게 머리를 젖히고 있었다.

「이놈은 밀정이야」 하고 앙졸라는 말했다.

그리고 자베르 쪽으로 돌아서면서,

「바리케이드가 점령되기 이 분 전에 너를 총살한다.」

자베르는 타고난 극히 건방진 어조로 대꾸했다.

「왜 당장 그렇게 하지 않는 거냐?」

「화약을 절약하기 위해서야.」

「그렇다면 칼로 해치우지!」

「이봐 밀정」 하고 잘 생긴 앙졸라는 말했다.「우리는 심판자지 도살자는 아냐.」

그리고 나서 그는 가브로슈에게 말했다.

「이봐! 넌 일하러 가! 내가 말한 대로 해.」

「응, 갈께」 하고 가브로슈는 외쳤다.

그리고 뛰어나가려다가 갑자기 멈춰서면서,「그런데 저 작자의 총은 내게 주세요!」 그리고 이렇게 덧붙였다.「악사는 당신에게 맡기겠지만 클라리넷은 내가 갖고 싶어.」

부랑아는 군대식 경례를 하고 우쭐거리면서 큰 바리케이드 틈바귀로 나갔다.

8. 카빅이라 자칭하는 사나이에 관한 여러 가지 의문

작자가 계획한 비극적인 묘사를 완전한 것으로 하고, 노력에 경련이 뒤섞인 사회의 분만과 혁명의 출산과의 위대한 시간을 정확하고 진실되게 부조해서 독자들에게 보이기 위해서는, 가브로슈가 출발한 직후 발생한 서사시적인 처참 장렬한 어떤 사건을 기록해 놓은 초안을 빼놓을 수는 없을 것이다.

잘 아다시피 군중들은 눈사람과 흡사한 것이어서 구르는 데 따라서 갖은 사람들이 몰려든다. 그들은 서로 어디서 왔느냐고 묻지도 않는다. 앙졸라와 콩브페르와 쿠르페락이 이끄는 집단에도 지나가던 사람들이 참가했는데 그 가운데 한 사람, 어깨가 닳아 떨어진 짐꾼의 윗도리를 입고 무턱대고 몸짓을 하면서 고함을 지르고 있는 얼핏 보기에 주정꾼처럼 보이는 거친 사나이가 섞여 있었다. 그 사나이는 진짜 이름인지 별명인지 아무튼 르 카빅이라고 불리었는데, 그를 안다는 사람들도 사실은 전혀 그에 대해 몰랐고 곤드레만드레로 취해서 또는 취한 체하고, 여러 명의 사람들과 함께 술집 밖으로 끌어낸 탁자를 에워싸고 앉았다. 그 르 카빅은 마주 앉은 사람들에게 술을 따라주면서 골똘한 생각에 잠긴 듯한 모습이었다. 그는 바리케이드 안쪽에 있는 커다란 집을 유심히 바라보는 듯했다. 그 집은 육층 건물로 쌩 드니 거리를 향하여 거리 전체를 내려다보고 있었다. 그는 갑자기 외쳤다.

「여러분! 저 집에서 총을 쏘면 어떻겠소? 저 집 창문 안에 진을 치면 어느 놈도 감히 쳐들어오지 못할 걸!」

「그렇군, 그러나 집은 닫혀 있는 걸」하고 술을 마시던 사람 중의 하나가 말했다.

「문을 두드리세!」

「안 열어 줄 거야.」

「그럼 문을 부수지!」

르 카빅은 몹시 큰 고리쇠가 달려 있는 문 옆으로 달려가서 두드렸다. 문은 열리지 않았다. 그는 다시 한 번 두드렸다. 아무런 대꾸도 없다. 세 번째 두드렸다. 역시 조용하기만 하다.

「누구 없소?」하고 르 카빅이 고함을 쳤다.

아무런 기척도 없다.

그러자 그는 총을 잡고 개머리판으로 문을 두드리기 시작했다. 그것은 둥근 아치형의 낮고 좁은 그리고 단단한 떡갈나무로 만든 낡은 통용문인데, 안쪽에는 철판과 철끈으로 단단히 되어 있어서 마치 감옥문과 흡사했다. 개머리판으로 두드려 대는 바람에 집은 울렸으나 문은 끄떡도 하지 않았다.

그러나 집 안에 있던 사람들은 몹시 동요했던 모양이었다. 마침내 사층의 조그마한 네모진 채광창에 불빛이 보이더니 그 창문이 열리고 촛불 하나와 머리가 희끗희끗한 노인의 조용하고도 겁에 질린 얼굴이 나타났다. 문지기였다.

문을 두드리던 사나이는 손을 멈추었다.

「당신네들」하고 문기지는 물었다. 「무슨 일인가요?」

「문 여시오!」하고 르 카빅이 말했다.

「열 수 없어요.」

「아무튼 여시오!」

「안 됩니다!」

르 카빅은 총을 고쳐 잡고 문지기를 겨누었으나, 르 카빅은 아래에 있었고, 더욱이 매우 어두워서 그에게는 문지기가 보이지 않았다.

「열겠어, 못 열겠어 ?」

「못 열겠소 !」

「못 열겠다구 ?」

「못 엽니다. 당신……」

문지기가 끝까지 말할 겨를도 없었다. 총은 발사되었다. 총알은 턱 밑으로 해서 목의 정맥을 뚫고 목덜미로 빠졌다. 노인은 소리도 지르지 못하고 쓰러졌다. 촛불은 떨어져서 꺼지고 채광창 가장자리에 걸린 채 움직이지 않는 머리와 지붕 쪽으로 흘러가는 희끄무레한 연기 외에는 아무것도 보이지 않았다.

「그것 보라 !」하고 르 카빅은 총의 개머리판을 땅바닥에 내려 놓으면서 말했다.

채 이 한 마디를 하기도 전에 그는 누군가의 손이 독수리의 발톱처럼 어깨에 꽉 파고드는 것을 느끼고, 자기에게 이렇게 말하는 소리를 들었다.

「꿇어앉아.」

살인자는 돌아다보고 눈앞에 앙졸라의 희고 차가운 얼굴을 보았다. 앙졸라는 권총을 손에 들고 있었다.

총소리를 듣고 그는 달려왔던 것이다. 그는 왼손으로 카빅의 멱살과 작업복 셔츠와 바지 멜빵을 움켜쥐고 있었다.

「꿇어앉아」하고 그는 거듭 말했다.

그리고 이십 세의 연약한 이 청년은 위엄에 찬 동작으로 몸집 큰 늠름한 부둣가 노동자를 한 줄기 갈대처럼 잡아 꺾어 진창 속에 무릎 꿇게 했다. 르 카빅은 대들려고 했으나 무언가 초인간적인 것의 손에 눌린 것 같았다.

창백한 안색에 목을 드러내 놓고 머리칼이 흐트러진 앙졸라는 여자 같은 얼굴에 어딘지 고대의 테미스(정의의 여신)를 생각하게 하는 위엄을 띠고 있었다. 그 부풀어오른 콧구멍과 내리뜬 눈은 엄격한 그리스적인 옆얼굴에, 옛날 사람들의 사고 방식으로 말한다면, 정의에 알맞는 노여운 표정과 순결의 표정을 곁들이고 있었다.

바리케이드 안의 모든 사람들이 달려왔으나, 이제부터 행하여지는 일에 한 마디도 참견할 수 없음을 느끼고 모두 약간 떨어진 곳에 삥 둘러섰다.

르 카빅은 짓눌린 채 버둥거리려고도 하지 않고 온 몸을 떨고 있었다. 앙졸라는 그에게서 손을 떼고 시계를 꺼냈다.

「조용히 반성해라」하고 그는 말했다.「기도를 드려라, 그렇지 않으면 생각을 해라. 앞으로 일 분 동안.」

「용서해 주십시오!」살인자는 중얼거렸다. 그리고 고개를 떨어뜨리고 무언가 분명치 않은 주문을 중얼중얼 외었다.

앙졸라는 시계에서 눈을 떼지 않았다. 일 분이 지나자 시계를 안주머니에 넣었다. 그리고 나서 그는 울부짖으면서 무릎 사이에 몸을 웅크리고 있는 르 카빅의 머리카락을 움켜쥐고 그 귀에 권총을 들이댔다. 더할 나위 없이 무서운 모험에 태연하게 뛰어든 많은 대담한 사람들도 놀라서 숨을 멈추고 눈을 돌렸다.

발사하는 소리가 들리고 살인자는 돌바닥 위에 쓰러졌다. 앙졸라는 몸을 일으키고 확신에 찬 엄격한 눈길로 주위를 둘러보았다.

그리고는 그는 시체를 발로 밀어내며 말했다.

「이걸 바깥으로 내던져라.」

숨이 끊어지는 생명의 마지막 기계적인 경련으로 꿈틀거리는 처참한 사나이의 몸뚱이를 세 남자가 들어올려, 작은 바리케이드 너머 몽데투르의 뒷골목에 던졌다.

앙졸라는 골똘히 생각에 잠겨 서 있었다. 무언가 숭고한 어둠이 그 무서운 해맑은 얼굴 위에 천천히 퍼져갔다. 문득 그는 소리를 질렀다. 모두들 조용했다.

「여러분. 그 사나이가 한 짓은 무서운 짓이오, 내가 한 짓은 심하오. 그는 사람을 죽였소, 그렇기 때문에 나는 그를 죽였소. 나는 그렇게 하지 않을 수가 없었소. 반란에 무엇보다도 규율이 필요했기 때문이오. 반란에 있어서 살인이란, 다른 어떤 경우보다도 더욱 큰 죄악이오. 우리는 혁명에 감시받고 있소. 우리는 공화 제도의 신부의 직분인 것이오. 우리는 의무를 위하여 바쳐진 성스러운 희생물이오. 우리의 투쟁에 한 점이라도 오점이 있어서는 안 되오. 그래 나는 그 사나이를 심판하고 사형에 처했소. 싫었지만 여기의 나는 여러분들이 보았듯이 그렇게 했소. 그러나 동시에 나 자신도 심판했소. 내가 나 자신에게 어떤 형벌을 내렸는가는 이제 곧 알게 될 것이오.」

귀를 기울이고 있던 사람들은 몹시 가슴을 찔린 듯했다.

「우리도 자네와 운명을 같이하겠네」하고 콩브페르가 외쳤다.

「좋아」하고 앙졸라는 말했다.「한 마디 더 하겠소. 그 사나이를 처형했을 때, 나는 필연성에 복종한 것이오. 그러나 필연성이란 낡은 세대의 괴물이오, 필연성은

『숙명』이라고 불리오. 그런데 진보의 법칙은 괴물이 천사 앞에서 꺼져 없어지는 일이며,『숙명』이 우애 앞에 몸을 감추는 일이오. 지금은 사랑이라는 말을 하기에는 적당치 못한 때이지만 상관 없소. 나는 사랑을 찬미하고 사랑을 소리 높여 부르오. 사랑이여, 그대가 미래를 짊어지고 있는 것이다. 죽음이여, 나는 그대를 이용하지만 그러나 그대를 증오한다. 여러분, 미래에는 어둠도 불의의 습격도 광포한 무지도 피비린내 나는 복수도 없을 것이오. 사탄이 없어짐과 동시에 미카엘(천사의 하나로 신의 용사)도 없어질 것이오. 미래에는 사람이 사람을 죽이는 일이 없을 것이고, 지상은 빛나고 인류는 사랑을 알게 될 것이오. 여러분, 모든 것이 화합이요, 조화요, 빛이고, 기쁨이며, 생명일 그런 날이 올 것이오. 그날은 틀림없이 오는 것이오. 그리고 우리가 지금 죽어 가는 것은, 그날을 오게 하기 위해서인 것이오.」

앙졸라는 말을 그쳤다. 그 소녀와도 같은 입술은 다시금 꽉 다물어졌다. 그리고 그의 손으로 피를 흘린 그 자리에 대리석 같은 부동 자세로 한동안 서 있었다. 그의 응시하는 눈초리에 압도되어서 주위에 둘러선 사람들은 소리를 죽였다.

장 프루베르와 콩브페르는 말없이 손을 서로 움켜쥐고 바리케이드 구석에서 서로 몸을 바싹 대고 사형 집행인인 동시에 신부이며, 수정 같은 빛인 동시에 바위이기도 한 그 엄숙한 청년을 동정어린 찬탄의 마음으로 지켜보고 있었다.

잊기 전에 말해 두겠는데, 전투가 끝나고 몇 사람의 시체가 검시장에 운반되어 소지품 검사를 받았을 때, 그 카빅의 몸에서 경찰관의 신분 증명서가 발견되었다. 이 책의 작자는 이에 대해서 1823년 당시의 시경국장에게 제출된 특별 보고문을 1848년에 입수했던 것이다.

한 가지 더 덧붙이면 기묘하기는 하나 근거 있는, 경찰이 전하는 바를 믿는다면, 르 카빅은 클라크수였다. 사실 르 카빅이 죽은 뒤로는 클라크수는 두 번 다시 사람들의 입에 오르지 않고, 클라크수는 그 실종에서도 어떤 흔적도 남기지 않았다. 마치 보이지 않는 세계로 녹아 들어가 버린 것 같았다. 그의 일생은 어둠이었고, 그의 최후도 암야였다.

모든 폭도들이 앙졸라에 의해서 그토록 재빠르게 심판되고 종결지어진 비극적인 재판의 감동에 아직 잠겨 있었을 때, 쿠르페락은 바리케이드 속에서, 아침에 그의 집으로 마리우스를 찾아왔던 몸집 작은 청년의 모습을 다시금 발견했다.

얼핏 보아 대담하고 매우 태연한 태도를 하고 있는 그 젊은이는 밤이 되자 다시 찾아와서 폭도에 가담하고 있었던 것이다.

제 13 장 마리우스 어둠 속으로 들어가다

1. 플뤼메 거리에서 쌩 드니 구역으로

저녁 어둠 속에서 샹브르리 거리의 바리케이드로 가도록 부른 그 목소리는 마리우스에게는 그것이 바로 운명의 소리라고 느껴졌다. 그가 죽음을 바라는 이때에 그 기회가 찾아온 것이다. 무덤의 문을 두드리고 있는 그에게 어둠 속의 손이 그 열쇠를 찾아낸 것이다. 절망을 앞에 놓은 어둠 속에 열린 그 불길한 입구는 유혹에 찬 것이다. 마리우스는 그토록 몇번이나 자신을 지나가게 한 철책문을 밀어내고 정원에서 나왔다. 그리고 말했다.「가자 ! 」

고통으로 마음이 미칠 듯하고, 머릿속에 아무런 확고부동한 것도 느낄 수 없고 청춘과 사랑의 도취 속에서 지낸 그 두 달이 지나 버린 뒤, 이제는 운명의 어떠한 유혹도 받아들일 힘이 없고 절망이 그려내는 여러 가지 몽상에 한꺼번에 짓눌린 그는 이제 단 하나의 소망밖에 없었다. 즉 결말을 서두르는 것이다. 그는 재빠르게 걷기 시작했다. 마침 자베르에게서 받은 권총을 지니고 있는지라 무기도 갖춘 셈이었다.

얼핏 보였던 것 같은 그 청년의 모습은 이미 거리 속에 섞여 들어가고 말았다.

큰 거리에서 플뤼메 거리로 나온 마리우스는 에스플라나드(폐병관 건물 앞의 대광장)를 가로질러 앵발리드 다리를 건너고, 다시 샹젤리제와 루이 14세 광장 (현재의 콩 코르드 광장)을 지나서 리볼리 거리로 들어갔다. 그곳의 상점들은 아직 열려 있어서, 아케이드 밑에는 가스등이 켜지고 상점에서 물건을 사는 여자들과 카페 레테에서 시원한 것을 마시는 사람과 영국 과자점에서 조그마한 케익을 먹는 사람들의 모습도 볼 수 있었다. 다만 여러 대의 역마차가 호텔 데 프랭스와 호텔 뫼리스에서 뛰는 걸음으로 출발하는 것이 눈에 띄었다.

마리우스는 드로르 골목에서 쌩 토노레 거리로 들어섰다. 그 근처의 상점은 이미 닫혀 있었지만 상인들은 아직 채 닫히지 않은 문앞에서 잡담을 주고받고, 거리엔 행인들이 지나가고, 가로등엔 불이 켜지고 이층 이상의 어느 창문에도 여느 때와 마찬가지로 불빛이 보이고 있었다. 팔레 르와이알 광장에는 기병이 있었다.

마리우스는 쌩 토노레 거리를 걸어갔다. 팔레 르와이얄에서 멀어짐에 따라 불빛이 보이는 창문은 점점 적어졌다. 상점들은 문을 단단히 닫고 문앞에 나와서 이야기하는 사람도 없고, 거리는 어두워지고 동시에 군중들은 점점 불어났다. 왜냐하면 통행인들은 이제 하나의 집단이 되어 있었기 때문이다. 그 군중들 속에서 아무도 이야기하는 사람이 없었으나, 어떤 둔하고 깊은 소요가 들리고 있었다.

아르브르 세크의 분수 근처에는 여기저기에 『집단』이 형성되어 있었다. 그것은 움직이지 않는 음침한 무리와 같은 것이어서 마치 지나가는 사람들 사이로 흘러가는 물 속의 돌의 집단처럼 보였다.

프루베르 거리 입구에 오자 군중은 더 앞으로 나가지 않았다. 끈질기고 육중하고 단단하게 밀집된, 거의 꿰뚫고 들어 갈 수 없는, 무리 지은 사람들의 혼잡이 나지막한 소리로 말을 주고받고 있었다. 거기에는 이미 검은 옷이나 둥근 모자는 거의 찾아볼 수 없었다. 윗도리, 작업복, 차양 달린 모자, 더벅머리의 꾀죄죄한 얼굴. 그런 군집이 밤 안개 속에 너저분하게 물결치고 있었다. 그 속삭임은 목쉰 듯한 전율을 느끼게 하는 음조를 띠고 있었다. 아무도 걷고 있지 않는데 진창 속을 밟는 소리가 들리고 있었다. 이 빽빽한 군중들 저쪽, 룰르 거리에도 프루베르 거리에도 쌩 토노레 거리 끝에도 촛불이 켜져 있는 창문이라곤 하나도 없었다. 그 거리에는 가로등의 열이 저쪽 깊숙이까지 쓸쓸하게 드문드문 이어져 있었다. 당시의 가로등은 커다란 붉은 별을 줄에 매단 것 같았으며 그것이 커다란 거미 같은 모양의 그림자를 돌이 깔린 길바닥 위에 늘어뜨리고 있었다. 그 거리에는 사람들이 전혀 없는 것은 아니었다. 차총이 보이고 움직이는 총검이며 노영하는 군대가 보였다. 그러나 호기심에 끌려서 그 한계선으로 나가는 사람은 없었다. 그곳에서 교통은 끊겨 있었다. 그곳에서 군중은 끝나고 또 군대가 시작되고 있었다.

마리우스는 이미 아무런 목적도 없는 인간의 의지로 걸어나가고 있었다. 누가 부른 것이다, 그러니까 가야만 한다. 그는 애써서 군중을 헤치고 군대의 노영지를 넘어 척후대를 피하고 보초의 눈을 피했다. 길을 돌아서 베티지 거리에 이르자 다시 시장 쪽을 향했다. 부르도네 모퉁이로 나오자 이미 가로등은 켜 있지 않았다.

군중들이 모여 있는 지대를 돌파한 그는 군대의 영역도 넘을 수가 있었다. 그리고 지금은 무서운 장소에 들어가 있었다. 지나가는 행인도 없고 병사도 없고 불빛도 없고 아무도 없다. 고독, 침묵, 밤, 그리고 으스스한 냉기. 하나의 거리로 들어갈 때마다 지하실에 들어가는 듯한 기분이었다.

그는 계속 전진했다.

몇 걸음 나아갔다. 누가 그의 곁을 뛰어갔다. 남자인지 여자인지 많은 사람들이었는지 그는 알 수 없었다. 그것은 순식간에 지나갔고 곧 사라져 버리고 말았던 것이다.

길을 돌아가기를 거듭한 끝에 그는 어떤 뒷골목으로 들어갔다. 포트리 거리인가 싶었다. 그 뒷골목 중간쯤에서 하나의 장애물에 부딪쳤다. 그는 팔을 뻗쳐 보았다. 짐마차가 하나 뒤엎어져 있었다. 발밑에는 물이 괸 웅덩이며 진창구덩이에 흩어지기도 하고 쌓이기도 한 포석들이 있음을 알 수 있었다. 그곳은 만들다 만 채로 버려진 바리케이드였다. 그는 포석이 잔뜩 쌓인 곳을 타고 넘어 통행이 막혀 있는 저편 쪽으로 나갔다. 그리고는 푯돌에 되도록 바싹 붙어 집집의 벽을 따라 걸었다. 바리케이드의 조금 앞에까지 가자 무언가 허연 것이 얼핏 보인 듯싶었다. 가까이 다가감에 따라 그 형태는 뚜렷해졌다. 두 마리의 흰 말이었다. 오전에 보쉬에가 승합 마차에서 풀어 놓은 말인데 하루 종일 이 거리 저 거리를 무턱대고 돌아다닌 끝에 드디어 이곳에서 걸음을 멈추고 인간이 자연의 섭리를 이해하지 못하듯 인간의 행위를 이해하지 못하는 이 짐승은 지칠 대로 지쳤으면서도 참을성 있게 기다리고 있었던 것이다.

마리우스는 두 필의 말을 뒤로 하고 걸었다. 콩트라 쏘시알 거리라고 생각되는 거리에 닿았을 때 한 발의 총탄이 어디선가에서 발사돼 난데없이 어둠을 뚫고 그의 귀밑을 쌩 하며 스쳐가 바로 머리 위의 어떤 이발소 앞에 매달려 있는 구리쇠로 만든 면도 접시를 꿰뚫었다. 1846년까지만 해도 콩트라 쏘씨알 거리의 시장에 늘어서 있는 기둥 한편 구석에서 그 구멍 뚫린 면도 접시를 볼 수가 있었다.

그 총탄의 발사는 아직 근처에 사람이 있다는 증거였다. 그러나 그때부터 그는 아무도 만나지 않았다.

그가 걸어가는 길은 마치 어두운 계단을 내려가는 것과 흡사했다.
마리우스는 여전히 전진했다.

2. 올빼미가 내려다본 파리

그때에 파리의 상공을 박쥐나 올빼미의 날개에 올라타고 날아본 이가 있었다면 그의 눈 아래에 음울한 광경이 펼쳐져 있는 것을 볼 수 있었을 것이다.

그 낡은 시장 일대는 시내에서 또 하나의 도시를 이룬 곳으로 쌩 드니 거리와 생 마르탱 거리가 관통하고 있고 시가지의 주요 거리가 얼기설기 얽혀 있어서, 폭도들은 그것을 각면보와 요새로 삼고 있었다. 그 일대를 하늘에서 내려다보면 파리 한복판에 패인 거대한 검은 구멍 같았을 것이다. 그곳을 들여다보면 마치 심연 속을 보는 듯했다. 가로등은 파괴되었고 창문은 모조리 닫혀 있기 때문에 빛도 생명력도 소음도 움직임도 완전히 멈춰져 있었다. 은밀히 조직된 폭도들의 경계가 도처를 감시하고 질서를, 즉 밤의 어둠을 유지하고 있었다. 소수의 동지를 광대한 어둠에 섞어 넣어 두는 것, 그 어둠이 남모르게 간직하고 있는 가능성의 원조를 받아서 전투원 하나하나를 몇 사람씩으로 보이게 하는 것, 그것이 반란에 있어서 빠뜨릴 수 없는 전술인 것이다. 해가 지자 촛불을 켜 놓은 창문엔 모두 총알이 날아들었다. 불은 꺼지고 때로는 주민들이 살해되었다. 이리하여 아무것도 움직이지 않게 되었다. 집집마다 오직 공포와 근심과 망연자실한 놀라움이 있을 뿐이고 거리에는 일종의 성스러운 전율만 흐를 뿐이었다. 창문과 집채들의 긴 행렬도 굴뚝과 지붕이 하늘에 그리는 울퉁불퉁한 기복도 진창과 비에 젖은 돌 위에 비치는 희미한 빛의 반사도 전혀 구별할 수 없었다. 그 깊은 어둠을 높은 곳에서 내려다본다면, 아마도 여기저기에 군데군데 간격을 두고 토막토막 끊어진 이상한 선이나 야릇한 건축물의 윤곽을 떠오르게 하는 무언가 어렴풋한 빛이 ——폐허 속을 왔다갔다하는 희미한 불빛과도 흡사한 무엇인가——보였을 것이다. 그곳에 바로 바리케이드가 있었던 것이다. 그밖에는 안개가 자욱이 긴 답답하고 음침한 어둠의 호수였고, 그 위에는 쌩 자크의 탑이나 쌩 메리 교회당이나 그밖에 인간이 거인으로 만들고 밤이 유령으로 만드는 두서넛의 광대한 대건축물이 움직이지 않는 불길한 그림자처럼 솟아 있었다.

쓸쓸하고 불안한 미궁을 에워싼 주위 일대의 파리 교통은 아직 여느 때와 같이 멈추어지지 않고 가로등도 드문드문 빛나고 있었지만 그곳을 공중에서 관찰하면 군도와 총검의 금속적인 번쩍임, 굴러가는 포차의 둔탁한 소리, 시시각각으로 늘어가는 무언의 군대의 집결 등이 역력히 보였을 것이다. 그것은 폭동의 주위를 천천히 죄어 가면서 간격을 좁혀 가는 무서운 띠였다.

포위된 지구는 이제 일종의 처참한 동굴에 지나지 않았다. 그곳에는 모든 것이 잠들어 있든가, 움직이지 않는 것처럼 보였다. 그리고 지금 본 것처럼 어느 거리나 모두 어둠으로 덮여 있었다.

그것은 잔인한, 함정투성이의 어둠, 숨겨진 무서운 기습에 찬 암흑이며, 침입하기도 머물러 있기도 무섭고 소름이 끼치는 그런 장소이며, 그곳에 들어가는 사람들은 기다리는 사람들 앞에서 떨고, 기다리는 사람들은 침입해 들어오는 사람들 앞에 몸서리쳤다. 눈에 띄지 않는 전투원이 거리의 구석구석마다 진을 치고 무덤 구멍 같은 함정이 밤의 짙은 어둠 속에 가려져 있었다. 모든 것은 끝나 있었다. 이제는 총화외에는 빛을 기다릴 것이 없고 눈 깜짝할 사이에 느닷없이 나타날 죽음 외에는 아무것도 만날 것이 없었다. 어디서 죽음을 만날 것인가? 어떻게 해서? 언제? 아무도 모른다. 그러나 그것은 확실하고도 피할 수 없는 일이었다. 그곳에, 전투를 벌이도록 이미 정해진 그 장소에, 정부와 반란군이, 국민군과 민중 결사가, 부르조아지와 폭도가 서로 손으로 더듬어 가면서 접근하고 있는 것이었다. 어느 쪽이고 피할 수 없는 운명은 똑같았다. 죽어서 그곳을 나 갈는지 이기고 그곳을 나갈는지, 그것만이 지금 남겨진 유일한 출구였다. 너무도 험악한 정세와 너무도 강하고 엄청난 어둠 속이라 겁많은 사람일지라도 굳은 각오를 하게 되고 또 아무리 대담한 사람일지라도 공포를 느낄 정도였다.

뿐만 아니라 어느 쪽에도 서로 똑같은 분노와 고집과 결의가 있었다. 한편에게는 전진은 곧 죽음이었으나 아무도 물러서려고 하지 않았다. 다른 편에게는 머물러 있음은 곧 죽음이었으나 아무도 달아나려고도 하지 않았다.

내일은 필연적으로 결판이 나고, 승리는 둘 중의 어느 편이든 차지하게 되고, 반란이 혁명이 되느냐 폭동으로 끝나고 마느냐가 정해질 것이다. 정부도 폭도측도 똑같이 그런 것을 알고 있었고, 한낱 보잘 것 없는 시민까지도 그것을 느끼고 있었다. 그렇기 때문에 바야흐로 모든 것이 결정되려는 그 구역의 깊이를 알 수 없는 어둠에는, 고민과도 흡사한 심정이 감돌고 있었다. 때문에 큰 재해가 생기려고 하는 그 침묵의 주위에는 불안한 마음이 늘어 가고 있었다. 거기에는 다만 한 가지 소리밖에는 들리지 않았다. 그것은 죽음의 헐떡임처럼 비통한, 저주와도 같은 위협적인 소리, 쎙 메리의 경종이었다. 광란하고 절망하면서 어둠 속에서 탄식하고 있는 그 종소리의 외침만큼 듣는 사람을 소름끼치게 하는 것은 없었다.

흔히 있는 일이지만, 지금 인간이 행하려 하는 일에는 자연도 보조를 맞추고 있는 듯했다. 아무것도 그 양자의 불길한 조화를 흩뜨리지 않았다. 별들은 자취를 감추고 묵직한 구름은 음침하게 겹겹이 쌓여 땅 위에 뒤덮여 있었다. 그 죽음의 거리 위에 암흑의 하늘이 있고, 그 광대한 무덤 위에는 흡사 끝없는 수의 자락을 펼친 듯했다.

아직 충분히 정치적인 면을 벗어나지 못한 전투가 이미 허다한 혁명적 사건을 보아 온 이 지역에서 준비되어 갈 때, 청년층과 비밀 결사와 학교가 주의(主義)의 이름 아래, 중류 계급은 이해(利害)라는 이름 아래 서로 충돌하고 달려들어 싸우고 격투하기 위하여 접근하고 있을 때, 또 각자가 위기의 마지막 결정적 순간을 재촉하고 그것을 맞으려 할 때, 이 숙명적인 구역 밖 멀리에서는, 행복하고 번화한 파리의 광휘 아래 숨어 있는 비참한 낡은 파리의 깊이를 헤아릴 수 없이 텅빈 공동의 밑바닥에서는 민중의 음산한 목소리가 은은히 신음하고 있는 것이 들렸다.

그것은 야수들의 포효와 신의 언어로 된 무섭고도 신성한 목소리, 약자를 떨게 하고 현명한 자에게 경고하는 소리, 사자의 울음 소리처럼 지상에는 오는 것과 동시에 천둥 소리처럼 천상에서 오는 소리였다.

3. 막다른 곳

마리우스는 시장까지 와 있었다.

그곳은 부근의 거리에 비해서 한결 조용하고 어둡고 또 괴괴했다. 마치 썰렁한 무덤의 고요가 땅에서 솟아올라 하늘 밑에서 퍼져 있는 듯했다.

그러나 오직 한 곳 불그레한 불이 샹브르리 거리의 쎙 퇴스타슈 쪽으로 가는 길을 막고 있는 집들의 높은 지붕을 그 검은 배경 위에 뚜렷하게 비추어내고 있었다. 그것은 코랭트 주점의 바리케이드 안에서 타고 있는 횃불의 반사였다. 마리우스는 그 붉은 목표로 걸어갔다. 마르세 오 프와레까지 오자 프레쇄르 거리의 캄캄한 입구가 어렴풋이 보였다. 그는 그 거리로 들어갔다. 저편 끝에는 폭도측의 보초가 서 있었으나 그를 보지 못했다. 그는 자신이 찾아온 것이 바로 가까이에 있음을 깨닫고 뒤꿈치를 들고 살금살금 걷기 시작했다. 그는 이렇게 해서 독자들도 기억하다시피 앙졸라가 외부와의 유일한 연락 통로로 남겨 놓은 몽데투르 골목의 그 짧은 길 모퉁이에 다다른 것이다. 마지막 끝의 집모퉁이에 서서 왼편으로 머리를 내밀고 그는 몽데투르 거리 안을 엿보았다.

그 옆골목과 샹브르리 거리와의 어두운 모퉁이에 지금 그 자신 그곳에 숨어들어 널따란 그림자를 던지고 있는 그 조금 앞에는 희미한 불빛이 길 위에 비치고 있고 주점의 일부분과 그 뒤쪽으로 일그러진 성벽 속에 깜박거리는 등불과 총을 무릎 위에 놓고 웅크리고 있는 사람의 그림자가 보였다. 그것들은 그에게서 불과 십 트와즈 거리쯤에 있었다. 그것은 바리케이드의 내부였다.

옆골목 오른편에는 집이 늘어서 있으므로 주점의 다른 부분과 큰 바리케이드와 붉은 깃발은 그의 눈에 뜨이지 않았다.

마리우스는 이제 한 발짝만 내디디면 되는 것이었다. 그때 불행한 청년은 한 경곗돌 위에 걸터앉아 팔짱을 끼고 아버지를 생각했다.

그는 참으로 자랑스러운 병사였던 저 영웅적인 퐁메르시 대령을 생각했다. 그 대령은 공화 정부 밑에서는 프랑스 국경을 지키고, 황제 아래서는 아시아의 경계까지 진격하고, 제노아, 알렉산드리아, 밀라노, 튜린, 마드리드, 윈, 드레스덴, 베를린, 모스크바 등의 도시를 보고, 유럽의 모든 전승지에 마리우스 자신의 혈관에 맥박치고 있는 것과 같은 그 피를 몇 방울 흘리고, 군의 규율과 지휘 때문에 나이보다도 빨리 백발이 되었고, 항상 가죽띠를 매고 견장을 가슴 위에 늘어뜨려 그것을 화약에 그을려 시커멓게 하고, 이마에 군모 자리를 내고 임시 막사에서 야영으로 노영지에서 야전 병원에서 한평생을 보내고, 그리고 이십 년 뒤에는 뺨에 상처 자국을 남기고 얼굴에 미소를 띄우고 단순하고 평온하고 감탄할 만큼 어린아이 같은 순결한 인간이 되어서, 오로지 프랑스를 위하여 행동했고 프랑스를 반대하는 짓은 아무것도 하지 않고 수많은 전쟁을 치르고 돌아왔던 것이다.

그는 생각했다. 이제 나의 날도 찾아온 것이다. 이제 나의 때도 드디어 닥쳐온 것이다. 아버지에 이어서 나도 또한 용감하고 대담하게 탄환 앞을 뛰어다니고 자신의 가슴을 총검 앞에 내밀고, 내 스스로의 피를 흘리고 적을 찾고 죽음을 찾으려고 하는 것이다. 이번에는 내가 싸울 차례다, 싸움터로 나설 차례다. 그리고 내가 나가는 그 싸움터는 거리이며 내가 하려는 그 전쟁, 그것은 내란인 것이다!

그는 내란이 눈앞에 깊은 심연처럼 열리는 것을 보고 그곳에 자신이 빠져 들어가려 하는 것을 알았다. 그러나 그는 몸을 부르르 떨었다.

할아버지가 고물상에 팔아 버린 아버지의 칼, 몹시 아까워했던 그 칼을 그는 생각했다. 생각건대, 그 용감하고 순결한 칼이 그의 곁을 떠나 분연히 어둠 속으로 사라져 버린 것은 차라리 잘된 일이었다. 그 검이 그렇게 해서 없어져 버린 것은 미래를 꿰뚫어보고 총명했기 때문이다. 폭동을, 시궁창 속의 전쟁을, 포석 위의 전쟁을, 지하실의 환기 구멍에서의 사격을, 서로 뒤에서 별안간 습격하는 것을 예감했기 때문이다. 마랭고나 프리들란트의 여러 전쟁을 치른 칼을 갖고 샹브르리 거리 같은 곳에 나가기를 원하지 않았기 때문이다. 아버지와 더불어 치러낸 분투 뒤에 똑같은 일을 그 아들과 함께 할 것을 원치 않았기 때문이다! 생각건대 그것이 여기에 있었다면, 그리고 자신이 그것을 죽은 아버지의 머리맡에서 가지고 와서 지금 그것을 몸에 지니고 프랑스인끼리 네거리에서 벌이는 이 밤의 전투를 위해서 들고 나왔다면, 아마도 그 검은 자기의 손을 태우고 또 천사의 칼처럼 눈앞에서 불길이 오르기 시작할 것이다! 정말 그것이 지금 여기에 없어져 모습을 감추어 버린 것은 참으로 다행한 일이다. 그것으로 족한 것이다. 그게 옳은 것이다. 할아버지야말로 아버지의 명예의 참다운 수호자였던 것이다. 대령의 칼은 경매에 붙여지고 고물상에 팔려서 고철 조각 속에 던져지는 편이 오늘날 조국의 옆구리를 피로 물들이는 것보다 훨씬 나은 것이다.

그렇게 생각하고 그는 쓰디쓴 눈물을 흘리기 시작했다.

그것은 가슴 아픈 일이었다. 그러나 어떻게 하면 좋단 말인가? 코제트 없이 산다는 것은 도저히 불가능한 일이다. 그녀가 떠나 버린 이상 그는 죽어야 하는 것이다. 그렇게 되면 자신은 반드시 죽을 것이라고 그녀에게 맹세하지 않았던가? 그녀는 그것을 알면서도 떠난 것이다. 결국 그녀는 마리우스가 죽으면 좋겠다고 생각한 것이다. 그리고 그녀는 이미 그를 사랑하지 않는다는 것이 분명하다. 왜냐하면 그녀는 이렇게, 미리 아무런 예고도 하지 않고, 한 마디 말도 없이, 한 통의 편지도 보내지 않고 가버리지 않았는가? 더욱이 그의 주소를 알고 있으면서도 말이다! 이런 지금 더 살아서 무엇하겠는가? 무엇 때문에 더 살아 나간단 말인가? 그리고 또 이 무슨 일인가! 여기까지 와서 뒷걸음질을 치다니! 위험에 접근하고 달아난단 말인가! 바리케이드 안을 들여다보고서 돌아서 버린단 말인가 ! 『이런 건 이제 지긋지긋하다. 나는 보았다. 그것으로 충분한 것이다. 이것이 내란인 것이다. 나는 물러가야겠다』하고 떨면서 물러선단 말인가 ! 자신을 기다리는 친구들을 버린단 말인가 ! 틀림없이 나 자신을 필요로 할 친구들을 말이다 ! 다수의 군대에 비해서 극히 적은 수에 불과한 친구들을 ! 모든 것을 동시에 배신하잔 말인가. 사랑도 우정도 맹세까지도 ! 자신의 비겁함을 애국심이라고 핑계댈 것인가 ! 아니 그럴 수는 없다. 아버지의 망령이 이 그림자 속에서 아들인 그가 뒷꽁무니를 빼는 것을 본다면 그의 허리를 검의 등으로 치면서 외칠 것이다. 『자아 전진하라, 비겁한 놈 ! 』하고.

어느 쪽으로도 마음을 정하지 못하고 그는 점점 고개를 떨어뜨렸다.

그러다가 갑자기 그는 머리를 번쩍 들었다. 일종의 빛나는 신념이 다시 마음 속에서 일어난 것이다. 무덤에 다가선 사람에게는 사고의 확대라는 게 있다. 죽음이 가까워졌을 때 인간은 진실을 본다. 자신이 거기에 끼어들려고 한다는 것을 느낀다. 그러한 행동의 환영은 이미 한심스런 것이 아니라 장대한 모습으로 그에게 떠올랐다. 시가전의 관념은 그 어떤 내적인 영혼의 작용에 의하여 그의 사상의 눈앞에서 갑자기 변모했다. 몽상에서 오는 온갖 혼란된 의문이 일시에 마음에 되돌아왔으나 그는 이미 망설이지 않았다. 그는 어떤 의문에 분명히 대답했다.

첫째, 아버지가 격분하는 이유는 어디에 있단 말인가 ? 반란이 의무의 존엄성에까지 다다를 경우가 절대로 없단 말인가 ? 바야흐로 시작되려고 하는 전투에 퐁메르시 대령의 아들의 품위를 떨어뜨릴 무엇이 있단 말인가 ? 이미 몽미라이유나 샹포베르(1814년 나폴레옹이 러시아와 프러시아의 군대를 무찌른 전승지)의 시대는 아니다. 시대는 일변되었다. 신성한 국토 탈환이 문제가 아니라 성스러운 사상의 운명이 문제인 것이다. 조국은 한탄하겠지. 그러나 인류는 찬양할 것이다. 하나 진정 조국은 한탄할 것인가 ? 프랑스는 피를 흘리지만 자유는 미소를 지을 것이다. 그리고 자유의 미소 앞에 프랑스는 자신의 상처를 잊을 것이다. 그리고 또 사물을 한층 높은 견지에서 볼 때, 내란에 대해 어떻게 말해야 할 것인가 ?

내란 ? 그것은 무엇을 의미하는가 ? 외란이란 것이 있을까 ? 인간끼리의 전쟁은 모두 형제끼리의 전쟁이 아니겠는가 ? 전쟁의 성질은 다만 그 목적에 의해서 정해진다. 외란도 내란도 없다. 다만 불의의 전쟁과 정의의 전쟁이 있을 뿐이다. 전인류의 대협약이 체결되는 날까지는——퇴보적인 과거에 대하여 진보적인 미래의 노력인——전쟁은 아마도 필요할 것이다. 그러한 전쟁의 뭣을 비난할 것이란 말인가? 전쟁이 치욕이 되고 검이 비수가 되는 것은 그것이 권리와 진보와 이성과 문명과 진리를 말살하는 경우만인 것이다. 그 경우에는 내란이든 외란이든 전쟁은 죄악이라고 불리어진다. 그러나 정의라는 저 신성한 것 이외의 어떤 권리가, 전쟁의 형식이 다른 하나의 형식을 멸시한단 말인가? 어떠한 권리로 워싱턴의 검은 카미유 데물랭(바스티유 감옥의 공격을 지휘한 사람)의 창검을 부인한단 말인가? 외적에 대항한 레오니다스와 폭군에 대항한 티몰레온(친형인 폭군 티모파네스를 죽인 코린토스의 장군) 어느 쪽이 더 위대하단 말인가? 전자는 수호자이고 후자는 해방자이다. 도시 내부에서 일어나는 무장 봉기를 그 목적조차 묻지 않고 누구나가 모욕할 것인가? 그렇다면 브루투스도 마르셀(황태자 샤를르에게 반항한 14세기의 파리 시장)도 블란켄 하임의 아르놀드(스위스 독립의 영웅 벵켈리트의 아르놀드인지 불분명)도 콜리니(16세기 프랑스 신교도의 장군으로 성 파르트로메오의 학살의 희생자가 되었다)도, 모두 치욕을 가하는 낙인을 찍으라. 게릴라전은 나쁜가? 시가전은 나쁘단 말인가? 어째서 그것은 암비오릭스(로마군에 대항하여 싸운 가리아의 수령)나 아르트벨드(14세기 플랑드르의 반 프랑스 일파의 지도자)나 마르닉스(16세기 네덜란드의 스페인 왕에 대한 네덜란드의 주모자)나 펠라즈(아랍의 침입을 막아낸 8세기의 아스토리아스 왕)가 했던 전쟁이 아닌가? 아니 암비오릭스는 로마에 대항했고 아르트벨드는 프랑스에 대항했고 마르닉스는 스페인과 싸웠고 펠라즈는 회교도에 대항하여 모두 외적을 상대했던 것이다. 그러나 왕정도 외적인 것이다. 압제도 외적인 것이다. 신권 즉, 왕권신수설에 의한 군주권도 외적인 것이다. 외적의 침입이 지리상의 국경을 침략하듯이 전제는 정신적 국경을 침략한다. 전제 군주를 몰아내는 것도 영국 사람을 쫓아내는 것도 다 국토를 도로 찾는 일이다. 이미 항의만으로는 충분치 못하다 할 때도 오는 것이다. 철학 뒤에는 행동이 필요하다. 발랄한 힘은 관념을 묘사한 작품을 완성한다. 쇠사슬에 묶인 프로메테우스(에스킬로스의 희곡. 하늘의 불을 훔치고 제우스에 의해 바위에 묶여서 독수리에게 간을 파먹힌 신)가 시작한 것을 아리스지톤(하루 모디우스와 함께 아테나이의 히파르코스를 쓰러뜨림. 실제는 그 행동이 에스킬로스의 희곡보다도 먼저이다)이 완성했다. 백과사전이 빛을 던져준 사람들의 영혼에 8월 10일(1792년 파리 민중의 왕궁 습격)은 전기를 통하게 했다. 에스킬로스의 뒤에는 당통이 나타난다. 대중이란 지배자를 받아들이기 쉽다. 그 집단은 무감각에 빠진다. 군중들은 쉽게 하나로 뭉쳐져서 복종한다. 그러니까 그들에게 충동을 주고 뒤를 밀어 주고 해방의 덕을 줌으로 해서 그들을 질타하고 진실로써 그 눈을 아프게 해주고 무서운 힘으로 광명을 던져 줘야 하는 것이다. 그들도 자기 자신의 구원에 대해 다소 충격받을 필요가 있다. 그러한 눈부신 빛으로 눈이 뜨이는 것이다. 거기에서 경종이나 전쟁의 필요성이 생겨난다. 위대한 투사들이 일어나서 대담한 행위로 국민을 계몽하고 신권과 시저의 영광과 세력과 광신과 무책임한 권력이나 절대적인 존엄 등이 어둠으로 덮여 있는 이 슬픈 인류를 흔들어야 한다. 황혼빛에 휩싸인 그들의 어두운 밤의 승리에 멍청하게 정신을 빼앗기고 있는 군중들을 흔들어 주어야 한다. 전제 군주를 타도하라! 그러면 사람들은 말할 것이다. 누구를 가리켜 하는 말인가? 루이 필립을 전제 군주라고 하는 건가? 아니다. 그는 루이 16세와도 같은 전제 군주는 아니다. 그들은 둘 다 역사가 보통 선량한 왕이라고 부르는 인물이다. 그러나 주의는 분할할 수 없는 것이고 진실이 갖는 논리는 직선적이고 진리의 특성은 아첨하는 말을 쓰지 않는 점에 있다. 그러므로 양보 따위는 있을 수 없다. 인간에 대한 온갖 침해를 막아야 한다. 루이 16세도 신권을 띠고 있고, 루이 필립도 부르봉 왕가 출신으로의 특권을 지니고 있다. 둘 다 어느 정도는 권리의 찬탈을 대표하고 있다. 그리고 일체의 왕위 찬탈을 일소하기 위해서는 그들과도 싸워야 하는 것이다. 프랑스는 항상 새로운 시대를 시작하는 나라이므로 그렇게 해야 한다. 프랑스에서 지배자가 쓰러질 때는 모든 나라에서도 지배자가 쓰러진다. 요컨대 사회적 진리를 재건하고 왕위를 자유에게 돌려주고 민중을 본래의 민중에게 돌려주고 인간에게 주권을 돌려주고 붉은 빛 옷을 프랑스의 머리 위에 돌려주고 이성과 공정을 그 완전한 모습으로 회복하고 각자를 그 본래의 위치로 되돌아 가게 함으로써 모든 적의의 싹을 근절하고 왕권이 광대한 세계적 화합을 방해하고 있는 장애를 제거하고, 인류를 정당한 권리의 수준으로 되돌리는 것, 그 이상 올바른 대의가 또 있을 것인가? 또 그 이상의 위대한 전쟁이 있을 것인가? 그와 같은 전쟁이 평화를 건설하는 것이다. 편견, 특권, 미신, 허위, 착취, 권리의 남용, 폭력, 부정, 어둠 등으로 이루어지는 거대한 요새는 지금 더욱 그 증오의 탑을 세우고 세계 위에 솟아 있다. 그것을 타도하지 않으면 안 된다. 괴물과도 같은 거대한 덩어리를 허물어뜨려야 한다. 아우스테를리츠에서 적을 무찌른 것은 물론 위대하지만, 바스티유 감옥을 탈취한 것은 더욱 위대한 일이다.

누구라도 자기 자신에게 비추어 보면 분명한 것처럼 영혼은——이것이야말로 보편성과 통일성을 아울러 가지고 있는 신비로운 것이지만——아무리 심한 궁지에 처해서도 거의 냉정하게 추리한다는 이상한 능력을 갖추고 있다. 그리고 종종 비통한 감정과 심각하고 깊은 절망이 더없이 우울한 독백의 고뇌 속에서조차 주제를 끌어내서 문제를 의논할 여지가 있을 때가 있다. 논리는 경련과 뒤섞이고, 논법의 실〔糸〕은 사고의 비통한 폭풍우 속에 끊기지 않고 떠도는 것이다. 마리우스의 정신 상태는 바로 그러했다.

이러한 상념에 잠겨 기력을 잃어 가면서도 결심을 하고, 더욱이 망설이는 동시에 자기가 하려고 하는 일 앞에 떨면서 그의 눈은 바리케이드의 내부를 방황하고 있었다. 그곳에서는 폭도들이 꼼짝도 않고 낮게 수군수군 이야기를 주고받고 있고, 기다리는 마지막 단계에 온 것을 말해 주는 저 일종의 야릇한 정적이 감돌았다. 그들의 머리 위 사층의 한 채광창을 올려다본 마리우스는 구경꾼인지 입회인인지 이상하게 주의를 기울여 보고 있는 듯한 사람의 그림자를 보았다. 그것은 르 카빅에게 살해된 문지기였다. 밑에서 가림돌로 가리운 반사하는 횃불의 빛에 그 머리가 어렴풋이 보였다. 어둡고 희미한 불빛에 비친, 창백하고 꼼짝도 하지 않고 놀란 듯 곤두선 머리카락, 눈을 부릅뜨고 응시하며 헤벌린 입, 호기심에 끌린 듯 거리 위로 몸을 기울이고 있었다. 그런 얼굴보다 더 기괴한 것은 없다. 이미 죽은 것이 이제부터 죽으려 하고 있는 것들을 지켜보고 있는 듯했다. 그 머리에서 흐른 기다란 핏줄기는 붉은 실처럼 채광창에서 이층께까지 흘러 거기에서 멎어 있었다.

제 14 장 고상한 절망

1. 깃발——제 1 막

아직 아무 일도 일어나지 않았다. 벌써 쌩 메리 성당의 종은 열 시를 친 뒤였다. 앙졸라와 콩브페르는 기총을 들고 큰 바리케이드의 틈바귀 옆으로 가서 앉아 있었다. 그들은 아무 말 하지 않았다. 다만 아무리 희미하고 아무리 먼 행진의 울림도 놓치지 않으려고 애쓰며 귀를 기울이고 있었다.

그러자 갑자기 그 음침한 고요 속에서 밝고, 젊고 쾌활한 노랫소리가 일어났다. 그것은 쌩 드니 거리에서 들려 오는 듯한, 〈달 밝은 밤에〉라는 오래된 민요(『달 밝은 밤에(Au clair de la lune)』로 시작되는 민요)의 곡조를 빌려서 수탉 울음 소리와 흡사한 외침으로 끝나는 시를 또렷하게 부르기 시작했다.

> 우리는 울고 싶다.
> 여보게 뷔조
> 헌병을 보내 주게,
> 푸른 빛 외투에
> 군모 쓴 그 암탉
> 여기는 교외로세!
> 꼬꼬 꼬끼요!

(뷔조는 프랑스 원수로 7월 왕정의 열광적 지지자. 고올의 수탉은 7월 왕정의 표지로 그 군대를 암탉에 비유해서 야유하고 있다.)

앙졸라와 콩브페르는 손을 서로 움켜쥐었다.

「가브로슈야.」

「경보를 보내고 있는 거야.」

급히 뛰어오는 발소리가 쓸쓸한 거리의 정적을 채우면서 누군가가 곡예사보다도 가볍게 몸을 날려 승합 마차 위로 기어오르자마자, 가브로슈가 숨을 헐떡이며 바리케이드 안으로 뛰어 들어왔다.

「내 총을! 놈들이 오고 있어.」

전류와도 같은 전율이 일시에 온 바리케이드 안에 치닫고 사람들의 손이 총을 찾는 소리가 들렸다.

「내 기총 줄까?」하고 앙졸라는 부랑아에게 말했다.

「큰 총이 필요해.」가브로슈가 대답했다.

그리고 그는 자베르의 총을 들었다.

두 사람의 보초도 후퇴해서 가브로슈와 거의 동시에 돌아왔다. 그것은 거리 맨 끝에 있던 보초와 프티트 트뤼앙드리에 서 있던 보초였다. 프레쉐르 옆골목의 보초는 맡은 자리에 남아 있었다. 그것은 부근의 다리와 시장 쪽은 아무런 움직임도 없다는 증거였다.

샹브르리 거리 쪽은 깃발을 비추고 있는 불빛의 반사로 돌 몇 개가 희미하게 보일 뿐이었으나 폭도들에게는 안개 속에 어렴풋이 열려 있는 교회나 커다란 검은 현관처럼 눈에 비쳤다.

모두 각자의 전투 위치에 자리잡았다.

앙졸라, 콩브페르, 쿠르페락, 보쉬에, 졸리, 바오렐, 그리고 가브로슈를 포함한 마흔 세 명의 폭도들은 큰 바리케이드 속에서 무릎을 꿇고 장벽 꼭대기와 같은 높이로 머리를 내밀고, 포석 사이를 총구멍으로 하여 소총이며 기총을 늘어 놓고 긴장하여 입을 다물고 언제라도 발포할 자세를 갖추고 있었다. 여섯 명은 푀이의 지휘하에 코랭트의 이층 창문에 진을 치고 총을 겨누고 있었다.

다시 몇 분인가 지났다. 이윽고 정연하고 묵직한 다수의 발자국 소리가 쌩 뢰 교회 쪽에서 분명하게 들렸다. 그 발소리는 처음에는 희미하게 다음에는 뚜렷이 이윽고 묵직하게 울리며 천천히 쉬지 않고 끊임없이 조용하고 무시무시하게 계속되면서 다가왔다. 그 이외에는 아무런 소리도 들리지 않았다. 그것은 마치 기사의 석상이 걷는 듯한 정적과 울림이었으나 그 석상의 발소리에는 하나의 유령을 상상하게 함과 동시에 많은 군중을 상상하게 하는 무언가 알 수 없는 거대하고 무수한 울림이 있었다. 마치 무시무시한 일 연대의 석상이 행진하는 소리를 듣는 것 같았다. 그 발소리는 다가왔다. 더욱 가까이 다가왔다. 그리고 멈추어 섰다. 거리 맨 끝에 수많은 사람의 숨소리가 들리는 것 같았다. 그러나 아무것도 보이지 않았다. 다만 훨씬 안쪽으로, 그 깊은 어둠 속에 대단히 많은 금속성 선이 바늘처럼 가늘게 거의 눈에 뜨이지 않을 정도로 보이고 있었다. 그 선들은 마치 사람이 막 잠이 들려 할 때 감은 눈까풀 밑에 수면의 맨 처음의 안개를 통해서 보이는, 그야말로 형용할 수 없는 인광의 그물코처럼 가물가물하게 흔들리고 있었다. 그것은 횃불의 먼 반사광에 비추어진 총검과 총신이었다.

한동안 발자국 소리가 멈추었다——쌍방이 모두 상대가 먼저 나올 것을 기다리는 양. 갑자기 그 어둠 밑바닥에서 하나의 목소리가, 사람이 보이지 않는 만큼 더욱 불쾌한, 마치 어둠 그 자체가 말을 했는가 싶은 목소리가 외쳤다.

「누구냐?」

동시에 총을 겨누는 금속성 소리가 들렸다.

앙졸라는 거만하고 우렁찬 목소리로 대답했다.

「프랑스 대혁명이다.」

「발사!」하고 목소리가 말했다.

일시에 불빛이 번쩍이고 거리의 집들의 정면을 새빨갛게 물들였다. 마치 용광로의 문이 갑자기 열렸다가 닫힌 것처럼.

굉장한 폭음이 바리케이드 위에 울려 퍼졌다.

붉은 기는 넘어졌다. 그 일제 사격은 참으로 격렬하고 조밀했기 때문에 붉은 기의 깃대를, 다시 말해서 승합 마차의 앞채 끝을 꺾어 버린 것이었다. 집들의 박공에 맞았다가 튀어 날아온 총알이 바리케이드 안으로 뛰어들어 여러 사람에게 상처를 입혔다.

그 최초의 일제 사격은 사람들의 간담을 서늘케 했다. 적의 공격은 맹렬하여 아무리 용감한 사람이라도 섣불리 나서지 않고 다시 생각하게 할 정도였다. 적어도 일개 연대를 상대하고 있음은 명백했다. 쿠르페락이 소리쳤다.

「동지들, 화약을 헛되이 하지 말라. 놈들이 거리에 들어오기를 기다렸다가 반격해야 한다.」

「우선」하고 앙졸라가 말했다. 「깃발을 다시 세우자.」

그는 마침 자기 발밑에 떨어져 있던 깃발을 주워 올렸다.

밖에서는 꽂을대를 총에 밀어넣는 소리가 들리고 있었다. 적의 군대는 다시 총을 장전하고 있는 것이다. 앙졸라는 말을 계속했다.

「누구 용기 있는 사람 없는가? 바리케이드 위에 깃대를 다시 세울 사람은 없는가?」

아무도 대답하지 않았다. 틀림없이 다시금 바리케이드가 겨누어지고 있을 것이 뻔한 지금 그 위에 올라가는 것은 바로 죽음과 다름없는 일이었다. 아무리 용감한 사람이라도 자신에게 죽음을 선고하기는 망설이는 법이다. 앙졸라 자신도 부르르 몸을 떨었다. 그는 거듭 말했다.

「아무도 나올 사람 없나?」

2. 깃발——제 2 막

코랭트에 도착해서 바리케이드를 구축하기 시작하고 나서 이미 아무도 마뵈프 영감에게 주의하는 사람이 없었다. 그러나 마뵈프 영감은 폭도들 곁에서 떠나지 않았다. 그는 술집 일층에 들어가서 계산대 위에 앉아 있었다. 그곳에, 말하자면 풀썩 주저앉아 있었던 것이다. 그는 이미 아무것도 보지 않고 아무것도 생각하지 않는 듯했다. 쿠르페락이나 그 밖의 사람들이 두어 번 가까이 와서 위험을 알리고 물러가도록 권했으나 그 말도 그에겐 들리지 않는 것 같았다. 남이 말을 걸지 않을 때엔 그의 입은 마치 누구에게 대답이라도 하는 듯 우물거리고 움직였지만 남이 말을 걸라치면 그 입술은 굳어 버리고 그 눈도 생기를 잃어버리는 것이었다. 바리케이드가 공격당하기 몇 시간 전부터 그는 줄곧 똑같은 자세를 흐트리지 않고 있었는데, 두 주먹을 무릎 위에 얹고 마치 깊은 못 속을 들여다보는 양 고개를 앞으로 숙이고 있었다. 어떠한 것도 그 자세를 흐트러뜨릴 수는 없었다. 그의 마음은 바리케이드 안에 있다고만 볼 수 없었다. 전원이 전투 위치에 자리잡으러 가자 이미 아래층 홀에는 기둥에 묶인 자베르와 그를 감시하고 있는 한 폭도와 그 마뵈프밖엔 남아 있지 않았다. 공격받은 순간 폭발음에 놀란 그는 흠칫 몸을 떨고 간신히 정신을 차린 듯 불쑥 일어나서 홀을 가로질러 갔다. 그리고 앙졸라가

「아무도 나올 사람 없나?」하고 되풀이했을 바로 그때, 그 노인의 모습이 술집 입구에 나타났다.

그의 출현은 사람들에게 일종의 동요를 주었다. 하나의 외침이 일어났다.

「저분은 투표자다! (루이 16세의 사형에 찬성 투표한 전 국민의회 의원을 가리킴. 마뵈프는 사실 그렇지 않았지만 폭도들의 눈엔 대뜸 그렇게 보인 것이다) 국민의회 의원이다! 민중의 대표자다!」

아마도 그는 그 외침도 듣고 있지 않았을 것이다.

그는 곧장 앙졸라에게로 걸어나갔다. 폭도들은 무언가 종교적인 공포감을 느끼고 그에게 길을 내주었다. 그는 어리둥절하여 뒤로 물러서는 앙졸라의 손에서 깃발을 뺏어 들었다. 그리고 아무도 말리거나 도우려 하기 전에 팔십 고개를 넘어선 그 노인은 머리를 건들거리면서도 확고한 걸음걸이로 바리케이드 안에 돌들로 만들어져 있는 계단을 천천히 오르기 시작했다. 그 모습이 너무나도 침통하고 위대한 광경이어서 주위의 사람들은 일제히 외쳤다——「모자를 벗어라!」그가 올라가는 한 계단 한 계단은 실로 무섭게 느껴졌다. 백발의 노쇠한 얼굴, 벗겨져 올라가고 주름이 패인 넓은 이마, 움푹 들어간 눈, 놀란 듯 벌려진 입, 붉은 깃발을 쳐들고 있는 늙은 팔, 그것들이 어두운 그림자 속에 나타나서 피처럼 붉은 횃불의 불빛 속에 커다랗게 떠올랐다. 마치 1793년의 망령이 공포 시대의 깃발을 들고 땅밑에서 나온 것을 보는 듯싶었다.

그가 마지막 계단 위에 올라섰을 때, 이 비틀거리는 무시무시한 유령이 보이지 않는 천이백 개의 총을 앞에 두고 온갖 잡동사니를 쌓아올린 산더미 위에 올라가서 죽음보다도 더욱 굳센 것처럼 죽음 앞에 늠름하게 섰을 때, 바리케이드 전체는 어둠 속에서 어떤 초자연적인 거대한 형상을 나타냈다. 다만 기적의 주위에서만 생겨나는 그러한 침묵이 그곳에 있었다.

그 침묵 한복판에서 노인은 붉은 기를 흔들면서 외쳤다.

「대혁명 만세! 공화국 만세! 사랑! 평등! 그리고 죽음!」

바리케이드 안의 사람들은 황급히 기도를 드리는 신부의 중얼거림과도 같은 낮고 재빠른 어떤 속삭임을 들었다. 아마도 거리 저편 끝에서 해산 권고를 하고 있는 경찰 서장의 목소리일 것이다. 이어서「누구냐?」하고 고함치던 깨진 종소리와 같은 목소리가 다시 외쳤다.

「물러가라!」

마뵈프 영감은 창백하고 격분한, 혼란된 비통한 불꽃으로 눈을 빛내면서 깃발을 머리 위에 쳐들고 거듭 외쳤다.

「공화국 만세!」

「발사!」하고 목소리가 말했다.

다시금 산탄 같은 일제 사격이 바리케이드 위로 집중되었다.

노인은 풀썩 무릎을 꿇고 주저앉더니 다시 몸을 일으켜 세웠으나 길게 뻗고 팔짱을 낀 채 한 장의 널조각처럼 쓰러졌다.

얕은 냇물처럼 피가 몸 밑에서 흘러나왔다. 그 늙은 얼굴은 창백하고 슬픈 듯이 하늘을 올려다보고 있는 것 같았다.

사람에게 자기 몸을 지킬 것조차 잊게 만드는, 저 본능을 초월한 감동이 폭도들을 사로잡았다. 그들은 존경에 찬 두려움을 안고 시체 옆으로 다가갔다.

「참 훌륭한 사람들이야, 저 왕의 처형자들은!」하고 앙졸라가 말했다.

쿠르페락은 앙졸라의 귀에 입을 대고 말했다.

「이건 자네에게만 말해 두겠네. 감격을 식히고 싶지 않으니까 말일세. 이 노인은 왕의 처형자도 아무것도 아닐세. 난 이 사람을 알고 있어. 마뵈프 영감이라고 하네. 어쩐 일로 그랬는지 나는 모르겠네. 착한 늙은이야. 머리를 보게나.」

「머리는 늙었지만 마음은 브루투스일세.」

그러고 나서 그는 목소리를 높였다.

「여러분! 이것은 노인이 청년들에게 보여준 본보기요. 우리들이 망설이고 있을 때 그가 왔소! 우리들이 뒷걸음질을 칠 때 그는 앞으로 나갔소! 이것이야말로 늙음 앞에 떠는 사람들이 공포 앞에 떠는 사람들에게 가르치는 가르침인 것이오! 이 노인은 지금 조국 앞에 존귀한 분이 되었소. 그는 영생과 장엄한 죽음을 얻은 것이오! 자아, 이 유해를 모십시다. 우리는 각자 생존해 있는 자신의 아버지를 지키듯 이 죽은 노인을 지킵시다. 우리들 속에 이분이 계심으로 해서 부디 바리케이드를 적에게 빼앗기지 않도록 합시다!」

침통하고 굳센 찬성의 속삭임이 이 말에 뒤따랐다.

앙졸라는 몸을 굽혀 노인의 머리를 들어올려 우악스럽게 그 이마에 키스했다. 그러고 나서 두 팔을 벌리게 하고 마치 아프지 않도록 마음을 쓰는 듯 세심한 주의로 시체를 다루면서 그 윗도리를 벗기고 몇 군데나 뚫려 있는 피투성이의 구멍을 모두에게 가리키며 말했다.

「자아, 이제 이것이 우리의 깃발이오.」

3. 가브로슈에겐 앙졸라의 작은 총이 더 좋았을 것을

사람들은 마뵈프 영감의 유해 위에 위슐루 과부댁의 길고 검은 숄을 덮었다. 여섯 명의 남자가 총을 엮어 들것으로 만들어서 그 위에 유해를 놓고 모두 모자를 벗고 장중한 느린 걸음으로 주점 아래층 홀의 커다란 탁자 위로 옮겼다.

그들은 자신들이 지금 하고 있는 엄숙하고 신성한 일에 완전히 마음을 빼앗겨서 자신이 처해 있는 위험한 상황을 잊고 있었다.

여전히 태연하게 있는 자베르의 곁을 시체가 지날 때 앙졸라는 그에게 말했다.

「너도 이제 머지않았어!」

그동안 소년 가브로슈는 맡은 부서에서 떠나지 않고 감시를 계속하고 있었는데, 문득 몇 사람인가의 그림자가 살금살금 바리케이드로 다가오는 것을 본 듯했다. 느닷없이 그는 외쳤다.

「조심해!」

쿠르페락, 앙졸라, 장 프루베르, 콩브페르, 졸리, 바오렐, 보쉬에 등 모두들 주점에서 뛰쳐나갔다. 실로 위태로운 순간이었다. 빽빽하게 들이댄 총검이 바리케이드 위에 번쩍번쩍 물결치고 있었다. 시의 키가 큰 경비병들이 일부는 승합 마차를 타고 넘고, 일부는 바리케이드의 틈바귀로 돌입해서, 뒤로 물러서면서도 달아나려고 하지 않는 부랑아에게 다가서고 있었다.

위험한 순간이었다. 강물이 제방 높이까지 불어올라 막 제방의 틈바귀에서 새기 시작하는 저 홍수 때의 최초의 무서운 한순간이었다. 일 초만 늦었더라도 바리케이드는 점령당하고 말 순간이었다.

바오렐은 맨 먼저 들어온 경찰 대원에게 달려들어 기총을 들이대고 단 한 발에 쏘아 죽였다. 그러나 뒤따른 경찰 대원이 총검으로 바오렐을 찔러 죽였다. 쿠르페락은 다른 병사에게 걸려 넘어져서 「이리 와주게!」 하고 외치고 있었다. 한층 더 키가 큰 거인 같은 병사가 총검을 내밀고 가브로슈에게 다가가고 있었다. 부랑아는 조그만 양팔에 자베르의 커다란 총을 안고 용감하게 거인을 노리며 방아쇠를 당겼다. 그러나 총알이 나오지 않았다. 자베르는 탄알을 재어두지 않았던 것이다. 경찰 대원은 웃음을 터뜨리고 총검을 소년의 위로 번쩍 치켜들었다.

그러나 그 총검이 가브로슈의 몸에 닿기 전에 총은 병사의 손에서 털썩 떨어졌다. 한 발의 총알이 그 경찰 대원의 이마 한복판에 명중했던 것이다. 그는 벌렁 나자빠졌다. 다시 두 번째 총알이 쿠르페락에게 덤벼들었던 병사의 가슴 한복판을 뚫고 그를 돌 위에 쓰러뜨렸다.

그것은 막 바리케이드 안에 들어온 마리우스가 쏜 것이었다.

4. 화약통

마리우스는 줄곧 몽데투르 거리 모퉁이에 숨어서 마음을 정하지 못하고 떨면서 전투가 시작된 때의 형세를 지켜보고 있었다. 그러나 심연의 부름이라 일컫는 저 신비롭고 숭고한 현혹에 끝내 거역할 수가 없었다. 절박한 위기 앞에 마뵈프 영감의 죽음이라는 저 처참한 수수께끼를 보고, 바오렐의 죽음과「이리 와주게 !」하고 외치고 있는 쿠르페락과 위협당하고 있는 저 소년과 구원해야 할, 또는 복수해야 할 친구들을 보고는 주저하는 것은 흔적도 없이 사라지고 그는 두 자루의 권총을 들고 난투 속에 뛰어든 것이다. 한 발로 가브로슈를 구하고 둘째 총알로 쿠르페락을 구했던 것이다.

사격 소리와 부상한 병사들의 고함 소리를 듣고 공격군은 방어 진지로 기어 올라왔다. 이제 그 꼭대기에는 경찰 대원이며 제일선의 현역병이며 교외의 국민병들이 총을 움켜 쥐고 상반신을 내밀고 떼를 지어 있는 것이 보였다. 그들은 이미 보루의 삼분의 이 이상을 덮고 있었지만 무언가 함정이 있을 것을 두려워해서 망설이는지 보루 안으로 뛰어들지는 않았다. 마치 사자굴이라도 들여다보는 듯 어두운 바리케이드 안을 들여다볼 뿐이었다. 횃불의 불빛은 총검과 털모자와 불안스러운 초조한 얼굴 윗부분만을 비추고 있을 뿐이었다.

마리우스는 이제 무기가 없었다. 권총은 다 발사한 뒤에 던져 버리고 말았다. 그러나 아래층 홀 문 옆에 화약통이 놓여 있는 게 눈에 띄었다.

그가 그쪽을 엿보면서 돌아섰을 때 한 병사가 그를 겨누었다. 그 겨냥이 마리우스 위에 멈춰지려는 순간 하나의 손이 총신의 끝을 누르고 총구멍을 막았다. 옆에서 누군가가, 빌로도 바지를 입은 젊은 노동자가 달려든 것이다. 총알은 발사되어 누른 손을 뚫고, 또 아마도 노동자의 몸도 뚫었던 모양이었다. 그는 맥없이 쓰러졌지만 마리우스에게는 명중되지 않았다. 모든 것은 연기 속에서 생긴 일이고 홀끗 보였을 뿐 분명치 않았다.

아래층 홀로 들어가려던 마리우스는 그것을 거의 깨닫지 못했다. 다만 자기를 향했던 그 총구멍과 그것을 막은 손이 어렴풋이 보였고 또 총소리가 들렸다. 그러나 그런 경우 눈에 뜨이는 것은 어른거리다가 순식간에 사라져 버리고 말아 사람은 무슨 일에고 오래 머물러 있을 수가 없는 것이다. 다만 자신이 더욱 깊은 어둠 속으로 밀려가는 것을 막연하게 느낄 뿐, 모든 것은 구름처럼 희미하게 보이는 것이다.

폭도들은 급습을 받으면서도 두려워하지 않고 진용을 가다듬었다. 앙졸라는 「기다려! 무턱대고 쏘지 마!」하고 외치고 있었다. 처음 혼란 속에서는 실제로 자칫 잘못하면 자기 편끼리 상처를 입힐 우려가 있었다. 대부분의 사람들은 이층의 창문이나 다락방 창문에 올라가서 그곳에서 공격군을 내려다보고 있었다. 그 중에서도 특히 용감한 사람들은 앙졸라, 쿠르페락, 장 프루베르, 콩브페르와 함께 대담하게 안쪽 집들을 방패삼아 몸을 드러내 놓고 바리케이드 위에 몰려 있는 병사들과 경찰 대원들과 마주 보고 있었다.

이러한 일은 허둥거림없이, 혼전에 앞선 야릇하고 험악한 중대성을 내포하고 행하여졌다. 양쪽 모두 총구를 들이대고 겨누고 서로 목소리가 들릴 만큼 접근해 있었다. 그리하여 이제 막 불꽃이 튀려고 했을 때 보병 근무장과 커다란 견장을 단 한 장교가 칼을 뻗치고 말했다.

「무기를 버려라!」

「발사!」앙졸라가 말했다.

양편에서 동시에 사격 소리가 일어나고 모든 것은 연기 속에 가려졌다. 그 매콤한 숨막히는 연기 속에 죽어 가는 자며 부상자들이 약하디약한 신음 소리를 내고 있었다.

연기가 사라지고 보니 양쪽의 전투원은 수가 줄어져 있었으나 여전히 그 자리에서 꼼짝도 하지 않고 머물러서 묵묵히 다시 총을 장전하고 있었다. 갑자기 우뢰 같은 목소리가 울리며 외쳤다.

「물러가라, 바리케이드를 폭발시킬 테다!」

모든 사람들이 소리 나는 쪽을 돌아보았다.

마리우스는 아래층 홀로 들어가서 화약통을 들자 연기와 보루 가득히 차 있는 어두운 안개 속을 이용하여 횃불을 켜놓은 포석이 둘러쳐진 곳까지 바리케이드를 따라 살그머니 다가왔다. 횃불을 뽑아들고 화약통을 그 자리에 놓고 쌓아올린 포석 더미를 통을 올려 놓은 채 떠밀어 무너뜨렸다. 화약통은 대번에 무서울 만큼 어이없이 밑바닥이 빠져나갔다. 이 모든 것을 마리우스는 약간 몸을 구부렸다가 일으키는 사이에 해치웠다. 그리고 지금 모든 사람, 국민병도 경찰 대원도 장교도 병사도 바리케이드 저편 끝에 둥그렇게 뭉쳐져서, 마리우스가 포석 더미에 한 발을 올려 놓고 횃불을 들고 있는 모습을, 마지막 결의에 빛나는 그 얼굴을 조마조마하면서 지켜보고 있었다. 그는 횃불의 불꽃을 망그러진 화약통이 보이는 그 무시무시한 포석 더미 쪽으로 들이대고 무서운 소리로 외쳐 댔다.

「물러나라, 바리케이드를 폭발시킬 테다!」

그 팔십 세가 넘은 노인에 이어서 바리케이드 위에 나타난 마리우스, 그것은 늙은 혁명의 망령 뒤에 나타난 젊은 혁명의 환영이었다.

「폭발시켜 봐라!」하고 한 상사가 말했다.「너도 없어질 걸!」

마리우스는 대답했다.

「물론 나도 함께다.」

그는 횃불을 화약통 가까이에 가져갔다.

그러나 그때 이미 장벽 위에는 아무도 없었다. 공격군은 사상자와 부상자를 내버려둔 채 한꺼번에 개미 흩어지듯 거리 저편 끝으로 물러가서 다시금 밤의 어둠 속으로 사라져 버렸다. 실로 앞을 다투는 도주였다.

바리케이드는 해방되었다.

5. 장 프루베르의 시구의 끝

사람들은 마리우스를 에워쌌다. 쿠르페락은 그의 목을 얼싸안았다.

「자네였군그래!」

「정말 다행이었네!」콩브페르가 말했다.

「참 잘 와주었어!」보쉬에가 말했다.

「자네가 오지 않았다면 난 죽었을 거야!」쿠르페락은 다시 말을 이었다.

「아저씨가 안 오셨다면 난 뻗을 뻔했어요!」하고 가브로슈도 덧붙였다.

마리우스는 물었다.

「통솔자는 어디 있나?」

「그건 자넬세.」앙졸라가 말했다.

마리우스는 하루 종일 머릿속이 화로 속처럼 뜨거웠으나 지금은 회오리바람처럼 혼란했다. 더욱이 자신의 내부에 있던 회오리바람이 외부에 있다가 자신을 휩쓸어 가는 것처럼 느껴졌다. 이미 생명에서 무한한 저편으로 휩쓸려 와 버린 듯 생각되었다. 기쁨과 사랑과의 빛나는 두 달이 갑작스럽게 이 무서운 낭떠러지에 다다랐다는 것, 코제트가 없어져 버린 것, 이 바리케이드 공화국을 위해 쓰러진 마뵈프 영감, 게다가 자기 자신이 폭도의 지도자가 된 것, 그 모든 것들이 마치 기괴한 악몽처럼 보였다. 지금 자기를 에워싸고 있는 일체의 것이 현실이라는 것을 깨닫기에는 정신적 노력이 필요했다. 가장 긴급한 것은 불가능이라는 것이고, 또 미리 예측할 수 없는 것이야말로 항상 예측하지 않으면 안 된다는 것을 깨 닫기에는 마리우스는 아직 인생을 그다지 알지 못했다. 그는 마치 이해할 수 없는 연극을 보듯이 자기 자신의 극을 보고 있었다.

그와 같은 몽롱한 안개 속에 젖어 있었으므로 그는 자베르를 알아보지 못했다. 자베르는 기둥에 묶인 채 바리케이드 공격이 일어나는 동안 머리 하나 꼼짝 않고, 주위에 소용돌이치는 반란을 순교자와 같은 인내와 심판자와 같은 위엄을 지니고 지켜보고 있었다. 마리우스는 그를 거들떠보지도 않았다.

그동안 공격군은 아무런 움직임도 보이지 않았다. 다만 거리 끝에서 행진을 하기도 하고 다시 모여들기도 하는 발소리가 들렸지만 명령이 내리기를 기다리고 있는지, 아니면 다시 그 함락시키기 어려운 보루에 돌입하기 전에 원병을 기다리고 있는지 쳐들어오지 않고 있었다. 폭도들은 보초를 세우고 또 몇 사람의 의학생들은 부상자들을 치료하고 있었다.

붕대와 탄약통을 올려 놓은 두 개의 식탁과 마뵈프 노인의 시체가 있는 식탁을 제외하고는 모든 식탁이 주점 밖으로 끌어내져 갔다. 그것으로 바리케이드를 보강하고, 텅빈 아래층 홀에는 위슐루 미망인과 하녀들의 침대 요를 펴놓았다. 그 요 위에는 부상자들이 뉘어졌다. 주점에서 사는 가엾은 세 여인들이 도대체 어찌 되었는지 아무도 알지 못했다. 마침내 지하 창고 안에 숨어 있는 그녀들이 발견되었다.

이윽고 어떤 비통한 감동이 해방된 바리케이드의 기쁨을 어둡게 했다.

점호를 하고 보니 한 명이 빠졌다. 누가? 가장 귀중한 사람, 가장 용감한 사람 장 프루베르가 없는 것이다. 부상자 속을 찾아보았으나 없었다. 사상자들 속을 뒤져 보았으나 그곳에도 역시 없었다. 포로가 되었음에 틀림없다.

콩브페르가 앙졸라에게 말했다.

「놈들은 우리 친구를 납치한 걸세. 그러나 우리들도 놈들의 앞잡이를 잡고 있어. 자넨 무슨 일이 있더라도 이 밀정놈을 죽일 생각인가?」

「암」앙졸라는 대답했다.「그러나 장 프루베르의 생명이 더 소중해.」

이 의논은 아래층 홀, 자베르가 묶여 있는 기둥 옆에서였다.

「좋아」하고 콩브레가 말했다.「내가 당장 끝에 손수건을 붙들어 매고 포로 교환의 협상을 하러 가겠네.」

「조용히 해」하고 앙졸라가 콩브페르의 팔에 손을 놓으면서 말했다.

거리 끝에 심상치 않은 총의 딸가닥거리는 소리가 들렸다.

그러자 씩씩한 고함 소리가 들렸다.

「프랑스 만세! 미래 만세!」

틀림없는 프루베르의 목소리였다.

일순 불빛이 번쩍하고 총소리가 울렸다.

주위는 다시금 고요해졌다.

「그를 죽였구나.」콩브페르가 외쳤다.

앙졸라는 자베르를 노려보면서 말했다.

「네놈의 패들이 지금 너를 총살한 거야.」

6. 삶의 고통에 이어진 죽음의 고통

이러한 종류의 싸움의 한 가지 특징은 바리케이드는 거의 언제나 정면에서 공격받는다는 것이며, 또 일반적으로 공격군은 복병을 경계해서인지 아니면 구불구불한 길 속으로 빠져들 것을 염려해서인지 적진의 등뒤를 공격하기를 삼간다. 그러므로 폭도측의 주의력은 모두 큰 바리케이드 쪽으로 향해지고 있었다. 그곳이 언제나 위협받을 확실한 지점이고 반드시 그곳에서 전투가 다시 벌어질 것이 분명했다. 그러나 마리우스는 문득 작은 바리케이드 쪽이 마음에 걸려서 그곳으로 갔다. 그곳엔 아무도 없었고 다만 포석 사이에 흔들리는 등잔 불빛이 지키고 있을 뿐이었다. 뿐만 아니라 몽데투르 옆골목도 프티트 트뤼앙드리 거리와 씨뉴 거리와의 갈림길도 깊은 정적에 싸여 있었다.

마리우스가 한 바퀴 돌아보고 되돌아가려 했을 때, 가냘픈 목소리가 어둠 속에서 그의 이름을 부르는 것이 들렸다.

「마리우스!」

그는 몸이 오싹했다. 분명히 그것은 두 시간 전에 플뤼메 거리의 철책 너머로 그를 불렀던 그 목소리였다. 그러나 그 목소리는 지금은 다 죽어 가는 숨소리로밖에는 생각되지 않았다.

그는 주위를 둘러보았으나 사람의 그림자는 보이지 않았다. 마리우스는 잘못 들은 거겠지 생각하고, 그의 주위에 떼지어 모여 있는 이상한 현실에 자신의 머리가 덧붙인 환각이려니 생각했다. 그는 바리케이드의 움푹한 곳에서 나오려고 한 걸음 내디뎠다.

「마리우스!」 하고 그 목소리는 다시 되풀이했다.

이번에는 의심할 여지가 없었다. 그는 분명히 들었다. 그는 유심히 찾아 보았으나 역시 아무것도 보이지 않았다.

「당신 발밑이에요.」

목소리가 말했다.

그는 몸을 구부리고 어떤 사람의 그림자가 그의 쪽으로 기어오는 것을 보았다. 그것은 포석 위를 기고 있었다. 목소리를 던진 것은 그 사람이었다.

등잔 불빛이 작업복과 찢어진 허술한 빌로도의 바지와 맨발과 피의 웅덩이 비슷한 것을 비추고 있었다. 마리우스는 어렴풋이 창백한 얼굴이 자기 쪽을 향해 일어나며 말하는 것을 보았다.

「내가 누군지 아시겠어요?」

「모르겠는데.」

「에포닌느예요.」

마리우스는 얼른 몸을 굽혔다. 과연 그 불행한 소녀였다. 그녀는 남장을 하고 있었다.

「어떻게 여기에? 여기서 무얼하고 있소?」

「난 이제 죽어요」하고 그녀는 말했다.

고뇌에 짓눌린 사람들까지도 퍼뜩 정신을 차리게 하는 말과 사건이 있다. 마리우스는 깜짝 놀라 부르짖었다.

「부상했군그래! 잠깐 기다려요, 내가 홀로 옮겨 줄 테니. 치료를 해줄 거요. 상처는 심하오? 아프지 않도록 하려면 어떡하면 좋겠소? 어디가 아프오? 아아! 그러나 도대체 뭣하러 여기엔 왔소?」

그렇게 말하고 그는 그녀의 몸 밑으로 팔을 집어넣어 안아 일으키려고 했다. 안아 일으킬 때 그는 그녀의 손을 건드렸다.

그녀는 가냘픈 신음 소리를 질렀다.

「아프게 했소?」마리우스가 물었다.

「조금.」

「손을 건드렸을 뿐인데.」

그녀는 그 손을 마리우스의 눈앞에 들어올렸다. 그 한복판에 검은 구멍이 뚫린 것을 마리우스는 보았다.

「어떻게 된 거요?」그는 말했다.

「꿰뚫렸어요.」

「꿰뚫리다니!」

「네.」

「무얼로?」

「총알에.」

「어쩌다가?」

「당신 보았어요? 당신을 노리던 총 말예요.」

「아, 보았소, 그리고 총구멍을 막던 손도.」

「그건 내 손이었어요.」

마리우스는 몸을 떨었다.

「그게 무슨 어리석은 짓이야! 가엾게도! 그러나 참 다행이군. 그것뿐이라면 아무것도 아니오. 자아, 침대에 옮겨 주리다. 치료를 해줄 테니까. 손을 꿰뚫은 것만으로는 죽지 않아.」

그녀는 중얼거렸다.

「총알은 손을 뚫고 등으로 나갔어요. 소용 없어요, 나를 여기서 옮기는 건. 난 오히려 당신의 치료를 받는 편이 의사에게 보이는 것보다 훨씬 좋아요. 내 곁에, 이 돌 위에 앉아 주세요.」

그는 그녀가 하라는 대로 했다. 그녀는 마리우스의 무릎 위에 머리를 올려 놓고 그를 보지 않고 말했다.

「아아 ! 어쩌면 이렇게 기분이 좋을까 ! 아주 편안해요 ! 보세요 ! 이젠 괴롭지 않아요.」

그녀는 한동안 잠자코 있었으나 곧 힘주어 고개를 돌려 마리우스를 바라보았다.

「마리우스 씨, 당신이 그 정원에 들어가시는 걸 내가 싫어했다는 걸 아시나요 ? 하지만 바보였어요. 그 집을 당신에게 가르쳐 준 건 나였으니 말예요. 그리고 사실 난 좀더 잘 생각했어야 했어요. 당신 같은 젊은 남자 분은…….」

그녀는 말을 끊었다. 그리고 아마도 마음속에 우울한 생각이 솟아오른 모양이었으나 그것을 억누르고 침통한 미소를 띠면서 말했다.

「당신은 나를 못생겼다고 생각하셨지요, 그렇죠 ? 」

그녀는 말을 계속했다.

「당신은 이젠 살아나지 못할 거예요 ! 이제는 아무도 바리케이드에서 나가지 못해요. 당신을 이곳으로 불러낸 것은 나예요 ! 당신은 이제 머지않아 죽어요. 그걸 나는 바라고 있어요. 그런데도 누군가가 당신을 겨누는 것을 보았을 때 난 그 총구멍에 손을 댔어요. 우습죠 ! 하지만 난 당신보다 먼저 죽고 싶었던 거예요. 그 총알을 맞고 여기까지 기어왔어요. 아무도 나를 보지 않았고 아무도 도와 주지 않았어요. 난 당신을 기다렸어요. 그리고 생각했죠, 그분은 오시지 않을지도 몰라 하고요. 아아 ! 알아 주세요, 아까부터 나는 이 작업복을 물어 뜯으면서 정말 괴로워했어요 ! 하지만 이젠 아무렇지 않아요. 기억하세요 ? 내가 당신의 방에 들어가서 당신의 거울을 들여다보았던 그날 일을 ? 그리고 큰 거리에서 날품팔이 여자들 옆에서 당신을 만났던 날을 말예요. 새가 지저귀고 있었어요 ! 그렇게 오래된 일도 아녜요. 당신은 내게 오 프랑을 주셨지만 난 당신의 돈은 싫다고 했죠. 당신, 그 돈 주웠나요 ? 당신도 부자가 아닌 걸요. 나중에야 그 돈 주우란 말을 안 한 걸 깨달았어요. 맑게 갠 날이어서 춥지 않았어요. 생각나세요 ? 마리우스 씨 ? 아아 ! 난 행복해요 ! 모두 죽어 가는 거예요.」

그녀는 정신이 몽롱한 듯하면서도 진지하고 침통했다. 찢겨진 작업복에서 드러난 젖무덤이 봉긋이 엿보이고 있었다. 이야기를 하면서 뚫어진 손을 가슴 위에 올려 놓고 있었는데, 그 가슴에도 구멍이 하나 뚫려 있어서 이따금 그곳에서 포도주가 쏟아져 나오듯이 피가 솟았다.

마리우스는 그 불행한 소녀를 깊은 동정심을 담고 지켜보고 있었다.

「아아!」별안간 그녀가 말했다.「또 시작되었어요. 아, 숨막혀!」

그녀는 작업복을 움켜쥐고 물어뜯었다. 그녀의 다리는 돌 위에서 굳어 가고 있었다.

그때 프티 가브로슈의 수탉 같은 소리가 바리케이드 안에서 울려 퍼졌다. 소녀는 총알을 재기 위해 탁자 위에 올라앉아 당시 유행했던 노래를 쾌활하게 부르고 있었다.

라파이예트를 보자마자
헌병은 되뇌네
달아나라! 달아나라! 달아나라고!

에포닌느는 몸을 일으켜서 귀를 기울이더니 중얼거렸다.

「그애예요.」

그리고 마리우스 쪽을 되돌아보며 말했다.

「동생이 와 있어요. 그애가 보면 안 돼요. 책망할 테니까요.」

「동생이라고?」하고 마리우스는 물었다. 그는 지금 더없이 가슴 아프고 괴로운 심정으로 아버지가 유언으로 남긴 테나르디에 집안에 대한 의무를 생각하고 있었다.「동생이라니, 누구?」

「조그만 애가 있었죠?」

「지금 노래하는 애?」

「네.」

마리우스는 몸을 움직였다.

「아아! 가지 마세요! 이제 얼마 남지 않았어요!」

그녀는 거의 상반신을 일으키고 있었다. 목소리는 극히 낮았고, 더욱이 딸꾹질로 자주 끊어지곤 했다. 이따금 죽음의 헐떡임이 말을 가로막았다. 그녀는 자신의 얼굴을 마리우스의 얼굴에 되도록 가까이 가져갔다. 그리고 이상한 표정을 띠고 말을 덧붙였다.

「들어 주세요, 당신을 속이고 싶지 않아요. 내 호주머니에 당신에게 드리는 편지가 어제부터 들어 있어요. 우체통에 넣어 달라고 어떤 사람의 부탁을 받았어요. 하지만 난 넣지 않았어요. 보내고 싶지 않았는 걸요, 당신에게. 하지만 당신은 틀림없이 그 때문에 나를 원망하실 거예요. 그렇죠? 자아, 편지를 꺼내세요.」

그녀는 떨리는 구멍 뚫린 손으로 마리우스의 손을 잡았다. 그러나 이미 고통은 느끼지 않는 것 같았다. 그녀는 작업복 호주머니에 마리우스의 손을 넣도록 했다. 마리우스는 거기에 과연 편지가 한 장 들어 있음을 느꼈다.

「꺼내세요.」 그녀가 말했다.

마리우스는 편지를 꺼냈다. 그녀는 만족과 동의를 나타냈다.

「자아, 그 대신 약속해 주세요…….」

갑자기 그녀는 입을 다물었다.

「무엇을 ?」 마리우스는 물었다.

「약속해 주세요 !」

「약속하지.」

「약속해 주세요. 내가 죽으면 내 이마에 키스해 주시겠다고——죽더라도 그것은 알 테니까요.」

그녀는 다시금 마리우스의 무릎 위에 머리를 떨어뜨리고 눈을 감았다. 그는 이 불쌍한 영혼이 이미 떠나가 버린 줄 알았다. 에포닌느는 움직이지 않았다. 그러자 문득 그녀는 영원히 잠들었다고 마리우스가 생각한 순간에, 죽음의 깊은 그림자가 나타난 눈을 천천히 뜨고 이미 저 세상에서 울려오는 듯한 부드러운 어조로 말했다.

「그리고 저어, 마리우스 씨, 난 당신을 조금 사랑했었던가 봐요.」

그녀는 다시 한 번 미소를 지으려고 하다가 그대로 숨을 거두었다.

7. 거리의 측정에 능숙한 가브로슈

마리우스는 약속을 지켰다. 그는 차디찬 땀방울이 맺혀 빛나고 있는 그 창백한 이마에 키스했다. 그것은 코제트에 대한 배신은 아니었다. 그것은 불행한 영혼에게 주는 다정한 고별이었다.

에포닌느가 준 편지를 받았을 때 그는 몸을 떨지 않을 수 없었다. 그는 곧 중대한 의미가 그 편지에 간직되었음을 느꼈다. 당장에라도 읽어보고 싶었다. 사람의 마음이란 그런 것이었다. 불행한 소녀가 눈을 감자마자 마리우스는 그 종이 쪽지를 펴보려고 했다. 그는 그녀의 몸을 살그머니 땅 위에 내려 놓고 자리를 떴다. 그 편지를 시체 앞에서 읽어서는 안 될 것 같았다.

그는 아래층 홀로 들어가서 촛불 앞으로 다가갔다. 편지는 조그맣게 접어서 여자다운 아름다운 솜씨로 봉해 있었다. 겉봉에는 여자의 필체로 이렇게 씌어 있었다.

『베르리 거리 16번지 쿠르페락 씨 댁 마리우스 퐁메르시 님』

그는 어느새 봉투를 뜯고 있었다.

사랑하는 님이여! 아버지께선 곧 출발하신다고 합니다.
우리는 오늘밤 롬므 아르메 거리 7번지로 갑니다. 일주일 뒤에는 런던으로 가게 됩니다. 코제트 6월 4일.

코제트의 필적을 마리우스가 아직 잘 알지 못했을 정도로 그들의 사랑은 순진했다.

이제까지의 경위는 간단히 요약할 수 있다.

에포닌느가 모든 것을 꾸몄던 것이다. 6월 3일 저녁부터 그녀는 두 가지 생각을 품었다. 즉 플뤼메 거리의 집에 대한 자기 아버지와 그 불한당들의 계획을 좌절시키고 마리우스를 코제트로부터 떼어 놓는 일이 그것이었다. 그녀는 지나가던 한 부랑배와 누더기 옷을 바꾸어 입었다. 부랑배가 재미있어 하면서 여자 옷을 입고 있는 사이에 에포닌느는 남장을 했다. 샹 드 마르스에서 장 발장에게 『거처를 옮기시오』하는 의미심장한 경고를 한 것은 그녀였다. 과연 장 발장은 집으로 돌아오자 코제트에게 말했다. 「오늘 밤 출발해서 우선 투쌩과 함께 롬므 아르메 거리로 가도록 하자. 다음 주에는 런던으로 가야겠다.」 코제트는 그 갑작스런 타격에 놀라 서둘러 마리우스에게 짧은 편지를 썼다. 그러나 편지를 어떻게 우체통에 넣으면 좋을지 몰랐다. 그녀는 혼자서는 외출하지 않았고 또 투쌩에게 부탁하면 그런 심부름에 놀라서 틀림없이 편지를 포슐르방 씨에게 보일지도 모른다. 이런 불안 속에 있을 때 코제트는 철책 너머로 남장한 에포닌느를 발견했다.

에포닌느는 이때에 자주 정원 주위를 서성거리고 있었던 것이다. 코제트는 『그 젊은 노동자』에게 말을 걸고 오 프랑의 돈과 편지를 건네 주며 「이 편지를 곧 겉봉에 쓰인 곳으로 전해 주세요」하고 말했다. 에포닌느는 편지를 호주머니에 넣었다. 다음날 6월 5일 그녀는 마리우스를 만나러 쿠르페락의 집으로 갔는데 그것은 편지를 전하기 위해서가 아니라 질투심을 품은 사랑을 지닌 사람이라면 누구나 이해할 수 있듯이 『상태를 보기 위해서』였다. 그곳에서 그녀는 마리우스를 아니면 하다못해 쿠르페락이라도——역시 『상태를 보기 위해서』——기다렸다. 「우선 바리케이드로 간다」하고 쿠르페락이 말했을 때 한 가지 생각이 그녀의 마음을 스쳐갔다. 어차피 죽을 바에는 그 죽음에 몸을 던지고 마리우스도 함께 가게 하리라. 그녀는 쿠르페락을 따라가서 바리케이드가 구축되어 있는 장소를 확인하고, 편지는 자기가 갖고 있으니 마리우스는 아직 아무것도 모르고 있으므로 그는 틀림없이 해가 지면 저녁마다 만나는 밀회 장소로 가리라 확신하고, 플뤼메 거리에 가서 마리우스를 기다리다가 그를 바리케이드로 오란다고 하는 말을 친구 대신 전한다면서 불러냈다. 그녀는 마리우스가 코제트를 만나지 못했을 때의 절망을 기대했던 것이다. 그곳에서 그녀가 한 일은 조금 전에 본 그대로이다. 사랑하는 사람을 죽음의 동반자로 만들어 놓고 「이제는 아무도 이 사람을 뺏어 갈 수 없겠지!」하는 저 질투심에 불타는 마음의 비극적인 기쁨을 가슴에 안고 그녀는 죽어 간 것이다.

마리우스는 몇 번이나 코제트의 편지에 입술을 댔다. 그녀는 역시 자기를 사랑하고 있는 것이다! 그는 순간적으로 이제는 죽을 필요는 없다고 생각했다. 그러나 뒤이어 다시 생각했다. 『아니, 그녀는 떠난 것이다. 그녀의 아버지는 그녀를 영국으로 데리고 가고 나의 할아버지는 결혼을 받아들이지 않는다. 불행한 숙명에는 아무런 변함도 없다.』마리우스와 같은 몽상가는 때로 그러한 극도의 낙담에 빠져서 그곳에서 자포자기의 결심이 생겨난다. 생의 권태는 견디기 어렵고 죽음은 생보다도 오히려 손쉬운 것이다.

그때, 그는 수행해야 할 두 가지 의무가 남아 있음을 생각했다. 즉 코제트에게 자신의 죽음을 알리고 마지막 고별을 할 것과, 저 불행한 소년, 에포닌느의 동생이며 테나르디에의 아들인 저 소년을 다가오는 파멸에서 구출하는 것이었다.

그는 조그만 수첩을 몸에 지니고 있었다. 코제트에 대한 사랑을 써모은 기록이 들어 있는 그 수첩이다. 그는 그곳에서 종이 한 장을 뜯어내어 연필로 몇 줄을 적었다.

　　우리들의 결혼은 불가능해졌습니다. 나는 할아버지께 용납해 주실 것을 간절히 말씀드렸으나 거절당했습니다. 나는 아무것도 가진 게 없고 당신도 마찬가집니다. 나는 당신 집으로 달려갔습니다만 이미 당신을 만날 수가 없었습니다. 내가 당신에게 약속했던 것을 잊지 않으셨겠죠. 나는 그것을 지키겠습니다. 나는 죽으렵니다. 나는 당신을 사랑합니다. 당신이 이 편지를 읽으실 때 나의 영혼은 당신의 곁에 가서 당신에게 미소지어 보일 겁니다.

　　그 편지를 봉할 방법이 없었으므로 그는 다만 종이를 넷으로 접어 그 위에 다음과 같은 주소를 적었다.
　　『롬므 아르메 거리 7번지 포슐르방 씨 댁, 코제트 포슐르방』
　　편지를 접자 그는 잠깐 생각에 잠기다가 다시 수첩을 꺼내서 펴고 같은 연필로 그 첫장에 이렇게 썼다.

　　내 이름은 마리우스 퐁메르시. 내 시체는 마레 지구 피유뒤 칼베르 거리 6번지의 나의 조부 질르노르망 씨에게 보내 주시오.

　　그는 수첩을 윗도리 주머니에 넣고 나서 가브로슈를 불렀다. 부랑아는 마리우스의 목소리를 듣자 자못 기쁜 듯한 헌신적인 얼굴로 달려왔다.
　　「나를 위해서 심부름 한 가지 해주겠니?」
　　「네, 뭐든지. 정말이에요! 아저씨가 아니었더라면 난 이미 저 세상에 갔을걸요.」
　　「이 편지를 말이야.」
　　「네.」
　　「이걸 줄 테니 지금 곧 바리케이드에서 나가거라(가브로슈는 불안스러운 얼굴로 귀를 긁기 시작했다). 그리고 내일 아침 여기 적힌 롬므 아르메 거리 7번지의 포슐르방 씨 댁의 코제트 양에게 이 편지를 전해 다오.」
　　용감한 소년은 대답했다.
　　「하지만 말예요! 그동안에 바리케이드를 점령하면 나는 여기에 없었던 게 될 것 아녜요?」

「이런 상태라면 바리케이드는 아무리 보아도 내일 아침까지는 공격받지 않을 거다. 내일 오정 때까지는 절대로 점령되지 않아.」

공격군이 바리케이드에 준 새로운 유예는 확실히 오래 끌었다. 이러한 중단은 야간 전투에는 흔히 있는 일이고 그러한 중단이 있은 뒤에는 반드시 한층 더 치열한 전투가 벌어지는 법이다.

「그렇다면, 내일 아침 이 편지를 전하러 가면 어때요?」

「그러면 너무 늦다. 아마 바리케이드는 포위되고 어느 거리도 막혀 버려서 나갈 수 없을 거다. 넌 지금 곧 가거라.」

가브로슈는 대꾸할 말이 없어서 결단을 내리지 못하고 우울한 듯이 귀를 긁고 있었다. 그러자 갑자기 그 작은 새 같은 동작으로 그는 편지를 받아들었다.

「좋아요.」

가브로슈는 한 가지 생각이 있어서 결심했으나 말은 하지 않았다. 마리우스가 또 반대하지나 않을까 두려웠던 것이다.

그 생각이란 이런 것이었다.

『아직 한밤중은 되지 않았다. 롬므 아르메 거리는 멀지 않으니까 지금 곧 편지를 전하러 가자. 알맞은 시간에 곧 돌아올 수 있겠지.』

제 15 장 롬므 아르메 거리

1. 수다스러운 압지(押紙 ; Buvard. bavard)

　도시의 격동도 영혼의 동란에 비하면 그 무엇이겠는가? 한 인간은 한 도시의 민중보다도 더욱 커다란 깊이를 가지고 있다. 장 발장은 마침 그때 무서운 번민에 사로잡혀 있었다. 온갖 심연이 그의 내부에서 다시 입을 벌리고 있었다. 그도 파리와 마찬가지로 무서운 어둠의 혁명 어구에서 떨고 있었다. 불과 몇 시간 사이에 그렇게 되어 버린 것이다. 그의 운명과 양심은 갑자기 어둠에 덮여 버렸다. 그에게 있어서도 파리와 마찬가지로 두 개의 원칙이 마주 보고 있다고 해도 좋았다. 즉 흰 천사와 검은 천사가 심연에 걸려 있는 다리 위에서 서로 맞붙어 싸우려 하고 있는 것이다. 어느 쪽이 상대를 떨어뜨릴 것인가? 어느 쪽이 이길 것인가?

　바로 이 6월 5일의 전날, 장 발장은 코제트와 투쌩을 데리고 롬므 아르메 거리로 옮겼다. 그런데 그곳에서는 뜻하지 않은 사건이 그를 기다리고 있었다.

　코제트는 플뤼메 거리를 떠날 때, 다소 저항해 보지 않을 수 없었다. 두 사람이 생활을 함께 한 이후 처음으로 코제트의 의지와 장 발장의 의지는 분명하게 나뉘어져서 충돌까지는 아니더라도 대립되었다. 한편에는 반대가 있었고 다른 한편에는 고집이 있었다. 알지 못하는 사나이가 장 발장에게 던진 『옮기시오』 하는 느닷없는 충고는 그를 몹시 완고하고 불안하게 만들었다. 그는 경찰에 실마리를 잡혀서 추적당하고 있는 거라 생각했다. 코제트는 양보할 수밖에 없었다.

　두 사람 다 입을 굳게 다물고 한 마디도 하지 않은 채 제각기 자신의 걱정에 잠겨 롬므 아르메 거리에 도착했다. 장 발장은 너무 걱정이 되어서 코제트의 슬픔이 보이지 않고, 그녀 역시 너무 슬퍼서 장 발장의 근심이 보이지 않았다.

장 발장은 투쌩까지 데리고 갔다. 그것은 그때까지 외출하는 경우 한 번도 없던 일이다. 그는 아마도 플뤼메 거리에는 다시 돌아오지 못할 거라고 생각했지만, 그렇다고 투쌩을 남게 할 수도 그녀에게 비밀을 털어 놓을 수도 없었다. 게다가 그녀는 헌신적이고 믿을 만한 여자였다. 주인에 대한 하인들의 배신은 호기심에서 비롯되는 것이다. 그러나 투쌩은 마치 장 발장의 하녀가 되기 위하여 태어난 듯 호기심도 전혀 없었다. 그녀는 떠듬거리면서 바르느빌르의 농사꾼의 사투리를 그대로 쓰며 말하는 것이었다. 「나는 이런 여자예요. 나는 내가 할 일밖엔 몰라요. 다른 일은 내가 알 바 아니예요.」

그 플뤼메 거리에서의 이사는 거의 야밤 도주와도 같은 것이어서 장 발장은 코제트가 『허리에 찬 주머니』라고 이름 붙인 향기로운 조그만 가방 외에는 아무것도 들고 나오지 않았다. 물건이 잔뜩 든 몇 개인가의 짐가방을 나르자면 짐꾼이 필요할 것이다. 짐꾼이란 뒤에 증인이 되는 것이다. 바빌론 거리의 문에 역마차를 한 대 오게 해서 모두들 그것을 타고 떠났다.

투쌩은 얼마되지 않는 속옷이며 옷가지며 약간의 화장품을 보퉁이에 싸가지고 갈 것을 간신히 허락받았다. 코제트는 편지지와 압지만을 들고 나왔다.

장 발장은 되도록 감쪽같이 행방을 감추기 위해 해가 진 뒤에 플뤼메 거리의 집을 떠나기로 했다. 때문에 코제트는 마리우스에게 짧은 편지를 쓸 겨를이 있었다. 그들은 완전히 어두워진 뒤에야 롬므 아르메 거리에 도착했다. 그리고 말없이 잠자리에 들었다.

롬므 아르메 거리의 집은 뒷켠에 서 있는 삼층 건물로 침실 둘과 식당, 식당에 이어진 부엌, 그리고 투쌩에게 배당된 접는 침대가 있는 다락방으로 되어 있었다. 식당은 동시에 객실로도 쓰였고 두 개의 침실 사이에 있었다. 실내에는 필요한 도구가 다 갖추어져 있었다.

사람은 공연히 걱정하는가 하면, 어리석게도 마음을 놓는다. 인간의 본성이란 그런 것이다. 장 발장의 불안도 롬므 아르메 거리로 옮기고 나니 단번에 엷어져서 차츰 기분이 좋아져 갔다. 사람의 마음에 기계적으로 작용해서 불안을 가라앉게 하는 그런 장소가 있다. 어두컴컴한 거리, 침착한 주민, 장 발장은 그러한 낡은 파리의 뒤안길에서 형용할 수 없는 평화로움이 스며드는 것을 느꼈다. 그 뒤안길은 극히 좁아서 두 개의 말뚝에 두터운 널빤지를 가로질러 마차를 차단하고 시끄러운 도시의 한복판에 있으면서도 귀머거리에 벙어리 같은 데다가, 대낮에도 어두침침하고 노인처럼 잠자코 있는 좌우의 백 년이 넘은 높은 집들 사이에서 말하자면 그 어떤 감정도 느끼지 않게 돼 있는 것 같았다. 그 거리에는 망각의 공기가 감돌고 있었다. 장 발장은 안도의 숨을 크게 내쉬었다. 그가 이런 곳에 있는 것을 어떻게 발견해 내겠는가?

그가 우선 유의한 것은 『허리에 찬 주머니』를 자기 곁에 두는 일이었다.

그는 푹 잘 잤다. 밤은 지혜를 준다지만 또한 밤은 마음을 가라앉힌다고도 덧붙일 수가 있다. 이튿날 아침 그는 식당을——실제로는 보기 흉한 방이어서 가구라곤 낡은 둥근 테이블 하나와 비스듬히 거울이 달려 있는 낮은 찬장과 헐어빠진 팔걸이의자 하나와 투쌩의 짐이 쌓여 있는 몇 개의 의자가 있을 뿐이었다——그래도 기분좋은 방이라고 느꼈다. 투쌩의 보퉁이 틈으로 장 발장의 국민군 제복이 보였다.

코제트는 어떤가 하면, 투쌩에게 수프 한 그릇을 자기 방으로 가져오게 했을 뿐 저녁때까지 얼굴을 내밀지 않았다.

다섯 시경에 이 조그마한 이삿짐을 정리하느라고 부산하게 왔다갔다하던 투쌩이 식당 테이블 위에 찬 닭고기를 내놓았으나, 코제트는 아버지에 대한 예의상 자리에 나와 앉아 보기만 했을 뿐 먹지는 않았다.

그러고 나서 그녀는 여전히 두통이 낮지 않는다는 핑계로 장 발장에게 저녁 인사를 하고 자기 침실로 들어가 버렸다. 장 발장은 닭의 죽지 하나를 맛있게 먹고 나서 식탁에 팔꿈치를 괴자, 차분하게 가라앉은 기분이 되어 다시 안도감을 되찾아 갔다.

그러한 조촐한 저녁 식사를 하는 동안에 그는 투쌩이 이런 말을 떠듬거리는 것을 두서너 번 어렴풋이 들었다. 「나리, 난리가 났다는구만요. 파리 한복판에서 싸움을 한대요.」 그러나 그는 마음속으로 이 일 저 일을 깊이 생각하고 있었기 때문에 그 말에 전혀 주의를 기울이지 않았다. 사실 그는 듣고 있지도 않았던 것이다.

그는 일어나서 더욱 차분해진 마음으로 창문에서 창문으로 걷기 시작했다.

마음이 부드러워짐과 동시에 유일한 근심거리인 코제트의 생각이 다시 머릿속에 되살아났다. 아까 말하던 두통이 근심스러워서가 아니다. 그것은 대단치도 않은 신경의 발작으로 젊은 처녀들에게 흔히 있는 불쾌감이고 일시적인 우울증이어서 하루나 이틀만 지나면 나을 것이다. 그는 오히려 먼 장래를 생각하고 있었다.

그것도 언제나처럼 곰곰이 차분한 마음으로 생각하고 있었던 것이다.

요컨대 행복한 생활이 다시금 시작되는 데에 아무런 장해도 없는 것처럼 여겨졌다. 어떤 때에는 모든 것이 불가능해 보였으나 또 어떤 때는 모든 것이 지극히 용이하게 보이는 것이다. 지금 장 발장은 그런 행복한 한때에 있었다. 그러한 때는 언제나 불행 뒤에 찾아온다. 마치 밤이 지난 뒤에 낮이 오는 것과 같이 천박한 학자들이 반립이라 이름 짓는 것, 즉 자연의 근저를 이루고 있는 계승과 대비의 법칙에 의하는 것이다. 그러한 조용한 거리에 피난함으로써 장 발장은 오래 전부터 그를 불안하게 했던 모든 근심거리에서 해방될 수 있었다. 지금까지 많은 암흑을 보아온 그는 이제 조금쯤 푸른 하늘을 엿볼 수 있게 되었다. 아무런 어려움 없이 무사히 플뤼메 거리를 떠난 것만으로도 이미 좋은 징조였다.

몇 달 동안이라도 나라를 떠나서 런던으로 가 있는 것도 아마 현명한 방법이리라. 그렇다, 꼭 가자. 코제트만 옆에 있어 준다면 프랑스에 있든 영국에 있든 나쁠 게 뭐 있겠는가? 코제트야말로 그의 모국이었다. 그의 행복에는 코제트만으로 충분했다. 그 자신은 아마도 그녀의 행복에 그다지 충분하지 않으리라는 예전의 그의 초조감과 불면증의 원인이었던 그 생각은 이제는 마음에 떠오르지도 않았다. 그는 과거의 모든 고민에서 회복되어 완전한 낙관 속에 잠겨 있었다. 코제트가 곁에 있는 이상, 자신의 것이라고 생각되었다. 이것은 누구나가 경험하는 착각이다. 그는 마음속으로 갖가지 안이한 공상을 그려보면서 코제트와 함께 영국으로 떠날 계획을 세웠다. 그리고 몽상이 펼쳐 놓는 전망 속에서 어디에서고 자신의 행복이 이루어지는 것을 마음속에 그려보고 있었다.

이렇게 생각하면서 방안을 천천히 거니는 동안에 그의 눈이 문득 이상한 것에 부딪쳤다. 그가 마침 찬장 위에 비스듬히 세워진 거울 앞에 왔을 때 그 거울 속에서 다음과 같은 몇 줄의 글이 눈에 띄었고 분명히 읽을 수 있었다.

사랑하는 님이여! 아버지께선 곧 출발하신다고 합니다. 우리는 오늘 밤엔 롬므 아르메 거리 7번지에 있게 됩니다. 일주일 뒤에는 런던으로 가게 됩니다. 코제트 6월 4일.

장 발장은 깜짝 놀라 걸음을 멈추었다.
코제트는 이곳에 도착했을 때 압지를 끼운 노트를 찬장 위 거울 앞에 놓은 채,

너무나도 상심한 나머지 까맣게 잊어버리고 그것이 활짝 펼쳐져 있는 것을 깨닫지 못했다. 그 펼쳐져 있는 곳은 어제 그녀가 사연을 쓴 뒤 편지의 잉크를 말리려고 눌렀던 곳이었다. 그 편지의 본문은 전날 플뤼메 거리를 지나가던 젊은 노동자에게 급히 부탁했던 것이다. 글씨는 압지 위에 그대로 고스란히 남아 있었다. 거울은 그 글씨를 비추었던 것이다.

그 결과는 기하학에서 말하는 이른바 대칭 도형이 되어 압지에 거꾸로 박혀진 글씨는 거울 속에서 다시 올바른 위치로 되돌아가서 본래의 방향을 나타내고 있었다. 그래서 장 발장은 어제 코제트가 마리우스에게 써보낸 편지를 그대로 본 것이다. 그것은 별로 이상스러울 것도 아무것도 아니었지만 그는 벼락을 맞은 것 같았다.

장 발장은 거울 앞으로 다가섰다. 그 몇 줄의 글을 다시 읽었으나 믿어지지 않았다. 그 글씨들은 번갯불빛 속에 나타난 것만 같았다. 이것은 착각이다. 있을 수 없는 일이다. 현실이 아니다.

그러나 차츰 그의 지각이 또렷해졌다. 코제트의 압지를 가만히 바라보자 차츰 현실감이 되살아났다. 그는 압지를 집어 들고「이거군」하고 말했다. 그리고 압지에 스며들어 있는 몇 줄의 글씨를 열심히 살펴보았다. 글씨는 거꾸로 되어 있어 기묘한 낙서처럼 보여 아무런 의미도 잡히지 않았다. 그래서 그는『이런 건 아무 의미도 없다. 여기에는 아무것도 씌어 있지 않다』하고 자기 자신에게 말했다. 그리고 형용할 수 없는 안도감으로 가슴 그득히 숨을 들이마셨다. 무서운 순간에 그 누가 그러한 어리석은 기쁨을 맛보지 않은 자가 있으랴? 영혼은 모든 환영을 완전히 뺏어 버리지 않는 한, 절망에 몸을 맡기지 않는다.

그는 압지를 손에 든 채, 터무니없이 기뻐하고 그를 속인 착각을 생각하며 하마터면 웃음까지 터뜨릴 뻔하면서 그것을 바라보고 있었다. 그러자 갑자기 그의 눈은 다시 거울 위에 떨어지고, 그곳에 비친 환영을 다시 보았다. 몇 줄의 글씨는 무정하게도 뚜렷하게 나타나 있었다. 이번에는 미몽이 아니었다. 환영도 잡을 수 있는 것이다. 거울에 반영되어 올바르게 된 글씨였다. 그는 알았다.

장 발장은 비틀거리며 압지를 손에서 떨어뜨리고 찬장 옆의 낡은 팔걸이의자 속에 쓰러지듯 주저앉아 고개를 떨어뜨리고 눈을 흐리멍덩하게 뜨고 착란에 빠졌다. 틀림없는 일이다, 이 세상의 광명은 영원히 사라진 것이다, 코제트는 이 편지를 누구에겐가 써보낸 것이다, 하고 그는 생각했다. 그러자 자신의 영혼이

다시금 무서운 모습으로 되돌아와서 어둠 속에 은은히 포효하는 소리를 들었다. 우리 안에 가두어 둔 자기의 강아지를 사자의 먹이로 만들 수는 없다. 뺏어 와야 한다 !

괴이하고도 슬픈 일이지만 그때 코제트는 아직 마리우스의 편지를 받아 보지 못했었다. 우연은 마리우스를 배신하여 그 편지가 그에게 전달되기 전에 장 발장에게 건너가 버린 것이다.

장 발장은 오늘날까지 어떠한 시련에도 져 본 적이 없었다. 그는 가지가지의 무서운 시련을 겪어 왔다. 불운의 폭력 행위도 그를 가만두지 않았고 운명의 잔혹함도 온갖 고발과 사회적 박해로 무장하고 그를 목표로 달려왔다. 그러나 그는 어떠한 것 앞에서도 물러나거나 굴하지 않았다. 부득이한 경우가 아니면 어떤 곤경도 달게 받았다. 간신히 회복한 인권을 희생하고 자유도 버리고 목숨을 걸고 모든 것을 잃고 모든 것을 참아 내고 그러면서도 언제나 공정하고 욕심 없이 금욕을 지켜왔기 때문에 때로는 순교자같이 자신을 돌보지 않는 것이나 아닌가 생각할 정도였다. 그의 양심은 갖은 역경의 습격에 익숙해져서 이제는 영원히 난공불락인 것 같았다. 그러나 지금 그의 양심을 들여다보면 그것이 매우 약해져 가고 있음을 인정하지 않을 수 없다.

즉 운명이 주는 그 오랜 심문에 있어, 그가 받은 온갖 고문 가운데 이번 고문이 가장 무섭고 견디기 힘든 것이었다. 일찍이 이처럼 무참한 고문 기구에 접해 본 일이 없었다. 그는 온갖 내적 감각의 야릇한 동요를 느꼈다. 미지의 신경이 곤두서는 것을 느꼈다. 아아, 마지막 시련이란, 아니 유일한 시련은 사랑하는 사람을 잃는 일이다.

불쌍한 장 발장은 물론 아버지로서의 부성애로밖에는 코제트를 사랑하고 있지 않았다. 그러나 앞서도 지적했던 것처럼 홀아비 생활의 쓸쓸함은 그 부성애에 온갖 애정을 심어 주었다. 그는 코제트를 딸처럼 사랑하고 어머니처럼 사랑하고 누이동생처럼 사랑했다. 그리고 또 이제까지 애인이나 아내를 가져 본 적이 없으므로 어떠한 지불 거절도 받아들이지 않는 채권자 같은 본성에 의하여 모든 감정 가운데서 가장 강력한 그 부성애의 감정은 다른 여러 가지 감정과 섞여 있었다. 애매하고 무지하고 맹목적으로 순결하고 무의식적이고 천국 같고 천사 같고 신성해서 감정이라기보다는 오히려 본능에 더 가깝고 본능보다는 느껴지지도 보이지도 않는 흡인력에 가까웠다. 그러나 진실된 무언가였다. 이른바 사랑이라는 것도 코제트에 대한 그의 광대한 애정 속에 놓여질 때에는 마치 어두운, 아직 사람의 발이 닿지 않은 산중의 금광이 숨겨져 있는 것과 같았다.

이미 앞에서 말한 마음의 상태를 상기해 주기 바란다. 어떠한 결혼도 그들 사이에는 있을 수 없었다. 설사 영혼의 결혼일지라도. 그렇지만 그들의 운명이 결부돼 있음은 분명하다. 코제트란 존재가 없었다면, 다시 말해 한 아이가 없었다면 장 발장은 그 길고 긴 일생을, 사람이 사랑할 수 있는 것은 아무것도 알지 못하고 지냈을 것이다. 계속해서 일어나는 정열이나 사랑은, 겨울을 넘긴 나뭇잎이나 쉰 살의 고개를 넘긴 사람에게서 흔히 볼 수 있듯이 거무스름한 녹색 위에 연한 녹색을 빚어내 주지만 그의 마음에는 전혀 그런 현상은 일어나지 않았다. 요컨대 여태까지 되풀이 말했듯이 모든 내적 융합은——서로 모여서 하나의 높은 덕이 된 이 총 체는——장 발장으로 하여금 코제트의 아버지가 되게 했다. 장 발장은 내부에 숨어 있는 할아버지와 아들과 오빠와 남편이 뒤섞여진 이상한 아버지, 하나의 모성애마저도 포함한 아버지, 코제트를 사랑하고 그녀를 숭배하는 아버지, 이 아이를 오로지 광명으로 삼고 집으로, 가족으로, 조국으로, 그리고 천국으로 삼고 있는 아버지였다.

그러므로 지금 모든 것이 끝나 버렸음을 알았을 때, 그녀가 자기의 손에서 빠져나가 달아나 버리려고 함을 알았을 때, 믿었던 것이 구름 같고 물 같음을 알았을 때, 그리고 딴 남자가 그녀의 마음을 사로잡고 있고 다른 남자가 그녀의 평생의 소망이다, 따로 사랑하는 사람이 있고, 자기는 그저 아버지에 지나지 않는다, 자신은 없는 거나 다름없는 견딜 수 없는 증거를 보았을 때, 그로서 의심할 여지가 없음을 생각했을 때,『저 아이는 내 손이 닿지 않는 곳으로 가버리는 것이다!』하고 생각했을 때, 그가 느낀 고통은 견딜 수가 없었다. 여태껏 온갖 짓을 다 해온 결과가 이렇게 되다니! 아, 이 무슨 일이란 말인가! 자기는 이제 아무것도 아니라니! 그렇게 생각하자 아까도 말했듯이 그는 격심한 반항심으로 온몸을 떨었다. 머리카락의 뿌리 속까지 이기심이 뭉게뭉게 일어나는 것을 느꼈다. 자아가 이 사나이의 마음의 깊은 심연에서 무섭게 포효했다.

내적인 붕괴라는 게 있다. 절망적인 확증이 인간의 마음을 꿰뚫을 때, 그것은 어떤 심오한 요소를 분리시키고 깨뜨려 부순다. 그 요소는 때로 인간의 본질이 될 만큼 중요한 것이다. 고통이 그러한 단계에 달할 때 양심의 모든 힘은 한꺼번에 무너진다. 그야말로 치명적인 위기이다. 우리 인간 가운데서 평소와 변함없는 마음을 지니고 의무를 굳게 지키면서 그런 위기에서 탈출할 수 있는 사람은 거의 없다. 고뇌의 한계를 넘었을 때에는 아무리 덕이라 해도 흔들리기 마련이다. 장 발장은 다시 압지를 집어 들고 다시금 사실을 확인했다. 그는 부정할 수 없는 몇 줄의 글씨 위에 몸을 구부린 채 화석처럼 굳어서 가만히 응시하고 있었다. 그리고 그 영혼의 내부가 모두 붕괴되는 것이 아닌가 생각될 만큼의 의혹의 구름덩이가 마음속에 솟아올랐다.

그는 그 계시를, 공상의 확대경을 통해서 겉으로는 태연을 가장하면서 살펴 보았으나 그 마음속은 처절했다. 왜냐하면 인간의 침착성도 세워 놓은 동상 같은 냉혹에 도달할 때에는 무서운 형상을 띠기 때문이다.

그는 자신이 깨닫지 못하는 사이에 운명이 내디딘 무서운 발자취를 돌아다보았다. 지난 해 여름의 걱정, 극히 어리석은 해결로 얼버무려진 그 걱정을 상기했다. 그는 다시금 심연을 보았다. 역시 똑같은 일이었다. 다만 장 발장은 그 심연의 가장자리에 있는 것이 아니라 그 밑바닥에 떨어져 있었다.

비통하게 가슴을 찌르는 분노는 미처 깨닫기도 전에 이미 그곳에 떨어져 있었던 것이다. 자기는 여전히 태양을 보고 있는 줄 알았는데 어느 틈에 인생의 모든 빛은 사라져 버렸던 것이다.

그의 직감은 주저하지 않았다. 몇 가지의 사정과 날짜와 시간, 그리고 코제트의 얼굴이 때로는 붉어졌다 파래졌다 하던 그 변화, 이런 것 등을 맞추어 보고 그 사나이라고 생각했다. 절망한 인간의 추측은 결코 겨냥이 빗나가지 않는 신비로운 활이다. 그는 처음부터 마리우스라고 직감했다. 이름은 알지 못했으나 어떤 남자인가는 곧 짐작이 갔다. 억누를 수 없이 불러일으켜지는 기억 속에 릭상부르 공원을 거닐던 낯선 배회자——거리에서 사랑을 찾아다니는 그 하찮은 사나이가, 사랑의 노래에 나오는 것 같은 그 건달이, 그 어리석은 파렴치한이 분명히 보였다. 아버지의 사랑을 받으며 아버지의 곁에 있는 처녀에게 추파를 던지러 오는 행위는 파렴치하지 않고 무엇이겠는가?

이러한 사태 밑바닥에 그 청년이 숨어 있고, 모든 것은 그 사내에게서 비롯되었다는 것을 분명히 확인했을 때, 갱생한 인간이며 그토록 줄곧 영혼을 숭고하게 하려고 수양을 쌓았던 인간이며, 인생의 모든 것, 비참한 모든 것, 불행의 모든 것을 사랑의 해결로 이끌기 위해서 그토록 노력을 거듭했던 인간 장 발장은 자신의 마음에 눈을 돌리자 거기에 하나의 괴물이, 즉 증오가 웅크리고 있는 것을 보았다.

커다란 고통은 심신을 때려 눕힌다. 살아 갈 용기를 빼앗는다. 그러한 고통에
빠진 인간은 무언가가 자기한테서 빠져나가는 것을 느낀다. 그러한 고통은 젊었을
때는 비통한 일이고 만년에는 처참한 일이다. 아아, 피는 뜨겁고, 머리는 검고
불꽃이 횃불 위에 타오르는 것처럼 머리가 꼿꼿이 몸통 위에 서고 운명의 두루
마리는 아직도 두껍고 희망 있는 사랑에 가득 찬 마음은 더욱 강한 고동 소리를
전하고, 과거를 보상하기에 충분한 앞날을 지니고, 온갖 미소, 온갖 미래, 온갖
지평이 눈앞에 있고 생명력이 팽창해 있는 그런 때에 있어서도 절망은 무서운
것이어늘, 하물며 세월이 더욱 창백해지면서 황망히 사라져 가는 노년, 무덤 위의
별이 보이기 시작하는 인생의 황혼기에는 그 절망이 어느만큼이겠는가?

그가 깊은 생각에 잠겨 있노라니까 투쌩이 들어왔다. 장 발장은 일어나서 그
녀에게 물었다.

「어느 쪽인지 알겠소?」

투쌩은 깜짝 놀라 이렇게 대답하는 수밖에 없었다.

「네?」

장 발장은 말을 이었다.

「아까 나더러 싸움이 벌어졌다고 하지 않았소?」

「아! 그 말씀요?」하고 투쌩은 대답했다. 「그건 쌩 메리 쪽이에요.」

우리에게는 자신도 알지 못하는 사이에 가장 깊은 생각의 밑바닥에서부터 일
어나는 일종의 기계적인 충동이 있다. 아마도 그런 종류의 충동에 무의식적으로
충격을 받았으리라. 장 발장은 오 분 뒤에는 이미 거리에 나와 있었다.

그는 모자도 쓰지 않고 집 문앞에 있는 돌 위에 앉아 있었다. 벌써 한밤중이었다.

2. 등불을 미워하는 부랑아

그로부터 얼마만큼의 시간이 흘렀을까? 그 비통한 명상의 간만은 어땠을까?
그는 다시 일어섰겠는가? 그대로 굴복했겠는가? 짓눌려 버릴 만큼 녹초가 되어
버렸을까? 다시 한 번 일어서서 무언가 확고한 것에 양심의 발을 올려 놓을 수
있었는가? 아마 그 자신, 그 중의 어느 것이었다고 말할 수 없었을 것이다.

거리는 조용했다. 이따금 황망히 집으로 돌아가는 불안스러워 보이는 시민도

간혹 있었으나 그는 거의 쳐다보지도 않았다. 위험이 임박했을 때에는 아무도 자신의 일밖에 생각 않는 법이다. 불을 켜는 사람은 여느 때와 마찬가지로 7번지 앞문 정면에 있는 가로등에 불을 켜고 가버렸다. 이 불빛 그늘 속에 있는 그를 아무도 산 사람이라고는 하지 않을 것이다. 그는 거기 앞문의 경계돌에 앉아 얼음 귀신처럼 꼼짝도 하지 않았다. 절망한 때에는 결빙이 생기는 법이다. 멀리서 경종 소리며, 어렴풋이 폭풍과 같은 요란한 소리가 들려 왔다. 폭동에 휩쓸린 요란한 종소리 속에 쌩 폴 성당의 큰 시계가 열한 시를 쳤다. 둔중하고 유유히. 요란한 경종은 인간의 것이고 유유한 시종은 신의 것이다. 그러나 시간의 경과는 장 발장에게 아무런 작용도 미치지 않았다. 장 발장은 여전히 움직이지 않았다. 그렇게 열한 시가 조금 지났을 무렵, 갑자기 사격 소리가 시장 쪽에서 울려 퍼지고 다시 더욱 격렬한 사격 소리가 뒤따랐다. 아마도 조금 전에 본 것처럼, 마리우스에 의해 격퇴되는 샹브르리 거리의 바리케이드를 공격하는 소리였을 것이다. 밤의 정적으로 한층 더 광포하게 울리는 그 두 차례의 일제 사격 소리를 듣고 장 발장은 몸을 떨었다. 그는 소리가 나는 쪽을 바라보며 몸을 일으켰다. 그러나 다시 경계돌 위에 털썩 주저앉아, 팔짱을 끼고, 고개는 다시금 천천히 가슴 위로 떨어졌다.

그는 다시 암흑 속의 대화에 잠겼다.

갑자기 그는 눈을 들었다. 누가 거리를 걸어오는지 발소리가 바로 가까이에서 들렸다. 가로등 불빛에 바라보니 자르쉬브(자르쉬브 거리 모퉁이에 자르쉬브 나씨오날이라는 옛문서 보관소가 있다)로 나가는 거리 쪽에 창백하고 어리고 쾌활해 보이는 얼굴 하나가 보였다.

가브로슈가 롬므 아르메 거리에 막 다다른 것이다. 가브로슈는 위를 쳐다보며 무언가를 찾는 모양이었다. 그는 분명히 장 발장을 봤으나 그에게 눈길을 멈추려고 하지 않았다.

가브로슈는 위를 올려다보다 아래를 둘러보았다. 그는 발돋움하여 집집마다 아래층의 문이며 창문을 더듬었으나 모두가 닫혀 빗장이나 열쇠가 채워져 있었다. 그렇게 단단히 닫혀 있는 대여섯 집의 전면을 모조리 살펴보고 나서 부랑아는 어깨를 움츠리며 혼자 뇌까렸다.

「흥, 제기랄!」

그러고 나서 그는 다시 위를 올려다보기 시작했다.

장 발장은 조금 전까지의 심정이었다면 아무하고도 말도 않고 대답도 하지 않았을 테지만, 지금은 그 어쩐지 소년에게 말을 걸어 보고 싶었다.

「꼬마야, 무슨 일이냐?」

「배가 고픈 거야」하고 가브로슈는 짤막하게 대답했다. 그리고 덧붙였다.「꼬마는 당신이에요.」

장 발장은 안주머니를 뒤져서 한 장의 오 프랑짜리 화폐를 꺼냈다. 그러나 할미새처럼 동작이 날쌘 가브로슈는 어느 새 돌을 한 개 집어들고 있었다. 그는 가로등을 보았던 것이다.

「요런」하고 소년은 말했다.「아직 여기에 등불이 켜 있군. 규칙 위반이야. 내가 부숴 줄 테다.」

그렇게 말하고 그는 가로등에 돌을 던졌다. 유리는 요란한 소리를 내며 깨져 흩어졌다. 맞은편 집 커튼 아래 쭈그리고 있던 시민들은 외쳤다.「이크, 93년이 왔구나!」

가로등불은 몹시 흔들리더니 꺼졌다. 거리는 갑자기 어두워졌다.

「이젠 됐다, 이 늙은 거리야!」하고 가브로슈는 말했다.「밤의 모자를 써야지.」

그리고는 장 발장을 돌아다보며 말했다.

「저기 길 끝에 있는 터무니없이 큰 건물을 뭐라 하죠? 자르쉬브인가? 저 굵은 기둥을 뽑아서 멋진 바리케이드를 만들면 좋겠는 걸.」

장 발장은 가브로슈에게 다가가 혼잣말로 중얼거렸다.

「가엾게도, 배가 고픈 게로군.」

그리고 소년의 손에 오 프랑짜리 돈을 쥐어 주었다.

가브로슈는 어마어마한 화폐의 크기에 놀라 얼굴을 들었다. 어둠 속에서 하얗게 반짝이는 화폐를 들여다보았다. 오 프랑짜리 화폐에 대해선 전부터 소문을 들어 알고 있었다. 그 평판을 듣기만 해도 즐거웠다. 그런데 지금 바로 가까이에서 보고 소년은 황홀해졌다.「어디 호랑이를 좀 봐야지」하고 소년은 말했다.

소년은 한참 동안 넋을 잃고 화폐를 들여다보았다. 이윽고 장 발장 쪽으로 돌아서서 화폐를 내밀며 의젓하게 말했다.

「부자 어른, 난 가로등을 부수는 게 더 좋아. 이 사나운 짐승은 집어 넣어요. 난 매수되지 않아요. 이 호랑이는 발톱이 다섯 개나 있지만 나를 할켜 놓을 수는 없어.」

「너 어머니가 계시냐?」

「글쎄, 당신보다 많을 거야.」

「그렇다면 받아 두어라, 네 어머니를 위해서.」

가브로슈는 마음이 움직였다. 게다가 말하고 있는 남자가 모자를 쓰지 않은 것을 보고 마음을 놓았다.

「그럼, 돈을 주고 가로등을 못 부수게 하려는 게 아니었군?」

「부수고 싶거든 네멋대로 부수렴.」

「당신은 좋은 분이야.」

그리고 오 프랑짜리 화폐를 주머니에 넣었다.

더욱 마음이 놓여 그는 덧붙였다.

「이 거리에서 사시나요?」

「그런데 왜 그러지?」

「7번지가 어딘지 가르쳐 주세요.」

「7번지는 어째서?」

그러자 소년은 입을 다물었다. 좀 지나치게 말하지 않았나 싶었다. 그는 손톱으로 힘껏 머리를 쓱쓱 긁으면서 다만 이렇게 대답했다.

「아아! 여기군요.」

문득 어떤 생각이 장 발장의 머리에 떠올랐다. 고민은 그러한 투시력을 갖추고 있다. 그는 소년에게 말했다.

「난 지금 편지를 기다리는데, 네가 전하러 온 게 아니냐?」

「당신요?」

「당신은 여자가 아닌 걸.」

「편지는 코제트 양한테로 되어 있지?」

「코제트?」 하고 가브로슈는 중얼거렸다. 「그래요, 그거 비슷한 이름 같았어요.」

「자아, 그 편지는 내가 전하게 되어 있다, 이리 다오.」

「그러면 당신은 내가 바리케이드에서 심부름 온 걸 아시겠군요.」

「물론 알고말고.」

가브로슈는 돈을 넣은 쪽과는 다른 호주머니에 손을 집어 넣어 넷으로 접은 종이를 꺼냈다.

그리고 나서 그는 거수 경례를 했다.

「급한 공문서에 경례! 이건 임시 정부에서 온 거니까.」

「이리 다오.」

가브로슈는 종이를 머리 위로 올렸다.

「이것을 사랑의 편지쯤으로 생각해선 안 돼요. 여자에게 보낸 거지만 민중에게 보낸 거예요. 우리 남자들은 싸우고 있지만 여성을 존경하지. 낙타에게 수탉을 붙여 주는 사자들(행실이 옳지 못한 노부인에게 사랑의 편지를 보내는 허영된 남자)이 있는 그런 상류 사회와는 다르니까.」

「어서 이리 주려무나.」

「요컨대」 하고 가브로슈는 계속했다. 「당신은 좋은 분이라고 나는 보았어요.」

「자아, 어서.」

「자요.」

그는 장 발장에게 종이를 주었다.

「빨리 가져다 줘요, 뭐라고 하는지 모르는 아저씨, 기다리실 테니까요, 쇼제튼가 뭔가 하는 아가씨가요.」

가브로슈는 자기가 운을 맞추어 한 말에 만족했다.

장 발장은 말했다.

「회답은 쌩 메리로 하면 되겠지?」

「웬걸요」 하고 가브로슈는 외쳤다. 「당치도 않은 소릴. 이 편지는 샹브르리 거리의 바리케이드에서 온 거예요. 나는 그리로 다시 가야 해요. 그럼 안녕.」

그렇게 말하고 가브로슈는 가버렸다. 아니 조롱에서 달아난 새처럼 왔던 길 쪽으로 날아갔다. 어둠 속에 구멍이라도 뚫려 있는 양 총알처럼 날쌔게 사라졌다. 롬므 아르메의 뒤안길은 아까처럼 다시 고요하고 쓸쓸해졌다. 그림자와 꿈을 한몸에 숨긴 그 이상한 소년은 눈 깜짝할 사이에 새까만 집들을 둘러싼 안개 속에 섞여서 어둠 속에 연기처럼 사라져 버렸다. 몇 분 후 유리창 깨지는 소리와 길바닥 위로 부서지는 가로등의 요란한 소리가 나서, 다시 또 느닷없이 시민들의 잠을 깨게 하고 화나게 했으나 그런 소리가 없었던들 소년은 어둠 속에 안개같이 스러져 버렸는가 싶은 정도였다. 그것은 솜므 거리를 지나가던 가브로슈의 짓이었다.

3. 코제트와 투쌩이 잠든 사이에

장 발장은 마리우스의 편지를 들고 집으로 들어갔다.

그는 먹이를 움켜쥔 부엉이처럼 어둠에 만족하면서 손으로 더듬어 계단을 올라가서 방문을 살그머니 열었다가 다시 가만히 닫은 뒤, 무슨 소리가 나지 않나 잠시 귀를 기울여 여러 모로 보아 코제트와 투쌩이 잠든 듯한 낌새를 확인하자, 푸마드의 등잔에 성냥개비를 집어 넣어 발화시키려고 했으나 도무지 잘 되지 않아 서너 개비를 헛되게 했다. 그의 손은 떨리고 있었다. 그의 거동은 마치 도둑질이나 하는 것 같았다. 가까스로 촛불이 켜지자 그는 테이블 위에 팔꿈치를 괴고 종이를 펴서 읽었다.

격정에 사로잡힌 사람은 아무것도 읽을 수가 없다. 들었던 종이를 방바닥에 내동댕이쳐 마치 잡아온 짐승처럼 잡아 누르고 조르며 분노의 손톱을, 혹은 광희의 손톱을 그 속에 세우는 것이다. 그는 한달음에 글 말미로 달려갔다가 다시 서두로 뛰어왔다. 주의는 열에 들떠 대충 대체적인 곳을, 요점만을 이해하고 어느 한 점을 움켜쥐면 나머지는 사라지고 말았다. 마리우스가 코제트에게 준 짧은 글 가운데 장 발장은 다음의 말밖에는 보지 않았다.

나는 죽습니다. 당신이 이 편지를 읽을 무렵 나의 영혼은 당신 곁에 가 있을 겁니다.

이 두어 줄을 읽고 그는 심한 현기증을 느꼈다. 마음속에 일어난 감정의 변화에 짓눌린 듯 한참 동안 그대로 우두커니 서서 놀라움을 느끼면서 마리우스의 편지를 바라보고 있었다. 미운 인간이 죽어 가는 통쾌한 장면이 눈앞에 그려졌다.

그는 무서운 내심의 환성을 질렀다.——이것으로 만사는 끝났다. 결말은 기대 이상으로 빨리 왔다. 그의 운명의 장애물이 되어 있던 바로 그 사나이가 사라져 가고 있다. 그놈은 스스로 멋대로 자진해서 사라져 가고 있다. 장 발장이 아무런 손도 쓰기 전에, 아무런 죄도 저지르기 전에 『그 사나이』는 죽어 가고 있다. 아니 벌써 죽어 있을지도 모른다.——이렇게 생각하자 그의 격정은 추측을 하기 시작했다.——아니, 그놈은 아직 죽지 않았다. 편지는 분명히 내일 아침에 코제트가 읽을 것을 생각하고 씌어진 것이다. 열한 시부터 열두 시 사이에 저 두 차례의 일제 사격 소리가 들린 뒤로는 아무 소리도 나지 않았다. 바리케이드는 새벽까지는 본격적인 공격을 받지 않을 것이다. 그러나 어쨌든, 마찬가지다. 『그 사나이』는 일단 전투에 참가한 이상 살아날 길은 없다. 톱니바퀴에 휩쓸려 들어간 것이다.——장 발장은 살아난 듯한 느낌이었다. 이제는 또다시 코제트와 둘만이 남게 되리라. 싸움은 끝났다. 장래는 다시 양양하게 열려 왔다. 자기는 이 편지를 호주머니 속에 넣어 두기만 하면 된다. 코제트는 그 사나이가 어떻게 되었는지 언제까지고 모르리라. 『일이 되어 가는 대로 내버려 두면 된다. 그 사나이는 도저히 빠져나올 수 없을 것이다. 아직은 죽지 않았다 해도 머잖아 죽을 게 틀림없다. 이 얼마나 다행한 일이냐!』

그런 것을 속으로 중얼거리자 그는 침울했다. 그는 아래로 내려가서 문지기를 깨웠다.

약 한 시간 뒤에 장 발장은 국민군 제복을 입고 무장을 하고 나섰다. 문지기가 인근에서 쉽사리 그의 몸차림에 필요한 것을 찾아다 주었던 것이다. 그는 장전한 총과 탄약이 잔뜩 들어 있는 탄창을 가지고 있었다. 그는 시장 쪽으로 향했다.

4. 가브로슈의 지나친 열의

그 사이에 하나의 사건이 가브로슈에게 일어나고 있었다.

가브로슈는 일부러 솜므 거리의 가로등에 돌을 던져 깨뜨린 뒤, 비에이유 오드리에트 거리로 접어들어 『고양이 새끼 한 마리』도 얼씬 하지 않는 것을 보고 그 기회를 타서 알고 있는 노래는 모조리 부르기 시작했다. 그의 발걸음은 노래 때문에 늦어지기는커녕 점점 더 빨라졌다. 모두 잠이 들었는지 아니면 공포 때문인지 쥐죽은 듯 고요한 집들을 따라가며 마음을 태우는 이런 노래를 마구 불러 대기 시작했다.

울타리 안에서 새들이 쑤군대네.
아탈라는 바로 어제, 바로 어저께
러시아 사나이와 달아났다네.

어여쁜 그 아가씨 가는 앞길은
　　롱, 라.

요놈의 수다쟁이 피에로 참새 녀석아,
요전에 밀라가, 바로 요전에
창문 두드려 날 부른 게 나빴느냐.

어여쁜 그 아가씨 가는 앞길은
　　롱, 라.

덧없는 여자의 맛이란 좋아
나는 독물에 넋을 잃었네.
오르필라 자신도 취하고 마네(오르필라는 당시의 독극물학자).

어여쁜 그 아가씨 가는 앞길은
　　롱, 라.

좋더라 다정한 말 사랑의 싸움,
아네스도 파멜라도 모두 좋더라,
리즈는 나를 불태우고 자신도 탔네.

어여쁜 그 아가씨 가는 앞길은
　　롱, 라.

그 옛날 쉬제트와 제일라의
만틸라 보았을 때, 그 주름에
나의 영혼 녹아 버렸네.

어여쁜 그 아가씨 가는 앞길은

롱, 라.

어둠 속에 빛나는 아모르 사랑의 신이여,
장미꽃 너울을 롤라에게 씌울 때
나의 가슴 불타서 죽을 것 같다.

어여쁜 그 아가씨 가는 앞길은
　　롱, 라.

거울 앞에 마주 앉아 치장하는 잔느여!
언젠가 날아간 내 마음을
잔느여, 그대는 갖고 있겠지.

어여쁜 그 아가씨 가는 앞길은
　　롱, 라.

그날 밤 카드릴을 추고 나오다
별에게 스텔라를 가리키면서
나는 말하였지.「보라, 이 여자를.」

어여쁜 그 아가씨 가는 앞길은
　　롱, 라.

가브로슈는 노래를 부르면서 사뭇 손짓 몸짓까지 했다. 몸짓은 후렴의 지탱이다. 다양하게 변하는 그의 표정은 구멍 뚫린 셔츠가 강한 바람에 나부끼는 것보다 더 괴상망측하게 온갖 변덕스러운 찡그린 상을 만들었다. 다만 불행하게도 그는 혼자인데다가 밤중이었으므로 아무도 보아 주지 않았고 또 보이지도 않았다. 세상에는 그런 묻혀 있는 보물도 있는 것이다.
　갑자기 그는 노래를 뚝 그쳤다.
　「연가는 이 정도로 해두자」하고 그는 말했다.

그의 고양이 같은 눈은, 어떤 집 대문 안쪽에 회화에서 앙상블이라고 불리는 것을 발견한 것이다. 즉 하나의 인물과 하나의 정물을 본 것이다. 정물이란 다름아닌 손수레였고, 인물이란 그 속에서 잠자고 있는 오베르뉴 부근의 시골뜨기였다.

손수레의 손잡이는 포석 위에 내려 놓아져 있고 오베르뉴 사나이의 머리는 수레 앞부분의 판자 위에 기대어져 있었다. 몸뚱이는 비스듬히 기울어진 차체 위에 웅크리고 있었고, 두 다리는 땅바닥에 닿아 있었다.

가브로슈는 이런 치들의 일을 잘 알고 있는 만큼 그 사나이가 술에 곯아떨어져 있다는 것을 알아차렸다. 그는 술을 너무 많이 먹고 취해, 깊은 잠에 떨어져 있는 어느 변두리의 짐꾼이었다. 가브로슈는 생각했다.

『이렇게, 여름 밤이란 편리한 데가 있구나. 오베르뉴 사나이 수레 속에 잠들다로군. 그렇다면 나는 수레를 공화국을 위해 징발하고 오베르뉴 사나이는 왕정에 맡기기로 하자.』

그의 머리에는 다음과 같은 번갯불이 번쩍 빛났던 것이다.

『이 수레를 우리 바리케이드에 올려 놓으면 금상첨화이겠는데.』

오베르뉴 사나이는 코를 골고 있었다.

가브로슈는 살그머니 수레를 뒤에서 잡아당기고 오베르뉴 사나이를 앞에서, 다시 말해 발을 잡고 끌었다. 그리하여 일 분 뒤에는 태평한 오베르뉴 사나이는 포석 위에 기다랗게 뻗었다. 수레는 해방되었다.

뜻밖의 경우에 부딪치는 데 익숙해 있는 가브로슈는 항상 온갖 것을 몸에 지니고 있었다. 그는 호주머니를 뒤져서 한 장의 종이쪽지와 어떤 목수에게서 뺏은 붉은 색연필 토막을 꺼냈다.

그는 이렇게 썼다.

『프랑스 공화국』은
그대의 수레를 영수하였다네.

그리고 그는 서명했다. 『가브로슈.』

쓰기를 마치자 여전히 코를 골고 있는 오베르뉴 사나이의 빌로도 조끼에 종이쪽지를 넣고 수레채를 두 손으로 잡고 시장 쪽을 향하여 수레를 전속력으로 밀면서 의기양양한 소리를 내면서 내달렸다.

그것은 무모한 짓이었다. 왕립 인쇄소에는 초소가 있었다. 가브로슈는 그것을 미처 생각지 못했다. 그 초소에는 교외의 국민군들이 주둔하고 있었다. 이런 심상치 않은 분위기가 그 분대를 동요하게 하여 몇 사람인가가 야전 침대 위에 머리를 들고 있었다. 연속해서 깨진 두 개의 가로등, 목청껏 부른 그 노래, 그것은 해가 지기만 하면 자려고 일찍부터 촛불을 꺼버리는 겁많은 거리의 주민들을 놀라게 하기에 매우 충분했다. 한 시간 전부터 부랑아는 그 평온한 지구에서 마치 병 속의 날벌레 같은 소동을 벌이고 있던 것이다. 교외 부대의 상사는 귀를 기울이며 기다리고 있었다. 그는 신중하고 조심성스러운 남자였다.

미친 사람이 끄는 듯한 요란한 수레 소리에 그는 가만히 앉아 있을 수가 없어서 그 정체를 확인하려고 마음 먹었다.

「저 소리로는 아마 일개 부대는 되겠는 걸!」그는 말했다.「어디 살그머니 가보자.」

분명히『무정부 파의 휘드라』가 우리 상자 속에서 나와서 거리에서 날뛰고 있음에 틀림없다고 생각한 상사는 가만히 발소리를 죽여 초소 밖으로 나갔다.

수레를 밀던 가브로슈는 비에이유 오드리에트 거리에서 나오려던 찰나, 느닷없이 군복과 군모와 깃털 장식과 소총에 부딪쳤다. 그래서 다시 그는 발을 멈추었다.

「어, 난 또 누구라고, 안녕하시오, 군인 아저씨.」

가브로슈의 놀라움은 잠시일뿐 이내 사라져 버렸다.

「어디 가는 거냐, 떠돌이 녀석?」하고 상사는 외쳤다.

「동지」가브로슈는 말했다.「난 아직 당신을 부르조아라고 하지 않았는데 어째서 당신은 사람을 그렇게 모욕하시오?」

「어디 가는 거야, 이 망할 녀석아?」

「여보시오. 당신은 틀림없이 어제까지는 재치 있는 분이었겠는데 오늘 아침부터 직업을 바꾼 모양이군요.」

「어디를 가느냐 말이야, 이 부랑아 놈아?」

가브로슈는 대답했다.

「당신은 퍽 점잖은 말투를 쓰시는군요. 아무리 봐도 나이에 어울리지 않는데.

그 머리카락을 팔아 버리면 좋겠군요. 죄다 오백 프랑은 벌 수 있겠소.」

「어딜 가는 거야? 어디 가는 거냐 말야? 어디 가냐고 묻잖아, 이 녀석아!」

가브로슈는 말했다.

「말씀이 아주 더러운데. 젖을 먹을 때엔 입을 좀 깨끗하게 씻어야만 하겠어요.」

상사는 총검을 들이댔다.

「말 안 하겠나? 어딜 가느냐 말이다, 이 불한당 녀석아?」

「대장 나리. 우리 부인께서 산기가 있어 의사를 부르러 가는 거요.」

「전투 개시!」 상사가 소리쳤다.

자신을 위험 속에 끌어넣은 것을 방패로 삼아 탈출하는 것이야말로 강자의 솜씨이다. 가브로슈는 대뜸 모든 정세를 알아차렸다. 그를 위험에 빠뜨린 것은 수레였다. 그를 보호하는 것도 수레가 할 일이었다.

상사가 가브로슈에게 덤벼들려는 순간 수레는 총알처럼 힘껏 내밀려져서 미친 듯이 상사에게로 굴러갔다. 상사는 배 한복판을 맞고 도랑 속에 나둥그러지며 총은 공중을 향해 발사되었다.

상사의 고함 소리에 와르르 쏟아져 나온 초소의 병사들은 이 총소리를 계기로 무턱대고 마구 일제 사격을 했다. 그리고는 다시 총을 장전하여 또 발사했다.

그동안 가브로슈는 정신없이 왔던 길로 퇴각하여 그곳에서 대여섯 거리 떨어진 곳에 이르러서야 걸음을 멈추고 숨을 헐떡거리면서 앙팡 루즈 거리 모퉁이에 있는 경계돌 위에 앉았다. 그는 귀를 기울였다.

잠시 숨을 돌리고 나서 그는 총성이 맹렬하게 들리는 쪽을 향하여 왼손을 코 높이로 들어 오른손으로 뒷머리를 두드리면서 왼손을 서너 번 앞으로 내밀었다. 이것은 파리의 부랑아들이 프랑스적 야유를 몽땅 줄여서 한 최고의 몸짓인데, 벌써 반 세기나 계속되는 것을 보면 분명히 효과가 있는 모양이다.

그러나 이 장난기 어린 마음은 문득 씁쓰레한 생각으로 혼란해졌다.

「그렇군」 하고 그는 말했다. 「정말 울음을 터뜨리기도 하고 배를 움켜쥐고 기뻐서 펄쩍 뛰기도 했지만 이거 길을 잃고 말았는 걸. 이거 돌아서 가는 수밖엔 없겠군. 시간에 알맞게 바리케이드에 도착하면 좋겠는데!」

그래서 그는 또 달리기 시작했다. 그리고 달리다가 그는 말했다.

「아니, 대체 여기가 어디람?」

그는 서둘러 이 거리 저 거리로 뛰면서 아까 부르던 노래를 다시 부르기 시작했다. 노래 소리는 차츰 어둠 속으로 멀어져 갔다.

아직도 남아 있다, 그 많은 감옥은.
그러니까 좀더 기다리라 해야겠다
이 세상에 베풀어진 질서란 것을.

어여쁜 그 아가씨 가는 앞길은
　　롱, 라.

누군가 구슬 놀이 안 하겠는가 ?
엄청나게 큰 공이 굴러가면
낡아빠진 세상은 온통 깨지리.

어여쁜 그 아가씨 가는 앞길은
　　롱, 라.

보아라 백성들아 지팡이 들고,
마음껏 부숴라, 호화찬란한
왕정의 보금자리 루브르 왕궁을.

어여쁜 그 아가씨 가는 앞길은
　　롱, 라.

우리는 대궐문을 부숴 버렸네.
그날만은 샤를르 10세도
견디지 못하고 도망쳐 버렸네.

어여쁜 그 아가씨 가는 앞길은
　　롱, 라.

위병들의 발포 소동은 그대로 가라앉지 않았다. 수레는 빼앗기고 주정꾼은 포로가 되었다. 수레는 유치되고 주정꾼은 나중에 공범자로 군법 회의에서 한동안 심문을 받았다. 그때의 검사는 그 기회에 사회 방위에 대한 그의 지나친 열성을 증명했다.

가브로슈의 모험은 탕플 구역 사람들에게 오래도록 전해내려 왔고, 동시에 마레 구역의 나이든 시민들의 가장 무서운 추억의 하나가 되어 그들의 기억 속에서 『왕립 인쇄소 초소의 야습』이라고 불리게 되었다.

제5부 장 발장

—공공을 위한 희생은 하나의 순화다.
몸을 멸망케 하는 순화다.
사람을 신성케 하는 고뇌다—

제1장 네 개의 벽에 갇힌 전쟁

1. 쌩 탕트완느의 바리케이드와 뒤 탕플의 바리케이드

사회의 고질을 관찰하는 사람이 우선 손꼽게 되는 가장 기억할 만한 두 개의 바리케이드는 이 책의 이야기가 진행되는 시대와는 아직 아무런 관계도 없다. 그 두 바리케이드는 서로 다른 모습으로 두 개 다 무시무시한 사태를 상징하며, 다같이 일찍이 유사 이래 가장 큰 시가전인 1848년 6월의 숙명석인 반란이 벌어졌을 때 땅에서 솟듯 갑자기 출현했다.

주의 주장에 반대하고 자유와 평등과 우애에 반대하고, 보통 선거와 만인에 의한 만인의 정부에 반대하면서까지 스스로의 고민과 실의와 결핍과 흥분과 빈곤과 독기와 무지와 암흑의 밑바닥으로부터 저 위대한 절망자들인 천민은 항의의 소리를 지르고, 하층민들은 일반 민중에 도전하는 사태가 때때로 일어난다.

부랑자가 만인 공동의 권리를 공격하고 오클로크라씨(우매한 정치)는 데모스(민중)들에게 반항하는 것이다.

그것은 어둡고 비통한 날들이다. 그 광란 속에도 어느 정도의 정당성이 있기 때문이고 그 결투에는 자살 행위가 포함되어 있기 때문이다. 그리고 부랑자니 천민이니 우매한 정치니 하층민이니 하는 모욕들은, 괴로워하는 무산자들의 죄보다는 통치자인 특권층의 죄를 입증하는 것이다.

우리들로서는 그런 말을 고통도 경의도 느끼지 않고 말할 수는 없다. 왜냐하면 철학은 그와 같은 말에 대응하는 사실을 살펴볼 때 비참함과 함께 종종 많은 위대함을 발견하기 때문이다. 아테나는 우매한 무리였다. 부랑자는 네덜란드를 건설했다. 하층민들은 한 번뿐 아니라 여러 번 로마를 구출했다. 또 천민은 예수 그리스도를 따랐다.

이따금 하층 사회의 장엄함을 지켜보지 않은 사상가는 없다.

성 헤로니므스가 생각했던 것도 바로 그 천민이었을 것이다. 그가 『도시의 흙탕 속에서야말로 세계의 법이 태어난다』고 하는 저 신비로운 말을 했을 때, 그는 사도들이며 순교자를 낳은 그 모든 빈민들과 부랑아와 비참한 사람들을 염두에 두었던 것이다.

괴로워하고 피를 흘리는 그 군중들의 분노, 스스로의 생명과도 같은 주의에 반대하는 그 폭력, 법에 항거하는 폭력, 그것들이 민중의 쿠데타이며 그것은 마땅히 저지되어야 한다. 성실한 인간은 그것을 저지하기 위해 헌신하고 군중에 대한 사랑 때문에 오히려 군중과 싸운다. 그러나 대항하면서도 군중을 용서해야 한다고 느끼는 것이다! 저항하면서도 그 군중을 존경하는 것이다! 그야말로 해야 할 바를 하면서도 맥빠진 것을, 앞으로 전진하는 용기를 꺾는 그 무엇을 느끼는 회귀한 경우의 하나이다. 그렇다고 결심을 버리는 것은 아니다. 버려서는 안 된다. 그러나 만족해야 할 양심은 우울하고, 의무의 수행은 가슴 답답함을 느끼게 한다.

1848년 6월은——서둘러 이 이야기를 해둬야겠다——특수한 사건이어서 그것을 역사 철학 속에 분류해 넣기는 거의 불가능하다. 우리가 조금 전에 말한 모든 말은, 노동의 신성한 조바심을 느끼고 자신의 권리를 요구한 이 특이한 폭동을 문제삼을 때에는 예외이어야 된다. 딴은 사람들은 그 폭동과 다투지 않으면 안 되었다. 그것이 의무였다. 왜냐하면 그 폭동은 공화국을 공격했었기 때문이다. 그러나 근본적으로 1848년 6월이란 무엇이었던가? 자기 자신에 대한 민중의 반항이었다.

주제를 잃지 않는 한 이야기는 탈선되지 않는다. 그래서 잠시 동안 독자의 주의를, 지금 말한 정말로 특이한 두 개의 바리케이드, 이 반란의 특색을 나타나게 한 바리케이드 위로 돌리게 함을 용서하기 바란다.

그 하나는 쌩 탕트완느의 입구를 막고 있었다. 다른 하나는 뒤 탕플에 대한 공략을 막고 있었다. 빛나는 유월의 창공 아래에 그 두 개의 무시무시한 내란의 걸작이 솟아 있는 것을 눈앞에 직접 본 사람들은 평생토록 그것을 잊지 않을 것이다.

쌩 탕트완느의 바리케이드는 괴물 같았다. 높이는 사층 건물 정도나 되었고 폭은 칠백 피트에 달하고 있었다. 포브르의 넓은 입구인 세 개의 거리를 한 모퉁이에서 딴 모퉁이까지 막고 있었다. 움푹 패여 잘라진 톱니 모양의 토막 덩어리 같은 커다란 파열구가 총안이 되어 있고 그것들이 저마다 보루를 이루고 있는 여러 개의 돌더미로 받쳐지고 여기저기에 돌출부가 내밀어져 있고, 포브르의 인가들의 두 개의 커다란 돌출부를 강력한 방패로 등에 지고 7월 14일의 무대가 되었던 그 무서운 장소 안쪽에 거대한 제방처럼 솟아 있었다. 그 주된 바리케이드 저편, 거리 안쪽에는 열아홉 개의 바리케이드가 겹쳐져 있었다. 그것은 보기만 해도 고뇌가 스스로 종말을 소망하는 저 마지막 순간에 달한 죽음의 커다란 고통을 그 포브르 속에서 느낄 수 있었다. 그 바리케이드는 무엇으로 만들어졌는가 ? 칠층 건물 세 채를 일부러 허물어서 만든 것이라고 어떤 사람은 말했다. 또 어떤 사람은 온갖 분노가 낳은 기적의 산물이라고 말하고 있었다. 그것은 모든 증오의 건조물이 지니는 처참한 모습을 띠고 있었다. 폐허의 양상이었다. 누가 그것을 세웠는가 하고 물을 수도 있다. 누가 그것을 파괴했는가 하고 물을 수도 있다. 그것은 흥분의 즉흥적인 산물이었다. 보라 ! 저 문을 ! 저 철책을 ! 저 차양을 ! 저 문턱을 ! 저 부서진 화로를 ! 저 금간 냄비를 ! 모든 것을 들어내라 ! 모든 것을 던져 넣어라 ! 모든 것을 밀어내라 ! 굴려라, 파헤쳐라, 벗겨 버려라, 뒤엎어라, 무너뜨려라 ! 그것은 포석과 깨진 돌과 철봉과 걸레 조각이며 유리의 파편, 짚이 빠져 버린 의자, 양배추의 속대, 누더기, 그리고 저주와의 합작이었다. 그것은 위대하고 왜소했었다. 그것은 혼란이 즉석에서 만든 모의의 심연이었다. 좁쌀만한 것들 옆에 놓인 커다란 덩어리, 뜯어진 벽 조각에 깨진 화분도 있었다. 모든 파편의 위협적인 융화였다. 시지프는 그곳에 그의 바위를 던져 넣었고 욥은 그의 유리병 조각을 던져 넣었다. 그것은 무시무시한 거지들의 아크로폴리스였다. 뒤집힌 짐마차가 그 사면을 울퉁불퉁하게 만들고 있었다. 거대한 이륜 마차 하나가 차축을 위로 뻗치고 옆으로 내던져져서 그 여러 가지가 뒤섞여 있는 정면에 상처 자리처럼 보이게 했다. 마치 야만적인 건축 기사들이 공포에 장난을 덧붙이려 한 듯 사람의 힘으로 잡동사니 산의 꼭대기까지 끌어올려져서 지금은 끌어당길 말도 없는 채를 공중에 있는 말에게라도 내밀고 있는 것 같았다. 그 거대한 퇴적물, 폭동의 충적층은 보는 사람으로 하여금 모든 혁명이 펠리온 산 위에 옷사 산을 겹쳐 놓은 것을 연상케 했다(그리스 신화에서 바다신 포세이돈의 두 아들은 하늘로 올라가서 신들과 싸우기 위해, 올림푸스 위에 옷사 산을, 그 위에 펠리온 산을 겹쳐

올려 놓았다). 1789년 대혁명의 시작 위에 올려 놓은 93년(1793년 공포 정치 시작), 8월 10일(1792년 루이 16세 유폐) 위에 겹쳐진 열월 9일(1794년 7월 27일 로베스 피에르 실각), 1월 21일(1793년 루이 16세 처형) 위에 겹쳐진 무월 18일(1799년 11월 9일, 나폴레옹의 쿠데타), 초월(草月, 1795년 5월 자코뱅 잔당의 국민의회 습격 실패) 위에 겹쳐진 포도월(동년 10월 왕당파의 국민의회 습격 실패), 1830년 칠월 혁명 위에 겹쳐진 1848년 이월 혁명 들이었다.

그곳은 그만한 노력을 할 만한 가치 있는 장소이고, 그 바리케이드는 바스티유 감옥이 모습을 감춘 바로 그 장소에 나타나기에 어울렸다. 대양이 방파제를 만든다면 아마 꼭 이렇게 구축할 것이다. 미친 듯이 물결치는 파도가 그 기형적인 장애물에 달라붙어 있었다. 파도란 무엇인가? 바로 군중인 것이다. 그 앞에 서면 마치 돌처럼 굳어 버린 힘찬 울림을 보는 듯했다. 그 바리케이드 위에서 과격한 진보의 시커먼 벌 대군이 마치 벌집에서처럼 윙윙거리는 날개 소리를 듣는 듯했다. 그것은 가시덤불이었는지? 바커스(술의 신)의 제사였는지? 요새였는지? 현혹이 그 날개짓으로 구축한 듯했다. 그 각면보 속에는 쓰레기통이 있고, 그 혼잡의 더미에는 올림푸스적인 그 무엇이 있었다. 그 절망에 찬 혼란 속에는 지붕의 서까래, 벽지가 붙은 고미다락방의 벽조각, 파괴된 잡다한 물건 속에 포탄을 막으려고 세워진 유리가 온전히 붙어 있는 창틀 벽에서 뜯어낸 벽난로, 옷장, 테이블, 의자, 요란하게 뒤죽박죽 되어 있는 큰 혼잡, 그리고 거지조차도 돌아보지 않을 만큼 분노와 허무를 동시에 내포한 헤아릴 수 없는 남루한 잡동사니. 그것은 민중의 누더기, 나무와 쇠붙이와 구리와 돌로 된 누더기 같았으며 또 쌩 탕트완느가 그 비참한 생활의 먼지를 바리케이드로 만들어서 그것을 거대한 빗자루로 입구에 밀어낸 것 같았다. 교수대 같은 흙덩어리, 벗겨진 쇠사슬, 교수대의 형태 그대로 가름나무가 붙어 있는 판자틀, 파괴된 물건 속에서 수평으로 튀어나온 수레바퀴, 그러한 것들이 그 무정부 상태의 건축물에 민중들이 참고 견디어 온 오랜 고통의 어두운 그림자를 곁들이고 있었다. 쌩 탕트완느의 바리케이드는 온갖 것을 무기로 삼고 있었다. 내란이 사회의 머리 위에 던질 수 있는 모든 것이 그곳에서 나오고 있었다. 그것은 전투가 아니라 발작이었다. 그 각면보를 수비하는 기총은——그 기총 속에 섞여 있는 몇 개의 구식 총과 더불어——사기 그릇 조각이나 뼈다귀나, 윗도리 단추나 더욱이 구리의 독 때문에 위험한 탄환이 되는 머리맡 탁자 다리에 붙어 있는 바퀴까지도 적에게 던져졌다. 그 바리케이드는 제 정신을 잃고 있었다.

말로 형용할 수 없는 울부짖음을 구름 속에까지 던져 올리고 있었다. 때로는 군대에 도전하면서 군중과 폭풍 같은 광란 속에 휘덮일 때도 있었다. 타오르는 듯한 얼굴들이 그 꼭대기에까지 뒤덮여 있었다. 개미떼 같은 무리가 그곳에 넘치고 있었다. 그 꼭대기에는 총, 칼, 곤봉, 도끼, 창, 총검 등으로 가시가 돋친 듯했다. 커다란 붉은 깃발 하나가 바람에 펄럭이고 있었다. 호령 소리, 진격의 노래, 북소리, 부녀자들의 울부짖는 소리, 허기진 사람들의 어두운 웃음 소리가 들려 왔다. 그 바리케이드는 정상을 벗어나 활기에 넘쳐 있고 마치 천둥의 등처럼 번갯불이 번쩍이고 있었다. 혁명의 정신이 그의 구름으로 신의 목소리와도 흡사한 민중의 소리가 울려퍼지는 그 꼭대기를 덮고 있었다. 터무니없이 허물어진 쓰레기더미에서 이상하게 장엄한 공기가 새어 나오고 있었다. 그것은 쓰레기더미였고 또한 시나이 산이었다.

앞서 말한 대로 그 바리케이드는 대혁명의 이름으로 혁명을 공격한 게 아니고 그 무엇이랴. 바리케이드, 우연이었고, 무질서였고, 동요였고, 오해였고, 미지수인 그 바리케이드는 입헌의회를, 민중의 주권을, 보통 선거를, 국민을, 공화국을 적으로 삼았던 것이다. 그것은 〈라 마르세이예즈〉에 도전하는 〈카르마뇰〉(과격파의 혁명가)이었다.

무모한 도전이었다. 그러나 영웅적이었다. 왜냐하면 그 역사 깊은 포브르는 영웅이었기 때문이다.

포브르와 그 각면보는 서로 돕고 있었다. 포브르는 각면보에 의지하고, 각면보는 포브르를 거점으로 삼고 있었다. 넓은 바리케이드는 아프리카 장군들의 전술까지도 깨뜨릴 자세로 낭떠러지처럼 펼쳐져 있었다. 그 동굴, 그 혹, 그 돌출물, 그 융기는 얼굴을 찡그리고 포연 밑에서 조소하고 있었다. 산탄은 형체도 없이 사라지고 포탄은 헛되이 그 속에 떨어지고 삼켜지고 빨려 들어가고 탄환은 그저 구멍을 뚫는 데 불과했다. 혼돈된 것을 포격한들 무엇하겠는가? 더없이 잔인한 전쟁 광경에 익숙한 여러 연대들도 산돼지처럼 털을 곤두세우고 산처럼 거대한 그 야수와도 같은 각면보를 불안한 눈으로 지켜보고 있었다.

그곳에서 일 킬로 가량 떨어진 샤토도 분수 가까이의 큰 거리로 나가는 탕플 거리의 모퉁이에서 달르마뉴 상점의 유리창이 만들고 있는 돌출부 밖으로 대담하게 머리를 내밀고 보면, 멀리 운하 저편 벨르빌르의 언덕길을 올라가는 거리(뒤 탕플 거리) 중간, 언덕을 다 올라간 지점에 삼층 높이의 이상한 장벽이 보였다.

그 벽은 좌우의 집들을 연결하는 것 같았는데 마치 거리를 갑자기 막아 버리기 위해서 가장 높은 벽을 꺾어 놓은 것처럼 보였다. 그러나 그 벽은 실제로는 포석으로 만들어져 있었다. 똑바르고 정확하고 냉엄하고 수직으로 되어 있고 자로 재서 먹줄로 선을 긋고 추를 매달아 곧게 쌓아 올린 벽 같았다. 시멘트는 사용되지 않았으나, 그렇다고 해서 로마식 벽처럼 건축상의 견고함에 결함은 없었다. 그 높이로 보아 그 안의 깊이도 상당할 것으로 여겨졌다. 꼭대기는 수학적으로 기초와 평행하고 있었다. 잿빛 표면 군데군데에 거의 눈에 뜨이지 않는 검은 실과 같은 총구멍들이 보였다. 그들 총구멍은 한결같은 간격으로 놓여 있었다. 거리에는 인적이라곤 눈에 비치지 않았다. 창이며 문들은 모조리 닫혀 있었다. 그리고 안쪽 깊숙이 솟은 장벽이 그 거리를 막다른 골목으로 만들었다. 벽은 조용하고 요지부동이었다. 아무도 보이지 않고 아무 소리도 들리지 않았다. 외치는 소리도, 물건 소리도, 숨소리도 들리지 않았다. 마치 무덤 속 같았다.

유월의 눈부신 태양이 그 무서운 곳 위에 빛을 쏟고 있었다.

그것은 뒤 탕플의 바리케이드였다.

그 지역에 발을 들여 놓고 그것을 바라보면 제아무리 대담한 사람이라도 그 신비로운 출현 앞에서 깊은 생각에 잠기지 않을 수가 없었다. 그것은 균형 잡히고, 꼭 들어맞게 끼워지고 기왓장을 엎어 놓은 듯 나란히 놓여 있어서 직선적이고, 좌우 틀이 꽉 짜여 있으며 음산했다. 그곳에는 과학이 있고 암흑이 있었다. 그 바리케이드의 수령은 기하학자이거나 아니면 유령일 거라고 느껴졌다. 사람들은 그것을 바라보고, 낮은 소리로 말을 주고받았다.

이따금 누군가가, 병사, 장교, 또는 민중의 대표인 대의원이 대담하게 그 쓸쓸한 한길을 가로지르려 하면 날카롭고 희미한 바람을 끊는 소리가 들리고, 그 통행인은 상처를 입든가 죽어 쓰러졌다. 또 그것을 면한 경우에는 어딘가의 닫힌 덧문이나 돌벽 사이에, 또는 회벽에 탄알이 박히는 것을 보았다. 때로는 머스켓 총탄도 있었다. 그것은 바리케이드의 사람들이 두 개의 무쇠로 만든 가스 관의 한 끝을 베오라기와 진흙으로 막아서 두 자루의 작은 총신을 만들었었기 때문이다. 쓸데없이 화약을 쓰는 일은 없었다. 총알은 거의 명중했다. 시체가 여기저기에 구르고 피가 홍건히 포석 위에 괴어 있었다. 작자는 한 마리의 흰 나비가 거리 여기저기를 날던 것을 기억하고 있다. 여름은 어느 곳에서도 물러가지 않았던 것이다.

부근의 집 정문 아래는 부상자들로 들끓고 있었다.

거기서는 모습이 보이지 않는 무엇엔가에 자신들이 겨누어지고 있음을 사람들은 느끼고, 거리의 끝에서 끝까지 총이 겨누어지고 있다는 것을 알았다.

뒤 탕플 입구에서 운하의 아치 다리가 이루고 있는 나귀등처럼 솟아오른 장소 뒤에는 공격 종대의 병사들이 모여 그 음침한 각면보를, 그 요지부동의 물체를, 죽음의 그림자가 어른대는 그 비정한 곳을 엄숙하게 열심히 감시하고 있었다. 몇 사람인가는 배를 깔고 엎드려서 군모가 보이지 않도록 조심하면서 다리의 굴곡 꼭대기까지 기어 올라갔다.

용감한 몽테나르 대령은 몸을 떨면서 그 바리케이드를 찬탄하고 있었다. 「참으로 잘 만들었군요 ! 」하고 그는 어떤 대의원에게 말했다. 「포석이 비어져 나온 곳은 아무데도 없습니다. 마치 도자기처럼 매끈매끈하군요.」이때 한 발의 탄환이 그의 가슴의 십자 훈장을 꿰뚫었다. 그는 쓰러졌다.

「비겁한 놈들 ! 」하고 누군가가 말했다.「얼굴을 내밀어 보라 ! 모습을 보여라 ! 겁쟁이 놈아 ! 숨어만 있구나 ! 」탕플의 바리케이드는 팔십 명이 지키고, 만 명의 공격을 받으면서 사흘을 견디었다. 나흘째가 되자 공격측은 잣차와 콘스탄틴의 경우와 같은 전법으로(콘스탄틴의 함락은 1837년 9월이고, 잣차의 오아시스 함락은 1849년의 일이므로 후자는 위고가 말하는 시대 뒤의 일이 된다) 집집마다 구멍을 뚫고 지붕을 따라 올라가서 바리케이드를 점령했다. 팔십 명의 『비겁자』는 한 사람도 도망치려 하지 않았다. 그들은 조금 뒤에 이야기할 수령 바르돌로뮤만을 제외하고 모두 그곳에서 죽었다.

쌩 탕트완느의 바리케이드는 천둥 소리처럼 요란하게 울렸고 탕플의 바리케이드는 침묵 그것이었다. 이 두 개의 각면보 사이에는 공포와 불길한 것과의 차이가 있었다. 하나는 사나운 짐승의 입이었고 다른 하나는 복면이었다.

이 대규모적이고 어두운 6월의 반란이 하나의 분노와 하나의 수수께끼로 되어 있었다고 한다면, 전자의 바리케이드 속에서는 용을, 후자의 바리케이드의 배후에서는 스핑크스를 느낄 수 있었다.

이 두 요새는 쿠르네와 바르돌로뮤라는 두 사나이에 의해서 구축된 것이다. 쿠르네는 쌩 탕트완느의 바리케이드를 만들고 바르돌로뮤는 탕플의 바리케이드를 만들었다. 어느 쪽의 바리케이드도 그것을 구축한 사람의 모습을 지니고 있었다.

쿠르네는 키가 큰 남자였다. 넓은 어깨, 붉은 얼굴, 억센 손에 용감하고 성실한 영혼과 진지하고 무서운 눈을 가지고 있었다. 또 대담하고 정력적이고 화를 잘

내고 격렬한 성품이었다. 인간으로서는 더없이 진실이 넘치고, 전투원으로서는 더없이 무서웠다. 전쟁, 투쟁, 격투는 그에게 어울리는 분위기였으며 그를 기분좋게 만들어 주는 것이었다. 예전에는 해군 장교였는데 그의 거동이나 목소리만 들어도 그가 대양에서 나왔다는 것, 폭풍우에 휩쓸리면서 지나왔다는 것을 짐작할 수가 있었다. 그는 바다 위의 큰 회오리 바람을 육지 위의 전투에 불어 넣었다. 신성을 젖혀 놓는다면, 당통 속에 헤라클레스적인 것이 있었던 것처럼, 천성을 제외한다면 쿠르네 속에는 당통적인 것이 있었다.

바르돌로뮤는 깡마르고 허약하고 창백하고 말이 없는 이른바 비극적인 부랑아였다. 한 순경에게 따귀를 맞은 것을 큰 원한으로 생각하고 그 순경을 노리고 기다렸다가 살해했다. 그래서 열일곱 살에 형무소에 들어갔다. 그는 석방되자 곧이 바리케이드를 만들었다.

훗날, 함께 추방되어서 런던으로 망명했는데 바르돌로뮤는 쿠르네를 살해했다. 불길한 결투였다. 그뒤 얼마 있다가 치정 관계에 얽힌 야릇한 사건에 끌려 들어가서 프랑스 재판은 정상 참작의 여지를 인정했지만, 영국 재판은 사형만을 인정한다는 파국에 몰려서 바르돌로뮤는 교수형을 받았다. 음울한 사회 구조가 만든 물질적인 결핍 때문에, 또한 정신적인 암흑 때문에 이 불행한 인간은——확실히 충분한 지성을 갖추었을지도, 아마 훌륭했을지도 모를 강인한 그 인간은——프랑스 감옥에서 출발하여 영국의 교수대에서 생애를 마친 것이다. 바르돌로뮤는 어떤 경우에도 단 한 가지 깃발밖에는 내걸지 않았다. 그것은 검은 깃발(무정부주의를 상징함)이었다.

2. 심연 속에서나 이야기할 수밖에

십육 년이란 세월은 폭동을 위한 지하 교육으로서는 상당한 기간이므로 1848년 6월보다도 그것에 대해서 더 많은 것을 알고 있었다. 따라서 샹브르리 거리의 바리케이드는 지금 묘사한 두 개의 거대한 바리케이드에 비하면 하나의 기초나 태아에 불과했다. 그러나 당시로선 두려워할 만한 것이었다.

폭도들은 앙졸라의 감독 아래——마리우스는 아무 일에도 마음을 쓰지 않고 있었다——밤의 어둠을 타서 활동했다. 바리케이드는 수리되었을 뿐 아니라 전보다도 넓어졌다. 높이도 이 피트 높아졌다. 포석 가운데 세워진 철봉은 마치 꽂아 놓은 창 같았다. 온갖 종류의 파괴된 부스러기들을 여기저기서 날라다가 덧붙였기 때문에 외형은 점점 더 복잡했다. 각면보의 내부는 벽처럼, 외부는 가시 덤불처럼 교묘하게 개조되었다. 성벽처럼 위로 올라갈 수 있는 포석의 계단도 보수되어 있었다.

모두들 바리케이드의 손질을 하고 술집 아래층의 홀을 정리하고 부엌을 야전 병원으로 만들어 부상자들을 치료하고 마룻바닥이며 탁자 위에 흩어져 있는 화약을 모아 탄환을 만들고 탄약통을 만들고, 붕대를 만들고, 적이 떨어뜨리고 간 무기를 분배하고 각면보 내부를 청소하고, 파편을 주워 모으고 시체를 치웠다.

시체는 아직도 그들이 차지하고 있는 몽데투르 골목 안에 놓여졌다. 그곳의 포석은 그뒤 오랫동안 빨갛게 물들어 있었다. 사상자 가운데는 교외 국민병 넷이 끼어 있었다. 앙졸라는 그들의 군복을 벗겨서 두도록 했다.

앙졸라는 두 시간 동안 모두 잠을 자도록 권했다. 앙졸라의 권고는 명령이었다. 그러나 서너 명만이 그 권고에 따랐다. 페이는 술집 맞은편 벽에 이런 글귀를 새기면서 그 두 시간을 보냈다.

　　　민중 만세!

그 글씨는 돌에 못으로 새겨졌는데, 1848년 당시 아직 그 벽 위에 남아 있었다.

주점의 세 여자는 밤 사이 휴전 상태의 틈을 타 모습을 감추고 다시 돌아오지 않았다. 덕분에 폭도들은 더 마음이 홀가분해졌다. 그녀들은 어딘가 근처 집으로 피신했던 것이다.

부상자의 대부분은 아직도 싸울 능력과 의지를 지니고 있었다. 야전 병원이 된 부엌에 이불을 깔기도 하고 짚을 깔기도 한 들것 위에는 다섯 명의 중상자가 누워 있었다. 그 중 둘은 경찰 대원이었다. 경찰 대원은 우선적으로 치료를 받았다.

아래층 홀에는 흰 상포에 덮여 있는 마뵈프와 기둥에 묶여 있는 자베르밖에 남아 있지 않았다.

「여기가 시체실이야」하고 앙졸라는 말했다.

촛불 하나로 희미하게 비추어진 그 홀 안에는 안쪽 깊숙이 시체를 안치한 탁자가 기둥 뒤에 가름대처럼 놓여 있고 서 있는 자베르와 가로놓여 있는 마뵈프는 마치 커다란 십자가처럼 어렴풋이 보였다.

승합 마차의 채는 총을 맞아서 끝이 부러져 버렸지만, 아직 깃발을 걸 만큼의 길이는 남아 있었다.

자신이 한 말은 꼭 실행한다는 지도자다운 자질을 가진 앙졸라는 죽은 노인의 구멍 뚫린 피투성이의 옷을 깃대에 붙들어 매었다.

이제는 식사를 할 수 없었다. 빵도 고기도 없었다. 바리케이드의 오십 명 식구는 이곳에 와서 열여섯 시간 사이에 술집의 빈약한 저장물들을 먹어치워 버린 것이다. 어떤 때가 오면 완강하게 저항하는 바리케이드는 메뒤즈 호의 뗏목(난파한 순양함의 마지막 조난자는 몇 사람인가 뗏목에 살아 남았다)처럼 되게 마련이다. 그들은 굶주림을 참아야 했다. 그들은 자신의 욕심이나 이기심을 이겨내야 하는 비장한 6월 6일의 날을 맞고 있었던 것이다. 그날 쌩 메리의 바리케이드에서 빵을 달라는 폭도들에 둘러싸인 잔느가, 「먹을 것을!」 하고 외치는 그들 전투자들에게 「뭐라구요! 지금이 세 시예요. 네 시에는 우린 죽는 거요」 하고 대답했던 것이다.

이미 먹을 것이 없기 때문에 앙졸라는 금주를 명령했다. 포도주를 금지하고 브랜디를 조금씩 나누어 주었다.

술집 지하 창고에서 소중하게 밀봉한 술병을 열다섯 병이나 발견했다. 앙졸라와 콩브페르가 그것을 검사해 봤다. 콩브페르는 지하실에서 올라가면서 말했다. 「식료품점 장사를 시작했던 위슐루 영감의 옛 자본이야.」「그건 진짜 포도주임에 틀림없어」 하고 보쉬에가 말했다. 「그랑테르가 잠들어 있길 다행일세. 그가 깨어 있었다면 병이 남아나기 어려웠을 걸.」 불만스러운 소리도 있었으나 앙졸라는 열다섯 병의 마개를 떼낼 것을 허락하지 않고 아무도 손을 대지 못하게 하고 신성한 것으로 여겨지도록 모두 마뵈프 노인이 누워 있는 탁자 밑에 놓게 했다.

오전 두 시경에 점호를 했다. 아직 서른일곱 명 있었다.

날은 차차 밝기 시작하고 있었다. 포석을 둘러친 속에 켜져 있던 횃불도 지금 막 꺼버린 참이었다. 거리에 칸을 막은 조그마한 안마당 같은 바리케이드 내부는 어둠에 싸여서 새벽녘의 어렴풋한 전율 속에서 파괴될 배의 갑판과도 같은 모습을 드러내고 있었다. 왔다갔다하는 전우들은 검은 그림자처럼 움직이고 있었다. 그 무시무시한 어둠의 소굴 위쪽에는 말없는 여러 층의 집들이 푸르스름하게 떠올라 보였고 맨 꼭대기에는 굴뚝이 희끄무레하게 보였다. 하늘은 희기도 했고 푸르기도 한, 매혹적인 몽롱한 색조를 띠고 있었다. 새들이 즐겁게 지저귀면서 그 하늘을 날고 있었다. 바리케이드의 배경이 되어 있는 높은 집들은 동쪽을 향해 있었으므로 지붕에 장미꽃 광선을 받고 있었다. 사층 창문에는 어제 죽은 노인의 잿빛 머리카락이 아침 바람에 나부끼고 있었다.

「누군지 횃불을 꺼 주어서 고맙군」 하고 쿠르페락이 페이에게 말했다.「횃불이 바람에 일렁이는 게 못마땅했어. 꼭 겁을 먹고 있는 것 같았어. 횃불 빛은 비겁자의 지혜 같아. 떨리기 때문에 도무지 밝지 않아.」

여명은 새들과 함께 사람들의 정신도 눈뜨게 한다. 모두가 지껄이기 시작했다.

졸리는 물받이 위를 어슬렁거리는 고양이 한 마리를 보고 거기에서 철학을 끌어냈다.

「고양이란 뭔가?」 하고 그는 외쳤다.「하나의 수정안일세. 하느님이 쥐를 만들어 놓고 나서, 내가 실수했군, 하고 고양이를 만드신 걸세. 고양이, 그것은 쥐의 정정물이야. 쥐에다 고양이를 합쳐야 비로소 창조의 교정이 마치는 거지.」

콩브페르는 학생들과 노동자에 둘러싸여 장 프루베르, 바오렐, 마뵈프에 대해서, 심지어 르 카빅 같은 죽은 사람에 대해 이야기하고 있었으며, 또 앙졸라의 엄숙한 비애에 대해서도 이야기했다. 그는 말했다.

「하르모디우스와 아리스토지톤, 브루투스, 케레아스(폭군 칼리굴라를 살해한 로마의 호민관 카시우스 케레아스), 스테파누스, 크롬웰, 샤를트로, 코르데(마라를 살해함), 쌍드(코체베를 살해한 독일의 애국자), 이들은 모두 그 행위가 끝난 뒤에 일순의 비애를 맛보았네. 우리 인간의 마음이란 참으로 흔들리기 쉽고 인생이란 참 신비한 거야. 공공을 위한 살인이나 해방을 위해 살인을 하기에 이르렀다 하더라도——그런 게 있다면——한 인간을 죽였다는 가책은 인류에게 공헌했다는 기쁨보다 훨씬 큰 법이야.」

그리고 이것저것 이야기가 오고갔는데, 이윽고 장 푸르베르의 시구에 관한 이야기에서 콩브페르의 〈게오르지크〉(베르길우스의 농경시)의 여러 번역자들의 비교로 옮겨져서 말필라트르의 번역 몇 구절을, 그 중에서도 특히 시저의 죽음에 대한 비범한 곳을 지적하면서 로를 쿠르낭에, 쿠르낭을 드릴르와 비교했다(이상은 모두 18세기 말과 19세기 초의 고대 문학자). 그리고 이 시저라는 한 마디에서 화제는 다시 브루투스에게로 되돌아 갔다.

「시저는」 콩브페르가 말했다.「정당하게 죽은 거야. 키케로는 시저에게 가혹하게 말했지만 그건 정당한 일이었어. 그 가혹한 말은 절대로 혹평이 아니야. 조일루스(호메로스의 재주를 질투한 비평가)가 호메로스를 욕하고, 메비우스(베르길리우스를 헐뜯은 비평가)가 베르길리우스를 욕하고, 비제(17세기 프랑스의 작가)가 몰리에르를 욕하고, 교황이 셰익스피어를 헐뜯고, 프레롱(18세기 프랑스의 비평가)이 볼테르를 욕한 것은 예로부터의 질투와 증오의 표현이야. 천재는 욕을 먹고 위인은 항상 다소 혹평을 받게 마련이지. 그러나 조일루스와 키케로는 달라. 키케로는 마치 브루투스가 칼에 의한 심판자이듯 사상에 의한 심판자인 거야. 나는 후자의 심판, 즉 칼을 비난하지. 그러나 옛날엔 칼의 심판을 인정했거든. 명령을 어기고 루비콘 강을 건넌 시저는 민중으로부터 나오는 여러 가지 권위를 마치 자기가 만든 양 사람들에게 주고 원로원에 나타나지도 않고 유트로프스(4세기의 로마의 역사가. 다음의 말은 《로마사 개론》에 있다)가 말했듯이, 왕으로서 또한 폭력으로 왕의 자리를 뺏은 참주로서 행동했지. 그는 위인이었어. 그런 만큼 불행하기도 했고 다행이기도 했지. 교훈은 위인인 경우 높고 원대한 것이었으니까. 그러나 그가 받은 스물세 군데의 상처는 그리스도가 이마에 받은 침만큼 나를 감동시키지 않네. 시저는 원로들의 손에 살해되었지만, 그리스도는 하인들에게 뺨을 얻어맞은 거야. 모욕이 심할수록 그곳에 신이 느껴지는 법이지.」

보쉬에는 이야기하는 사람들을 포석 더미 위에서 내려다보면서 기총을 들고 외치고 있었다.

「오, 시다테네움, 오, 미리누스, 오, 프로발린트, 오, 에안티드의 미의 여신이여! 아아! 그 누가 나에게 로리움이나 에다프테온의 그리스인처럼 호메로스의 시구를 읊을 힘을 줄 것인가!」

3. 양지와 음지

앙졸라가 정찰하러 나갔다. 그는 집들을 따라서 몽데투르 골목길을 빠져 나갔다.

폭도들은 희망에 차 있었다. 밤의 습격을 물리친 솜씨에 자신이 생겨서 새벽의 공격도 처음부터 문제시하지 않았다. 습격을 기다리며 미소까지 띠고 있었다. 자신들의 명분과 함께 성공할 것을 믿어 의심치 않았다. 게다가 원군은 틀림없이 올 것이다. 그들은 그것을 믿고 있었다. 싸우는 프랑스 사람의 힘의 하나인, 저 매우 낙관적인 승리의 예감에 의하여 그들은 바야흐로 시작되려고 하는 하루를 세 번의 확실한 단계로 나누어 생각하고 있었다. 즉 오전 여섯 시에 『미리 손을 써 놓았던』 일개 연대가 귀순해 올 것이고 정오에는 파리 전체가 봉기하고 저녁 무렵엔 혁명이 일어날 것이다.

전날부터 잠시도 쉬지 않고 울리는 쌩 메리의 경종 소리가 지금도 들려 오고 있었다. 그것은 또 하나의 큰 바리케이드인 잔느의 바리케이드가 아직도 버티고 있다는 증거였다.

그런 모든 희망은 벌집 속의 벌들의 싸우는 날개 소리와도 흡사한 일종의 쾌활하고 무서운 속삭임이 되어서 이 무리에서 저 무리로 옮아 갔다.

앙졸라가 다시 모습을 보였다. 그는 밖의 어둠 속을 몰래 독수리처럼 한 바퀴 돌고 온 것이다. 팔짱을 끼고 한 손은 입에 대고 한동안 유쾌한 이야기들에 귀를 기울였다. 이윽고 밝아 오는 아침의 뿌연 광선을 받아 신선한 장미빛으로 물들면서 그는 말했다.

「파리의 모든 군대가 움직이고 있소. 그 삼분의 일은 이 바리케이드로 공격해 올 거요. 거기에다 국민군도 있소. 나는 보병 제5연대의 군모와 국민군 제6연대의 깃발을 보았소. 이곳은 한 시간 후에 공격받을 거요. 민중들은 어제는 들끓었지만 오늘 아침엔 꼼짝도 하지 않소. 이제는 아무것도 기다릴 것이 없고, 아무것도 희망할 게 없소. 이제는 포브르도 연대도 없소. 우리는 버림받은 것이오.」

이 말은 여기저기에 몰려 있는 사람들의 웅성거리는 소음 위에 떨어져서 폭풍우를 예고하는 빗방울이 벌집 위에 떨어진 결과를 빚었다. 모두들 입을 굳게 다물었다. 죽음의 날개짓 소리가 들리는 듯한 뭐라 말로 다할 수 없는 침묵의 한순간이었다.

그 순간은 짧았다. 군중의 가장 어두운 안쪽에서 하나의 목소리가 앙졸라에게 외쳤다.

「좋소, 바리케이드를 이십 피트로 높이고 모두 여기 끝까지 남아 있읍시다. 여러분, 시체가 되어 대항합시다. 민중이 공화주의자를 버리더라도 공화주의자는 민중을 버리지 않는다는 것을 보여 줍시다.」

이 말은 모든 사람들의 생각을, 개인적인 불안의 답답한 구름을 가시게 했다. 그것은 열광적인 환호성을 받았다.

이런 이야기를 한 사나이의 이름은 끝내 알 수 없었다. 그것은 알려져 있지 않은, 작업복을 입은 사나이였고, 이름없는 사나이였고, 잊혀진 사나이였고, 지나가는 영웅이었다. 인류의 위기나 사회의 개벽에는 언제나 섞이는 익명의 위인——때가 오면 의젓한 태도로, 결정적인 한 마디를 하여 번갯불 속에서 민중과 신을 대표한 뒤, 다시 암흑 속으로 모습을 감추는——이 있다.

이런 굳은 결의가 1832년 6월 6일의 공기 속에 짙게 감돌고 있었으므로 거의 같은 시각에 쌩 메리의 바리케이드에서는 폭도들이 역사에도 남고 공판 서류에도 기록되었던 이와 같은 고함을 지르고 있었다.「원군이 오건 말건 상관없다! 마지막 한 사람까지 여기에 남아 싸우다 죽자!」

이것으로도 알 수 있듯이 두 개의 바리케이드는 실제로는 고립되어 있었으나 마음은 서로 통하고 있었다.

4. 다섯 명 줄고 한 명 늘다

『시체의 대항』을 외친 이름 모를 사나이가 서로 통하는 영혼의 말을 끝냈을 때, 모든 사람들의 입에서 이상하게도 만족의 무서운 외침 소리가 쏟아져 나왔다. 그 뜻은 비장했고 어조는 의기양양했다.

「전사(戰死) 만세! 전원 이곳에 끝까지 남자.」

「어째서 전원이야?」하고 앙졸라가 말했다.

「전원이야! 전원!」

앙졸라는 계속했다.

「위치도 좋고, 바리케이드는 견고하오. 서른 명이면 족하오. 왜 마흔 명을 희생한단 말요?」

사람들은 대꾸했다.

「아무도 떠나기가 싫기 때문이오.」

「여러분」하고 앙졸라는 외쳤다. 그 목소리는 거의 분노에 가까운 떨림을 띠고 있었다.「공화국은 인원이 넉넉하지 못하오. 쓸데없이 허비할 수 없소. 허세는 낭비오. 어떤 사람에게 있어서 떠나는 것이 의무라면 그 의무도 다른 의무처럼 수행되어야 하오.」

주의에만 몰두한 인간인 앙졸라는 절대에서 나오는 저 일종의 지상권을 동지들에게 행사하고 있었다. 그러나 그 절대권에도 불구하고 사람들은 불평했다.

철저한 지도자인 앙졸라는 사람들이 불만인 듯한 것을 보고 언성을 높였다. 그는 오만하게 말했다.

「서른 명만 남는 것을 두렵게 생각하는 사람은 그렇게 말하시오.」

불평의 소리는 한층 더 심해졌다.

「첫째」 하고 군중들 속에서 한 목소리가 튀어나왔다. 「떠난다는 것만이라면 간단하오. 그러나 바리케이드는 포위되어 있소.」

「시장 쪽은 포위되지 않았소」 하고 앙졸라가 말했다. 「몽데투르 거리는 자유롭소. 그러니까 프레쉐르 거리를 거쳐서 이노쌍 시장으로 나갈 수 있소.」

「그리고 거기서」 하고 그 무리들 속의 다른 목소리가 대꾸했다. 「붙들릴 게 십상이오. 보병이나 교외병의 전초 중대와 부딪칠 거요. 놈들은 노동복을 입고 테 없는 모자를 쓴 사나이가 지나가는 것을 보고, 어디서 왔느냐 ? 바리케이드에서 온 놈이 아닌가 묻고 손을 보겠죠. 화약 냄새를 풍긴다고 총살이겠죠.」

앙졸라는 그 말에는 대답하지 않고 콩브페르의 어깨에 손을 얹고 둘이서 아래층 홀로 들어갔다.

그들은 곧 나왔다. 앙졸라는 보관했던 네 벌의 군복을 양손 가득히 안고 있었다. 콩브페르는 혁대와 군모를 들고 뒤따라 나왔다.

「이 군복을 입으면」 하고 앙졸라가 말했다. 「병사들 속에 섞여서 도망갈 수 있을 것이오. 네 사람 몫이오.」

그렇게 말하고 포석이 벗겨진 땅바닥에 네 벌의 군복을 던졌다.

결의를 굳힌 군중 가운데서는 조그만 동요도 볼 수 없었다. 콩브페르는 입을 열었다.

「자아, 조금은 연민의 정을 가져야 하오. 지금 무엇이 문제인지 아시오 ? 여자가 문제인 거요. 어떻소 ? 아내나 아이가 있는 사람은 없소 ? 발로 요람을 흔드는 많은 애들이 매달려 있는 어머니가 있는 사람은 없소 ? 어머니의 젖을 한 번도 못 본 사람이 있다면 손을 들어 주오. 아아 ! 여러분들은 죽기를 바라고 있소. 나도, 여러분에게 이야기하고 있는 나 자신도 그것을 바라고 있소. 그러나 나는 나의 주위에서 비탄에 잠겨 팔을 비트는 여자의 환상을 보고 싶지 않소. 자신이 죽는 것은 마음대로지만 남을 죽게 해선 안 되오. 여기서 여러분이 행하려는 자살은 숭고한 거요. 그러나 자살은 좁은 범위에 한정된 행위여야지 넓게 파급되어서는 안 되오. 만약 곁의 사람을 동행한다면 자살도 살인으로 불리게 되는 거요. 금발의 어린애를 생각해 보시오, 그리고 백발의 노인을.

좀 들어 보시오. 바로 조금 전에 앙졸라가 내게 이야기했는데, 씨뉴 거리의 모퉁이 육층에 촛불이 하나 비치는 초라한 창문이 눈에 띄었다고 하오. 창문 유리에, 밤새도록 자지 않고 누군가를 기다리는 듯한 늙은 여인의 머리 그림자가 흔들리며 비치는 걸 봤다는 거요. 여러분 가운데 누군가의 어머니인지도 모르오. 자아, 떠나 주오. 그런 사람은 서둘러 어머니에게 말씀드리러 가시오, 『어머니, 접니다!』라고. 아무것도 근심할 것은 없소. 이곳의 일은 조금도 염려할 필요 없소. 자기의 노동으로 가족을 부양하는 사람은 함부로 목숨을 내던질 권리가 없소. 그것은 가족을 버리는 행위요. 또 딸을 가진 사람도, 누이동생이 있는 사람도, 그녀들의 걱정을 안 한단 말요? 여러분은 죽을 거요, 여러분은 죽소. 그건 좋소, 그러나 내일은 어찌되겠소? 먹을 것이 없는 어린 딸, 그건 무서운 일이오. 남자는 구걸을 하고 여자는 몸을 팔게 되오. 아아! 저 얌전하고 상냥하고, 사랑스러운 아가씨들을, 꽃 모자를 쓰고 노래하고 재잘거리며 온 집안을 순결로 가득 채우고, 살아 있는 향기처럼 감돌고 지상의 처녀의 순결로 천상의 천사들의 존재를 증명하는 아가씨들, 저 잔느, 저 리즈, 저 미미, 여러분의 축복이요 자랑인 저 사랑스럽고 찬양해야 할 정숙한 사람들. 아아, 그녀들이 굶주리게 되오! 뭐라고 해야 좋겠소? 인육 시장이란 게 있소, 그리고 망령이 되어 버린 여러분의 손이 그녀들의 주위에서 떨더라도 그녀들이 그곳에 들어가는 것을 막을 수는 없소! 거리에서 통행인으로 가득 찬 포석에서 목덜미를 드러내 놓고 진흙칠 한 여자들이 서성거리는 상점 앞을 상상해 보시오. 그 여자들도 전에는 청순했었소. 누이동생이 있는 사람은 누이동생을 생각하시오. 빈곤, 매춘, 순경, 쌩 라자르 감옥, 그야말로 화사하고 아름다운 처녀들이, 저 오월의 라일락 꽃보다도 신선한 순결과 아름답고 연약한 보물이 떨어져 갈 곳이란 말요. 아아! 여러분이 죽어 버린다면! 아! 여러분이 없어진다면! 여러분은 그것으로 족할 거요. 민중을 왕권으로부터 탈취하려고 스스로 원한 일이오. 그러나 여러분은 딸을 경찰에 넘겨 주는 것이오. 여러분, 조심하시오, 동정심을 가지시오. 여자들, 불행한 여자에 대해서 세상에선 그다지 생각지 않는 관습이 있소. 여자들은 남자들과 같은 교육을 받지 못한 것을 비롯하여 책을 읽히지 않고 사색을 방해하여 정치에 관심을 갖지 못하게 하오. 그녀들이 오늘 저녁 시체 수용소에서 여러분의 시체를 찾아 내는 그런 불행을 안겨 주지 않도록 하는 게 어떻소? 가족이 있는 사람은 잘 생각하고 우리들과 악수를 나누고 떠나, 이 일을 우리에게 맡겨 주었으면 좋겠소. 떠나는 데 용기가 필요하다는 것은 잘 아오. 그건 어려운 일이오. 그러나 어려운 일인 만큼 가치가 큰 것이오. 이렇게 말하는 사람도 있을 거요. 난 총을 들고 있다, 나는 바리케이드 안에 있다, 그러니까 하는 수 없다, 그러니 남기로 하자, 라고 말이오. 그러나 여러분, 내일이라는 날이 있소. 그 내일에 여러분은 살아 있지 않더라도 여러분의 가족은 살아 있을 거요. 얼마나 고통이 크겠소! 건강하고 귀여운 한 어린애가 있다고 합시다. 뺨은 사과 같고 한두 마디 서투른 말을 하기도 하고, 재잘거리고 이야기도 하고 키스하면 신선한 냄새를 풍기는 아이가 말요. 그 아이가 버림받았을 때 어떻게 되겠소? 난 그런 아이를 한 명 본 일이 있소. 아주 작은 애였소. 그애의 아버지가 죽은 거요. 가엾어서 가난한 사람들이 그애를 데려다 길렀지만, 그렇지 않아도 먹을 것이 없는 사람들이었소. 아이는 언제나 배가 고팠소. 겨울이었는데 아이는 울지 않았소. 그 아이가 일 년 내내 불이라곤 때 보지도 않은, 누런 진흙으로 연통의 틈을 막은 난로 옆으로 가는 것을 이따금 보았소. 아이는 조그만 손가락으로 그 흙을 조금씩 뜯어서 먹었던 거요. 숨이 가쁘고 얼굴은 파리하고 다리는 축 늘어지고 배는 부어 있었소. 한 마디도 말을 하지 않았소. 말을 걸어 보아도 대답을 하지 않았소. 그애는 죽었소. 네케르의 구호원에 실려가서 죽있소. 나는 그애를 거기서 보았소. 난 마침 그 병원의 조수였지요. 자아, 여러분 가운데 아버지 된 사람이 있다면 튼튼한 손으로 어린아이의 조그마한 손을 잡고 일요일에 산책을 하는 행복한 아버지가 있다면, 지금 이야기한 그 아이가 내 자식이라고 생각해 주오. 그 불쌍한 아이를 나는 잊을 수가 없소. 지금도 눈에 보이는 것 같소. 해부대 위에 벗겨져 뉘어 있었을 때 그 갈빗대는 무덤 풀 밑의 흙더미처럼 피부에서 튀어나와 있었소. 위 속에서 진흙 같은 것이 나왔고, 이 사이에는 재가 가득했었소. 자아, 양심을 돌이켜보고 마음에 물어 봅시다. 통계에 의하면 고아의 사망률은 오십 오 퍼센트에 달하고 있소. 거듭 말하지만 문제는 아내며 어머니며 어린 딸이며 꼬마들이오. 여러분 자신에 대한 말인 줄 아오? 여러분이 어떤가는 잘 알고 있소. 그렇구말구요! 여러분이 대의를 위해서 목숨을 내던지는 기쁨과 명예를 지니고 있다는 것을 잘 아오. 여러분이 선택되어서 유익하고 당당히 죽는 거라고 느끼고 있으며, 한 사람 한 사람이 승리의 몫을 소중하게 생각한다는 것을 잘 알고 있소. 훌륭한 일이오! 그러나 여러분은 이 세상에 혼자 있는 게 아니오. 생각해 줘야 할 사람들이 얼마든지 있소. 이기주의자가 되어서는 안 되오.」

모두들 어두운 얼굴을 하고 고개를 숙였다.

가장 숭고한 순간에 있는 인간의 마음의 모순! 콩브페르는 이렇게 말했으나 그 자신 고아는 아니었다. 그는 남의 어머니를 생각하면서도 자신의 어머니는 잊고 있었다. 그리고 죽을 작정이었다. 그는 『이기주의자』였다.

마리우스는 아무것도 먹지 않고, 몸이 달아서 모든 희망을 차례차례로 잃어가는 괴로움 때문에 좌초하여 더없이 음울한 조난자가 되어 격정에 쫓겨 최후가 다가온 것을 느끼면서, 스스로 받아들인 마지막 시간 직전에 반드시 찾아오는 저 환각적인 마비 속으로 점점 떨어져가고 있었다.

생리학자라면 이때의 그를 대상으로 하여 과학적으로 잘 알려져 있고 분류해 놓은 그 열성 흡수라는 쾌감에 대한 육체적 환락과 같은 고통에 대한 증상이 점점 커가는 징후를 연구할 수 있었을 것이다. 절망에도 황홀감이 숨겨져 있다. 마리우스는 그러한 상태에 있었다. 그는 모든 것을 방관하고 있었다. 이미 말한 것처럼 눈앞에서 일어나고 있는 일도 그에게는 먼 곳의 일처럼 여겨졌다. 전체는 분명하게 보였지만, 그 세부적인 것은 전혀 보이지 않았다. 오가는 사람들의 모습을 그는 불꽃 속에서 보고 있었다. 사람들의 목소리도 심연의 밑바닥에서 들려오는 듯했다.

그러나 이 일은 그를 정신나게 했다. 그 광경에는 날카로운 바늘같이 가슴을 찌르는 게 있어 그의 눈을 뜨게 했다. 그는 죽으리라는 일념밖에는 없었다. 그 외에 딴 것을 생각하고 싶지 않았다. 그러나 지금, 불길한 몽유 상태 속에서 자신을 희생함으로써 누군가를 구출하는 것은 금지되어 있지 않다고 생각했다.

그는 음성을 돋구었다.

「앙졸라나 콩브페르의 말이 옳소」 하고 그는 말했다. 「쓸데없는 희생은 삼가야 되오. 나는 두 사람의 의견에 찬성하오. 더욱이 서둘러야 하오. 콩브페르는 결정적인 말을 했소. 여러분 가운데는 가족이, 어머니나 아내나 누이동생이나 아이들이 딸려 있는 사람이 있을 거요. 그런 사람은 대열 밖으로 나오시오.」

아무도 움직이지 않았다.

「결혼한 사람과 가족을 부양하는 사람은 열 밖으로 나오시오!」 하고 마리우스는 거듭 말했다.

그의 권위는 컸다. 앙졸라는 바리케이드의 지도자였으나 마리우스는 그 바리케이드의 구출자였다.

「나는 그것을 명령하오!」 하고 앙졸라는 외쳤다.

「나는 여러분에게 간청하오!」하고 마리우스는 말했다.

그때 콩브페르의 말에 감동하고 앙졸라의 명령에 동요되고 마리우스의 간곡한 부탁에 감동해서 용사들은 서로 이름을 지적하기 시작했다.

「정말 그렇소」하고 한 젊은이가 나이 지긋한 사나이에게 말했다.「당신은 한 집안의 아버지요, 나가시오.」

「아니, 나보다는 당신일세」하고 그 사나이는 대답했다.「자네는 두 누이동생의 시중을 들고 있잖나.」

이상한 싸움이 시작되었다. 모두 묘지의 문에서 밀려나지 않으려는 싸움이었다.

「서둘러야 해요.」쿠르페락이 말했다.「십오 분 뒤엔 때가 늦어지오.」

「여러분」앙졸라가 뒤를 이었다.「여기는 공화국이오. 보통 선거가 모든 것을 결정하오. 여러분 자신이 떠나야 할 사람을 지명하시오.」

사람들은 그 말에 복종했다. 몇 분 뒤에 다섯 명이 전원일치로 지명되어 열 밖으로 나왔다.

「다섯 명이군!」마리우스가 외쳤다.

군복은 네 벌밖에 없었다.

「그럼, 한 사람 남아야겠군.」

다섯 명이 이구동성으로 말했다.

이번에는 서로 남으려는 싸움이, 서로 다른 사람이 남아서는 안 될 이유를 끌어냈다. 고결한 싸움이 시작되었다.

「자네에겐 자네를 사랑하는 아내가 있지 않은가.」

「자네에겐 늙으신 어머니가 계셔.」

「어머니도 아버지도 없는 자네의 어린 세 동생은 어떻게 할 건가?」

「자넨 다섯 아이의 아버질세.」

「자넨 살아야 할 권리가 있어. 아직 열일곱 아닌가? 죽기엔 아직 너무 일러.」

그 위대한 혁명의 바리케이드는 영웅주의의 집결지였다. 사실 같지 않은 일이 여기서는 당연한 일로 행사되었다. 그들은 서로 꼼짝도 하지 않았다.

「빨리 하시오.」쿠르페락은 되풀이했다.

누군가가 한 무리 속에서 마리우스에게 외쳤다.

「당신이 남을 사람을 지명해 주시오.」

「그게 좋겠소.」다섯 명이 말했다.「골라 주십시오. 당신의 명령에 따르겠소.」

마리우스는 이제 아무것도 자신을 감동시키지 않을 것이라고 생각하고 있었다. 그러나 지금 죽어야 할 한 사람을 선택해야 한다고 생각하자 온몸의 피가 심장으로 역류했다. 그때까지도 창백해져 있던 그는 더욱 새파랗게 질렸다.

그는 자기에게 미소 짓고 있는 다섯 사람 쪽으로 갔다. 그들은 모두 테르모필라이의 역사 이야기(스파르타 왕 레오니다스는 삼백 명의 군사로 테르모필라이의 좁은 길에서 페르시아 왕 크세르쿠세스의 대군을 맞아 돌격한 뒤 전사했다)에서 볼 수 있었던 저 불꽃을 눈에 가득 담고 그에게 외쳐 댔다.

「나를! 나를! 나를!」

마리우스는 어처구니 없어 그들을 세어 봤다. 역시 다섯 명이었다. 이어서 그의 눈길은 네 벌의 군복 위에 떨어졌다. 그 순간 다섯 벌째의 군복이 마치 하늘에서 떨어지듯 다른 네 벌의 군복 위에 던져졌다. 다섯 번째의 사나이는 구출된 것이다.

마리우스는 눈을 들었다. 포슐르방 씨가 보였다. 장 발장은 방금 바리케이드 안으로 들어왔던 것이다.

사람들에게서 들었는지 본능에서인지 아니면 우연으로인지 그는 몽데투르 골목으로 해서 왔다. 국민병 복장을 한 덕분에 쉽사리 통과할 수 있었다.

폭도측이 몽데투르 거리에 세웠던 보초는, 단 한 사람의 국민병 때문에 경보를 울릴 책임은 없었다. 그래서 그는 지원병이겠지, 아니면 항복자든가, 하고 생각하면서 그대로 거리를 통과시켰다. 자기가 그런 일로 감시의 임무를 소홀히 하거나 맡은 자리를 떠나기엔 너무나 중대한 때였다.

장 발장이 각면보 안에 들어섰을 때 아무도 그를 알아보지 못했다. 모든 사람들의 눈은 선택된 다섯 명과 네 벌의 군복 위에 쏠려 있었다. 장 발장은 모든 것을 보고 듣고 나자 잠자코 자기 옷을 벗어 쌓여 있는 네 벌의 군복 위에 그것을 던졌던 것이다.

사람들의 감격은 이루 형용할 수 없을 정도였다.

「저건 누구지?」 보쉬에가 물었다.

「저분은」 하고 콩브페르가 대답했다. 「남을 살려 주는 분이지.」

마리우스는 엄숙한 목소리로 덧붙였다.

「내가 아는 분이오.」

이 한 마디로 모두들 만족했다. 앙졸라는 장 발장에게 몸을 돌렸다.

「잘 와주셨습니다.」

그리고 다시 덧붙였다.

「아시는 바와 같이 우리는 모두 죽을 각오입니다.」

장 발장은 아무 대답도 하지 않고 그가 구해낸 폭도가 그의 군복을 입는 것을 도와주었다.

5. 바리케이드 위에서 어떤 지평선이 보이는가

운명을 결정짓는 이 시간, 이 비정한 장소에서 전원은 앙트라의 극도의 우수를 정신의 합성력으로, 그리고 정점으로 하고 있었다.

앙졸라는 마음에 혁명 정신을 가득 넘치게 하고 있었다. 그러나 절대자일지라도 불완전하듯이 그 또한 불완전했다. 즉 쌩 쥐스트적인 면이 강한 반면 아나카르시스 클로츠적인 면이 부족했다(모두 대혁명의 지도자. 전자는 준열한 행동가이고 후자는 이성파여서 『인류의 웅변가』라 불리었다). 그래도 그의 정신은 『ABC의 벗』이라는 결사에서 콩브페르의 사상의 영향을 받았다. 얼마 전부터 그는 차츰 독단의 좁은 형식을 탈피하고 진보적인 관념의 확대로 향하게 되었다. 위대한 프랑스 공화국을 광대한 인류 공화국으로 바꾸어 놓는 것이 결정적이고 장대한 진화라고 인정하게끔 되었다. 다만 직접적인 수단에 대해서는 격심한 상황 아래 있기 때문에, 수단 역시 과격한 것이어야 한다고 여기고 있었다. 이 점에서 그의 생각은 확고부동했다. 그리고 그는 93년이라는 한 마디로 요약되는 저 서사시적인 무서운 유파에 속해 있었다.

지금 앙졸라는 포석을 쌓아올린 계단 위에 서서 기총의 총구에 한쪽 팔꿈치를 짚고 있었다. 그는 깊은 생각에 잠겨 있었다. 그리고 이따금 어떤 숨결이 얼굴을 스치는 듯 부르르 몸을 떨었다. 죽음이 있는 곳에는 신의 계시가 내리는 다리가 셋 달린 책상과 비슷한 작용을 사람에게 미친다. 내부의 눈길이 가득 찬 그의 눈에서는 불꽃 같은 빛이 넘쳐 쏟아지고 있었다. 문득 그는 고개를 들었다. 그의 금발머리는 별로 만들어진 어두운 전차 위의 천사의 머리처럼 뒤로 날렸다. 그것은 마치 타오르는 후광 속에 흐트러진 사자의 갈기와 같았다. 앙졸라는 외쳤다.

「여러분, 여러분은 미래를 상상해 보았소 ? 도시의 거리에는 빛이 넘쳐 흐르고, 문전마다에는 초록빛 나뭇가지가 우거지고 여러 국민들은 자매처럼 되고, 사람들은 옳게 되고, 노인은 아이들을 귀여워하고, 과거는 현재를 사랑하고, 사상가는 완전한 자유 속에 살며 신앙을 가진 사람은 완전한 평등 속에 살고, 하늘을 믿고 신이 직접 사제가 되고 인간의 양심이 제단이 되고 증오는 없어지고 일터와 학교가 우애로 맺어지고 형벌과 포상이 명확해지고 모든 사람에게 일거리가 있고 만인을 위해서 권리가 있고, 만인 위에 평화가 있고, 이미 피를 흘릴 일이 없고 전쟁도 없어지며 어머니들은 행복해지는 거요! 물질을 정복하는 것이 첫걸음이요, 이상을 실현하는 것이 둘째 걸음이오. 진보가 이미 이루어 놓은 일을 돌아보시오. 일찍이 최초의 인류는 물 위에서 요란한 숨소리를 내는 휘드라(머리가 아홉 개 달린 뱀)이며, 불을 뿜는 괴룡이며 독수리의 날개와 호랑이의 발톱을 가지고 날아다니는 공중의 괴물 그리포스〔怪鳥〕 등등 인간보다 강한 짐승들이 눈앞을 지나가는 것을 공포감을 지니고 지켜보고 있었소. 그러나 이윽고 인간은 지혜라는 신성한 함정을 파서 드디어 그 괴물들을 사로잡고 말았소.

우리들은 휘드라를 정복했소, 그것은 기선이라 일컫는 거요. 우리는 괴룡을 정복했소, 그것은 기관차라는 거요. 우리는 다시 그리포스를 정복하려 하고 있소. 아니 이미 그것을 손아귀에 쥐고 있소. 그것은 경기구라 불리고 있소. 이 프로메테우스적인 일을 완수하고 휘드라, 괴룡, 그리포스의 세 가지의 고대 몽상을 인간의 의지대로 다룰 수 있는 날, 인간은 물과 불과 바람을 지배하게 되고 다른 생명 있는 만물에 대해서 일찍이 고대의 신들이 인간에 대하여 가지고 있던 것 같은 존재가 될 것이오. 용기를 내시오, 그리고 전진합시다! 여러분, 우리는 어디로 갈 것입니까? 정부 구실을 할 과학을 향해서, 유일한 경찰력이 될 사물의 힘을 향하여, 스스로 제재 규정을 가지고 명확하게 공포되는 자연의 법칙을 향하여, 일출에 조응하는 진리의 출현을 향하여 가는 것이오. 우리들은 여러 민족의 단결을 향하여 가는 것이오, 인간의 단결을 향하여 가는 것이오. 이미 허구는 있을 수 없소. 가식도 있을 수 없소. 진실에 의하여 통치되는 현실, 이것이 목표요. 문명은 유럽의 꼭대기에, 그리고 머지않아 저 대륙의 중앙에 위대한 지혜의 의회에서 회의를 열 것이오. 그와 같은 일이 일찍이 한 번 있었소. 고대 그리스의 암피크티오니아 회의의 대표는 일 년에 두 번, 한 번은 신의 땅인 델포이에서, 또 한 번은 영웅의 땅인 테르모필라이에서 회의를 열었소. 머지않아 유럽도 그 암피크티오니아 회의의 대표를 갖게 될 것이고 지구도 그 대표를 갖게 될 것이오. 프랑스는 이 숭고한 미래를 잉태하고 있소. 이것이 바로 십구세기의 회태요. 그리스가 소묘한 작품은 프랑스에 의해 완성될 만한 가치가 있소.

잘 들으라, 페이여, 자네는 용감한 노동자, 민중을 대표하는 인간, 세계의 민중을 대표하는 인간일세. 나는 그대를 존경하네. 그렇다, 그대는 미래를 정확하게 내다보고 있네. 그렇다, 그대는 옳아. 페이, 그대에겐 아버지도 어머니도 없다. 그대는 인류를 어머니로 하고 권리를 아버지로 삼았네. 자넨 이곳에서 죽으려고 하네. 말하자면 승리하려 하고 있네. 여러분, 오늘은 일이 어떻게 되건, 승리를 얻게 되건 패배하건 우리가 완수하려는 것은 혁명이오. 화재가 도시를 환하게 비추듯이 혁명은 전 인류를 비쳐 주오. 그럼 우리는 어떤 혁명을 할 것인가? 아까도 말했듯이 『진실』에의 혁명이오. 정치적 견지에서 보면 원칙은 단 하나, 즉 인간에 대한 인간의 주권인 것이오. 이 자기에 대한 자기의 주권을 『자유』라고 부르오. 이 주권이 둘, 또는 여러 개 서로 결합되는 곳에 『국가』가 시작되는 것이오. 그러나 그 결합은 어떠한 권리 포기도 포함하지 않소. 각 주권은 만인 공동의 권리를 위해서 어느 정도 자기를 양보해야 하오. 그 정도는 만인에게 동등하오. 각자가 만인에 대하여 행하는 그 동등한 양보를 『평등』이라고 부르오. 공동의 권리란 각자의 권리 위에 빛나는 만인의 보호 이외 아무것도 아닌 것이오. 이 각자에 대한 만인의 보호를 『우애』라고 부르오. 한곳으로 모이는 그들 모든 주권의 교차점을 『사회』라 하오. 이 교차는 하나의 연결이므로 그 교차점은 매듭이오. 거기서 사회의 유대라는 게 생기는 것이오. 어떤 사람은 그것을 사회 계약이라고도 하오. 어떻게 말하건 마찬가지요. 그 말은 어원적으로도 유대라는 개념으로 이룩되어 있으니까(『계약(Contract)』이라는 말은 사물을 결부시키는 행위를 나타내는 라틴어 Contractus에서 유래된다) 말요. 여기서 평등이라는 것을 이해해 둡시다. 왜냐하면 자유를 정점이라고 한다면 평등은 삼각형의 밑변이기 때문이오. 평등이란 높이가 같은 식물을 말하는 것이 아니오. 키가 큰 풀의 줄기와 키가 작은 떡갈나무로 만들어진 사회가 아니오. 서로 거세하려는 질투의 이웃 관계가 아니오. 그것은 일반적으로 말하면, 모든 능력이 동등한 출발점에 서는 것을 말하며, 정치적으로 말하면 만인의 투표가 동등한 무게를 갖는 것이고, 종교적으로는 모든 양심이 동등한 권리를 가지는 일이오. 평등은 하나의 기관을 갖고 있소. 그것은 돈이 들지 않는 의무 교육이오. 초보적 권리, 우선 거기서부터 출발해야 하오. 국민학교를 만인에게 의무적으로 실시하고 중학교를 만인에게 개방할 것, 이것이야말로 마땅한 법률이오. 동등한 학교에서 평등 사회가 이루어지는 것이오. 그렇소, 교육을!

광명을! 광명을! 모든 것은 광명에서 나와서 광명으로 돌아가오. 여러분, 십구세기는 위대하오, 그러나 이십세기는 행복할 것이오. 그곳에는 낡은 역사와 닮은 것은 아무것도 없을 것이오. 오늘날처럼 정복, 침략, 왕위 찬탈, 무력에 의한 국민의 대립, 여러 국왕들의 결혼 관계에 의해 좌우되는 문명의 중절, 세습인 전제 군주권을 이어받는 왕자의 탄생, 국제 회의에 의한 민족 분할, 왕조의 붕괴로 인한 국가의 해체, 어둠 속의 두 마리 염소처럼 무한의 다리 위에서 뿔을 마주대고 싸우는 두 개의 종교 다툼 같은 것을 두려워할 필요는 없을 것이오. 굶주림도, 착취도, 빈곤으로 인한 매춘 행위도, 직업을 잃음으로 당면하게 되는 생활난도, 교수대도, 칼도, 전쟁도, 또 사건의 숲속에서 우발하는 날치기도 다시는 두려워할 필요가 없을 것이오. 이제 변은 아무데도 없다고 사람들은 말할 것이오. 사람들은 행복해질 거요. 지구가 그 법칙을 지키듯이 인류는 인류의 법칙을 지킬 것이오. 영혼과 하늘의 별과의 사이에 조화를 되찾을 것이오. 별이 태양의 주위를 돌 듯이 영혼은 진리의 주위를 돌 것이오. 벗들이여, 우리가 살고 있는 이 시대, 내가 여러분에게 이야기하고 있는 이 시대는 암흑의 시대인 것이오. 그러나 이것이야말로 미래를 획득하기 위해 치러야 하는 무서운 보상금이오. 혁명이란 통행세요. 아아! 인류는 해방되고 높여지고 위로받을 것이오! 우리들은 이 바리케이드 위에서 그것을 인류에게 확언하오. 사랑의 외침 소리는 희생의 위에서가 아니면 어디서 나올 수 있겠소? 형제들이여, 여기는 생각하는 자와 괴로워하는 자가 서로 결합되는 곳이오. 이 바리케이드는 포석이나 대들보나 쇠부스러기로 만들어진 것이 아니오. 사상의 무더기와 고통의 무더기인 두 무더기로 되어 있는 것이오. 비참은 이곳에서 이상을 만날 것이고, 낮은 여기에서 밤을 포용하며 말할 것이오, 나는 그대와 함께 죽고, 그대는 나와 함께 소생하는 것이오, 라고. 온갖 고뇌를 끌어안는 데서 신념이 솟구쳐 나오는 거요. 괴로움을 참고 견디는 것은 여기에 그 고통을 가져오고, 사상은 그 불멸을 실어 오고 있소. 그 고통과 불멸이 융합되어서 머지않아 우리들의 죽음을 이룩해 주오. 형제들이여, 이곳에서 죽는 자는 미래의 광휘 속에 죽는 것이오. 우리들은 서광이 비치는 무덤 속으로 들어가는 것이오.」

앙졸라는 입을 다물었다기보다 말을 멈추었다. 그 입술은 아직도 자기 자신에게 무언가 말을 계속하는 듯 소리 없이 움직이고 있었다. 그렇기 때문에 모두들 주의를 집중하고 다시금 그의 이야기를 들으려고 그를 지켜보았다. 박수 갈채는 일어나지 않았으나 속삭임 소리가 오래 계속되었다. 말은 입김과 같아서 그것을 받는 사람들의 이지의 전율은 나뭇잎이 흔들리는 것과 흡사하다.

6. 초조한 마리우스, 말이 없는 자베르

마리우스의 가슴 속은 과연 어떠했는가 이야기하기로 하자.

그의 심적 상태를 상기해 주기 바란다. 조금 전에 일깨웠듯이 모든 것은 이미 그에게 있어 환영에 지나지 않는다. 그의 판단력은 혼란에 빠져 있었다. 마리우스는 거듭 말했지만 죽어 가는 사람 위에 펼쳐지는 커다란 날개의 그늘에 있었다. 그는 무덤 속에 들어간 것처럼 느끼고, 이미 생명의 벽 저편으로 나간 것 같았으며 살아 있는 사람들의 얼굴을 이미 죽은 사람의 눈으로밖에 보고 있지 않았다.

포슐르방 씨가 어떻게 이곳에 왔는지? 왜 왔는지? 무엇하러 왔는지? 마리우스는 그런 의문조차 품지 않았다. 더욱이 인간의 절망엔 묘한 뭔가가 있어 그 스스로는 물론, 다른 사람도 에워싸 버린다. 현재의 그에게는 모든 사람이 죽으러 오는 것이 당연하게 생각되었다.

다만 그는 가슴을 죌 만큼 코제트를 생각했다.

또한 포슐르방 씨도 그에게 말도 걸지 않고 거들떠 보지도 않고 마리우스가 소리를 높여 「내가 잘 아는 분이오」라고 했을 때에도 그 목소리를 듣는 것 같지 않았다.

마리우스는 포슐르방 씨의 그러한 태도에 적이 마음이 놓였다. 또 거기에 만족감을——이런 경우의 느낌을 이런 말로 표현할 수 있다면——느꼈다. 자신에게 있어서, 도무지 정체를 파악할 수 없음과 동시에 위압적인 그 수수께끼의 인물에게 말을 건넨다는 것은 절대로 불가능한 일이다, 하고 그는 느끼고 있었다. 더욱이 꽤 오랫동안 보지 못했기 때문에 소심하고 조심성 깊은 마리우스로서는 더욱 말을 건넬 수가 없게 되어 있었다.

지명된 다섯 사나이는 몽데투르 옆골목을 지나 바리케이드를 빠져나갔다. 그들은 정말 국민병과 꼭 같은 모습을 하고 있었다. 그 중의 한 사람은 울면서 떠나갔다. 나서기 전에 그들은 그곳에 남을 사람들을 포옹했다.

삶의 길로 돌려보내어지는 다섯 명이 출발해 버리자, 앙졸라는 죽음을 선고받은 한 사람의 생각이 떠올랐다. 그는 아래층 홀로 들어갔다. 자베르는 기둥에 묶인 채 깊은 생각에 잠겨 있었다.

「뭐, 원하는 건 없나?」 앙졸라가 물었다.

자베르는 대답했다.

「언제 나를 죽일 텐가?」

「기다려. 지금 우리는 탄약이 아무리 많아도 모자랄 지경이니까.」

「그럼 물이나 주게」 하고 자베르는 말했다.

앙졸라는 손수 물을 떠다가 묶여 있는 자베르를 도와 마시게 했다.

「이젠 됐나?」 앙졸라가 말했다.

「이 기둥은 거북하군.」 자베르는 대답했다. 「여기서 밤을 새우게 한 건 너무 무정하군. 마음 내키는 대로 묶는 것은 좋지만 탁자 위에 뉘어 주어도 좋을 텐데, 이 사람처럼 말요.」

그러면서 그는 고개짓으로 마뵈프 씨의 시체를 가리켰다.

독자들도 기억하고 있듯이 홀 안쪽에는 탄환을 만들기도 하고 녹이는 데 쓰였던 커다랗고 긴 탁자가 있었다. 탄약은 다 만들어져 있었고, 화약도 다 써버렸기 때문에 그 탁자는 비어 있었다.

앙졸라의 명령으로 네 명의 폭도가 자베르를 기둥에서 풀었다. 푸는 동안 또 한 사람의 폭도가 그의 가슴에 총검을 대고 있었다. 뒤로 두 손을 묶은 채 발에는 교수대에 올라가는 사람처럼 십오 인치밖에 걸음을 뗄 수 없을 정도의 가늘고 튼튼한 회초리 끈을 맸다. 그리고는 홀 안쪽의 탁자 옆에까지 걷게 해서 그 위에 눕히고 몸통 한가운데를 단단히 졸라맸다.

어떤 짓을 해도 탈주할 수 없도록 단단히 맨 데다가, 더욱 완전히 하기 위해 한 가닥의 밧줄을 목에 걸고 감옥에서 마르탱갈르(martingale, 말의 재갈 띠와 배 아래 띠를 잡아매는 끈)라고 불리는 그런 방법으로 묶었다. 그 방법은 목에 건 뒤에 배 위에서 밧줄을 둘로 나누어 양쪽 다리 사이로 꿰어서 두 손을 마주 얽어매는 것이다.

자베르가 묶이는 동안 한 사나이가 홀 입구에 서서, 이상하게도 주의깊게 그를 지켜보고 있었다. 그 사나이의 기다란 그림자를 알아보고 자베르는 고개를 돌렸다. 눈을 들고 보니 장 발장이었다. 자베르는 전율도 느끼지 않고 거만하게 눈을 내리깔고 이렇게 말할 뿐이었다──「그랬었군.」

7. 악화된 상황

 아침은 재빨리 밝아 갔다. 그러나 창문 하나 열리지 않았고 어느 문도 단단히 닫혀 있었다. 새벽이었지만 깨어난 것은 아무도 없었다. 바리케이드를 향한 샹브르리 거리 끝에는 이미 말했듯이 군대가 물러간 뒤였다. 지금은 자유롭게 보였고, 또 실제로 음침한 정적에 잠겨서 사람들을 지나다니게 하고 있었다. 쌩 드니 거리는 테바이의 스핑크스 거리처럼 잠잠했다. 햇빛을 하얗게 받고 있는 네거리에는 숨쉬는 것이라곤 하나도 없었다. 인적 없는 시가지의 밝음처럼 불길한 것은 없다.

 보이는 것이라곤 아무것도 없었지만 소리는 들리고 있었다. 약간 떨어진 곳에 수상한 움직임이 일어나고 있었다. 위기가 닥쳐오고 있는 것은 명확한 일이었다. 전날 밤처럼 보초가 돌아왔다. 다만 이번에는 전원이 돌아온 것이다.

 바리케이드는 맨처음의 공격 때보다 강화되어 있었다. 다섯 사나이가 출발한 뒤에 더욱 높여졌던 것이다.

 시장 일대를 감시하던 보초의 의견을 듣고, 앙졸라는 배후로부터의 기습을 염려하여 중대한 결심을 했다. 그때까지 자유롭게 터져 있던 몽데투르 옆골목의 좁은 길에 바리케이드를 만들게 했다. 그 때문에 또다시 몇 채의 집을 따라 포석이 벗겨졌다. 이리하여 바리케이드는 앞쪽의 샹브르리 거리, 왼편의 씨뉴 거리와 프티트 트리앙드리의 거리, 오른편의 몽데투르 거리, 이렇게 세 길을 막고, 그야말로 거의 난공불락이 되었다. 그들은 분명히 갇히고 만 것이다. 바리케이드는 세 방면에 정면을 가지고 있었으나 나갈 곳은 없었다.

 「요새는 요새지만 꼭 쥐덫 같군.」 쿠르페락은 웃으면서 말했다.

 앙졸라는 주점 문 앞에 포석을 서른 개 가량 쌓아올리게 했다.

 「너무 캐냈군 그래」 하고 보쉬에가 말했다.

 공격받을 것이 틀림없는 쪽이 너무나 고요했기 때문에 앙졸라는 각각 전투 위치에 붙도록 했다.

 전원에게 정해진 양의 브랜디가 배급되었다.

 습격에 대비하는 바리케이드만큼 기묘한 광경은 없다. 각자가 무대에 설 때처럼 자기 자리를 골라 잡는다. 몸을 기대거나 팔꿈치를 괴거나 어깨로 밀어낸다. 포석을 쌓아서 칸막이 자리를 만드는 사람도 있다. 벽 모퉁이는 거북하다고 해서 멀리한다.

이 돌각에서 탄환을 막을 수 있다면서 몸을 숨기기도 한다. 왼손잡이는 유리했다. 다시 말해서 다른 사람들에게는 불편한 자리를 차지할 수 있는 것이다. 대개는 오른발을 꺾어서 궁둥이 밑에 깔고 왼쪽 무릎을 세우는 자세로 싸우도록 궁리한다. 편하게 적을 죽이고 기분 좋게 죽기를 원하기 때문이다. 1848년 6월의 처참한 싸움이 벌어졌을 때, 어떤 테라스 위에서 싸웠던 놀랄 만한 사격 솜씨를 지닌 한 폭도는 볼테르식 팔걸이의자(앉는 데가 낮고 등받이가 높은 팔걸이의자)를 놓고 앉았는데, 산탄이 그 의자에 앉아 있는 그에게 명중했다.

지휘자가 전투 준비를 명령하자마자 모든 무질서한 움직임은 중지되고, 의견이 하나로 일치되고 동료간의 알력도 욕을 하는 사람도 파가 갈리는 행동도 없다. 머릿속에 있는 생각은 하나로 집중되고 적의 습격을 기다리는 마음으로 바뀐다. 위험이 닥치기 전까지의 바리케이드는 혼돈 상태에 있지만 위험 속에서는 규율적이 된다. 위험이 질서를 낳는 것이다.

앙졸라가 이연발 기총을 들고 마련해 놓았던 일종의 총구멍에 자리잡자 모든 사람들은 일시에 침묵했다. 달가닥거리는 낮고 메마른 소리가 포석 벽을 따라 여러 소리에 섞여 울렸다. 그것은 총을 재는 소리였다.

그리고 그들의 태도도 전에 없이 고매하고 자신에 차 있었다. 극도의 자기 희생은 신념을 굳힌다. 그들은 이미 희망을 갖지 않고 절망만 갖고 있었다. 절망은 때로는 승리를 가져다주는 마지막 무기라고 베르길리우스가 말한 바 있다(《아에네이스》의 일절. 『패자에 있어서 유일한 구원은 어떠한 구원도 바라지 않는 일이다』). 가장 좋은 수단은 더 이상의 여지가 없는 마지막 순간의 결심에서 생겨난다. 죽음이라는 배에 올라타는 것은 때로는 난파를 모면하는 방법이 되기도 하고, 관 뚜껑이 구조판이 되기도 한다.

전날 밤과 마찬가지로 전원의 주의력은 지금 햇빛이 비쳐서 분명하게 보이기 시작한 거리 끝을 향하고 있었다기보다는 거의 빨려들고 있었다.

기다리는 시간은 길지 않았다. 적이 움직이는 낌새가 다시금 쌩 뢰 거리 쪽에서 분명히 들려 왔다. 그러나 그것은 최초의 공격 때의 움직임과는 전혀 달랐다. 쇠사슬 소리, 거대한 덩어리의 움직이는 소리, 포도를 구르는 청동 소리, 일종의 장엄한 소음, 그것들은 어떤 무시무시한 무쇠의 무기가 가까워 오는 것을 미리 알려 주는 소리였다. 낡고 평화로운 거리, 공익과 사상의 풍부한 유통을 위하여 개통되고 건설된 거리, 전쟁하는 차바퀴의 무서운 회전을 위해서 만들어진 것이 아닌 거리에 전율이 달렸다.

거리의 끝에 집중된 모든 전투원들의 눈이 일시에 긴장했다. 대포 하나가 나타났다.

포병들이 포차를 밀고 다가왔다. 포문은 발사틀 속에 있었다. 앞 수레는 떼어져 있다. 두 포수가 포가를 떠받치고 네 명이 바퀴 옆에 붙어 있다. 그 밖의 병사는 탄약차를 끌고 뒤따르고 있다. 불이 당겨진 화승의 연기가 보였다.

「발사!」하고 앙졸라가 외쳤다.

온 바리케이드는 불을 내뿜어 무서운 총소리가 일어났다. 눈사태와도 같은 연기가 포차와 병사들을 뒤덮고 그 모습을 가려 버렸다. 몇 초 뒤에 연기가 사라지자 대포와 병사들은 다시 모습을 나타냈다. 포수들은 천천히 정확하게 덤비지 않고 포차를 바리케이드 정면으로 돌려 놓고 있었다. 한 사람도 총에 맞지 않았다. 이윽고 포수장은 포구를 올리기 위해서 포미에 올라가서 마치 망원경을 별에게 맞추는 천문학자와 같은 장중한 태도로 조준을 맞추기 시작했다.

「잘한다, 포수들!」하고 보쉬에가 외쳤다.

온 바리케이드는 일제히 손뼉을 쳤다. 잠시 후 포차는 거리 한복판에 도랑을 타고 앉듯이 단단히 놓이고 발사 준비를 갖추었다. 무시무시한 포구가 바리케이드 위에서 입을 벌리고 있었다.

「자아, 한바탕 하자!」쿠르페락이 말했다. 「무지한 놈들, 손가락으로 퉁기고 나더니 주먹다짐이로군. 군대는 우리에게 코끼리 발 같은 어마어마한 힘으로 덤벼오는군. 바리케이드도 상당히 흔들리겠는 걸. 소총은 스칠 뿐이지만 대포는 덮칠 거야.」

「팔십 밀리짜리 포군 그래, 신식 청동포야」하고 콩브페르가 말을 곁들었다. 「저 포문은 동과 주석이 백대 십의 비율을 넘기만 하면 폭발하기 일쑤지. 주석이 많으면 물러져서 포문 속에 구멍과 틈이 생기게 마련일세. 그것을 예방하고 무리하게 장전하기 위해선 십사세기 때의 방법으로 되돌아가서 테를 끼울 필요가 있을 걸세. 즉 이어댄 곳이 없는 강철테를 포미에서 중간까지 끼워서 포문을 바깥쪽에서 보강하는 걸세. 하긴 지금은 되도록 그와 같은 결점을 고치고 있지만 말일세. 즉 고양이(탐지기)를 써서 화문 속 어디에 구멍이나 패인 곳이 있는가를 알아내는 걸세. 그러나 가장 좋은 방법은 그리보발의 움직이는 별일세(그리보발이 고안한 총포의 직경을 재는 기계).」

「십육세기에는」 하고 보쉬에가 말참견을 했다.「포신 안쪽에 나선 모양의 홈을 팠었지.」

「그렇지.」 콩브페르가 대답했다.「그렇게 하면 탄도력은 증가되지만 사격의 정확성은 줄어. 게다가 가까운 거리일 때도 탄도는 생각하는 대로 똑바로 나가지 않고 포물선이 커져서, 중간에 있는 물체를 맞힐 수 있을 만큼 똑바로 날아가지 않게 되지. 그렇지만 중간에 있는 물체를 맞히는 게 전투에 필요한 일이어서, 그 중요성은 적에게 접근해서 사격을 서두를 때에는 더욱더 커지네. 십육세기의 나선 모양의 홈을 판 대포의 탄도 곡선의 결점은 장전이 약한 데 있지. 그런데 약한 장전은 이 종류의 병기로는 이를테면 포가의 보전을 위한 탄도학상의 필요성에서 생긴 일이지. 요컨대 대포라는 이 폭군은 바라는 대로 무엇이나 다 되는 건 아닐세. 힘이란 커다란 약점일세. 포탄은 한 시간에 육백 리밖에 날지 못하지만 광선은 일 초 동안에 칠만 리를 달리네. 이것이 그리스도가 나폴레옹보다 훌륭한 점일세.」

「다시 총알을 재」 하고 앙졸라가 말했다.

포탄에 바리케이드의 돌담은 어떻게 될 것인가? 포격에 구멍이 날 것인가? 거기에 문제가 있었다. 폭도들이 총에 다시 장전을 하는 동안에 포병들은 포탄을 재고 있었다.

불안이 각면보 안에 깊숙이 감돌았다. 대포가 발사되고 폭음이 울려퍼졌다.

「다녀왔습니다!」 하고 쾌활한 목소리가 외쳤다.

포탄이 바리케이드에 떨어짐과 동시에 가브로슈가 안으로 뛰어 들어왔다. 그는 씨뉴 거리 쪽에서 와서 프티트 트뤼앙드리의 미로 쪽을 바라보고 있는 보조 바리케이드를 쉽게 타 넘었던 것이다.

가브로슈는 포탄 이상의 효과를 바리케이드 안에 주었다.

포탄은 잡다한 무더기 속에 패어 들어갔다. 겨우 승합 마차의 바퀴를 하나 파괴하고 앙쏘의 낡은 짐수레를 부수었을 뿐이었다. 그것을 보고 바리케이드의 사람들은 웃음을 터뜨렸다.「계속해라!」 보쉬에는 포병대를 향해서 고함쳤다.

8. 포병대는 결사적으로 덤비다

모두들 가브로슈를 둘러쌌다. 그러나 그는 전혀 이야기할 겨를이 없었다. 마리우스가 몸을 떨면서 그를 옆으로 불러냈다.

「뭣하러 여기 왔어?」

「뭐라구요?」하고 소년은 반문했다.「그럼 당신은요?」

그렇게 말하고 사내다운 뻔뻔스러운 태도로 마리우스를 뚫어지게 쳐다보았다. 그의 두 눈은 마음속에 있는 자랑스러운 빛으로 커다랗게 뜨여 있었다. 엄격한 말투로 마리우스는 힐난했다.

「누가 돌아오라고 했어? 편지는 제대로 전했나?」

가브로슈는 그 편지에 대해서 약간 꺼림칙한 기분이 없지도 않았다. 바리케이드에 돌아오는 것을 서둘렀기 때문에 편지는 전했다기보다 귀찮아서 처치해 버린 격이 된 것이다. 모르는 남자에게 얼굴도 확인하지 않고 다소 경솔하게 편지를 내맡긴 것을 자인하지 않을 수 없었다. 사실 그 남자는 모자는 쓰지 않았었지만, 그런 사실은 이유로써 불충분했다. 요컨대 이 문제에 대해서는 그는 내심 양심이 가책되어 마리우스의 꾸지람을 두려워했다. 그는 심한 곤경에서 빠져나가기 위해 가장 간단한 방법을 선택했다. 즉 지독한 거짓말을 한 것이다.

「편지는 문지기에게 주고 왔어요. 그 부인은 벌써 자던 걸요. 깨면 편지를 받을 거예요.」

마리우스는 그 편지를 보낼 때 두 가지 목적을 가지고 있었다. 그 한 가지는 코제트와 작별하는 일이며, 또 하나는 가브로슈를 구하는 일이었다. 그는 바라던 일의 절반만으로 만족하지 않으면 안 되었다.

편지를 전하는 것과 포슐르방 씨가 바리케이드에 나타난 것, 이 대조가 그의 머릿속에 떠올랐다. 그는 가브로슈에게 포슐르방 씨를 가리키며 물었다.

「저 사람을 알겠니?」

「몰라요.」가브로슈는 말했다.

가브로슈는 사실 조금 전에 말했듯이 어둠 속에서 장 발장을 보았을 뿐이었다.

마리우스의 마음속에 일어나려 했던 막연하고 불안한 억측은 이것으로 씻은 듯 사라졌다. 그는 포슐르방 씨의 정치적 의견을 알고 있었던가? 포슐르방 씨는 아마도 공화주의자일 테지. 그렇다면 이 전투에 그가 참가한 것은 매우 당연한 일이다.

그 사이에 가브로슈는 벌써 바리케이드 저쪽 끝으로 가서「내 총!」하고 외치고 있었다. 쿠르페락은 그에게 총을 돌려주었다.

가브로슈는 『동지』——소위 그가 부르는——에게 바리케이드가 포위된 사실을 알렸다. 여기까지 오는 데 무척 힘이 들었다는 것이다. 제일선 대대가 프티트 트뤼앙드리에 걸어 총을 하고 씨뉴 거리 쪽을 감시하고 있었다. 맞은쪽에서는 경찰 대원이 프레쉐르 거리를 점령하고 있었다. 정면에는 군대의 주력 부대가 있었다.

이상의 정보를 전하고 가브로슈는 덧붙였다.

「내가 허락할 테니 놈들을 혼내 주어.」

한편 앙졸라는 자기의 총구멍으로 귀를 기울이고 정세를 살피고 있었다.

공격측은 아마도 아까의 포격으로 그다지 만족하지 못했는지 다시 그것을 되풀이하지 않았다.

제일선 보병의 일 중대가 거리 끝에서 포차 뒤에 자리를 잡았다. 병사들은 포석을 벗겨서 거기에 높이 십팔 인치쯤의 바리케이드에 상대되는 장벽과 같은 작고 낮은 흉벽을 구축했다. 그 흉벽의 왼쪽 모퉁이에는 쌩 드니 거리에 집결한 교외병 대대의 종대 선두가 보였다.

경계에 임하고 있던 앙졸라는 탄약차에서 산탄 상자를 끌어내리는 듯한 소리를 들었다. 또 포수장이 조준을 바꾸어 포구를 약간 왼쪽으로 비스듬히 하는 것을 보았다. 다음에 포수들은 대포를 포탄에 재기 시작했다. 포수장은 손수 불방망이를 들고 화문에 갖다 댔다.

「머리를 숙여라, 벽에 붙어라!」하고 앙졸라가 외쳤다.「전원 바리케이드에 붙어서 주저앉아!」

가브로슈가 도착했을 때, 전투 위치를 떠나서 주점 앞에 흩어져 있던 폭도들은 한꺼번에 바리케이드 안으로 달려 들어왔다. 그러나 앙졸라의 명령이 이행되기도 전에 대포는 무시무시한 신음 소리와 함께 발사되었다. 과연 산탄이었다.

탄환은 각면보의 갈라진 틈을 향해서 발사돼, 그곳의 벽면이 튀어오르고 일시에 사방으로 흩어지는 무서운 포탄은 두 사람을 죽이고 세 사람에게 부상을 입혔다. 만약 사격이 계속된다면 바리케이드는 더 이상 견디어내지 못할 것이다. 산탄은 날아 들어오고 있었다. 낭패한 속삭임이 일었다.

「아무튼 두 번째 탄을 막읍시다」하고 앙졸라가 말했다.

그리고는 그는 기총의 위치를 내려 지금 막 포미 위에 웅크리고 앉아서 조준을 고쳐 마지막 고정을 시키고 있는 포수장을 겨냥했다.

그 포수장은 잘 생긴 포병 중사로 아직 젊고, 금발에 매우 상냥한 얼굴의 사나이로, 철저하게 공포를 때려부수므로 머잖아 전쟁을 없애 버릴 게 틀림없는 숙명적인 무서운 병기를 다루는 데 어울리는 지적인 모습이었다.

콩브페르는 앙졸라의 곁에 서서 그 젊은이를 관찰하고 있었다.

「유감이야!」하고 콩브페르는 말했다.「이런 살육이야말로 저주받을 일이야! 안 그런가 여보게, 국왕이라는 게 없어지면 아마 전쟁도 없어질 거야. 앙졸라, 자넨 저 상사를 겨누고 있지만 자네는 저 청년을 잘 보지 않았어. 참으로 호감가는 청년 아닌가. 용감하고 생각도 깊은 것 같아. 상당한 교육을 받았을 거야. 저런 포병대의 젊은이는 말일세. 아버지도 있고 어머니도 있고 가족도 있고 아마 사랑을 하고 있는지도 몰라. 스물댓 살이나 됐을까? 자네 형제인지도 모르지.」

「자네 말대로야.」앙졸라는 말했다.

「그래」하고 콩브페르가 대답했다.「또 내 형제이기도 하지. 여보게, 죽이지 말게.」

「내게 맡겨. 해야 할 일은 해야 해.」

눈물 한 방울이 천천히 앙졸라의 대리석 같은 뺨에 흘러내렸다.

동시에 그는 기총의 방아쇠를 당겼다. 섬광이 스쳤다. 포수는 빙그르르 두 번 돌더니 두 팔을 앞으로 벌리고 마치 공기를 빨아들이듯 고개를 들더니 포차 위에 옆으로 쓰러져서 움직이지 않았다. 이쪽을 향한 등 한복판에서 피가 곧게 뿜어 오르는 것이 보였다. 탄환은 가슴을 꿰뚫었던 것이다. 그는 죽었다.

공격하는 쪽은 그를 운반하고 후임자를 대치해야 했다. 때문에 몇 분 동안의 시간을 끌 수 있었다.

9. 옛 밀렵자 솜씨와 1796년의 유죄선고에 영향을 준 사격

바리케이드 안에서는 의견이 분분했다. 포격이 다시 시작되려 하고 있었다. 그 산탄 세례를 받으면 십오 분도 견디지 못할 것이다. 무슨 수를 쓰든지 타격을 적게 할 필요가 있었다. 앙졸라는 이런 명령을 내렸다.

「여기에 짚요를 갖다 놓는 게 좋겠다.」

「이젠 없어.」콩브페르가 말했다.「부상자가 다 누워 있다네.」

장 발장은 혼자 우두커니 소총을 무릎 사이에 놓고 주점모퉁이의 돌 위에 앉아서 그때까지 주위에 어떤 일이 일어나건 상관하지 않았다. 전투원들이 주위에서 「아무것도 하지 않는 포수로군」 하는 소리도 들리지 않는 듯했다.

그러한 그가 앙졸라의 명령을 듣고 일어섰다.

군중들이 샹브르리 거리에 모여들었을 때 한 노파가 총알이 날아올 것을 예상하고 짚요를 창문 앞에 내걸었던 것을 기억할 것이다. 그 창문, 고미다락방의 그 창문은 바리케이드의 조금 바깥쪽에 있는 칠층 건물의 지붕 위에 나 있었다. 동아줄로 양쪽을 매달았는데, 멀리서 보아 두 가닥의 끄나불인 듯한 그 동아줄은 고미다락방 창틀에 박은 못에 붙들어 매어져 있었다. 공중에 그 두 가닥의 줄은 머리카락처럼 가늘게 또렷이 보였다.

「누가 이연발의 기총을 빌려 주게나.」 장 발장은 말했다.

때마침 자기의 기총을 재고 있던 앙졸라는 그것을 내밀었다. 장 발장은 고미다락방을 겨누어서 발사했다. 요의 밧줄이 한 가닥 끊겼다. 요는 이젠 한 가닥의 끈에 걸쳐 있을 뿐이었다. 장 발장은 두 발째를 쏘았다. 두 번째의 동아줄은 고미다락방의 창유리에 퉁겼다. 요는 두 바지랑대 사이를 미끄러져서 길 위에 떨어졌다. 바리케이드에서는 박수갈채가 터졌다. 모든 사람들이 외쳤다.

「요가 생겼다.」

「그래.」 콩브페르가 말했다. 「그런데 누가 가지러 가지?」

요는 사실 바리케이드 밖에, 방어군과 공격군 사이에 떨어진 것이다. 그런데 포병 중사의 죽음에 격분한 부대는 조금 전부터 쌓아올린 포석의 선 뒤에 엎드려서 포수가 새로 임명될 때까지 부득이 침묵을 지켜야 하는 대포를 대신해서 바리케이드를 향하여 사격을 하고 있었다. 폭도들은 탄약을 절약하기 위하여 그 일제 사격에 응하지 않았다. 총탄은 바리케이드에 맞고 부서졌다. 그러나 거리는 탄막에 뒤덮인 무시무시한 상태였다.

장 발장은 바리케이드의 틈바귀로 나가서 거리에 들어서자, 빗발치는 탄환 속을 뚫고 요 옆으로 가서 그것을 주워올려 등에 업고 바리케이드로 되돌아왔다. 그는 손수 그 요를 바리케이드의 갈라진 틈바귀에 막았다. 그는 그것을 포병들이 겨누지 못하도록 벽에 갖다 대었다.

일이 끝나자 모두 산탄을 기다렸다. 아니 기다릴 것도 없었다.

대포는 폭음을 울리며 산탄 한 덩어리를 토해 냈다. 그러나 이번에는 튀어오르지 않았다. 산탄은 요 때문에 힘이 꺾였다. 예상한 대로의 효과를 얻었다. 바리케이드를 지켜낼 수 있었다.

「동지여,」 앙졸라가 장 발장에게 말했다. 「공화국은 당신께 감사드립니다.」

보쉬에는 감탄하고 깔깔 웃었다. 그는 외쳤다.

「요가 이처럼 위력을 지니고 있다니, 참으로 어처구니없는데! 맹렬하게 부딪쳐오는 놈을 부드럽게 받아내서 이기는구나. 어쨌든 대포를 맥도 못 추게 하는 요에 영광 있으라!」

10. 여 명

그 무렵 코제트는 잠에서 깨어났다.

그녀의 방은 좁고 청결하고 조촐하여 동쪽을 향한 좁고 긴 창문이 하나 뒤뜰에 열려 있었다.

코제트는 지금 파리에서 일어나고 있는 일을 전혀 모르고 있었다. 전날 밤은 밖에 나가지 않았었고, 투쌩이, 「소동이 일어났어요」 하고 말했을 때는 이미 자기 방에 들어가 있었다.

코제트는 몇 시간 안 됐지만 푹 잘 잤다. 그녀는 달콤한 꿈을 꾸었다. 아마 그녀의 작은 침대가 눈처럼 새하얗던 까닭도 다소 있으리라. 마리우스인 듯한 누군가가 빛에 싸여서 자기에게로 나타났다. 그녀는 눈에 햇빛을 느끼고 눈을 떴다. 처음에는 아직 꿈의 연속처럼 생각했다.

그 꿈에서 깨어나 먼저 한 첫 생각은 상쾌하다는 일이었다. 코제트는 장 발장과 마찬가지로 절대로 불행을 원치 않는 그런 영혼의 반동 상태를 겪고 있었다. 왠지는 모르지만 온갖 힘을 기울여서 희망을 갖기 시작했다. 그러다가 가슴이 죄는 듯이 답답해졌다.——오늘로 사흘째 마리우스를 만나지 못했다. 그러나 그분은 틀림없이 내 편지를 받아 보았겠지, 내 주소를 알았을 거야, 게다가 그처럼 영리한 분이니까 어떻게 하든지 여기까지 와주시겠지, 하고 생각했다——그것도 반드시 오늘 오전 중이겠지. 벌써 해가 완전히 뜬 것 같지만 햇빛은 수평으로 비치고 있어 아직 꽤 이르다고 그녀는 생각했다. 그러나 마리우스를 맞기 위해서는 일어나야만 했다.

그녀는 마리우스 없이는 살아 갈 수 없다는 것을, 따라서 그것만으로 충분하고,

그리고 또 마리우스는 틀림없이 온다고 믿고 있었다. 아무도 그렇지 않다는 말을 못할 것이다. 이미 그것은 확실한 사실인 것이다. 사흘 동안이나 괴로워한 것이 무서울 만큼 지긋지긋했다. 마리우스가 사흘 동안이나 딴 곳에 있다니, 하느님도 무심했다. 그러나 지금은 그토록 잔인한 짓궂은 장난도 지나가 버린 시련이 되었다. 마리우스는 오고 있을 것이다. 더욱이 좋은 소식을 갖고 올 것이다. 이것이 청춘이라는 것이다. 청춘은 곧 눈물을 닦아준다. 고뇌는 쓸데없는 것이라고 깨닫고 그것을 받아들이지 않는다. 청춘은 미지를 앞에 둔 미래의 미소이며, 그 미지는 자기 자신인 것이다. 행복은 청춘에 있어서는 자연적인 것이다. 그것의 숨결은 마치 희망으로 만들어진 것 같은 것이다.

그뿐이랴, 코제트는 마리우스가 하루만이라고 약속한, 그가 못 오는 이유를 뭐라고 했는지, 또 어떻게 설명을 덧붙였는지, 아무래도 생각나지 않았다. 땅에 떨어뜨린 동전이 얼마나 교묘하게 숨어 버리는지, 얼마나 훌륭하게 모습을 감추어 버리는지 누구나가 알 것이다. 관념이 마찬가지로 짓궂은 장난을 할 때가 있다. 그러한 관념이 한 번 머릿속 한구석에 숨어 버리면 만사는 끝장이다. 그것은 다시는 발견되지 않는다. 기억을 그 위에 되돌아오게 할 수는 없다. 코제트는 기억해 내려고 애써 보았으나 허사인 것에 약간 짜증스러웠다. 마리우스가 한 말을 잊다니, 그래서는 안 되는 일이고 미안한 일이라고 생각했다.

그녀는 침대에서 내려와서 영혼과 육체의 두 가지의 단정한 재계를, 즉 기도와 화장을 했다.

필요하다면 독자들을 결혼한 신방으로 안내할 수는 있지만 처녀의 방으로는 안내할 수 없다. 시구로도 어려운 일이거늘 산문으로는 더욱 묘사가 어렵다.

그것은 아직 단단히 도사리고 있는 꽃의 내부인 것이다. 그림자 속의 흰 빛이다. 태양의 빛이 들기 전에는 사람이 들여다보아서는 안 되는 꼭 다문 백합의 은밀한 방인 것이다. 봉오리로 있는 동안의 여성은 신성하다. 이불을 걷어 젖히고 드러나는 때묻지 않은 침대, 스스로도 두려운 그 황홀한 반나체, 실내화 속으로 살그머니 숨어 버리는 하얀 발, 그 거울이 마치 남의 눈이기라도 한 양 거울 앞에서 얼른 감추어지는 젖무덤, 가구들의 덜거덕거리는 소리며 마차의 지나가는 소리에도 놀라서 화다닥 끌어올려 어깨를 감추는 슈미즈, 매어진 리본, 꼭 끼어 있는 혹, 꼭 붙들어맨 끈, 깜짝 놀라는 그 전율, 추위와 부끄러움으로 생기는 잔소름, 갖은 움직임으로 불러일으켜지는 기묘한 두려움, 조금도 겁낼 일이 없는데도 엷은 날벌레의 날개처럼 차분하지 못한 불안, 새벽녘의 구름처럼 차례차례로 변색되는 매혹적인 의복의 주름, 그 모든 것들은 이야기하기에는 부적당하고 열거하는 것만으로 충분하다.

사람의 눈은, 젊은 처녀의 기상에 대해 별의 나타남을 대했을 때보다 더 경건해야만 한다. 손이 닿을 수 있는 가능성이 있는 만큼 눈은 한층 경의의 마음을 향해야 한다. 복숭아의 솜털, 건포도의 당분, 눈의 결정, 가루에 덮인 나비의 날개 같은 것들도 스스로 순결하다는 것을 모르는 소녀의 순결에 비하면 하찮은 것이다. 젊은 처녀는 꿈의 미광에 지나지 않고 아직 하나의 상이 되어 있지 않다. 그 침실은 이상의 어두침침한 부분 속에 숨겨져 있다. 분별없는 눈은 그 넓고 희미한 빛을 거칠게 만든다. 거기서는 바라본다는 것도 모독이 된다.

그러므로 우리는 코제트의 잠에서 깨어나는 달콤한 사랑의 흩뜨린 법석을 눈감아 주기로 하자.

동방의 이야기에 의하면, 장미꽃은 신의 손으로 희게 만들어졌지만, 그 봉오리가 막 피려고 할 때 아담이 들여다보았기 때문에 수줍어서 붉어졌다고 한다. 우리는 젊은 처녀와 꽃을 존중하기 때문에 그것들 앞에서 말이 없어짐을 느낀다.

코제트는 재빨리 옷을 입고 머리를 풀어서 빗었다. 그 무렵의 여성들은 가발 같은 것을 써서 굽슬굽슬하게 하거나 둥글게 말아 올리거나 봉긋하게 부풀려 심을 넣거나 하지 않았기 때문에 머리를 빗는 것은 극히 간단했다. 그것이 끝나자 그녀는 창문을 열고, 길가의 어느 한 부분이든가 집 모퉁이든가 포석의 구석이든가 마리우스를 기다릴 수 있을 만한 장소는 없을까, 하고 여기저기를 둘러보았다. 그러나 바깥은 아무것도 내다볼 수가 없었다. 뜰은 상당히 높은 돌벽으로 둘러싸여서 몇몇 집들의 정원이 보일 뿐이었다. 코제트는 그 정원들이 보기 싫게 느껴졌다. 난생 처음으로 꽃들이 밉다고 느껴졌다. 네거리의 도랑 한끝이 조금이라도 보이는 편이 지금의 그녀에게는 훨씬 고마웠다. 그녀는, 마리우스는 하늘로도 날아올 수 있다고도 생각했는지, 하늘을 우러러보았다.

갑자기 그녀는 쓰러져서 울었다. 마음이 변덕스러워서가 아니다. 희망의 실이 짓눌리는 괴로움으로 탁 잘렸던 것이다. 그것이 지금 그녀의 심정이었다. 그녀는 뭔지 모를 두려움을 막연히 느꼈다. 사실 모든 것이 허공에 감돌고 있었다. 그녀는 아무런 확신도 가질 수 없다고 생각하고 서로 만나지 못하는 것은 서로를 잃는 것이라고 생각했다. 그러자 마리우스가 하늘로 와주리라는 생각은 이제 조금도 즐거운 일이 아니고 슬픈 일로 여겨졌다.

그러자 이런 우울한 마음이 으레 그렇듯이 곧 차분한 마음으로 되돌아가 희망과 무의식적이나 신을 믿는 미소가 되살아났다.

집안 사람은 아무도 깨지 않았다. 시골과 같은 고요가 감돌고 있었다. 어느덧 문도 열려 있지 않았다. 문지기의 방도 닫혀 있었다. 투쌩은 아직 일어나지 않았기 때문에 아버지도 주무시고 계신다고 극히 자연스럽게 코제트는 생각했다. 그녀는 몹시 고민했음에 틀림없고, 지금도 역시 고민하고 있음에 틀림없었다. 왜냐하면 그녀는 아버지가 심술궂다고 생각하고 있었기 때문이다. 그러나 지금은 마리우스가 찾아 올 가능성이 있었다. 그러한 광명이 사라져 버리리라는 것은 절대로 생각할 수 없다. 그녀는 기도를 드렸다. 이따금 상당히 먼 곳에서 둔한 진동음이 들려 왔다. 그래서 그녀는 이렇게 아침 일찍부터 문을 열었다닫았다 하는 건 이상하다고 생각했다. 그것은 바리케이드를 공격하는 대포 소리였다.

코제트 방의 창문 밑 몇 피트 되는 벽에 붙어 있는 낡고 시커먼 처마 밑에 제비 둥지가 하나 있었다. 그 제비 둥지의 봉긋한 부분이 처마 끝에서 약간 내밀어져 나와서 위에서 그 조그마한 낙원의 속을 내려다 볼 수 있었다. 어미 제비는 날개를 새끼 제비 위에 부채처럼 벌리고 있었고, 애비 제비는 날아갔다가 곧 주둥이에 무언가 먹을 것과 키스를 물고 돌아왔다. 아침 해는 그 행복한 무리를 금빛으로 물들이고 번식하라는 위대한 법칙이 미소를 띠고 엄숙하게 그곳에 있었으며, 그 부드러운 신비는 아침의 광명 속에 꽃피고 있었다. 코제트는 머리에 아침 햇빛을 받고 영혼은 환상에 잠겨서 마음속은 사랑으로 밝은 서광으로 빛나면서 자신도 모르게 몸을 구부려, 자신이 지금 동시에 마리우스를 생각하고 있다는 사실을 차마 인정하려 하지 않으면서 그 제비들을, 그 가족들을, 그 수컷과 암컷을, 그 어미와 새끼들을, 제비 둥지가 처녀에게 주는 깊은 곤혹을 느끼면서 지켜보기 시작했다.

11. 빗나가지 않으면서도 사람을 죽이지 않는 사격

공격군의 포화는 계속되고 있었다. 소총의 일제 사격과 산탄이 번갈아 덮쳤지만 실제로 커다란 피해는 없었다. 코랭트 주점의 정면 윗부분만이 피해를 입었다.

이층 창문과 고미다락방의 창문은 산탄을 맞고 수많은 구멍이 뚫려 점점 형태가 허물어져 갔다. 그곳에 자리잡고 있던 전투원들은 옆으로 물러나야만 했다. 이것은 바리케이드 공격의 전술이어서 오래도록 쏘아 대는 것도 폭도측을 응전에 끌어 넣어서 탄약을 다 써버리게 하기 위한 것이었다. 폭도들의 사격이 뜸해지고 이제는 탄환도 화약도 떨어져 버렸다는 것을 알았을 때 돌격하자는 것이다. 그러나 앙졸라는 그 계략에 빠지지 않았다. 바리케이드는 반격하지 않았다.

일제 사격이 있을 때마다 가브로슈는 혀로 볼을 불룩하게 만들어서 거만한 경멸을 나타냈다.

「좋아, 좋아」 하고 그는 말했다. 「헝겊을 찢어 주게. 우리는 붕대가 필요하니까.」

쿠르페락은 산탄의 효과가 전혀 없음을 놀려 대며 대포를 향해 말했다.

「끈덕지군그래, 아저씨들.」

전쟁중에도 무도회에서처럼 사람은 호기심을 일으킨다. 아마도 각면보가 지니는 침묵에 공격군은 불안해지고 무슨 뜻밖의 사건이 생기지 않았나 하고 두려워하는 듯했다. 그래서 포석 더미 담 저편을 살피고, 응하지도 않고 사격을 받는 그 태연한 장벽 뒤에 일어나고 있는 일이 알고 싶어진 모양이다. 폭도들은 돌연히 가까운 지붕 위에서 햇빛에 반짝이는 하나의 철모를 보았다. 소방병 한 명이 높은 굴뚝에 기대서서 이쪽을 엿보는 모양이었다. 그 눈길은 바로 위에서 바리케이드 안으로 똑바로 향해 있었다.

「이거 귀찮은 감시병인 걸.」 앙졸라가 말했다.

장 발장은 앙졸라의 기총을 돌려 주었으나 자신의 소총을 가지고 있었다.

한 마디 말없이 그는 소방병을 겨누고, 그리고 일 초 뒤에 철모는 총알에 퉁겨 요란한 소리를 내며 길 위로 떨어졌다. 놀란 병사는 허둥지둥 사라졌다.

두 번째 정찰자가 그 자리에 나타났다. 이번에는 장교였다. 재빠르게 다시 총을 잰 장 발장은 그 새로 나타난 적수를 겨누어 장교의 철모를 병사의 철모가 떨어진 곳에 퉁겨 떨어뜨렸다. 장교는 더 이상 머무르지 않고 총총히 물러갔다. 이것으로 이쪽의 충고가 통한 셈이다. 다시는 아무도 지붕 위에 나타나지 않았다. 상대는 바리케이드를 살필 것을 단념했다.

「왜 그 사나이를 죽이지 않았나요?」 하고 보쉬에가 장 발장에게 물었다.

장 발장은 대답하지 않았다.

12. 질서의 편을 드는 무질서

보쉬에가 콩브페르의 귀에 대고 속삭였다.

「저 사람은 내 질문에 대답하지 않았어.」

「사격으로 호의를 나타내는 사람이야」 하고 콩브페르는 말했다.

지금은 옛날이 되어 버린 이 시대의 기억을 다소나마 가지고 있는 사람들은, 교외의 국민병이 폭동에 대해서 용감하게 싸운 것을 알고 있다. 그들은 그 중에서도 특히 1832년 6월의 전투에서 완강하고 대담했다. 폭동으로 가게를 휴업하지 않으면 안 되게 된 팡탱, 베르튀, 혹은 퀴네트 부근의 술집 주인 가운데는 자기 카바레가 텅 비는 것을 보고 화가 나, 변두리 술집의 질서를 유지하기 위해 그 대표로 전사한 사람도 있었다. 부르조아적이며 동시에 영웅적이었던 그 시대에는 사상이 자신을 대표하는 기사를 가지고 있었음과 동시에 그것에 대해 이익은 자신을 대표하는 용맹한 기사들을 가지고 있었다. 동기의 비굴성은 행동의 용감함을 조금도 잃지 않았다. 축적된 화폐의 감소는 은행가로 하여금 〈라 마르세이예즈〉를 노래하게 했다. 그들은 계산대를 위해서 서정적으로 피를 흘렸다. 그리고 조국의 저 극히 작은 축도인 상점을 스파르타적인 열광으로 수호했다.

근본적으로, 이상에서 말한 것 속에는 극히 진지한 것 이외 아무것도 숨겨져 있지 않았다. 투쟁의 영역 속으로 들어간 것은 머지않아 균형 잡힌 상태 속으로 들어갈 날을 기다리는 사회의 여러 요소였던 것이다.

이 시대의 또 하나의 특징은 정부주의(정식 당파, 즉 정부당에 대한 정확하지 못한 호칭이었으나)에 섞여 있는 무정부주의였다. 사람들은 규율 없이 질서에 편들고 있었다. 국민군의 한 대령의 명령하에 불시에 제멋대로 집합의 북이 울려졌다. 어떤 대위는 자신의 영감으로서 전투에 뛰어들기도 하고 어떤 국민병은 『자기 나름의 생각으로』, 더욱이 자기 개인의 이익을 위해서 싸우고 있었다. 위기의 순간에, 즉 『전투』에서 병사는 사령관의 명령보다는 자기의 본능에 따랐다. 질서 있는 군대 속에 진짜 유격대원이 섞여 있었다. 어떤 자는 파니호처럼 칼로, 또 어떤 자는 앙리 퐁프레트(칠월 왕정을 지지한 저널리스트)처럼 펜으로 활동했다.

문명은 그 당시 불행하게도 주의에 얽매어진 집단보다 이해로 모여 있는 무리들에 의해서 대표되어 있어 위험한 상태에 있었다. 또는 처해져 있다고 여겨졌다.

문명은 경고의 소리를 외치고 있었다. 사람들은 제각기 자신을 중심으로 선두에 서서 문명을 지키고 돕고 옹호했다. 누구나가 사회구제의 책임을 한몸에 맡고 있었다.

영광은 때로 적의 절멸에까지 이르렀다. 국민군의 어떤 중대는 그 사사로운 권리로 군법 회의를 구성하고 포로가 된 한 폭도를 오 분 동안에 재판하고 처형했다. 장 프루베르를 죽인 것도 그런 종류의 즉석 재판이었다. 잔인한 린치법, 그러나 어느 당파도 이 점에서 다른 당파를 비난할 권리를 가지고 있지 않았다. 왜냐하면 그것은 유럽의 군주국도 아메리카의 공화국도 적용하고 있기 때문이다. 이 린치법은 당시 많은 오해를 내포하고 있었다. 폭동이 있던 어느 날, 폴에메 가르니에라는 한 젊은 시인은 르와이알 광장에서 총검으로 쫓기다가 6번지의 대문 안으로 피해서 가까스로 난을 모면했다. 병사들은 이렇게 외치고 있었다. 「저기 생 시몽주의자가 또 한 놈 있다!」그래서 그를 죽이려고 했던 것이다. 그런데 그는 생 시몽 공작의 《회상록》 한 권을 겨드랑이에 끼고 있었던 것이다. 한 국민병이 그 책에 『생 시몽』이라는 말을 보기만 한 것으로 「사형이다!」라고 소리쳤던 것이다(생 시몽 공작은 18세기의 《회상록》 작가인데 그것을 19세기 사회주의자 생 시몽과 혼동했던 것).

1832년 6월 6일 교외의 국민병 일대는 조금 전에 이름이 나왔던 파니코 대위의 지휘 아래 멋대로 변덕을 부리다가 샹브르리 거리에서 큰 피해를 입었다. 이 사실은 실로 기묘하지만, 1832년의 반란 뒤에 열린 법정 심문에서 확인되었다. 파니코 대위는 성미가 급하고 대담한 소시민으로 질서 있는 용병 대장이라고 부를 만한 사나이였다. 지금 말한 바와 같은 광신적이고 굽힐 줄 모르는 정부주의자였는데, 때를 기다리지 않고 발포하고 싶은 심정을——자기 혼자서, 다시 말해서 자기 중대만으로 바리케이드를 점령하고 싶은 야심에——거역할 수가 없었다. 붉은 깃발에 이어서 낡은 옷을 내건 것을 검은 깃발인 줄로 잘못 판단하고 흥분한 그는 장군이나 부대장들을 큰소리로 비난했다. 회의를 열고 있던 장군들은 결정적인 공격의 시기가 오지 않았다고 판단하고 그들 중 한 사람의 말대로 『반란을 부글부글 끓여』 두려 했던 것이다. 그러나 그는 바리케이드는 완전히 익어 버렸다고 생각하고 완전히 익은 것은 떨어지는 게 당연했으므로 공격을 시도해 보았다.

그는 그와 똑같이 과감한 병사들을, 어떤 목격자의 말에 의하면 『열광적인 병사』들을 지휘하고 있었다. 그의 중대가 바로 시인 장 프루베르를 총살한 중대로, 거리 모퉁이에 배치된 대대의 선두 부대였다. 전혀 생각지도 않았던 때에 대위는 그의 부하들을 바리케이드로 돌진하게 했다. 그 행동은 전술보다 그저 선의로 행해졌는데 파니코 중대에 큰 손실을 안겨 주었다. 거리의 삼분의 이에 채 이르기 전에 바리케이드로부터 일제 사격을 받았다. 선두를 달리고 있던 네 명의 가장 대담한 병사가 각면보 바로 밑에서 총격을 받았다. 그리고 용감한 국민병의 일단은 용맹스러웠지만 군인의 강인성이 없었기 때문에 얼마간 망설이다 열다섯 구의 시체를 포석 위에 남긴 채 퇴각하지 않으면 안 되었다. 그 순간의 망설임이 폭도들에게 총을 다시 장전할 겨를을 주어 두 번째의 맹렬한 일제 사격이 피난처인 거리 모퉁이에 다다르기 전에 중대를 덮쳤다. 한때 중대는 양군의 사격전 사이를 끼고, 또 명령이 없기 때문에 사격을 중지하지 않았던 포병의 연발되는 산탄 세례를 받았다. 대담하고 무모한 파니코도 그 산탄으로 죽은 전사자 중의 한 사람이었다. 그는 대포에 의해서, 즉 질서에 의해서 살해되었다.

진지했다기보다 광란적인 그 공격은 앙졸라를 격분시켰다.

「바보자식들!」하고 그는 말했다.「쓸데없이 자기 부하들을 죽이고 우리 탄약을 없애게 하는군. 아무 소용도 없는데 말야.」

앙졸라는 폭동군의 진짜 장군 같은 말을 했는데 실제로 그러했다. 반란군과 진압군은 대등한 무기로 싸우는 것은 아니었다. 반란군은 곧 소모되는 것으로서 쏠 탄약도 적었고 희생되는 전투원도 극히 적었다. 빈 탄약통 하나, 전투원 하나 죽어도 보충할 도리가 없다. 한편 진압군은 군대를 가지고 있으므로 인원을 아끼지 않고 화약 창고가 있어 탄약도 문제될 게 없었다. 진압군은 바리케이드 인원만큼의 연대가 있고, 바리케이드의 탄약통만큼 병기고를 보유하고 있다. 그러므로 반란은 일대 백의 싸움이어서 급기야 바리케이드는 분쇄되고 말 것이다. 다만 혁명이 돌연 일어나서 천사의 불꽃의 검을 전운의 저울 위에 던진다면 모르지만. 그러한 경우도 있다. 그때 모든 것은 일어서고 포석은 뒤끓고 민중의 각면보가 도처에 생겨나고 파리는 더없는 전율을 느끼고 『신성한 그 무엇』(라틴어)이 나타나고 1792년 8월 10일이 하늘에 떠오르고 7월 29일(1803년)이 공중에 떠오르고 신기한 광선이 비치고 커다랗게 열렸던 권력의 입은 닫혀지고, 군대는, 사자는, 그의 눈앞에 예언자 프랑스가 말없이 서 있는 것을 본다.

13. 지나가는 광명

하나의 바리케이드를 지키는 감정과 정열의 혼돈 속에는 온갖 것이 있다. 용기가 있고 청춘이 있고 명예에 관한 문제가 있고 감격과, 이상이, 확신이 있으며, 도박꾼들의 열정이 있고, 그리고 그 중에서도 특히 간헐적인 희망이 있다.

그 간헐의 하나가, 기대에 대한 막연한 전율의 하나가, 문득 가장 의외일 때에 샹브르리의 바리케이드를 꿰뚫었다.

「들어 보시오.」 계속해서 경계하고 있던 앙졸라가 느닷없이 외쳤다. 「파리가 눈을 뜬 것 같소.」

분명히 반란은 6월 6일 아침 나절 두 시간 동안 어느 정도 기운을 되찾았다. 쌩 메리의 집요한 경종 소리는 미리부터 계획하고 있던 사람들을 격려했다. 프와리에 거리와 그라빌리에 거리에 바리케이드가 만들어져 가고 있었다. 생 마르탱의 개선문 앞에서는 한 청년이 기총을 들고 혼자서 일 개 중대의 기병을 공격했다. 총화의 세례를 받으면서 큰 거리 한복판에서 그는 땅에 한쪽 무릎을 짚고 총을 어깨에 대고, 방아쇠를 당겨서 중대장을 쓰러뜨리고 나서는 「이제 우리를 괴롭히는 또 한 놈이 줄었다」 하면서 뒤를 돌아보았다. 그 사이 그는 군도에 맞아 쓰러졌다. 쌩 드니 거리에서는 한 여자가 블라인드를 내린 창문 뒤에서 시의 경비대를 저격했다. 한 발씩 쏠 때마다 블라인드의 널빤지가 흔들리는 것이 보였다. 열네 살 난 소년이 호주머니에 탄약통을 잔뜩 집어 넣고 코쏜느리 거리를 걷다가 체포되었다. 많은 초소가 습격되었다. 베르탱 프와레 거리의 입구에서 전혀 예기치 않았던 치열한 소총 사격이 흉갑 기병 일개 연대를 맞혔다. 연대의 선두에는 카베냐크 드 바라뉴 장군이 진군하고 있었다. 플랑슈 미브레 거리에서는 집집마다 지붕 위에서 군대를 향해서 낡은 접시 조각이며 살림 도구 등을 마구 던졌다. 그것은 좋지 못한 징조였다. 이 사실이 쑬트 원수에게 보고되었을 때, 이 옛 나폴레옹의 부관은 쉬세(나폴레옹 휘하의 원수)가 싸라고쓰(스페인의 도시) 공격 시에 한 말을 생각해 내고 깊은 생각에 잠겼다. 『노파들이 머리 위에 오줌을 붓게 되어선 우리도 마지막이다.』

폭동이 국부적인 것이라고 생각되던 바로 그때, 돌연 나타난 그 전반적인 징조, 기운을 되찾은 그 분노의 열, 파리의 문밖이라 부르는 교외의 쌓아올린 연료 더미

위에서 여기저기로 튀어 옮는 불티, 그 모든 것들이 군의 사령관들을 불안하게
했다. 그들은 막 불붙기 시작한 불을 끄려고 애썼다. 그러한 조그만 불을 꺼버
리기까지 모뷔에나 샹브르리, 쌩 메리 등의 바리케이드 공격은 연기되었다. 마
지막에 이것들만을 목표로 해서 단번에 해치우기 위해서였다. 각 부대는 큰 거리를
소탕하고 작은 거리를 정찰하면서, 평온하지 않은 거리거리에서 주의깊게, 천천히,
혹은 일제히 기습했다. 군대는 총을 쏘는 사람들이 있는 집들의 문을 부수었다.
동시에 기병의 행동대가 큰 거리의 군중들을 분산시켰다. 그런 탄압은 소요를
야기시키고 군대와 민중과의 충돌에 있게 마련인 굉장한 소란을 일으켰다. 그
것이야말로 앙졸라가 포성과 총성 소리 사이사이에 들은 바로 그 소리였다. 게다가
들것에 실려서 지나가는 부상자들을 거리 끝에서 보고 그는 쿠르페락에게 말했다.
「저 부상자들은 우리 바리케이드에서 나간 사람들이 아냐.」
  희망은 오래 계속되지 않았다. 광명은 재빨리 사라져 버렸다. 반 시간도 채
못되어서 공중에 떠돌던 것은 사라졌다. 마치 천둥 소리 없는 번갯불 같았다.
폭도들은 버려진 채 저항하는 사람들에게 민중의 무관심이 던져 주는 납처럼
무거운 덮개와도 같은 것이 다시금 자기들 위에 떨어지는 것을 느꼈다.
  윤곽만이 희미하게 그려진 것처럼 보이던 전반적인 움직임은 실패하여 육군
대신의 주의와 장군들의 전략은 바야흐로 남아 있는 네 개의 바리케이드 위에
집중하게 되었다.
  태양이 지평선 위에 솟아올랐다.
  한 폭도가 앙졸라에게 물었다.
「모두 배고파합니다. 정말 이렇게 굶어서 죽는 겁니까?」
  여전히 그의 총구멍 앞에 팔꿈치를 짚고 있던 앙졸라는 거리 끝에서 눈을 떼지
않고 시인하듯 고개를 끄덕여 보였다.

14. 앙졸라 애인의 이름은 무엇이라고 하는가

  쿠르페락은 앙졸라 곁의 포석 위에 앉아서 대포를 욕하고 산탄이라는 포탄의
어두운 구름이 무서운 소리를 내며 스쳐 갈 때마다 야유를 퍼부으면서 그것을
맞았다.

「숨이 끊어졌군그래, 이 늙은 망나니야. 쓸데없이 고함만 쳤지. 오히려 걱정이 되는군. 천둥은커녕 기침 소리 같군.」

그 말을 듣고 주위 사람들이 웃어 댔다.

쿠르페락과 보쉬에는 위험과 더불어 북돋아주는 용감성을 발휘해서, 스카롱 부인(17세기의《로망 코믹》의 작가 스카롱의 부인. 나중에 만트농 부인이 된다)처럼 농담으로 배를 불리고, 또 포도주 대신 사람들에게 쾌활한 기분을 나누어 주고 다녔다.

「앙졸라는 훌륭해」 하고 보쉬에는 말했다.「태연하게 버티고 있는 대담성은 정말 훌륭해. 독신이니까 아마 조금 쓸쓸하겠지. 앙졸라는 홀아비로 살 수밖에 없는 자기의 위대함을 한탄하고 있어. 우리들은 모두 우리를 바보로 하고, 용감하게 만들어 주는 애인을 하나나 둘쯤은 갖고 있지. 호랑이처럼 사랑을 하면 적어도 사자처럼 싸울 수가 있지. 그것은 말괄량이 아가씨들에게 속은 데 대한 복수의 한 가지 방법이거든. 롤랑(《롤랑의 노래》의 주인공)은 앙젤리크를 화나게 하기 위해서 전사했어. 우리의 용맹은 모두 여자들로부터 비롯된 거야. 여자가 없는 남자는 격철이 없는 권총과 같아. 그런데 앙졸라에게는 여자가 없어. 사랑을 하지 않는데도 용맹하고 과감하거든. 얼음처럼 차고 불처럼 열렬하다니, 좀처럼 없는 일이야.」

앙졸라는 듣고 있지 않았다. 그러나 만약 누군가가 그의 곁에 있었다면, 낮게 『파트리아』(조국. 라틴어 Patria), 하고 중얼거리는 것을 들었을 것이다.

보쉬에가 아직도 웃고 있을 때, 쿠르페락이 외쳤다.

「또 왔군!」

그리고 손님이 온 것을 알리는 접대원 같은 목소리로 덧붙였다.

「팔십 밀리 포라고 합니다아.」

과연 새로운 인물이 막 등장한 참이었다. 그것은 제이의 포문이었다. 포병들은 재빨리 조종하여 제이의 포차를 제일의 포차 옆에 고정시켰다. 그것으로 전투의 결말은 짐작이 갔다.

잠시 후 민활하게 조작된 두 포문은 정면에서 각면보를 포격하기 시작했다. 제일선 부대며 교외 부대의 일제 사격이 포병대를 지원했다.

조금 떨어져서 다른 포성이 울려 오고 있었다. 두 포문이 샹브르리 거리의 각면보를 덮침과 동시에 다른 두 포문이 쌩 드니 거리와 오브리 르 부셰 거리에 자리를 잡고 쌩 메리의 바리케이드에 포탄을 퍼붓고 있었다. 네 개의 대포가 음침한 메아리를 서로 주고받고 있었다.

그 음침한 전투견들의 짖어 대는 소리는 서로 호응하고 있는 것이다.

지금 샹브르리 거리의 바리케이드를 공격하는 대포는 두 문이 있는데 그 중의 하나는 산탄을, 다른 하나는 유탄을 쏘고 있었다.

유탄을 쏘는 포문은 약간 높이 조준되어 탄환이 바리케이드 맨 위쪽 모퉁이의 끝에 맞도록 겨누어져 있어 꼭대기를 파괴하고 포석을 분쇄하고, 그것을 산탄의 파편처럼 폭도들 위에 뿌렸다.

이 사격의 목적은 전투원들을 각면보 꼭대기에서 내쫓고 그 내부에 집중시키려는 것이다. 즉 돌격 준비였다. 전투원을 유탄으로 바리케이드 위에서, 또는 산탄으로 술집 창문에서 쫓아버리기만 하면 공격군은 저격되지 않고, 그리고 눈치채이지 않게 거리 안으로 돌입하여 전날 밤처럼 돌연 각면보를 기어올라가서, 그리고 운이 좋으면 기습적으로 점령할 수가 있을 것이다.

「저 귀찮은 포차의 힘을 꺾는 일이 필요해」하고 앙졸라는 말하고 외쳤다. 「포병을 쏘아라 ! 」

모두들 준비를 갖추고 있었다. 참으로 오랫동안 침묵을 지켜 오던 바리케이드는 미친 듯이 불을 뿜었다. 일고여덟 번의 일제 사격이 일종의 분노와 환희로 계속되었다. 거리는 앞이 보이지 않을 만큼 연막이 가득 차고, 몇 분 뒤 불꽃의 섬광이 오락가락 달리는 그 안개 속을 통하여 포병의 삼분의 이가 포차 밑에 쓰러져 있는 것이 희미하게 보였다. 쓰러지지 않은 포병들은 엄숙하게 침착성을 갖고 포차를 계속 조작하고 있었다. 그러나 포화는 훨씬 속도가 느려졌다.

「잘 됐어」하고 보쉬에는 앙졸라에게 말했다. 「성공일세.」

앙졸라는 고개를 가로저으며 대답했다.

「성공인지 어떤지는 앞으로 십오 분 뒤면 결정되네. 그러나 그때는 이 바리케이드 안엔 탄약통이 열 개밖에 남지 않을 걸세.」

가브로슈가 이 말을 들은 모양이었다.

15. 밖으로 나간 가브로슈

쿠르페락은 문득 누군가가 바리케이드 밑, 총알이 비오듯 하는 바깥 거리에 있는 것을 발견했다.

가브로슈였다. 주점에서 술병을 담는 데 쓰는 바구니를 들고 바리케이드의 갈라진 틈으로 해서 밖으로 나가 보루 옆에 쓰러져 있는 국민병들의 탄약통에 들어 있는 탄약을 꺼내어 태연하게 바구니에 채우고 있는 것이었다.

「뭘 하는 거야, 거기서 ?」 쿠르페락이 물었다.

가브로슈는 고개를 들었다.

「바구니를 채우고 있어요.」

「아니 너 산탄이 보이지 않니 ?」

가브로슈는 대답했다.

「왜요, 비오는 것 같은데요 ? 그래서 어쨌다는 거죠 ?」

쿠르페락은 고함을 쳤다.

「돌아와 ! 」

「금방 돼요」 하고 가브로슈는 말했다.

그리고 깡충 뛰어서 거리 안으로 들어왔다.

파니코의 부대가 퇴각하는 도중 시체를 버리고 갔다는 것을 기억할 것이다. 이십 구 가량의 시체가 거리의 포석 위에 여기저기 즐비하게 늘어져 있었다. 가브로슈에게는 이십여 개의 탄약통이었다. 바리케이드에 대해서는 이십 개의 보충 탄약통이었다.

초연은 안개처럼 거리에 감돌고 있었다. 깊은 절벽 사이의 낭떠러지에 내려앉은 구름을 본 일이 있는 사람이라면 자욱한 검은 두 줄의 늘어서 있는 높은 집들로 말미암아 한층 더 짙어진 연기를 상상할 수 있을 것이다. 초연은 서서히 올라가고 끊임없이 다시 들어찼다. 그래서 주위는 차츰 어두워지고 대낮의 햇빛조차도 창백하게 보였다. 거리의 양끝에 있는 양쪽의 전투원들은——거리의 길이는 극히 짧았지만——거의 상대편을 알아 볼 수 없었다.

그 어두움은 바리케이드를 공격하려는 지휘관들이 바라던 바였고 계산에 넣고 있던 바였으나, 가브로슈에게도 역시 유리했다.

그 구름 같은 연막 속에 섞여서, 몸집이 작은 덕택으로 그는 들키지 않고 거리의 상당히 앞에까지 진출할 수 있었다. 그리고 우선 칠팔 개의 탄약통을 대단한 위험 없이 빼앗아 냈다.

그는 엎드려서 기고 뛰고 바구니를 입에 물고 몸을 틀고 미끄러지고 꿈틀거리며 시체에서 시체로 뱀처럼 타넘어 다니며 원숭이가 호도를 까듯이 탄약통이며 탄약 주머니 속에 든 것을 끄집어 냈다.

바리케이드에서는, 아직 꽤 가까이에 있는 그에게 아무도 감히 되돌아오라고 단호하게 외치지 않았다. 적의 주의력을 끌까 두려웠던 것이다.

어느 시체——그것은 하사였다——를 뒤져 화약통을 발견했다.

「목이 마를 때를 위해서」 하고 그는 말하면서 그것을 주머니에 집어 넣었다.

너무 앞으로 나갔기 때문에 초연이 걷혀져 적에게 보이는 지점게까지 나가 버렸다. 그 때문에 포석의 방벽 뒤에 나란히 숨어 있는 제일선의 저격병과 거리 모퉁이에 집결해 있는 교외 부대의 저격병들은 돌연 연기 속에 움직이고 있는 무언가를 발견하고 서로 손가락질을 했다.

가브로슈가 경계석 옆에 쓰러져 있는 상사에게서 탄약을 벗겨 내고 있을 때 한 발의 총알이 날아와 그 시체에 꽂혔다.

「헤이 !」 가브로슈는 외쳤다. 「자기네 시체들을 또 죽이려는군.」

두 발째의 총알이 한 옆의 포석에 맞아서 불꽃을 날렸다. 세 발째가 바구니를 뒤엎었다. 가브로슈는 그쪽을 바라보고 탄환이 국민병에게서 날아오는 것임을 알았다.

그는 불쑥 몸을 일으켜 버티고 서서 머리칼을 바람에 날리며 두 손을 허리에 대고 총을 쏘고 있는 국민병 쪽을 노려보며 노래를 불렀다.

      얼굴이 못생겼더군, 낭테르 놈들은
      그것은 볼테르의 탓.
      머리가 나쁘더군, 팔레조 놈들은
      그것은 모두 루소의 탓.
      (낭테르, 팔레조는 파리의 교외. 따라서 교외병을 야유한 말)

그러고 나서 그는 바구니를 주워 올려 쏟아져 있던 탄약을 하나 남김없이 바

구니에 모아 넣고, 그리고 총화가 날아오는 쪽으로 전진하면서 다른 탄약통을
탈취하려 했다. 그곳에 네 발째의 총알이 쏜살같이 날아왔으나 빗나갔다. 가브
로슈는 노래했다.

> 공증인이 아니라네, 우리들은
> 그것은 바로 볼테르의 탓.
> 우리들은 여행하는 참새라네,
> 그것은 모두 루소의 탓.

다섯 번째 탄환도 그에게 제삼절을 노래 부르게 하는 일밖엔 하지 못했다.

> 쾌활하기 짝이 없네, 우리 성격은
> 그것은 바로 볼테르의 탓.
> 초라하기 짝이 없네, 우리 의복은
> 그것은 모두 루소의 탓.

이런 상태가 한동안 계속되었다.

무시무시하면서도 유쾌했다. 가브로슈는 사격을 받으면서도 총화를 놀려 대고
있었다. 그는 몹시 즐기고 있는 듯했다. 참새가 사냥꾼을 주둥이로 쪼아 대는
것이다. 그는 총알이 날아올 때마다 노래를 일 절씩 부르는 것으로 대답했다. 적은
끊임없이 그를 겨냥했지만 총알은 번번이 빗나갔다. 국민병들과 현역병들도 웃
으면서 그를 겨누고 있었다. 그는 엎드렸다 다시 몸을 일으키고, 문 한쪽 구석에
숨었다가 다시 튀어나가고, 숨었다가 다시 나타났다. 달아났다가 다시 되돌아오고,
산탄에 놀려 대는 시늉을 하며, 그러면서도 탄약을 탈취하여 차례차례로 탄약통을
쏟아 바구니를 채웠다. 폭도들은 불안으로 숨을 헐떡이며 그를 눈으로 쫓고 있었다.
바리케이드는 떨고 있었으나 당사자는 노래를 부르고 있었다. 그는 소년이 아
니었다. 그렇다고 어른도 아니었다. 그것은 이상한 부랑아의 요정이었다. 대접
전에서의 불사신의 난쟁이라고도 할 수 있었다. 탄환이 그를 쫓았으나 그는 탄
환보다 날쌔게 움직였다. 그는 죽음과 함께 당치도 않은 무서운 숨바꼭질을 하고
있었다. 도깨비의 얼굴이 가까이 다가들 때마다 부랑아는 손가락으로 퉁겨 주고

있었다.

　그러나 한 발의 총알이 그때까지의 탄환보다도 정확하게 겨누어졌든지, 아니면 가장 음험했든지, 급기야 도깨비불 같은 소년을 잡아 버리고 말았다. 가브로슈가 비틀거리다가 쓰러지는 것이 보였다. 온 바리케이드 안의 사람들이 신음 소리 같은 외침을 울렸다. 그러나 그 난쟁이에게는 안테우스(그리스 신화의 거인. 땅에 쓰러지면 더 힘이 세진다는 무적의 거인. 헤라클레스에게 패함)가 있었다. 부랑아에게 있어서 포석에 쓰러진 것은 다시 일어서기 위한 것에 불과했다. 그는 그 자리에 주저앉았다. 기다란 한 줄기의 피가 뺨으로 흘러내리고 있었다. 그는 두 팔을 허공에 쳐들고 총알이 날아온 방향을 지켜보며 노래를 시작했다.

　　　　나는 쓰러졌네, 땅바닥에
　　　　그것은 볼테르의 탓.
　　　　나는 코를 처박았네, 도랑 속에
　　　　그것은 모두 루소의……
　　　　(이 유명한 가브로슈의 샹송은 1817년 3월 나타났다가 금지된 〈파리의 사고 총대리들의 교서〉라는 샹송을 바꾼 노래. 〈르뷔 드 샹 스쥬에느〉 1955년 7, 9월호 참조. 플레이야드 판에 의하면 따로 1817년에 스위스 시인 샤포니에르가 만든 같은 후렴의 노래가 있다는 이야기다.)

　그는 끝을 맺지 못했다. 같은 사격수가 쏜 제이탄이 그의 노래를 잘라 버렸다. 이번에는 그의 얼굴이 포석 위로 축 처지고 다시는 움직이지 않았다. 그 위대한 어린 넋은 날아가고 만 것이다.

16. 어떻게 형이 아버지 노릇을 하는가

　바로 그때 릭상부르 공원에는——인생의 연극을 보는 눈은 도처에 돌려져야 한다——두 어린애가 손을 맞잡고 있었다. 한 아이는 일곱 살 정도이고 또 한 아이는 다섯 살 정도였다. 비에 젖었기 때문에 그들은 햇빛이 비치는 작은 길을 걷고 있었다. 더 나이먹은 아이가 나이 어린 아이의 손을 잡고 있었다. 둘 다 남루한 옷을 입고 핏기가 없었다. 마치 야생의 작은 새처럼 보였다. 작은 아이가 말했다——
「배가 고파.」

나이 많은 아이는 벌써 어느 정도 보호자다운 태도로 왼손에 동생의 손을 잡고 오른손에 가느다란 나뭇가지를 들고 있었다.

공원 안에는 그들 둘뿐이었다. 공원은 인적이 없고 철책문은 폭동으로 인한 경찰의 조치로 닫혀 있었다. 그곳에서 야영하던 군대는 전투에 소용되어 불려 나갔다.

그 아이들은 어떻게 그곳에 오게 됐을까? 허술한 어느 파출소에서 틈을 타 도망한 것일까? 또는 이 근처 앙페르 문이나 롭세르바트와르(천문대) 앞 광장이나 아니면『그들은 헝겊에 싸여 있는 갓난 아이를 발견했다(예수 그리스도를 말함. 라틴어, inveneruntparvulum pannis involutum.)』라고 씌어 있는 박공이 솟아 있는 근처 네거리의 광대들의 바라크라도 있어서 그곳에서 도망쳐 나온 것일까? 또는 어젯밤 문을 닫는 시간에 문지기의 눈을 피해서 사람들이 신문 같은 것을 읽는 저 감시 초소에서 하룻밤을 보냈는지? 사실 그들은 떠돌아다니고 있었으며 자유롭게 보였다. 떠도는 몸으로 자유롭다는 것, 그것은 버려졌다는 것이다. 그 가엾은 아이들은 집이 없었던 것이다.

이 두 아이는 가브로슈가 언젠가 돌보아 준 애들이었음을 독자도 기억할 것이다. 테나르디에 집안의 아이들로 마뇽에게 빌려 주어 질르노르망 씨의 친자식처럼 되어 있었으나, 지금은 뿌리없는 나뭇가지에서 떨어진 나뭇잎처럼 바람부는 대로 땅 위를 다니는 신세가 되었다.

마뇽네 집에 있던 시절, 질르노르망 씨에 대한 미끼였던 깨끗한 그들의 옷도 지금은 누더기가 되어 버렸다.

그들은 그뒤, 경찰이 파리 길거리에서 발견하고 수용했다가 다시 놓쳤다가 발견하곤 하는『기아』의 통계표 속에 끼어 있었다.

그 불쌍한 아이들이 이 공원에 들어오게 된 것은 그날의 소동 덕분이었다. 만약 공원지기의 눈에라도 띄었다면 누더기를 걸친 그들은 쫓겨났을 것이다. 가난한 어린애는 공원 안으로 들어가지 못한다. 그러나 어린이로서 그들도 꽃을 볼 권리가 있다는 것을 잊지 말아야 할 것이다.

그들은 철책이 닫혀 있었기 때문에 그곳에 있을 수 있었다.

그들은 규칙을 어기고 있었다. 공원에 몰래 기어들어와서 그곳에 머물러 있었기 때문이다. 철책이 닫혔다고 감시인의 임무가 없어지는 것이 아니고 경비를 계속하게 되어 있지만, 그러나 역시 경비를 늦추고 쉬게 마련이다. 게다가 공원지기들도 세상의 불안에 동요되어, 안의 일보다도 그 불안에 마음이 걸려서 이미 공원에 주의하지 않았으므로 그들 위반자를 보지 못했던 것이다.

그 전날엔 비가 왔고, 그날 아침에도 한 줄기 내렸다. 그러나 유월의 소나기는 대수로운 것이 못된다. 폭풍우가 지난 뒤 한 시간 후면 그 아름다운 금발의 처녀와 같은 하루가 울었다는 것을 사람들은 거의 깨닫지 못한다. 여름의 대지는 어린 아이의 뺨처럼 곧 말라 버리고 만다.

하지 때의 대낮의 햇빛은 살을 찌르는 것 같다. 그것은 모든 것을 덮친다. 그것은 일종의 빨아올리는 펌프와 같은 힘을 가지고 대지에 달라붙어 수분을 빨아 댄다. 태양은 목이 타는 것 같았다. 저녁에 쏟아지는 소나기는 한 잔의 음료에 불과했다. 한 줄기의 비는 곧 말라 버리고 만다. 오전중에 억수같이 쏟아졌어도 오후에는 모든 게 먼지로 뒤덮인다.

비에 씻기고 햇빛에 닦인 나뭇잎의 초록만큼 아름다운 것은 없다. 그것은 무더위 속의 청량한 맛이다. 정원이나 목장의 나무뿌리는 물을 머금고 꽃은 햇빛을 받아 향로처럼 모든 향기를 일시에 내뿜는다. 온갖 것이 웃고 노래하며 몸을 내민다. 사람들은 달콤한 도취감을 느낀다. 초여름은 한동안 낙원이고 태양은 사람들의 인내심을 길러 준다.

세상에는 그 이상 아무것도 바라지 않는 사람이 있다. 푸른 하늘을 바라보며, 「이것으로 충분하다!」하는 태평한 사람——기적에 마음을 뺏기고 자연의 숭배 속에서 선과 악을 초월한 경지를 발견하는 몽상가나 한가하게 인간사를 잊어버리는 명상가, 나무 그늘에서 꿈을 꿀 수가 있는데도 남의 굶주림이나 목마름이나 겨울에 가난한 사람이 헐벗은 것을 보는 것이나 어릴 때 등뼈의 임파성 만곡으로 생긴 꼽추나 더러운 침대, 고미다락방, 지하 감옥, 그리고 추위에 떠는 소녀의 누더기 옷 등을 일일이 근심하는 인간을 이해할 수 없다는 우주의 명상가—— 그들은 모두 평화롭지만 혹독하고 박정하고 무자비한 마음이 차 있는 정신의 소유자이다. 이상한 일이지만 무한한 것만으로도 그들에게는 충분한 것이다. 인간의 가장 큰 욕구인 포용할 수 있는 유한을 그들은 모른다. 진보를 가능하게 하는 유한, 그 숭고한 작용을 그들은 생각지 않는다. 무한과 유한과의 인간적이고도 신적인 결합에서 생기는, 확실치 못한 것을 그들은 보지 못한다. 광대무변한 것을 향하기만 하면 그들은 미소짓는다. 결코 환희를 맛볼 수는 없지만 항상 황홀해 한다. 인간의 지혜로는 헤아릴 수 없는 신비로운 경지에 잠기는 것, 그것이 그들의 삶인 것이다. 인류의 역사는 그들에게 있어서 그저 한정된 일면에 지나지 않는다. 『모든 것』은 그곳에 없다. 참다운 『모든 것』은 그 밖에 있다. 인간따위의 하찮은 일에 마음을 써서 무엇 하겠는가? 인간은 괴로워하고 있다. 과연 그런지도 모른다. 그러나 하여간 떠오르는 일등별을 바라보게나. 어머니에게 젖이 없건 갓난아이가 죽어 가든 내 알 바 아니다. 그러나 어쨌든 현미경이 나타내 보이는 전나무 백 목질의 테가 만드는 이 훌륭한 장미 모양의 무늬를 들여다보게나! 무엇보다도 아름답다는 벨기에의 말린 산 레이스를 이것과 비교해 보게나! 그러한 사상가는 사랑을 잊고 있는 것이다. 하늘의 황도대는 그들을 사로잡아 우는 아이들을 보는 것마저 허락지 않는 것이다. 신은 그들의 영혼을 가리고 있다. 그것은 비소함과 동시에 위대한 정신의 일족이다. 호라티우스는 그런 사람 중의 하나이고 괴테도 그 중의 한 사람이며 라 퐁텐느도 그렇다. 그들은 무한을 쫓는 그야말로 훌륭한 이기주의자이고 인간의 고통에 대한 냉정한 방관자여서 날씨만 좋으면 폭군 네로는 안중에도 없고, 태양에 눈을 뺏겨서 화형대를 깨닫지 못하고 사람이 단두대에 세워지는 것을 오직 빛의 작용을 탐구하기 위하여 구경하고, 외침도, 흐느껴 우는 소리도, 죽음의 헐떡임도, 경종 소리도 듣지 않고, 오월이 있는 이상 모든 것이 좋고 붉게 물드는 황금빛의 구름이 머리 위에 떠 있는 한 만족하다고 말하고 빛나는 별빛과 새들의 노래가 다할 때까지는 행복한 마음으로 있으리라 여기고 있는 것이다.

그들은 기쁨으로 얼굴을 빛내는 암흑 속의 사람들이다. 그들은 자신이 한심스러운 인간이라고는 조금도 생각지 않는다. 그러나 분명히 그들은 불쌍하게 여겨야 할 존재이다. 눈물을 흘리지 않는 자는 진실을 모른다. 불쌍하게 여겨야 한다. 눈썹 밑에 눈을 갖지 않고 이마 한복판에 별을 지니고 있는 밤과 낮으로 동시에 되어 있는 그들이야말로 불쌍한 동시에 찬미해야 할 사람들이다.

그러한 사상가의 무관심은 어떤 사람들의 말로는 고매한 철학이라고 한다. 그런지도 모른다. 그러나 그 고매함 속에는 하나의 질환이 숨어 있다. 사람은 불멸임과 동시에 절름발이일 수도 있다. 불카누스(로마 신화 중의 불과 대장간 일을 다루는 신) 신이 그 예이다. 사람은 인간 이상일 수 있으며 또한 인간 이하일 수 있다. 자연 가운데는 광대한 불완전성이 있다. 태양이 장님이 아니라는 것을 누가 안단 말인가?

  그러나 그렇다면 글쎄 누구를 믿어야 한단 말인가!『태양이 허위라고 누가 감히 말할 수 있을까?』(라틴어, 베르길리우스의 시구) 그렇다면 천재도『존귀한 인간』도 별과 같은 사람도 과오를 범할 수 있단 말인가? 아득히 높은 곳에, 꼭대기에, 맨 끝에, 하늘 꼭대기에 있는 자, 이다지도 많은 빛을 지상에 보내는 자, 그의 눈이 거의 보이지 않는가, 잘 보이지 않는가, 전혀 안 보이는가? 그렇다면 절망적이 아니겠는가? 아니, 그렇다면 태양 위에는 대체 무엇이 있단 말인가? 신이 있는 것이다.

  1832년 6월 6일, 오전 열한 시경 릭상부르 공원은 쓸쓸하고 인기척이 없었지만 매혹에 차 있었다. 여러 가지 형태로 심어진 나무와 화단의 꽃은 빛 속에 눈이 부실 만큼 찬란하고 서로 향기를 풍기고 있었다. 나뭇가지들은 오정의 햇빛에 취해서 서로 포옹하는 양 보였다. 큰 단풍나무에서는 멧새가 떠들어대고 참새들은 자랑스럽게 재재거리고 검은 딱다구리는 너도밤나무의 나무 줄기를 기어오르면서 나무껍질의 구멍을 입부리로 톡톡 찍었다. 화단엔 백합꽃이 정통적인 왕위의 위엄을 누리고 있었다. 가장 존엄한 향기는 흰빛에서 풍겨지는 향기다. 카네이션의 콕 찌르는 향기도 감돌고 있었다. 마리 드 메디시스(17세기 초에 릭상부르에 성과 정원을 완전히 갖춘 왕비)가 사랑한 새는 옛날 그대로 큰 나무의 숲속에서 사랑을 속삭이고 있었다. 태양은 꽃으로 만들어진 불꽃처럼 튤립을 금빛과 붉은 빛으로 빛나게 하고 타오르게 했다. 튤립의 떼 주위에는 꿀벌이——불길처럼 피는 그 꽃들의 불꽃처럼——날아다니고 있었다. 모든 것이, 다시 들이닥칠 비조차도 우아하고 명랑했다. 그 비도 꽃을 침범한다고는 하지만 은방울꽃이나 인동덩굴을 위해서는 좋은 비이므로 조금도 걱정스럽지 않았다. 제비는 낮게 날면서 사랑스럽게 주위를 놀라게 했다. 그곳에 있는 것은 행복을 마시고 생명은 좋은 향기를 뿜고 주위의 자연은 모두 순진함과 구제와 원호와 온정과 애무와 여명을 발산하고 있었다. 하늘에서 내려오는 사상은 어린아이의 조그마한 손에 입맞출 때의 감촉처럼 부드러웠다.

  나무 밑의 나체의 흰 조각들은 빛의 반점이 붙은 그림자의 옷을 입고 있었다. 그들의 여신은 태양의 누더기에 싸여 있었다. 태양은 팔방에서 그녀들에게 광선의 화살을 쏘아 대고 있었다. 커다란 분수 주위의 지면은 이제 다 타버릴 만큼 메말라 있었다. 그래도 여기저기에 잔먼지를 말아올릴 바람의 소동은 있었다. 지난 해

가을부터 남겨져 있던 몇몇 누런 나뭇잎이 즐거운 듯이 쫓기면서 장난치는 듯 보였다.

풍부한 빛은 무언가 마음을 가라앉혀 주는 힘을 지니고 있었다. 생명과 수액과 열과 증기가 넘쳐 있어서 천지 만물 밑에 근원의 광대함을 느낄 수 있었다. 사랑이 스며 있는 숨결 속에, 반사와 반영과의 교차 속에, 그 놀라운 광선의 방출 속에, 유동하는 황금의 끝없는 유출 속에, 무한한 것의 낭비가 느껴졌다. 그리고 불꽃의 커튼 그늘에서는 무수한 별들의 백만장자인 신이 얼핏 엿보고 있었다.

모래를 깔았기 때문에 진흙의 얼룩이라곤 아무데도 없고, 비가 왔기 때문에 흙먼지는 조금도 일지 않았다. 풀숲은 막 씻어낸 듯해서 꽃 모양을 하고 땅에서 튀어나온 온갖 빌로도, 사탱, 에나멜, 황금은 하나 나무랄 데 없을 만큼 훌륭했다. 그 호화로움은 청결 그것이었다. 행복한 자연의 대범한 침묵이 공원을 가득 채우고 있었다. 보금자리 속에 들어앉은 비둘기의 울음 소리, 벌떼의 날개 소리, 바람의 고동 소리 같은 무수한 음악에 모순되지 않는 천상의 침묵. 계절의 조화가 우아한 융화 속에 완성되어 있었다. 봄이 다가왔다 물러감이 정해진 질서 속에 행해지고 있었다. 라일락 꽃은 생명을 다해 가고 쟈스민이 피려 하고 있었다. 어떤 꽃은 철이 늦은 듯했고 어떤 곤충들은 좀 이른 듯했다. 유월의 전위인 붉은 나비들이 후위인 오월의 흰 나비와 화합하고 있었다. 플라타너스는 새 껍질을 보이고 있었다. 미풍이 너도밤나무의 거목에 물결치는 움직임을 주고 있었다. 그야말로 장관이었다. 철책 너머로 들여다본 근처 병역에 있는 한 노병이 말했다.「무장으로 단장한 봄이로군.」

온 자연이 아침 식사를 하고 있었다. 천지 만물이 식탁에 앉아 있었다. 바로 식사 시간이었다. 커다란 푸른 식탁보가 하늘에 쳐지고 큰 초록빛의 식탁보가 땅에 펼쳐졌다. 태양은 휘황하게 빛나고 있었다. 신은 만물의 식사를 돌보고 있었다. 생명 있는 것들은 모두 제각기의 사료나 모이를 먹고 있었다. 산비둘기는 대마 열매를 차지하고 되새는 좁쌀을 차지하고 방울새는 별꽃을 차지하고 울새는 벌레를 발견하고 꿀벌은 꽃을 찾아 내고 파리는 미생물을 발견하고 깊은 산의 멧새는 파리를 발견했다. 서로 잡아먹는 일도 다소 있었다. 그것은 선에 악이 섞인 신비다. 그러나 배가 고픈 것은 하나도 없었다.

버림받은 두 아이는 커다란 분수 옆에 왔다. 그런데 너무도 눈부신 주위의 빛에 약간 당황하여 어딘가에 숨으려고 했다. 그것은 비인간적이라 할지라도 장대한 것을 대했을 때의 불쌍한 자나 약한 자의 본능이었다. 그래서 그들은 백조의 집 뒤에 숨어 있었다. 여기저기에서 이따금 바람에 불려 고함 소리, 왁자한 소요, 불규칙적인 요란한 총소리, 둔하게 물건을 때리는 듯한 포성이 들리고 있었다. 시장 쪽으로 늘어선 집들의 지붕 위에는 연기가 자욱했다. 무슨 신호인 듯한 종소리가 멀리서 들리고 있었다.

그애들은 그 소리가 들리지 않는 모양이다. 동생은 이따금 낮은 목소리로 되풀이했다. 「배고파」라고.

두 아이와 거의 동시에 다른 두 사람이 분수 가까이로 걸어왔다. 쉰 살 가량의 노인이 여섯 살쯤 난 사내아이의 손을 잡고 있었다. 아마 부자간인 듯했다. 여섯 살짜리 사내아이는 빵과자를 들고 있었다.

당시 마담 거리나 앙페르 거리 등의 공원의 철책을 따라 서 있는 집들은 릭상부르 공원의 열쇠를 가지고 있어서 셋방살이 하는 사람들은 철문이 닫혀 있을 때도 드나들 수 있었다. 그 뒤에 폐지된 관대한 조치였다. 그 부자도 아마 그러한 집에서 나왔을 것이다. 두 가엾은 아이는 그 『신사』가 오는 것을 보고 조금 더 안쪽으로 숨었다.

그 사람은 중류 계급의 사람이었다. 언젠가 이 큰 분수 옆에서 「너무 뛰면 안 된다」 하고 아들에게 타이르는 것을 사랑에 들뜬 마음으로 마리우스가 들은 일이 있는 그 사람인지도 모른다. 그 사람은 친절해 보였으나 좀 거만한 듯한 태도였고, 그 입은 다무는 일 없이 언제나 미소를 띠고 있었다. 그 기계적인 미소는 턱뼈가 나온데다 피부가 얇아서 생기는 미소여서 영혼보다는 이를 보이고 있다는 편이 좋을 것이다. 아이는 뜯어먹다 만 빵과자에 벌써 배부른 모양이었다. 아이는 폭동 때문에 국민병의 복장을 하고 있었으나 아버지는 조심성 있게 평상복을 입고 있었다.

부자는 백조 두 마리가 떠 있는 연못 옆에 발을 멈추었다. 그 중류 시민은 백조에 대해서 특별히 찬미감을 품고 있는 듯했다. 그는 백조와 같은 걸음걸이를 한다는 의미에서 백조를 닮았었다. 한데 지금 백조는 헤엄을 치고 있었다. 헤엄은 백조의 중요한 재능이었다. 그 모습은 근사했다.

만약에 두 가련한 애들이 귀를 기울이고 있었다면, 또 사물을 이해할 수 있는 나이에 이르러 있었다면, 그들은 진중한 한 인간의 말을 들을 수 있었을 것이다. 아버지는 아들에게 말했다.

「현명한 사람은 적은 것에 만족하며 산다. 나를 보렴, 나는 화려한 것을 좋아하지 않는다. 아무도 내가 돈이나 보석으로 마구 장식한 옷을 입은 것을 본 적이 없다. 나는 그런 허식은 잘못된 영혼을 가진 사람에게 맡기고 있단다.」

그때 강한 고함 소리가 시장 쪽에서 종소리와 소란 속에 섞여 들려왔다.

「저건 뭐야?」 아이가 물었다.

아버지는 대답했다.

「턱없는 소란이지.」

문득 그는 초록빛 백조의 집 뒤에 서 있는 누더기 옷의 두 아이들을 보았다.

「저것이 시작이지」 하고 그는 잠깐 입을 다물었다가 덧붙였다. 「무정부주의자가 이 공원에 들어와 있구나.」

그 사이에 아들은 빵과자를 뜯어먹다가 별안간 그것을 뱉더니 울기 시작했다.

「왜 그래?」 하고 아버지가 물었다.

「배가 고프지 않아」 하고 아이가 말했다.

아버지의 미소가 유난히 눈에 띄었다.

「배가 부르더라도 과자 한 개쯤은 먹을 수 있어.」

「이 과잔 싫어. 딱딱해.」

「먹기 싫으냐?」

「응.」

아버지는 백조를 가리켰다.

「저 새들한테 던져 주렴.」

어린아이는 망설였다. 과자가 먹기 싫다고 하여 과자를 반드시 남에게 주어야 할 이유는 없었다.

아버지는 말을 계속했다.

「인정이 있어야 해. 동물을 가엾게 여겨야 한다.」

그리고 아들에게서 과자를 빼앗아서 그것을 연못 속에 던졌다. 과자는 가까운 연못 수면 위에 떨어졌다. 백조는 저쪽 연못 한가운데서 무언가 찾고 있었다. 그러나 중류 시민도 과자조차도 쳐다보지 않았다.

중류 시민은 과자가 헛되이 될 것 같아서, 그 무익한 손실에 안달이 났는지 맹렬한 신호로 겨우 백조의 주의력을 끌었다.

백조는 무언가 떠 있는 것을 발견하고 마치 배처럼 연못가를 향하여 빵과자

쪽으로 천천히 하얀 동물에 어울리는 태연한 위엄을 보이면서 헤엄쳐 왔다.

「씨뉴(백조)는 씨뉴(암호)를 아는구나」하고 중류 시민은 자신의 기지를 기뻐하며 말했다.

그때 멀리서 들려오는 소란한 소리가 다시 갑자기 커졌다. 이번에는 불길한 소리였다. 특히 무언가를 뚜렷하게 말해 주는 바람이 불어왔다. 그 순간, 불어온 바람은 북소리며 고함소리며 일제 사격소리며 경종과 대포와의 침통한 응수 등을 실어왔다. 그와 호흡을 맞추는 듯 검은 구름이 갑자기 태양을 가렸다.

백조는 아직 빵과자에까지 와 있지 않았다.

「가자」하고 아버지가 말했다.「튈르리 궁을 공격하는구나.」

그는 다시 아들의 손을 잡았다. 그리고는 말을 이었다.

「튈르리 궁에서 릭상부르 공원까지는 왕족과 귀족들 사이의 거리밖엔 떨어져 있지 않다. 이제 총알이 비오듯 쏟아질 거다.」

그는 구름을 보았다.

「게다가 또 진짜 비가 올 것 같구나. 하늘까지 한몫 끼어 있군. 분가한 집(부르봉 집안의 분가를 말함. 즉 루이 필립 왕의 오를레앙 집안)의 운명은 정해졌군. 자, 빨리 돌아가자.」

「백조가 빵과자 먹는 걸 보고 싶어요」하고 어린애가 말했다.

아버지는 대답했다.

「그건 경솔한 짓이다.」

그리고 그는 자기의 어린 시민을 데리고 갔다. 아들은 백조에게 미련이 남아서 여러 가지 모양으로 심어 놓은 꽃밭에 가려져서 보이지 않게 될 때까지 연못 쪽을 돌아보았다.

그동안에 조그만 두 방랑자가 백조와 동시에 빵과자 쪽으로 다가갔다. 과자는 물 위에 떠 있었다. 동생은 과자를 바라보고 형은 사라져가는 시민을 보고 있었다.

아버지와 아들은 마담 거리 쪽의 나무가 우거진 꼬불꼬불한 오솔길을 들어서서, 커다란 계단을 올라갔다.

그들의 모습이 보이지 않게 되자, 형은 얼른 둥그런 연못 가장자리에 배를 깔고 엎디어서, 왼손으로 가장자리에 매달려서 당장 물에 떨어질 만큼 몸을 내어밀어 오른손에 가진 가느다란 막대기를 과자 쪽으로 뻗쳤다. 백조는 경쟁자를 보고 너무 초조해서 서둘렀는데 이것은 가슴을 내민 작은 낚시꾼에게는 오히려 다행이었다. 물결은 백조 앞에서 파문을 지어 둥근 물결의 하나가 빵과자를 어린아이의 막대기 쪽으로 조용히 밀어 주었다. 백조가 가까이 왔을 때 막대기는 과자에 닿았다. 아이는 철썩 물을 때려서 빵과자를 끌어당기고, 백조를 위협하고 빵과자를 움켜쥐고 그리고 몸을 일으켰다. 과자는 젖어 있었다. 그러나 그애들은 배도 고팠고 목도 말랐다. 형은 빵과자를 큰 것과 작은 것 두 쪽으로 나누어서 작은 쪽은 자기가 갖고 큰 쪽은 동생에게 주면서 말했다.

「자아, 이걸 총 속에 집어 넣으렴(총은 뱃속이라는 속어).」

17. 『죽은 아버지는 머잖아 죽을 아들을 기다린다』

마리우스는 바리케이드에서 뛰쳐나갔다. 콩브페르가 뒤를 따랐다. 그러나 이미 늦었다. 가브로슈는 죽어 있었다. 콩브페르는 탄약 바구니를 나르고 마리우스는 시체를 운반했다.

아아! 그는 생각했다. 이 아이의 아버지가 나의 아버지에게 해주었던 일을 지금 그 아들에게 돌려주고 있구나. 다만 테나르디에는 나의 아버지가 살아 있을 때 메고 왔으나 나는 죽은 아이를 메고 오는구나.

가브로슈를 안고 각면보로 돌아왔을 때 마리우스는 소년과 마찬가지로 얼굴이 피투성이가 되어 있었다. 가브로슈를 안아 일으키려고 몸을 굽혔을 때 총알 한 발이 그의 머리를 스쳤던 것이다. 그는 그것을 알아차리지 못했다.

쿠르페락은 자기의 넥타이를 끌러 마리우스의 이마를 동여매 주었다.

사람들은 가브로슈를 마뵈프가 누워 있는 탁자 위에 눕히고, 두 시체 위에 검은 숄을 씌웠다. 그것으로 노인과 아이의 몸은 충분히 덮였다.

콩브페르는 들고 돌아온 바구니의 탄약을 분배했다. 한 사람에게 열다섯 발씩이었다.

장 발장은 여전히 자리를 뜨지 않고 돌 위에 가만히 앉아 있었다. 콩브페르가 그에게 열다섯 발의 탄환을 내밀자 그는 고개를 저었다.

「보기 드문 괴짜야」 하고 콩브페르가 낮게 앙졸라에게 말했다.「이 바리케이드에 있으면서도 싸우려 하지 않다니.」

「그렇다고 바리케이드를 지키지 않는 것도 아니지」 하고 앙졸라는 대답했다.

「영웅에도 괴짜가 있군」 하고 콩브페르가 말했다.

쿠르페락이 그 말을 듣고 덧붙였다.

「마뵈프 노인과는 종류가 다르군.」

특기해야 할 일은 바리케이드를 공격하고 있는 사격이 그 내부를 거의 혼란케 하지 않는다는 것이다. 이런 식의 싸움의 회오리바람을 단 한 번이라도 뚫고 지난 적이 없는 사람은, 그 동란에 섞여 있는 이상하게도 고요한 순간을 감히 상상할 수가 없을 것이다. 사람들은 왔다갔다하고 지껄여 대고 장난을 하고 여기저기 서성거리고 있다. 어떤 사람은 한 전투원이 산탄이 쏟아지는 속에서 「우린 여기서 홀아비들만의 아침 식사를 하고 있는 것 같군」 하고 말하는 것을 들었다고 한다. 샹브르리 거리의 각면보 내부는 무척 조용했다. 온갖 변화, 온갖 국면이 다 나와 있었다. 또는 다 나오려고 했다. 상황은 위기에서 곧 험악해지고, 그 험악은 차츰 절망적으로 되어 가려고 했다. 암담해짐에 따라서 영웅적인 빛이 차츰 바리케 이드를 붉게 물들여 갔다. 앙졸라는 엄숙하게 바리케이드를 지배하고 있었다. 마치 음산한 정령인 에피 도타스에게 빼든 칼을 바치는 한 젊은 스파르타인 같은 태 도였다.

콩브페르는 앞치마를 배에 두르고 부상자들을 돌보고 있었다. 보쉬에와 페이는, 가브로슈가 하사의 시체에서 탈취한 화약통의 화약으로 탄약을 만들고 있었다. 보쉬에는 페이에게 말했다. 「우리는 머지않아서 다른 유성으로 가는 승합 마차에 타려 하고 있지.」 쿠르페락은 앙졸라 옆에 잡아 놓은 포석들 위에 자신의 길들인 단장이며 소총, 두 자루의 승마용 피스톨 등 가지고 있는 모든 병기를, 젊은 처녀가 진열장을 정리하듯이 정성들여 가지런히 정리해 놓았다. 장 발장은 말없이 무 뚝뚝하게 정면 벽을 지켜보고 있었다. 한 노동자는 위슐루 아주머니의 커다란 밀짚 모자를 끈으로 머리 위에 붙들어 매고 「일사병이 무서워서요」 하고 뇌까리고 있었다. 액스의 쿠구르드의 젊은이들은 지금 사투리를 마지막으로 해두려는 듯이 동료들끼리 쾌활하게 서로 말을 주고받고 있었다. 졸리는 위슐루 과부의 거울을 떼어다가 제 혀를 살펴보고 있었다. 몇몇의 전투원들은 설합 속에서 거의 곰팡이 슨 빵조각을 발견해 내고 정신없이 그것을 뜯어먹고 있었다. 마리우스는 죽은 아버지가 머지않아 자기에게(자신이 갈 저 세상에서) 무어라고 할 것인가 생각하니 불안스러웠다.

18. 밥이 되어 버린 독수리

여기서 바리케이드 특유의 심리적 사실을 강조해 두겠다. 이 놀라운 시가전을 특징지어 주는 것을 하나라도 놓쳐서는 안 되기 때문이다.

지금 말한 것 같은 내부의 정적이 어느 정도이든, 그 안에 있는 사람들에게 바리케이드는 역시 하나의 환상에 지나지 않았다.

내란에는 묵시록적인 신비가 있다. 미지의 온갖 안개가 그들의 잔인한 불길에 섞여 있다. 혁명은 스핑크스이다. 바리케이드를 빠져나온 사람은 누구든 꿈속을 빠져나온 듯한 느낌을 갖는다.

그런 장소에서 사람이 느끼는 것은 이미 마리우스에 대해서 썼고, 또 머잖아 그 결과를 보는 것처럼, 생명 이상이며 생명 이하인 것이다. 바리케이드 밖으로 나가면 이미 자기가 무엇을 보았는지 모른다. 무서웠지만 그것이 무엇이었는지 알지 못한다. 인간의 얼굴을 가진 투쟁의 관념에 에워싸여 있었던 것이다. 머리를 미래의 빛 속에 집어 넣고 있었던 것이다. 시체가 가로놓이고, 유령이 우뚝 서 있었다. 시간은 거대하며 영원한 시간 같았다. 사람은 죽음 속에 살아 있었던 것이다. 여러 가지 망령이 지나갔다. 그것은 무엇이었을까? 피묻은 손도 보았다. 귀청을 찢을 것 같은 굉장한 소란도 있고, 무서운 침묵도 있었다. 떠들어대는 벌어진 입도 있었고, 말없이 벌려진 입도 있었다. 사람은 연기 속에, 아마도 어둠 속에 있었는지도 모른다. 미지의 깊이 속에서부터 스며나오는 불길한 것에 닿은 듯한 기분이다. 손톱 속에 낀 무언가 붉은 것이 보였다. 더 이상 생각나지 않았다.

샹브르리 거리로 되돌아가자 돌연 두 차례 일제 사격의 틈 사이에, 때를 알리는 먼 종소리가 들렸다.

「오정이군.」 콩브페르가 말했다.

열두 번째의 종이 채 끝나기 전에 앙졸라는 벌떡 일어나서 바리케이드 위에서 터질 것 같은 목소리로 외쳤다.

「포석을 집 안으로 날라와. 창문가와 고미다락방 창문에 그것을 대놓아. 반은 총을 쏘고, 나머지 반은 포석을 날라. 일 분도 헛되이 해선 안 돼!」

도끼를 어깨에 멘 소방병의 일대가 거리 끝에 전투 태세로 나타난 순간이었다. 그것의 일 종대는 공격 종대였다. 왜냐하면 바리케이드의 파괴를 명령받은 소방병은 항상 바리케이드에 돌입할 것을 명령받은 병사들의 앞에 서 있어야 하기 때문이다.

클레르몽 톤네르 전하(공작, 1822년에 해군상, 이어서 육군상을 지냈고 종종 청년 위고를 만났다)가 1822년에 『목에 맨 줄을 조른 것』이라고 불렀던 위기의 순간이 분명히 임박하고 있었다.

앙졸라의 명령은 즉시 실행되었다. 배와 바리케이드는 탈출이 불가능한 유일한 두 전투장이었다. 일 분도 채 못되어서 앙졸라가 코랭트의 입구에 쌓아 놓게 했던 포석의 삼분의 이는 이층과 고미다락방으로 운반되고, 이 분이 되기 전에 그 포석은 교묘하게 쌓여져 이층의 창문과 고미다락방의 채광창을 절반 가량 막았다. 건설 책임자 페이는 군데군데 몇몇 틈을 만들어 총신을 내밀 수 있게 했다. 그 창문의 방비는 산탄이 멈추어진 만큼 쉽게 할 수 있었다. 두 개의 포는 지금은 그곳에 돌격을 하기 위한 구멍을, 그리고 가능하다면 갈라진 틈을 만들기 위해 장벽 중앙에 유탄을 쏘아 대고 있었다.

마지막 방어전에 쓰일 포석이 완전히 정돈되자, 앙졸라는 마뵈프의 시체가 놓인 탁자 아래 있던 병을 모두 이층으로 운반하게 했다.

「도대체 누가 그걸 마셔?」 하고 보쉬에가 물었다.

「놈들이지」 하고 앙졸라가 대답했다.

그러고 나서 모두들 아래층 창문을 굳게 닫고, 밤에 주점 문을 안에서 잠그는 데 사용하는 쇠빗장을 언제라도 꽂을 수 있도록 했다. 요새는 완전해졌다. 바리케이드는 성벽이 되었고 주점은 성탑이 되었다.

남은 포석으로 바리케이드의 틈새를 막았다.

바리케이드 방위군은 항상 탄약을 절약해야 했고, 또 공격군은 그런 사실을 잘 알고 있으므로 일부러 상대를 초조하게 만드는 술책을 써서, 그럴 시기도 아닌데 사격 속에 뛰어들지만, 그것도 진정이라기보다는 그렇게 보이기 위한 것이어서 태연하게 행동하는 것이었다. 공격 준비는 언제나 일정하게 느린 속도로 진행되고, 그런 다음에 번개처럼 쳐들어 온다.

그 느린 속도 덕분에 앙졸라는 모든 것을 다시 살펴보고 완전하게 할 수가 있었다. 이토록 용감한 사람들이 죽는 데에는 그 죽음 또한 위대한 것이어야 한다고 그는 생각하고 있었다.

그는 마리우스에게 말했다.

「우리 둘은 두령일세. 나는 안에서 마지막 명령을 내리겠네. 자네는 밖에서 감시해 주게.」

마리우스는 바리케이드의 꼭대기에 올라가서 감시를 했다. 앙졸라는 독자들도 기억하고 있듯이 야전 병원이 되어 있는 부엌, 그 입구를 못질하게 했다.

「부상자들에게까지 화를 입혀선 안 돼」 하고 그는 말했다.

그는 아래층 홀로 가서 짤막한, 그러나 매우 조용한 목소리로 마지막 명령을 내렸다. 페이는 귀를 기울이고 모든 사람을 대표해서 일일이 그것에 대답했다.

「이층 계단을 잘라 버릴 도끼를 몇 개 준비해. 도끼는 있나 ?」

「있어」 하고 페이가 말했다.

「몇 자루 ?」

「보통 도끼 두 자루하고, 소 잡는 도끼 한 자루일세.」

「좋아. 싸울 수 있는 자는 스물여섯 명이야. 총은 몇 자루 있나 ?」

「서른넷.」

「여덟 자루가 더 있군. 그 여덟 자루도 똑같이 장전해서 손 가까이에 두어. 군도와 피스톨은 혁대에 차라. 스무 명은 바리케이드로 가라. 여섯 명은 고미다락방과 이층 창문에 숨어서 포석의 총구멍으로 공격군을 겨누어 쏘고, 일을 할 수 있는 자는 한 사람도 가만 있어선 안 돼. 이제 곧 공격의 북이 울리면 아래층 스무 명은 바리케이드로 달려가라. 먼저 도착한 사람부터 좋은 자리를 잡아라.」

그와 같은 배치가 끝나자 그는 자베르 쪽을 돌아보고 말했다.

「너에 대해서도 잊지 않았어.」

그러고 나서 탁자 위에 피스톨 하나를 놓고 덧붙였다.

「마지막에 이곳을 나가는 자가 이 밀정의 머리를 쏘기로 한다.」

「여기서 ?」 하고 한 목소리가 물었다.

「아니, 이런 놈의 시체를 우리 시체와 함께 해선 안 돼. 몽데투르 거리의 작은 바리케이드는 타고 넘을 수 있는 높일세. 사 피트밖에는 안 되니까. 이 사나이는 묶여 있으니 그곳까지 데리고 가서 거기서 처형하기로 하세.」

그때, 앙졸라보다 더 태연한 자가 한 사람 있었다. 그것은 자베르였다. 거기에 장 발장이 나타났다. 지금까지 폭도의 무리에 섞여 있었던 그는 앞으로 나가서 앙졸라에게 물었다.

「당신이 지휘자요 ?」

「그렇소.」

「당신 아까 내게 감사했었지요?」

「공화국의 이름으로. 이 바리케이드는 두 사람이 구해냈소. 마리우스 퐁메르시와 당신이오.」

「당신은 내가 그 보상을 받을 가치가 있다고 생각하시오?」

「물론이오.」

「저 사나이를 내 손으로 쏘게 해주시오.」

자베르는 고개를 들어 장 발장을 보며 보일 듯 말 듯하게 몸을 움직이더니 말했다.

「당연하지.」

앙졸라는 벌써 자신의 기총을 장전하기 시작하고 있었다. 그는 주위를 둘러보았다.

「이의 없소?」

그렇게 말하고 그는 장 발장을 돌아보았다.

「그럼 밀정을 데려가시오.」

장 발장은 사실상, 그렇게 해서 탁자 끝에 앉으면서 자베르를 자기것으로 했다. 그는 피스톨을 움켜쥐고, 그리고 딸그락하는 희미한 소리로 장전된 것을 알았다. 거의 동시에 나팔소리가 들렸다.

「적의 습격이다!」 하고 바리케이드에서 마리우스가 외쳤다.

자베르는 그의 독특한 소리 없는 웃음으로 웃기 시작하더니 폭도들을 뚫어지게 쳐다보면서 입을 열었다.

「너희들은 나 이상 안전하지 못할 걸.」

「전원 밖으로!」 앙졸라가 외쳤다.

폭도들은 소란스럽게 뛰쳐나갔다. 나갈 때, 그들은 등 뒤로——이런 표현을 용서해 주기 바란다——자베르의 말을 받았다.

「그럼, 곧 또 만납시다!」

19. 장 발장의 복수

장 발장은 자베르와 둘이 남게 되자 포로의 몸을 묶어 탁자 밑에 비끌어맸던 동아줄을 풀었다. 그리고 일어서라는 눈짓을 했다. 자베르는, 쇠사슬에 묶인, 정부의 권위가 집중되어 있는, 무어라 이해할 수 없는 미소를 띠면서 일어섰다.

장 발장은 말고삐를 쥐고 자베르를 끌고 가듯 배 아래 띠를 묶은 자베르를 뒤로 따라오게 하면서 천천히 주점 밖으로 나갔다. 자베르는 발도 묶여 있어 잔걸음으로밖에 걸을 수 없었기 때문에 느릿하게 따라 걸어갔다.

장 발장은 피스톨을 들고 있었다. 두 사람은 이렇게 해서 바리케이드 안의 네모진 빈터를 지나갔다. 폭도들은 절박한 공격에 정신을 뺏겨서 이쪽으로 등을 돌리고 있었다.

다만 마리우스만은 장벽 왼쪽 끝에 혼자 자리잡고 있었기 때문에 그들이 지나가는 것을 볼 수 있었다. 사형수와 집행인과의 그 한 쌍은 마리우스가 떠올리고 있는 죽음의 빛으로 비추어졌다.

장 발장은 묶인 자베르에게, 몽데투르 옆골목의 작은 방벽을 타고 넘게 했다. 꽤 귀찮은 일이었지만 그 사이에 잠시도 손을 늦추지 않았다. 그 방벽을 타고 넘자, 골목길에는 그들 두 사람만이 있게 되었다. 어느 누구도 그들을 보고 있지 않았다. 집의 모퉁이가 그들을 폭도들의 눈에서 가리고 있었다. 바리케이드에서 끌어낸 시체가 바로 거기에 무시무시한 더미를 이루고 있었다.

그 시체 더미 속에 하나의 창백한 얼굴과 흩어진 머리와 구멍 뚫린 손과, 그리고 맨발의 헐벗은 여자의 가슴이 보였다. 에포닌느였다.

자베르는 여자의 시체를 곁눈으로 자세히 살펴보더니, 매우 침착하게 작은 목소리로 중얼거렸다.

「낯익은 계집애로군.」

그러고 나서 그는 장 발장 쪽으로 몸을 돌렸다.

장 발장은 피스톨을 겨드랑이에 끼고, 입으로 말할 것까지도 없이 그것을 말하는 것과 동시에 시선을 똑바로 자베르에게 쏟았다.

「자베르, 바로 나요.」

자베르는 대답했다.

「복수해라.」

장 발장은 안주머니에서 나이프를 꺼내어 그것을 폈다.

「단도로군!」 하고 자베르는 외쳤다. 「하긴 그게 자네에겐 어울리는군.」

장 발장은 자베르의 목에 걸려 있는 십자로 묶인 밧줄을 자르고, 다음에는 손목에 걸려 있는 밧줄을 끊고, 그리고 몸을 일으키면서 말했다.

「당신은 자유요.」

자베르는 쉽게 놀라지 않았다. 그러나 충분히 자제하고 있었음에도 불구하고 충격을 누를 수가 없었다. 그는 아연해서 입을 벌린 채 움직이지 않고 서 있었다.

장 발장은 말을 계속했다.

「나는 여기서 빠져나갈 수 있으리라고는 생각지 않소. 그러나 만일 빠져나갈 수 있다면, 나는 포슐르방이라는 이름으로 롬므 아르메 거리 7번지에 살고 있소.」

자베르는 입을 약간 벌리고 호랑이처럼 얼굴을 찌푸리며 입속으로 중얼거렸다.

「조심해.」

「가게나」 하고 장 발장은 말했다.

자베르가 뇌까렸다.

「포슐르방이라고 했지, 롬므 아르메 거리의?」

「7번지요.」

자베르는 낮은 목소리로 되풀이했다.

「7번지.」

그는 자기의 윗도리 단추를 끼우고 양 어깨에 군인같이 힘을 주고, 뒤로 돌아서자 팔짱을 끼고, 한 손을 턱에 괴고, 그리고 시장 쪽으로 걷기 시작했다. 장 발장은 그를 눈으로 쫓았다. 대여섯 걸음 가자 자베르는 뒤돌아보고 장 발장에게 외쳤다.

「자네는 나를 괴롭히는군. 차라리 나를 죽여 주게.」

자베르는 자신이 장 발장에게 이제 반말을 하지 않는 것을 깨닫지 못했다.

「어서 가시오」 하고 장 발장은 말했다.

자베르는 느린 걸음으로 멀어져 갔다. 잠시 뒤에 그는 프레쉐르 거리 모퉁이로 돌아갔다.

자베르가 보이지 않게 되자 장 발장은 피스톨을 하늘로 향하여 쏘았다. 그리고 나서 그는 바리케이드로 돌아와서 말했다.

「해치웠소.」

그 사이에 이런 일이 있었다.

마리우스는 안의 일보다 밖의 일이 더 근심이 되어서 아래층 홀의 어두침침한 안쪽에 묶여 있던 밀정을 그때까지 주의해서 보지 않았었다.

그러나 그가 죽으러 가기 위해서 바리케이드를 타고 넘는 것을 밝은 대낮에 보았을 때, 그는 언젠가 본 적이 있는 얼굴이라고 여겼다. 어떤 기억이 문득 마음에 되살아났다. 그는 퐁트와즈 거리의 검찰관과 그에게서 받아서 자신이 이 바리케이드에서 사용하고 있는 두 자루의 피스톨을 생각해냈다.

그러나 그 기억은 그의 온갖 상념과 마찬가지로 희미하고 혼란되어 있었다. 그는 스스로 단정을 내린 것이 아니라 의문을 일으켰던 것이다.「저 사나이는 자베르라고 내게 말했던 그 경위가 아니었을까?」

아마도 그 사나이를 위해서 조정할 겨를은 아직 있는 것이 아닐까? 그러나 우선 첫째로 그 사람이 분명히 자베르인지 아닌지를 알 필요가 있었다.

마리우스는 마침 바리케이드의 저편 끝에 와서 자리잡은 앙졸라에게 말을 걸었다.

「앙졸라!」

「뭔가?」

「저 사나이의 이름이 뭐지?」

「누구 말인가?」

「경찰관 말일세. 그 이름을 아나?」

「물론. 제 입으로 말해 주었어.」

「뭐야?」

「자베르.」

마리우스는 일어섰다.

그때 피스톨 소리가 났다. 장 발장이 돌아와서 외쳤다.「해치웠소」라고.

오한이 마리우스의 마음을 꿰뚫었다.

20. 죽은 자도 옳고 산 자도 잘못은 없다

바리케이드의 죽음의 고통이 드디어 시작되려 하고 있었다.

모든 것이 그 최후의 순간의 비장한 비극을 조성시키고 있었다. 하늘에 넘치는 무수한 신비로운 소리, 보이지 않는 거리거리에서 행동하기 시작한 밀집 부대의 입김, 행진하는 포병대의 무거운 진동, 파리의 미로 안에서 교차되는 총화와 포화, 겹쳐진 지붕 위에 감도는 황금빛 전쟁의 연기, 듣는 사람으로 하여금 막연히 떨게 하는 멀리서 들려오는 아득한 고함 소리, 도처에 번쩍이는 위협적인 섬광, 이제는 흐느끼는 음조를 띤 쌩 메리의 경종, 계절의 온화함, 태양과 구름으로 가득 찬 하늘의 광휘, 햇빛의 아름다움, 집들의 무서운 침묵.

그도 그럴 것이 어제부터 샹브르리 거리를 끼고 늘어서 있는 집들은 두 개의 장벽으로 바뀌어져 있었던 것이다. 앞 현관문도 닫히고 창문도 닫히고 덧문까지도 닫혀 있었다.

현대와는 지극히 판이했던 그 당시, 너무 오랫동안 계속된 상태나 군주가 제정한 헌법이나 법치국이란 미명을 민중이 내팽개치려고 희망하는 시기가 올 때, 만인의 분노가 분위기 속에 퍼질 때, 시가 포석을 벗기기를 동의할 때, 반란이 그 암호를 중류 계급의 사람들의 귀에 소곤거리고 미소짓게 할 때, 그때 폭동의 감정에 사로잡힌 주민들은 전사의 보조자가 되고, 집들은 집들대로 자기에게 의지해 오는 즉석 요새가 되는 데 협력했던 것이다. 그러나 정세가 무르익지 않았던 때에는, 반란이 결정적인 동의를 얻지 못했던 때에는, 군중들이 행동하기를 거부할 때에는, 전투원들은 버림받고 도시는 반항의 주위에서 사막으로 바뀌고, 사람들의 마음은 냉정해지고, 피난할 곳은 닫히고, 거리는 바리케이드를 점령하는 군대를 돕기 위해서 차단되는 것이었다.

민중들을 아무리 강요한다 해도 그들이 바라는 것 이상 빨리 전진시킬 수는 없다. 민중을 강제적으로 움직이려는 자에게 재난 있으라! 민중은 시키는 대로 가만히 있지는 않는다. 그런 경우, 민중은 반란을 내버려둔다. 폭도들은 페스트 환자가 되고 만다. 집은 낭떠러지로 변하고 문은 저절로 변하고 정면은 벽이 된다. 그 벽은 보고 듣지만 스스로 원하지는 않는다. 그래도 약간 열려서 폭도들을 지켜보고, 폭도들을 심판한다. 그 굳게 닫힌 집들은 그야말로 음침했다. 그것은 죽은 듯이 보이지만 사실은 살아 있다. 생명은 거기서 끊겨 있는 것 같지만 사실은 그곳에 뿌리를 뻗고 있다. 스물네 시간 동안 그곳에서 아무도 나오지 않았지만 그 집의 어느 집도 있을 사람은 다 있다. 그 바윗돌의 내부에 사람들은 왔다갔다하고 자고 일어나고 한다. 그곳에는 가정이 있다. 그곳에서 사람들은 마시고 먹고 한다. 그리고 그곳에서 공포에 떨고 있다. 무서운 일이다 ! 공포는 폭도들에 대한 가혹한 냉담의 변명이 된다. 공포에 놀라움이 섞여 있는 것도 이해해 주어야 한다. 더욱이 때로는 현실에서 보았던 것처럼, 공포는 정열로 화하는 일이 있다. 조심성이 분노로 변할 수 있듯 공포는 격정으로 변할 수 있다. 그래서 『온건한 과격파』라는 의미심장한 말이 생겨난 것이다. 불길한 연기처럼 노여움을 뿜어내는 더없는 공포의 불길이 있다.「그들은 무엇을 바라는 것인가 ? 그들은 결코 만족을 모른다. 그들은 평화로운 사람들까지 끌어넣으려 한다. 그래도 아직 혁명이 모자라는 듯이 그들은 무엇을 하려고 여기에 왔는가 ? 맘대로 해보라지. 안됐지만 하는 수 없다, 자기들 탓이지. 당연한 보상을 받을 뿐이다. 우리에겐 아무런 상관도 없다. 또 우리들의 거리가 총알 세례를 받겠지. 저것은 무뢰한들의 집단이다. 아무튼 문은 열어 주지 말아야겠다.」이렇게 말하고 가옥은 무덤과 같은 표정을 띤다. 폭도는 그 문앞에서 죽음의 고통을 맛본다. 산탄이나 뽑아든 군도가 다가오는 것을 본다. 고함을 치면 사람들은 듣고 있지만 도우러 오지는 않으리라는 것을 알고 있다. 그곳에 보호해 줄 벽이 있다. 그곳에 구해 줄 사람들이 있다. 그 벽은 인간의 귀를 가지고 있는데도 그 사람들은 돌 같은 마음밖엔 없다는 것이다.

누구를 책망하랴 ?

아무도 탓해서는 안 된다. 모든 사람들을 탓해야 하는 것이다.

우리들이 살고 있는 이 불완전한 시대를 탓해야 한다.

유토피아가 반란으로 바뀌고, 철학적 항의를 무장 항의로 하고, 미네르바(시의 여신)를 팔라스(전쟁의 여신)로 하는 것은 항상 자신을 위험에 내놓는 거다. 참지 못하고 폭동으로 화하는 유토피아는 무엇이 자신을 기다리고 있는 운명인지 알고 있다. 대개 유토피아란 너무 일찍 앞을 내달리는 것이다. 그래서 체념해 버리고 조용히 승리 대신에 파국을 받아들이는 것이다. 불평하지 않고, 오히려 변호까지 하면서 자신을 부인하는 사람들에게 봉사하는 것이다. 유토피아의 관대함은 버림받는다는 데에 동의한다는 점에 있다. 그것은 장해에 대해서는 고집스럽고, 은혜를 저버리는 망은에 대해서는 아주 유순하다.

그것은 과연 망은일까 ?

그렇다, 인류라는 견지에서 말하자면.

그러나 개인의 견지에서라면 그렇지 않다.

진보란 인간의 상태이다. 인류 일반의 생명을 『진보』라고 부른다. 인류의 집단적인 걸음을 『진보』라고 부른다. 진보는 전진한다. 진보는 천상의 것, 신적인 것을 향하여 인간적인 지상의 대여행을 한다. 그러나 진보는 낙오자를 기다리기 위해서 이따금 걸음을 멈춘다. 돌연 휘황한 가나안(신이 이스라엘의 민중에게 약속한 옥토)의 땅을 눈앞에 두고 명상에 잠기기 위한 휴게소를 가지고 있다. 잠자기 위한 밤도 가지고 있다. 인간의 영혼을 에워싼 어두운 그림자를 보고 잠자고 있는 진보를 암흑 속에서 찾으면서 각성시키지 못한다는 것은 사상가의 뼈저린 불안의 하나이다.

「신은 틀림없이 죽고 말았다」 하고 어느날 제라르 드 네르발은 나에게 말했었다. 그러나 그것은 진보를 신과 혼동하고, 운동의 중단을 『존재』의 죽음으로 착각하고 한 말이다.

절망하는 자는 옳지 못하다. 진보는 반드시 눈을 뜬다. 또, 요컨대 잠자고 있는 동안에도 성장한 것을 본 이상은 역시 전진했다고 할 수 있을 것이다. 그것이 다시금 일어선 것을 볼 때 언제나 전보다 높아져 있는 것을 알 수 있다. 항상 평온을 유지한다는 것은 뿐만 아니라 진보에 있어서도 가능한 일이 아니다. 그러므로 둑을 쌓아서는 안 되고 바위나 돌을 던져서도 안 된다. 장해물은 물에 거품을 일으키고, 인류를 들끓게 한다. 거기에서 혼란이 생긴다. 그러나 그 혼란이 지나면 다소 전진한 것을 볼 수 있다. 세계 평화인 질서가 확립될 때까지는, 조화와 통일이 지배할 때까지는 진보는 혁명을 과정으로 삼을 것이다.

그럼 『진보』란 무엇인가? 그 대답은 조금 전에 말했다. 민중의 영원한 생명이다.

그런데 개인의 일시적 생명이 인류의 영원한 생명에 상반되는 일이 이따금 일어난다.

솔직히 말한다면, 개인은 각기 다른 이해를 가지고 있으며, 그 이해 때문에 서로 약정을 하고, 그것을 지킨다 해도 반역죄는 되지 않는다. 현재란 허용되는 만큼의 이기주의를 가지고 있다. 일시적인 생명도 그 나름대로의 권리를 가지고 있어서 항상 미래를 위하여 희생될 의무는 없다. 현재 지상을 통과할 차례가 되어 있는 세대는, 머지않아 그 차례가 될 다른 세대, 요컨대 자신과 동등한 여러 세대를 위하여 자신의 통과 기간을 단축시킬 필요는 없다. 『모든 사람』이라고 불리는 혹자는 말한다. 「나는 존재한다. 나는 젊고 사랑을 하고 있다. 나는 늙었고 휴식을 바라고 있다. 나는 한 집안의 가장이고, 일하여 사업도 번창하고 있다. 집을 세주고 돈은 국가에 예금하고 있고, 행복하고, 아내와 자식이 있고, 그 모든 것을 사랑하고 살아가기를 바라고 있다. 나를 가만히 놓아 두시오.」이런 심정에서 어느 경우에는 인류의 고결한 전위에 대한 깊은 냉담이 생겨나는 것이다.

그리고 또 유토피아는 전투하는 행동으로 나오면 그 빛나는 영역을 떠나 버린다는 것을 인정하자. 내일의 진리인 유토피아는 전투라는 그 방법을 어제의 허위에서 빌어온다. 미래인 유토피아는 그렇게 되면 과거처럼 행동한다. 순수 이념인 유토피아는 폭력 행위가 되어 버리고 만다. 유토피아는 그 영웅주의에 폭력을 끌어넣어 스스로 그 책임을 지지 않으면 안 되게 된다. 그것은 편승적인 폭력, 방편으로서의 폭력, 주의에 배반한 폭력으로서 유토피아는 그 벌을 피할 수가 없다. 유토피아 반란은 낡은 병법으로 전쟁한다. 밀정을 총살하고 배신자를 처형하고 산 사람들을 미지의 암흑 속에 던져 버린다. 죽음을 이용하는 것이다 ──그것은 심각한 문제다. 유토피아는 이미 자신이 항거하기 어렵고 변함없는 힘인 광명을 믿고 있지 않는 것 같다. 그것은 칼로 사람을 마구 벤다. 그러나 어떠한 칼날도 그렇게 단순한 것은 아니다. 모든 칼은 양쪽에 칼날이 있다. 한쪽 칼날로 남을 상하게 하는 자는 또 다른 쪽 칼날로 자기 자신을 상처입힌다.

이러한 조건을, 더욱이 엄중하게 붙이고도, 미래의 명예로운 전사들과 유토피아의 사제들을, 그들의 성공 여부에 관계없이 찬미하지 않을 수 없다. 그들은 비록 실패한 경우라도 존경해야 한다. 아니, 그들이 보다 더한 존엄성을 띠는 것은 성공하지 못하는 경우인 것이다. 승리가 진보의 방향에 따를 때에는 민중의 갈채를 받을 가치가 있다. 그러나 영웅적인 패배는 민중의 감동을 일으킬 가치가 있다. 전자는 장대하고 후자는 숭고하다. 성공보다는 순교를 더 사랑하는 우리에게는 존 브라운(1859년에 처형된 미국의 노예해방 운동가)은 워싱턴보다도 더욱 위대하고, 피자카네(Carlo Pisacane, 1818~1859. 나폴리 왕국 원정에서 죽은 이탈리아의 애국자)는 가리발디보다 위대하다.

누군가는 패자의 편을 들 필요가 있다.

그러한 미래의 시행자들이 실패할 때, 사람들은 흔히 그들을 부당하게 취급한다.

사람들은 혁명가들이 공포의 씨를 뿌렸다고 비난한다. 틀림없이 바리케이드는 범죄 계획처럼 보인다. 사람들은 그들의 이론을 규탄하고 그들의 목적을 의심하고, 그들의 속셈을 두려워하고 그들의 양심을 고발한다. 현재의 사회 현실에 대하여 비참과 고통과 부정과 불평과 절망이 쌓인 산더미를 다시 구축하고, 높이고, 밑바닥에서는 암흑의 덩어리를 끌어내서 거기에 총구멍을 만들어서 싸운다고 비난한다. 사람들은 그들에게 외친다.「너희들은 지옥의 포석을 벗기고 있다!」 그러나 그들은 이렇게 대답할 수 있을 것이다.「우리의 바리케이드가 선의로 만들어져 있기 때문이다.」(지옥의 포석은 선의로 만들어져 있다는 속담이 있어서, 선행을 하려고 생각만 하고 실행하지 않으면 아무 소용없다는 뜻을 가짐.)

최선의 방법은 물론 평화로운 해결이다. 요컨대 포석을 보면 곰을 연상하게 되며(라 퐁텐느의 옛 이야기에 의한『곰의 포석』이라는 말은 선의가 있어도 수단이 나쁘면 위험하다는 뜻으로 쓴다) 어떤 선의는 오히려 사회를 불안하게 한다는 것을 인정하지 않을 수 없다. 그러나 사회의 구제는 사회 자신에 달려 있다. 우리가 호소하는 것은 사회 자신의 선의인 것이다. 난폭한 치료가 필요한 것은 아니다. 호의로써 폐단을 연구하고, 확인하고, 그것을 시정하는 일, 우리가 사회에 권하는 것은 바로 이것이다.

어떻든간에 설사 쓰러지더라도, 아니 쓰러지기 때문에 세계 도처에서 프랑스에 눈길을 떼지 않고 굴하지 않는 이상적인 이론을 갖고 위대한 사업을 위해 투쟁하는 그들은 더욱 숭고하다. 그들은 진보를 위한 순수한 선물로서 자신의 생명을 바친다. 그들은 신의 의지를 실현하고 하나의 종교적 행위를 수행한다. 일정한 시기가 오면 대사를 주고받는 배우처럼 사심 없는 태도로 신이 꾸며 놓은 시나리오대로 그들은 무덤 속으로 들어간다. 그들은 희망 없는 투쟁과 금욕을 통한 일신의 소멸을 받아들인다——1789년 7월 14일에 불가항력적으로 시작된 장대한 인류의 운동을 찬란한 최상의 보편적인 결과로 이끌어 오기 위해서. 그들 전사들은 사제이며, 프랑스 대혁명은 신의 몸짓인 것이다.

더욱이 다른 장에서 지적한 여러 가지 구별에 다음의 구별을 덧붙이는 것이 적당할 것이다. 즉, 혁명이라고 불리는 시인된 반란과 폭동이라고 불리는 부인된 혁명이 있다는 것이다. 폭발한 반란, 그것은 민중 앞에서 시험 받는 하나의 사상이다. 만약 인민이 검은 공(반대를 뜻한다)을 던지면 그 사상은 메말라 버린 과일이 되고, 반란은 무모한 짓이 되고 만다.

요청이 있을 때마다 일일이 대답하고, 또 유토피아가 그것을 원할 때마다 전쟁 상태로 들어간다는 것은 어떤 민중이 하는 짓이 아니다. 어떠한 국민도 항상 영웅이나 순교자의 기질을 지니고 있다고는 할 수 없다.

국민은 실리적이다. 경험하기에 앞서 선천적으로 반란을 싫어한다. 그 이유는 첫째로 반란은 종종 파멸을 가져오기 때문이며 둘째로 반란은 항상 하나의 추상적

개념을 출발점으로 하기 때문이다.

왜냐하면, 아름다운 일이지만, 자신을 바치는 사람들은 항상 이상을 위해서만 자기를 바치기 때문이다. 반란은 하나의 열광이다. 열광이 분노로 달릴 때가 있다. 때문에 무기를 들게 되는 것이다. 그러나 하나의 정부이든 제도이든간에 총부리를 겨누게 되는 반란은 실은 좀더 높은 곳을 노리고 있다. 이를테면 예를 들어서, 1823년의 반란의 지도자들, 특히 샹브르리 거리의 젊은 열광가들의 목표는 반드시 루이 필립은 아니었다. 솔직히 말해서 대개의 사람들은, 왕정과 혁명과의 중간 존재인 이 왕의 특질을 인정하고 있었던 것이며, 아무도 그를 미워하지 않았다. 그러나 그들은 일찍이 샤를르 10세가 대표하는 부르봉 종가를 공격했듯이 루이 필립이 대표하는 부르봉 분가를 공격했다. 그리고 그들이 프랑스에 있는 왕권을 전복시킴으로써 뒤엎으려 한 것은 앞서 말했듯이 일부 인간에 의한 『전인간의 권리』의 박탈과, 일부 특권에 의한 『전세계의 권리』의 박탈이었다. 왕이 없는 파리는 그 반동으로 전제가 없는 세계를 낳는다. 그들은 그렇게 추론했던 것이다. 그들의 목적은 물론 위대하고 대개는 애매했고 인간의 노력으로 쉽게 이루어질 수 없는 것이었다. 그러나 그것은 위대한 목적이었다.

바로 그렇다. 그리고 사람들은 그와 같은 환상에 몸을 바친다. 그와 같은 환상은 희생자들에게 있어서는 항상 환각으로 끝난다. 그러나 모든 인간적 확신이 섞인 환각인 것이다. 폭도는 반란을 시화(詩化)하고 금빛으로 빛나게 한다. 그는 자신이 하고자 하는 일에 도취하면서 그 비극적인 일에 몸을 던진다. 누가 알겠는가 ? 성공할는지도 모른다. 이쪽은 소수이나 전군대를 적으로 삼고 있다. 그러나 이쪽은 권리와 자연 법칙을, 굽힐 수 없는 각자의 자기에 관한 주권과 정의와, 진리를 지키는 것이며, 필요하다면 삼백 명의 스파르타인처럼 죽을 것이다. 그들은 돈 키호테를 꿈꾸는 것이 아니라 레오니다스를 꿈꾸고 있는 것이다. 그리고 그들은 전진하고, 일단 싸움을 시작하면 물러나지 않고 전대미문의 승리를, 완성된 혁명을, 자유로워진 진보를, 인류의 성장을, 세계의 해방을 희망으로 삼고 머리를 숙이고 돌진한다. 그리고 최악의 경우에는 테르모필라이에 불과한 것이다.

이러한 진보를 위한 투쟁은 종종 실패하게 되는데, 그 이유는 조금 전에 말했다. 군중들은 모험 기사(騎士, 돈키호테와 같은)의 유도에 따르지 않기 때문이다. 둔중한 무리, 무수한 대중들은 스스로의 무게 때문에 깨어지기 쉽고 또 모험을 두려워한다. 더욱이 이상 가운데는 모험이 숨어 있다.

게다가 잊어서는 안 될 중요한 것은 이해 관계가 얽히는 것이다. 그것에 이상이나 감상은 쉽게 화합되지 않는다. 이따금 위장은 심장을 마비시키는 것이다.

프랑스의 위대함과 아름다움은 다른 국민만큼 뱃속에 대해서 근심하지 않는 점에 있다. 프랑스는 다른 나라보다 쉽게 허리에 동아줄을 맨다. 제일 먼저 눈을 뜨고 맨 나중에 잠든다. 그리고 전진한다. 프랑스는 탐구자인 것이다.

그것은 프랑스가 예술가라는 데 기인한다.

이상은 논리의 정점 이외의 아무것도 아니다. 마치 미가 진실의 절정 이외의 아무것도 아닌 것처럼. 예술가인 국민은 또 합리적인 국민이기도 하다. 미를 사랑하는 것, 광명을 소망하는 것이다. 그러니까 유럽의 횃불, 즉 문명의 횃불은 우선 그리스에 의해서 들려졌고, 그리스는 그것을 이탈리아에 전하고 이탈리아는 그것을 프랑스에 넘겼다. 빛을 높이 드는 신성한 민중들이여! 『그들은 생명의 등불을 전한다.』(라틴어. 류크레티우스의 시구)

찬양해야 할 일은, 한 국민의 시는 그 진보의 요소이다. 문명의 양은 상상력의 양으로 측량된다. 다만 남을 문명으로 인도하는 국민은 건강한 국민이어야 한다. 코린토스는 거기에 해당되지만 시바리스(유약하기로 유명한 고대 그리스의 도시)는 그렇지 못하다. 유약해지는 자는 퇴화한다. 취미적이 되어서도 명수가 되어서도 안 된다. 그렇지 않고 예술가여야 한다. 문명에 대해서는 세련을 위주로 해서는 안 되고, 순화시켜야 한다. 이런 조건 밑에서 이상의 모형이 인류에게 주어지는 것이다.

근대의 이상은 그 양식을 예술 속에 지니고 있으며 과학 속에 그 방법을 지니고 있다. 시인들의 장엄한 환상, 즉 사회의 아름다움이 실현되는 것은 과학에 의해서이다. 사람은 A×B에 의해서만 에덴 동산을 재건할 것이다. 문명이 도달해 있는 현재 지점에 있어서는, 정확이란 것은 휘황한 빛의 필요한 요소에 불과한 것이며, 예술적 감정은 과학적인 기관, 또는 조작에 의하여 도움을 받을 뿐 아니라, 또한 보충되고 채워진다. 꿈도 계산의 힘을 띠지 않으면 안 된다. 예술은 정복자이지만, 그것은 과학이라는 보행자를 의지하지 않으면 안 된다. 단단한 토대가 매우 중요하다. 근대 정신은 인도의 천재를 마차로 여기는 그리스의 천재, 코끼리 위에 앉은 알렉산더인 것이다.

종교적 가르침 속에서 굳어져 버린 종족이거나, 이득 때문에 타락한 종족은 문명을 인도하기에 어울리지 않는다. 우상이나 금전 앞에 무릎을 꿇는 것은, 보행하는 근육과 전진의 의지를 위축시킨다. 제사의 의식, 또는 상업에 전념하는 것은 민중의 빛을 약화하고 그 수준을 낮추면서 그 시계를 낮추고, 보편적인 목적에 대한 인간적인 동시에 신적인 지혜를, 여러 국민을 전도사로 만드는 지혜를 빼앗아 간다. 바빌론은 이상이 없다. 카르타고는 이상을 갖지 않는다. 아테네와 로마는 수세기 동안의 암흑 시대를 거쳤는데도 아직도 문명의 후광을 지니고 그것을 보존하고 있다.

프랑스는 그리스와 로마와 같은 질의 민중이다. 그것은 아름다운 점에서 아테네적이며, 위대한 점에서 로마적이다. 게다가 프랑스는 선량하다. 프랑스는 헌신적이다. 다른 민중보다도 종종 헌신과 희생적인 마음을 갖는다. 다만 그 마음은 프랑스를 사로잡다가 떨어졌다 한다. 바로 이런 점이 프랑스가 걸으려고만 할 때 달리려는 사람들이나, 멈춰 서려 할 때 걸으려는 사람들에게는 커다란 위험인 것이다. 프랑스에는 이따금 유물주의가 재발한다. 어떤 순간에는 특정한 사상이 프랑스의 저 숭고한 두뇌를 막아 버리고, 프랑스의 위대함을 상기하게 하는 것이라곤 아무것도 없고 기껏해야 그 사상의 척도가 미주리 주나 남 캐롤라이나 주 정도밖에 안 될 때가 있다. 무엇을 하겠다는 건가? 거인이 난쟁이의 역할을 하려는 것이다. 광대한 프랑스가 일시적인 재미로 왜소화하고 있는 것이다.

거기에 대해서는 할 말이 없다. 모든 국민들은 천체의 식(蝕)과 마찬가지로 빛을 잃을 권리가 있다. 모든 것은 정당하다. 다만 빛이 되돌아 오기만 하면, 그리고 일식이 밤으로 바뀌어 버리지만 않는다면 말이다. 여명과 재생은 같은 뜻의 낱말이다. 빛의 재현이란 자아의 영속과 같은 것이다.

이와 같은 사실을 냉정하게 인정하자. 바리케이드에서 죽는 거나, 망명지에서 죽는 것은 헌신이라고 시인되는 불가피한 경우다. 헌신의 참다운 이름은 공평 무사함이다. 버림받은 자는 버림받게 두라. 망명한 자는 망명해 있으라. 우리는 다만 위대한 모든 민중이 물러갈 때 너무 멀리 물러나지 않기만을 바라자. 이성으로 돌아올 수 있다는 것을 구실로 너무 깊이 내려가서는 안 된다.

물질은 존재하고, 순간은 존재하고, 이해 관계는 존재하고, 뱃속은 존재한다. 그러나 그 배가 유일한 지혜여서는 안 된다. 일시적인 생명에도 그 권리가 있음을 인정하나 영원한 생명도 그 권리를 가지고 있다. 그러나 아아! 높은 곳에 올라가 있다고 하여 떨어지지 않는다는 보증은 없다. 그 실례는 역사상으로 의외일 만큼 종종 볼 수 있다. 어느 국민이 탁월하다고 하자, 그래서 이상의 맛을 안다고 치자,

그러나 다음에는 진흙을 씹고 그 맛을 좋다고 한다. 그리고 어째서 소크라테스를 버리고 폴스태프를 취하게 되었는가, 하고 물으면 그 국민은 대답한다. 「정치가가 좋기 때문이다」라고.

이야기를 혼전으로 돌리기 전에 한 마디 더 해두고 싶다.

지금 여기서 말하고 있는 것 같은 전투는 이상을 향하려는 하나의 경련에 불과하다. 속박된 진보는 병약하고, 곧잘 그와 같은 비극적인 발작을 일으킨다. 이 진보의 질병, 내란을, 우리는 도중에서 부딪쳐야만 했다. 이것은 사회적으로 단죄된 한 인간을 축으로 하고 『진보』를 참다운 표제로 하는 이 비극의 필연적인 단계, 막중이기도 하고 막간이기도 한 단계의 하나인 것이다.

「진보!」

우리가 흔히 지르는 이 외침이야말로 우리들의 온 사상인 것이다. 그리고 여기까지 이른 이야기에 있어 그것이 내포하고 있는 이념이 아직도 많은 시련을 겪지 않으면 안 된다. 혹 베일을 들어올리지 못한다 해도 적어도 그 섬광을 분명히 투시해낼 것만은 아마 허용될 것이다.

독자가 지금 눈앞에 펴놓고 있는 책은 처음부터 끝까지 전체적으로나 세부적으로나, 문제나 예외나 결합이 있다곤 해도, 모든 악에서 선으로, 부정에서 정의로, 허위에서 진실로, 밤에서 낮으로, 욕망에서 양심으로, 부패에서 생명으로, 야수성에서 의무로, 출발점은 물질이며 도달점은 영혼이다. 휘드라로 시작하여 천사로 끝나는 것이다.

21. 용감한 사람들

느닷없이 돌격의 북이 울렸다.

공격은 태풍과도 같았다. 전날 밤은 어두움에 섞여서 뱀처럼 살그머니 바리케이드에 접근했었다. 그러나 지금 대낮에, 그 입구의 넓은 거리에서의 기습은 전혀 불가능했다. 게다가 강대한 무력은 정체를 드러내고 대포는 으르렁대기 시작했다. 군대는 정면에서 바리케이드로 돌진했다. 병사들의 미친 듯한 분노가 바야흐로 교묘하게 이용되고 있었다. 강력한 제일선 보병의 한 종대가, 일정한 간격으로 국민군과 헌병대가 섞이어, 모습은 보이지 않으나 발소리가 들리는 대집단을 뒤에 방패로 삼고, 달음박질로 거리 한복판에 진출하여 북을 치고 나팔을 불면서 총검을 들이대고, 공병들을 앞세우고 총알이 쏟아지는데 꿈쩍도 않고, 청동으로 만든 대들보가 덮치는 듯한 무게로 곧장 바리케이드로 다가왔다.

장벽은 단단히 견디어냈다.

폭도들은 맹렬히 발포했다. 적이 기어오르는 바리케이드는 번갯불의 갈기머리를 풀어헤친 것 같았다. 돌격이 너무도 치열한 나머지 바리케이드는 한때 공격군으로 파묻혔을 정도였다. 그러나 바리케이드는 사자가 개들을 흔들어 떨쳐버리듯 병사들을 떨쳐버리고, 낭떠러지가 거품 이는 바닷물에 뒤덮이듯 공격군으로 눈깜짝할 사이에 뒤덮였으나 잠시 후 다시 가파른 시커먼 무시무시한 모습을 드러냈다.

물러날 도리밖에 없는 종대는 길 위에 밀집한 채 포화를 무릅쓰고 무서운 힘을 떨치며 맹렬한 일제 사격으로 각면보에 응전했다. 불꽃을 본 일이 있는 사람이라면 화약을 십자로 엮어서 만든 부케(꽃다발)라고 부르는, 제일 마지막에 쏘아올리는 큰 조명탄을 기억할 것이다. 그 부케가 수직으로가 아니라 수평으로 발사되어 치솟아 오르는 각각의 불꽃 끝에 총탄이나 소총탄이나 산탄을 달아, 천둥 같은 소리와 함께 터지는 그 불꽃 송이에서 죽음의 씨를 흩뿌리는 광경을 상상해 주기 바란다. 바리케이드는 그런 부케 아래 있었다.

쌍방의 결의는 똑같았다. 그 용기는 거의 야만적이었고 자기 희생에서 시작하여 차츰 강해지는 일종의 영웅적인 잔인성을 내포하고 있었다. 국민병이 알제리아 보병처럼 용감하게 싸우는 시대였다. 군대는 마지막 결판을 내려 하고 반란측은 끝까지 싸우려 했다. 청춘과 건강이 한창인 때에, 죽음의 고통을 감수하는 그 대담성은 용감성을 열광으로 변형시킨다. 그러한 혼전 속에서 각자는 서로 다투어 그 최후를 위대하게 했다. 거리는 시체로 뒤덮였다.

바리케이드의 한 끝에는 앙졸라가, 다른 쪽 끝에는 마리우스가 있었다. 온 바리케이드를 그의 두뇌 속에 짊어지고 있는 앙졸라가 신중히 몸을 도사리고 있었다. 그가 있는 것을 깨닫지 못한 세 명의 병사가 차례차례 그의 총구멍 밑에서 쓰러져갔다. 마리우스는 포탄을 무릅쓰고 싸우고 있었다. 그는 적의 목표가 되어 있었다. 각면보 꼭대기에서 상반신을 내맡긴 수전노만큼 심한 낭비를 하는 사람은 없고, 몽상가만큼 실행에 있어 과격한 사람은 없다. 마리우스는 격렬하면서도 생각에 잠긴 듯했다. 그는 꿈속에 있는 듯한 마음으로 전투 속에 있었다. 마치 망령이 발포하고 있는 듯했다.

공격을 받는 측의 탄약은 밑바닥이 드러나고 있었다. 그러나 그들의 풍자는 다하지 않았다. 그 무덤의 선풍 속에서도 그들은 웃고 있었다.

쿠르페락은 모자를 쓰고 있지 않았다.

「모자는 어쨌나?」하고 보쉬에가 그에게 물었다.

쿠르페락은 대답했다.

「놈들이 포탄으로 날려 버렸지.」

혹은 또 그들은 큰소리로 외치고 있었다.

「어찌된 셈이야?」하고 페이는 씁쓰름하게 외쳤다.「저놈들은——그리고 그는 몇 사람의 저명한 이름을 들고, 옛군대의 몇 사람인가의 이름도 들었다——우리 편에 끼겠다고 약속하고, 우리를 돕겠다고 맹세하고, 이미 명예를 걸기까지 하고, 더욱이 우리들의 장군이어야 할 사람들이 우리를 저버리다니!」

그러나 콩브페르는 장중한 미소를 띠고 다만 이렇게 대답했다.

「세상에는 명예의 법칙을 별을 바라보듯 관측하는 놈들도 있으니까.」

바리케이드의 내부는 마치 눈이라도 내린 듯 파열된 탄피 껍질이 수두룩히 흩어져 있었다.

공격군은 수적으로 우세했고 폭도측은 지형적으로 우세했다. 폭도들은 장벽 위에서 사상자나 부상자에 걸려서 가파른 경사면에 달라붙어 있는 병사들을 겨누어 쏘았다. 이 바리케이드는 만든 방법이라든가 지탱하는 힘이 매우 훌륭해서 한줌의 인원으로 일 군단을 곤궁에 빠뜨리기에 충분한 여건을 갖춘 진지였다. 그러나 공격 부대는 비 오듯 하는 총탄 밑에서 끊임없이 새로운 병력을 보강하면서 바야흐로 조금씩 한 걸음 한 걸음, 그러나 확실하게, 압축기를 죄는 나사못처럼, 바리케이드를 죄어 갔다.

돌격은 차례차례로 행해졌다. 공포는 더욱 심해 갔다.

그때 그 포석 위에서, 그 샹브르리 거리 속에서, 트로이의 성벽에도 이와 흡사한 싸움이 터졌다. 수척하고 누더기를 걸치고, 지친 그들, 스물네 시간 동안 먹은 것이 없고 자지 않고, 이제는 몇 발의 총알밖에 없고, 주머니를 뒤져도 탄약은 없고 거의 전원이 부상당했고, 머리며 팔은 더럽고 시커먼 헝겊으로 동여매고, 옷에는 구멍이 뚫려 피가 흐르고, 얼마 되지 않는 형편없는 총과 낡고 이가 빠진 군도로 무장한 그들은 타이탄 족(그리스 신화의 거인족)으로 변한 것이다. 바리 케이드는 열 번이나 접근되었고, 습격되었고, 기어올라왔지만 결코 점령되지는 않았다.

그 전투를 상상하려면, 무서운 용기의 더미에 붙여진 타오르는 불길을 바라본다고 생각하면 좋을 것이다. 그것은 싸움이 아니라 도가니 속이었다. 사람들의 입은 불길을 호흡하고 어느 얼굴도 해괴해졌고, 인간의 형태는 조금도 가지고 있지 않았을 만큼 전자들은 강렬하게 타오르고 있었다. 붉은 연기 속에 그러한 백병전의 살라만드라(전설의, 불에서 산다는 큰 도마뱀)가 왔다갔다하는 것을 보기란 참으로 끔찍한 일이었다. 그 장렬한 살육이 동시에 일어나고 연속되는 광경을 여기에 그리는 것은 삼가하기로 하겠다. 서사시만이 한 회전에서 만이천 행의 시구를 채울 권리가 있다.

마치 저 열일곱 개의 심연 중에서도 가장 무서운『베다(吠陀)』가운데서『검(劍)의 숲』이라고 불리는 바라문 교의 지옥과 같았다.

사람들은 서로 육박해서 피스톨로 군도로 주먹을 휘두르며, 멀리서 가까이에서, 위에서나 아래에서, 사면 팔방에서, 지붕에서, 주점 창문에서, 또 어떤 자는 지하실 환기창에서 싸웠다. 일 대 육십의 싸움이었다. 코랭트의 정면은 절반이나 파괴되어 보기에도 흉했다. 창문은 산탄을 맞아서 유리도 창틀도 없어지고, 이미 형태가 일그러진 구멍, 포석으로 엉망으로 막혀진 구멍에 지나지 않았다. 보쉬에가 죽었다. 페이도 죽었다. 쿠르페락도 죽었다. 졸리도 죽었다. 콩브페르는 한 부상한 병사를 끌어 일으키려는 순간, 세 자루의 총검으로 가슴을 찔려 하늘을 올려다보는가 싶더니 숨을 거두었다.

마리우스는 여전히 싸우고 있었으나 온 몸이 상처투성이가 되고, 특히 머리를 심하게 다쳐서 얼굴은 피로 보이지 않게 되어 마치 붉은 손수건으로 얼굴을 덮은 것처럼 보였다.

앙졸라만이 무사했다. 무기를 잃은 그가 좌우로 손을 뻗치자 한 폭도가 그의 손에 칼날을 쥐어 주었다. 그는 네 자루의 칼을 다 동강내고 지금 한 자루의 부러진 동강이를 들고 있었다. 마리냥 싸움에서의 프랑스와 1세보다도 한 자루 더 많이 썼다.

호메로스는 말한다.『디오메드는 아리스바에서 살고 있던 튜트라니스의 아들 아크실스를 찔러 죽였다. 메시튜스의 아들 에우뤼알레스는 드레소스와 오펠티오스와 에세포스, 그리고 아바르바레아의 하신(河神)이 나무랄 데 없는 부콜리온과 눈이 맞아서 낳은 페다소스를 베어 죽였다. 오딧세우스는 페르코즈의 피페다스를 쓰러뜨리고 안티로코스는 아블레로스를, 폴리페테스는 아스튀알로스를, 플뤼다마스는 킬레네의 오토스를, 테우크로스는 아레타온을 쓰러뜨렸다. 메간티오스는 에우리필로스의 창을 맞고 죽었다. 영웅들의 왕인 아가멤논은 소리 높이 흐르는 사트노이스의 강변에 높이 솟은 도시에 태어난 엘라토스를 무찔렀다.』 우리나라의 옛 무훈시 가운데에서 에스플란디안(스페인의 기사 이야기의 주인공)은 불을 붙인 두 갈래 창을 가지고 거인 스반티보르 후작을 공격하고, 후작은 탑을 뿌리째 뽑아서 기사에게 내던지면서 방어한다. 우리나라의 옛 벽화에는 브르타뉴 공과 부르봉 공이 무장하고 문장을 달고, 투구 장식을 높게 달고, 싸움터에서 말에 올라서 손도끼를 들고, 무쇠 면갑과 무쇠 장화와 무쇠 장갑을 끼고, 한쪽은 담비 모피로 만든 마구를 달고, 또 한쪽은 하늘색 헝겊 마구를 달고 서로 접근하는 모습을 그리고 있다. 브르타뉴 공은 차양에 커다란 백합꽃을 표시한 투구를 쓰고 있다. 그러나 위엄을 갖추기 위해서는 이봉처럼 공작의 투구를 쓰거나, 에스플란디안처럼 타오르는 불을 손에 쥐거나, 폴뤼다마스의 아버지 필레스처럼 인간의 왕 에우페테스가 선물한 훌륭한 투구와 갑옷을 에퓌레(코린토스의 옛이름)에서 가져올 필요는 없다. 다만 하나의 신념이라든가 충절을 위해서 목숨을 내던지는 것으로 충분한 것이다. 어제까지는 보스나 리무쟁 근처의 농부였으나 오늘은 총검을 옆에 차고 릭상부르 공원의 아이 보는 여자들의 주위를 거니는 저 소박하고 귀여운 병사, 해부체의 조각이나 책 위에 몸을 굽히고 또 수염을 가위로 다듬고 있는 저 해쓱한 금발의 청년 학생, 그러한 두 사람을 데려다가 의무에 대한 관념을 불어넣어 주어 부슈라네 십자로나 플랑슈 미브레의 막다른 골목에 마주 서게 하여 한쪽은 군기를 위해서, 한쪽은 이상을 위해서 싸우고 있다고 생각하도록 한다면, 그 싸움은 굉장한 것이 될 것이다. 그처럼 인류가 고투하고 있는 서사시적인 광야에서 서로 맞붙은 병사와 의학생이 던지는 그림자는 호랑이가 득실거리는 뤼시의 왕 메가뤼온과 신과 비등한 거대한 아이아스가 맞붙었다 떨어졌다 하면서 던지는 그림자와 비슷할 것이다.

22. 한 걸음 한 걸음

바리케이드 양끝에 있는 앙졸라와 마리우스만이 살아 남은 지도자가 됐을 때,

쿠르페락, 졸리, 보쉬에, 페이, 콩브페르 들이 그토록 오랫동안 버티어 오던 중심부가 꺾였다. 대포는 솜씨 있게 돌파구를 뚫지는 못했으나 각면보의 중앙을 초생달 형으로 꽤 넓게 도려냈다. 그 장벽의 꼭대기는 포탄에 맞아서 날아가 버렸다. 그 자리는 허물어져 버려 파편은 안쪽과 바깥쪽에 떨어져 수북이 장벽 양쪽, 즉 내부와 외부에 두 개의 경사면을 만들었다. 바깥쪽의 경사면은 돌입하기 쉬운 경사를 이루고 있었다.

마지막 돌격이 그곳을 목표로 시도되었다. 그리고 그 돌격은 성공했다. 총검을 나무 숲처럼 세워들고 발맞추어 달음박질로 돌진해 온 집단은 불가항력적으로 밀려왔다. 공격 종대의 밀집된 선두는 연기 속에서 장벽 위에 모습을 나타냈다. 이번에야말로 마지막이었다. 중심부를 지키고 있던 폭도들은 일시에 후퇴했다.

그때 생명에 대한 어두운 애착이 몇몇 사람의 마음에 눈 떴다. 숲처럼 늘어선 소총에 저격당하면서 몇몇 사람들은 이미 죽음을 바라지 않았다. 그것은 자기 보존의 본능이 으르렁거리며, 동물성이 인간 속으로 되돌아오는 순간이었다. 그들은 각면보의 배경을 이루는 칠층 건물의 높은 집에까지 쫓기고 있었다. 그 집은 그들의 구제 장소가 될지도 몰랐다. 그 집은 굳게 닫혀서 마치 위에서 아래까지 벽으로 막힌 것처럼 되어 있었다. 제일선 부대가 각면보의 내부에 들어올 때까지 한 개의 문이 열렸다가 다시 닫힐 만한 여유는 있었다. 그러기 위해서는 번갯불이 번쩍 하는 정도의 시간으로 충분했다. 그 집 문이 갑자기 닫힌다면 그것은 이 절망한 사람들에게는 생명과도 같은 것이었다. 그 집 뒤로는 거리가 있어서 달아날 수도 있었고 빈터도 있었다. 그들은 부르고 고함을 치고, 애원하고, 손을 모아 빌면서 그 문을 총의 개머리판이나 발로 두드렸다. 그러나 아무도 열어 주지 않았다. 사층의 문에서 죽은 사람의 머리만이 그들을 내려다볼 뿐이었다.

그러나 앙졸라와 마리우스, 그리고 그들 주위에 모여 있던 칠팔 명의 동지들이 달려와서 그들을 보호했다. 앙졸라는 병사들에게 외쳤다. 「가까이 오지 마라!」 그러나 한 장교가 그 말을 듣지 않았기 때문에 앙졸라는 그 장교를 죽였다. 앙졸라는 이제 보루 안의 작은 안마당에서 코랭트 집을 등지고 한 손에는 칼을, 또 한 손에는 기총을 들고 공격군을 막으면서 주점의 문을 활짝 열어 놓고 있었다. 그는 절망한 사람들에게 외쳤다. 「열려 있는 문은 여기 하나뿐이다.」 그리고 그들을 자기 몸으로 막으면서, 혼자서 일 대대에 대항하면서, 사람들을 뒤로 지나가게 했다. 전원이 그곳으로 몰려들어 갔다. 앙졸라는 기총을 지팡이처럼 휘두르며

——봉술가는 그 방법을 소위 『잎에 숨은 장미』라고 부르는데——좌우와 앞에서 몰려드는 총검을 때려치고 제일 뒤에야 들어갔다. 무서운 순간이었다. 병사들은 들어가려 하고, 폭도들은 문을 닫으려고 했다. 그 문은 하도 거칠게 닫혀졌기 때문에, 문이 콱 닫힐 때 가로대에 매달려 있던 한 병사의 다섯 손가락이 절단되어 그대로 가로대에 달라붙는 것이 보였다.

마리우스는 밖에 남겨졌다. 한 발의 총알이 쇄골에 맞았던 것이다. 그는 자신이 정신을 잃고 쓰러져 가는 것을 느꼈다. 그 순간, 이미 눈을 감고 있던 그는 억센 손이 자기를 붙잡는 것을 느끼고 기절해서 의식을 잃어 가면서도, 코제트에 대한 마지막 추억과 함께 희미하게 이렇게 생각했다. 『나는 포로가 된 거다. 총살당할 거다.』

앙졸라는 주점으로 피난해 온 사람들 속에 마리우스가 보이지 않았으므로 똑같은 생각을 했다. 그러나 그들은 지금 자신의 죽음만을 생각할 여유밖에 없는 절박한 순간에 놓여 있었다. 앙졸라는 문의 빗장을 지르고 문고리를 걸고 자물쇠와 맹꽁이 자물쇠로 이중으로 문을 잠갔다. 그동안에도 밖에서는 병사들이 총의 개머리판으로, 공병들은 도끼로 무섭게 문을 두드리고 있었다. 공격군은 그 문에 몰려 있었다. 바야흐로 코랭트 공격이 시작되려 하고 있었다.

병사들의 온 몸이 분노에 가득 차 있었다고 해도 과언이 아닐 것이다.

포병 상사의 죽음이 그들을 노하게 만든 데다가, 더욱 나빴던 것은 공격에 앞선 몇 시간 동안에, 폭도들은 포로의 팔다리를 잘라냈다는 등 주점 안에는 목을 잘라낸 어떤 병사의 시체가 있다는 등 하는 이야기가 그들 사이에 오갔던 것이다. 이런 종류의 불길한 소문은 어떤 내란에도 으레 따라다니기 마련이어서 나중에 트랑스노냉 거리의 참극의 원인이 된 것도 그러한 터무니 없는 헛소문에서였다.

문이 굳게 닫히자 앙졸라가 사람들에게 말했다.

「목숨을 비싸게 팔자.」

그러고 나서 그는 마뵈프와 가브로슈가 누워 있는 탁자로 다가갔다. 검은 헝겊 밑에는 굳어 버린 두 개의 형태가, 하나는 크고 하나는 작은 두 개의 얼굴이 시체의 옷자락의 차가운 주름 밑에 어렴풋하게 떠올라 있었다. 팔 하나가 덮개 밑에서 나와서 땅 쪽으로 늘어져 있었다. 그것은 노인의 팔이었다.

앙졸라는 몸을 굽히고 어제 그 이마에 키스했듯이 그 고귀한 손에 키스했다. 그것은 그가 평생에 했던 단 두 번의 키스였다.

이야기를 간추리기로 한다. 바리케이드는 테바이의 시문처럼 싸우고 코랭트는 사라고스의 집처럼 싸웠다. 이러한 저항은 감당할 수가 없다. 병영도 없었고 사절단을 보낼 곳도 없었다. 적을 죽이는 이상 자신들도 죽기를 원하고 있었다. 쉬셰가 「항복하라」고 하자 팔라폭스(1809년 쉬셰에게 저항해서 사라고스를 지킨 영웅)는 대답한다. 「포격전 다음에는 칼 싸움이 있지」라고. 위슐루 주점 습격에는 빠진 것이라곤 없었다. 창문이나 지붕에서 빗발처럼 쏟아져서 무시무시한 분쇄력으로 병사들을 격노하게 한 포석, 지하실이며 고미다락방에서 날아오는 총알, 격렬한 공격, 맹렬한 방어, 그리고 마지막에 문이 깨졌을 때의 살기등등한 광기의 착란. 공격군들은 부서져서 마룻바닥에 던져진 문짝에 발이 걸려 비틀거리면서 주점 안으로 밀려 들어왔으나, 그곳에는 한 사람의 전투원도 없었다. 나선형 계단은 도끼로 절단되어서 아래층 홀 중앙에 굴러 있고, 몇몇의 부상자들은 이미 숨져 있었고 생명 있는 자들은 모두 이층에 올라가 있었다. 그곳, 계단 입구였던 채광창 구멍에서 그때 무서운 폭발이 있었다. 그것은 마지막 탄약이었다. 그 탄약이 떨어졌을 때, 그들 무서운 빈사 상태에 있는 사람들에게 화약도 탄환도 없어졌을 때, 앞서 이야기했듯이 앙졸라가 미리 놓아 두었던 술병을 두 개씩 손에 들고, 부서지기 쉬운 곤봉으로 기어올라 오는 적에 대항했다. 그것은 실은 초산병이었다. 우리는 그 살육의 참혹했던 사실을 있는 그대로 말하고 있는 것이다. 포위된 자들은 닥치는 대로 무엇이든 무기로 삼는다. 그리스의 불길(그리스의 적의 군함을 불태우기 위해서 사용한 발화물)을 사용한 것도 아르키메데스의 명예를 손상케 하지 않았고, 끓는 역청도 바야르(16세기 프랑스의 명장)의 명예를 욕되게 하지 않았다. 무릇 전쟁은 공포이고, 그곳에서 무기 선택의 겨를은 용납되지 않는다. 공격군의 일제 사격은 부자유했고 아래에서 위로 올려 쏘아야 하는 불리함에도 결사적이었다. 천장 구멍 가장자리에는 얼마 가지 않아 죽은 사람의 머리로 둘러싸이고, 그곳에서 김이 무럭무럭 나는 붉은 기다란 실이 흘러나왔다. 분쇄는 이루 말로 다 형언할 수 없을 정도였다. 자욱하게 들어찬 초연이 그 전투장 위를 거의 밤처럼 어둡게 했다. 이 정도까지 달한 공포는 표현하려 해도 적당한 말을 찾을 수 없다. 급기야는 지옥으로 화한 그 전투에는 이미 인간이란 없었다. 거인과 거상과의 싸움도 아니었다. 호메로스보다는 밀턴이나 단테와 흡사했다. 악마가 공격하고 유령이 저항하고 있었다.

그것은 괴물들의 용맹이었다.

23. 굶주린 오레스트와 술취한 필라드

마침내 짧은 사다리를 만들고 계단의 뼈대를 이용해서 벽을 기어오르고 천장에 매달려서, 그 뚜껑 언저리에서 저항하는 마지막 남은 사람들을 분쇄하면서 약 이십 명의 병사와 국민병과 헌병이 뒤섞이어 대부분은 필사적으로 기어오르는 동안에 얼굴 형태가 상처를 입고 변하고 뿜어 대는 피로 눈이 가려지고 미친 듯이 격노하여 야만인처럼 되어서 이층 홀로 돌입했다. 그곳에 서 있는 사람은 단 한 사람, 앙졸라뿐이었다. 탄약도 칼도 없이, 그의 손에는 쳐들어오는 적의 머리를 후려치다 부러져 나간 기총의 총신이 있을 뿐이었다. 그는 당구대를 사이에 끼고 공격군들과 대치했다. 홀 구석에 물러서서 눈에 자랑스러운 빛을 띠고 고개를 젖히고 무기의 잘라진 토막을 움켜쥐고 있는 그의 모습은, 그 주위에 널따란 공간이 생긴 것만큼이나 적에게 불안감을 주었다. 어떤 자가 외쳤다.

「저놈이 두목이다. 저놈이 포병을 쏘아 죽였어. 저기 서 있으니 잘 됐어. 그대로 놔둬. 저 자리에서 총살해 버리자.」

「쏴라」 하고 앙졸라는 말했다.

그리고 기총의 총신 토막을 내던지고 팔짱을 끼고 자기 가슴을 내밀었다.

깨끗하고 용감하게 죽을 수 있는 대담성은 반드시 사람을 감동시킨다. 앙졸라가 팔짱을 끼고 최후를 감수하자 홀 전투의 소음은 일시에 멎고, 그 혼란은 조용해져서 주위는 무덤 속처럼 괴괴해졌다. 맨손으로 꼼짝도 하지 않고 서 있는 앙졸라의 처절한 위풍은 소요를 무겁게 내리누르고 침착한 눈길의 위엄 하나로, 다만 혼자만이 상처 입지 않고 숭고한 모습으로 피투성이가 된 아름다운 불사신처럼 냉정한 그 청년은 에워싸는 험상궂은 무리들에게 존경하는 마음으로 그를 죽일 것을 강조하는 듯했다. 그의 아름다움은 이때의 그의 긍지로 한층 뛰어나고 빛나고 있었다. 그리고 부상당하지 않은 것과 마찬가지로 그의 얼굴은 혈색 좋은 장미 빛이었다. 뒷날 군법 회의에서 「아폴론이라고 불린 폭도가 한 사람 있었다」고 말한 증인은 아마도 그를 두고 한 말일 것이다. 앙졸라를 겨누고 있던 한 국민병은 총구부를 내리면서 「꽃을 총살하는 것 같군」 하고 말했다.

열두 명의 병사가 앙졸라와 반대쪽 구석에 줄을 짓고 말없이 총을 장전했다.

한 상사가 외쳤다. 「겨누엇.」

한 장교가 막았다.

「기다려.」

그리고 앙졸라에게 말을 걸었다.

「눈을 가리기를 원하는가?」

「싫소.」

「포병 상사를 죽인 것은 확실히 그댄가?」

「그렇소.」

조금 전부터 그랑테르는 깨어나 있었다.

그랑테르는, 독자들도 기억하겠지만 어제부터 코랭트의 위층 홀에서 의자에 앉아 탁자에 엎디어서 자고 있었다.

그는 『죽도록 취한다』는 옛부터의 비유를 그 억센 말대로 실현에 옮겼던 것이다. 압쌩트 술이라는 무서운 음약이 그를 혼수 상태로 던져 넣었던 것이다. 그가 엎드려 있는 탁자는 작아서 바리케이드를 만드는 데 도움이 되지 않았으므로 그를 위해서 남겨져 있었던 것이다. 그는 줄곧 같은 자세로 탁자에 엎드려 두 팔을 베고 컵이며 큰 술잔이며 병속에 묻혀 있었다. 동면중인 곰이나 피를 빨아 잔뜩 부풀어 오른 거머리처럼 잠에 곯아 떨어져 있었다. 소총 사격도 포탄도 창문으로부터 그가 있는 홀로 날아 들어오는 산탄도 돌격의 굉장한 고함 소리도 아랑곳하지 않았다. 다만 그는 이따금 대포 소리에 코고는 소리로 답하곤 했다. 마치 한 발의 총알이 쉽게 눈을 뜨게 해주지나 않을까, 하고 기다리고 있는 듯했다. 여러 시체가 그의 주위에 누워 있었다. 얼핏 보기에는 깊은 죽음의 잠에 떨어진 사람들과 하나도 다를 게 없었다.

소음은 술 취한 사람을 깨어나게 하지 않지만 정적은 그를 눈뜨게 했다. 이런 신기한 일은 종종 볼 수 있다. 주위에서 무너지는 소리는 그랑테르를 더욱 깊이 잠에 빠지게 했다. 붕괴가 그를 재우고 있었던 것이다. 그러나 앙졸라의 앞에서 소란이 일시에 멎은 것은 그 무거운 잠에 있어서는 하나의 충격이었다. 그것은 질주하던 마차가 갑자기 멈춰 선 것과 같은 결과였다. 마차에서 졸던 사람들은 그것으로 눈을 뜬다. 그랑테르는 벌떡 몸을 일으켰다. 두 팔을 주욱 폈다. 눈을 비볐다. 그리고 둘러보았다. 그리고 사태를 깨달았다.

취기가 깬다는 것은 막이 찢어지는 것과 흡사하다. 사람은 취기가 감추었던 모든 것을 한꺼번에 보게 된다. 모든 기억이 갑자기 떠오른다. 그리고 스물네 시간 동안에 어떤 일이 일어났는지 전혀 알지 못하는 주정뱅이도 눈을 미처 다 뜨기도 전에 사정을 알게 된다. 관념은 대번에 명쾌하게 되살아온다. 취기의 몽롱함, 두뇌의 눈을 가렸던 일종의 안개는 맑게 개어 가고 밝고 분명한 현실의 정확성에 자리를 양보한다.

그랑테르는 한쪽 구석에 처박혀 있었던 데다가 마침 당구대의 그늘이 되어 있었기 때문에 앙졸라에게 시선을 준 병사들은 그를 알아보지 못했다. 상사가 「겨누엇」하는 명령을 다시 내리려고 했을 때, 돌연 한 목소리가 그들 곁에서 고함쳤다.

「공화국 만세! 나도 그 중의 하나다.」

그랑테르는 벌써 일어나 있었다.

때를 놓쳐서 끼지 못한 모든 전투의 무한한 섬광이 지금 변모한 취한의 그 빛나는 눈길 속에 나타났다.

그는「공화국 만세!」를 되풀이하고 확고한 걸음걸이로 홀을 가로질러 총부리 앞으로 가서 앙졸라의 곁에 섰다.

「둘 다 한꺼번에 해치우지」하고 그가 말했다.

그리고 조용히 앙졸라에게로 몸을 돌리면서 그에게 말했다.

「허락하겠나?」

앙졸라는 미소지으면서 그의 손을 움켜쥐었다. 그 미소가 채 끝나기도 전에 총소리가 울렸다. 앙졸라는 여덟 발의 관통을 입고 마치 총알로 못박힌 듯 벽에 기댄 채로 서 있었다. 다만 머리만 늘어뜨렸다. 그랑테르는 벼락에 맞은 것처럼 그 발치에 쓰러졌다.

잠시 후, 병사들은 집의 위층에 숨어 있는 마지막 폭도들을 소탕했다. 그들은 나무 문살 너머로 고미다락방에 대고 난사했다. 전투는 고미다락방 안에서 벌어졌다. 시체는 창 밖으로 내던져졌다. 그 중 몇 사람은 아직 살아 있는 채로. 두 병사가 파괴된 승합 마차를 일으켜 세우려다가 고미다락방에서 쏜 두 발의 기총을 맞고 쓰러졌다. 노동복을 입은 사나이는 배를 총검으로 찔리고 창문으로 내던져져서 땅바닥에서 신음하고 있었다. 한 병사와 한 폭도는 함께 기왓장 위에서 굴렀는데 서로 상대를 놓으려 하지 않아 사나운 포옹을 한 채 떨어졌다. 지하실 속의 전투도 마찬가지였다. 아우성, 총질, 꽝장한 발소리, 그 뒤에 침묵이 왔다. 바리케이드는 점령된 것이다.

병사들은 부근을 가택 수색하며 도주한 자들을 추격하기 시작했다.

24. 포   로

마리우스는 실상 포로가 되어 있었다. 장 발장의 포로였다.

그가 쓰러지는 순간, 뒤에서 받아 안은 팔, 의식을 잃으면서 그가 그 힘을 느낀 팔은 장 발장의 팔이었다.

장 발장은 그저 그곳에 몸을 내놓고 있을 뿐 전투에 끼어들지는 않았다. 그러나 그가 없었다면 죽음에 임박한 최후에 누구 한 사람 부상자에 대해서 마음을 써주지 않았을 것이다. 그의 덕택에——하늘이 다스리는 섭리처럼 살육이 행해진 도처에 나타난 그의 덕분으로——쓰러진 사람들은 일으켜져서 아래층 홀로 운반되어 치료를 받았다. 그러는 틈틈이 그는 바리케이드를 수리했다. 그러나 남에게 해를 입히거나 공격하거나 하는 행위는 물론, 자신의 방어조차도 그의 손으로 전혀 하지 않았다. 그는 말없이 사람을 구하고 있었다. 그는 몇 군데 약간의 찰과상을 입었을 뿐이었다. 총알은 그에게 맞기를 원하지 않았다. 만약 자살이 이 묘지로 올 때 그가 품었던 몽상의 일부였다고 한다면, 그 점에서 그는 성공하지 못한 셈이다. 그러나 자살이라는 반종교적 행위를 생각하고 있었는지의 여부에 대해서는 의심스럽다.

전투의 짙은 구름 속에서 장 발장은 마리우스를 보고 있는 것 같지 않았으나 사실은 줄곧 눈을 떼지 않고 있었다. 한 발의 탄환이 마리우스를 쓰러뜨렸을 때, 장 발장은 비호처럼 날쌔게 달려와서 먹이를 덮치듯 그를 데리고 가버렸다.

공격의 회오리는 마침 그때, 무서운 기세로 앙졸라와 코랭트의 입구에 집중하고 있었기 때문에, 장 발장이 기절한 마리우스를 팔에 안고 바리케이드 안의 포석이 벗겨진 빈 터를 가로질러서 코랭트의 모퉁이 저편으로 사라져 가는 것을 아무도 보지 못했다.

곶처럼 거리로 쑥 내민 그 모퉁이를 독자들은 기억하고 있을 것이다. 몇 평방피트 되는 그곳은 총탄이나 사람들의 시선을 가리고 있었다. 그처럼 때로는, 화재의 복판에 타지 않은 방이 있기도 하고, 사나운 바다 속에서도 곶의 바로 앞이나 막다른 골목 같은 암초 안쪽의 조그맣고 고요한 한구석이 있는 법이다. 에포닌느가 죽어 간 곳도 그러한 바리케이드 안의 네모진 한구석이었다.

그곳에서 장 발장은 걸음을 멈추고 마리우스를 가만히 땅바닥에 내려 놓고 벽에 등을 대고 주위를 둘러보았다. 상황은 참으로 위태로웠다.

극히 짧은 동안에, 아마도 이삼 분 동안은 그 벽을 피난처로 할 수 있었다. 그러나 어떻게 이 학살 장소에서 빠져나갈 수 있겠는가? 그는 팔 년 전 폴롱쏘 거리에서 극도의 불안감에 빠졌던 일을 상기하고, 그때 어떻게 해서 탈출해 성공했는가를 생각했다. 그러나 그 경우에는 어려운 일이었으나 이번에는 불가능한 일이다. 그의 앞에는 저 칠층 건물의 고집스러운 귀먹은 집이 있었다. 그 창문에 걸쳐 있는 죽은 사람외에는 아무도 없는 듯한 집이. 오른편에는 프티트 트뤼앙트리를 막고 있는 꽤 낮은 바리케이드가 있었다. 그 장해물을 타고 넘는 것은 간단한 일이 었으나, 장벽 위 저편으로 늘어선 총검의 끝이 보이고 있었다. 그것은 바리케이드 저편에 배치되어서 대기하고 있는 제일선 부대였다. 분명히 바리케이드를 넘는 것은 일제 사격을 받으러 가는 것과 같고 포석의 벽 위에서 조금이라도 머리를 내밀면 예순 발의 표적이 될 뿐이다. 왼편은 전쟁터였다. 죽음이 등뒤의 벽 모퉁이에 있었다.

어떻게 할 것인가? 다만 새만이 그곳에서 탈출할 수 있을 것이다.

더욱이 당장에 결단을 내려서 수단을 발견하고 각오를 해야만 했다. 몇 걸음 떨어진 곳에서는 싸움이 벌어지고 있었다. 다행히 모두가 한곳에만, 즉 코랭트 입구로만 정신을 쏟고 있었다. 그러나 가령 단 한 병사라도 집을 돈다든가 또는 옆에서 집을 공격하려고 한다든가 하면 그것으로 만사는 끝나는 것이었다.

장 발장은 정면의 집을 보고, 옆에 있는 바리케이드를 보고, 그리고 쫓기는 자의 절박한, 괴로운 심정으로 눈으로 구멍이라도 뚫으려는 듯 땅바닥을 지켜보았다.

지켜보는 동안에 바라던 것을 만들어 내는 힘이 그 눈길 속에 있었는지 그런 괴로움 속에서도 막연하게 희미한 것이 나타나 그의 발밑에 확실한 형태를 이루었다. 그는 몇 걸음 앞에, 무정하게도 외부에서 단단하게 빈틈없이 감시받고 있는 조그만 장벽 아래에, 허물어진 포석 더미 아래에, 일부분은 가려져 있기는 하지만 하나의 쇠그물이 납작하게 땅과 수평으로 놓여 있는 것을 발견했다. 그 쇠그물은 튼튼한 가름대로 이 평방 피트 가량 되었다. 그것은 받치고 있던 포석의 틀이 떨어져나가 마치 뜯겨 있는 것처럼 되어 있었다. 가름대 사이로는 난로의 굴뚝이나 물통의 관 같은 어두운 입구가 보였다. 장 발장은 뛰어갔다. 옛날의 탈주

경험이 광명처럼 머리에 떠올랐다. 포석을 치우고 쇠그물을 들어올리고, 그 무거운 짐을 진 채 팔꿈치와 무릎을 의지해서 다행히 그다지 깊지 않은 우물 같은 구덩이 속으로 내려가 머리 위의 철뚜껑을 떨어뜨려 닫히게 하면서 건들거리던 포석이 그 위에 다시 떨어져 내리는 것을 그대로 두고 받침돌을 깐 지하 삼 미터의 밑바닥에 발을 딛는 일을 마치 착란 속에서 행하듯 거인의 힘과 독수리 같은 날쌘 동작으로 해치웠다. 불과 몇 분이 걸렸을 뿐이다.

장 발장은 여전히 기절해 있는 마리우스와 함께 기다란 지하 복도 안으로 들어갔다. 그곳에는 깊은 평화와 절대적인 침묵, 그리고 밤이 있었다.

예전에 거리에서 수도원 안으로 떨어졌을 때 받았던 인상이 마음에 되살아났다. 다만 지금 메고 있는 것은 코제트가 아니라 마리우스였다.

머리 위에서 습격받는 코랭트의 무서운 소란이 어렴풋한 중얼거림처럼 들려왔지만 그것도 지금은 극히 희미했다.

제 2 장 파리 도시의 내장

1. 바다 때문에 여위는 땅

파리는 매년 이천오백만 프랑을 물에 던져 넣고 있다. 이것은 비유해서 하는 이야기가 아니다. 어떻게 해서, 어떤 방법으로? 낮이나 밤이나 던져지고 있다. 어떤 목적으로? 아무런 목적도 없다. 무슨 생각으로? 아무 생각도 없다. 무엇 때문에? 이유도 없다. 그러면 어떤 기관으로? 파리의 내장에 의해서. 내장이란? 하수도다.

이천오백만 프랑이라고 하더라도 전문 과학이 산출한 대략 계산 중에서 가장 최저액이다.

과학은 오랜 모색 끝에, 오늘날 비료 중에서 가장 땅을 기름지게 하는 유효한 것은 사람에게서 나오는 비료임을 알게 되었다. 부끄러운 이야기겠지만, 중국 사람이 우리보다 먼저 그 사실을 알았다. 에케베르크의 이야기로는 중국 농부는 도시에 나가면 우리가 오물이라고 부르는 것을 두 통에 담아서 대나무 막대기의 양쪽 끝에 매달고 돌아오지 않는 일이 없다고 한다. 이 인분의 덕택으로 중국의 땅은 아브라함 시대와 다름없이 젊다. 중국에서는 밀 한 알로 백이십 알의 수확을 거둔다. 어떠한 비료도 그 생산력으로는 한 도시에서 나오는 찌꺼기에 비할 바가 못된다. 대도시는 도적 갈매기(갈매기의 일종. 여기서는 비료를 만든다는 뜻) 중에서도 가장 강대한 것이다. 들판을 기름지게 하는 데 도시를 적절하게 이용하면 반드시 성공할 것이다. 만약 우리들의 황금이 오물이라고 한다면, 반대로 우리들의 오물은 황금일 것이다.

그 황금 비료를 사람들은 어떻게 하고 있는가? 바다 속에 쓸어넣어 버리고 있다.

바다제비나 펭귄의 똥을 따러 가기 위해서 큰 선단이 많은 비용을 들여서 남극까지 내보내지는 한편에서 사람들은 바로 가까이에 있는 엄청난 재화의 요소를 바다로 보내고 있다. 세계가 헛되이 하고 있는 인간이나 동물의 비료를 몽땅 물에 버리지 않고 땅에 뿌려 준다면 그것은 충분히 세계를 먹여 살릴 수 있을 것이다.

경계석 주위에 쌓여 있는 쓰레기 더미, 밤거리를 딜컹거리며 지나가는 흙투성이의 짐수레, 쓰레기 버리는 곳의 더러운 통, 포석 밑에 숨겨져 있는 지하의, 코를 돌릴 수 없는 시궁창의 흐름, 그것이 무엇인가를 사람들은 알고 있을 것인가? 그것이야말로 꽃이 만발한 목장이고, 초록빛 초원이고, 사향초이고, 샐비어이고, 짐승이고, 가축이고, 저녁때 만족한 소리를 내는 커다란 소이고, 향기로운 사료이며 황금빛 밀이며, 식탁 위의 빵이며, 사람의 혈관을 흐르는 따뜻한 피이고, 건강이고, 기쁨이고, 생명이다. 지상에서는 여러 가지 형태로 바뀌고, 하늘에서는 여러 가지 변모로 나타나는 저 신비로운 창조의 힘이 그렇게 만드는 것이다.

그것을 커다란 단지 속에 넣어 보라. 인간의 재화가 그곳에서 나오리라. 기름진 평야는 인간을 먹여 살린다.

사람들이 이처럼 많은 재화를 버리든 또 내 생각을 비웃든, 그것은 자유다. 그러나 그것은 아주 무지한 일이라고 할 수 있겠다.

통계에 의하면 프랑스 한 나라만으로도 매년 오억 프랑의 돈을 여러 하구에서 대서양으로 흘려보내고 있다는 계산이 된다. 다음과 같은 것을 명심해야겠다. 그 오억 프랑의 돈으로 국가 예산의 사분의 일을 충당할 수 있다는 것이다. 사람의 명석함은 그 오억 프랑을 시궁창에 깨끗이 버리는 편이 낫다고 여기고 있는 지경이다. 그것은 바로 민중들의 자양분인데 그것이 처음에는 하수도로부터 한 방울씩 강에 토해지고 강은 한꺼번에 바다로 토해 버린다. 하수도가 딸꾹질을 할 적마다 천 프랑씩 헛되이 나간다. 거기서 두 가지 결과가 생긴다. 즉 땅은 메마르고 물은 더러워진다. 굶주림이 밭이나 들에서 생겨나고 질병이 강에서 생겨난다.

예로서 현재 템즈 강이 런던을 해치고 있다는 것은 잘 알려진 사실이다. 파리의 경우는 최근, 하수구의 대부분을 하류 쪽의 맨 끝의 다리 아래로 옮겨야만 했다.

밸브와 배수문으로 빨아들이는 것과 내뱉는 것을 동시에 하는 이중으로 된 토관

시설은 인간의 폐처럼 간단하고 기초적인 배수 방법으로, 영국에서는 이미 몇몇 시나 마을에서 훌륭하게 운영되고 있는데 그것을 이용하기만 하면 우리 나라의 도시는 전원의 맑은 물을 끌어들이고 들에는 도시의 기름진 물을 내보내어 가장 간단하고 편리한 교환으로 바다에 버려지는 오억 프랑을 막아내는 셈이 될 것이다. 그러나 사람들은 다른 생각을 하고 있다.

현재의 방법이 유익한 줄은 아나 오히려 해를 끼치고 있다. 의도는 좋으나 결과가 부참하다. 도시를 깨끗이 한다는 게 주민을 해치고 있다. 하수도는 잘못 생각한 것이다. 받아들인 것을 되돌려 보낸다는 이중의 배수법이 단지 씻어 내리기만 해서 땅을 메마르게 하는 하수도 대신 도처에 설비된다면 그때야말로 새로운 사회 경제의 성과와 어울려서 땅의 생산물은 열 배가 되고 빈곤의 문제는 현저히 줄어들 것이다. 게다가 기생충 구제를 덧붙여 행하면 문제는 해결될 것이다.

그러나 그렇게 되기 전에는 공공의 재화는 강으로 흘려져 버리므로 낭비가 된다. 낭비(원어 Coulage에는 『흘리는 것』이라는 뜻이 있다)란 말은 적절한 말이다. 유럽은 이러한 피폐로 황폐해 가는 것이다.

프랑스로 말하면 지금 말한 숫자 그대로다. 그런데 파리는 프랑스 총인구의 이십오 분의 일을 차지하고, 파리의 인분은 어디보다 기름지므로 파리의 손실 액수가, 프랑스가 매년 헛되게 하는 오억 프랑 가운데서 이천오백만 프랑에 달한다고 해도 과언은 아니다. 이 이천오백만 프랑을 복지 사업이나 오락 시설에 사용한다면 파리는 두 배 더 화려해질 것이다. 그만큼의 돈을 시는 하수도에 버리고 있는 것이다. 그러니 우리는 파리의 엄청난 낭비, 놀라운 환락, 보종관(18세기의 대부호 니콜라 보종의 저택 자리에 생겼던 환락장. 1824년에 없어짐)의 광란, 대주연, 돈을 물쓰듯 하는 낭비, 호사, 사치, 호기, 그것이 바로 파리의 하수도라고 말할 수 있다.

이렇게 서투르고 무능한 경제 정책 때문에, 만인의 행복은 물에 빠지고, 떠밀려 흐르고, 깊이 가라앉아 간다. 공공의 재화를 위해서도 쌩 클루의 그물(세느 강의 쌩 클루 다리 아래에 쳐진 투신자 구제망)을 쳐야 할 것이다.

경제면에서 이 사실은 다음과 같이 요약할 수 있다. 즉, 파리는 구멍 뚫린 바구니라고.

파리는 모범 도시며 각 국민이 이상의 흉내를 내려고 하는 으뜸가는 도시이며, 독창과 추진력과 시련의 장엄한 조국이며, 모든 정신이 깃들인 중심지이며, 한 국가를 이루고 있는 도시이며, 미래를 기르는 보금자리이며, 바빌론과 코린토스를 합친 훌륭한 합성이지만 지금 지적한 것 같은 관점에서 본다면, 파리는 중국 복건성 시의 농부라도 어깨를 으쓱거리게 만들 것이다.

파리를 흉내낸다는 것은 스스로 쇠퇴함을 뜻한다. 무엇보다도 아득한 옛날부터 내려오는 이 어이없는 낭비를 이 도시야말로 그것을 지나치게 모방하고 있는 것이다.

이 놀랄 만큼 어리석은 짓은 새로운 일은 아니다. 이것은 젊음에서 오는 우매함이 아니다. 고대인도 현대인과 똑같이 해왔다.「로마의 하수도는」하고 리비히(19세기 독일의 유기 화학자로 쇠고기즙 등의 발견자로서도 유명하다)는 말하고 있다.「로마 농민의 번영을 다 빨아먹었다.」로마의 전원이 로마의 하수도에 의해서 황폐해졌을 때, 로마는 이탈리아를 쇠퇴하게 만들었다. 더욱이 이탈리아가 하수도에 흘려 버려지자 시실리도, 다음엔 사르디니아도, 그 다음엔 아프리카도 하수도에 떠내려가고 말았다. 로마의 하수도는 세계를 삼켜 버리고 말았다. 그 하수도는 도시와 세계를 향하여 입을 벌리고 있었다.『Urbi et orbi』(라틴어『시와 세계』. 로마 교황의 축복의 말)다. 영원한 도시에 바닥 없는 하수도.

이 점에서도 다른 점과 마찬가지로 로마가 좋은 예를 보이고 있다. 그 예에 파리는 따르고 있는 것이다. 재치 있는 도시에 으레 따르기 마련인 우매함으로.

이상 설명한 것 같은 작업의 필요성에서 파리는 지하에 또 하나의 파리를 가지고 있다. 즉 하수도의 파리를. 그 파리에도 거리가 있고 네거리가 있고, 막다른 골목이 있고, 동맥이 있고, 구정물의 순환이 있되 다만 사람이 없을 뿐이다.

이런 말을 하는 것도 누구에게나, 위대한 민중에게라도 아부를 해서는 안 되기 때문이다. 무엇이나 다 갖추어져 있는 곳에는 고상한 것과 아울러 천한 것이 있게 마련이다. 파리에는 광명의 도시 아테네와 힘의 도시 티르(고대 페니키아의 도시)와 용기의 도시 스파르타와 기적의 도시 니니브(고대 앗시리아의 수도)가 있는 한편 진흙의 도시 부테시아(파리의 옛이름)가 있다.

물론 그 힘도 또한 거기 숨겨져 있어, 여러 가지 기념물 가운데서도 특히 파리의 거대한 하수의 소굴은 마키아벨리나 베이컨이나 미라보와 같은 인물이 인류에 실현한 저 이상한 이상을 즉 천한 숭고함을 실현하고 있다.

파리의 지하를 지상에서 투시할 수 있다면, 거대한 석산호를 보는 것 같은 양상을 나타낼 것이다. 낡은 대도시가 서 있는 육십 리 사방의 땅에는 해면보다도 더 많은 통로와 수로가 달려 있다. 파리에는 따로 하나의 커다란 지하 동굴을 만들고 있는 카타콩브(지하 묘지)가 있는데, 그것은 차치하고라도, 얽히고 얽힌 가스관과 또 시가지의 상수도로 통하고 있는 급수관의 거창한 조직은 그만두고라도, 하수도만으로 세느 강의 양 기슭 밑에 놀라운 암흑의 그물을 둘러치고 있다. 그것은 그야말로 미궁이어서 다만 경사진 쪽으로 내려가는 이외에 도표의 실마리는 없다.

그곳의 축축한 안개 속에 나타나는 쥐는 마치 파리가 낳은 새끼처럼 보인다.

2. 오래된 하수도의 역사

파리를 뚜껑처럼 벗겨 버린 모양을 상상해 보자. 하늘에서 내려다본 하수도의 그물코는 세느 강의 양 기슭에 접목한 커다란 나뭇가지와 같은 형태일 것이다. 오른쪽 강가의 고리 모양의 하수도가 그 나무의 원줄기이며, 분맥이 작은 가지이고 끄트머리가 잔가지가 된다.

이 형상은 개략적이어서 절반 가량 맞는 데 불과하다. 이런 지하의 가지들은 보통 직각으로 갈려 있는데 식물의 가지는 직각으로 갈리는 일이 거의 없다.

그 이상한 기하학적 도형에 좀더 흡사한 모양을 상상하려면, 숲처럼 얽혀 있는 동방의 기묘한 문자를 캄캄한 배경에 대 본다고 상상하는 것이 좋다. 그 모양 없는 기형의 문자는 얼핏 보기에는 복잡하고 고르지 못한 것 같지만 모퉁이와 모퉁이에서 또는 끝과 끝에서 서로 연결되어 있다.

시궁창이나 하수도는 중세기나 동로마 제국이나 고대 동방에서는 커다란 역할을 했다. 페스트가 거기서 생겨나고 전제 군주들은 거기서 죽었던 것이다. 민중들은 그러한 부패의 잠자리, 무서운 죽음의 요람을, 거의 종교적인 두려운 눈으로 보았다. 베나레스(동부 인도의 힌두교의 도시)의 기생충이 들끓는 소굴은 바빌론의 사자의 구덩이만큼이나 사람들을 떨게 했다. 유태교의 율법서에 의하면 테글라트 팔라자르(고대 앗시리아의 왕)는 니니브의 더러운 물이 괴어 있는 곳에 대고 맹세했다 한다. 레이데의 요하네(16세기의 네덜란드의 재세례론자이자 신비가임. 시온의 왕이라고 자칭하고 몬스터 시를 지배했으나 젊어서 사형됨)가 가짜 달을 내보인 것은 몬스터의 하수도에서였고, 동양에서 코라산(페르시아의 동북 지방)의 숨은 예언자 모카나가 가짜 태양을 나타나게 한 것도 케크셰브의 시궁창에서였다.

인간의 역사는 하수도의 역사로 알 수 있다. 죄인의 시체를 공시하는 웅덩이는 로마를 말해 주고 있었다. 파리의 하수도는 굉장히 낡은 것이었다. 그것은 무덤이었고 은신처였다. 범죄, 지혜, 사회에 대한 항의, 신앙의 자유, 사상, 절도, 인간의 법률이 추구하는 것, 또는 추구한 것 모두가 그 구덩이 속에 숨어 있었다. 십사세기의 마이요탱(1381년에 폭동을 일으킨 파리의 시민들), 십오세기의 외투 날치기들, 십육세기의 유위노, 십칠세기의 모랭 환상파(모랭은 17세기 프랑스의 견신론자. 신의 아들로 자칭하여 화형을 받았다), 십팔세기의 불을 들이대는 강도(대혁명에서 집정정부 시대에 출몰했던 강도의 한패. 피해자의 발을 불로 지져 금품을 내게 했다)가 거기에 숨어 있었다. 백 년 전에는 밤에 거기에서 단도가 나와 사람을 찌르기도 하고, 위태로워진 소매치기가 그곳에 기어들곤 했다. 숲에 바윗굴이 있듯이 파리에는 하수도가 있었다. 고올 어로『피카르리아』라고 불리는 부랑자들은 하수도를 쿠르 데 미라클(거지나 강도들의 집합장소)의 또 하나의 집합장소로 삼고 저녁 때가 되면 빈정거리는 배짱 좋은 모습으로 침실에라도 들어가듯 모뷔에 대하수도 밑으로 들어가는 것이었다.

비드 구쎄 막다른 골목(호주머니를 터는 막다른 골목이라는 뜻)이나, 자객들이 활보하는 거리를 그날그날의 일터로 삼고 있는 자들이 슈맹베르의 작은 다리나, 위르프와의 다리 밑을 밤의 잠자리로 삼는 것은 극히 당연했다. 거기서 수많은 이야기가 생겨났다. 온갖 종류의 유령이 그곳의 길고 인적이 없는 거리 밑의 복도로 드나들고 있었다. 도처에 썩는 냄새와 독기가 가득 차 있었다. 안에 있는 비용(15세기의 대시인. 도둑의 한패이기도 해서 감옥 생활도 자주 했다)과 밖에 있는 라블레(16세기의 대시인. 호탕무쌍한 술꾼이기도 함)가 이야기를 주고받는 통기 구멍이 여기저기 있었다.

옛날 파리의 하수도는 모든 소모와 모든 노력이 만나게 되는 곳이었다. 경제 정책은 거기에서 하나의 부스러기를 보고, 사회 철학은 거기에서 하나의 찌꺼기를 본다.

하수도, 그것은 도심 속에 숨어 있는 의식이다. 모든 것이 거기에 모이고 그곳에서 부딪친다. 창백한 이 장소에는 암흑은 있을지언정 비밀은 없다. 사물 하나하나가 참다운 형태를 나타낸다. 적어도 마지막 형태를 나타낸다. 쓰레기더미는 사람을 속이지 않는다는 장점이 있다. 정적은 그곳에 도피해 있는 것이다. 그곳에 바질(보마르세의 희곡 《세빌리아의 이발사》에 나오는 우스꽝스러운 위선자)의 가면은 있지만 그 가면의 마분지며 실이 드러나 있어서 바깥쪽과 마찬가지로 안쪽도 볼 수 있어 정직한 진흙이 눈에 보인다. 그 옆에는 스카팽(몰리에르의 희곡 《스카팽의 간계》의 주인공. 흉계의 명수)의 가짜 코가 있다. 문명의 온갖 나쁜 짓은 일단 할 일이 끝나면 어느 것이나 사회의 거대한 전락지의 종점인 이 진실의 구멍 속에 떨어져서 삼켜지기도 하지만, 또 거기서 참다운 모습을 나타내기도 한다. 그 혼잡은 하나의 고백이다. 거기에서는 거짓의 꾸밈이라든가 외관의 겉모양도 없으며 오물은 속옷을 벗어 던지고 환상도 신기루도 무너지고, 있는 그대로의 모습만이 있어 다 끝난 자의 무서운 얼굴만이 있다. 현실, 그리고 소멸만이 있다. 거기서는 병의 밑바닥이 주정뱅이를 고백하고 바구니의 손잡이는 하인들의 생활을 이야기한다. 그곳에서는 문학적인 의견을 가진 사과씨가 단순한 사과씨로 변한다. 이 수우짜리 동전의 초상은 완전히 녹이 슬고 카이프(그리스도를 유죄라고 선고한 유대의 대사제)의 침은 폴스태프(헨리 5세의 외도 친구)가 토해낸 오물과 섞이고, 도박장에서 나오는 루이 금화는 자살자의 목맨 새끼줄 끝에 걸리는 못과 만나고, 새파랗게 질린 태아는 최근의 사육제 마지막 날 오페라 극장에서 춤추던 번쩍거리는 의상에 말려 굴러가고, 사람들의 죄를 다스린 법관의 모자는 창부의 치맛자락이었던 썩은 물건 옆에 굴러 있다. 어느 것을 막론하고 모두 친구 이상의 다정한 사이다. 짙은 화장을 하고 멋을 냈던 것들도 형편없이 더러워진다. 마지막 베일도 벗겨진다. 하수도는 냉정하다. 그는 모든 것을 말해 버린다.

오물의 그러한 솔직성은 사람들을 기쁘게 하고 넋을 쉬게 해준다. 국가의 시정 방침이나, 서약, 정략, 인간의 정의, 직무상의 성실, 지위의 존엄, 결백한 법복, 이런 것들이 나타내는 어마어마한 모습을 지상에서 참을성 있게 줄곧 보아 온 뒤에, 하수도에 내려가서 그것들에 어울리는 진수렁을 본다는 것은 적이 마음 가라앉는 일이다.

그것은 동시에 가르쳐 주는 바가 있다. 지금도 말했듯이 역사는 하수도를 통과한다. 쌩 바르돌로뮤의 대학살(1672년 8월)과 같은 일은 포석 틈 사이에서 한 방울씩 그 속에 떨어져 온다. 민중의 대학살, 정치적 종교적 살육은 이 문명의 지하도를 가로질러 거기에 시체를 밀어넣고 간다. 공상가의 눈으로 보면, 역사상의 온갖 살인자들이 그곳에 있다. 을씨년스럽고 컴컴한 속에서 무릎을 꿇고 수의의 끊어진 자락을 앞치마로 삼고 불쌍하게도 자신이 저지른 죄를 씻어내려 하고 있다.

루이 11세가 트리스탕(15세기 루이 11세 시대의 냉혹한 행정관)과 나란히 있다. 프랑스와 1세는 뒤프라(16세기 프랑스와 1세 시대의 대법관)와 한 자리에 있다. 샤를르 9세(쌩 바르돌로뮤의 대학살 당시 프랑스의 왕)가 그 어머니(카트린느 메다시스)와 함께 있다. 루브와도, 르텔리에도, 에베르와 마이야르도 있다. 모두 손톱으로 돌을 긁으면서 자신이 한 행위의 흔적을 지우려 하고 있다. 지하의 둥근 천장 밑에선 망령들의 비질하는 소리가 들린다. 사회의 큰 재해의 굉장한 악취가 풍긴다. 구석구석에 불그죽죽한 빛이 거울의 반사처럼 보인다. 거기에는 피투성이의 손을 씻은 무서운 물이 흐르고 있다.

사회 연구가는 그런 망령의 그림자 속에 들어가야 한다. 그곳은 그들 실험실의 일부이다. 철학은 사상의 현미경이다. 모든 것이 그 눈을 피하려 하지만 아무것도 그것에서 도피할 수는 없다. 속여 보아도 소용없다. 속이는 자는 어떠한 자기의 일면을 보여주게 되나? 수치스러운 면이다. 철학은 성실한 눈으로 악을 쫓고 악이 허무 속으로 도망칠 것을 용납하지 않는다. 사라지는 사물의 그 소멸 속에서도, 서서히 없어져 가는 사물의 소실 가운데서도 철학은 모든 것을 알아 낸다. 누더기 조각에서 붉은 옷(로마 추기경의 옷)을 만들어 내고, 종이 부스러기에서 여자를 되살아나게 한다. 하수에서 도시를 재생시키고 진창에서 풍속을 재현한다. 깨진 사기 그릇의 파편을 근거로 병인지 항아리인지를 미루어 안다. 양피지 위의 손톱자국으로 유덴가쓰의 유대인 마을과 게토의 유대인 마을의 차이를 판별한다. 남아 있는 것 속에서 옛 모습을 본다. 선도, 악도, 허위도, 진실도, 궁전의 핏자국도, 동혈 속의 잉크의 얼룩도, 유혹도, 토해 대주연도, 약한 성격으로 인해 봄을 망쳐 만들어 낸 주름살도, 천한 영혼이 봄을 팔게 한 흔적도, 또한 로마 인부들의 조끼 위에, 멧살리나(로마의 쿠로듀스 황제비. 음란한 여자로서 로마의 모든 남성과 육체적 환락을 맛보았다고 함)가 찔러댄 팔꿈치 자국도 가려낸다.

3. 브린느조

파리의 하수도는 중세에는 전설적인 존재였다. 십육세기의 앙리 2세가 측량을 계획했지만 실패했다. 메르씨에(《파리 연대사》 등의 저자. 1740~1814)가 증명하는 바이지만, 불과 백 년 전까지에는 하수도는 그대로 방치되어 될 대로 되어 있었다.

그 무렵의 낡은 파리는 그토록 논쟁과 주저와 손으로 더듬거려 찾는 데 맡겨져 있었다. 파리는 오랫동안 무척이나 어리석었다. 그 뒤, 89년(대혁명이 일어난 1789년)은 정신이 어떻게 해서 도시에 깃들이는가를 보여 주었다. 그러나 옛 시대에는 수도는 전혀 두뇌를 쓰지 않았다. 정신적으로나 물질적으로나 자기의 일을 처리하지 못하고 잘못도 오물도 제거할 줄 몰랐다. 모든 것이 방해였고 모든 것이 의문이었다. 하수도도 그와 같아서 걷잡을 수가 없었다. 시중에서 남과 이야기가 통하지 않듯이 시궁창 속에서는 방향을 잡을 수가 없었다. 땅 위에서는 이해할 수가 없었고 땅 밑에서는 길을 몰랐다. 언어의 뒤얽힌 혼란 밑에 여러 가지 동혈이 얽혀 있었다. 미궁이 바벨 탑 밑에 있었다.

이따금 파리의 하수도는 마치 업신여기던 나일 강이 갑자기 분노하듯 범람하는 때가 있었다. 더러운 이야기지만 하수도의 범람이 종종 있었다. 이 문명의 위장은 이따금 소화 불량이 되어 시궁창물이 도시의 목구멍으로 역류하여 파리는 진창의 개운치 않은 뒷맛을 맛보았다. 이처럼 하수도가 후회와 흡사한 것은 유익한 일이었다. 그것이 경고가 되었다. 뻔뻔스러움에 분격하여 구정물이 올라오지 못하게 했다. 좀더 철저하게 쫓아 버리자는 것이다.

1802년의 홍수는 지금 여든 살쯤 된 파리 사람에게는 기억의 하나다. 구정물은 루이 14세의 동상이 있는 빅트와르 광장에서 사방으로 퍼지고 샹 젤리제의 두 개의 하수구에서 쌩 토노레 거리로, 쌩 플로랑탱의 하수도에서 쌩 플로랑탱 거리로, 쏜느리 하수도에서 피에르 아 프와송 거리로, 슈맹 베르의 하수도에서 퐁팽쿠르 거리로, 라프 거리의 하수도에서 로케트 거리로 스며들었다. 물은 샹 젤리제 거리의 오른쪽 도랑을 삼십오 센티의 높이까지 덮어 버렸다. 또 남쪽에서는 세느 강으로 향한 배수구에서 거꾸로 흘러서 마자린느 거리, 에쇼데 거리, 마레 거리로 들어가서 백구 미터나 나가서, 정확히 라신느가 살던 집(당시의 레 마레 생 제르맹 거리. 현재의 비스콩티 거리에 있다) 몇 걸음 앞에서 멈추었다. 십칠세기의 루이 14세보다 시인(라신느)에게 더 경의를 표했던 것 같다. 물은 쌩 피에르 거리가 가장 깊어서 홈통 물이 떨어지는 대석 위 삼 피트에까지 달했고, 가장 넓게 퍼진 곳이 쌩 싸뱅 거리로 이백삼십팔 미터에 달했다.

금세기(19세기) 초의 파리의 하수도는 역시 신비한 곳이었다. 흙탕물에 대한 비평 따위가 절대로 좋을 리는 없지만, 그당시 그 악평은 거의 공포에 이를 만큼

높았다. 파리는 발밑에 무서운 구덩이가 있다는 것을 막연하게나마 알고 있었다. 사람들은 마치 길이가 십오 피트나 되는, 지네가 우글거리고 있고 베헤모트(성서에 나오는 괴물)가 미역을 감았을지도 모른다는 저 테바이의 무서운 진창의 늪에 대한 이야기를 하듯 지껄였다. 하수도를 청소하는 인부들의 장화도 이미 한 번 갔던 일이 있는 몇몇 지점에서 더 앞으로는 절대로 나가려 하지 않았다. 그 시대는 아직 쌩트 프와가 그 위에서 크레키 후작(17세기의 프랑스의 장군)과 우의를 맺었다는, 쓰레기 인부의 수레가 하수도에다 그대로 쏟아 버리던 시대, 그 시대와 아주 가까웠다. 하수도를 치우는 것은 소낙비에 맡겨져 있었다. 그러나 빗물은 청소해 주는 일보다 막아 버리는 일이 많았다. 로마는 그래도 하수도에 약간의 시정(詩情)을 곁들여서 제모니에(감옥의 계단)라고 불렀지만, 파리는 시궁창을 멸시하여 트루 퓌네(구린내 나는 구멍)라고 불렀다. 과학도 미신도 모두 하수도를 싫어했다.『구린내 나는 구멍』은 전설뿐만 아니라 위생에 있어서도 미움을 받았다. 므완느 브뤼(『화를 잘 내는 신부』. 아이들에게 겁을 줄 때 말하는 귀신 이름)는 무프타르 하수도의 구린내 나는 둥근 천장 밑에서 태어났다. 마르무제(18세기에 음모를 꾀하다가 실패한 청년 귀족의 일당)의 시체는 바리으리의 하수도에 던져졌다. 파공(루이 14세 시대의 의사, 식물학자)의 설에 의하면, 1685년의 무서운 악성 열병은 마레의 하수도에 생긴 큰 틈바귀 탓이라고 한다. 그 틈바귀는 1833년까지 쌩 루이 거리의『메싸제 갈랑』(역마차의 사무실인지 선술집인지?)의 간판 거의 맞은편에 아가리를 떡 벌리고 있었다. 모르텔르리 거리의 하수구는 페스트가 발생하는 곳으로 유명했다. 그 하수구는 사람의 이와 흡사하게 끝이 뾰죽한 철 창살이 달려 있기 때문에 그 음산한 거리 속에서 마치 지옥의 입김을 불어 대는 어쩐지 무한의 불길한 일들을 덧붙여 놓고 있었다. 하수도는 바닥이 없었다. 하수도, 그것은 바라트럼(아테네에서 사형수를 던진 못)이었다. 그러한 문둥병을 앓는 것 같은 지대를 뒤져보겠다는 생각은 경찰조차도 감히 생각지 않았다. 그 미지를 조사한다는 것, 그 어둠 속에 물의 깊이를 재는 측연을 던진다는 것, 그 심연 속으로 탐험하러 간다는 것, 누가 감히 할 수 있으랴? 소름끼칠 일이었다. 그러나 감히 나선 사람이 있었다. 하수도의 크리스도퍼 컬럼버스가 나타났다.

1805년 어느 날, 황제가 간혹 파리에 나타나던 날, 드 크레스였는지 크레테였는지 아무튼 그때의 내무상이 알현을 청했다(제정 시대에 드크레스라는 재상은 있었으나 그는 해군상이었다). 카루셀 광장에는 대공화국과 대제국의 훌륭한 병사들이 군도를 끄는 소리가 들리고 있었다. 나폴레옹의 거처 가까이에는 용사들로 빽빽이 들어차 있었다. 라인 강이나 에스코, 아디즈, 그리고 나일 강의 역전의 용사들, 주베르, 드제, 마르쏘, 오슈, 클레베르와 같은 전우들, 플뢰뤼스의 기구병, 마이앙스의 척탄병, 제노아의 가교병, 피라밋의 바로 밑을 지나온 경기병, 쥐노의 포탄에 진창을 뒤집어쓴 포병, 주이데르제에 정박중인 함대를 급습해서 사로잡은 흉갑병, 보나파르트를 따라서 로디 다리를 건넜던 병사들, 뮈라와 더불어 망투의 참호 속에 있었던 병사들, 란느보다 앞서서 몽테벨로의 고랑길을 전진했던 병사들이다. 당시의 전 군대가 그곳 텔르리 궁전의 안마당에 분대나 소대를 대표로 보내서 휴식하는 나폴레옹을 호위하고 있었다. 그것은 대육군이 앞서 마랭고의 승리를 알리는 보고를 보내고 아우스테를리츠의 승리를 눈앞에 두고 있는 찬란한 시기였다.「폐하」하고 내무상은 나폴레옹에게 말했다.「소신은 어제 이 제국에서 가장 용맹한 자를 만났습니다.」「어떤 사나인가?」하고 황제는 무뚝뚝하게 말했다. 「그래 무엇을 했다는 말인가?」「어떠한 일을 하고자 하고 있습니다, 폐하.」「무엇을?」「파리의 하수도를 뒤져보겠다 합니다.」

그는 실재 인물로, 이름은 브린느조라고 했다.

4. 알려지지 않은 일

탐험은 실현되었다. 위험한 싸움이었다. 페스트와 질식을 상대로 한 암흑 속의 투쟁이었다. 그것은 동시에 발견을 향한 항해이기도 했다. 당시 극히 젊고 영리한 노동자였던 그 탐험대의 생존자 중의 하나가 지금부터 수년 전까지만 해도 이야깃거리로 삼았던 일인데 브린느조가 공문서에 어울리지 않는다는 이유로 시경국장에게 내는 보고에서 빼버려야겠다고 한 몇 가지 매우 흥미있는 사실이 있었다. 당시는 소독 방법도 극히 유치했다. 브린느조가 지하의 그물눈 같은 길의 첫번 연결을 겨우 넘었을 때 이십 명 중 여덟 명은 그 이상 앞으로 나갈 것을 거부했다. 작업은 매우 복잡했다. 탐험은 하수도를 치워 내는 일을 겸하고 있었다. 그래서 진창을 치우는 한편 측량을 해야만 했다. 즉 물이 들어가는 입구를 조사하고 쇠살문과 수문의 수를 세고, 지관을 세분하고 분기점의 물의 흐름을 가려내고, 여러 가지 웅덩이의 각각의 크기를 확인하고 주된 수로에 통하고 있는 작은 수로를 조사하고, 각 수로의 아치형 꼭대기의 홍예석부터 벽밑의 높이를 재고, 아치의 둥그렇게 구부러진 밑동과 토대의 높이로 수로의 폭을 재고, 마지막에 각 배수구와 직각으로 수위 좌표를 바닥과 도로의 지면으로 정하는 것이었다. 사람들은 가까스로 앞으로 나갔다. 하강용 사다리가 삼 피트 이상이나 진창에 잠기는 일이 흔히 있었다. 등잔불은 가스에 싸여서 꺼질 것 같았다. 이따금 기절한 인부가 밖으로 들려 나왔다. 군데군데에 절벽이 있었다. 지반은 허물어지고 돌 마루는 움푹 패여서 하수도는 낡은 우물처럼 되어 있었다. 이제는 단단한 디딜 자리 따위는 찾을 수 없었다. 갑자기 한 인부가 사라졌다. 그를 구해 내는 데 무척 힘이 들었다. 푸르크르와(18세기 말에서 19세기 초에 걸쳐서 활약한 화학자, 정치가)의 충고에 따라 군데군데 충분히 소독한 장소에 송진을 묻힌 삼베 부스러기를 가득 넣은 커다란 바구니를 놓고 불을 붙여 갔다. 벽의 도처에는 종기 비슷한 묘한 버섯 같은 것으로 뒤덮여 있었다. 숨도 쉴 수 없는 그 속에서는 돌조차도 병들어 있는 것 같았다.

브린느조는 그 탐험에서 상류에서 하류로 진로를 잡았다. 그랑 튀를뢰르의 두 수로의 갈림길에 튀어나온 하나의 돌 위에서 1550이라는 연호를 읽을 수가 있었다. 그 돌은 필리베르들로 드므가 앙리 2세의 명령으로 파리의 하수도를 탐험했을 때, 마지막으로 도착했던 지점을 나타내고 있었다. 그 돌은 십육세기가 하수도에 남긴 표적이었다. 브린느조는 또한 1600년에서 1650년 사이에 둥근 천장을 해놓은 퐁쏘와 비에이유 뒤 탕플 거리의 수로에 십칠세기의 인력의 흔적을 확인하고, 1740년에 파서 둥근 천장으로 만든 대 하수도의 서쪽 부분에 십팔세기의 인력을 확인했다. 그 두 둥근 천장, 특히 덜 오래된 1740년의 것은 환상(環狀) 하수도의 돌을 쌓아올린 곳보다도 더 금이 가고 더 많이 허물어져 있었다. 이 환상 하수도는 1412년에 된 것으로 그 당시 메닐몽탕의 맑은 물줄기가 파리의 큰 하수도라는 요직에 승진한 것이어서 이것은 농부가 국왕의 시종장이 된 듯한 출세였다. 그로 장이 르벨이 된 격이었다(그로 장, 즉 농부인 장이 왕이 되는 꿈을 쫓는다는 이야기는 퐁테느의 《젖짜는 여인과 젖병》에 나온다. 르벨은 필립 르벨 왕에게 비유했다고 생각된다. 르벨은 미남이라는 뜻).

군데군데에, 그 중에서도 특히 재판소 밑에는 하수도 속에 만들어진 옛날의 지하 감방 비슷한 데가 있었다. 끔찍스러웠다. 『in pace』(『평화롭게』라는 의미의 라틴어. 큰 죄를 지은 죄인을 죽을 때까지 감금하는 지하 감옥을 말함), 그 감방 중의 하나에는 무쇠로 만든 목고리가 매달려 있었다. 일행은 그것들을 모두 막았다. 몇 가지 괴상한 발견물이 있었다. 그 중에서도 1800년에 식물원(파리의 식물원은 동물원을 겸하고 있다)에서 사라진 오랑우탕(원숭이)의 해골이 나왔는데, 그 행방을 알 수 없는 잠적은 십팔세기 말에 베르나르댕 거리에 괴물이 나타났다는 유명하고도 확실한 이야기와도 아마 관련이 있을 것이다. 그 악마는 불쌍하게도 하수도 속에 빠져 죽은 것이다.

라르슈 마리옹 거리로 통하는 기다란 활모양의 통로 밑에 넝마주이의 등에 지는 바구니 하나가 조금도 상하지 않고 남아 있던 것은 그 방면에 정통한 사람들의 감탄을 불러일으켰다. 사람들이 감연히 처리해 간 진흙 속엔 금붙이, 은붙이며 보석, 화폐와 같은 귀중품이 잔뜩 들어 있었다. 만약 어떤 거인이 그 수렁물을 체로 걸렀다면 수세기에 걸친 두 지맥이 갈리는 지점에서는 진기한 위그노 파의 동메달이 나왔을 것이다. 그 일면에는 추기경의 모자를 쓴 돼지가 있고, 뒤에는 교황의 관을 쓴 늑대가 그려져 있었다.

가장 뜻하지 않았던 것에 부딪친 것은 대하수도의 입구에서였다. 그 입구는 예전에는 철창살 문으로 닫혀 있었는데 이제는 돌쩌귀가 남아 있을 뿐이었다. 그 돌쩌귀 한쪽에 형태도 알아 볼 수 없는 누더기 같은 것이 걸려 있었다. 틀림없이 흘러가다가 거기에 걸린 채 어둠 속에 떠돌고 그러다가 찢긴 것 같았다. 브린느조는 등불을 가까이 대고 그 누더기를 조사했다. 극히 질이 좋은 바티스트 대마지로 좀 덜 찢어진 한구석에 LAVBESP라는 일곱 글자와 그 위에 금관의 문장을 수놓은 것을 알아 볼 수 있었다. 관은 후작의 관이었다. 일곱 글자는 『Laulespine』(부인 이름)라는 뜻이었다. 사람들은 눈앞에 있는 그것이 마라(1793년에 암살된 대혁명의 지도자의 한 사람)가 쓰던 염포의 한 조각임을 알았다. 마라는 젊은 시절에 여러 번 정사를 거듭했다. 그것은 그가 수의사로서 아르트와 백작 댁에 살던 때의 일이었다. 역사적으로 증명되는 한 귀부인과의 정사로 해서 그 침대의 홑이불이 그에게 남겨 있었다. 우연히 남아 있었는지 아니면 기념으로 남겨 두었는지는 모르겠다. 그가 죽었을 때, 그의 집에서 다소 나은 천이라곤 그것뿐이었기 때문에 시체를 그것으로 싼 것이다. 몇몇 늙은 부인들이 비극적인 이 『민중의 벗』(마라는 그가 하던 신문의 이름도 그대로 했다고 알려져 있었다)을 일찍이 정욕을 쌌던 그 천에 싸서 저승에 보냈던 것이다.

브린느조는 앞으로 나갔다. 누더기를 그대로 남겨둔 채. 경멸에서였는지 아니면 경의에서였는지? 아무튼 마라는 그 두 가지를 받을 자격이 있었다. 게다가 숙명의 흔적이 너무도 뚜렷했기 때문에 감히 거기에 손대기를 주저했다. 무엇보다도 무덤에 있는 물건은 그것이 선택한 장소에 그대로 놓아 두어야 하는 것이다. 요컨대 그 유물은 진기한 물건이었다. 한 후작 부인이 그곳에 잠들어 있었고 마라가 그곳에 썩어 있었다. 그 유물은 팡테옹(위대한 인물의 영혼들을 제사하는 영묘. 마라도 그곳에 장사를 지냈다)을 지나서 하수도 쥐들이 사는 곳까지 이른 것이다. 그 침실의 헝겊은 옛날 와토(18세기 초의 프랑스의 화가.《큐라로에의 출항》그밖에 왕조의 아름다운 연회 풍속을 그리고 의상에 특수한 취미를 가졌다)가 그 헝겊의 주름까지도 즐겨 그려냈겠지만 지금은 단테가 응시하기에 어울릴 만한 물건이 되어 버렸다.

파리의 지하의 하수도 전반에 걸친 조사는 1805년부터 1812년까지 칠 년이 걸렸다. 진행됨에 따라서 브린느조는 갖가지 상당한 일을 계획하고 지휘하고 완수해 갔다. 1808년에 그는 퐁쏘의 토대를 낮추고 또 사방으로 새로운 수로를 만들어 1809년에는 쌩 드니 거리 밑을 이 노쌍의 분수까지, 1810년에는 프르와망토 거리 밑과 살페트리에르 구호원 밑까지, 1811년에는 누보 데 프티 페르 거리 밑과 마이유 거리 밑과 에샤르프 거리 밑과 르와이얄 광장 밑에, 1812년에는 라 페 거리 밑과 라 쇼세 당탱(이름) 밑에 하수도를 확장했다. 동시에 이 년째부터 브린느조는 사위 나르고를 조수로 삼았다.

이렇게 하여 십구세기 초에 낡은 사회는 그 이중의 밑바닥을 청소하고 하수도의 화장을 끝냈다. 아무튼 그것만은 확실히 청결해졌다.

구불구불하고 금이 가고 포석이 없어지고 터지고 물구덩이가 생기고 악취를 풍기고 황폐하고, 손을 댈 수가 없게 되고 어둠 속에 잠기고, 포석에도 벽에도 상처 자리가 있고, 사람을 오싹하게 하는 그러한 상태가, 돌아본 파리의 낡은 하수도였다.

사방으로 갈라진 지맥, 뒤얽힌 참호, 여러 개의 수로의 집합점, 갱도 안에 있는 것 같은 균열, 맹장, 막다른 골목, 초석으로 덮인 둥근 천장, 썩은 웅덩이, 사방의 벽으로 퍼져 가는 얼룩, 천장에서 떨어지는 물, 암흑, 그것만큼 고름을 질질 흘리는 낡은 지하굴의 공포에 필적할 만한 것은 어느 것도 없다. 그것은 바빌론의 소화 기관이었고 동혈이었고 무덤 구덩이였다. 정신적인 눈에는 그 구멍의 어두움을 통해서 예전에는 장려했던 것들의 쓰레기 속에 저 눈먼 두더쥐, 즉 과거가 방황하는 듯해 보이는 것이다. 그것이, 거듭 말하지만 바로『옛날』의 하수도였다.

5. 현재의 진보

오늘날 하수도는 청결하고 서늘하고 곧게 정리되어 있다. 영국에서『respecta-ble』(부끄럽지 않은)이라는 말로 표현하는 의미 이상의 것을 실현하고 있다. 정연하고 희미한 잿빛을 보이고 있다. 먹줄로 그은 것처럼 일직선이 되어 있다. 마치 정성들여 맵시를 부린 것 같다. 어떤 출입 상인이 참의원이 된 듯하다. 안에서도 거의 밝게 보인다. 구정물도 점잖게 흐르고 있다. 얼핏 보면 그것은 옛날에『민중이 왕을 사랑하던』그러한 좋은 시절의 왕족들이 도망치기에 매우 편리했다. 곳곳에 파졌던 지하도의 하나가 아닌가 생각될 정도다. 오늘날의 하수도는 아름다운 하수도다. 올바른 양식의 통일이 있다. 직선적인 알렉상드르(12음절의 프랑스 대표적 시구 형식)적 고전적인 미는 시에서는 추방되어 건축 속으로 달아난 것처럼 보이고 이 어두컴컴하고 뿌옇고 긴 둥근 천장의 돌 하나하나에 녹아들어 있는 듯하다. 배수구는 모두 아치형으로 되어 있다. 리볼의 거리는 하수도 속에서까지 일파를 이루고 가장 잘 나타난 장소가 있다면 그것은 바로 대도시의 배설물 구덩이일 것이다. 그곳에는 모든 것이 되도록 짧은 거리로 되어 있다. 하수도는 오늘날에는 어딘지 공적인 모습을 띠고 있다. 이따금 하수도에 관한 것을 취급하는 경찰의 보고도 이제는 그것을 소홀히 하지 않는다. 널리 쓰이는 하수도를 나타내는 공용어도 상당히 향상되고 의젓하다. 창자의 광이라고 불리던 것이 지금은 지하도라고 불리우고, 구멍이라고 불리던 것이 오늘날엔 맨홀이라고 불리어진다. 비용도 이제는 옛날에 잠자리로 삼던 곳을 찾는다 해도 발견할 수 없을 것이다. 이 지하굴의 그물눈에는 아직도 설치류라는 옛적부터 살고 있는 주민이 있는데, 옛날보다 더 많을 정도이다. 이따금 늙은 쥐가 하수도 창문으로 머리를 내밀고 파리 장들을 살펴본다. 그러나 이 기생 동물도 자기네의 지하 궁전에 만족하여 온순해져 있다. 하수도는 이미 초기의 거친 그림자를 찾아 볼 수 없다. 옛날에는 하수도를 더럽히던 빗물도 지금은 하수도를 씻어 준다. 그렇지만 마음을 놓아서는 안 된다. 유독 가스는 아직도 그곳에 차 있다. 완전무결하다기보다 빛 좋은 개살구 같은 것이다. 경찰국과 위생 당국이 무척 애를 썼지만 허사였다. 온갖 청결법이 시도됐으나 마치 참회한 뒤의 타르튀프(몰리에르 작《타르튀프》의 주인공으로 위선자의 전형)처럼 아직도 의심스러운 냄새를 무럭무럭 풍기고 있다.

요컨대, 문명에 대해 하수도가 해야 할 봉사가 청소며 또 이런 관점에서 타르튀프의 양심이 오지아스의 외양간(그리스 신화. 삼천 마리의 소를 먹이면서 삼십 년간 한 번도 청소를 안 했다는 외양간)보다는 한 걸음 진보했다는 의미에서, 파리의 하수도가 개선된 것은 의심할 여지가 없다.

아니 그것은 진보 이상이다. 하나의 변형이다. 옛날 하수도와 지금의 하수도 사이에는 하나의 혁명이 있다. 그 혁명을 누가 일으켰을까? 세상이 잊고 있는 사람, 여기에 그 이름을 밝힌 바 있는 바로 브린느조다.

6. 장래의 진보

파리 하수도의 굴착은 단순한 일이 아니었다. 거기에 허비된 십 세기 동안의 노력이 파리를 완성시킬 수 없었듯 하수도의 일을 끝낼 수 없었다. 하수도는 역시 파리가 발전하는 데 따라서 그 여파를 받지 않을 수 없다. 그것은 땅 속에서 수많은 촉각을 가지고 있는 어둠 속의 강장 동물과 같아서 그것이 지상의 도시를 따라서 커져 가는 것이다. 시가 거리를 하나 뚫을 때마다 하수도는 팔을 하나 뻗친다. 옛 왕정은 이만 삼천삼백 미터의 하수도밖에 만들지 않았다. 그것이 1806년 1월 1일 당시의 파리의 상태였다. 그때부터, 곧 이야기가 언급되겠지만 작업은 효과적으로 강력하게 재개되고 계속되었다. 나폴레옹은 이상한 숫자이지만 사천팔백사 미터를 만들었다. 루이 18세는 오천칠백구 미터, 샤를르 10세는 만 팔백삼십육 미터, 루이 필립은 팔만 구천이십 미터, 1848년의 공화 정부는 이만 삼천삼백팔십일 미터, 현 정부는 칠만 오백 미터를 건설했다. 현재에는 이십이만 육천십 미터, 실로 육백 리의 하수도가 이루어져 있는 나뭇가지, 그것이 언제나 일손을 멈추지 않는 것이다. 아무도 눈치채지 못하는 거대한 건설인 것이다.

우리가 볼 수 있듯이 오늘날 파리의 지하의 미궁은 십구세기 초의 열 배 이상이 되어 있다. 저 하수도를 현재처럼 비교적 완전한 상태로 이끌어가기 위해 치러야 했던 인내와 노력이 어느 만큼 필요했는지 상상하기조차 어렵다. 옛 왕정시대의 관청과 십팔세기 말엽의 십 년 동안의 혁명 정부 시청이 1806년 이전에 존재했던 오십 리의 하수도를 판 것도 가까스로 한 일이었다. 지질에서 오는 장해며 파리의 노동 계급의 편견에서 오는 장해 등, 온갖 종류의 장해가 그 작업을 방해했다.

파리라는 도시는 곡괭이에도 괭이에도 시추 기계에도 대항하는 것, 즉 온갖 인력에 완강하게 저항하는 광맥 위에 세워져 있다. 파리라는 놀라운 역사적 형성물이 쌓아올려 있는 지질학적 형성물만큼 파기 힘들고 뚫기 어려운 것은 없다. 어떤 형태로든지 일을 시작해서, 충적층 속으로 진행시켜 나가면, 곧 지하의 저항에 차례차례 부딪치게 된다. 묽은 점토가 있기도 하고, 물이 솟기도 하고, 단단한 바위가 있기도 하고, 전문 과학이 개자라고 부르는 부드럽고 깊은 진흙이 있다. 극히 얇은 점토맥과 아담 이전의 바다에 살던 굴 껍질을 흩뿌린 편암층이 다섯 층으로 되어 있는 석회암 속을 곡괭이는 무진 애를 쓰면서 전진한다. 때로는 물이 흘러서 완성되어 가는 둥근 천장을 갑자기 무너뜨리고 인부들을 물에 빠지게 한다. 또는 진창물이 흐르기 시작해서 폭포수처럼 억세게 밀려와서 아무리 큰 받침나무라도 유리를 깨듯 꺾어 버린다. 극히 최근 비예트에서 쌩 마르탱의 운하를, 배의 왕래를 막지 않고 또, 운하의 물을 뿜어내지도 않고 대하수도를 뚫어야 했을 때, 운하의 밑바닥에 틈이 생겨서 갑자기 지하의 공사장에 물이 넘쳐 흡수 펌프를 있는 대로 사용했으나 허사였다. 잠수부를 써서 틈을 찾게 한 바 큰 정박소 입구에 있는 틈을 막는 것이 또한 보통 힘드는 일이 아니었다. 그밖의 세느 강 근처라든가 강에서 상당히 떨어져 있더라도, 이를테면 벨르빌르나 그랑드 뤼라든가 뤼니에르 골목에서는 사람의 발이 빠지면 그대로 가라앉아 버리는 밑없는 모래 수렁과 마주쳤다. 게다가 유독 가스에 의한 질식, 흙모래의 매몰로 인한 피해, 돌연한 붕괴가 있었다. 그밖에도 질병이 있어서 노동자들은 서서히 감염되어 간다. 근래에도 우르크 강의 수도본관을 세느 강에 넣기 위한 제방까지도 함께 해서 클리쉬의 지하도를 판다는, 참호 속에 들어가서 깊이 십 미터 되는 곳에서 하는 일, 흙모래가 무너져내리는 사이를 뚫고 호의 구멍——대부분은 썩어서 악취를 풍기는——이며, 붕괴를 막느라고 만들어 놓은 받침나무 등을 의지해서 오피탈 큰 거리에서 세느 강까지 비에브르 강의 물을 끌어가는 하수도의 둥근 천장을 만드는 일, 파리를 몽마르트르의 급류에서 건져내고, 마르티르 시문 옆에 괴어 있는 구 헥타르의 진흙물의 배수로를 만들기 위한 일, 다시 말하면 블랑슈 시문에서 오베르빌리에의 도로까지 한 줄기의 하수도를 넉 달 동안 밤낮을 가리지 않고 십일 미터의 깊은 곳에서 만들어 내는 일, 바르 뒤 베크 거리에서는 참호 없이 땅 속에 들어가 지하 육 미터의 지점에서 하수도를 완성한다는, 그때까지 볼 수 있었던 일, 그러한 여러 가지 일을 한 뒤에 감독 모노는 죽었다. 또한 트라베르

씨에르 쌩 탕트완느 거리에서 루르신느 거리까지의 시내의 각 지점을 연결하는 삼천 미터의 둥근 천장을 만드는 일, 아르발레트에서 지맥을 끌어서 쌍씨에 무프타르 네거리에 넘치는 빗물을 흐르게 하는 일, 모래 사태 속에 돌과 콘크리트로 토대를 만들고 그 위에 쌩 졸츠 하수도를 뚫는 일, 노틀담 드 나자레의 지관의 토대를 낮춘다는 위험한 공사의 지휘, 그러한 여러 가지 일을 끝내고 기사 뒬로는 죽었다. 그러나 싸움터에서의 어리석은 학살보다 유익한 그들의 용감한 행위에 대해서는 아무런 보고서도 없다.

1832년 파리의 하수도는 오늘날과는 거리가 멀었다. 브린느조는 일의 실마리를 만들어 주었으나 그뒤에 행해진 광범한 개조를 단행시킨 것은 콜레라 덕분이었다. 놀라운 이야기지만, 1821년에는 대운하라고 불리웠던 대하수도의 일부가 마치 베니스처럼 구르드 거리에서 뚜껑이 드러난 채 물이 괴어 있었다. 그 냄새 나는 것에 뚜껑을 하기 위해 필요한 이십육만 팔천 프랑 육 쌍팀을 파리 시가 확보한 것은 겨우 1832년의 일이다. 콩바의 퀴네트와 쌩 망데 세 곳의 흡수 우물이 각각 배수구와 여러 가지 장치와 물을 괴게 하는 웅덩이와 정수용 분맥을 갖추어서 만들어진 것은 겨우 1836년의 일이었다. 이리하여 파리의 뱃속의 도로는 최근 사 반 세기 이래 새로 개조되고, 이미 말한 대로 열 배 이상이 된 것이다.

지금부터 삼십 년 전 6월 5, 6일의 반란이 일어난 무렵의 하수도는 여러 군데 옛날의 상태 그대로였다. 대개의 거리는 지금은 가운데가 높지만 그 무렵은 가운데가 움푹한 길이었다. 도로나 네거리의 경사가 끝난 곳, 즉 경사가 시작되는 지점에서 흔히 커다란 네모난 쇠살문을 볼 수 있었는데, 그 굵은 쇠창살문은 군중들의 발길에 닦여서 빛나고 있어 마차는 미끄러지기 쉬웠고 말을 곧잘 구르게 했다. 토목 관계의 공용어는 그러한 경사의 기점이나 창살문에 『cassis』(라틴어, 『거미줄』)라는 의미심장한 이름을 붙여 썼었다. 1832년에는 에트왈르 거리, 쌩 루이 거리, 탕플 거리, 비에이유 뒤 탕플 거리, 노틀담 드 나자레 거리, 폴리 메리쿠르 거리, 플뢰르 강변 프티 뮈스크 거리, 노르망디 거리, 퐁 토 비슈 거리, 마레 거리, 생 마르탱 교외, 노틀담 데 빅트와르 거리, 몽마르트르 교외, 그랑쥬 바틀리에르 거리, 샹 젤리제, 자코브 거리, 투르농 거리 등의 많은 도로에 옛날 그대로의 고딕식 하수구가 아직도 주저하지 않고 아가리를 벌린 채 있었다. 별게 아니다. 덮개가 달린 거대한 돌로 만들어진 구멍으로 경곗돌로 둘레를 두른 것도 있는 마치 기념물적인 뻔뻔스러움을 갖추고 있었다.

1806년 파리의 하수도는 1663년 5월에 공인된 전장 오천삼백이십팔 트와즈와 같은 거리였다. 브린느조 이후 1832년 1월 1일에는 그것이 사만 삼백 미터가 되어 있었다. 1806년부터 1831년까지 매년 평균 칠백오십 미터를 만든 셈이었다. 그뒤 매년 팔천 미터에서 만 미터에 이르는 지하도는 콘크리트의 토대 위에 수경성 석회반을 다져넣는 공사로 구축되어 갔다. 일 미터 당 이백 프랑으로 치고 현재의 파리 하수도 육백 리는 사천팔백만 프랑이 되는 셈이다.

파리의 하수도라는 이 큰 문제에는 처음에 지적한 바 있는 경제적인 진보 외에 공중 위생상의 중대 문제가 결부되어 있다.

파리는 물의 층과 공기의 층이라는 두 개의 넓은 사이에 있다. 물의 층은 지하에 상당히 깊이 가로놓여 있는데, 이미 두 개의 굴착으로 더듬어져서 석회질의 암석과 쥐라 계에 속하는 석회석과의 사이에 있는 녹색의 사암층에서 나온다. 그 사암층은 반경 이백오십 리의 원반으로 나타낼 수가 있다. 크고작은 많은 개천물이 그 속에 스며들어 있다. 그래서 그르넬르 거리의 우물을 한 잔 마시면, 세느 강, 마르느 강, 욘느 강, 와즈 강, 앤느 강, 세르 강, 비엔느 강, 그리고 르와르 강의 물을 마시는 것이 된다. 이 물의 층은 위생적이다. 그것은 처음에는 하늘에서 내리고, 다음에는 땅에서 나온다. 그런데 공기의 층은 비위생적이어서 하수도에서 나온다. 하수도에서 온갖 독기가 시의 호흡하는 공기에 섞여 있다. 숨 쉬기가 어렵게 되는 것은 그 때문이다. 퇴비 위에서 채취한 공기가 파리에서 채취한 공기보다 깨끗하다는 것은 과학적으로 확인되어 있다. 그러나 일정한 시일이 지나면 진보하는 데 따라서 여러 기관도 완성되고 좋은 착상도 떠올라 물의 층을 사용해서 공기의 층을 정화할 수 있게 될 것이다. 즉, 하수도를 세척할 수 있게 될 것이다. 하수도의 세척이라는 말이 여기에서는 진창을 대지로 돌려보낸다는 의미가 있다는 것을 잘 알 것이다. 즉, 흙에, 다시 말해서 비료를 밭에 돌려보낸다는 것이다. 이 간단한 일 하나로 사회 전체의 빈곤이 감소되고 건강은 증진될 것이다. 현재 파리에서 온갖 질병이 만연되는 것은, 루브르를 그 전염의 수레바퀴의 굴대라고 한다면, 오백 리 사방에 이르고 있다.

십세기 이후 하수도는 파리의 질병의 근원이었다고 할 수 있겠다. 하수도는 도시가 혈액 속에 지니고 있는 독이다. 민중의 본능은 그것을 절대로 놓치지 않았다.

도살자의 직업을 누구나 싫어해서 오랫동안 사형집행인에게만 맡겨져 있었듯이 하수도 청소부의 일도 옛날에는 거의 그와 같은 정도로 위험해서 역시 민중들의 혐오를 받았다. 그 구린내 나는 구덩이 속을 석공들로 하여금 들어가게 하려면 비싼 임금을 치러야 했고 우물을 파는 인부의 사다리도 그곳에 내려가기를 주저했다. 『하수도에 내려가는 것은 무덤 속에 들어가는 일이다』라는 속담까지 사람들의 입에 오르내렸다. 게다가 조금 전에 말한 바와 같은 갖은 끔찍한 전설이 그 거대한 하수도를 공포로 뒤덮고 있었다, 사람들이 두려워하는 그 소굴은 인간의 혁명뿐 아니라 지구 혁명의 흔적까시도 남겨 두어 노아의 대홍수 때의 조개껍질에서 마라의 누더기 천에 이르기까지 온갖 대변동의 유물이 발견되는 것이다.

제 3 장 진창임과 동시에 영혼

1. 하수도 속에서의 생각지 못했던 놀라움

장 발장이 들어간 곳은 바로 이러한 파리의 하수도였다.

이곳에는 또 하나의 파리와 바다와의 공통점이 있다. 바다 속에서처럼 거기에 빠진 자는 영영 사라져 버리고 만다.

상황의 변화는 이상할 정도였다. 시의 한복판에 있는데도 뚜껑을 열었다가 다시 닫는 순간 그는 대낮에서 캄캄한 암흑속에, 정오에서 한밤중에, 소음에서 침묵으로, 소용돌이치는 우뢰 소리에서 무덤 속 같은 정적으로, 또 폴롱쏘 거리에서 급변보다 더욱 놀라운 급변화에 의해서 위험의 극에서 안전하기 이를 데 없는 상태로 들어간 것이다.

지하로 홀연히 떨어진다는 것, 파리의 지하 감옥 속으로 사라진다는 것, 죽음이 충만한 거리를 떠나서 생명이 있는 일종의 무덤에 오는 것, 그것은 신기한 순간이었다. 그는 그대로 한동안 망연해서 귀를 기울이고, 아찔한 채로 있었다. 구원의 함정이 그의 발밑에 갑자기 입을 벌린 것이다. 천상의 자애가 배신하여 그를 포로로 한 것이다. 찬탄할 만한 신의(神意)의 기다림이었다.

다만 떠메어진 사나이는 꼼짝도 하지 않았다. 장 발장은 이 무덤 구덩이 속에서 자신이 짊어지고 있는 사나이가 과연 살아 있는지 죽어 있는지 몰랐다.

그의 최초의 감각은 눈이 보이지 않게 된 일이었다. 돌연 아무것도 보이지 않았다. 또한 순간적으로 귀가 들리지 않게 되었다고 생각했다. 아무것도 들리지 않았다. 불과 몇 피트 머리 위에서 불어젖히는 살인의 광적인 폭풍은 이미 말했듯이 두터운 지면에 가로막혀서 지금은 그의 귀에 둔하고 희미하게 깊은 곳의 울렁거리는 소음처럼 전해올 뿐이었다. 발밑에 딱딱한 것이 느껴졌다. 그것뿐이었다. 그러나 그것만으로 충분했다. 한 팔을 뻗치고 다른 팔을 뻗치니 양쪽이 다 벽에 닿아 통로가 좁다는 것을 알았다. 발이 미끄러지기 때문에 돌바닥이 젖어 있는 것을 알았다. 구멍인지 물이 괸 곳인지 아니면 깊은 못인지, 두려워하면서도 조심스레 한 발을 내디뎠다. 돌바닥이 죽 뻗쳐 있는 것이 확실했다. 구린내 나는 공기로 이곳이 어딘지 알았다.

조금 지나자 눈이 보이게 되었다. 희미한 빛이 조금 전에 자신이 기어들어온 통풍 구멍으로 비치고 있었다. 눈도 그 땅 밑에서 익숙해져 왔다. 무엇인지 분간할 수 있게 되었다. 두더쥐처럼 숨었다고밖에는 표현할 수 없는 그 굴은, 뒤는 벽이었다. 그것은 전문 용어로 지맥이라고 부르는 막다른 골목의 하나였다. 앞쪽에도 또 하나의 벽, 밤의 벽이 있었다. 통풍 구멍에서 비치는 빛은 장 발장이 있는 곳에서 열 걸음이나 열 두어 걸음까지밖에 미치지 못했고 하수도의 축축한 벽을 겨우 십여 미터 희끄무레하게 비추고 있을 뿐이었다. 그 앞은 짙은 암흑이었다. 그곳으로 들어간다는 것은 두려웠고, 들어가기만 하면 삼켜져 버리고 말 것 같았다. 그러나 그 안개 벽 속으로 들어갈 수도 있을지 모를 일이었고 또 그렇게 하지 않으면 안 되었다. 그것도 서둘러야만 했다. 장 발장은 자신이 포석 밑에서 발견한 그 쇠살문을 병사들도 발견할지 모르며, 모든 것은 우연에 달려 있다는 것을 생각했다. 병사들도 이 우물 속으로 내려와서 없어질지도 모르는 일이었다. 일 분도 헛되게 할 수 없었다. 그는 마리우스를 땅에 내려놓았다가 다시 들어올렸다. 사실 그대로였다. 그리고 그를 어깨에 짊어지고 걷기 시작했다. 그는 대담하게 어둠 속으로 들어갔다.

사실로 말하자면 장 발장이 생각하고 있었던 만큼 안전하진 않았다. 종류가 다른, 그리고 덜하지도 않은 커다란 위험이 그들을 기다리고 있는지도 몰랐다. 전투의 거센 소용돌이가 지난 뒤, 이번에는 유독 가스와 함정의 동굴이었다. 혼란 뒤에 시궁창이었다. 장 발장은 하나의 지옥에서 다른 지옥으로 떨어진 것이다.

쉰 걸음쯤 간 곳에서 걸음을 멈추어야 했다. 문제가 하나 생긴 것이다. 지하도는 또 하나의 관에 이어져 있고 그것과 엇비슷하게 만나는 곳에 두 개의 길이 나 있었다. 어느 쪽을 택해야 하나 ? 왼쪽으로 돌아야 할지, 오른쪽으로 돌아야 할지 ? 이 어두운 미궁 속에서 어떻게 방향을 잡아야 할 것인가 ? 이 미궁에서는 우리가 주의해 두었듯이 하나의 실마리가 있다. 그 속의 경사이다. 경사를 따라 내려가면 강에 도달할 수 있다. 장 발장은 즉각 그것을 알아차렸다.

그는 생각했다. 이곳은 틀림없이 시장의 하수도일 것이다. 그러니까 왼쪽으로 길을 택해서 경사를 따라가면 십오 분도 못되어 퐁 뇌프와 퐁 토 샹즈(둘 다 세느 강의 오른쪽 강변과 씨테 가운데 섬을 연결하는 다리) 사이의 세느 강으로 나가는 출구의 어딘가에 도착하게 될 것이다. 그건 대낮에 파리의 가장 번화한 지점에 나타나는 것이다. 아마도 네거리 땅바닥의 덮개에 도달하게 될 것이다. 피투성이의 두 사나이가 발밑의 땅바닥에서 나오는 것을 본다면 지나가던 사람들은 기겁을 할 것이다. 경관이 달려오고 근처의 헌병들이 무장을 하고 올 것이다. 밖으로 나가기도 전에 붙잡히고 말 것이다 그러기보다는 이 미궁 속에 몸을 숨기고, 이 어둠을 의지해서 출구로 나가는 것은 신의 뜻에 맡겨 두는 편이 좋겠다. 그는 다시 경사를 더듬어 올라가 오른쪽으로 돌았다.

지하도의 모퉁이를 돌자, 통풍 구멍에서 새어들어 오던 아득한 빛은 사라지고 어둠의 장막이 다시금 그의 위에 내려져 또다시 앞이 보이지 않게 되었다. 그래도 그는 발을 멈추지 않고 되도록 빨리 서둘렀다. 마리우스의 양팔은 그의 목을 감고 다리는 그의 등뒤로 늘어져 있었다. 그는 그 두 팔을 한 손으로 누르고, 다른 쪽 손으로 벽을 더듬으며 걸었다. 피에 젖은 마리우스의 뺨이 그의 뺨에 닿아서 끈적끈적하게 늘어붙었다. 마리우스의 몸에서 뜨뜻미지근한 액체가 자신의 몸위로 흘러 옷 속으로 스며드는 것을 느꼈다. 그러나 부상자의 입이 닿아 있는 귀 언저리에 축축한 온기가 느껴지는 것은 아직도 숨을 쉬고 있는, 즉 살아 있다는 증거였다. 장 발장이 지금 걸어가는 곳은 처음의 지하도보다 넓었다. 장 발장은 그곳을 상당히 고생하면서 걸어갔다. 어제의 빗물이 아직도 다 빠지지 않아서 아치의 토대를 이루는 양쪽 기슭 중앙에 조그마한 급류를 이루고 있었으므로 그는 벽에 달라붙어 발을 물에 넣지 않도록 걸어야만 했다. 이렇게 해서 그는 어둠 속을 걸어갔다. 마치 보이지 않는 세계를 더듬으면서 지하의 암흑의 물줄기 속으로 섞여 들어가는 밤의 생물 같았다.

그러나 차츰 멀리 있는 구멍에서 비쳐드는 희미한 빛이 어두운 안개 속에 떠올라 있는 건지, 아니면 그의 눈이 어둠 속에 익숙해졌는지 희미한 시력이 되살아와서 손으로 더듬고 있는 벽이며 머리 위의 둥근 천장이 어렴풋하게 보이기 시작했다. 눈동자는 암흑 속에서 확대돼서 이윽고 암흑 속에서도 빛을 발견하기에 이른다.

마치 영혼이 불행 속에서 팽창하여 거기에서 신을 발견하듯이.

방향을 잡는 것은 매우 곤란했다. 하수도의 길은 그 위에 있는 도로의 줄기를 반사한다고 해도 좋았다. 당시의 파리에는 이천이백 개의 거리가 있었다. 그 밑에 하수도라는 암흑의 나뭇가지가 잔뜩 뻗쳐 있는 가지의 숲을 상상해 보라. 그 무렵 존재했던 하수도 망은 끝과 끝을 연결하면 길이가 백십 리에 달했다. 앞서도 말했듯이, 현재의 그물눈은 최근 삼십 년 동안의 활발한 공사 덕분에 육백 리를 넘고 있다.

장 발장은 처음에 착각했다. 그는 쌩 드니 거리 밑에 있는 줄 알았으나 유감스럽게도 그렇지 않았다. 쌩 드니 거리 밑에는 루이 13세 시대부터의 낡은 돌로 만들어진 하수도가 있어 대하수도라고 불리는 종합 하수도로 곧장 통해 있었다. 단 하나, 오른편에 옛날의 쿠르 데 미라클(기적의 광장)의 언덕에 팔꿈치를 내밀고, 또 그 한 줄기는 나뉘어서 생 마르탱 하수도로 네 개의 팔은 열십자로 교차되어 있다. 그러나 코랭트 주점 옆에 입구가 있는 프티트 트뤼앙드리의 지맥은 쌩 드니 거리의 땅밑을 통하는 것은 아니다. 그것은 몽마르트르의 하수도에 통하고 있는데 장 발장은 그곳으로 들어간 것이다. 그곳에선 길을 잃을 위험성이 컸다. 몽마르트르 하수도는 낡은 그물눈 중에서도 특히 미로의 하나이다. 다행한 것은 장 발장은 많은 돛대를 얽어 놓은 것 같은 모양의 시장의 하수도는 이미 지나 있었다. 그러나 앞길에서는 한 군데뿐이 아닌 난관, 수많은 거리의 모퉁이가——실제 이곳은 도로인 것이다——암흑 속에 의문부호처럼 놓여 있는 것이다. 첫째로 왼쪽에는 알아맞히기 놀이와 같은 커다란 라트리에르 하수도가 그 흩어진 T자 형이나 Z자 형을 우체국과 밀시장의 원형 건물 밑에서 세느 강까지 얽힌 가지를 내밀어 그곳에서 Y자 형을 이루고 있다. 둘째로 오른편에는 카드랑 거리의 구부러진 지하도가 세 개의 이빨과 같은 막다른 골목을 가지고 있었다. 셋째로 왼편에는 마이유의 지관이 거의 입구에서부터 갈퀴처럼 얽혀 있어서 그것을 지그재그로 더듬어가면 사면팔방으로 갈라진 토막을 만들고 가지처럼 갈라져 있는 루브르의 대지하실의 배출구로 나가게 된다. 마지막으로 오른편에는 조그마한 옆구멍이 도처에 있는 것을 차치하고도 환상 하수도로 나가기까지에는 죄뇌르 거리의 막다른 지하도가 있다. 그리고 이 환상 하수도만이 안전한 먼 출구로 그를 데려다 줄 수 있다.

만약에 장 발장이 우리가 지적한 사실을 조금이라도 알았다면 벽을 만져 보기만

하고도 쌩 드니 거리의 지하도에 있는 것이 아니라는 것을 곧 깨달았을 것이다. 오래된 잘라낸 돌 대신에, 다시 말해서 화강암과 일 트와즈에 팔백 프랑이나 돈이 드는 순도 높은 석회 회벽으로 만든 양쪽 기슭의 토대와 도랑이 있고 하수도에 이르기까지 기품을 나타냈던 옛 왕궁식 건축 대신에 근대의 값싸고 경제적인 방법으로 일 미터 당 이백 프랑의 콘크리트 기초에 수경성 석회로 굳힌 돌덩어리인, 이른바『싼 재료』를 사용한 부르조아식 석공술을 손바닥에 느낄 수 있었을 것이다. 그러나 그는 전혀 아무것도 몰랐다.

그는 불안감에 사로잡혀서, 그러나 침착하게 아무것도 보지 않고 아무것도 모르고 우연 속에 몸을 맡기고, 신의 뜻에 따라 걸어나갔다.

사실을 말하면, 그는 차츰 어떤 공포에 사로잡혀 갔다. 그를 에워싸고 있는 어두운 그림자가 그의 정신 속에 스며들고 있었다. 그는 수수께끼 속을 걸어갔다. 이 하수도는 무섭다. 아찔해질 만큼 복잡하게 얽혀 있다. 이 암흑의 파리 속에 사로잡히는 것은 불길한 일이다. 장 발장은 보이지도 않은 길을 찾아 내서, 아니 거의 만들어 내다시피해서 가야 했다. 이 미지의 세계에서는 내딛는 한 발자국이 마지막 한 발이 될지도 모르는 일이었다. 어떻게 이곳에서 빠져나갈 수 있을까? 출구를 찾아 낼 수 있겠는가? 그것도 적당한 시기에 발견할 수 있겠는가? 돌로 된 벌집과 같은 이 땅속의 온 해면은 사람이 속으로 들어가거나 뚫고 나가는 것을 허락할 것일까? 무언가 예기치 못했던 암흑의 매듭에 부딪치지 않을까? 빠져 나갈 수 없는 곳에 견뎌낼 수 없는 곳에 빠지는 것은 아닐까? 이곳에서 마리우스는 많은 출혈 때문에, 그리고 자신은 굶주림 때문에 죽는 것이나 아닐까? 둘 다 마지막에는 여기서 행방불명이 되어 이 밤의 한편 구석에서 두 개의 해골이 되어 버리는 것은 아닐까? 그는 알 수 없었다. 이와 같은 일들을 마음에 물어 보았지만, 대답할 수가 없었다. 파리의 내장은 하나의 깊은 심연이었다. 예언자처럼 그는 괴물의 뱃속에 있었다.

문득 그는 깜짝 놀랐다. 여태까지 곧장 걸어나왔던 그는, 순간 길이 이미 오름길이 아니라는 것을 깨달았다. 도랑의 물은 발끝에서 오지 않고 발뒤꿈치에서 부딪치고 있었다. 하수도는 이제 내리막길이었다. 어찌된 셈일까? 그렇다면 갑자기 세느 강에 도착한 것일까? 그것은 매우 위험한 일이었지만 되돌아간다는 것은 더욱 위험했다. 그는 그대로 전진했다.

그가 가는 길은 실은 세느 강을 향하고 있지 않았다. 세느 강 오른편 기슭인 파리의 땅이 만들어 내고 있는 움푹한 곳은 그 한쪽 물줄기를 세느 강으로, 또 한쪽 물줄기를 대하수도로 흘려 보내고 있다. 물줄기가 갈라지는 지점인 그 오묵한 곳은 몹시 고르지 못한 선을 그리고 있다. 배수의 갈림길인 제일 꼭대기는, 쌩트 아브와 하수도에서는 미셸 르콩트 거리 너머에 있고, 루브르의 하수도에서는 큰 거리 가까이에 있으며 몽마르트르 하수도에서는 시장 가까이에 있다. 장 발장이 닿은 곳은 바로 그 가장 꼭대기였다. 그는 환상 하수도 쪽을 향하고 있었던 셈이다. 길은 옳게 잡은 셈이다. 그러나 그는 그런 사실을 전혀 몰랐다.

분기점으로 나올 때마다 그는 모퉁이를 더듬어 보고 그 입구가 지금 자기가 서 있는 지하도보다도 좁은 것 같으면 구부러지지 않고 곧장 걸어 나갔다. 좁은 길은 모두 막다른 골목에 닿게 마련이어서 목적지, 즉 출구에서 멀어질 뿐이라고 그럴 듯한 판단을 내렸기 때문이다. 그는 이렇게 해서 앞서 말했던 네 개의 미로에 의해 어둠 속에 펴진 네 개의 함정을 피할 수가 있었다.

그러다가 문득 그는 폭동이 화석처럼 만들어 버린 파리, 바리케이드가 교통을 차단한 파리 밑을 빠져나와서 활기 넘치는 평소와 같은 파리 밑에 왔다는 것을 알았다. 갑자기 머리 위에서 천둥 소리처럼, 그러나 멀지만 주욱 계속되는 소리를 들었다. 마차가 굴러가는 소리였다.

적어도 그의 계산으로 삼십 분 가량 걸었다. 아직 쉬어야겠다는 생각은 없었다. 다만 마리우스를 받치고 있던 팔을 바꾸었을 뿐이다. 어둠은 점점 더 짙어졌지만, 그 짙은 어둠이 오히려 그의 마음을 가라앉혔다.

돌연 앞쪽에 자신의 그림자가 보였다. 그림자는 극히 희미한 엷은 붉은 빛 위에 떠올라 있었는데, 그 붉은 빛은 발밑의 토대와 머리 위의 둥근 천장을 불그레하게 물들이고 지하도의 끈적끈적한 양쪽 벽 위에 미끄러지는 것처럼 좌우로 움직이고 있었다. 깜짝 놀라서 그는 뒤를 돌아다보았다.

그의 등뒤, 지금 막 지나온 지하도의 일부에, 거리는 훨씬 먼 것처럼 여겨졌으나 짙은 어둠을 뚫고 무서운 별 같은 것이 불타듯 그를 노려보고 있는 듯했다.

그것은 하수도 속에 뜨는 꺼림칙한 경찰의 별이었다. 그 별 뒤에는 검고 똑바른, 희미하고 무서운 여나믄 사람의 그림자가 겹쳐서 움직이고 있었다.

2. 해 석

6월 6일에, 하수도 수색 명령이 내렸다. 패배자들이 그곳을 피신처로 삼았을 우려가 있었기 때문이다. 뷔조 장군이 표면의 파리를 소탕하고 있는 동안 지스케 총감은 이면의 파리를 뒤져야만 했다. 서로 관련된 이중 작전——위에서는 군대, 밑에서는 경찰에 의해 대표되는 관헌의 양면 작전을 필요로 했던 것이다. 경관과 하수도 청소부와의 삼 분대가, 그 일 분대는 세느 강 오른쪽 기슭에, 또 일 분대는 왼쪽 기슭에, 나머지 일 분대는 씨테로 나뉘어서 파리의 지하도를 뒤졌다. 경관들은 기총과 곤봉과 검과 단도로 무장하고 있었다.

지금 장 발장에게로 돌려진 것은 오른편 기슭에 배치된 순찰대의 등불이었다.

그 순찰대는 카드랑 거리 밑에 있는 굽은 지하도와 세 군데의 막다른 골목을 돌아보고 오는 길이었다. 순찰대가 그 막다른 골목 깊숙이 제등 불빛을 들이비치고 있는 동안에 장 발장은 바로 그 지하도 입구에 닿았으나 지금까지 걸어오던 수로보다 좁다고 판단하고 그곳에 들어가지 않았던 것이다. 그는 그곳을 지나쳐 버렸다. 경찰관들은 카드랑의 지하도에서 나올 때 환상 하수도 쪽에서 발소리가 난다고 여겼다. 그것은 장 발장의 발소리였다. 순찰 대장인 경관은 자신의 등불을 높이 쳐들고, 대원들은 발소리가 들려오는 쪽의 안개 속을 들여다보기 시작했다.

장 발장에게는 뭐라 형용할 수 없는 절박한 순간이었다.

다행히도 그에게는 등불이 잘 보이는데 불빛 쪽에서는 그가 잘 보이지 않았다. 등불은 빛이었고 그는 그림자였다. 그는 훨씬 먼 곳에 있는데다가 주위의 어둠에 휩싸여 있었다. 그는 벽에 바싹 기대어 가만히 서 있었다.

더욱이 자기의 등뒤에서 움직이고 있는 것이 무엇인지 알지 못했다. 자지도 못한데다 기아와 겹치는 흥분으로 그는 환각 상태에 빠져들어갔다. 그는 타오르는 불꽃을 보고, 그 불꽃 주위의 귀신들을 보았다. 저게 무얼까? 그는 알 수 없었다.

장 발장이 걸음을 멈추었기 때문에 발소리도 멎었다. 순찰대는 귀를 기울였으나 아무것도 들리지 않았다. 그들은 의논했다.

몽마르트르 하수도의 그 지점은, 큰비가 올 때면 빗물이 폭포처럼 밀려와서 지하에 조그마한 호수를 만들기 때문에 허물어 버렸으나, 그 당시는 아직 이른바 『통용로』식인, 어디나 통하는 네거리였다. 순찰대는 그 네거리에 집결할 수 있었다.

장 발장은 그러한 도깨비들이 둥근 원을 짓는 것을 보았다. 도둑을 지키는 그 개들의 머리는 한데 모여들어 수군거렸다.

개들은 의논한 결과, 자기들이 잘못 생각했던 것이고, 소리는 나지 않았고, 아무도 없었고, 환상 하수도에 들어갈 필요는 없으며 그것은 시간만 허비하게 된다, 그보다는 쌩 메리 쪽으로 서둘러 가는 게 낫다, 이제부터 해야 할 일이나 『부쟁고』(1830년 혁명 뒤에 민주주의의 급진적인 정치 의식을 가진 파리의 행동적인 청년들에 대한 멸시의 말)를 추격해야 한다면 그 방면으로 가야 한다는 것을 결정했다.

당파는 자신에 대한 낡은 모욕적인 별명을 이따금 새로운 것으로 바꾸어 놓는다. 1832년에 『부쟁고』라는 말은 이미 닳아서 사라진 『자코뱅』이라는 말과, 이 당시 거의 쓰이지 않았지만 후에 많이 쓰이게 된 『데마고그』라는 말 사이를 메우고 있었다.

대장은 왼쪽으로 구부러져 세느 강의 언덕길을 내려가도록 명령했다. 만약 그들이 두 편으로 갈라져서 두 방향으로 가기로 했다면 장 발장은 붙잡혔을 것이다. 일은 거기에서 결정되었다. 아마도 전투가 벌어질 경우, 많은 폭도들이 있을 것을 예상했던 시경의 훈령이, 순찰대가 분산되는 것을 금했던 것이다. 순찰대는 장 발장을 뒤에 남겨두고 걸어가기 시작했다. 그 움직임에서 장 발장의 눈에 뜨인 것은 불빛이 갑자기 방향을 바꾸어서 사라진 것뿐이었다.

그곳을 떠나기 전에 대장은 경찰관다운 조심성에서 그대로 방치해 두고 가는 방향으로, 즉 장 발장이 있는 쪽으로 총을 한 발 쏘았다. 발사음은 지하도 속에 메아리를 일으켜서 마치 거인의 창자에서 요란한 소리가 나는 것 같았다. 회반죽한 벽 조각이 하나 물속에 떨어져서 장 발장으로부터 몇 걸음 떨어진 곳에서 물소리를 냈기 때문에 그는 탄환이 머리 위의 둥근 철강에 맞았다는 것을 알았다.

규칙적인 느릿느릿한 발소리가 한동안 돌바닥 위에 울리고, 거리가 멀어짐에 따라서 점점 약해지고, 검은 그림자의 무리가 어둠 속에 휘말리고 희미한 불빛은 흔들리고, 떠돌고, 그것이 둥근 천장에 던지는 불그스름한 아치형은 작아지고, 그런 다음에 사라지고, 침묵이 깊어지고, 어둠이 모든 것을 감싸 아무것도 보이지도 들리지도 않게 되었다. 그러나 장 발장은 아직 움직이려고도 하지 않고 오랫동안 벽에 등을 대고 귀를 기울인 채 눈동자를 크게 뜨고 그 환영들의 일대가 사라져 버린 뒤를 가만히 응시하고 있었다.

3. 미행당하고 있는 사나이

당시의 경찰이 극히 중대한 공적인 위기에서 당황하지 않고 도로 행정과 경계의 임무를 다했다는 것을 인정해야 한다. 폭동은 경찰의 눈으로 보면, 범죄자들을 방임하거나 또 정부가 위태롭다고 해서 사회를 아무렇게나 내버려둬도 좋다는 구실이 될 수는 없었다. 일상적인 임무는 비상의 임무 중에서도 정확하게 수행되었고 문란되는 일이 없었다. 포문을 예측할 수 없는 정치적인 사건 속에서 혁명이 될지도 모르는 절박한 때에도 폭동이나 바리케이드에 정신을 팔지 않고 한 경찰은 도둑을 『미행』하고 있었다.

6월 6일 오후, 세느 강의 강변, 앵발리드 다리 오른쪽 기슭의 강둑에서 그와 같은 일이 일어나고 있었다.

그곳의 강둑은 지금은 없어졌다. 그 근처의 모습은 변했다.

그 강둑에서 지금 두 사나이가 일정한 간격을 두고 서로의 눈을 피하면서 서로 상대편을 주의하고 있는 듯했다. 앞을 가는 쪽은 멀어지려고 애쓰고 뒤에서 따라가는 쪽은 다가가려 애쓰고 있었다.

마치, 멀리서 말없이 장기를 두는 것 같았다. 둘 다 서두르는 빛 없이 천천히 걷고 있었다. 너무 서두르다가 상대편의 걸음을 그만큼 빠르게 하지 않도록 양쪽이 모두 마음을 쓰고 있는 듯했다. 굶주린 짐승이 먹이를 뒤쫓으면서도 그러한 심정을 나타내지 않는 것 같았다. 먹이 쪽도 억센 놈이어서 몸을 단단히 지키고 있었다.

쫓기는 족제비와 쫓는 개와의 사이에 적당한 균형이 지켜지고 있었다. 달아나는 사나이는 몸집이 작고 얼굴도 궁상스러웠다. 붙잡으려는 사나이는 몸집이 크고 억세지만 엄숙한 표정이었으며 뚝심도 있어 보였다.

앞의 사나이는 자기가 약하다는 것을 알고 뒤의 사나이를 피하고 있었다. 그러나 피한다고 해도 그 태도가 매우 초조해서 자세히 살펴보면, 그의 눈빛에도 도망치는 자의 어두운 적의와, 두려움 속에 내포되는 강박 관념을 엿볼 수 있었을 것이다.

강둑은 쓸쓸했다. 지나가는 사람도 없었다. 여기저기에 묶여 있는 작은 배에는 뱃사공도 인부도 없었다.

그들의 모습이 잘 보이는 곳은 맞은편 기슭뿐이었다. 그만한 사이를 두고 본다 해도 앞에 가는 사나이는 머리가 더부룩하고 옷도 너덜너덜한 게 수상해 보이고,

불안스럽게 찢어진 작업복 밑에서 떨고 있었고, 뒤따르는 사나이는 의젓한 관리 같은 사람으로 턱에까지 단추를 끼운 프록차림의 관복을 입은 것을 볼 수 있을 것이다. 좀더 가까이 다가가서 봤다면 그 두 사나이가 누구인지 독자는 알았을 것이다.

뒤의 사나이는 무엇이 목적이었을까? 아마도 앞에 선 사나이에게 좀더 따뜻한 옷을 입혀 주려는 것이었으리라.

국가의 관복을 입은 사나이가 누더기를 걸친 사나이를 뒤따르는 것은, 그 사나이에게 역시 국가의 관복을 입혀 주기 위해서다. 다만 그 빛깔이 문제이다. 푸른 관복을 입는 것은 명예로운 일이지만 붉은 관복을 입는 것은 불쾌하다. 천한 붉은 빛이라는 것도 있다(붉은 빛은 원래 고귀한 신분을 나타내는 빛이지만 붉은 관복은 죄수복이다). 앞의 사나이가 싫어하는 것은 아마도 그런 종류의 불쾌감이고 그런 붉은 빛이리라.

뒤따르는 사나이가 그러한 사나이를 앞세우고서도 아직 붙잡으려고 하지 않는 것은 누가 봐도 그가 어딘가 뚜렷한 장소, 좋은 포획물이 모여 있는 곳에 이르기를 기다리자는 심산인 것 같았다. 그러한 미묘한 작전을 『미행』이라고 한다.

이 추측은 그대로 적중했다. 단추를 끼운 사나이는 강변 거리를 빈 채로 지나가는 마차를 강둑에서 발견하고 마부에게 신호를 했던 것이다. 마부는 끄덕이고 볼일 있는 사람이 누구인가를 깨달은 모양이었다. 방향을 바꾸어서 강변 거리 위에서 두 사람의 뒤를 보통 걸음으로 따라가기 시작했다. 앞서 가는 수상한 누더기를 걸친 사나이는 그것을 알아차리지 못했다.

마차는 샹 젤리제의 가로수를 굴러갔다. 채찍을 손에 든 마부의 상반신이 강변 거리의 난간 위를 움직이며 가는 것이 보였다.

경관들에 대한 경찰의 비밀 훈령 중의 하나에 이런 항목이 있다——『불의의 사건인 경우에는 항상 마차를 가까이에 확보하여 둘 것.』

서로 빈틈없는 전략을 짜면서, 두 사나이는 강둑의 내리받이가 물가까지 닿아 있는 곳에 이르렀다. 거기는 그 당시 파씨에서 도착한 마차의 마부들이 말에게 물을 먹이기 위해 물가까지 갈 수 있도록 만들어 놓은 장소였다. 그 비탈은 그뒤 주위의 균형을 잡기 위해서 허물어졌다. 덕분에 말은 몹시 목이 타지만 보기에는 깨끗했다.

어쩐지 작업복을 입은 사나이는 그 비탈을 올라가서 샹 젤리제로 도망치려는 듯싶었다. 샹 젤리제는 나무숲이 우거진 곳이지만 대신 경관들이 오가고 있어 뒤따르는 사나이는 쉽게 도움을 얻을 수 있을 것이다.

강변 거리의 그 지점은 1824년에 브라크 대령에 의해서 모레(모레슐르 로완 퐁티느브로 가까운 작은 마을)에서 파리로 옮겨진 건물, 이른바『프랑스와 1세의 집』(1572년 모레에서 사냥할 때의 휴게실용으로 세워진 건물인데『레 깃드 브루』 1955년 판에 의하면 1826년 파리로 옮겨졌다. 현재도 파리의 쿠르 알베르에 프르미에 있다)에서 불과 조금밖에 떨어져 있지 않다. 파출소도 아주 가까운 곳에 있었다.

그러나 놀랍게도 쫓기는 사나이는 물먹이는 곳의 비탈쪽으로 길을 잡지 않았다. 그는 그대로 강변을 따라 둑 위로 걸어갔다. 그의 위치는 눈에 뜨이게 위태로 워졌다. 세느 강으로 뛰어드는 것이 아니라면 어떻게 하려는 것일까 ?

그보다도 앞에는 강변 거리로 올라가는 길이 없다. 이제는 비탈도 계단도 없다. 게다가 바로 앞은 세느 강이 이예나 다리 쪽으로 구부러지는 지점이어서 그곳 에서는 둑은 차츰 좁아지고 끝내는 얇은 혓바닥처럼 되어 물속으로 사라져 버렸다. 그곳까지 가면 오른편은 절벽이, 왼편과 앞은 강이, 그리고 등뒤에는 경관이 있어서 피할 수가 없었다.

사실 그 둑이 끝나는 곳은 무엇인가가 허물어져서 생긴 흙무덤이 육칠 피트 가량 수북이 쌓여 있어 시야를 가로막고 있었다. 그러나 피하는 그 사나이는 한 바퀴 돌면 그만일 이 흙더미 그늘에 용케 숨을 수가 있다고 생각하는 것일까 ? 그런 방법은 어린아이를 속이는 거나 다를 바 없을 것이다. 그도 아마 그럴 생각은 아니었다. 도둑놈도 그렇게까지 단순하지는 않다.

흙더미는 둑에 언덕처럼 되어 있고 강가의 벽에까지 곶처럼 길게 뻗쳐 있었다.

쫓기는 사나이는 그 작은 언덕에 당도하자 그곳을 돌았다. 쫓는 사나이에게 보이지 않게 되었다.

쫓는 사나이에게 상대의 모습이 보이지 않게 되었고 상대방에게도 자기의 모 습이 보이지 않았다. 그래서 그 틈을 타서 지금까지의 가장을 내던지고 걸음을 훨씬 빠르게 했다. 얼른 흙더미 있는 데까지 와서 그곳을 빙 돌았다. 그러나 그는 그 자리에 멍하니 서 버렸다. 그가 쫓아온 사나이는 이미 그곳에 없었다. 작업복을 입은 사나이는 그림자도 보이지 않았다.

강둑은 흙더미에서 불과 서른 걸음도 되지 않고 거기서부터 앞은 강에 부딪치는 물에 가라앉아 있었다. 도주자가 세느 강에 뛰어들었든가 강가로 기어올라갔든가

했다면 쫓는 자의 눈에 뜨이지 않았을 리가 없다. 그렇다면 그는 어떻게 된 것일까?

단추를 단정하게 끼운 프록차림의 사나이는 강둑의 돌을 쌓아 놓은 곳까지 가서 한참 동안 깊이 생각에 잠기면서 두 주먹을 불끈 쥐고 눈을 부릅뜨고 움직이지 않았다. 갑자기 그는 이마를 탁 쳤다. 지면이 끝나고 물이 시작되는 곳에 두툼한 자물통과 육중한 세 개의 돌쩌귀가 달린 넓고 얕은 아치 형의 철책이 있는 것을 보았기 때문이다. 그 철책은 강둑 밑에 뚫린 일종의 문인데 강과 강둑이 석축을 향해서 뚫려 있었다. 거무스름한 물이 그 밑을 흐르고 있었다. 그 물은 세느 강으로 넘쳐 나오고 있었다.

그 녹슨 무거운 창살 너머로 둥근 천장의 어두운 복도와 같은 것이 보였다.

사나이는 팔짱을 끼고, 힐책하는 듯한 눈으로 철책을 노려보았다.

노려보는 것만으로 부족하여 그는 철책을 열려고 했다. 흔들어 보았으나 철책은 꿈쩍도 하지 않았다. 아무 소리도 나지 않다니 이처럼 녹슨 철책치고는 이상한 일이었지만, 그러나 방금 열렸다 다시 닫혔음에 틀림없다. 방금 이 문을 열고 다시 닫은 사나이는 갈고리가 아니라 열쇠를 가지고 있음에 분명했다.

이 명백한 사실이 힘껏 철책을 흔들어 대던 사나이의 머리에 얼핏 번득였다. 그는 자신도 모르게 노여운 감탄 섞인 소리를 냈다.

「뻔뻔스런 놈이군! 정부의 열쇠를 갖고 있다니!」

그리고는 곧 냉정하게 마음속에 얽혀진 모든 생각들을 거의 야유적인 강한 외마디 소리로 단숨에 내뱉었다.

「그래? 그래? 그래? 그래?」

그렇게 말하고는 그 사나이가 다시 나오는 것을 지켜볼 생각인지, 아니면 다른 사나이가 들어가는 것을 지켜볼 작정인지, 아무튼 무언가를 기다리려는 듯 그는 망을 보는 사냥개의 참을성 있는 자세로 흙더미 뒤에 숨어 감시했다.

한편, 그의 일거일동과 보조를 맞추어 온 마차는 그의 머리 위의 난간 옆에 멈춰섰다. 마부는 오래 기다릴 것을 예상하고 말의 코를 밑바닥이 젖어 있는 귀리 부대 속에 넣어 주었다. 이 부대는 파리 사람들의 눈에 익숙한 것인 바 덧붙여 말하면 정부가 파리 사람들에게 이따금 그것을 내주는 일이 있다. 이예나 다리를 지나가는 극히 드문 통행인들은 다 지나가기 전에 고개를 돌려서 주위의 경치 속에 움직이지 않는 둑 위의 한 사나이와 강변 거리 위의 마차를 흘끗 바라보곤 했다.

4. 그도 십자가를 짊어지다

장 발장은 다시 걷기 시작하여 다시는 걸음을 멈추지 않았다.

걸음걸이는 차츰 고통스러워져 갔다. 둥근 천장의 높이는 고르지 않았다. 평균 높이는 오 피트 육 인치 가량이어서 보통 사람의 키에 맞추어져 있었다. 장 발장은 마리우스를 천장에 부딪치지 않도록 몸을 구부리고 걸어야만 했다. 자주 몸을 굽히기도 하고 또 몸을 펴기도 하며 끊임없이 벽을 더듬어야만 했다. 벽의 돌은 축축했고 바닥은 끈적끈적해서, 손과 다리의 든든한 받침이 되지 못했다. 그는 끔찍스러운 도회의 오물 속에서 비틀거렸다. 통기 구멍으로 들어오는 반사광이 띄엄띄엄 보였으나 그것도 한참만에 나오는데다 극히 희미해서 햇빛인데도 달빛 같았다. 그뒤는 안개와 독기와 불투명함과 암흑이었다. 장 발장은 허기와 갈증을 느꼈다. 특히 갈증이 심했다. 더욱이 이곳은 바다와 마찬가지여서 물이 가득 찬 곳인데도 마실 수가 없었다. 그의 체력은 이미 알고 있듯이 훌륭하고 순결하고 검소한 생활을 해온 덕분에 나이에 의한 쇠퇴를 전혀 나타내지 않았지만, 그러나 지금은 차츰 약해지기 시작했다. 피로에 사로잡히고 힘이 빠져 감에 따라 등에 진 짐도 점점 무거워 갔다. 마리우스는 아마도 숨이 끊긴 모양이었다. 생명 없는 육체처럼 무겁게 덮쳐왔다. 그러나 장 발장은 그 가슴을 압박하지 않도록, 숨쉬기에 편하도록 그를 걸머지고 있었다. 쥐가 다리 사이로 재빠르게 미끄러져 가는 것을 느낄 수 있었다. 그 중 한 마리는 당황한 나머지 그에게 덤벼들어 물었다. 이따금 하수도 구멍의 틈 사이에서 신선한 공기가 불어들어와 그에게 기운을 불어넣어 주었다.

오후 세 시쯤 되었을까? 그는 환상 하수도에 당도했다. 우선 갑자기 넓어진 데에 놀랐다. 두 팔을 뻗쳐도 양쪽 벽에 닿지 않고, 머리도 둥근 천장에 닿지 않는 지하도로 나온 것이다. 사실, 그 대하수도는 폭은 팔 피트, 높이는 칠 피트였다.

몽마르트르 하수도가 대하수도와 연결되는 지점에는 따로 두 줄기의 지하도, 즉 프로방스 거리의 지하도와 라바트와르 거리(도살장 거리, 현재는 당케르군 거리)의 지하도와 만나서 네거리가 되어 있었다. 그가 좀더 분별력이 없었더라면 그

네 갈래의 길 중 어느 길을 택할 것인지 망설였을 것이다. 장 발장은 가장 넓은 길을, 다시 말해서 환상 하수도를 택했다. 그러나 여기에서 또 문제가 생겼다. 내리막길을 택할 것인지, 아니면 오르막길을 택할 것인지? 그는 사태가 절박한 것을 생각하고 아무리 위험하더라도 지금은 세느 강으로 나가야 한다고 생각했다. 다시 말하면 내리막길을 택하기로 한 것이다. 그는 왼편으로 돌았다.

그는 좋은 길을 잡은 것이다. 왜냐하면 환상 하수도에 베르시 쪽과 파씨 쪽의 두 개의 출구가 있는 줄 알고, 환상이라는 이름이 가리키듯 세느 강 오른편 기슭의 파리의 지하 환상대라고 생각한다면 잘못이다. 대하수도는 다름아닌 옛날의 메닐몽탕의 더러운 물이 흐르는 강이었음을 상기해야겠다. 그것을 거슬러 올라가면 막다른 곳에, 즉 메닐몽탕 언덕 기슭에 예전에 하수도의 출발점이었던 개울물이 흐르는 강의 출발점에 도달한다. 포탱쿠르 지구로부터 파리의 물이 합쳐져 아믈로 하수도를 지나 옛날의 루비에 섬 상류에서 세느 강으로 흘러 들어가는 지관은 직접 연결되어 있지 않다. 대하수도의 보조 수로인 그 지맥은 메닐몽탕 거리의 지하에서는, 물을 상류와 하류로 나누는 지점을 나타내는 흙의 층으로 대하수도와 떨어져 있다. 만약 장 발장이 지하도를 거슬러 올라갔다면, 모든 정력은 다만 끝에 지치고 기진맥진하여 어둠 속에서 또 하나의 벽에 부딪쳤을 것이다. 그렇게 되면 마지막이었을 것이다.

좀더 자세히 말하자면, 그곳에서 약간 물러나와서 부슈라 십자로의 교차점에서 길을 잃지 않는다면 피유 데 칼베르의 지하도에 들어가서 다음 쌩 루이 지하도를 택해서 그곳에서 왼편으로 쌩 질르 하수관으로 들어간 뒤 오른편으로 돌아서 쌩 세바스티앙 지하도를 피하면 아믈로 하수도로 나갈 수가 있다. 그곳에서 다시 바스티유 감옥 밑에 있는 F자 형 길에서 길을 잃지만 않는다면 병기창 근처에서 세느 강으로 나가는 출구에 당도할 수 있다. 그러나 그러려면, 거대한 돌산호 같은 지하도를 빠짐없이, 모든 갈림길이나 구멍까지도 다 알고 있어야 했을 것이다. 그러나 그는 지금 걸어가고 있는 그 무서운 길에 대해서는 아무것도 몰랐다는 것을 강조해야겠다. 누구든지 그에게 지금 어디에 있느냐고 묻는다면 그는 밤의 어둠 속에 있다고 대답했을 것이다.

본능이 곧잘 그를 도왔다. 내리막길을 택하는 것, 그것으로 탈출이 가능했다.

그는 라피트 거리와 쌩 조르즈 거리 밑에서 독수리의 발톱 모양으로 갈라져 있는 두 줄기의 수로와, 쇼쎄 아탱 밑의 두 줄기로 나뉘어져 있는 긴 복도를 오른편에 두고 지나갔다.

분명히 마들렌느의 지관이라고 생각되는 하나의 지류의 조금 앞에서 그는 발을 멈추고 섰다. 몹시 지쳐 있었다. 아마도 앙주 거리의 맨홀이었을 것이다. 꽤 큰 통기 구멍이 있어 상당히 강한 빛이 들어오고 있었다. 장 발장은 상처입은 동생에 대한 형과 같은 살뜰한 동작으로 마리우스를 하수도의 측도 위에 내려 놓았다. 마리우스의 피에 젖은 얼굴은 통기 구멍에서 비치는 뿌연 광선 밑에서 마치 무덤 밑바닥에 있는 것처럼 보였다. 눈은 감겨 있었고, 머리카락은 붉은 그림물감에 적셔서 말린 그림붓처럼 관자놀이에 말라 붙고, 두 팔은 죽은 듯 축 늘어지고 손발은 차고, 피가 입술 한구석에 엉겨 있었다. 핏덩어리가 넥타이의 매듭에도 엉겨 있었다. 윗도리 자락이 맨살이 생생하게 드러나 있는 상처에 스치고 있었다. 장 발장은 손가락으로 옷을 헤치고 그 가슴 위에 손을 댔다. 심장은 아직 뛰고 있었다. 장 발장은 자신의 셔츠를 찢어서 상처를 되도록 잘 붙들어 매서 출혈을 막았다. 그리고 나서 엷은 광선 속에서 여전히 의식 없이 마치 다 죽어 가는 숨결인 양 내쉬는 마리우스 위에 몸을 굽히고 표현하기 어려운 원망스러운 심정으로 그를 지켜보았다.

마리우스의 옷을 헤칠 때, 그는 주머니 속에 들어 있는 두 가지 물건, 어제 넣은 채 먹기를 잊었던 빵과 마리우스의 수첩을 발견했다. 그는 그 빵을 먹고 수첩을 폈다. 첫 페이지에서 마리우스가 쓴 네 줄의 글을 보았다. 그것을 독자들도 기억하리라.

내 이름은 마리우스 퐁메르시다. 나의 시체는 마레 지구 피유 데 칼베르 거리 6번지에 사는 내 조부 질르노르망 씨 댁으로 보낼 것.

장 발장은 통기 구멍에서 들어오는 빛으로 그 네 줄의 글을 읽고 한동안 생각에 잠긴 듯 가만히 앉았다가, 낮은 목소리로 되풀이했다.「피유 데 칼베르 거리 6번지, 질르노르망 씨.」그리고 수첩을 마리우스의 주머니에 도로 넣었다. 빵을 먹었더니 기운이 났다. 그는 마리우스를 다시 등에 업고 그 머리를 조심스럽게 자기 오른쪽 어깨로 받치자 또 하수도를 내려가기 시작했다.

메닐몽탕의 구불구불한 계곡을 따라 나 있는 하수도는 약 이십 리 길이였다.

그 수로의 주요 부분은 돌이 깔려 있었다.

장 발장의 지하 행진으로 파리의 거리 이름을 독자를 위해서 횃불처럼 비추고 있는데, 물론 장 발장은 그 횃불을 가지고 있지 않았다. 지금 파리의 어디쯤을 지나고 있는지, 여태까지 어느 길을 더듬어 왔는지 아무것도 그것을 가르쳐 주지 않았다. 다만 이따금 만나는, 물이 괴어 있는 웅덩이 같은 곳에 빛이 점점 엷어져 오기 때문에 거리에는 이미 해가 기울어서 머지 않아 저물어 가리라는 것을 알았다. 점차 머리 위의 마차 굴러가는 소리가 빈번했던 것이 띄엄띄엄해지고, 곧 거의 없어지고 말았기 때문에 이제는 파리의 중심지에 있는 것이 아니라, 시외의 큰 거리나 변두리의 강변 거리 가까운, 어느 쓸쓸한 장소에 가까이 와 있다고 추측할 뿐이었다. 집이나 거리가 적은 곳에는 하수도의 통기 구멍도 적다. 어둠이 장 발장의 주위에서 짙어져 가고 있었다. 그러나 그는 어둠 속을 손으로 더듬으면서 계속 걸어갔다.

그 어두움이 갑자기 무서운 것으로 바뀌었다.

5. 모래에도 숨겨진 흉계가 있다

그는 자신이 물속으로 들어가는 것을, 발밑은 이미 돌바닥이 아니라 진창이라는 것을 느꼈다.

브르타뉴나 스코틀란드의 어떤 해안에서는 여행자나 어부가 강물이 물결치는 곳에서 떨어진 모래톱을 걸어가노라면, 몇 분 전부터 어쩐지 걷기가 힘드는 것을 문득 깨달을 때가 있다. 모래 사장의 모래가 발바닥에 송진처럼 끈적거리고 발바닥에 들어붙는다. 그것은 이미 모래가 아니라 끈끈이가 된 것이다. 모래는 바짝 말랐는데도 한 걸음 디딜 적마다, 발을 떼면 발자국은 곧 물로 가득 괸다. 그래도 둘러보면 아무런 변화도 찾아볼 수 없다. 넓은 모래밭은 평평하고 고요하다. 모래는 어디나 다 똑같아서 단단한 땅과 그렇지 않은 땅을 분간할 수 없다. 쾌활한 조그마한 날개달린 벌레 떼가 지나가는 사람의 발 위에서 시끄럽게 소리내며 날아다닌다. 사람은 가던 길을 계속하고, 전진하고, 육지 쪽을 향하여 기슭에 다가가려고 애쓴다. 불안하지는 않다. 무엇이 불안하단 말인가 ? 다만 한 발 내디딜 때마다 무거워지는 것 같은 그런 느낌이 들 뿐이다. 갑자기 그는 빠진다. 이삼 인치 가량 빠진다. 분명히 좋지 않은 길이다. 그는 방향을 잡으려고 걸음을 멈춘다. 문득 발밑을 내려다본다. 발은 감추어져 있다. 모래가 발을 덮고 있는 것이다. 그는 발을 모래에서 빼내고 뒤로 되돌아가려고 돌아다본다. 더욱 깊이 빠진다. 모래가 복사뼈까지 빠지기 때문에 잡아 뽑듯이 하여 왼쪽으로 내디디면 모래는 정강이까지 온다. 오른편으로 디디면 모래는 무릎까지 온다. 그때에야 자신이 모래 수렁에 빠진 것을, 사람이 걸을 수도 물고기가 헤엄칠 수도 없는 무서운 곳에 있는 것을 형용할 수 없는 공포에 사로잡히며 깨닫는다. 짐을 하나라도 가지고 있으면 던져 버리고 조난당한 배처럼 몸을 가볍게 하려 한다. 그러나 이미 늦었다. 모래는 무릎을 넘고 있는 것이다.

　도움을 청하고 모자나 손수건을 흔들어도 모래는 차츰 그를 사로잡아 간다. 바닷가에 사람이 없다든가 육지가 너무 멀다든가, 그 모래 수렁이 몹시 평판이 나쁘든가, 가까이에 용기 있는 사람이 없다면, 만사는 그만이다. 그는 생매장의 형을 선고받은 것이다. 그것은 사람을 선 채로, 자유롭고 건강한 채로 조금씩 밑으로 끌어넣어, 인간의 저항을 벌하듯 점점 죄는 힘을 더해 가고, 인간이 지평선을, 나무 숲을, 푸른 들판을, 평야 속의 마을에서 나는 연기를, 바다 위의 배의 돛을, 날아다니며 지저귀는 새들을, 태양을, 하늘을, 바라다볼 여유를 충분히 주면서 천천히 인간을 땅 속으로 끌어들여 간다. 사람을 삼키는 모래, 그것은 조수처럼 되어서 땅밑에서 생명 있는 자 쪽으로 밀려오는 무덤이다. 일순간 일순간이 무정한 매몰자이다. 불쌍한 사람은 앉으려 한다, 엎드리려 한다, 기려고 한다. 그러나 그의 어떠한 동작도 그를 묻는 데 도움이 될 뿐이다. 몸을 편다, 그러면 또 가라앉는다. 자신이 삼켜져 들어가는 것을 느낄 수 있다. 소리를 지르고, 한탄하고, 구름을 보고 외치고, 팔을 꼬고, 자포자기해진다. 모래는 벌써 배에까지 왔다, 가슴에 닿았다, 상반신이 남았을 뿐이다. 두 팔을 들고 미친 듯한 비명을 지르고, 모래를 손톱으로 긁으면서 마치 재〔灰〕와도 같은 것에 매달리려 하고, 자신의 반신상의 무른 대좌에서 양 팔꿈치를 짚고 몸을 떼내려고 하며 광적으로 울부짖는다. 점점 모래는 올라와 어깨에 닿고, 목에 닿는다. 이제는 얼굴만이 보인다. 입을 벌리고 외친다. 모래가 그 입에 가득 찬다. 침묵이 있을 뿐이다. 눈이 아직 보이고 있다. 모래가 그 눈을 가린다. 어두운 밤이다. 이마가 잠긴다, 약간의 머리카락이 모래 위에서 떨리고 있다. 한 손만이 나와서 모래의 표면을 파고, 움직이고, 푸들푸들 떨린다. 그러다가 사라진다. 한 인간의 처참한 소멸이다.

말에 탄 사람이 말과 함께 생매장이 되는 일도 있다. 수레를 끌던 사람이 수레와 함께 생매장되는 일도 있다. 모든 것이 모래 밑으로 가라앉는다. 그것은 물 밖에서의 난파이다. 사람을 빠져 죽게 하는 땅이다. 땅에 바다가 침입해서 함정이 되어 있는 것이다. 평지처럼 보이면서 파도와 같은 입을 벌린다. 심연은 이렇게 해서 사람을 배반하는 수가 있다.

그런 처참한 사건은 어느 해안에서나 항상 일어날 위험이 있는데, 삼십 년 전 파리의 하수도 속에서도 역시 가능했다. 1833년에 시작된 대공사 이전에는 파리의 지하도는 돌발적인 매몰이 자주 있었다.

하층의 지반 중에 특히 허물어지기 쉬운 곳, 물이 스며들기 때문에 토대는 낡은 하수도처럼 돌바닥만이라도 새로운 지하도처럼 큰크리트 위에 수경 석회를 굳혀 놓아 이미 밑받침을 잃어버리고 무게 때문에 약해지는 것이었다. 이런 종류의 바닥에 생기는 주름은 틈이 되어 버린다. 틈은 곧 붕괴다. 토대는 상당한 길이에 걸쳐서 허물어져 있었다. 진창의 심연의 입구인 균열을 전문 용어로는 『함몰 구덩이』라고 부른다. 함몰이란 무엇인가 ? 땅속에서 느닷없이 만나게 되는 해변의 모래 수렁이다. 하수도 속에 있는 쌩 미셸 섬의 처형장(라 망슈 지방에 있는 프랑스의 명승지의 하나라고 하는 작은 섬. 그 수도원은 15세기에 국사범의 감옥으로 사용됨) 이다. 흙은 물을 머금고 용해된 것처럼 되어 있다. 흙의 분자는 모두 부드러운 중간에 감돌고 있다. 그것은 흙도 아니고 물도 아니다. 때로는 상당한 깊이에 이른다. 그런 곳과 만나는 것만큼 무서운 일은 없다. 물이 많을 경우에는 죽음도 빠르다. 눈깜짝할 사이에 사람은 삼켜지고 만다. 흙이 많을 경우에는 죽음은 서서히 사람을 파묻는다.

그러한 죽음을 우리는 상상할 수 있을까 ? 바닷가 모래밭에서도 무서운 생매장이 하수도 속에서는 어떻겠는가 ? 바깥 공기, 빛, 태양, 밝은 수평선, 넓은 천지의 소음, 생명인 비를 내리게 하는 자유로운 구름, 멀리 보이는 작은 배, 온갖 형태로 나타나는 희망, 사람이 지나갈지도 모른다는 심정, 마지막 순간에 있을지도 모르는 구조, 그러한 것은 일체 없고, 다만 침묵, 암흑, 어두운 둥근 천장, 이미 만들어진 무덤 속, 무거운 뚜껑 밑의 진흙 속의 죽음. 오물이 천천히 숨을 막고 돌 상자 속에서 질식이 진창 속에 손톱을 벌리고 사람의 목을 움켜쥔다. 죽음의 허덕이는 숨결에 악취가 섞인다. 모래밭 대신에 진창이, 태풍 대신에 유화 수소가, 바다 대신에 배설물이 있다. 사람을 불러도, 이를 갈아도, 몸부림을 쳐도, 버둥거려도,

헐떡여도, 머리 위의 대도시는 아무것도 모른다.

이렇게 해서 죽어 가는 형용할 수 없는 공포! 죽음은 때로 일종의 처참한 위험으로 그 잔학성을 보상할 때가 있다. 화형이나 난파의 경우, 사람은 위대해질 수도 있다. 불꽃 속이나 흰 물결 속이라면 고상한 태도도 취할 수 있을 것이다. 거기서는 심연에 가라앉으면서 변신할 수가 있다. 그러나 이곳 하수도 속에서는 전혀 다르다. 그 죽음은 불결하다. 거기서 죽는 것은 굴욕이다. 죽음의 눈앞에 보이는 것은 더러운 것뿐이다. 진창은 수치라는 말과 동의어이다. 그것은 천하고, 추하고 더럽다. 클레어린스처럼 달콤한 포도주통 속에 빠져 죽는 것은 좋다(클레어린스는 15세기 영국의 왕 에드워드 4세의 동생. 모반죄로 사형될 때 향기 높은 포도주통에 빠져 죽기를 원했다). 그러나 에스쿠블로처럼 개천 청소부의 무덤 구덩이 속에서 죽는 것은 끔찍한 일이다. 그 속에서 버둥거리는 것은 보기에도 흉하다. 죽음으로부터의 허덕임과 동시에 진창 속을 기어다니는 것이다. 지옥과 어둠이 있고, 늪과 같은 진창이 있어서 죽어 가는 사람은 자신이 유령이 되는 건지, 아니면 두꺼비가 되는 건지 모른다. 어디에서고 무덤은 불길한 것이지만 여기서는 기형적이다.

함몰 구덩이의 깊이도 또한 그 길이며 밀도도, 밑바닥의 토질의 좋고 나쁨에 따라서 다르다. 때로는 깊이 삼사 피트에 이르는 함몰 구덩이도 있고, 팔이나 십 피트에 이르는 것도 있었다. 바닥을 알 수 없는 때도 있었다. 어떤 곳은 단단하나 어떤 곳은 거의 액체 같다. 뤼니에르의 함몰 구덩이에서는 사람 하나가 가라앉는 데 한나절이 걸렸지만 펠리포에 있는 진창은 불과 오 분 동안에 삼켰다. 진흙의 그 밀도 여하에 따라 지탱하는 힘도 단계가 있다. 어른이 가라앉는 곳이라도 어린아이라면 살아날 수가 있다. 살아나기 위한 첫째 조건은 짐을 모조리 내버리는 일이다. 연장 주머니며 등에 지는 바구니며 물통을 내버리는 일이다. 발밑의 지면이 누그러지는 것을 느끼는 순간 하수도 인부는 우선 반드시 그렇게 한다.

함몰에는 여러 가지 원인이 있다. 지질이 무른 것, 사람의 손이 미치지 않는 깊은 곳에서 일어나는 흙사태, 여름의 줄기찬 소나기와 그칠 줄 모르고 내리는 겨울비, 또한 오랜 장마비 등이다. 때로는 이회암질이나 모래가 많은 땅에 잔뜩 세워진 부근의 집들의 무게가 지하도의 둥근 천장을 압박해서 일그러뜨리거나, 또는 덮쳐오는 그 압력으로 토대가 갈라지고 금이 가는 수도 있다. 일 세기 전에 팡테옹이 내려앉아서 쌩트 즈느비에브 산에 있는 바지리카 지하실 일부를 막아

버린 일이 있다. 하수도가 집의 압력으로 허물어지면 그 혼란은 길 위의 도로에 포석 사이가 톱니 모양의 균열이 되어 나타나는 경우가 있다. 그 균열은 금이 간 지하의 둥근 천장의 길이만큼 길게 구불구불 뻗쳐서, 곧 사고가 눈에 띄기 때문에 수리는 금방 할 수 있었다. 반대로 내부의 파손이 표면으로 조금도 흔적을 나타내지 않을 때도 있었다. 그때야말로 하수도 인부들의 재난이다. 멋모르고 밑이 빠진 하수도에 들어간 채 죽어 버리는 일이 종종 있었다. 옛날 기록에는 그렇게 해서 함몰 구덩이 속에 생매장된 하수도 인부들에 대해 기록되어 있다. 그 이름 가운데서 블레즈 푸트랭이라는 사람이 있었다. 그는 카렘므 프르낭 거리의 덮개 밑 함몰 구덩이에 빠져 죽은 하수도 인부였다. 이 블레즈 푸트랭은 니콜라 푸트랭의 형제로 니콜라 쪽은 이노쌍(헤롯에게 살해된 무고한 아이들)의 납골당이라고 불리웠던 묘지가 폐지되던 1785년에 그곳의 무덤을 판 마지막 인부였다.

또한 그 중에는 우리가 언급한 바 있는 저 젊고 멋진 에스쿠블로 자작도 있었다. 비단 양말을 신고, 바이올린을 공격했던 레리다 포위전(레리다는 스페인의 도시. 1810년에 프랑스의 슈슈에게 공격되어 함락됐다)때의 용사 중의 한 사람인 에스쿠블로는 어느 날 밤 사촌누이 수르디 공작 부인 집에서 현장을 들켜, 공작의 검을 피해서 보트레이 하수도로 도망했는데, 그 냄새 나는 진수렁에 빠져 죽고 말았다. 그의 죽음이 알려졌을 때 수르디 부인은 정신 나는 약병을 가져오게 해서 그 냄새만을 맡을 뿐 울기를 잊었다. 이렇게 되면 사랑도 끝나는 것이다. 시궁창이 사랑의 불꽃을 꺼버린 셈이다. 헤로는 레앙드르의 시체를 씻기를 거부했다(헤로는 세스토스에서 웨느스의 시중을 들던 여자 사제. 레앙드르는 그의 연인인데 익사했다). 티스베는 그 앞에서 코를 붙잡고 말한다. 「어머, 냄새 나!」(오비디우스의 시에 나오는 바빌로니아의 연인들)

6. 함 몰

장 발장은 함몰 구덩이에 직면하고 있었다.

이런 종류의 흙사태는 그 무렵 샹 젤리제의 지하에서 빈번히 일어나고 있었는데, 그 격심한 유동성으로 치수 공사가 어렵고 지하 시설을 유지하기가 곤란했다. 그 유동성은 콘크리트의 위를 돌로 굳혀서 간신히 막아 놓았던 쌩 조르즈 지구의 모래땅이나, 마르티르의 지하도만은 주철관을 쓰지 않으면 통로를 만들 수 없었을 만큼 물이 많았던 마르티르 지구의 가스에 오염된 점토층보다 더욱 불안정한 것이었다. 지금 장 발장이 들어가 있는, 돌로 된 낡은 하수도는 1836년에 개조하기 위해서 쌩 토노레 밑이 헐렸으나, 그때도 샹 젤리제에서 세느 강까지 바닥의 흙이 되어 있는 모래 수렁이 몹시 방해가 되어 공사가 육 개월 가까이 계속되었기 때문에 근처에 사는 사람들, 그 중에서도 특히 호텔이나 마차를 가지고 있는 사람들의 불평을 많이 받았다. 공사는 하기 힘든 것 이상으로 위험했다. 무엇보다도 넉 달 반이나 긴 장마가 계속되고 세느 강이 세 번이나 범람했던 것이다.

장 발장이 마주친 함몰 구덩이는 어제 내린 소나기가 원인이었다. 바닥의 모래에 빠듯이 받쳐 있던 포석이 내려앉아서 빗물이 잔뜩 괸 것이다. 침수가 일어나고 거기에 이어서 사태가 일어났다. 토대는 밀려나서 진창 속에 가라앉았다. 어느 정도의 거리에 걸쳐서였을까? 그건 알 수 없다. 그 근처의 어둠은 다른 어느 곳보다도 짙었다. 그것은 밤의 동굴 속에 생긴 진창의 구덩이였다.

장 발장은 발밑의 포석이 미끄러져 떨어지는 것을 느꼈다. 그는 진창 속으로 들어갔다. 그곳의 표면은 물이었고 바닥은 진창이었다. 어떻게든 지나가야만 했다. 되돌아가기란 불가능했다. 마리우스는 숨을 거둘 것 같았고 장 발장은 기진맥진해 있었다. 도대체 어디로 가야 한단 말인가? 장 발장은 앞으로 나갔다. 진창은 처음 두서너 걸음을 걸을 동안은 그다지 깊지 않았다. 그러나 앞으로 나갈수록 그의 발은 깊이 빠졌다. 얼마 되지 않아 진창은 정강이까지, 물은 무릎 위까지 올라왔다. 그는 양팔로 되도록 물 위에서 높이 마리우스를 들어올리면서 앞으로 나갔다. 진창은 벌써 무릎에까지 닿았고 물은 허리에까지 차 있었다. 뒤로 다시 돌아갈 수는 도저히 없었다. 그는 차츰 가라앉기 시작했다. 그 진창은 한 사람의 무게라면 지탱할 수도 있을 만했으나 두 사람을 받칠 수는 없음이 분명했다. 마리우스와 장 발장이 한 사람씩이었다면 빠져나왔을지도 모른다. 그러나 장 발장은 죽어가는 인간의 몸뚱이, 아니 아마도 시체인지도 모를 것을 짊어진 채 전진을 계속했다.

물은 겨드랑이까지 찼다. 몸이 가라앉는 것을 느꼈다. 빠져 버린 진창 속에서는 몸을 움직이는 것조차 힘들었다. 받쳐 주는 진창의 밀도가 오히려 방해가 되었다. 그는 여전히 마리우스를 들어올리고 놀라운 힘을 내서 앞으로 나갔다. 그러나 몸은 점점 가라앉아 갔다. 물에서 나와 있는 것은 머리와 그리고 마리우스를 받쳐들고 있는 양팔뿐이었다. 옛날 대홍수를 그린 그림에는 그렇게 자식을 들어 올리고 있는 어머니의 모습이 그려져 있다.

그는 더욱 빠져들어갔다. 물을 피해서 숨을 쉬기 위해 얼굴을 젖혔다. 그 어둠 속에서 그를 본 사람이 있다면 그림자 위에 떠 있는 가면이라고 여겼을 것이다. 그는 머리 위에 마리우스의 축 늘어진 머리와 창백한 얼굴을 어렴풋이 보았다. 필사적인 힘을 내어 한 발 앞으로 내디뎠다. 발에 무엇인지 모를 단단한 것이 부딪쳤다. 발판이었다. 정말 다행스런 발견이었다.

그는 몸을 일으켜서 비틀고 미친 듯이 그 발판에 들러붙었다. 이것이 다시 한 번 생명으로 올라가는 첫계단이라고 그는 생각했다.

위험한 순간에 진창 속에서 만난 그 발판은, 토대 저쪽편 경사면의 끝이었다. 그것은 구부러지긴 했어도 무너지지 않고 판자처럼 단 한 장만이 물 밑으로 휘어 있었던 것이다. 잘 건축된 석축은 둥글게 곡선을 이루고 이토록 견고하다. 그 밑바닥의 부분은 절반이나 물에 잠겨 있지만 아직 튼튼하고 마치 비탈길처럼 되어 있어 한 번만 그 비탈길 위에 올라가기만 하면 살아날 것이 틀림없었다. 장 발장은 그 경사면을 올라가서 진수렁 저쪽에 이르렀다.

물에서 나올 때 그는 돌에 부딪쳐 넘어져서 무릎을 꿇고 말았다. 주저앉는 것이 당연하다고 생각한 그는 한동안 그대로 신에 대한, 뭐라 해야 할지 모를 기도에 마음을 빼앗겼다.

그는 부르르 몸을 떨면서, 얼어붙고 악취를 풍기며, 빈사 상태에 빠진 인간을 짊어지고 등을 굽힌 채 온 몸에서 진창물을 뚝뚝 흘리면서, 영혼은 이상한 광명으로 충만해서 벌떡 일어섰다.

7. 일어설 수 있다고 생각한 순간의 추락

그는 다시 걷기 시작했다.

그러나 함몰 구덩이 속에 목숨을 빼앗기지 않은 대신에 체력을 떨어뜨리고 온 것 같았다. 그러한 극도의 노력으로 그는 기진맥진해 있다. 너무나 피로했기 때문에 이제는 서너 걸음 걷고는 숨을 쉬어야 했고, 벽에 기대야 했다. 한 번은 마리우스의 위치를 바꾸기 위해서 측도 위에 앉으려 했을 때, 다신 움직일 수 없을 것만 같았다. 그러나 체력은 빠졌어도 기력은 다하지 않았다. 그는 다시 일어섰다.

그는 필사적으로, 거의 빠른 걸음이라고 생각될 만큼 빨리 걸었다. 그런 상태로 백 걸음 가량 고개도 들지 않고 전혀 숨도 쉬지 않았다. 그리고 갑자기 벽에 부딪쳤다. 하수도의 모퉁이에 도달한 것인데 고개를 숙인 채 걸었기 때문에 벽에 부딪친 것이었다. 눈을 들자, 지하도 끝에, 저기 먼 앞쪽에, 멀리, 훨씬 멀리에 하나의 빛이 보였다. 이번에는 무서운 빛은 아니었다. 부드러운 흰 빛이었다. 햇빛인 것이다. 장 발장은 출구를 본 것이다.

저주받고 떨어진 지옥의 한복판에서, 돌연 지옥의 출구를 발견한 영혼이 있다고 한다면, 장 발장이 이때 무엇을 느꼈는지 알 것이다. 영혼은 정신없이 불에 타다 남은 날개를 벌리고 눈부신 빛의 문을 향하여 날아갈 것이다. 장 발장은 이제는 피로도 느끼지 않았다. 이제는 마리우스의 무게를 느끼지 않았다. 자신의 다리를 다시금 강철처럼 느끼고, 걷는다기보다 뛰었다. 가까이 다가감에 따라서 출구가 차츰 분명하게 보여 왔다. 그것은 아치 형의 반원인데 점점 좁아져 가는 둥근 천장보다 더욱 낮고, 둥근 천장이 낮아짐에 따라 좁아지는 지하도보다 더 좁았다. 터널은 깔대기의 내부처럼 되어서 끝나 있었다. 그렇게 심술궂게 좁힌 모양은 감옥의 쪽문을 본뜬 것으로 감옥이라면 합리적이겠지만 하수도로는 불합리하기 때문에 나중에 개조되었다.

장 발장은 출구에 도달했다. 거기서 그는 걸음을 멈추었다. 출구는 분명했지만 나갈 수가 없었다.

아치 형의 문은 튼튼한 철책으로 만들어져 있었는데, 철책은 아무리 보아도 녹슨 돌쩌귀 위를 회전하는 일이 좀처럼 없었던 모양, 돌로 된 문틀에 두툼한 자물쇠가 고정되어 있었고 그 자물쇠도 붉게 녹슬어서 커다란 벽돌 같았다. 열쇠 구멍이 보이고 튼튼한 빗장이 깊게 질려 있는 것도 보였다. 자물쇠는 틀림없이 이중으로 되어 있었다. 낡은 옛 파리가 즐겨 함부로 사용했던 감옥의 자물쇠의 하나였다.

철책 너머에는 대기와 강과 햇빛과 그리고 몹시 좁지만 지나가기에 충분한 석축의 둑과 저편의 강변, 파리와 쉽사리 숨어 들어갈 수 있는 심연, 넓은 지평선, 자유가 있었다. 오른편에는 하류 쪽으로 이예나 다리가, 왼편 상류 쪽으로는 앵발리드 다리가 보였다. 밤이 되기를 기다려서 도망하는 데 가장 적합한 장소였다. 그곳은 파리에서 가장 한적한 지점의 하나였다. 그로 카이유에 면한 둑이었다.

파리가 철책 창살 사이로 들락거리고 있었다.

오후 여덟 시 반쯤 된 것 같았다. 해는 지려 하고 있었다.

장 발장은 마리우스를 토대의 마른 곳 벽에 기대서 내려 놓고 철책 앞으로 가서 두 손으로 창살을 잡았다. 미친 듯이 흔들었지만 꿈쩍도 하지 않았다. 철책은 요지부동이었다. 장 발장은 창살을 한 개씩 잡았다. 약한 창살을 하나 뽑아서 그것을 지렛대로 삼으면 문을 들어올리든가 자물쇠를 부술 수도 있을지 모르겠다고 여긴 것이다. 어느 창살도 움직이지 않았다. 호랑이의 이빨이라 할지라도 이처럼 단단히 이틀에 박혀 있지는 않을 것이다. 지렛대가 될 물건은 없었다. 들어올릴 뭣도 없었다. 극복할 수 없는 장해였다. 문을 열 수단은 전혀 없었다.

그렇다면 여기서 끝나야만 한단 말인가 ? 어떻게 하나 ? 어떻게 될 것인가 ? 다시 되돌아서서 넘어온 무서운 길을 또다시 되풀이할, 그런 힘은 이제 없었다. 게다가 기적에 의하여 간신히 탈출할 수 있었던 그 함몰 구덩이를 어떻게 무슨 재주로 다시 건넌단 말인가 ? 더욱이 함물 구덩이의 뒤에는 절대로 다시는 도망칠 수 없는 경찰의 순찰대가 있지 않은가 ? 게다가 또 어디로 가면 좋은가 ? 어느 방향을 택해야 하나 ? 경사를 따라가서는 목적지에 갈 수가 없다. 다른 출구에 도달했다손 치더라도 그것도 맨 홀 뚜껑이든가 철책으로 막혀 있을 것이다. 모든 출구는 그처럼 똑같이 닫혀 있을 게 틀림없었다. 우연히 그가 들어온 구멍의 철책만은 헐거웠지만 분명 하수도의 다른 구멍은 어디나 다 닫혀 있을 게 분명했다.

감옥으로 도망쳐 들어오는 데 성공했을 뿐이었다. 모든 것은 끝났다. 장 발장이 한 일은 모두가 허사였다. 신은 거부한 것이다.

그들은 둘 다 어둡고 큰 죽음의 거미줄에 걸린 것이다. 장 발장은 어둠 속에서 떨고 있는 검은 거미줄 위에 무서운 거미가 마구 달리는 것을 느꼈다.

그는 철책에 등을 돌리고 여전히 꿈쩍도 하지 않는 마리우스 곁의 돌바닥에 앉는다기보다는 쓰러지듯 털썩 주저앉아서 머리를 무릎 사이에 떨구었다. 출구가 없는 것이다. 그것은 그의 고민의 마지막 한 방울이었다.

그 깊은 낙담 속에서 그는 누구 생각을 하고 있었을까 ? 자신에 관한 일도 아니고 마리우스도 아니었다. 그는 코제트를 생각하고 있었다.

8. 찢긴 옷자락

그렇게 망연자실해서 앉아 있는 그의 어깨 위에 손 하나가 닿더니 어떤 낮은 목소리가 그에게 말을 걸었다.

「같이 나누지.」

그 어둠 속에 어떤 사람이 있었단 말인가? 절망처럼 꿈과 흡사한 것은 없다. 장 발장은 꿈을 꾸는 것이라고 생각했다. 여태까지 아무 발소리도 듣지 못했는데. 이런 일이 있겠는가? 그는 눈을 들었다. 한 사나이가 눈앞에 서 있었다.

그 사나이는 작업복을 입고 있었다. 맨발로, 구두를 왼손에 들고 있다. 발소리를 내지 않고 장 발장에 접근하기 위해서였다. 구두를 벗은 것은 분명, 발소리를 내지 않기 위해서였다.

장 발장은 순간적으로 상기했다. 참으로 예상하지 못했던 상봉이었지만 그 사나이는 그에게는 기억이 있었다. 그는 테나르디에였다.

비록 불시에 흔들려 깨어난 격이었지만 장 발장은 갑작스러운 일에는 익숙해 있었고, 대뜸 응하지 않으면 안 될 예기치 못한 타격에도 익숙했었기 때문에 곧 자기 정신으로 돌아갔다. 게다가 위난도 어느 정도까지 되면 그 이상 커지지 않는 것이어서 사태가 현재보다 더 악화될 리는 없었다. 테나르디에가 나타났다고 해서 이 암흑을 더 한층 짙게 할 수는 없었다.

잠깐 동안의 대기 상태가 있었다.

테나르디에는 오른손을 이마에 갖다 대고 차양처럼 눈을 가리고, 그리고 가늘게 뜨면서 이맛살을 찌푸렸다. 이것은 입을 약간 내밀고 상대를 확인하려는 인간의 날카로운 주의를 나타내는 동작이다. 그러나 잘 되지 않았다. 장 발장은 아까도 말했듯이 빛을 등지고 있었다. 게다가 대낮에도 알아보기 어려울 정도로 얼굴 모습이 바뀌고 진창과 피에 범벅이 되어 있었다. 반대로 철책에서 새어들어오는 빛을 정면으로 받는 테나르디에는——설사 그 빛이 지하 굴속처럼 희미하다곤 하지만 그 희미한 속에 푸르스름하게 형체를 드러나게 하는 빛을 정면으로 받은 테나르디에는——속된 비유로 사람들이 말하듯 대뜸 장 발장의 눈에 뛰어들어 온 것이었다. 그런 조건의 차이는 이제 두 개의 위치와 두 사나이 사이에 바야흐로 시작되려 하는 이상한 대결에 있어서 얼마간 장 발장을 유리하게 하기에 충분했다.

복면한 장 발장과 가면을 벗은 테나르디에와의 사이에 우연히 만난 싸움은 시작되었다.

테나르디에가 자기를 알아 보지 못한 것을 장 발장은 즉시 알아차렸다.

그들은 이 어두컴컴한 속에서 상대의 몸의 크기를 재듯 한동안 노려보았다. 테나르디에가 먼저 침묵을 깨뜨렸다.

「자넨 어떻게 나갈 작정이지 ?」

장 발장은 대답하지 않았다. 테나르디에는 계속했다.

「문은 가짜 열쇠로 열 수는 없지. 그래도 자넨 여기서 나가야겠지.」

「맞았어」 하고 장 발장은 말했다.

「그럼 절반씩 나누어 먹지.」

「무슨 말이야 ?」

「자넨 그 사나이를 죽였지, 그렇지 ? 나는 열쇠를 가지고 있단 말이야.」

테나르디에는 마리우스를 손가락으로 가리켰다. 그는 계속했다.

「나는 자넬 잘 몰라, 하지만 도와 주겠다는 거야, 내 말 알아 듣겠지.」

장 발장은 이해가 가기 시작했다. 테나르디에는 그를 살인자로 생각하고 있는 것이다. 테나르디에는 다시 말을 이었다.

「자아, 들으라구, 친구. 자네는 그 사나이의 주머니 속의 것을 노리지 않고 죽인 것은 아니겠지. 내게 절반 내놓게. 그럼 문을 열어 주지.」

그리고는 구멍이 숭숭 뚫린 작업복 밑에서 커다란 열쇠를 절반쯤 내보이며 다시금 덧붙였다.

「넓은 들판으로 나가는 열쇠가 어떤 것이지 보고 싶겠지. 자아, 여기 있어.」

장 발장은 늙은 코르네이유의 말마따나 『아연실색했다』(코르네이유의 《신나》 제5막 제1장). 자신이 지금 보고 있는 것이 현실인가 눈이 의심될 뿐이었다. 그것은 소름끼치는 모습으로 나타나 있는 신의 사자이고 테나르디에의 모습으로 땅속에서 나타난 자비로운 천사였다.

테나르디에는 작업복 밑의 큰 속주머니에 손을 들이밀고 동아줄을 꺼내어 장 발장에게 내밀었다.

「자아」 하고 그는 말했다. 「이 밧줄을 덤으로 주지.」

「그 줄은 뭣해 ?」

「돌도 필요하겠지만 그건 밖에도 있을 거야. 잡동사니 더미가 있으니까.」

「돌은 있어 뭣하지 ?」

「이런 어리석은 친구, 자넨 그놈을 강에 던질 생각이겠지 ? 그러니까 돌과 밧줄이 필요하다는 거 아닌가 ? 그렇지 않으면 물에 떠버릴 테니까 말야.」

장 발장은 동아줄을 받았다. 누구라도 그렇게 기계적으로 물건을 받을 때가 있다.

테나르디에는 문득 생각난 듯이 손가락으로 소리를 냈다.

「이봐 친구, 어떻게 저 구덩이를 지나왔나 ? 난 감히 할 수 없었는데, 아아 ! 그 냄새 고약하군.」

잠시 후 그는 다시 덧붙였다.

「내가 여러 가지를 물었는데 아무 대답도 하지 않은 것 알겠어. 그 지긋지긋한 예심 판사의 십오 분 동안의 심문 연습이니까. 게다가 아무 말도 하지 않으면 큰소리로 지껄여 댈 염려도 없어. 그러나 그건 쓸데없는 일이야. 내게는 자네 얼굴도 보이지 않고 이름도 모른다고 해서 자네가 어떤 인간인지, 무슨 짓을 할 작정인지 내가 전혀 몰랐다고 생각해선 잘못이야. 다 알고 있지, 그놈을 슬쩍 건드렸기 때문에 이제부터 어디에 치워 버리려는 거겠지. 강이 필요하지, 강은 그런 뒤치다꺼리하는 데는 그만이야. 내가 도와주지. 고생하는 사람을 돕는다는 건 내 직성에 맞으니까.」

장 발장이 잠자코 있는 것을 당연한 일이라고 하면서, 분명히 말을 시키려 애쓰고 있었다. 그는 옆 얼굴을 보려는 셈인지 상대의 어깨를 밀고 그리고 역시 목소리를 억누른 채 외쳤다.

「구덩인데 말야, 자넨 용한 작자야. 왜 거기에 던져 버리지 않았어 ?」

장 발장은 침묵을 지켰다. 테나르디에는 넥타이 대신 누더기 천을 목에 바짝 올려 매었다. 그것은 진지한 사나이의 동작이었다.

「딴은 현명한 생각이야. 인부들이 내일이라도 구멍을 막으러 오면 시체가 버려진 것을 발견할 게 뻔한 노릇이야. 그렇게 되면 차례차례로 연줄을 따라 꼬리가 잡혀서, 자네는 결국 잡히게 되지. 하수도를 나간 놈이 있다. 누구냐 ? 어디로 나왔나 ? 나오는 것을 본 사람은 없는가 ? 경찰은 영리하거든. 하수도는 마음을 놓을 수가 없는 놈이어서 임자를 밀고하지. 좀처럼 이런 발견은 없는 일이니까 주의를 끌게 마련이지. 하수도를 이용하는 놈은 드물어. 강은 누구에게나 편리하지. 강은 진짜 무덤이거든. 한 달쯤 지나서 쌩 클루의 다리목에 친 그물에서 거기 그 사나이가 걸렸다 해봐, 허지만 그게 무슨 소용 있어? 다 썩어 버린 시체 하나, 그게 뭐 대수람! 누가 죽였느냐? 파리지. 그렇게 되면 경찰은 제대로 조사도 하지 않아. 임자, 참 잘했어.」

테나르디에가 점점 더 지껄이면 지껄일수록 장 발장은 침묵을 지켰다. 테나르디에는 또 그의 어깨를 흔들었다.

「자아, 결말을 내자구. 절반 나누지. 나는 열쇠를 보였으니 자네도 돈을 보여 주게.」

테나르디에는 무서운 형상을 하고, 야수처럼 보이고, 음험하고, 왠지 협박하는 듯 바싹 다가왔지만, 그럼에도 어딘가에 호의가 엿보였다. 이상한 것은 테나르디에의 태도가 단순하지만은 않은 것이다. 전혀 아무렇지 않을 것 같지가 않았다. 뭔가 꺼리는 것 같지는 않은데, 목소리를 낮추는 것이다. 이따금 입에 손가락을 대고 쉿! 하고 중얼거렸다. 왜 그런지 까닭을 알 수 없다. 거기에는 그들 둘뿐이었다. 장 발장은 아마도 따로 악당들이 근처 구석에 숨어 있어, 테나르디에는 그들이 한 몫 들지 않게 하려는 것이리라고 생각했다.

테나르디에는 다시 말을 이었다.

「결말을 짓는 게 어때? 그놈은 호주머니에 얼마 갖고 있었어?」

장 발장은 몸을 뒤졌다.

독자들도 기억하다시피 언제나 돈을 지니고 있는 것이 그의 습관이었다. 임기응변의 수를 쓰며 살아 가야만 하는, 어두운 생활을 숙명적으로 타고 난 그는 그것을 철칙으로 했다. 그랬는데 이번에는 준비가 되어 있지 않았다. 어젯밤 국민군의 제복을 입을 때, 너무나 슬픈 생각에 마음을 뺏겼었기 때문에 돈지갑 넣는 것을 잊어버렸던 것이다. 조끼 안주머니에 얼마간의 잔돈이 들어 있을 뿐이었다. 돈은 전부 삼십 프랑 정도밖에 없었다. 그는 수렁물에 흠뻑 젖은 주머니를 뒤집어 금화 한 닢과 은화 두 닢, 그리고 이 수우짜리 동전 대여섯 닢을 늘어 놓았다.

테나르디에는 일부러 그러는 듯 목을 비틀면서 아랫입술을 내밀었다.

「싸게두 죽였군그래」하고 그는 말했다.

그는 장 발장의 주머니와 마리우스의 주머니를 사양하지 않고 뒤지기 시작했다. 장 발장은 빛에 등을 돌릴 것만을 신경쓰느라고 하는 대로 내버려두었다. 테나르디에는 마리우스의 옷을 뒤져 보는 동안 요술쟁이 같은 교묘한 솜씨로 장 발장이 알아차리지 못한 사이에 옷자락의 천을 뜯어서 자기 작업복 안에 넣었다. 아마도 그 헝겊조각이 머지않아 죽은 사나이가 누구인가를 알아 내는 데 도움이 될 거라고 생각한 모양이다. 그러나 돈은 삼십 프랑 이상 나오지 않았다.

「역시 그렇군.」그는 말했다.「두 사람 것 합쳐서 이것뿐이군.」

그리고「절반씩 나누자」고 자신이 한 말에도 불구하고 전부 혼자 차지했다.

이 수우짜리 동전까지도 집으려다가 그는 약간 주저했다. 그러나 잠시 생각하더니 중얼거리면서 그것도 집었다.

「하는 수 없지! 이렇게 싼 값으론 수지가 안 맞아.」

돈을 집어넣자 그는 작업복 밑에서 다시 열쇠를 꺼냈다.

「자, 친구, 자네는 나가야겠지? 여기는 시장 같아서 나가고 싶은 놈은 돈을 내야 해. 돈을 냈으니 나가게.」

그렇게 말하고 웃기 시작했다.

그가 그 열쇠를 보지도 못한 사나이에게 빌려 주고, 자기 이외의 사람을 그 문밖으로 내보내 준 것은 한 살인자를 구하려는 순수하고도 사심 없는 의도에서였을까? 그 점에 대해서는 의심해도 좋을 것이다.

테나르디에는 장 발장이 마리우스를 다시 어깨에 짊어지는 것을 거들어 주었다. 그리고 나서 장 발장에게 따라오라고 신호를 하면서 맨발 끝으로 철책으로 다가가 밖의 동정을 살피고, 입에 손가락을 대고 잠시 동안 망설이고 있었다. 그리고는 밖의 낌새를 확인하고 나더니 열쇠를 자물쇠에 꽂았다. 빗장은 미끄러지고 문은 열렸다. 스치는 소리도, 삐걱거리는 소리도 나지 않았다. 일은 참으로 조용히 행해졌다. 분명히 그 철책과 돌쩌귀에는 조심스럽게 기름이 쳐져 있었고 생각했던 것보다 자주 열리곤 했던 모양이다. 그 부드러움은 오히려 섬뜩했다. 그곳에서는 은밀한 왕래, 밤의 사나이들의 소리 없는 출입, 살금살금 걷는 죄악의 발걸음을 느낄 수 있었다. 분명히 하수도는 어떤 비밀의 패거리의 공범자였다. 소리 없는 철책은 범인의 은닉자였다.

테나르디에는 문을 조금 열어 겨우 장 발장이 지날 수 있을 만한 틈을 내주더니, 다시 철책을 닫고 열쇠로 자물쇠를 두 번 돌리고서는 숨소리 하나 내지 않으면서 다시 암흑 속으로 잠겨 버렸다. 그는 호랑이의 빌로도와 같은 발로 걷는 듯싶었다. 눈 깜짝할 사이에 흉악한 이 신의 사자는 보이지 않는 세계 속으로 들어가 버리고 말았다.

장 발장은 밖으로 나왔다.

9. 죽은 듯한 인상의 마리우스

그는 마리우스를 기둥 위에 내려 놓았다.

그들은 밖으로 나온 것이다.

독기와 어두움과 공포는 뒤로 물러갔다. 건강하고 깨끗하고 신선하고 즐거운, 자유롭게 숨을 쉴 수 있는 공기가 한꺼번에 그에게 몰려왔다. 수위는 고즈넉했지만 그 침묵은 푸른 하늘에 가라앉은 태양의 마음을 사로잡는 듯한 침묵이었다. 이미 황혼이 지고 있었다. 밤이 다가오고 있었다. 밤, 위대한 해방자——고난에서 빠져나오기 위해서 어두운 그림자의 망토를 입어야 하는 모든 영혼의 벗. 하늘은 끝없이 넓어서 마치 거대한 장막 같았다. 강물이 그의 발치에 키스하는 소리를 내며 밀려온다. 샹 젤리제의 느릅나무 숲속에서는 밤인사를 주고받는 둥우리 속의 새들의 대화가 들려온다. 아직도 어렴풋이 푸른 하늘에, 꿈꾸는 사람의 눈에만 보이는 두 서너 개의 별이 끝없이 먼 곳에 희미한 작은 점이 되어 반짝이고 있었다. 저녁이, 장 발장의 머리 위에 무한한 것이 지니고 있는 온갖 다정함을 전개하고 있었다.

그것은 불분명한 미묘한 시간, 그렇다고도, 아니라고도 할 수 없는 애매한 시간이었다. 밤의 장막은 꽤 짙어서 조금 떨어지면 사람의 모습은 잘 보이지 않게 되나 그래도 아직 낮의 빛이 조금 남아 있어 가까이 다가서면 상대방의 얼굴을 알아 볼 수 있었다.

장 발장은 그 엄숙하고 애무하는 듯한 정적에 한동안 몸을 맡기고 있었다. 사람에게는 그렇게 자기 자신을 잊는 순간이 있다. 그런 때의 고뇌는 불행한 인간을 괴롭히기를 멈춘다. 모든 것은 사념 속에 자취를 감춘다. 평화가 꿈꾸는 사람을 밤처럼 감싼다. 그리고 빛을 가져다 주는 황혼 아래, 빛을 뿌리는 하늘처럼 사람의 영혼에도 별이 가득 찬다. 장 발장은 머리 위에 펼쳐진 광대한, 빛나는 그림자를 넋을 잃고 바라보았다. 그는 생각에 잠기어 영원한 하늘의 엄숙한 침묵 속에서 황혼과 기도 속에 잠겨 있었다. 그러다가 깜짝 놀라, 의무감에 눈뜬 듯 마리우스에게 몸을 굽혀 손으로 물을 떠서 그의 머리 위에 조용히 몇 방울 떨어뜨렸다. 마리우스는 눈을 뜨지 않았다. 그러나 조금 벌리고 있는 그 입은 숨을 쉬고 있었다.

장 발장은 다시 한 번 강물에 손을 넣으려 했다. 그러나 문득 그는 모습은 보이지 않지만 뒤에 누군가 서 있는 듯한, 어떤 불안을 느꼈다. 이미 다른 데서 말한 바와 같다. 그는 뒤를 돌아보았다.

과연 느낀 그대로 누군가가 뒤에 서 있었다.

긴 프록코트를 입고 팔짱을 끼고 오른손에는 꼭대기에 납덩어리가 달린 곤봉을 들고 마리우스 위에 몸을 굽히고 있는 장 발장의 뒤 대여섯 걸음 떨어진 곳에 한 키큰 사나이가 서 있었다.

그 모습은 그림자 탓도 있었지만 어쩐지 유령 같았다. 단순한 인간이라면 저녁 어두움에 겁을 먹었을 것이다. 사려 깊은 인간이라도 곤봉에 두려움을 느꼈을 것이다. 장 발장은 자베르라는 것을 알아차렸다.

독자는 이미 간파했을 테지만 테나르디에를 미행했던 자는 자베르 바로 그 사람이었다. 자베르는 뜻하지 않게 바리케이드에서 나온 뒤, 시경으로 가서 잠시 국장을 만나 구두로 보고를 마치자, 곧 자신의 임무로 되돌아왔는데——바리케 이드에서 그의 호주머니에서 나온 종이 쪽지를 상기해 주기 바란다——그 임무에는 얼마 전부터 경찰의 주의를 받고 있는 세느 강 오른편 둑에서 샹 젤리제 부근을 감시하는 일도 포함되어 있었다. 그곳에서 그는 테나르디에를 발견하고 뒤를 밟아 왔던 것이다. 그 다음의 일은 이미 아는 바와 같다.

이것으로 이해가 될 것이다. 철책을 장 발장에게 친절하게 열어 준 것은, 사실은 테나르디에의 교활한 계책이었던 것이다. 테나르디에는 아직 그 근처에 자베르가 있다는 것을 알고 있었다. 감시받는 사람은 정확한 후각을 가지고 있는 법이다. 그래서 사냥개에게 뼈다귀를 하나 던져 줄 필요가 있었다. 거기에 마침 살인자가 나타나니 그야말로 절대로 놓쳐서는 안 될 희생물이었다. 테나르디에는 장 발장을 희생물로서 밖으로 내보내 줌으로써 경찰에게 먹이를 주고, 자신에 관한 일을 잊게 하고, 자베르에게는 기다린 보람 있는 보수를 주고, 한편 자기는 삼십 프랑을 벌어들이고, 그가 한눈을 파는 사이에 달아나 버리려는 생각이었다.

장 발장은 하나의 장애를 넘어서 또 하나의 장애에 부딪친 것이다.

잇따른 두 재난, 테나르디에의 손아귀에서 자베르에게로 떨어지다니 참으로 가혹한 일이었다.

장 발장은 이미 말했듯이 전혀 모습이 달라 있었기 때문에 자베르는 누군지 알아차리지 못했다. 그는 팔짱을 낀 채, 눈치채이지 않을 정도의 동작으로 손에 든 곤봉을 다시 고쳐 쥐자 분명하고 조용한 목소리로 말했다.

「넌 누구냐?」
「나요.」
「도대체 누구냐?」
「장 발장.」

자베르는 곤봉을 입에 물고 무릎을 구부려서 몸을 기울이고, 힘 준 두 손을 장 발장의 양 어깨에 놓고, 두 개의 물건을 고정시키는 기계처럼 단단히 붙잡고 유심히 들여다보고 나서 비로소 상대를 확인했다. 그들의 얼굴은 맞닿을 것 같았다. 자베르의 눈은 날카로웠다.

장 발장은 자베르에게 붙잡힌 채 마치 삵쾡이의 발톱을 참고 있는 사자처럼 움직이지 않았다.

「자베르 경위, 당신은 나를 이렇게 붙잡았소. 게다가 오늘 아침부터 나는 이미 당신에게 붙잡힌 거나 다름없다고 생각했소. 당신에게서 달아날 생각이었다면 주소 같은 것은 가르쳐 주지도 않았을 거요. 나를 체포하시오. 다만 한 가지 허가해 주기 바라오.」

자베르는 듣고 있는 것 같지 않았다. 그는 장 발장을 똑바로 보고 있었다. 턱을 잡아당기고 있었기 때문에 입술은 코쪽으로 치켜올려졌다. 거친 몽상을 하는 모양이었다. 드디어 장 발장을 놓고 벌떡 일어나서 곤봉을 다시 움켜쥐고 나서, 꿈속에서 헤매듯 다음과 같은 질문을 했다. 아니 그보다 중얼거렸다.

「당신 여기서 무얼 하는 거요? 그리고 그 사나이는 누구요?」

그는 장 발장이라는 것을 알고도 『너』라고 부르지 않았다.

장 발장은 대답했다. 그 목소리를 듣고 자베르는 제정신으로 돌아온 것 같았다.

「내가 당신에게 이야기하려고 한 것은 바로 이 사나이의 일이오. 내 몸은 당신 마음대로 하시오. 그러나 우선 이 사나이를 자기 집으로 데려다 주는 걸 도와 주시오. 그걸 부탁할 뿐이오.」

자베르의 얼굴은 남이 자신에게 양보할 것을 기대하고 있다고 생각할 때의 버릇대로 긴장했다. 그러나 그는 안 된다고는 하지 않았다.

그는 다시 몸을 구부리고 자신의 주머니에서 손수건을 꺼내어 물에 적시자 마리우스의 피에 젖은 이마를 닦아 주었다.

「바리케이드에 있던 사나이로군」하고 그는 낮은 목소리로 혼잣말처럼 중얼거렸다.

그야말로 일류 탐정인 그는, 당장에 죽게 될 것이라고 믿으면서도 모든 것을 관찰하고 모든 것에 귀를 기울이고, 모든 것을 듣고, 모든 것을 기억하고 있었다. 죽음의 괴로움 속에서도 망을 보고 무덤 구덩이에 한 발 들여 놓으면서도 기록을 하고 있었던 것이다.

그는 마리우스의 손을 잡고 맥을 짚었다.

「부상을 입었소.」장 발장은 말했다.

「죽었군」하고 자베르가 말했다.

장 발장은 대답했다.

「아니, 아직 죽지 않았소.」

「그럼, 당신은 이 사나이를 바리케이드에서 여기까지 날랐군그래.」

그는 무슨 일엔가 깊이 마음을 빼앗긴 것 같았다. 하수도를 지나서 온, 이 까닭이 있는 인간의 구출에 대해서 그 이상 묻지 않고, 또 그의 질문에 대해서 장 발장이 아무 대답도 않는 것을 주의하지도 않은 채.

한편 장 발장은, 다만 한 가지 일만을 골똘히 생각하고 있는 것 같았다. 그는 말했다.

「이 사나이는 마레 지구 피유 데 칼베르 거리에 살고 있소. 조부의 집인데……조부의 이름은 기억하고 있지 않소.」

장 발장은 마리우스의 윗도리를 뒤져 수첩을 꺼내어 마리우스가 연필로 급히 쓴 페이지를 열어 자베르에게 내밀었다.

하늘에는 아직 글씨를 읽을 수 있을 정도의 약간의 빛은 남아 있었다. 게다가 자베르의 눈에는 밤의 새처럼 어둠 속에서도 보이는 인광이 있었다. 그는 마리우스가 쓴 몇 줄의 글을 읽고 중얼거렸다. 「질르노르망 마레 피유 데 칼베르 거리, 6번지.」

그러고 나서 그는 외쳤다.

「마부!」

마차가 사건에 대비해서 기다리고 있었다는 것은 기억할 것이다.

자베르는 마리우스의 수첩을 자기가 간직했다.

즉각, 마차가 물먹이는 곳의 비탈을 내려와 둑의 기둥에 오자, 마리우스를 뒷좌석에 놓고 자베르는 장 발장과 나란히 앞 좌석에 앉았다.

문이 닫히고 마차는 재빨리 멀어져 바스티유 방면을 향해 강변 길을 올라갔다.

그들은 강변 거리를 벗어나서 도로로 들어갔다. 마부는 마부석 위에 검은 그림자를 보이며 여윈 말에 채찍질을 하고 있었다. 마차 속은 침묵으로 얼어붙어 있었다. 마리우스는 움직이지 않고 안쪽 한구석에 몸을 기대고 머리를 가슴 위에 힘없이 늘어뜨리고, 두 팔을 축 늘어뜨리고, 양발은 굳어져서 이제는 관을 기다릴 수밖에 없는 모습이었다. 장 발장은 그림자로 만들어진 듯이 보였고 자베르는 돌로 만들어진 듯이 보였다. 그리고 마차 안은 캄캄한 밤으로 채워져서, 그 내부는 가로등 앞을 지나갈 때마다 번쩍거리는 번갯불에 비쳐지듯 푸르스름하게 비쳤다. 우연이 세 개의 비극적인 부동의 시체와 유령과 조상을 한데 모아 놓고 불길한 대면을 시키고 있는 것 같았다.

10. 목숨을 아끼지 않는 아들의 귀환

포석 위에서 마차가 흔들릴 때마다 마리우스의 머리에서 피가 한 방울씩 떨어졌다. 마차가 데 칼베르 거리 6번지에 이르렀을 때는 해는 이미 완전히 저문 뒤였다.

자베르는 앞장 서서 마차에서 내려 대문 위의 번지를 확인하자 숫염소와 사티로스(그리스 신화 중의 괴인)가 마주 보고 있는 고전식의 장식이 붙은 무거운 무쇠 노커를 들어올리고 세게 두드렸다. 한쪽 문이 열렸다. 자베르는 그것을 밀었다. 문지기가 하품을 하면서 자다 깬 멍청한 눈으로 촛불을 들고 상반신을 내밀었다.

집들은 모두 잠들어 있었다. 마레의 사람들은 일찍 자는 편이고, 폭동이 있는 날은 더욱 그러했다. 이 옛날의 기풍을 지닌 주위 일대는, 혁명이라는 말만 들어도 떨며 잠속으로 피난하는 것이다. 마치 아이들이 크로크미틴느(어린아이를 놀라게 할 때에 말하는 도깨비 이름)가 온다고만 하면 얼른 머리를 이불 속에 틀어박는 것과 같다.

그 사이에 장 발장은 겨드랑이 밑을, 마부는 무릎을 받치고 마리우스를 마차에서 끌어내렸다.

마리우스를 그렇게 받치면서 장 발장은 한쪽 손을 크게 찢어진 옷 밑으로 집어넣어 가슴을 만져보고 심장이 아직도 뛰고 있는 것을 확인했다. 그 심장은 전보다 약간 세게 뛰는 것 같았다. 마치 마차의 흔들림이 생명을 얼마간 회복시킨 듯했다.

자베르는 폭도의 집 문지기를 보고 관리다운 어조로 문지기에게 물었다.

「질르노르망이란 사람의 집인가?」

「여깁니다. 무슨 일이십니까?」

「아들을 데리고 왔네.」

「아들요?」하고 문지기는 멍청하게 말했다.

「죽었어.」

장 발장은 더러운 누더기 옷차림으로 자베르 뒤에 다가왔으므로 문지기가 무서운 듯이 그쪽을 바라보았다. 장 발장은 아직 죽지는 않았다는 뜻으로 문지기에게 머리를 흔들어 보였다. 문지기는 자베르의 말도 장 발장의 눈짓도 이해하지 못하는 모양이었다.

자베르는 말을 이었다.

「바리케이드에 있던 것을 데리고 온 거요.」

「바리케이드에!」하고 문지기가 외쳤다.

「거기서 죽은 거야. 아버지를 가서 깨워요.」

문지기는 움직이지 않았다.

「가라고 하잖나!」자베르가 고함을 쳤다. 그리고 덧붙였다.

「내일은 장례식을 치러야겠지.」

자베르에게는 거리에서 매일 일어나는 사건은 경계와 감시의 기본으로서 명확하게 종류별로 나뉘어지고 사건 하나하나에 구분이 있었다. 일어날 듯한 사건은 모두 서랍 속에 넣어져 있어 그곳에서 때에 따라 필요한 만큼 나오는 것이었다. 거리에는 소요가 있고 폭동이 있고 유흥이 있고 장례식이 있었다.

문지기는 단지 바스크만을 깨웠다. 바스크는 니콜레트를 깨웠다. 니콜레트는 질르노르망 이모를 깨웠다. 조부는 깨우지 않았다. 그에게는 되도록 늦게 알리는 편이 좋다고 생각한 것이다.

물론 같은 건물의 다른 사람들에게는 눈치채이지 않게 마리우스는 이층으로 운반되어 질르노르망 씨의 객실의 낡은 안락의자 위에 놓여졌다. 한편 바스크가 의사를 부르러 가고 니콜레트가 붕대류가 든 옷장을 열 때, 장 발장은 자베르가 그의 어깨를 잡고 있는 것을 느꼈다. 그는 그 뜻을 깨닫고 자베르의 발소리를 따라서 층계를 내려갔다.

문지기는 그들이 들어오는 것을 보았을 때처럼, 무서운 꿈이라도 꾸는 듯한 심정으로 그들이 나가는 것을 바라보았다. 그들은 다시 마차에 올랐다. 마부도 마부석으로 올랐다.

「자베르 경위,」 하고 장 발장이 말했다. 「또 한 가지 허락해 주시오.」

「무엇을?」 하고 자베르는 무뚝뚝하게 물었다.

「잠깐 집으로 가게 해주시오. 그런 다음에는 당신이 하고 싶은 대로 하시오.」

자베르는 프록코트의 깃에 턱을 묻고 한동안 잠자코 있더니 앞의 작은 창문의 유리를 내렸다.

「마부」 하고 그는 연 창문을 통해 말했다. 「롬므 아르메 거리 7번지로.」

11. 절대자의 동요

그들은 마차로 가는 도중 한 번도 입을 열지 않았다.

장 발장은 무엇을 원하고 있는 걸까? 시작했던 일을 다 마치고 싶었던 것이다. 즉 코제트에게 내막을 이야기하고 마리우스가 있는 곳을 가르쳐 주고, 그밖에 무언가 도움이 될 만한 지시를 해주고, 가능하면 마지막 정리를 이것저것 해두는 것이다. 자신의 일, 자기 한 사람에 관한 일은 이미 끝장나 있었다. 그는 자베르에게 체포되어 저항하지 않았다. 장 발장 이외의 인간이 그러한 입장에 섰다면 아마도 테나르디에가 주었던 밧줄과 이제부터 들어가게 될 제일의 감방의 창살문을 멍청하게 생각했을 것이다. 그러나 예전에 신부와 만난 이래 장 발장의 마음에는 어떤 폭행에 대해서도, 구태여 말한다면 설사 자기 자신에게 가해지는 폭행에 대해서도 깊은 종교적인 망설임이 솟는 것이었다.

자살이라는 미지의 세계를 향한 신비적인 폭거는——그러한 행위에 어느 정도 정신적인 죽음이 포함되는데——장 발장에게는 할 수 없는 일이었다.

롬므 아르메 거리 입구에서 마차는 멈춰섰다. 그 거리는 마차가 들어가기에 너무 좁았다. 자베르와 장 발장은 마차에서 내렸다.

마부는 마차의 유트레히트 제 빌로도가 피살된 사람의 피와 살인자의 진흙으로 더럽혀졌다는 것을 『경위 나리』에게 정중하게 허리를 굽히면서 말했다. 그는 사건을 그렇게 생각하고 있었던 것이다. 그리고 변상을 해주어야겠다고 덧붙여 말했다. 그러면서 주머니에서 수첩을 꺼내어 『무슨 증명이라도 한 구절』 거기에 써달라고 경위 나리에게 졸랐다. 자베르는 마부가 내미는 수첩을 밀어내고 말했다.

「얼마면 되겠나, 기다린 삯하고 마차 요금을 합쳐서?」

「일곱 시간 하고 십오 분」하고 마부는 대답했다.「게다가 저 빌로도는 새것입니다. 팔십 프랑 주십시오, 경위 나리.」

자베르는 주머니에서 나폴레옹 금화를 네 닢 꺼내 주고 마부를 돌려 보냈다.

장 발장은 자베르가 자신을 바로 가까이에 있는 블랑 망토의 지서나 아르쉬브의 지서로 걸어서 데리고 갈 작정이로구나, 하고 생각했다. 그들은 거리로 들어섰다. 거리는 여느 때처럼 고요했다. 자베르는 장 발장을 앞서게 했다. 그들은 7번지에 이르렀다. 장 발장은 문을 두드렸다. 문이 열렸다.

「좋소」하고 자베르는 말했다.「들어가시오.」

그리고 야릇한 표정으로, 마치 말하기 난처한 것을 억지로 이야기하듯 덧붙여 말했다.

「난 여기서 기다리겠소.」

장 발장은 자베르를 쳐다보았다. 이런 짓은 여느 때의 자베르에게는 절대로 없던 일이었다. 그러나 지금 자베르가 상대에 대해서 일종의 커다란 신임을 하고 있다 해도 그것은 별로 장 발장을 크게 놀라게 하지 못했다. 그것은 자신의 손톱만큼의 자유를 쥐에게 주는 고양이의 신임이며 또한 장 발장은 자신을 버리고 모든 결말을 지으려는 결심이 서 있었기 때문이다. 그는 문을 밀고 안으로 들어가서 벌써 자다가 침대 속에서 누워 문여는 줄을 잡아당겨 준 문지기에게「나요!」하고 나서 계단을 올라갔다.

이층에 올라와서 그는 걸음을 멈추었다. 모든 슬픔의 길에도 멈춰설 장소가 있다. 층계참에 들어올리는 창문이 열려 있었다. 낡은 집에서 흔히 볼 수 있는 그 계단은 바깥의 빛을 받아들일 수 있게 되어 있어서 거리가 내려다보였다. 가로등이 바로 맞은편에 서 있기 때문에 얼마간의 불빛을 계단에 던져 주어 기름이 절약되었다.

장 발장은 숨을 돌리기 위해선지, 아니면 기계적으로인지, 창문으로 고개를 내밀었다. 그리고 길 위를 내려다보았다. 거리는 짧았고, 가로등이 끝에서 끝까지 비치고 있었다. 장 발장은 깜짝 놀라 눈을 의심했다. 그곳에는 이미 아무도 없었다.

자베르는 가고 없었다.

12. 혈 육

곧 안락의자 위에 놓여진 채 꼼짝도 하지 않고 누워 있던 마리우스를, 바스크와 문지기는 객실로 옮겼다. 부르러 간 의사가 달려왔다. 질르노르망 이모도 깨어 나왔다.

질르노르망 이모는 몹시 놀라서 두 손을 맞잡은 채 침착성을 잃고, 「아아, 이게 웬일이람 ! 」할 뿐 어찌할 바를 몰랐다. 이따금 이런 말도 덧붙였다. 「그저 모든 것이 피투성이가 되는구나 ! 」처음의 공포가 가라앉고, 그녀도 사정을 얼마간 판단하게 되자, 「으레 이렇게 되게 마련이지 ! 」하고 자신의 생각을 이렇게 표현했다. 그래도 이런 경우「그러니까 내가 뭐라든가 ! 」하는 평소의 입버릇은 말하지 않았다.

의사의 지시로 간이 침대가 안락의자 옆에 마련되었다. 의사는 마리우스를 진찰하고, 아직 맥이 뛰고 있으며 가슴에는 깊은 상처가 하나도 없고, 입술 구석에 엉긴 피가 콧구멍에서 나온 것임을 확인하자, 환자를 침대 위에 똑바로 뉘고, 호흡을 편하게 하기 위해서 베개를 베이지 않고 머리를 몸과 똑같은 높이로, 오히려 약간 낮게 하고 옷을 벗겼다. 질르노르망 양은 마리우스의 옷 벗기는 것을 보고 방을 나왔다. 그녀는 자기 방에서 기도를 드리기 시작했다.

몸통에는 내상은 하나도 입지 않았다. 탄환 한 개가 수첩 때문에 힘이 꺾여서 옆으로 빗나가 옆구리에 심한 파열상을 입혔지만, 깊은 상처는 아니고 따라서 위험은 없었다. 오랜 시간 하수도 속을 지나가는 동안에 부러진 쇄골이 완전히 자리가 움직여져서 그곳이 중상이었다. 양팔에는 군도 자리가 있었다. 얼굴에는 아무런 상처도 없었지만 머리는 깃털 모양의 가는 선으로 덮인 것 같았다. 그런 머리의 상처는 어떻게 될 것인가? 두피에만 한정된 상처인가? 두개골에까지 깊이 들어갔는지? 그것은 아직 뭐라고 말할 수 없었다. 중대한 증상은 그 상처 때문에 기절했다는 것인데, 그런 기절은 반드시 회복된다고 할 수 없었다. 더욱이 환자는 많은 출혈로 쇠약해 있었다. 허리띠 밑의 부분은 바리케이드로 가려져 있던 덕분에 무사했다.

바스크와 니콜레트는 헝겊을 찢어서 붕대를 준비했다. 니콜레트가 그것을 꿰매고 바스크가 감았다. 가제가 없었기 때문에 의사는 응급 조치로 솜을 상처 자리에 대고 출혈을 막았다. 침대 옆에는 외과 수술용 기구를 늘어 놓은 테이블이 있고, 그 위에 초가 세 자루 타고 있었다. 의사는 마리우스의 얼굴과 머리카락을 찬물로 씻었다. 물통에 가득 찬 물이 대번에 시뻘개졌다. 문지기는 촛불을 들고 의사의 손 밑을 비추고 있었다.

의사는 비관적인 생각에 잠긴 듯했다. 이따금 고개를 가로젓고 있었는데, 그것은 마치 마음속에서 스스로 질문하고 대답하는 것 같았다. 의사가 그렇게 남모르게 자문자답을 하는 것은 환자에게 좋지 않은 징조다.

의사가 마리우스의 얼굴을 닦고, 아직 감겨 있는 눈등에 가볍게 손끝을 대었을 때, 객실 안쪽 문이 열리고 창백한 긴 얼굴이 나타났다. 조부였다.

이틀 동안의 폭동은 질르노르망 씨를 몹시 동요하게 하고 격분하게 하고, 불안하게 했다. 어젯밤에는 잠을 이루지 못해서 오늘은 하루 종일 열에 떠 있었다. 밤이 되자, 집안의 문단속을 잘 할 것을 이르고 일찌감치 잠자리에 들어가 가벼운 잠이 들어 있었다.

노인의 잠은 얕다. 질르노르망 씨의 방은 객실에 인접해 있었기 때문에, 모두가 몹시 조심했음에도 불구하고, 그는 소리를 듣고 깨어난 것이었다. 문 틈에서 불빛이 새어들어 오는 것을 보고 깜짝 놀라 침대에서 내려와 더듬더듬 나왔다.

그는 문지방 위에 서서, 한 손을 반쯤 열린 문의 손잡이에 대고, 머리를 약간 디밀어 건들건들하며 몸은 수의처럼 희고 곧은 주름 없는 잠옷에 싸여서 넋을 잃고 있었다. 마치 무덤 속을 들여다보는 유령 같았다.

그는 침대를 보고, 그리고 이불 위의, 피투성이로 살빛은 납처럼 희고, 눈은 감고, 입은 벌리고, 입술은 새파랗고, 허리 위는 벗겨지고, 온몸이 시뻘건 상처투성이로 꼼짝도 않고 불빛을 받고 있는 청년을 보았다.

조부는, 머리에서 발끝까지 뼈가 앙상한 몸이 겨우 견딜 만큼 떨고, 나이 때문에 각막이 노래진 두 눈은 유리처럼 번들거리는 빛에 덮여서 온 얼굴에 점점 해골 같은 흙빛을 띠며, 용수철이 끊어진 듯 두 팔을 축 늘어뜨리고, 놀라움이 부들부들 떨고 있는 늙은 양손의 손가락 사이에까지 나타나고, 두 무릎은 앞으로 엉거주춤하게 굽고, 잠옷의 여민 틈에서 흰 털이 솟은 마른 정강이를 내보이면서 중얼거렸다.

「마리우스.」

「나리,」 바스크가 말했다. 「지금 어떤 사람이 도련님을 떠메고 왔습니다. 바리케이드에 가 계시다가, 그러다가…….」

「죽었구나!」하고 노인은 무서운 목소리로 외쳤다.「아아! 못된 놈!」

그때, 무덤 속에서도 그렇게 될까 싶을 정도로 백 살에 가까운 노인은 청년처럼 벌떡 일어섰다.

「여보시오. 당신은 의사군요. 우선 한 가지만 내게 말해 주시오. 그놈은 죽었소, 그렇지요?」

의사는 너무 마음 아픈 나머지 침묵을 지켰다.

질르노르망 씨는 처절한 웃음을 터뜨리면서 두 팔을 비틀었다.

「죽었어! 죽은 거야! 바리케이드에서 죽었어! 나를 원망해서! 내게 보복하느라고 이런 짓을 저질렀어! 아아! 흡혈귀 같으니! 이런 참혹한 꼴로 내게 돌아왔어! 아아, 매정하구나! 죽었어!」

그는 창가로 가서 숨이 막히는지 창문을 열어젖히고 어두움 앞에 우뚝 서서 바깥 거리의 밤을 향해서 지껄이기 시작했다.

「찔리고, 잘리고, 목을 찔리우고, 얻어맞고, 찢기우고 갈기갈기 찢겼어! 저것 좀 봐, 못된 녀석! 아무리 못된 놈이라도 내가 기다릴 것을 잘 알고 있었을 거야. 제 방을 정돈해 놓게 하고 어렸을 적의 사진을 언제나 머리맡에 놓고 있다는 것을 말이야! 잘 알고 있었을 거야, 돌아오기만 해도 좋다는 것을! 몇 해 전부터 내가 저놈의 이름을 계속 부른다는 것을, 저녁때가 되면 벽난로 구석에서 무릎 위에 팔짱을 낀 채 어쩔 줄 몰라 하는 것을, 저놈 때문에 내가 넋이 빠져 버린 것을! 너는 잘 알고 있을 거야. 돌아오기만 하면 그것으로 족해, 돌아와서 한 마디만, 접니다, 하면 되는 거야. 그것으로 네가 이 집의 주인이 된다는 것을, 나는 네가 하자는 대로 할 생각이었다. 너는 이 늙어 빠진 어리석은 할아비를 제 마음대로 할 수 있다는 것을 넌 잘 알고 있었을 거다! 그런데 너는,『아니, 저건 왕당파야, 안 가겠어!』라고 말했다. 그리곤 바리케이드에 가서 고집스럽게 살해되고 만 거야! 베리 공작에 대해서 내가 한 말에 대한 보복으로 말이다! 염치를 모르는 놈이 이런 놈이야! 하는 수 없지, 누워서 고요히 자거라! 아, 죽어 버리다니, 이제야 나도 눈을 떴구나.」

의사는 이번에는 양쪽이 다 걱정되기 시작하여 한동안 마리우스 곁을 떠나 질르노르망 씨 곁에 가서 팔을 부축했다. 조부는 뒤를 돌아보고 커다랗게 핏발이 선 듯한 눈으로 의사를 바라보더니 조용히 말했다.

「고맙소. 나는 아무렇지 않소, 나는 사나이오, 루이 16세의 죽음도 보았고 어떤 사변에도 꿈쩍도 하지 않았소. 다만 한 가지 두려운 것은 신문이 온갖 해를 끼친다는 것을 생각하는 일이오. 세상에 엉터리 문인, 능변가, 변호사, 연설가, 연단, 논쟁, 진보, 광명, 인권, 출판의 자유가 있는 한, 아이들은 모두 이런 꼴로 집에 실려 오게 되오! 아아! 마리우스! 끔찍한 일이다! 살해되고 말았구나! 나보다 먼저 죽다니! 바리케이드! 아아! 악당들! 의사 선생, 당신은 이 근처에 사시지요? 아니오! 나는 당신을 잘 알고 있소. 당신의 마차가 지나는 것이 창문에서 보이오. 당신에게 맹세하리다. 내가 지금 화가 났다고 생각하면 잘못이오. 죽은 사람을 상대해서 화를 낸들 뭐하겠소. 그건 어리석은 짓이오. 이애는 내가 길러낸 자식이오. 이애가 아직 어렸을 적에 나는 이미 늙은이가 되어 있었소. 튈르리 공원에서 이애가 조그만 괭이와 조그만 의자를 가지고 놀고 있으면, 나는 공원지기에게 야단맞지 않도록 이애가 괭이로 땅에 판 구멍을 하나하나 단장으로 메웠었소. 그 아이가 어느 날, 루이 18세를 타도한다고 외치며 나갔소. 내 죄가 아니오. 이애는 정말로 장미빛 얼굴에 머리는 금발이었소. 어머니는 돌아갔소. 당신도 아시나요? 어린아이들이 모두 금발 머리인 것은 어떤 까닭일까요? 이애는 『르와르 강의 불한당』(나폴레옹의 패잔병)의 아들이오. 그러나 아버지의 죄는 아이에게 관계없소. 이 아이가 아직 겨우 요만했을 적 일이 생각나는군요. 아직 『d』를 발음하지 못할 때였소. 어찌나 이야기를 부드럽게 하는지 혀가 잘 돌지 않아서 마치 조그만 새 같았소. 어떤 때는 『헤라클레스 파르네제』(튈르리 공원에 있는 헤라클레스의 동상) 앞에서 이애에게 탄복한 사람들이 둥그렇게 둘러서서 칭찬했던 것을 기억하오만, 그토록 잘 생겼었소, 이 아이는! 마치 그린 것 같았으니 말요. 나는 큰소리를 낼 때도 있었고, 단장으로 위협할 때도 있었지만 그것도 다 농담이라는 것을 이애는 잘 알고 있었지요. 아침에 내 방으로 오면 나는 잔소리를 몹시 했지만, 마음속으로는 태양이 들어온 것처럼 생각했었소. 그런 꼬맹이한텐 무력한 거지요. 우리 마음을 사로잡고 우리를 포로로 만들고 다시는 놓지 않습니다. 정말 이 아이처럼 사랑스러운 것은 세상에 없었소. 그랬는데 지금 이 아이를 죽여 버리다니! 라파이예트 파니, 뱅자맹 콩스탕 파(소설 《아돌프》의 작가. 공화주의 정치가)니, 티르퀴르 드 코르셀르이 파(라파이예트의 흐름을 받아들인 왕정 복고기의 자유주의자) 등은 뭐라는 놈들이오! 이대로 놓아 둘 수는 없어.」

의사는 아직 창백한 채 움직이지 않는 마리우스 쪽으로 되돌아갔다. 조부도 마리우스에게 다가가자, 또다시 양팔을 비틀기 시작했다. 노인의 흰 입술이 무의식적으로 움직이고 임종 때의 숨결처럼 거의 알아들을 수 없는 말을 했다. 「아아! 매정한 놈! 혁명당! 무법자! 9월파(1792년 9월의 왕당파 대학살에 참가한 혁명 당원)!」그것은 죽음에 허덕이는 사람이 시체를 향하여 낮은 목소리로 힐책하는 소리였다.

　마음속의 분화는 말이 되어 나오지 않으면 그치지 않는다. 조금씩 말의 맥이 돌아왔으나 조부는 이미 그것을 말할 기력이 없는 것 같았다. 그의 목소리는 희미하고 약해서 마치 심연 저편에서 들리는 듯했다.

　「이제 나는 아무래도 좋소, 나도 이제 죽소, 나도 말요. 그런데 이 파리 안에서 이 불쌍한 놈을 행복하게 해줄 여자가 하나도 없었다니! 바보 같은 놈이 인생을 재미있게 즐기려 하지도 않고 싸움터에 나가서 짐승처럼 맞아죽었단 말인가! 그것도 누구를 위해서, 무엇 때문에? 공화제를 위해서요! 젊은이답게 쇼미에르에 춤추러 가는 대신에 말요! 스무 살이라면 다시 없이 좋은 나이요. 공화제, 세상 어머니들은 귀여운 사내 아이를 자꾸자꾸 낳는 게 좋아! 아, 이 아이는 죽었소. 네가 이런 짓을 한 것도 라마르크 장군의 눈에 들고 싶어서였느냐! 도대체 그 장군이 네게 무엇을 해주었더란 말이냐! 멧돼지 같은 군인! 수다쟁이! 죽은 사람을 위해서 죽다니! 이러고도 미치지 않을 수가 있겠는가! 생각해 보오! 스무 살로! 그것도 뒤에 남는 사람을 돌아보지도 않고! 선량한 늙은이는 비참하게 혼자 죽어야 한단 말인가. 올빼미는 얌전하게 죽으란 말인가! 홍, 좋다, 나도 그걸 바랐었다. 이제는 깨끗하게 죽을 수 있어. 나는 너무 늙었어. 벌써 백 살이야, 십만 살이지. 훨씬 옛날에 죽었어야 했어. 이제 급소를 한 대 맞은 거야. 이것으로 끝이야. 오히려 다행이지. 이애에게 암모니아 냄새를 맡게 한다든가, 약을 먹여서 무얼 하겠다는 거요? 헛수고요, 의사 선생! 보시오, 이애는 죽었소, 아주 훌륭하게 죽어 있소. 나는 알아요. 나 자신도 죽은 사람이니까. 애는 무엇이든 하다가 마는 일이 없소. 그렇소, 세상은 더럽소, 더러워, 더러워. 시대도, 사상도, 주의도, 신의 계시를 받은 자도, 박사들도, 엉터리 문사도, 사이비 철학자도, 그리고 육십 년 동안 튈르리 궁전의 까마귀 떼들을 놀라게 한 모든 혁명도, 모든 것이 더럽단 말이오! 그리고 너도 이렇게 죽으면서 나에 대한 생각을 하지 않았으니까 나도 네 죽음을 슬퍼해 주지 않을 테다, 알겠느냐? 이 살인자 녀석아!」

　그때, 마리우스가 조용히 눈을 떴다. 그리고 그 눈길은 아직도 혼수 상태의 놀라움에 싸여 흐릿하게 질르노르망 씨를 보았다.

「마리우스!」하고 노인은 외쳤다.「마리우스! 내 자식! 내 귀여운 자식! 눈을 떴느냐? 나를 보고 있구나, 살아 있구나, 고맙다!」

그리고 그는 졸도했다.

제 4 장 탈선한 자베르

자베르는 여유 있는 걸음으로 롬므 아르메 거리를 떠났다.

그는 생전 처음으로 고개를 숙이고 또 생전 처음으로 뒷짐을 지고 걸어갔다. 이날까지 자베르는 나폴레옹의 두 가지 자세 가운데서, 과단성을 나타내는, 다시 말해서 가슴에 팔짱을 낀 자세만을 취했었다. 뒷짐을 진 망설임을 나타내는 자세는 여태까지 알지 못했다. 바야흐로 하나의 변화가 일어난 것이다. 몸 전체가 완만하고 침울해 보이고 고뇌의 그림자를 띠고 있었다.

그는 쥐죽은 듯이 조용한 거리에서 거리로 들어갔다. 그래도 일정한 방향을 더듬고 있었다. 세느 강으로 가는 가장 가까운 지름길을 택하여 오르므 강가로 나와 그 강가를 따라서 그레브를 지나 샤틀레 광장의 초소에서 조금 떨어진, 노틀담 다리 모퉁이에서 걸음을 멈추었다. 세느 강은 거기서 한편으로는 노틀담 다리와 퐁토 샹즈 다리로, 다른 한편으로는 메지스리 강가와 플뢰르 강가에 끼어서 급류가 그 복판을 가로지르고 있는 네모진 호수 모양으로 되어 있었다.

세느 강의 뱃사공들은 이 근처를 두려워하고 있다. 여기의 급류는 다리의 물방아——지금은 허물어 버렸지만 그 무렵엔 아직 있었다——의 말뚝 때문에 좁혀져서 물결이 거세어졌기 때문에 그곳만큼 위험한 곳은 없었다. 두 다리가 가까이 걸려 있어 위험은 더욱 컸다. 물살은 두 다리 밑에서는 굉장히 빠르다.

거기에는 큰 물결이 사납게 소용돌이치고, 물은 그곳으로 밀려들어 그곳에서 서로 밀어댄다. 물결은 교각 위에 가로 건너댄 가름대에 부딪쳐서, 마치 굵은 물로 된 밧줄을 뽑아 버리려는 것 같다. 그곳에 떨어진 사람은 두 번 다시 떠오르지 않는다. 아무리 헤엄의 명수라도 빠져 버리고 만다.

자베르는 난간에 두 팔꿈치를 짚고 턱을 두 손으로 받치고 무의식적으로 짙은

368

구레나룻을 손가락 끝으로 만지작거리며 깊은 생각에 잠겼다.

어떤 새로운 일이, 어떤 혁명이, 어떤 비극적인 결말이 마음 밑바닥에 일어난 것이다. 깊이 반성해야 할 일이 거기에 있었다. 자베르는 지금 무섭게 고민하고 있었다. 몇 시간 전부터 자베르는 단순한 인간으로 있을 수 없게 된 것이다. 그의 마음은 흐트러져 있었다. 그 두뇌, 단순하고 마구 행동하면서도 그토록 맑았던 두뇌는 지금 투명함을 잃고 있었다. 그 수정 속에는 지금 구름이 끼어 있었다. 자베르는 의무가 두 가지로 갈라지는 것을 마음 밑바닥에 느끼고, 그 사실에 대해 자신을 속일 수 없었다. 세느 강가에서 뜻밖에 장 발장을 만났을 때, 그의 마음 속에는 간신히 먹이를 만난 늑대와 같은 그 무엇과 가까스로 주인을 찾아낸 개와 같은 그 무엇이 있었다.

그는 자기 앞에 두 갈래의 길을, 어느 쪽도 똑같이 곧기는 했지만 분명히 두 갈래의 길을 보았다. 그 사실은, 태어나서 지금까지 단 하나의 직선밖에 몰랐던 자베르에게는 무서운 일이었다. 더욱이 심하게 마음을 괴롭히는 것은, 그 두 갈래의 길이 서로 반대 방향이라는 것이었다. 두 갈래의 직선은 서로 멀리하고 있었다. 어느 것이 참다운 길인지? 그의 위치는 형용하기 어려운 것이었다.

범죄자에게 목숨을 구제받고 그 부채를 인정하고 그 보답을 하여, 본의 아니게 전과자와 대등한 입장에 서서, 그의 도움을 다른 도움으로 보답하는 것, 자기에게 『가라』고 한 자에 대해서 이쪽에서도 『자유로이 되어라』고 대답하는 것, 개인적인 이유 때문에 공적인 임무를 희생하고, 더욱이 그 개인적 이유 속에 동시에 무언가 공적인 것, 아마도 좀더 높은 것을 느끼고, 자신의 양심을 배반하지 않기 위해서 사회를 배신하는 그러한 부조리가 모두 현실이 되어서 그에게 덮쳐왔다. 그것이 그를 어찌할 바를 모르게 한 가장 큰 원인이었다.

장 발장은 그를 용서했다. 그 사실이 그를 몹시 당황하게 했고, 또한 자베르가 장 발장을 용서한 것은 스스로 자신을 달리 보게 했다.

자신은 어떠한 입장에 서 있는가? 그는 자신을 알려고 애썼으나 지금 자신을 알 수가 없었다.

이제부터 어떻게 해야만 할 것인가? 장 발장을 끌어낼 것인가? 그것은 나쁜 일이었다. 그러면 장 발장을 자유롭게 놓아 둘 것인가? 그것도 나쁜 일이었다. 첫째 경우는 관리가 도형수의 사나이 이하로 떨어지는 것이고, 둘째의 경우는 도형수가 법률보다 높이 올라가서 법률을 밟는 결과였다. 어느 쪽도 자베르에게는 불명예였다. 어느 쪽으로 마음을 정해도 그곳엔 추락이 있었다. 운명에는 불가능 위에 우뚝 솟은 절벽이 있고, 그곳으로부터 저쪽의 인생은 이미 하나의 심연에 지나지 않는다. 자베르는 그러한 절벽 밑에 와 있는 것이다.

그의 고뇌의 하나는 생각하지 않으면 안 되게 된 일이었다. 서로 모순된 그 모든 감동의 격렬함이 그에게 생각하기를 강요하고 있었다. 생각하는 것, 그것은 그의 습관에는 없었던 일로 몹시 그를 괴롭혔다.

생각한다는 것에는 반드시 얼마간의 마음의 배반이 포함되어 있다. 그리고 그는 자신의 마음에 그러한 배반을 갖는다는 것에 화가 났다.

자신의 임무의 좁은 범위 밖에 속하는 어떠한 문제이건간에 생각한다는 것은 그에게는 언제나 헛된 일이며, 지루한 일이었다. 그러나 지금, 지난 하루를 생각하면 괴로웠다. 그래도 역시 이만큼의 동요 뒤에 자신의 마음에 눈을 돌리고 자기 스스로 자신을 납득해야만 했다.

지금 막 자신이 행한 일을 생각하고 몸서리쳤다. 자베르는 경찰의 모든 규칙을 위반하고, 사회와 사법과의 모든 조직을 배반하고, 자신이 좋다고 판단하고 범죄자를 놓아 주었다. 그것이 그 자신에게는 합당했기 때문이다. 그러나 그는 공적인 일에다 사적인 일을 바꾸어 논 것이다. 그것은 부당한 일이 아니었던가? 자신이 저지른, 명분이 서지 않는 그 행위에 정면으로 맞설 때마다 그는 머리끝에서 발끝까지 떨었다. 어떻게 결심해야 한단 말인가? 남은 수단은 한 가지뿐이었다. 급히 롬므 아르메 거리로 돌아가서 장 발장을 투옥시키는 일, 그것이야말로 분명히 해야만 할 일이었다. 그러나 그는 할 수 없었다.

무엇인가가 그쪽으로 가는 길을 막고 있었다. 무엇이? 그것은 무엇인가? 법정과 집행 명령과 경찰과 권력 외에 세상에 또 무엇이 있다는 말인가? 자베르는 어찌할 바를 몰랐다.

신성한 도형수! 법으로도 침범할 수 없는 도형수! 자베르에게는 그것이 바로 현실이었다.

벌을 주기 위한 자베르와 벌을 받기 위한 장 발장, 모두 다 법 안에 있는 두 사람이 법을 초월한 곳에 몸을 두게 된 것이다. 무서운 일이 아니겠는가!

도대체 어찌된 일인가! 이처럼 이상한 일이 생기다니, 그리고 아무도 벌할 수 없다니! 장 발장이 모든 사회 질서보다 강해지고, 자유로워지고, 자베르는 여전히 정부의 빵을 먹고 있다니!

370

그의 몽상은 점점 무서워 갔다.

그런 몽상을 하는 동안에도 그는 뒤 칼베르 거리로 운반된 폭도의 일에 대해 조금은 자신을 책할 만도 했다. 그러나 그는 그 일은 염두에도 두지 않았다. 작은 과오는 커다란 과오 속에 뒤섞여 들어갔다. 게다가 그 폭도는 분명히 죽어 있었다. 법률상 죽음은 추궁을 중지하게 한다.

장 발장, 그야말로 그의 정신에 덮쳐 있는 강한 압력이었다.

장 발장이 그를 난처하게 했다. 그의 평생의 의지였던 모든 정리가 그 사나이 앞에서 무너진 것이다. 자베르에 대한 장 발장의 관용은 그를 압도했다. 그 밖의 여러 가지 사실을 상기해 보니 예전에는 허위라든가 어리석은 짓이라고 여겼던 여러 가지 사실들이 지금은 현실이 되어 역력히 되살아 왔다. 마들렌느 씨가 장 발장의 뒤에 나타나고 두 사람의 모습이 겹쳐져서 지금은 존경해야 할 모습이 되었다. 자베르는 무언가 무서운 것이, 범죄자에 대한 찬탄의 마음이 영혼 가운데 스며드는 것을 느꼈다. 도형수에 대한 존경, 그런 일이 있을 수 있을까? 그는 그렇게 생각하고 떨면서도 그 생각을 떨쳐 버릴 수가 없었다. 자문자답을 해도 소용없었다. 양심을 심판하는 마당에서 그 보잘 것 없는 사나이의 고매함을 자백하지 않을 수 없었다. 그것은 실로 견딜 수 없는 일이었다. 선량한 범죄자, 동정심이 깊고, 부드럽고, 남을 돕기를 좋아하고, 마음이 관대하며, 악에 대해서 선으로 보답하고, 증오에 대해서 용서로 보답하고, 복수보다 불쌍하게 생각하기를 좋아하고, 적을 멸망케 하기보다 나 자신을 멸망케 하는 것을 좋아하고, 자신을 때린 자를 구하고, 높은 덕 위에서 무릎을 꿇고 있는, 인간보다 천사에 가까운 도형수! 그러한 괴물이 실상 있다는 것을 자베르는 인정할 수밖에 없었다. 그것은 그대로 끝날 일이 아니었다.

사실 좀더 강조한다면 저 괴물에게, 저 천한 천사에게, 저 더럽혀진 영웅에게, 그를 놀라게 함과 동시에 격노하게 만들었다고 해도 좋을 저 사나이에게, 아무 저항없이 진 것은 아니었다. 마차 속에서 장 발장과 마주 앉아 있는 동안, 법률인 호랑이가 그의 마음속에서 몇 번이나 으르렁대고 있었다. 장 발장에게 덤벼들어 그를 물어뜯고, 다시 말해서 그를 붙잡고 체포하려는 충동을 느꼈다. 사실, 그처럼 간단한 일이 또 있었겠는가? 파출소 앞을 지날 때,「규칙을 어긴 전과자가 있소!」하고 외치고, 헌병을 불러서「이 사나이를 인계하네」한다. 그런 다음에 그를 남겨두고 뒷일은 상관 않고 가버리면 더 이상 아무런 관계도 갖지 않았을 것이다.

저 사나이는 영원히 법률의 포로가 된다. 법률이 요구하는 대로 처리될 것이다. 이처럼 정당한 일이 또 있겠는가? 자베르는 그런 것을 자신에 대해서 생각해 보았다. 과감하게 행동하여 그 사나이를 체포하려고 했다. 그런데 그때도, 그리고 지금도, 그것이 되지 않았다. 그의 손이 경련을 일으키듯 장 발장의 목덜미를 향해서 쳐들었지만 그때마다 비상한 무게로 눌리듯 내려져 버렸다. 마음 밑바닥에 하나의 목소리, 야릇한 목소리가 그에게 외치는 것을 들었다.「좋다, 네 생명의 은인을 끌어내라. 그것이 끝나면 빌라도(그리스도를 십자가에 단 유태인 총독)의 대야를 가져와서 네 손을 씻으라.」

다음 그의 생각은 자기 자신에게로 돌아와 위대해진 장 발장 옆에 추락한 자베르를 보았다. 한 도형수가 자기의 은인인 것이다.

그러나 그는 또 어째서 그 사나이가 살려 주는 대로 생명을 구제받았던가? 그 바리케이드 안에서 그는 살해될 권리를 갖고 있었다. 그 권리를 행사했어야 했다. 장 발장의 뜻에 항거하여, 다른 폭도들에게 도와줄 것을 부탁하고 억지로라도 총살되는 편이 훨씬 나았다.

그의 가장 큰 고뇌는 확신이 사라져 버린 것이었다. 송두리째 없어진 듯한 느낌이었다. 법전도 이제는 나무 토막이 되어서 손에 남아 있을 뿐이었다. 그는 알지 못하는 일을 이것저것 걱정해야만 했다. 여태까지 그의 둘도 없는 척도가 되어 왔던 법률 위에 편히 자리잡았던 사고 방식과는 전혀 동떨어진 어떤 감정적인 계시가 그의 마음속에서 일어났다. 예전의 충실하고 공명한 생활 태도를 계속하는 데에 이미 만족할 수 없게 되었다. 뜻밖에 일련의 사태가 돌발하여 그를 굴복시켰다. 하나의 새로운 세계가 그의 영혼에 나타났다. 즉 선행의 실천, 헌신, 연민, 관대, 연민으로 준엄한 태도를 누리는 것, 개인에 대한 사랑, 단호하게 사람을 벌하는 일도 죄를 짓게 할 수도 없다는 것, 법의 눈에도 눈물이 있을 수 있다는 것, 인간에게는 측량할 수 없는 신의 정의가 인간의 정의와는 반대의 방향을 더듬고 있다는 것, 그는 여태껏 알지 못했던 도덕의 태양이 암흑 속에서 무섭게 뜨는 아침을 보았다. 그 아침은 그를 겁나게 했고, 그는 아찔한 현기증을 느꼈다. 독수리의 눈을 가질 것을 강요당했다.

그는 마음속으로 생각했다. 이것도 진실이다. 세상에는 예외가 있다. 그 방면의 권위도 동요할 때가 있다. 규칙도 어떤 사실 앞에서는 막힐 때가 있다. 모든 것이 법조문 안에 기록되어 있는 것은 아닐 것이다. 의외의 일에는 따르는 수밖에 없다.

도형수의 덕이 관리의 덕을 반성하게 하는 수도 있다. 괴물은 신일 수도 있다. 인생에는 이러한 복병도 있다. 그렇게 생각하고 그는 자신이 그러한 기습을 피하지 못한 것을 절망감과 함께 생각했다.

그는 선의가 실제로 존재한다는 것을 인정하지 않으면 안 되었다. 저 도형수는 선의를 가지고 있었다. 또한 그 자신도 예전엔 없었던 일이지만 조금 전에 선의를 가졌었다. 그렇다면 그는 성질이 변한 것이다. 그는 자신을 비겁하다고 생각했다. 그는 스스로에게 몸서리쳤다.

자베르에게 있어서 이상이란, 인간적이 되는 것도, 위대해지는 것도, 고상해지는 것도 아니었다. 비난을 받는 일이 없게 되는 일이었다. 그런데 지금 그는 과오를 저지른 것이다.

어째서 이렇게 되었는지? 어째서 그런 일이 생겼는지? 자기 자신도 알 수 없다는 게 솔직한 이야기다. 두 손으로 머리를 끌어안고 생각해도 도저히 설명할 수가 없었다.

장 발장을 법의 손에 넘겨 줄 것을 그는 분명히 생각했었다. 장 발장은 법률의 포로이며, 자베르는 법률의 노예인 것이다. 장 발장을 붙잡고 있는 동안 그를 놓아 주어야겠다는 생각 같은 것은 일순간도 가져 본 적이 없었던 것이다. 어떤 의미에서는 자기도 모르는 새에, 그의 손이 벌어져서 장 발장을 놓아 버린 것이다.

수수께끼 같은 온갖 새로운 일들이 눈앞에 나타났다. 그는 이것저것 자문자답했으나 자신의 대답에 두려움을 안았다. 그는 자신에게 물었다. 『내가 박해까지라 할 만큼 심하게 추적한 저 죄수, 저 절망에 빠진 인간은, 나를 짓밟고 복수할 수 있었다. 원한을 풀기 위해서도, 자신의 안전을 위해서도, 당연히 복수했어야 했을 텐데도 나를 살려 주고 나를 용서했다. 대체 어째서일까? 그의 의무일까? 아니다, 의무 이상의 무엇이다. 그리고 나도 그를 용서했다. 대체 어째서였을까? 내 의무일까? 아니다, 의무 이상의 무엇이다. 그렇다면 의무 이상의 것이 있단 말인가?』여기서 그는 아연해졌다. 그의 저울은 어긋났다. 저울 접시의 한쪽은 심연 속으로 떨어지고, 다른 한쪽은 천상에 올라갔다. 그리고 자베르는 높은 곳에 올라간 접시에도 낮은 곳에 떨어진 접시에도 두려움을 느꼈다. 그는 결코 볼테르주의자라든가 회의적인 철학자라든가 불신자라고 불릴 인간은 아니었다. 오히려 확고한 가톨릭 교회를 본능적으로 존경하고 있었다. 그것도 다만 사회 전체의 엄숙한 단편이라고 생각하는 데 불과했다. 질서가 그의 교의였고 전부였다. 어른이 되어 지금의 직무를 맡은 이래 그는 경찰 속에 자신의 종교 거의 전부를 놓았다. 그리고 결코 비꼬는 게 아니라 극히 진지한 의미에서 전에 말했듯이, 남들이 사제 노릇을 하듯 탐정 노릇을 했다. 그에게는 지스케 씨라는 상관이 있었다. 오늘날까지 그는 또 한 사람의 상관인 신에 대해서는 생각해 보지도 않았다.

신이라는 새로운 주인을 그는 뜻밖에도 느끼고, 그 때문에 마음이 산란한 것이다.

그 뜻하지 않은 존재에 그는 당황했다. 아랫사람은 언제나 머리를 숙이고 거역하거나 비난하거나 반박하거나 해서는 안 된다. 윗사람을 지나치게 못마땅하게 생각하는 아랫사람은 사표를 내는 수밖에 없다는 것을 모르지 않는 그도, 이 상관에 대해서는 어떻게 해야 할지 몰랐다. 첫째, 신에게 사표를 내려면 어떻게 하면 좋단 말인가?

그것은 어찌되었든, 그의 생각이 언제나 되돌아오는 한 점, 그에게서 모든 것을 결정하고 있는 한 가지 사실은 그가 무서운 위법을 했다는 것이었다. 그는 재범수가 포고를 위반한 것을 못 본 체한 것이다. 도형수를 석방한 것이다. 법률의 소유에 속하는 사나이를 법률로부터 뺏어온 것이다. 그런 일을 그는 하고 만 것이다. 이제는 자신도 자기를 알 수 없었다. 과연 이것이 본래의 자신인지 믿을 수가 없었다. 자기 행위의 이유조차도 포착하지 못하고 그저 헤맬 뿐이었다. 그는 지금까지 어두운 청렴의 모체인 그 맹목적인 신념에 의해서 살아 왔다. 지금 그 신념은 그를 버렸고, 그는 그 청렴을 잃었다. 그가 믿어 왔던 모든 것은 사라졌다. 그가 원치 않는 진실이 가차없이 그를 괴롭혔다. 이제부터는 다른 사람이 되지 않으면 안 되었다. 갑자기 백내장 수술을 받은 양심의 통증으로 그는 시달렸다. 보기 싫었던 것을 보았다. 자신은 텅 비어 버린 것이 되고, 쓸모 없어지고, 과거의 생활에서 떨어져나가 무용물이 되고, 말살되는 것이라고 그는 느꼈다. 공적인 권위는 그의 내부에서 죽었다. 이제는 존재 이유가 없었다. 뒤흔들리는 지위는 무서운 처지다!

화강암 같은 인간이 의혹을 알았다! 철두철미하게 법의 틀 속에서 만들어진 징벌의 입상이면서도, 그 가슴 밑바닥에 부조리와 반항이 있고, 더욱이 그것이 마치 심장 같다는 것을 문득 깨닫는다! 오늘날까지 악이라고 여겼던 것이 선이라는 것을 알고, 그 선에 자기도 모르게 선으로 보답하고 만다! 도둑을 지키는 개의 처지이면서 도둑의 손을 핥는다! 얼음이었던 몸이 녹아 간다! 못을 뽑는 장도리이어야 할 텐데 인간의 손이 된다! 손가락이 펴지는 것을 문득 느낀다!

손을 놓는다. 무서운 일이다 ! 이미 나아갈 길을 잃고 후퇴하는 한 인간의 탄환 !

그는 다음과 같은 일을 스스로 인정하지 않으면 안 되었다. 즉 잘못이 없다고 생각하는 생활 태도가 반드시 잘못이 없음은 아니라는 것, 교의에도 과오는 있을 수 있다는 것, 법전이 모든 것을 설명하는 건 아니라는 것, 사회는 완전하지 않는다는 것, 공적인 권위가 흔들릴 때도 있다는 것, 움직이지 않는 것에도 금이 가는 경우가 있다는 것, 재판관도 인간이고, 법률이 잘못되어 있거나 법정이 잘못 판단하는 수도 있다는 것, 하늘의 끝없이 넓은 푸른 유리에도 갈라진 틈이 있다는 것 !

자베르의 마음에 일어나 있는 일, 그것은 직선적인 양심의 팡푸(1846년에 처음 철도 사고가 일어난 장소. 『전복』이라는 뜻)이고, 영혼의 탈선이고, 저항할 수 없는 힘으로 일직선으로 돌진하여 신에게 부딪쳐서 부서지는 청렴의 분쇄였다. 분명히 그것은 이상한 일이었다. 질서의 화부가, 권위의 운전사가, 눈이 먼 철마를 타고 궤도 위를 달리면서 광명의 일격으로 말에서 떨어지다니 ! 움직일 수 없는 것, 똑바른 것, 정확한 것, 기하학적인 것, 수동적인 것, 완전한 것이 꺾어지다니 ! 기관차에도 다마섹으로 가는 길(성 바울이 다마섹으로 가는 길에서 그리스도의 모습을 보고 깨달은 바 있어 생각이 돌변하는 것을 가리킴)이 있다니 !

신, 항상 인간의 내면에 있고, 참다운 양심으로서 가짜 양심의 기세를 꺾게 하는 신, 번쩍이는 빛을 지켜서 꺼버리지 않는 것, 한 줄기의 광선에 태양을 상기하라고 명령하는 것, 허위의 절대와 대립하고 있는 참다운 절대를 알라고 영혼에게 말해 주는 것, 패하는 일이 없는 인간성, 인간의 불멸의 마음, 그 빛나는 현상, 우리 인간 내면의 기적 가운데서 아마도 가장 아름다운 기적, 그것을 자베르는 깨달은 것일까? 그것을 자베르는 통찰한 것일까? 결코 그렇지는 않았다. 그러나 이해할 수 없으나 의심할 수도 없는 것의 압력 아래 자신의 두뇌가 조금씩 열려 가는 것을 느꼈다.

그는 그 기적에 의해서 모습이 바뀌었다기보다 그것의 희생물이 되었다. 그는 격분하면서 그 기적을 받았다. 그의 눈에는 그 기적 속에 사는 것이 매우 어렵다는 것만이 보였다. 이제부터 앞으로 영원토록 숨이 가빠지는 것처럼 느껴졌다. 머리 위에 미지를 인다는 것, 그것에 익숙지 않았던 것이다.

여태까지 머리 위에 이고 왔던 것은 명백하고, 단순하고 깨끗한 표면처럼 보였었다. 거기에는 모르는 것이나 알기 어려운 것은 아무것도 없었다. 한정된 것,

정리된 것, 줄거리가 이어진 것, 간결한 것, 정확한 것, 구분짓는 것, 제한된 것, 감금된 것뿐이었다. 모든 것은 예견되어 있었다. 공적인 권위는 평탄했다. 어떠한 추락도 없고, 그 앞에서는 어떤 동요도 없었다. 자베르는 다만 하층에서만 미지인 것을 보아왔을 뿐이었다. 규칙에 어긋난 것이나 뜻하지 않은 것이며 무질서의 난잡한 틈새며 언제 미끄러져 떨어질지 모르는 절벽은, 모반인이며 악인이며 하찮은 사람들 속에, 즉 하층 지대에 있었다. 그런데 지금 자베르는 벌렁 나자빠져서 생각지도 않게 머리 위에 나타난 심연에, 돌연 당황해졌다. 이 무슨 일인가! 밑바닥에서부터 파괴된 것이다! 완전히 허를 찔린 것이다. 무엇을 믿어야 하나, 확신하던 것이 무너져 버린 것이다.

어찌된 일인가! 사회의 갑옷의 결함이 관대한 한 죄수에게 발견되어도 좋다는 말인가! 결백하고 정직한 법의 공복이 갑자기 석방하는 죄와 체포하는 죄와의 두 죄의 틈바구니에 끼어 버릴 수 있을까! 국가가 관리에게 내리는 명령 중에도 확실치 않은 것이 있단 말인가! 이게 모조리 현실인가! 일찍이 형벌을 받아오던 자가, 일어서서 결국은 정당하다고 하는 그런 것이 사실인가? 이런 것을 믿을 수 있단 말인가? 그렇다면 모습을 바꾼 죄악 앞에 법률이 변명을 늘어 놓으면서 물러서지 않으면 안 될 경우도 있다는 말인가?

그렇다, 바로 그대로였다! 자베르는 그것을 직접 보고 직접 만져 보았다! 그것은 부정할 수 없을 뿐 아니라, 자신이 그 소용돌이 속에 들어가 있는 것이었다. 그것은 현실이었다. 현실이 이처럼 기형적인 것은, 정말 혐오할 일이었다.

사실이 직분을 따랐다면 사실은 법을 증명하는 일밖에 하지 않을 것이다. 사실이란 신이 만들어 내는 것이니까. 그렇다면 지금 무정부주의가 하늘에서 내려온다는 말인가?

이렇게 해서──점점 더해 가는 고뇌 속에 망연자실한 환각 속에 그의 인상(印象)을 가로막고 교정해 주는 것이 모두 사라져 가고, 사회도, 인류도, 우주도, 이제부터 그의 눈에는 한낱 단순하고 보기 흉한 윤곽만을 보였다──형법, 판결, 법규에 기인한 힘, 최고 재판소의 판례, 사법관, 정부, 미결감과 징벌, 공무상의 우려, 법률의 확실성, 권위의 원칙, 정치와 시민과의 보안의 토대가 되는 모든 교의 지상권, 정의, 법전에 기인한 논리, 사회적 독재, 공공 진리, 이 모두가 지금은 쓰레기가 되고, 잡동사니의 무더기가 되고, 무질서해졌다. 질서의 감시인이며, 경찰의 지조 굳은 종복이며, 사회의 질서를 지키는 개였던 자베르! 그는 압도되고 쓰러졌다. 그리고 그 폐허 속에 한 사나이가 녹색 모자를 머리에 쓰고, 후광을 이마에 받고 서 있었다. 이것이 그가 빠진 혼란이었다. 이것은 그의 영혼 속에 나타난 무서운 환영이었다.

그것을 견뎌내는 방법, 그것은 없었다.

예전엔 없었던 심한 상태. 이 상태에서 빠져나가는 방법은 두 가지뿐이었다. 하나는, 단호하게 결심을 굳히고 장 발장에게로 가서 그 도형수를 감옥으로 돌려보내는 것, 또 하나는…….

자베르는 난간을 떠나서 이번에는 머리를 들고, 확고한 걸음걸이로 샤틀레 광장 한편 구석에 각등이 가리키고 있는 지서 쪽으로 걸어갔다.

그곳까지 가서, 순경이 한 사람 있는 것을 유리창 너머로 보고 안으로 들어갔다. 지서의 문을 여는 것만으로도 경찰관들은 상대가 동료인지 아닌지를 안다. 자베르는 자신의 이름을 밝히고, 신분 증명서를 내보이고 나서 촛불이 켜져 있는 책상 앞에 앉았다. 책상 위에는 한 자루의 펜과 납으로 만든 잉크병과 종이가, 불시에 작성하게 되는 조서나 야간 순찰의 인계용으로 비치되어 있었다.

언제나 짚의자가 달려 있는 그 책상은 어느 경찰 초소에서도 보게 되는 규정된 비품이었다. 그리고 판에 박은 듯 톱밥이 들어 있는 나무로 만든 받침접시와 붉은 고형의 봉투를 가득 담은 마분지 상자가 위에 놓여 있었다. 관청식 등급으로 최하라고 할 만했다. 국가의 문학은 이 책상에서 시작된다.

자베르는 펜과 종이를 한 장 들고 쓰기 시작했다.

공무에 관한 의견서

1. 시경국장 각하께서 친히 보아 주시기 바람.
2. 예심에서 돌아온 유치장 죄수는 신체 검사를 받는 동안, 구두를 벗고 맨발로 돌바닥 위에 세워진다. 감방으로 돌아간 뒤 많은 사람이 기침을 한다. 따라서 의무실의 경비가 늘게 된다.
3. 미행은 거리를 두고 경관을 세워 릴레이 식으로 하는 것은 좋으나, 중대한 경우에는 적어도 두 경관은 서로의 모습을 잃지 않는 위치를 지켜야 할 것이다. 이렇게 하면 어떠한 이유로 한 경관이 임무를 게을리하는 일이 있어도 다른 한 사람이 그를 감시 교대할 수가 있다.

4. 마들로네트 감옥에는 대금을 지불하더라도 의자를 갖는 것을 죄수들에게 금하는 특별 규정이 있는데 그 이유를 이해할 수 없다.

5. 마들로네트에는 구내 식당의 창문에 창살이 두 개밖에 없다. 그 때문에 식당의 여종업원은 유치인들에게 손목을 잡힐 수 있다.

6. 다른 죄수를 면회실로 불러내는 일을 하는 죄수, 이른바 호출인에게 이름을 분명하게 불러 달래기 위해서 죄수들은 이 수우씩의 돈을 주고 있다. 이것은 착취다.

7. 직물 공장에서 노역하는 죄수는 실 한 가닥이 벗겨질 때마다 임금에서 십 수우씩을 깎인다. 그러나 그것 때문에 직물의 품질이 나빠질 이유는 없으므로 이것은 청부업자의 폐단이다.

8. 포르스 감옥을 찾는 사람들이 쌩트 마리 레집씨엔느 면회실에 가기 위해 꼬마들(수용된 부랑아들)의 안마당을 지나가지 않으면 안 된다는 건 유감스러운 일이다.

9. 사법관의 형사 피고인에 대한 심문에 대해서, 헌병들이 시경 안마당에서 매일 이야기하는 것은 확실한 일이다. 신성해야 할 헌병이 예심 공판정에서 들은 것을 입밖에 낸다는 것은 중대한 질서의 문란이다.

10. 앙리 부인은 건실한 여성으로 그의 구내 식당은 매우 정결하다. 그러나 한 여자가 비밀 감방 입구를 독차지하는 것은 좋지 않은 일이다. 그것은 대문 명국의 부속 감방으로 수치스러운 일이다.

자베르는 천성적으로 타고난 침착하고 정확한 필적으로 쉼표 하나도 빠뜨리지 않고 종이 위에 힘찬 펜소리를 내면서 이와 같이 썼다. 그리고 마지막 줄에 다음과 같은 서명을 했다.

일등 경위

자베르

샤틀레 광장 파출소에서

1832년 6월 7일 오전 한 시경

378

자베르는 종이 위의 갓 쓰인 잉크를 말리고 편지처럼 접어서 뒤에『관리에 관한 각서』라 쓰고, 그것을 책상 위에 놓고 지서를 나왔다. 창살 달린 유리문이 등뒤에서 닫혔다. 그는 다시 샤틀레 광장을 비스듬히 빠져서 그 자리(노틀담 다리와 세느 강의 안벽 사이의 모퉁이)로 되돌아왔다. 그는 거기에 팔꿈치를 짚고 난간의 아까 섰던 포석 위에 똑같은 자세로 섰다. 그 모습은 아까부터 그곳을 떠나지 않았던 것처럼 보였다.

캄캄한 밤이었다. 열두 시가 지난 무덤과 같은 시각. 구름이 별들을 가리고 있었다. 하늘은 음침하게 흐려 있었다. 씨테의 집에는 이미 희미한 불빛도 없다. 지나가는 사람도 없다. 눈에 보이는 것은, 거리나 강변이나 완전히 적막에 싸여 있다. 노틀담과 재판소의 탑이 밤의 윤곽처럼 보였다. 가로등이 하나 강가를 붉게 비추고 있었다. 많은 다리의 그림자가 안개 속에 겹쳐져서 야릇한 형태로 보였다. 비가 와서 강은 물이 불어 있었다.

자베르가 팔꿈치를 괴고 서 있는 그 자리는 독자들도 기억하듯이 바로 세느 강의 급류 위, 무한한 나선형처럼 풀렸다가는 다시 감기곤 하는 저 무서운 소 용돌이의 바로 위였다.

자베르는 머리를 기울여서 굽어 보았다. 캄캄했다. 아무것도 보이지 않았다. 물이 거품을 일으키는 소리는 들려왔으나 수면은 보이지 않았다. 이따금 아찔할 정도의 깊은 속에 희미한 빛이 한 줄기 어렴풋하게 넘실거렸다. 물에는 그러한 힘이 있어서 아무리 캄캄한 밤일지라도 어디서인지 빛을 내서 그것을 뱀처럼 보이게 한다. 그 빛이 사라지고 나면 다시 모든 것은 암흑으로 되돌아간다. 그 곳에는 무한한 것이 입을 벌리고 있는 것 같다. 자기 밑에 있는 것, 그것은 물이 아니라 심연이었다. 강기슭의 안벽은 가파르고, 희미하고 안개에 녹아들어 갑자기 숨어 버리고 만다. 그것은 무한으로 가는 낭떠러지 같았다.

아무것도 보이지 않았다. 물의 적의를 품은 차가움과 젖은 돌의 역겨운 냄새가 느껴졌다. 잔인한 것의 숨결이 그 깊은 물에서 올라왔다. 눈에는 보이지 않지만 물이 불어난 것을 알 수 있는 강물의 흐름, 물결의 비장한 속삭임, 다리 아치의 기분 나쁜 거대함, 그 어두운 허무의 공간으로 추락한다는 상상, 그러한 암흑의 세계는 공포에 차 있었다.

자베르는 암흑의 입구를 바라보며 움직이지 않고 서 있었다. 마음을 집중하여 가만히 눈길을 모으고 보이지 않는 것을 지켜보고 있었다. 물은 소리를 내며 흐르고 있었다. 불현듯 모자를 벗어 강둑 언저리에 놓았다. 잠깐 뒤, 이 밤이 이슥한 때에 멀리 지나가는 사람이 있었다면 유령으로 보았을 키 큰 사람의 검은 그림자가 난간 위에 올라서더니 세느 강에 몸을 굽히고, 다시 몸을 일으키자 어둠 속에 똑바로 떨어졌다. 둔한 물소리가 났다. 물속으로 사라진 비밀은 어둠만이 알 뿐이다.

제 5 장 손자와 할아버지

1. 생철을 댄 나무가 다시 나타나다

전편에서 이야기한 사건이 있은 뒤 얼마 지나서 블라트뤼엘 씨의 마음을 몹시 동요하게 하는 일이 일어났다.

블라트뤼엘이란 이미 이 책의 어두운 장면에서 잠깐 모습을 보였던 저 몽페르메이유의 도로 수리공을 말한다.

블라트뤼엘은 독자도 아마 기억하겠지만 여러 가지 수상한 일을 하는 사나이였다. 돌 깨는 일을 하는 한편 큰거리에서 여행하는 사람들의 소지품을 가로채기도 했다. 토역꾼과 도적질을 겸하고 있는 그에게는 하나의 꿈이 있었다. 몽페르메이유 숲속에는 보물이 묻혀 있다고 믿고 있었던 것이다. 그래서 언젠가는 어느 나무 뿌리의 땅속에서 돈을 찾아내리라고 맘먹고 있었다. 그리고 우선 당장에는 통행인의 주머니의 돈을 가로채는 것으로 만족하고 있었다.   .

그렇다고는 해도 지금 그는 신중했다. 어쨌든 바로 얼마전에 겨우 호랑이 아가리를 벗어났기 때문이다. 아는 바와 같이 그는 종드레트의 움집에서 다른 불한당들과 함께 붙들렸다. 그러나 악덕한 짓도 때로는 쓸모 있는 때가 있는지 술에 잔뜩 취했던 덕분에 살아났다. 그는 범행 현장에 도둑으로였는지 아니면 피해자로였는지 끝내 분명하지 않았던 것이다. 잠복하고 있던 날 밤, 술에 취해 있었다는 확실한 증거로 해서 면소 판결이 내리고 그는 석방되었다. 그는 숲으로 도망쳐 왔다. 그리고 가니에서 라니로 가는 도로 공사로 돌아가 정부의 감독 아래 다시 국가를 위한 도로 공사를 시작했는데, 기운 없는 안색으로 몹시 우울해지고 하마터면 파멸할 뻔한 도둑질에 대해서는 거의 열이 식어 있었다. 그러나 술에 대해서는 자신을 구해 주었다는 이유로 한층 더 빠지게 되었다.

도로 수리공이 오막살이의 풀을 이은 지붕 밑으로 돌아온 지 얼마 되지 않아서 그가 몹시 동요했다는 것은 다음과 같은 일이다.

어느날 아침, 아직 해뜨기 조금 전 블라트뤼엘은 여느 때와 마찬가지로 일하러, 또한 매복도 하러 나가려 했을 때, 나뭇가지 사이로 한 사나이를 발견했다. 뒷 모습밖에는 보이지 않았지만 먼 발치에서 어스름 속에 본 그 몸집을 전혀 본 기억이 없는 것은 아니라고 생각했다. 블라트뤼엘은 술꾼이긴 했지만 정확하고 명석한 기억력을 가지고 있었다. 그것은 법의 질서와 조금이라도 대립하고 있는 자에게는 빼놓을 수 없는 호신용 무기이다.

「저 사나이를 본 것 같은데 글쎄 어디서였을까?」하고 그는 자신에게 물었다.

그러나 마음속에 흐릿한 모습으로 남아 있는 누군가와 그 사나이가 닮았다는 것 외에는 아무런 해답도 나오지 않았다.

그래서 블라트뤼엘은 분명히 누구라고 알아내지는 못하면서도 이것저것 생각을 맞추어 보고 추측을 했다. 저 사나이는 이 지방 사람은 아니다. 딴 고장에서 온 것이다. 그것도 틀림없이 걸어서 온 것이다. 승합 마차는 이런 시간에는 한 대도 몽페르메이유를 지나가지 않는다. 저 사나이는 밤새껏 걸어온 것이다. 그렇다면 어디서 왔을까? 배낭도 보따리도 들고 있지 않는 걸 보면 멀리서 온 것은 아니다. 틀림없이 파리에서 왔을 것이다. 그렇다면 왜 이 숲에 왔을까? 어째서 이런 시각에 왔을까? 무엇 하러 왔을까?

블라트뤼엘은 보물을 생각해냈다. 그래서 천천히 기억을 더듬어 보니까, 지금부터 몇 년 전 역시 한 사나이 때문에 지금과 같이 마음을 썼던 일을 어렴풋이 생각해내고, 아무래도 그것이 저 사나이였던 것같이 여겨졌다.

생각에 잠긴 그는 잘 살피기 위해서 머리를 숙이고 있었다. 그것은 당연한 일이라고 할지라도 그다지 영리한 일은 아니었다. 그가 머리를 쳐들었을 때에는 이미 아무도 없었다. 사나이는 숲과 어둠 속으로 사라졌다.

「제기랄, 다시 찾아내고야 말테다. 어디 사는 어느 놈인지 알아낼 테다. 이런 새벽부터 어정거리는 놈에겐 곡절이 있을 게 뻔해. 그것을 알아 내야지. 내 숲속에 비밀을 가지고 들어온 이상 내가 모르고 지낼 수는 없어.」

그는 매우 날카롭고 뾰족한 곡괭이를 들었다.

「자아, 이걸로 땅도 인간도 파헤쳐 줄 테다.」

그리고 실과 실을 이어가듯이 사나이가 지나갔으리라고 생각되는 길에서 될 수 있는 대로 벗어나지 않도록 나무 숲 사이를 걷기 시작했다.

큰 걸음으로 백 보 가량 갔을 때, 밝아지는 햇빛이 그를 도왔다. 모래땅 여기 저기에 나 있는 발자국, 짓밟힌 풀, 갈라헤쳐진 관목, 잠에서 깨어날 때 기지개를 켜는 미녀의 팔처럼 부드럽게 천천히 우거진 덤불 속에서 일어나는 굽혀진 어린 나뭇가지, 그러한 것들이 사나이가 지나간 길을 그에게 가리켰다. 그는 그 길을 따라갔으나 얼마 가지 않아 잃어버리고 말았다. 시간이 흘러갔다. 그는 더욱 깊이 숲속으로 들어가 나지막한 언덕에 이르렀다. 아침 사냥꾼이 한 사람, 기으리의 노래 곡조를 휘파람으로 불면서 먼 오솔길을 가는 것을 보고, 그는 나무 위로 올라가 보아야겠다는 생각이 들었다(《기으리 대장》이라는 노래에 나무에 올라가는 장면이 나와 있다). 나이는 먹었어도 몸은 민첩했다. 마침 거기에 티티르(베르길리우스의 목가에 등장하고 있다. 너도밤나무 밑에서 명상하는 양치기)에게도 블라트뤼엘에게도 적합한 너도밤나무가 한 그루 서 있었다. 블라트뤼엘은 너도밤나무에 될 수 있는 대로 높이 올라갔다.

그것은 좋은 생각이었다. 숲이 우거질 대로 우거져서 한 번도 베어낸 일이 없는 쓸쓸한 주위를 둘러보다가 블라트뤼엘은 뜻밖에 사나이의 모습을 발견했다.

그러나 발견했다고 생각한 순간 사나이는 또다시 사라져 버렸다.

사나이는 꽤 먼 곳의, 여러 그루의 높은 나무 숲으로 된 빈 터로 들어갔다기 보다는 미끄러져 들어갔는데, 블라트뤼엘은 예전에 그곳의 절굿돌이 높이 쌓인 옆에 아연판을 나무껍질에 못질한 죽어 가는 밤나무가 한 그루 서 있는 것을 본 적이 있었기 때문에 그 빈터는 잘 알고 있었다. 그곳은 옛날에 블라뤼의 터라고 불리던 자리이다. 돌 무더기는 무엇에 쓰이는지 모르나 삼십 년 전까지도 거기에 남아 있었다. 아마 지금도 남아 있을 것이다. 나무 판자로 둘러친 것도 오래 가지만 돌을 쌓아 놓은 것만큼 오래 가는 것은 없다. 더욱이 일시적으로 쌓아 놓은 것도 그렇다. 돌을 쌓은 것을 오래 지탱해야 할 이유가 있을까！

블라트뤼엘은 기뻐서 기운이 나서 나무에서 급히 내려왔다. 아니, 미끄러져 내려왔다. 함정을 찾았다. 이제는 짐승을 잡는 것만이 문제다. 꿈에 본 그 기막힌 보물은 틀림없이 그곳에 있는 것이다.

그 빈터까지 가는 것은 그리 쉬운 일이 아니었다. 사람이 평소에 지나다니는 오솔길은 심술궂게 꾸불꾸불해서 족히 십오 분은 걸렸다. 똑바로 가면 그 근처는 특히 덤불이 깊고 가시투성이여서 한껏 빨리 가도 삼십 분 남짓 걸렸다. 이것을 몰랐던 게 블라트뤼엘의 오산이었다. 그는 일직선으로 가는 편이 좋다고 믿었다. 물론 착각이긴 하지만 많은 사람이 직선으로 실패한다. 덤불이 아무리 깊더라도 그쪽이 최선의 길이라고 생각했다.

「늑대가 지나가는 리볼리 거리(파리의 번화가)로 가자」하고 그는 말했다.

블라트뤼엘은 평소에는 비스듬히 가는 버릇이 있었는데 어찌 된 셈인지 이번만은 똑바로 가는 실수를 저질렀다.

그는 뒤얽힌 덤불 속으로 단호하게 뛰어들어갔다.

그는 호랑가시나무, 가시 돋친 풀, 당산사나무, 들장미, 엉겅퀴, 또는 성급한 가시덤불과 싸워야 했다. 내내 긁히었다.

물이 괴어 있는 웅덩이는 뛰어넘어야 했다.

그는 사십 분이나 걸려서 땀을 흘리고 푹 젖어서 숨을 헐떡거리며 긁혀서 처참한 꼴이 되어 간신히 블라뤼의 빈터에 다다랐다.

빈터에는 아무도 없었다.

블라트뤼엘은 돌 무더기 옆으로 달려갔다. 그것은 옛날 그대로였다. 움직인 흔적도 없었다.

사나이는 숲속으로 사라져 버렸다. 달아나 버린 것이다. 어디로? 어느 방향으로? 어느 덤불 속으로? 전혀 추측할 수 없었다.

더구나 아차, 하고 생각한 것은 돌무더기 뒤, 아연판을 박아 놓은 나무 앞에 지금 막 파헤쳐 놓은 새로운 흙. 잊어버렸는지 내버렸는지 한 자루의 곡괭이와 그리고 구덩이가 하나 있었다.

구덩이는 텅 비어 있었다.

「도둑놈!」하고 블라트뤼엘은 지평선 쪽으로 두 주먹을 휘두르면서 외쳤다.

2. 내란에서 벗어난 마리우스는 집안 싸움에 대비하다

마리우스는 오랫동안 곧 죽을 것 같은 상태에 있었다. 몇 주일 동안이나 의식 불명의 열이 계속되고 또한 상처 자체보다는 머리에 상처를 입을 때의 자극이

원인이 되어 꽤 중한 뇌의 증세를 나타냈다.

그는 처음 몇 밤 동안 고열로 가엾게도 헛소리를 많이 하게 되고 죽어 가는 사람의 안타까운 고집으로 코제트의 이름을 되풀이해 불렀다. 몇몇 큰 상처 자리는 극히 위험했다. 큰 상처의 고름은 항상 체내로 흡수되기 쉬운 것이어서, 그 결과 대기의 영향 여하에 따라 환자를 죽게 하는 수가 있다. 그래서 날씨가 변할 때마다, 대수롭잖은 비나 바람에도 의사는 주의를 기울였다.『특히 환자를 흥분하게 하지 않도록』하라고 그는 거듭거듭 말했다. 가제나 붕대를 반창고로 고정시키는 방법은 그 무렵 아직 없었으므로 치료는 복잡하고 매우 힘이 들었다. 니콜레트는 홑이불을 하나, 그녀의 말을 빌면『천장만큼이나 큰 것을』찢어서 가제로 만들었다. 염화 세척제와 초산을 썩은 부분 구석구석까지 스며들게 하는 것도 쉬운 일이 아니었다. 위독했던 동안, 질르노르망 씨는 손자의 머리맡에 정신나간 사람처럼 붙어앉아서 마리우스와 마찬가지로 거의 죽어 가는 상태였다.

매일, 때로는 하루에 두 번, 문지기가 말하는 바에 의하면 머리가 하얗고 차림새가 훌륭한 신사가 환자의 용태를 물으러 와서는, 치료하는 데 쓰라고 하면서 큰 가제 꾸러미를 놓고 갔다.

간신히 9월 7일이 되어서야, 즉 죽게 된 마리우스가 조부의 집에 운반된 비참한 밤으로부터 꼭 넉 달 뒤에, 의사는 환자의 생명을 보증한다고 확언했다. 회복기가 어렴풋이 왔다. 마리우스는 그래도 아직 두 달 이상 쇄골이 으스러진 데서 오는 우발 증세 때문에 긴의자 위에 누워 있어야 했다. 어떤 경우에도 그렇듯이 마지막 상처는 좀처럼 아물지 않아, 그것이 치료를 오래 끌게 하여 환자를 몹시 지루하게 만드는 법이다.

그러나 이 오랜 병과 오랜 회복기가 그를 쫓는 관헌의 손에서 구해냈다. 프랑스에는 여섯 달이 지나면 어떠한 분노도, 공적인 분노도 존재하지 않는다. 게다가 지금의 사회 상태로는 폭동은 만인의 과실일 따름이므로 다소는 너그럽게 보아줄 필요도 있는 것이다.

더욱이 부상자를 고발하도록 의사에게 명령한다는 지스케의 무모한 명령은 일반 여론뿐만 아니라 국왕까지도 격노하게 하여 부상자들은 그 분노에 의하여 숨겨 지고 보호되었다. 그리고 전투 현장에서 체포된 자들을 제외하고는 군법 회의는 아무도 찾아내려 하지 않았다.

그래서 마리우스도 그대로 있을 수 있었다.

질르노르망 씨는 처음에는 온갖 불안을 겪고, 다음에는 온갖 기쁨에 휩싸였다. 그가 매일 밤을 환자 곁에서 지내는 것을 막는 것은 여간 힘드는 일이 아니었다. 그는 마리우스의 침대 곁에 자신의 큰 팔걸이의자를 가져다 놓게 했다. 딸에게는 집에 있는 것 중에서 가장 좋은 것으로 가제며 붕대를 만들도록 했다. 질르노르망 양은 나이든, 경험 많고 생각 깊은 여자였으므로 노인의 말대로 따르는 것처럼 생각하게 하고 좋은 헝겊은 쓰지 않았다. 가제를 만드는 데는 바티스트 마직보다도 거친 그로쓰 면이 좋고, 새 헝겊보다도 써서 낡은 헝겊이 더 좋다고 설명해도 질르노르망 씨는 알아듣지 못했다. 치료를 할 때에는 질르노르망 양은 자리를 떴지만 질르노르망 씨는 언제나 붙어 있었다. 썩은 살을 가위로 잘라낼 때 그는 「아야, 아야」 하고 신음했다. 그가 늙은 몸을 떨면서 환자에게 탕약 사발을 내미는 것을 볼 때만큼 눈물겨운 것은 없었다. 그는 의사에게 여러 질문을 했다. 언제나 똑같은 질문만을 되풀이하는 것을 깨닫지 못하고 있었다.

마리우스는 이제 위험한 고비를 벗어났다고 의사가 말했던 날, 노인은 기뻐서 어쩔 줄을 몰라했다. 그는 문지기에게 루이 금화 세 닢을 상여로 주었다. 밤이 되자 자기 방으로 돌아가서 엄지손가락과 집게손가락으로 캐스터네츠를 울리면서 가보트 춤을 추며 이런 노래를 불렀다.

> 잔느가 태어난 푸제르는(Fougère는 양을 기르는 여인의 다정한 잠자리. 이 말의 복수형 푸제르는 지명인데 위고의 애인 줄리에트의 고향을 여기에 썼다)
> 양치는 처녀의 좋은 잠자리,
> 나는 좋더라 그 장난스러운
> 허리의 스커트.
>
> 아모르여, 너는 정말 태평스럽게
> 그녀의 품안에 파묻혀
> 그녀의 눈속에 화살통을 감추네,
> 이 못된 놈이여!
>
> 나는 노래하리 그녀에게 반해서,

다이아나보다도 사랑스런 잔느,
브르타뉴 태생의 저 팽팽한 젖가슴.

그러고 나서 그는 의자 위에 무릎을 꿇었다. 반쯤 열린 문 뒤에서 그를 염려하여 엿보고 있던 바스크는 아마도 기도를 드리는 거라고 생각했다.

그때까지 그는 신을 믿고 있지 않았다.

환자의 병세가 엷은 종이를 벗겨 가듯 좋아져 감에 따라서 조부는 엉뚱한 짓을 점점 더 많이 했다. 기쁨이 넘치는 무의식적인 행동을 했다. 이유도 없이 계단을 오르락내리락했다. 이웃에 사는 한 아름다운 부인은 어느 날 아침 커다란 꽃다발을 받고 어리둥절했다. 보낸 사람은 질르노르망 씨였다. 부인의 남편이 그 일로 몹시 질투를 한다는 말도 있었다. 질르노르망 씨는 니콜레트를 무릎 위에 안으려 했다. 마리우스를 남작이라고 불렀다. 「공화국 만세!」하고 외치기도 했다.

그는 쉴새없이 의사에게 물었다. 「이젠 위험하지 않겠죠?」그는 엄마와 같은 눈길로 마리우스를 바라보았다. 마리우스가 식사하는 것에서 잠시도 눈을 떼지 않았다. 이제는 자신을 잊고 자신의 일은 아무래도 상관 없었다. 지금은 마리우스를 한 집안의 주인으로 생각했다. 기쁜 나머지 자신의 지위를 양보하고 손자에 대하여 자기가 손자가 되어 있는 듯했다.

그 환희 속에서 그는 세상에서도 가장 귀한 어린아이가 되어 있었다. 회복기의 환자를 피로하게 하거나 귀찮게 하는 건 아닌가 싶어 마음을 써서 미소를 짓거나 그의 뒤로 돌아가서 웃었다. 만족스러웠고, 즐거웠고, 열중했고, 사랑스러웠고 매우 젊었다. 백발도 얼굴에 띤 기쁨의 빛으로 부드러운 위엄을 곁들이고 있었다. 다정함이 얼굴의 주름살에 섞여들 때 그것은 참으로 숭배할 만한 것이 된다. 꽃피는 노년에는 뭔가 알 수 없는 여명의 빛이 있다.

한편 마리우스는 치료를 받고 간호를 받으면서 코제트라는 하나의 고정 관념을 안고 있었다. 열과 의식 불명의 상태가 사라진 뒤에는 다시는 그 이름을 입 밖에 내지 않고, 전혀 생각도 하지 않는 것처럼 보였다. 그러나 그가 잠자코 있는 것은 그의 영혼이 바로 그곳에 가 있기 때문이었다.

그는 코제트가 어떻게 되었는지 조금도 모른다. 샹브르리 거리의 사건도 지금은 기억 속에 한 조각 구름처럼 되어 있었다. 에포닌느, 가브로슈, 마뵈프, 테나르디에 일가, 바리케이드의 연기 속에 처참하게도 휩쓸려 들어간 모든 친구들, 모두 거의 알아볼 수 없는 그림자가 되어서 그의 머리에 떠돌고 있었다. 그 유혈 사건 속에 포슐르방 씨의 이상한 등장은 폭풍 속의 하나의 수수께끼처럼 느껴졌다. 자신이 살아 있는 데 대해서는 전혀 이해가 가지 않았다. 어떻게 누구의 도움으로 살아났는지 알지 못하고 또한 주위의 사람들도 아무도 몰랐다. 그에게 대답할 수 있었던 말은 밤중에 한 대의 마차에 실려서 뒤 칼베르 거리로 운반되어온 일뿐이었다. 과거, 현재, 미래, 모든 것은 그에게 하나의 막연한 관념의 안개에 지나지 않았다. 그러나 그 안개 속에 움직이지 않는 한 점이, 뚜렷하세 고정된 하나의 윤곽이, 화강암으로 만들어진 듯한 무언가가, 하나의 결의가 하나의 의지가 있었다. 다시 말해서 코제트와 다시 만나겠다는 것이었다. 그에게 있어서 생명의 관념은 코제트의 관념에서 떼어 놓을 수가 없게 되었다. 그는 두 가지를 따로따로 받아들이지는 않으리라 마음먹고 누구든, 그것이 조부이든 운명이든, 지옥이든, 자기에게 억지로 살 것을 강요하는 자에게 사라진 그의 에덴 동산을 되돌려달라고 요구하리라 굳게 결심하고 있었다.

여러 장해가 있으리라는 건 그도 스스로 인정하고 있었다.

여기서 한 가지 강조하고 싶은 것이 있다. 그것은 조부의 어떠한 염려나 애정도 그의 마음을 사로잡지 못하고 전혀 감동시키지 못했다는 점이다. 첫째 그는 조부의 그러한 태도의 연유를 알지 못했다. 게다가 아직 열에 들뜬 병상의 몽상 속에서 그는 조부의 부드러운 태도가 자신을 교묘하게 설복하려고 하는 새로운 방법이라고 여기고 믿지 않았다. 그는 여전히 냉담했다. 조부는 그 늙은 미소를 불쌍하게도 헛되이 뿌렸던 것이다. 마리우스의 생각은 이러했다. 자기 자신 잠자코 시키는 대로 가만히 있는 동안에는 모든 것이 잘될 것이다. 그러나 일단 코제트에 관한 일이 문제되기만 하면 조부는 얼굴 빛을 바꾸어 진정한 태도가 가면을 벗고 나타날 것이다. 그때야말로 까다로운 일이 일어날 것이다. 가정 문제의 재연, 신분의 차이, 한꺼번에 쏟아져 나올 온갖 조롱과 반대, 포슐르방이라든가 쿠플르방이라든가, 재산, 가난, 궁핍, 불명예, 장래라든가. 거기에 대한 격렬한 반항, 그리고 거기에 대한 종국적인 거부. 이렇게 생각한 마리우스는 지레 외고집이 되어 있었다.

게다가 생명이 소생됨에 따라 옛날의 불만이 되살아와서 기억의 옛 상처가 다시 입을 벌렸다. 과거를 돌이키게 되면 질르노르망 씨와 마리우스 자신과의 사이에 다시금 퐁메르시 대령이 끼어들었다. 그는 자기 아버지에 대해서 그토록 부정하고 야박했던 사람에게서 진정한 호의 같은 것은 절대로 기대할 수 없다고 생각했다.

그리고 건강해짐에 따라서 조부에 대한 일종의 준엄함이 되돌아왔다. 조부는 조용하게 그것을 참아냈다.

질르노르망 씨는 마리우스가 집에 실려와서, 의식을 되찾은 이후 한 번도 자기를 아버지라고 부르지 않는 것을 속으로 안타까워하고 있었다. 마리우스는 별로 서먹서먹하게 부르지는 않았다. 그러나 완곡하게 말을 돌려서 아버지라고도 않고, 그렇다고 존칭을 사용해서도 부르고 있지도 않았다. 위기는 확실히 다가오고 있었다.

이런 경우에 흔히 하는 것처럼 마리우스는 시험삼아 전쟁을 벌이기 전에 조그만 다툼을 걸어 보았다. 탐색전인 셈이다. 우연히 어느 날 아침 질르노르망 씨는 무심중 손에 들고 있던 신문을 보고 아무런 생각도 없이 국민의회를 화제에 올리고 당통이나 쌩 쥐스트나 로베스피에르에 대해서 왕당파다운 감개를 털어 놓았다.

「93년에 일한 사람들은 하나같이 큰 인물들이었습니다」하고 마리우스는 엄숙한 어조로 말했다. 노인은 입을 다물어 버리고 그날 하루 종일 아무 말도 하지 않았다.

마리우스는 완고한 옛날의 조부가 언제나 머릿속에 있었기 때문에 그 침묵을 깊이 뿌리 박힌 노여움이라고 생각하고 그로부터 심한 논쟁이 벌어지리라 예상하고 마음속으로 전투 준비를 서둘렀다.

만일 거절당하면 붕대를 찢어 버리고 쇄골을 빼고, 남아 있는 상처를 생생하게 드러내 놓고, 음식물을 모조리 밀어내리라 결심했다. 상처가 그의 무기였다. 코제트를 얻든가 아니면 죽든가였다.

그는 환자의 교활한 인내로 좋은 기회를 기다렸다. 그 기회가 왔다.

3. 마리우스는 공격을 취하다

어느 날, 질르노르망 씨는 딸이 조그만 병과 찻잔을 벽장의 대리석 판에 정리하고 있을 때, 마리우스에게 몸을 굽혀 되도록 다정한 어조로 말했다.

「마리우스야, 내가 너라면 이제는 생선보다 고기를 먹겠다. 넙치 튀김도 회복기에는 좋은 음식이지만 환자가 일어나게 되려면 좋은 커틀렛(송아지의 갈비)을 먹어야 하지.」

마리우스는 거의 체력을 회복하고 있었으나 힘을 집중해서 자리 위에 일어나

불끈 쥔 두 주먹을 시트 위에 짚고 조부의 얼굴을 똑바로 바라보며 무서운 태도로 말했다.

「그렇게 말씀하시니 한 마디 말씀드리고 싶은 일이 있습니다.」

「무어냐?」

「결혼하고 싶습니다.」

「예측한 대로구나」하고 조부가 말했다. 그리고 웃음을 터뜨렸다.

「네? 알고 계셨다구요?」

「그렇구말구, 알고 있었다. 데려오너라, 네 착한 처녀를 말이다.」

마리우스는 그 한 마디에 어안이 벙벙해서, 당황하여 온몸을 떨었다.

질르노르망 씨는 말을 이었다.

「그래, 네 귀여운 처녀를 데려오너라. 그 처녀는 매일, 노인을 대신 보내 네 용태를 물으러 온단다. 네가 다친 뒤로는 줄곧 울면서 가제만 만들고 있다. 난 잘 알고 있지. 롬므 아르메 거리 7번지에 살지. 그렇지, 바로 알아맞혔지? 그래! 너는 그 처녀를 차지하고 싶단 말이구나, 좋다, 그 처녀를 맞으렴. 그녀가 너를 사로잡았으니까 말이다. 너는 쓸데없는 계략을 세우고 이렇게 생각했었지? 『저 늙은이에게, 저 섭정 시대와 집정 정부 시대를 지낸 미이라에게, 저 옛날의 멋쟁이에게, 저 제롱트가 된 도랑트에게(몰리에르의 작중 인물. 제롱트는 속기 쉬운 호인. 도랑트는 어리석고 비위를 맞추기 잘하는 사람) 분명하게 말해야겠다. 그도 옛날엔 경솔한 짓을 하기도 하고 정사도 하고 들뜬 여자의 꽁무니도 쫓아다니고 여러 사람의 코제트를 갖고 있었다. 멋을 부리고 활개를 펴고 봄의 빵을 먹었단 말이다. 자기가 한 짓을 생각나게 해줘야지. 이제 두고 보자. 전쟁이다.』너는 풍뎅이의 뿔을 잡은 거야. 좋아, 내가 커틀렛을 먹으라고 권하니까 실은 결혼을 하고 싶은데요, 하고 답변한 거지. 그게 바로 이야기를 슬쩍 바꾸는 거지! 너는 좀 다툴 작정이었지! 넌 내가 능구렁이라는 것을 몰랐어. 어떠냐, 약이 오르나? 이 늙은이를 바보 취급하려 들지만 그건 잘못된 생각이야. 내게 말다툼을 걸면 네게 손해야. 변호사 양반, 화가 나는 모양이지. 자아 자, 화낼 것 없어. 네가 좋도록 해줄 테다. 그럼 아무 말썽 없겠지. 이 바보야, 들어 보렴. 나는 다 알아 봤지. 이래보아도 나는 엉큼하니까. 참 귀여운 처녀더구나. 영리해. 창기병의 이야기도 거짓말이더라. 가제를 무더기로 만들어 주었단다. 훌륭해. 너를 아주 사랑하고 있더구나. 만약에 네가 죽었다면 죽는 사람이 셋이나 될 뻔했어. 처녀의 관이 네

관을 따를 뻔했으니까. 나도 네가 회복되고부터는 아예 아가씨를 네 머리맡에 데려다 놓을까 하고 생각했지만 부상당한 미남자의 침대 곁에 마음 있는 젊은 처녀를 느닷없이 데려온다는 건 소설에서나 있을 이야기라서 그럴 수가 없었지. 그렇게 하면 네 이모가 뭐라고 했겠니? 넌 발가벗고 있을 때가 많았으니까. 여자가 옆에 있을 수 있었겠나 어쨌겠나를 니콜레트에게 물어 보렴. 그앤 한시도 네 곁을 떠나지 않았으니까. 게다가 의사는 뭐라고 했는지 아니? 아름다운 아가씨가 열을 내리게 하는 약은 아니라고 하더라. 그러나 어쨌든 이것으로 좋다. 이젠 이야기는 끝났어. 이젠 됐다. 그 처녀를 맞도록 해라. 적어도 내 수완은 이 정도다. 알겠느냐? 난 네가 나를 사랑해 주지 않는 것을 알고 이렇게 생각했지. 『이놈이 나를 좋아하게 하려면 어떻게 하면 좋을까?』 나는 또 생각했지. 『그렇다. 내게는 코제트라는 비방이 있다. 그걸 주자. 그러면 조금은 나를 좋아하게 될지도 모른다. 좋아하진 않더라도 좋아하지 않는 이유를 말해 주겠지.』 그런데 너는 이 늙은이가 떠들어 대고 큰소리를 지르고, 반대하고 저 여명과도 같은 아가씨에게 단장을 휘두를 거라고 생각했었지. 그래서야 되겠느냐? 코제트도 좋고, 사랑도 좋다. 나는 그것으로 만족한다. 자아, 부디 결혼하여라. 행복하렴. 내 귀여운 자식.』

그렇게 말하고 노인은 훌쩍거렸다.

노인은 마리우스의 머리를 끌어안고 그 머리를 두 팔로 늙은 가슴에 포옹했다. 둘 다 울기 시작했다. 운다는 것은 더없는 행복의 한 형상이다.

「아버지!」 하고 마리우스는 외쳤다.

「아아! 그럼 나를 좋아해 주는 거지!」 하고 노인은 말했다.

그것은 무어라 말할 수 없는 순간이었다. 그들은 가슴이 벅차서 이야기할 수가 없었다.

이윽고 노인이 중얼거렸다.

「자아! 이젠 되었다. 나를 아버지라고 했어.」

마리우스는 조부의 팔에서 머리를 떼고 조용히 말했다.

「그러나 아버지, 이젠 저도 다 나았으니까 그녀를 만나도 괜찮을 것 같습니다.」

「그것도 안다, 내일 만나렴.」

「아버지!」

「왜?」

「어째서 오늘은 안 됩니까?」

「그럼 오늘, 오늘로 하자꾸나. 너는 세 번『아버지』라고 했으니까 그 사례다. 내가 주선해 주마. 네 곁에 데려오도록 하자. 이렇게 될 줄 알았지. 시구에도 그렇게 되어 있으니까. 앙드레 셰니에(18세기의 대시인. 혁명때 과격파에 반대해서 처형됨)의 〈병든 젊은이〉라는 비가의 끝 구절이다. 93년의 악……(악당들이라고 하려다가) 아니 큰 인물들에게 목을 벤 앙드레 셰니에의 말이다.」

질르노르망 씨는 마리우스의 눈썹이 살짝 찌푸려진 것을 본 듯했다. 그러나 사실 마리우스는 황홀 속에 잠겨 있어 1793년에 관한 일보다도 코제트의 생각만 하느라고 노인의 말에 귀를 기울이고 있지 않았다. 그러나 조부는 적당치 못한 때에 앙드레 셰니에 말을 하고 당황하여 얼른 말을 고쳤다.

「목을 베었다고 하면 안 되겠구나. 사실 말이지, 혁명의 위인들은 분명히 악인이 아니었어. 확실히 영웅이었다. 영웅이었지만, 앙드레 셰니에가 좀 거추장스럽다고 생각해서 그를 단두……결국 그 위인들은 공공의 안녕을 목적으로 앙드레 셰니에에게 부탁해서…….」

질르노르망 씨는 자신의 말이 목에 걸려서 그 뒤를 이을 수가 없었다. 말을 끝마칠 수도 고쳐 말할 수도 없어서, 딸이 마리우스 뒤에서 베개를 고치고 있는 동안 너무나 마음의 동요가 커서 어쩔 줄 모르고 늙은 나이가 허락하는 한의 속도로 침실에서 튀어나가 뒤로 문을 닫고 시뻘개져서 숨이 막히고 거품을 뿜고 눈을 부릅뜨고, 마침 객실에서 구두를 닦고 있던 정직한 바스크와 마주쳤다. 그는 바스크의 멱살을 움켜쥐고 그 얼굴에 대고 미친 듯이 외쳤다.「쳇, 빌어먹을, 그 악당놈들이 죽였단 말이야!」

「누구를 말씀입니까?」

「앙드레 셰니에를 말야!」

「그렇습니다, 나리」하고 바스크는 놀라서 말했다.

4. 포슐르방 씨가 겨드랑이에 무언가를 끼고 들어온 것을 질르노르망 양도 나쁘게 생각하지 않게 되다

코제트와 마리우스는 다시 만났다. 그 재회가 어떠했는지 그것을 이야기하는 것을 삼가하기로 한다. 묘사해서는 안 되는 것도 있다. 이를테면 태양이 그 한 가지 예이다.

코제트가 들어왔을 때, 마리우스의 방에는 바스크며 니콜레트까지 온 집안 사람들이 다 모여 있었다. 그녀는, 문앞에 모습을 나타냈다. 마치 후광이 비치는 듯한 모습이었다. 마침 그때 조부는 코를 풀려 하고 있었다. 그는 갑자기 그 손을 멈추고 코를 손수건으로 누른 채, 그 위로 코제트를 보았다.

「훌륭해!」하고 그는 외쳤다.

그러고 나서 그는 요란스럽게 코를 풀었다.

코제트는 정신없이 황홀하고 겁이 나서 하늘에라도 올라가는 심정이었다. 행복에 사로잡힌 만큼 완전히 겁이 나 있었다. 떠듬거리고 새파래지는가 하면 새빨개져서 마리우스의 품안에 뛰어들고 싶지만 그럴 용기가 나지 않았다. 거기에 있는 사람들 앞에서 사랑을 하는 자신이 부끄러웠다. 사람들은 행복한 연인들에 대해서 무자비하다. 연인들이 단 둘이 되기를 간절히 바라는 데도 머물러 있다. 그러나 둘은 타인을 전혀 필요로 하지 않는다.

코제트와 함께 뒤에서 한 백발 노인이 들어왔다. 노인은 근엄한 얼굴이었으나 미소를 띠고 있었다. 그러나 그것은 걷잡을 수 없는 서글픈 듯한 미소였다. 그 노인은 『포슐르방 씨』, 장 발장이었다.

그는 문지기가 말했듯이 검은 양복에 흰 넥타이를 맨 『아주 훌륭한 차림』을 하고 있었다.

이 점잖은 부르조아, 마치 공증인 같은 이 사람이 저 6월 7일 밤, 누더기 옷차림으로 더럽고 보기 흉하고 사나운 모습으로 피와 진창에 뒤범벅이 된 얼굴로 기절한 마리우스를 안고 문앞에 불쑥 나타났던 그 무서운 시체 운반인이라고는 문지기는 생각도 못했다. 그러나 문지기인 만큼 직감력은 있었다. 포슐르방 씨가 코제트와 함께 왔을 때, 문지기는 아내의 귀에 대고 이렇게 소곤대지 않을 수 없었다. 「저 얼굴은 아무래도 전에 본 적이 있는 것 같은데, 글쎄?」

포슐르방 씨는 마리우스의 방으로 들어오자 비켜나듯 문옆에 서 있었다. 겨드랑이에는 조그만 책 같은 것을 종이에 싼 꾸러미를 끼고 있었다. 포장지는 녹색이 도는 빛깔로 곰팡이가 슨 듯했다.

「저분은 언제나 책을 끼고 계신가 봐?」책을 좋아하지 않는 질르노르망 양은 목소리를 낮추고 니콜레트에게 물었다.

「그렇구말구」하고 그 목소리를 들은 질르노르망 씨가 역시 낮은 음성으로 대답했다.「저분은 학자야. 그렇지만 그게 어쨌다는 거지? 내가 잘 아는 불라르 씨는 역시 늘 책을 갖고 거닐고 언제나 저렇게 헌 책을 한 권 가슴에 안고 다녔었지.」

그리고 인사를 하면서 목소리를 높여 말했다.

「트랑슐르방 씨…….」

질르노르망 씨는 일부러 그렇게 부른 것은 아니었다. 남의 이름에 개의치 않는 게 그에게는 하나의 귀족적인 버릇이었다.

「트랑슐르방 씨, 나는 내 손자 마리우스 퐁메르시 남작을 위해서, 댁의 따님에게 결혼을 청하는 것을 명예롭게 생각합니다.」

트랑슐르방 씨는 가볍게 고개를 숙였다.

「이제 결정되었다」 하고 조부가 말했다.

그리고 마리우스와 코제트 쪽을 바라보고 두 팔을 벌려 축복하면서 외쳤다.

「서로 깊이 사랑할 것을 허락한다.」

연인들은 그 말을 두 번 되풀이하게 하지 않았다. 말하기가 무섭게 그들은 곧 즐겁게 이야기하기 시작했다. 마리우스는 안락의자 위에 팔꿈치를 짚고, 코제트는 곁에 서서 낮은 목소리로 이야기했다.

「아아! 기뻐!」 하고 코제트는 소곤거렸다.「또 만날 수 있었군요. 당신은! 어쩌면 당신은! 전쟁에 나가 버리다니! 왜 그랬어요? 무서웠어요. 넉 달 동안 전 죽은 것 같았어요. 전쟁터엘 가시다니 어쩌면 그렇게 심술궂지요? 내가 당신에게 뭘 잘못했나요? 이번만은 용서해 드릴 테니 다시는 그러시면 안 돼요. 아까 우리에게 오라는 전갈이 왔을 때, 나는 또 죽는 게 아닌가 생각했는데 기쁜 일이었군요. 그땐 정말 슬펐어요! 옷을 갈아 입을 겨를도 없었어요. 꼴이 우습 지요? 주름투성이의 깃장식을 보고 댁의 어른들은 뭐라고 하실까요? 자아, 당신도 말씀해 주세요! 저에게만 이야기하게 하시는군요. 우리는 줄곧 롬프 아르메 거리에 있었어요. 당신 어깨 상처가 무척 심했던 모양이에요. 손이 들어갈 정도의 상처였대요. 게다가 살을 가위로 잘라내셨다구요. 끔찍해요. 난 너무 울기만 해서 눈을 버렸어요. 왜 그렇게 괴로워했던지, 생각하면 우스워요. 할아버지는 무척 좋으신 분 같아요! 움직이지 마세요. 팔꿈치를 짚으시면 안 돼요. 조심하지 않으면 해로워요. 아아! 참 행복해요! 불행은 이젠 다 가버렸으니까요! 난 참 바보예요. 할 이야기가 잔뜩 있었는데 하나도 생각나지 않아요. 지금도 나를 사랑하시나요? 우리는 롬므 아르메 거리에 살고 있어요. 정원은 없어요. 난 언제나 가제를 만들고 있었어요. 보세요, 이것 보세요. 당신 탓이에요, 손가락에 못이 박혔죠?」

「천사여!」하고 마리우스가 말했다.

천사라는 말만은 아무리 써도 낡지 않는 말이다. 다른 어떤 말도 연인들에게 마구 사용되면 견뎌나지 못할 것이다.

그리고 나서 주위에 사람들이 있으므로 그들은 입을 다물고 아무 말 없이 그저 다정하게 손을 잡을 뿐이었다. 질르노르망 씨는 방안에 있는 사람들을 향해서 외쳤다.

「자아, 큰소리로 이야기해. 무대 뒤에 있는 사람들은 떠들어, 자아, 좀더 떠들어 대라니까! 이 아이들 둘이 마음놓고 이야기할 수 있게 말야.」

그리고 마리우스와 코제트에게 다가가 나직이 말했다.

「다정하게 이야기하렴. 사양할 것 없다.」

질르노르망 이모는 퇴색한 가정에 뛰어드는 그 빛을 멍청하게 지켜보고 있었다. 그 놀라움에는 조금도 가시가 돋쳐 있지 않았다. 그것은 결코 두 마리 산비둘기에 대한, 눈살을 찌푸린 부엉이의 질투하는 눈초리가 아니었다. 그것은 쉰일곱 살의 악의 없는 늙은 여인의 아연한 눈이었다. 사랑이라는 승리를 지켜보는 덧없는 인생이었다.

「어때?」하고 아버지는 그녀에게 말했다. 「이런 일이 일어나리라고 벌써 말했었지.」

그는 잠시 입을 다물었다. 이윽고 다시 덧붙였다.

「남의 행복도 보아 두어라.」

그리고 나서 그는 코제트 쪽을 향했다.

「정말 예쁘다! 참으로 예뻐! 그뢰즈(18세기 프랑스의 화가)의 그림 같구나. 너는 이제부터 이 아가씨를 독차지하겠구나. 이 녀석! 나를 교묘하게 젖혀 놓고 참 행복한 놈이구나. 만약에 내가 십오 년만 더 젊었다면 칼에 걸고 너하고 경쟁을 벌였을 거다. 정말야! 아가씨, 나는 아가씨에게 반했어. 당연한 일이야. 그것이 아가씨의 권리니까. 아아! 이제는 아름답고, 사랑스럽고, 즐겁고, 귀여운 결혼식을 할 수 있겠다! 여기 교구는 쌩 드니 뒤 쌩 사크르망(이 교회당은 실제로는 삼 년 뒤인 1835년에 완성됐다)이지만 쌩 폴에서 결혼할 수 있도록 특별 허가를 받아야겠다. 그 교회당이 좋아. 제수이트 파가 세운 거야. 그쪽이 아름답다. 비라그 추기경의 분수와 마주 서 있지. 제수이트 파 건축의 걸작은 나뮈르 시에 있어. 쌩 루라고 하지. 너희들 결혼하면 꼭 그곳에 가보아라. 여행할 만한 가치가 있다. 아가씨, 나는 전적으로 아가씨 편이오. 처녀들이 결혼하는 건 좋은 일이야. 그러기 위해서 태어났으니까. 성 카타리나(4세기초의 순교자로 젊은 처녀의 수호신)같이 언제나 그 머리를 빗은 여자를 보고 싶은 생각도 있지만 말야(스물 다섯 살까지 미혼인 것을 『성 카타리나의 머리를 빗는다』고 한다). 처녀로 있는 것도 좋지만 냉랭한 이야기야. 성서에도 씌어 있어, 많이 낳으라고 말야. 민중을 구하는 데는 잔 다르크가 필요하지만 민중을 만드는 데는 지고뉴 아주머니(인형극의 인물. 스커트 밑에서 많은 아이들을 꺼내 보인다)여야 해. 그러니까 모름지기 미인들은 결혼하지 않으면 안 돼. 정말 처녀로 있어서 어쩌겠다는 건지 나는 모르겠어. 그야 교회에 특별 예배소를 가지고 있으면서 성모의 사람들 이야기만 하는 사람이 있다는 것은 알고 있어. 그러나 훌륭하고 성실하고 정직한 남편을 갖고 일 년 뒤에는 포동포동한 금발머리의 애기를 낳고, 그놈이 기운차게 젖을 빨고, 넓적 다리는 살이 쪄서 조그만 손 가득히 젖을 움켜쥐는 이러한 것이 밤 기도에 촛불을 들고 〈투르리스 에부르네아〉(라틴어. 상아탑이라는 뜻으로 성모 마리아의 기도문)를 노래하는 것보다 훨씬 낫다.」

　조부는 아흔 살의 발뒤꿈치로 빙글 한 바퀴 돌자, 용수철이 퉁기듯 다시 지껄이기 시작했다.

　알시프여, 그것이 진정이던가? 흐르는 꿈을 막아 버리고 머지않아 네가 결혼한다니.

「그건 그렇고!」
「뭡니까, 아버지?」
「네게 친한 친구가 있느냐?」
「네, 쿠르페락입니다.」
「그 사나이는 어찌되었냐?」
「죽었습니다.」
「그렇다면 좋아.」

그는 두 사람 곁에 앉아서 코제트도 앉게 하여 그들의 네 손을 늙어서 주름잡힌 자기 손으로 잡았다.

「정말 이 훌륭한 아가씨는 걸작이야. 이 코제트는 말이다, 아직 어린 처녀인데도 벌써 어엿한 귀부인이야. 남작 부인으로는 아까워. 후작 부인으로 태어나 있어. 눈썹도 아름답구나! 이 보아라, 너희들은 진실하게 살고 있다는 것을 잘 명심해 두어라. 서로 사랑하여라, 바보가 될 정도로 말이다. 사랑이란 인간의 어리석은 짓이며 신의 지혜인 것이다. 깊이 사랑하여라. 다만 말이다」 하고 그는 갑자기 얼굴빛이 흐려지면서 덧붙였다. 「아, 슬픈 것을 생각해냈구나! 내 재산의 절반 이상은 종신 연금으로 되어 있다. 내가 살아 있는 동안은 괜찮지만 내가 죽는다면, 앞으로 이십 년만 지나면 가엾게도 너희들은 단 돈 일 수우도 없게 된다. 남작 부인의 아름다운 흰 손도 살기 위해 거칠어지겠구나.」

그때, 육중하고 조용한 음성이 들려 왔다.

「외프라지 포슐르방 양은 육십만 프랑을 갖고 있습니다.」

그것은 장 발장의 목소리였다.

그는 그때까지 아무 말도 하지 않았기 때문에 아무도 그가 그곳에 있는 것조차 모르는 것 같았다. 그러나 그는 그러한 행복한 사람들 뒤에 가만히 서 있었다.

「그 외프라지 양이란 무슨 말이오?」 하고 조부는 깜짝 놀라서 물었다.

「저예요」 하고 코제트가 대답했다.

「육십만 프랑!」 하고 질르노르망 씨는 말했다.

「아마 만 사오천 프랑은 거기서 모자라겠지만」 하고 장 발장은 말했다.

그리고 그는 테이블 위에 질르노르망 이모가 책이라고 여겼던 꾸러미를 놓았다. 장 발장은 제 손으로 꾸러미를 풀었다. 그것은 한 다발의 지폐였다. 사람들은 그것을 펴서 계산해 보았다. 모두 오십팔만 사천 프랑이었다.

「이건 유익한 책이군」 하고 질르노르망 씨는 말했다.

「오십팔만 사천 프랑!」 하고 이모는 중얼거렸다.

「이제는 모든 것이 다 갖추어졌군, 그렇지, 질르노르망 양」 하고 조부는 말했다. 「마리우스 녀석, 솜씨 좋게 백만 장자의 딸을 파냈군! 이쯤 되면 너도 젊은 애의 사랑을 믿어야 한다! 남학생이 육십만 프랑짜리 여학생을 발견하다, 게루빔(두 번째 천사 미소년으로 전용됨)은 로드샤일드보다 일을 잘한단 말야.」

「오십팔만 사천 프랑! 육십만 프랑이나 다름없어」 하고 질르노르망 양은 낮은 목소리로 되뇌었다.

마리우스와 코제트는 그 사이 줄곧 서로 바라보고 있었다. 그들은 그런 일엔 전혀 주의를 돌리고 있지도 않았다.

5. 공증인보다는 숲에 돈을 맡겨라

여기에 길게 설명할 것도 없이 독자는 아마도 이미 알았을 것이다. 장 발장은 샹마티외 사건 이후 처음 며칠 동안 도망칠 수 있었던 덕분에 파리에 와서 몽트뢰이유 쉬르 메르에서 마들렌느 씨 이름으로 번 돈을 라피트 은행에서 적당한 때 찾아낼 수가 있었다. 그리고 다시 체포될 것을 염려해서——실제로 곧 체포됐지만 몽페르메이유의 숲속 블라뤼의 빈터라고 불리는 장소에 그 돈을 묻어 두었다. 금액은 육십삼만 프랑. 전부 은행 지폐였기 때문에 부피가 많지 않아서, 한 상자에 들어갔다. 다만 상자를 습기에서 막기 위해 다시 떡갈나무 상자에 밤나무 부스러기를 채워서 그 속에 넣어 두었다. 그 상자에는 또 하나의 보물인 신부의 촛대도 넣었다. 독자도 기억하다시피 그 촛대는 몽트뢰이유 쉬르 메르에서 도주할 때 가지고 갔던 것이다. 어느 날 저녁 블라트뤼엘이 처음 발견했던 사나이는 장 발장이었다. 그뒤 장 발장은 돈이 필요해질 적마다 블라뤼의 빈터에 왔다. 이미 말했듯이 그가 종종 집을 비운 것은 그 때문이었다. 그는 덤불 속의 자기만이 알고 있는 남모르는 장소에 곡괭이를 숨겨 두었다. 마리우스가 회복되는 것을 알았을 때, 그 돈이 소용될 시기가 가까워진 것을 느낀 그는 그것을 가지러 갔다. 블라트뤼엘이 숲속에서 이번에는 저녁이 아니라 새벽에 발견했던 사나이도 역시 장 발장이었다. 블라트뤼엘은 곡괭이만을 차지했다.

실제로 남은 금액은 오십팔만 사천오백 프랑이었다. 장 발장은 그 중 자기를 위해서 오백 프랑을 떼놓았다. 『그 뒤는 어떻게 되겠지』하고 그는 생각했다.

이 남아 있는 돈과, 라피트 은행에서 찾은 육십삼만 프랑과의 차액이, 1823년부터 1833년까지 십 년간의 지출인 셈이다. 수도원에 있었던 오 년간은 오천 프랑밖에 들지 않았다.

장 발장은 두 개의 은촛대를 벽난로 위에 놓았다. 그 훌륭함에 투쌩은 감탄하였다.

더욱이 장 발장은 자신이 자베르에게서 해방된 것을 알고 있었다. 그의 앞에서 사람들이 이야기하는 것을 듣고, 〈모니퇴르〉 기관지에서 사실을 확인해 보았다. 그 기사에 의하면 자베르라는 한 경위가 퐁 토 샹즈 다리와 퐁 뇌프 다리 사이의 세탁선 밑에서 익사체로 발견되었다는 것이다. 그는 나무랄 데 없는, 상관의 신임도 극히 두터웠던 사나이로, 그가 남기고 간 글을 보면, 정신착란의 발작으로 자살한 것 같다는 것이었다.

장 발장은 생각했다.

『분명히 나를 체포하고서도 방관한 것을 보면 그때부터 좀 이상했는지도 모르지.』

6. 코제트의 행복을 위해 최선을 다하는 두 노인

결혼 준비는 완전히 갖추어졌다. 의논을 받은 의사는 이월에는 결혼해도 좋다고 했다. 지금은 십이월이었다. 완전한 행복의 즐거운 몇 주일이 흘러갔다.

조부도 그녀 못지않게 행복했다. 그는 곧잘 한 시간이나 넘도록 코제트 앞에 앉아서 그녀를 바라보곤 했다.

「기막히게 예쁜 아가씨야!」하고 그는 외치는 것이었다.「게다가 참으로 다정하고 친절한 것 같아! 귀여운 너,『내 마음이여!』로는 부족해. 내가 이제껏 본 일이 없는 가장 사랑스러운 처녀야. 머지않아 제비꽃처럼 향기로운 부덕도 갖추게 될 거다. 정말 우아하기 짝이 없다! 이런 부인과 함께라면 고상하게 살지 않을 수가 없지. 안 그런가? 마리우스, 너는 남작이고 부자다. 이젠 변호사 같은 건 그만두렴, 부탁이다.」

코제트와 마리우스는 무덤에서 갑자기 낙원으로 옮겨 온 것 같았다. 그 변화가 너무 뜻밖이었으므로 그들은 눈이 먼다고까지는 하지 않더라도 멍청해진 것 같았다.

「어찌된 일인지 알아?」

마리우스는 코제트에게 물었다.

「몰라요. 다만 하느님께서 우리들을 지켜보아 주시는 것처럼 생각돼요.」

장 발장은 모든 준비를 갖추고, 모든 장해를 제거하고, 타협 짓고 용이하게 했다.

그는 코제트 자신과 마찬가지로 열심히, 겉으로 보기에 기쁜 듯이 코제트의 행복을 서둘렀다.

그는 시장을 지낸 일이 있는 만큼, 코제트의 신분이라는, 그만이 비밀을 알고 있는 미묘한 문제까지도 해결할 수가 있었다. 그녀의 신원을 노골적으로 말했다면 어떻게 되었을까? 틀어졌을지도 몰랐다. 그는 모든 장해에서 코제트를 구했다. 그녀를 위해서 끊어진 가계를 하나 만들어 주었다. 이것은 어떤 이의도 생겨나지 않을 안전한 방법이었다. 코제트는 죽어 없어진 한 집안의 하나밖에 남지 않은 유아가 되었다. 다시 말해서 코제트는 그의 딸이 아니라 다른 또 하나의 포슐르방의 딸이 되어 있었다. 포슐르방이란 두 형제가 프티 픽피스 수도원에서 정원지기를 했던 일이 있었다. 그 수도원에 조회가 갔다. 더할 나위 없는 훌륭한 조회며 존중할 만한 증명이 많이 얻어졌다. 선량한 수녀들은 신원 문제 따위는 잘 알지도, 관심도 없었으며, 하물며 거기에 부정한 일이 있다고는 생각지도 않았으므로, 작은 코제트가 두 포슐르방의 어느 쪽 딸인지 아무도 분명하게 알지 못했다. 그녀들은 원하는 대로 이야기하고 더욱이 열심히 이야기해 주었다. 신분 증명서는 곧 되었다. 코제트는 법률상으로 외프라지 포슐르방이 되었다. 그녀는 부모 없는 고아로 신고되었다. 장 발장은 포슐르방의 이름으로 코제트의 후견인으로 지정되도록 하고, 동시에 질르노르망 씨는 후견 감독인으로 지정되었다.

오십팔만 사천 프랑에 대해서는, 이름을 밝히기를 원하지 않는 어떤 고인이 코제트에게 물려 준 유산인 것으로 했다. 당초의 유산은 오십구만 사천 프랑이었으나 그 중 일만 프랑은 수도원에 지불된 오천 프랑까지 포함해서 외프라지 양의 교육비로 사용되었다. 그 유산은 제삼자의 손에 맡겨져서 코제트가 성년이 되든가 또는 결혼할 때 돌려 주기로 되어 있었다. 이런 일은 누가 보아도, 특히 오십만 이상이라는 돈인 만큼, 아주 당연했다. 물론 이상한 몇 가지 점도 있었지만 아무도 그것을 깨닫지 못했다. 이해 관계가 있는 사람 중의 한 사람은 사랑에, 다른 사람들은 육십만 프랑에 각각 눈이 가려져 있었다.

코제트는 자기가 오랫동안 아버지라고 불렀던 그 노인의 딸이 아니라는 말을 들었다. 노인은 그저 친척에 지나지 않았다. 또 한 사람의 포슐르방이 그녀의 정말 아버지였다. 다른 경우였다면 이런 사실은 그녀를 비탄에 잠기게 했을 것이다. 그러나 이루 말할 수 없는 행복한 상태에 있는 지금, 그것은 극히 조그마한 그림자, 일시적인 구름에 불과했다. 너무 기쁨에 젖어 그 구름도 얼마 가지 않아 개어 버렸다. 그녀에게는 마리우스라는 존재가 있었다. 청년이 오고, 노인은 사라져 갔다. 그것이 인생인 것이다.

게다가 코제트는 여러 해 동안, 주위에서 수수께끼를 보아왔다. 이상한 유년기를 보냈던 사람은 누구나 항상 어떤 종류의 체념을 하기 쉽다. 그래도 그녀는 장 발장을 『아버지』라고 부르기를 그만두지 않았다.

코제트는 기쁨에 넘쳐 마음이 들떠 있었지만, 질르노르망 노인에게도 감격하고 있었다. 사실 노인은 그녀에게 줄곧 좋은 말과 선물을 주었다. 장 발장이 코제트를 위해서 사회적인 정당한 위치와, 남에게 손가락질 받지 않을 신분을 만들어 주고 있는 동안, 질르노르망 씨는 결혼 선물에 매달려 있었다. 굉장한 것만큼 그를 즐겁게 하는 일은 없었다. 그는 자기 조모로부터 전해 내려온 뱅슈 제의 레이스로 만든 드레스까지도 코제트에게 주었다.

「이런 유행도 다시 살아날 거야」 하고 그는 말했다. 「옛날 것이 크게 유행해서 내 만년의 젊은 처녀들이 내가 어렸을 적의 할머니들과 같은 옷을 입는 거야.」

그는 이미 오랫동안 열리지 않았던 코로망델 산 락칠을 한, 가운데가 불룩한 훌륭한 장농도 열었다. 「이 미망인들의 참회를 들어 주자」 하고 그는 말했다. 「뱃속에 무엇을 갖고 있는지 어디 보자.」 그리고 자신의 여러 아내와 정부, 조모들의 멋진 물건들로 가득 찬 서랍을 요란스럽게 뒤적거렸다. 북경 비단, 다마스크 산의 꽃무늬를 놓은 비단, 므와레, 투르 제의 불꽃 모양의 비단 드레스, 빨면 때 잘 지는 금실로 수놓은 인도 제 손수건, 앞뒤가 없는 꽃무늬 천, 제노아 제나 알랑송 제의 레이스, 오래된 금은 세공의 장신구, 섬세한 전쟁 그림으로 장식된 상아로 만든 과자함, 부속 장식품, 리본, 그는 무엇이나 다 아낌없이 그녀에게 주었다. 감탄한 코제트는 마리우스에 대한 사랑에 취하고 질르노르망 씨에 대한 감사의 마음으로 어찌할 바를 모르면서, 비단과 빌로도를 몸에 감은 끝없는 행복을 꿈꾸고 있었다. 결혼 선물을 천사들이 받들고 오는 기분이었다. 그녀의 영혼은 말린느 제의 레이스 날개를 펴고 푸른 하늘 속으로 날아 올랐다.

연인들의 황홀한 마음에 못지않은 것은 이미 말했듯이 조부의 황홀감이었다. 뒤 칼베르 거리는 마치 악대의 음악이 울려 퍼지고 있는 듯했다.

매일 아침 조부는 어떤 골동품이라도 코제트에게 보냈다. 온갖 장신구가 그녀의 주위에 찬란하게 꽃을 피워 갔다.

행복에 젖으면서도 즐겨 진지한 이야기를 하던 마리우스는 어느 날 어떤 이야기

끝에 이렇게 말했다.

「혁명가들은 정말로 위대합니다. 카통이나 포씨옹(로마와 아테네의 위인)처럼 여러 세기에 미치는 위력을 갖추고 있어서 한 사람 한 사람이 고대의 기념(mémoire antique) 같습니다.」

「고대의 므와레!(moire antique. 마리우스의 말을 일부러 잘못 들었다)」하고 노인은 외쳤다.「고맙군, 마리우스. 내가 찾던 생각도 바로 그거였어.」

그리고 다음 날, 갈색의 고대 므와레로 만든 훌륭한 드레스가 코제트의 결혼 선물에 보태졌다. 조부는 그 옷에서 하나의 교훈을 끄집어냈다.

「연애는 좋다. 그러나 거기에는 부수품이 필요해. 행복에는 쓸데없는 것이 필요하다. 행복 그 자체는 필수품에 지나지 않아. 그래, 필요 이상의 것으로 양념을 치고 싶다. 궁전과 마음이지. 마음과 루브르 미술관이야. 마음과 베르사이유의 대분수야. 양치는 여자와 결혼하게 되면 공작 부인으로 만들도록 애써야 해. 꽃을 꽂은 필리스를 차지했으면 십만 프랑의 연금을 붙여 줘야 해. 대리석 복도 아래 한없이 넓은 전원 풍경을 전개시켜야 해. 목가 풍경도 좋거니와 대리석과 황금의 꿈 같은 경치도 좋아. 메마른 행복은 메마른 빵과 같은 거야. 먹을 수 있지만 맛있는 음식일 수는 없어. 필요 이상의 것, 소용없는 것, 하찮은 것, 너무 많은 것, 아무 짝에도 쓸 수 없는 것, 난 그런 것이 좋다. 나는 스트라스부르 대성당에서 사층 건물의 집보다도 높은 큰 시계를 본 기억이 있지. 그 시계는 친절하게도 시간을 알려 주었는데, 그것만을 위해서 만들어졌다고는 생각되지 않았어. 그 시계는 정오나 자정, 태양의 시간인 정오나, 사랑의 시간인 자정이나, 그 밖의 어떤 시간에도 종을 울린 뒤 여러 가지의 것을 내보였다. 달과 별, 육지와 바다, 새와 물고기, 페부스(태양신 아폴로)와 페베(달의 신 아르테미스), 게다가 벽의 움푹 패인 곳에서 나오는 많은 것들, 열두 사도, 황제 샤를르 5세, 에포닌느와 사비누스(로마의 지배하에서 고올 족을 해방하려던 부부), 거기에다 나팔을 부는 금빛 난쟁이들까지 많이 나왔어. 또 그때마다 왠지 공중에 퍼지는 황홀한 종소리는 말할 나위 없었다. 다만 시간을 가르쳐 줄 뿐인 헐벗고 하찮은 시계가 그것과 비교될 수 있을까? 나는 스트라스부르의 큰 시계 편이야. 독일 포레 느와르 산맥의 뻐꾸기 울음 소리를 내는 자명종보다 그편이 훨씬 좋아.」

질르노르망 씨는 특히 결혼식에 대해서 당치도 않은 말을 하고 십팔세기의 풍속을 들어 열광적으로 찬미했다.

「너희들은 의식의 방법을 모른다. 요새 사람들은 기쁨의 날을 지내는 방법을 모르고 있어」하고 그는 외치는 것이었다. 「너희들의 십구세기는 무기력해. 과도라는 게 전혀 없어. 부자를 알지 못하고 귀족이란 걸 몰라. 무슨 일에고 철부지야. 너희들의 소위 제삼 계급은 맛도 없고 색깔도 없고, 향기도 없거니와 모양도 없다. 결혼을 해서 가정을 가지려는 중류 시민의 딸의 꿈은 자신들이 말하듯이, 자주빛으로 장식한 산뜻한 화장대 정도야. 자, 나란히 서 주십시오! 구두쇠 군과 바가지 양이 결혼을 합니다. 기막힌 호사는 루이 금화를 촛불에 붙이는 정도지. 이런 것이 십구세기야. 사르마티아 저쪽(발틱 해의 저편 땅)으로 달아나고 싶을 정도야. 나는 1787년에 이미 예언했었지. 모든 것이 끝난 거라고 말야. 로앙 공작이나 레옹 대공이나 샤보 공작이나 몽바종 공작이나 수비즈 후작이나 프랑스의 대귀족 투아르 자작이 낡은 마차를 타고 롱샹 경마장으로 가는 것을 본 날에 말야! 그 예언대로 된 거지. 금세기에는 누구나가 장사를 하고, 투기를 하고, 돈을 벌고, 그리고 인색하게 군다. 겉만은 조심해서 번지르르하게 가꾼다. 정성껏 멋을 부리고, 씻고, 비누질을 하고, 때를 벗겨내고 수염을 깎고, 머리를 빗고, 구두를 번쩍거리게 닦고 손질을 하고, 겉만 깨끗하게 하고, 손톱만큼의 허술한 곳도 없고, 조약돌처럼 반들반들하고 조심성 있고, 깨끗하지만, 한꺼풀 벗기면, 쳇! 손으로 코를 푸는 마부조차도 뒷걸음질 칠 것 같은 거름 구덩이나 수채 구멍을 마음속에 갖고 있단 말야. 나는 이 시대에 더러운 청결이라는 표어를 붙여 주고 싶어. 마리우스, 화내지 마라, 조금만 더 이야기하게 해주렴, 민중의 험담을 하는 게 아냐. 네 민중에게는 충심으로 경의를 품고 있지만, 중류 계급의 시민을 약간 두드려 주는 것은 나쁘지 않아. 나도 중류 계급이다. 진실로 사랑하는 자는 곧잘 매질을 한다. 그래서 나는 분명하게 말하지만, 오늘날의 사람들은 결혼을 하지만 결혼하는 방법을 모른다. 정말로 옛날 풍습이 그립구나. 모든 것이 그립다. 그 우아함, 기사도다운 행동, 정중하고 다정한 태도, 누구나가 지녔던 그 즐거운 호사, 혼례에는 음악이 꼭 있었다. 교향곡으로부터 북치기에 이르기까지, 그리고 무도회가 있었지. 테이블에 앉은 즐거운 얼굴들, 말할 수 없이 달콤한 사랑의 노래, 가요, 불꽃, 꾸밈 없는 웃음, 농담, 커다랗게 묶은 리본, 그리고 신부의 양말대님도 그립다. 신부의 양말대님은 비너스의 허리띠와 사촌이야. 트로이 전쟁은 왜 일어났는가? 그렇지, 헬레네의 양말대님으로부터 시작되었지. 어째서 그들은 싸우는가? 어째서 신과도 같은 디오메데스는 메리오네가 머리에 쓴 열 개의 뿔이 달린 커다란 청동 투구를

때려부쉈는가? 어째서 아킬레우스와 헥토르는 창으로 서로 찔렀는가? 다름
아니야, 헬레네의 양말대님에 파리스가 손을 댔기 때문이야. 코제트의 양말을
소재로 호메로스는 《일리어드》를 쓴 거다. 시 속에다 같은 수다쟁이 늙은이를
넣어서, 그것은 네스토르(트로이 전쟁에 참가했던 가장 나이 많고 현명한 왕)라고
이름 붙인 거야. 옛날엔, 그 사랑스러운 옛날에는 사람은 현명한 방법으로 결혼했지.
훌륭하게 계약을 하고 그리고 다음엔 굉장한 잔치를 베풀었어. 퀴자스(전형적인
법률가)가 나사사 곧 가마슈(돈키호테에서 결혼 집대를 하는 시골 사람)가 들어왔지.
그런 거야! 위란 놈은 유쾌한 놈이어서 자기 몫을 요구하고 자기도 혼례에 참
견하고 싶어한단 말야. 모두 잘 먹고, 그리고 테이블에서는 가슴장식을 떼버리고
적당히 깃이 벌어진 미인과 나란히 앉았었지. 아아! 크게 벌리고 웃고 있는 모든
사람들의 입, 그 시대는 무척 쾌활했었다! 청춘은 꽃다발이었지. 젊은 사나이들은
모두 라일락 한 가지든가, 장미꽃 한 다발이 되었었다. 군인들까지도 양치는 목
동이었다. 설사 용기병 대장일지라도 플로리앙(18세기 후반의 우화 작가)이라고
사람들에게 불리는 솜씨를 가지고 있었다. 모두 옷차림을 존중했어. 수놓은 것
이라든가 빨간 비단으로 차려 입었지. 부르조아는 꽃 같았고, 후작은 보석 같은
거였어. 구두 밑으로 돌려 매는 끈을 쓰든가, 장화를 신지 않았어. 화려하고 윤기
있고 므와레나 금갈색 옷을 입고, 경쾌하고 정갈하고 요염하고, 그러면서 허리에는
칼을 차고 있었다. 벌새가 부리와 발톱을 갖고 있듯이 말이다. 『우아한 남빛』
시대였다. 십팔세기의 일면은 섬세하고 일면은 장대했다. 그리고, 그야말로 즐겁게
놀았단다. 지금은 모두가 너무 점잖아. 부르조아는 인색하고 가면을 쓰고 있어.
너희들의 세기는 불행해. 목언저리를 너무 내놓았다고 해서 미의 세 여신까지도
쫓아내려 하고 있어. 추악한 것과 함께 아름다움까지도 숨기고 있어. 혁명 뒤에는
누구나 다 바지를 입고 있다, 춤추는 계집애들까지도 말야. 여자 광대도 점잖고,
리고동 춤도 거드름을 피우고 있어. 위엄이 있는 체해야만 한다. 레이스 깃 속에
턱을 묻고 있지 않으면 언짢아해. 결혼하는 스무 살 난 젊은 애숭이의 이상은,
르와이에 콜라르 씨(입헌 왕당파의 근엄한 학자)가 되는 일이다. 헌데 그러한 위엄이
도달하는 곳이 어딘지 아느냐? 째째하게 될 뿐이야. 잘 알아두어라. 쾌락이란
그저 즐거운 것만이 아니다. 그것은 위대한 거야. 그러니까 사랑도 즐겁게 하라는
거다! 결혼을 하는 데는 행복의 열정과 맹목과 법석과 요란함을 동원해서 떠
들썩하게 해야 한다! 교회에서 점잔을 빼는 것은 좋다. 그러나 미사가 끝난

뒤에는, 신부 주위에 꿈의 소용돌이를 일으켜 주어야 해. 결혼은 무게 있고 침착하면서도 꿈이 있어야 해. 랭스의 대성당에서 샹틀루 탑까지 의식의 행렬을 해야 한단 말야. 넋빠진 결혼 같은 건 생각하기도 싫다. 제기랄! 적어도 그날만은 올림푸스 산에 올라간 기분이어야 해. 모두 신들이 되는 거야. 아아! 모두 공기의 정성이나 기쁨의 신이나 웃음의 신이나 알렉산드르 대왕의 은으로 만든 정병이 되는 거야. 이봐, 갓 결혼한 사람은 모두 알도브란디니 대공(장려한 결혼을 그린 옛벽화의 주인공) 같아야 해. 일생에 단 한 번뿐인 그때를 놓치지 말고, 백조나 독수리와 함께 가장 높은 천상계로 날아가거라. 이튿날 다시 개구리들이 사는 부르조아 사회로 되돌아오면 되는 거니까. 결혼을 검소하게 하여 결혼의 찬란한 빛을 깎아서는 안 된다. 아름다운 날에 인색하지 말아라. 결혼은 살림살이가 아니다. 아아! 내 꿈대로 할 수 있다면 아름다운 것이 될 텐데. 숲속에서 바이올린 소리를 들려 주는 거야. 내 계획은 하늘의 푸른빛과 은빛이다. 의식에는 전원의 신도도 한자리에 넣어 주고, 숲의 요정이나 바다의 요정도 부르는 거다. 암피트리테(바다의 여신)의 혼례, 장미빛 구름, 머리를 곱게 빗은 발가벗은 님프들, 여신들에게 사행시를 바치는 아카데미 회원, 바다의 괴물들이 끄는 마차.

> 트리통이 앞장 서서 소라고등 부는
> 황홀한 그 소리에 모두 넋을 잃었네.

이것이 의식 절차다. 이게 아니라면 나는 아무것도 몰라. 단연코!」
　조부가 서정적인 기분에 들떠 스스로의 말에 넋을 잃고 귀기울이고 있는 사이, 코제트와 마리우스는 마음껏 얼굴을 서로 마주 보며 도취감에 빠져 있었다.
　질르노르망 이모는 이들 광경을 평소의 당황하지 않는 평온한 태도로 바라보고 있었다. 그녀는 최근 오륙 개월 사이에 다소의 감동을 느꼈다. 마리우스가 돌아온 것, 마리우스가 피투성이의 모습으로 실려온 것, 마리우스가 바리케이드에서 운반되어 온 것, 죽어 가던 마리우스가 다시 살아난 것, 조부와 화해한 것, 약혼, 가난한 처녀와 결혼한다는 것, 큰 부자의 딸과 결혼한다는 것, 그리고 육십만 프랑이 그녀에게 결정적인 놀라움을 주었다. 그러고 나서는 다시 최초의 성체 조배를 하던 때와 같은 무관심으로 되돌아 왔다. 그녀는 규칙적으로 빠짐없이 교회의 모든 예식에 참례하고 묵주를 굴리고, 기도서를 읽고, 집안 한구석에서

『당신을 사랑하오』를 속삭이는 동안 다른 한구석에서 『아베 마리아』를 속삭이며, 어렴풋이 마리우스와 코제트를 두 그림자처럼 보고 있었다. 사실 그림자는 그녀였다.

타성적인 금욕 생활의 어떤 상태에 도달하면 영혼은 마비되고 중화되어, 세상살이라고 불리는 일에 무관심해지고, 지진이나 큰 재해가 없는 한, 인간다운 감동은, 즐거운 감동이거나 슬픈 감동이거나간에 아무것도 받지 않게 된다.

「그런 신앙심은」 하고 질르노르망 노인은 딸에게 말하곤 했다. 「코감기나 마찬가지다. 너는 인생의 냄새를 조금도 못 맡는다. 나쁜 냄새도 그렇거니와 좋은 냄새도 못 맡아.」

더욱이 육십만 프랑이라는 돈이 노처녀의 마음에 아무래도 좋다는 생각을 굳혀 주었다. 아버지는 그녀에게 거의 관심을 두지 않았기 때문에 마리우스의 결혼 승낙에 관해서도 그녀와는 의논하지 않았다. 그는 여느 때와 마찬가지로 성급하게 행동해서 노예가 된 전제 군주처럼, 다만 한 가지, 마리우스를 만족시키려는 것밖에는 생각하지 않았다. 이모에 대해서는, 이모가 존재하고 있는지, 이모에게도 무슨 의견이 있는지조차 생각해 보지 않았기 때문에, 지극히 온순한 그녀도 화가 나 있었다. 마음속에서 조금 반항하면서도 겉으로는 태연하게 그녀는 스스로에게 말했다. 『아버지는 나를 젖혀 놓고 결혼 문제를 결정했으니, 나도 혼자서 상속 문제를 결정해야겠다.』 사실, 그녀에게는 재산이 있었으나 아버지에게는 없었다.

그래서 그녀는 그 점에 자신의 결심을 남겨두었다. 만약 신혼 부부가 가난하다면 가난한 대로 내버려두자. 조카에게는 안된 일이지만! 가난한 처녀와 결혼하면 자기도 가난해지는 게 당연하다. 그러나 코제트가 오십만 이상이나 되는 돈을 가지고 있다는 사실은 이모의 뜻에 맞았고, 이 한 쌍의 연인에 대한 그녀의 심정을 바꾸어 놓았다. 육십만 프랑이라면 놀랄 만한 돈이었다. 젊은 그들에게 돈 걱정이 없어진 이상, 자기의 재산을 그들에게 남겨줄 수밖에 없다는 것은 자명한 일이었다.

신혼 부부는 조부의 집에서 살게 되었다. 질르노르망 씨는 집에서 가장 아름다운 자기의 방을 그들에게 주겠다고 고집을 부렸다. 「그렇게 하면 나도 젊어진다」고 그는 말했다. 「그전부터 그럴 작정이었어. 난 언제나 내 방에서 결혼식을 올리고 싶었지.」 그는 그 방을 세련되고 매력 있는 낡은 여러 가지 골동품으로 장식했다. 천장이나 벽에는 진기한 직물을 치도록 했다. 그것은 필로 된 그대로의 직물로 유트레히트 산이라고 생각되는 미나리아재비빛 사탱 바탕에 앵초 같은 빌로도의 꽃이 있었다.

「이것하고 똑같은 직물이 로슈 기용의 앙빌르 공작 부인의 침대 휘장으로 되어 있었지.」

벽난로 위에는 발가벗은 배 위에 머프를 안고 있는 색소니 인형을 놓았다.

질르노르망 씨의 서재는 마리우스가 갖고 싶어하던 변호사 사무실이 되었다.

아시는 바와 같이 변호사는 사무실을 하나 가질 것을 조합 평의회로부터 요구받고 있었던 것이다.

7. 행복에 뒤섞이는 망상

연인들은 매일 만났다. 코제트는 포슐르방 씨와 함께 오곤 했다. 「이건 거꾸로 됐군그래」 하고 질르노르망 양은 말했다. 「이렇게 신부 쪽에서 달콤한 소리를 들으려고 남자 집으로 오다니.」 그러나 그것은 마리우스의 회복기부터의 습관이었고 또 피유 데 칼베르 거리의 안락의자가 롬므 아르메 거리의 짚의자보다 마주 앉기에 적당했기 때문에 습관이 되어 버린 것뿐이었다. 마리우스는 포슐르방 씨와도 대면했지만 말을 주고받지는 않았다. 말없는 사이에 그렇게 되어 버린 것 같았다. 처녀란 곁에 붙어 있는 사람이 필요한 것이다. 코제트는 포슐르방 씨 없이는 오지 못했을 것이다. 마리우스는 포슐르방 씨를 코제트에게 붙어 있는 조건처럼 생각했다. 그는 그 조건을 받아들이고 있었던 것이다. 그리하여 만인의 운명의 일반적인 개선이라는 견지에서 정치 문제를 분명하게 하지 않고 막연하게 화제에 올리고, 두 사람이 「네」라든가 「아니오」하는 말보다는 좀더 많은 말을 주고받을 때도 있었다. 한 번은 교육에 관한 이야기가 나와서, 마리우스가 무료로 의무 교육제를 실시하고 그것을 여러 가지 형식 아래 확충하고 공기나 태양처럼 아낌없이 만인에게 고루 주고, 한 마디로 말해 민중 전체가 흡수할 수 있도록 하고 싶다고 말하자, 두 사람은 의견이 맞아서 아주 친밀한 사이처럼 이야기를 하게 됐다. 마리우스는 그런 때, 포슐르방 씨가 말을 잘하고, 어느 정도 고상한 말을 쓴다는 것을 알았다. 그러나 그에게는 어딘지 모르게 부족한 데가 있었다. 포슐르방 씨는 보통 사람에 비해 무언가가 모자라는 반면 무언가가 지나치는 것이 있었다.

마리우스는 마음속으로, 자기에 대해 그저 친절하기만 하고 냉랭한 이 포슐르방이라는 사람에게, 온갖 종류의 남모르는 의문을 품고 있었다. 때로는 자기 자신의 기억에 의문이 솟는 일도 있었다. 그의 기억에는 하나의 구멍이, 하나의 어두운 자리가, 넉 달 동안의 죽음의 괴로움에 의하여 패어진 하나의 심연이 있었다. 많은 일들이 그 속으로 사라져 갔다. 그래서 포슐르방 씨를, 이토록 근엄하고 침착한 사람을 바리케이드 속에서 과연 똑똑히 보았는지 어떤지 의심스러워지는 것이었다.

게다가 나타났다가는 사라지는 과거의 그림자가 그의 마음에 남겨 놓고 간 혼미는 그것뿐이 아니었다. 행복하고 모든 것이 만족스러운 때에도 문득 우수에 사로잡혀서 지난날을 되돌아보지 않고는 있을 수 없는 때가 있다. 그토록 기억에 달라붙는 그 고뇌로부터 그가 해방되어 있었다고 믿어서는 안 될 것이다. 사라진 지평선 쪽을 되돌아볼 줄 모르는 머리에는 사상도 없고 사랑도 없다. 이따금 마리우스는 얼굴을 두 손으로 싸안는 수가 있었다. 그러면 소연하고 어슴푸레한 과거가 머릿속의 희미한 빛 속을 지나가는 것이었다. 눈은 마뵈프가 쓰러지는 것을 다시 보고, 귀는 가브로슈가 산탄 밑에서 노래하는 소리를 듣고, 입술에는 에포닌느의 이마의 차가움이 느껴졌다. 앙졸라, 쿠르페락, 장 프루베르, 콩브페르, 보쉬에, 그랑테르, 친구들은 모두 그의 앞에 나타났다가는 사라져 갔다. 그립고, 슬프고, 용감하고, 아름다운, 또는 비극적인 사람들, 그들은 모두 꿈인 것일까? 현실에 존재했던 것일까? 폭동이 모든 것을 포연 속에 휘말아 넣어 버린 것이다. 그러한 커다란 열광은 커다란 망상을 내포하고 있다. 그는 스스로에게 물었다. 자신의 마음을 살폈다. 사라져 간 모든 현실들에 현기증을 느꼈다. 도대체 그들은 어디에 있는 것일까, 모두가 죽었다는 게 정말일까? 암흑에의 추락이 자기 하나만을 남겨 놓고 한꺼번에 모든 것을 빼앗아 간 것이다. 모든 것은 마치 연속 무대의 막 뒤에 숨듯이 숨어 버렸다고 그는 생각했다. 인생에는 그런 막이 내려질 때가 있다. 신은 다음 장면으로 옮겨간다.

그리고 마리우스 자신은 분명 변함없는 인간이었을까? 그는 가난했는데 부유해졌다. 버림받았는데 가정을 갖게 되었다. 절망했었는데 코제트와 결혼하게 되었다. 마치 무덤 속을 지나온 것 같았다. 무덤 속에 검은 모습으로 들어가서 흰 모습으로 나온 것처럼 생각되었다. 그리고 다른 사람들은 그 무덤에 남겨진 것이다. 어떤 때에는, 그들 과거의 사람들이 모두 유령이 되어 나타나 그의 주위를 둘러싸서 그를 우울하게 만들었다. 그런 때는 코제트를 생각하고 명랑한 마음을 되찾는 것이었다. 그 더없는 행복만이 그 파국의 자리를 지우는 힘을 가지고 있었다.

포슐르방 씨는 그 사라진 사람들 중의 한 사람이라고 해도 과언이 아니었다. 바리케이드에 있던 그 포슐르방이 지금 친히 코제트 곁에 점잖게 앉아 있는 이 포슐르방이라고는 도저히 믿어지지 않았다. 전자는 아마 몇 시간 동안 정신착란을 일으켰던 사이에 나타났다가 사라진 악몽 중의 하나였을 것이다. 게다가 두 사람 다 완고하고 남과 어울리지 않는 성격이었기 때문에 마리우스가 포슐르방 씨에게 무언가를 물을 수는 없었다. 물으려고 생각도 하지 않았는데, 이런 특수한 심리에 관해서는 이미 말했다.

두 인간이 하나의 공통된 비밀을 갖고 있으면서 일종의 묵계에 의해 그 문제에 관해서는 한 마디도 말을 주고받지 않는 이러한 일은, 남들이 생각하는 것처럼 그렇게 신기한 일은 아니다. 단 한 번, 마리우스는 은근히 눈치를 떠보았다. 그는 이야기 속에 샹브르리 거리에 관한 것을 끄집어 내면서 포슐르방 씨를 향해 앉으면서 말했다.

「당신은 그 거리를 잘 알고 계시지요?」

「어느 거리요?」

「샹브르리 거리 말입니다.」

「그런 거리 이름에 대해서는 아무것도 생각나는 게 없소」 하고 포슐르방 씨는 아주 자연스러운 투로 대답했다.

이 대답은 거리의 이름에 관해서였지, 거리 그 자체에 관한 것은 아니었으나 마리우스는 실제의 의미 이상으로 결정적인 대답이라고 생각했다.

「이제 분명해졌어」 하고 그는 생각했다. 「나는 꿈을 꾸었던 것이다. 착각이었던 거야. 다른 사람인데도 매우 흡사했던 거야. 포슐르방 씨는 그곳에 있지 않았었어.」

8. 찾아낼 수 없는 두 사나이

기쁨은 참으로 컸지만, 마리우스는 한쪽 마음을 괴롭히는 다른 근심을 씻어 주지는 못했다. 결혼 준비가 되어 가는 동안에 정해진 날을 기다리면서도 그는 사람을 써서 과거의 사실을 알아 내는 어렵고도 세심한 일을 시켰다.

그는 많은 사람에게서 은혜를 입고 있었다. 아버지로 인해서도 은혜를 입었고 자기 자신으로 인해서도 은혜를 입었었다. 우선 테나르디에가 있었다. 그리고 마리우스를 질르노르망 씨의 집에 실어다 준 미지의 사나이가 있었다. 마리우스는 결혼하고 행복해지더라도 그 두 사람을 잊지 않을 작정이었고, 이 의무의 빚을 갚지 않고는 앞으로 찬란하게 빛날 자신의 생활 위에 그늘이 생길 것을 두려워해서 무슨 일이 있더라도 그들을 찾아 내어야겠다고 굳게 맹세했다. 그는 그 빚을 그대로 모른 체하고 지나쳐 버릴 수는 없었으므로 미래를 향하여 즐겁게 나가기 전에 과거를 청산해야겠다고 생각했다.

비록 테나르디에는 악인일지라도, 그는 퐁메르시 대령을 구했다. 그러나 그 사실만으로 악인이라는 것이 탕감되는 것은 아니었다. 테나르디에가 세상 사람들에게는 악한이었지만 마리우스에게는 그렇지 않았다. 그리고 마리우스는 워털루 전투의 실제 상황을 몰랐기 때문에 테나르디에가 자기 아버지에 대해 생명의 은인이긴 하나 감사할 필요는 없다는 야릇한 입장에 놓여 있는 그 전말은 알지 못했다.

마리우스는 여러 모로 손을 썼지만 아무도 테나르디에의 행방을 알아 내지 못했다. 그는 완전히 소식이 묘연해진 것 같았다. 테나르디에의 아내는 예심중에 감옥에서 죽었다. 테나르디에와 딸인 아젤마만이 그 집안에서 살아 남은 식구였는데 그 두 사람도 그림자 속에 잠기고 없었다. 사회의 미지의 심연이 그들 위에 남모르게 입을 다물고 있었다. 무언가가 떨어진 수면, 측연을 던져야 할 수면을 사람에게 알리는 그물의 흔들림, 동요, 희미하게 퍼지는 파문조차도 그 심연의 표면에는 이제 보이지 않았다.

테나르디에의 아내는 죽고, 블라트뤼엘은 불기소 처분되었고, 클라크수는 자취를 감추어 버렸고, 주요한 피고들은 탈옥했기 때문에, 고르보 저택 잠복 사건의 재판은 흐지부지하게 중지 상태가 되었다. 중죄 재판소는 두 사람의 종범인, 즉 프랭타니에 또는 비그르나이유라고 하는 팡쇼와, 되밀리아르르라고 하는 드미 리아르만으로 만족할 수밖에 없어 이 두 사람을 대심한 결과 징역 십 년에 처했다. 탈주한 공범들에 대해서는 결석 재판으로 종신 징역의 판결이 내렸다. 두목이며 주모자인 테나르디에는 역시 결석 재판에 의해서 사형이 선고되었다. 이 판결이 테나르디에에 관해서 남은 유일한 것이 되었는데 마치 관 옆에 켜놓은 촛불처럼, 이 매장된 이름 위에 불길한 빛을 던지고 있었다. 이 판결은 다시 체포될 공포 때문에 테나르디에를 심연의 바닥 깊숙이 몰아넣고, 그를 에워싼 어두움을 한층 더 짙게 했다.

또 한 사람, 마리우스를 구한 미지의 한 사나이에 관해서는 처음엔 다소 탐색한 성과가 나타났으나, 얼마가지 않아 딱 막혀 버렸다. 6월 6일 밤, 마리우스를 피유 데 칼베르 거리에 운반한 역마차를 찾아낼 수는 있었다. 마부의 이야기로는 6월 6일, 샹 젤리제의 강둑 대하수도의 출구 위에서, 한 경관의 명령으로 오후 세 시부터 밤까지『마차를 세워 두었다』한다. 오후 아홉 시경, 강가에 면한 하수도의 창살문이 열렸다. 그곳에서 한 사나이가 나왔는데 보니 죽은 듯한 한 사나이를 어깨에 짊어지고 있었다. 그곳을 감시하고 있던 경관은 죽은 자를 짊어진 사나이를 체포했다. 경관의 명령으로 마부는『그 사람들』을 마차에 태웠다. 우선 피유 데 칼베르 거리에 갔다. 그곳에서 죽은 사나이를 내렸다. 그때 죽은 사나이란 즉 마리우스를 말하는 것인데 사실은 살아 있었다. 마부는 그를 똑똑히 기억하고 있었다. 그러고 나서 남은 사람은 다시 마차를 탔다. 그는 말에 채찍질을 하여 달렸는데 아르쉬브 입구 몇 걸음 앞에서 서라는 소리에 마차를 멈추고 그는 돈을 받고 돌아가고 경관은 그 사나이를 어디론가 끌고 갔다. 그 뒤의 일은 아무것도 모른다. 그날 밤은 캄캄한 밤이었다.

이미 말했듯이 마리우스는 아무런 기억도 나지 않았다. 다만 바리케이드 안에서 뒤로 벌렁 넘어지려 했을 때, 누군가의 억센 손에 붙잡힌 것이 생각날 뿐이었다. 그 다음의 기억은 전혀 없었다. 의식을 회복한 것은 질르노르망 씨의 집에서였다.

그는 골똘히 생각했다. 마부가 말한 사나이가 자기라는 것은 의심할 여지가 없었다. 그러나 샹브르리 거리에서 쓰러진 사람이 앵발리드 다리 가까운 세느 강 둑에서 경관에게 발견되다니 이게 어떻게 된 노릇일까? 누군가가 그를 중앙 시장에서 샹 젤리제로 운반한 것이다. 그렇다면 어떻게 해서? 하수도로 해서? 놀랄 만한 희생이다! 그 사람이란 누굴까?

마리우스는 그 사람을 찾고 있는 것이었다. 생명의 은인인 그 사람에 대해서는 아무것도 몰랐다. 아무런 흔적이 없어 조금도 단서를 잡을 수가 없었다.

마리우스는 그 방면에 극히 삼가야 할 몸이면서도, 탐색의 손을 시경까지 뻗쳤다. 그러나 거기도 역시 다른 곳 이상의 진전은 없었다. 두 서너 가지 알아 보았지만 아무런 단서도 되지 않았다. 시경은 역마차 마부보다도 사건에 대해 잘 알지 못했다. 6월 6일에 대하수도의 창살문에서 체포한 일이 있다는 것을 아는 사람은 없었다. 그 사건에 관해서는 경관의 보고가 없었으므로 시경에서는 사건을 만들어 낸 사람은 마부라고 했다. 마부란 돈이 생각나면 무슨 짓이라도 해낼 뿐 아니라 없는 말도 만들어 낸다. 그러나 사건이 있었던 것만은 확실하므로 마리우스는 그것을 의심할 수가 없었다. 적어도 지금 말한 대로 자기가 마부가 이야기한 사나이라는 것은 의심할 수가 없었다. 이 괴상한 수수께끼 속에서는 모든 것이 설명될 수가 없었다.

그 사나이, 기절한 마리우스를 어깨에 메고 대하수도의 창살문으로 나오는 것을 마부가 보고, 그리고 감시중인 경관이 폭도를 구출한 현행범으로서 체포했다는 그 이상한 사나이, 그 사나이는 어떻게 되었을까? 경관은 어떻게 되었을까? 어째서 그 경관은 침묵을 지키고 있는 것일까? 사나이는 안전하게 달아날 수 있었을까? 아니면 경관을 매수한 것일까? 마리우스에게 온갖 은혜를 베풀어 주었는데도 그 사나이는 어째서 살아 있다는 증거를 주지 않는 것일까? 그 사심 없는 태도는 그 희생에 못지않게 놀라운 일이다. 왜 사나이는 두 번 다시는 나타나지 않는 것일까? 아마 그는 아무리 큰 보수를 받아도 모자랄 것이다. 그러나 누구이든, 남의 감사에 부족을 느끼는 사람은 없을 것이다. 죽었을까? 어떤 사람일까? 어떻게 생겼을까? 아무도 그것을 말하지 못했다. 「그날 밤은 캄캄했습니다」 하고 마부는 대답했다. 바스크와 니콜레트는 너무 놀라서, 피투성이가 된 젊은 주인에게밖에 신경을 쓰지 않았다. 다만 마리우스의 처참한 귀가를 촛불로 비추었던 문지기만은 문제의 사나이를 보았지만, 막상 그가 그려보이는 인상이란 이것뿐이었다. 「그것은 소름이 끼칠 만큼 끔찍한 사람이었습니다.」

탐색을 하는 데 도움이 될지도 모른다 싶어 마리우스는 할아버지 집에 운반되어 왔을 때 입었던 피투성이 옷을 그대로 간직해 두게 했다. 윗도리를 살펴보니 옷자락이 한 군데 괴상하게 찢어져 있었다. 한 조각이 없어져 있었던 것이다.

어느 날 밤, 마리우스는 코제트와 장 발장을 앞에 놓고 그 이상한 사건과 지금까지 해온 무수한 조사와, 헛되이 끝난 노력에 대한 이야기를 했다. 그러나 『포슐르방 씨』의 싸늘한 표정에 그는 짜증이 났다. 그는 거의 분노에 떨리는 격한 목소리로 외쳤다.

「그렇습니다. 그 사람은 어떤 사람이었든간에, 그땐 숭고한 사람이었습니다.

그가 어떤 일을 했는지 아십니까? 그는 천사처럼 전투 속에 뛰어들어 왔습니다. 전투가 한창 벌어진 그 속으로 뛰어들어 하수도 뚜껑을 열고 그 속으로 나를 끌어들여 나를 메고 가야 했습니다! 십 리 반이 넘는 무서운 지하도 속을, 허리를 구부리고 몸을 굽히고 어둠 속을, 진창 속을, 시체를 등에 지고 걸어야 했단 말입니다. 그것도 어떤 목적으로? 그 시체를 구한다는, 다만 그 목적만으로였습니다. 그리고 그 시체가 나였습니다. 그 사람은 이렇게 생각한 겁니다.『아직 틀림없이 생명의 빛이 남아 있다. 이 불쌍한 생명의 불을 위해 나는 내 존재를 걸자!』 그리고 그 사람의 존재는 한 번뿐이 아니라 스무 번이나 위험에 부닥쳤던 겁니다! 한 발짝마다가 위험했습니다. 그 증거로는 하수도에서 나온 순간에 그는 체포되었습니다. 그 사람이 그만한 일을 했다는 것을 아시겠습니까? 더욱이 아무런 보수도 바라지 않고 말입니다. 내가 도대체 무엇이었습니까? 한낱 폭도에 불과했습니다. 정말 무엇이었겠습니까? 한낱 패배자에 지나지 않았습니다. 아아! 만약 코제트의 육십만 프랑이 내것이라면…….」

「그건 자네 것이네」하고 장 발장은 도중에서 참견을 했다.

「그렇다면, 그 사람을 찾아내기 위해 그것을 썼으면 좋겠어요!」

장 발장은 잠자코 있었다.

제6장 잠 못 이루는 밤

1. 1833년 2월 16일

1833년 2월 16일부터 17일에 걸친 밤은 축복된 밤이었다. 그 밤의 어둠 위에는 열려진 하늘이 있었다. 마리우스와 코제트가 결혼하는 밤이었다.

그날은 멋진 하루였다.

그것은 할아버지가 꿈꾸던 그런 파아란 축전도 아니고, 신부 신랑 두 사람의 머리 위를 천사 게루빔이나 사랑의 큐핏이 나는 환상극도 아니었고, 문 위에 장식을 두를 만한 결혼도 아니었지만, 화평스러운 미소가 넘치는 하루였다.

1833년 당시 결혼식의 양식은 오늘날 같지는 않았다. 신랑이 신부를 뺏듯이 하여 교회를 나서자마자 달아나고 자신의 행복을 부끄럽게 생각해서 몸을 숨기고, 파산자와 같은 태도와 솔로몬의 〈찬가〉의 황홀함을 아울러 갖는다는 그 고상하고 우아한 멋을 프랑스는 아직 영국에서 배우지 못했었다. 역마차 속에서 자신의 낙원을 흔들거리게 하고, 자신의 신비로움에 채찍 소리가 섞이게 하고, 여관집 침대를 신방으로 삼아 일생 중에서도 가장 신성한 추억을 역마차의 마부나 여관집 하녀들이 주고받는 말과 뒤섞은 채 하룻밤을 지낸 평범한 침실에 남겨 두고 오는, 그러한 풍습에 담겨 있는 순결한 것, 정겨운 것, 정숙한 것을 프랑스 사람들은 아직 이해하고 있지 않았다.

십구세기 후반에 들어선 현대에서는 시장과 그 장식띠, 신부와 그 법의, 법률과 신, 그런 것만으로는 이미 부족하게 되어 있다. 〈롱쥐모의 마부〉(목소리가 아름다운 역마차 마부 샤프르가 결혼 직전에 신부를 버리고 오페라 가수가 되어 돌아다닌다는 오페라. 여기서는 그 마부인 샤프르를 가리킴)를 하나 덧붙일 필요가 있다. 붉은 선을 두르고 방울 단추가 달린 푸른 동옷〔胴衣〕, 완장을 단 표시, 초록빛 가죽 반바지, 꼬리를 잡아 맨 노르망디 말을 모는 목소리, 가짜 금모올, 초를 먹인 모자, 발분을 바른 억센 머리, 큼직한 채찍, 튼튼한 장화. 그러나 프랑스에서는 아직 영국의 귀족 사회가 하는 것처럼 신랑 신부의 역마차 위에 닳아빠진 슬리퍼나 해진 헌 구두를 마구 던져서 결혼한 날 숙모를 화나게 했기 때문에 헌 구두로 얻어맞은 것이 결국 행복의 근원이 되었다는 말보르그인지 말브루크 공작이 된 처칠(장난조의 노래 속에 나오는 18세기 초의 영국 장군)의 고사를 흉내낼 만큼 우아한 습관은 되어 있지 않다. 헌 구두나 슬리퍼는 아직 우리나라의 결혼식에는 받아들여져 있지 않다. 그러나 좀더 기다리자. 좋은 취미는 자꾸자꾸 퍼져 가는 법이니까, 이제 곧 그러한 시대가 될 것이다. 1833년에는, 또 백 년 전에는 마구 달리는 마차를 타고 결혼하러 가는 일도 없었다.

당시의 사람들은, 좀 우스운 이야기지만 결혼은 가족적인 그리고 사회적인 축전이며, 부모 밑에서 베풀어지는 축하 잔치는 가정의 존엄성을 손상케 하는 것이 아니므로 좀 지나치게 흥청거리더라도 난장판만 만들지 않으면 절대로 행복을 해치지는 않는다고 생각했다. 그리고 머지않아 한 집안을 이룩할 두 사람의 운명의 결합이 우선 집안에서 시작되므로 부부가 결혼한 후 내내 결혼한 방을 증거로서 갖는다는 것은 존중할 만한 옳은 일이라고 생각했다. 그리하여 부끄러워하는 일 없이 자기 집에서 결혼했다.

마리우스와 코제트와의 결혼 잔치도 지금은 없어진 그 풍습에 따라, 질르노르망 씨의 집에서 열렸다.

결혼할 때의 수속 절차로서 극히 당연한 일이기는 하지만 식을 올리는 날짜를 알린다든가, 계약서를 작성한다든가, 구청이나 교회에 다녀야 한다는 것은 어느 때를 막론하고, 다소 번거로운 일이다. 그래서 2월 16일 이전에 준비를 끝낼 수 없었다.

그런데——작자는 다만 정확을 기하기 위해서 이런 사소한 일에까지도 주의를 하는데——십육일은 마침 마르디 그라(마르디 그라는 사육제의 마지막 날인 화요일. 이것은 정확하지 않으며 1833년의 마르디 그라는 2월 19일로 위고가 애인 줄리에트와 결혼한 것도 19일이었다)에 해당했다. 그래서 여러 가지 망설임과 근심스러운 말이 사람들로부터, 특히 질르노르망 이모의 입에서 나왔다.

「마르디 그라란 말이지!」하고 할아버지는 외쳤다.「그렇다면 더욱 좋아, 이런 속담이 있잖아.『마르디 그라 때 결혼을 하면 불효한 자식은 낳지 않는다.』괜찮아, 십육일이 좋아! 마리우스, 넌 늦추고 싶냐?」

「아뇨, 조금도!」하고 사랑을 하는 사나이는 대답했다.

「그렇다면 그날 결혼하는 거야」하고 할아버지는 말했다.

이리하여 십육일, 세상 사람들이 떠들어 대는 것도 아랑곳없이 결혼식을 올렸다. 그날은 비가 왔지만 어떠한 날씨라도 하늘에는 행복을 위한 맑게 갠 한구석이 있게 마련이어서 다른 사람들이 우산을 받고 있을 때에도 연인들은 그 맑게 갠 한편 구석을 올려다보는 법이다.

그 전날, 장 발장은 질르노르망 씨 입회 아래 마리우스에게 오십팔만 사천 프랑을 건네 주었다. 결혼은 부부 재산 공유법에 의해서 행해지므로 계약서는 간단했다.

투쌩은 앞으로 장 발장에게는 필요없게 되므로 코제트가 물려받기로 하고 몸종으로 승격시켰다. 장 발장에 대해서는 질르노르망 씨네 집의 아름다운 방 하나가 그를 위해 마련되었고, 코제트가「아버지, 부디 소원이에요」하고 간곡히 말했기 때문에 그도 거절할 수가 없어서 그 방에 살겠다는 약속을 하지 않을 수 없는 형편이 되었다.

결혼 며칠 전날, 장 발장에게 조그마한 사고가 생겼다. 오른손 엄지손가락을 조금 다쳤던 것이다. 대수로운 상처는 아니었다. 그리고 그는 누구에게도, 코제트에게마저도, 그것을 걱정하거나 치료를 하거나 상처를 보거나 하지 못하게 했다. 그러나 그 상처로 하여 오른손을 헝겊으로 싸매고 팔을 어깨에 매달아야 했기 때문에 도무지 서명을 할 수 없었다. 질르노르망 씨가 코제트의 후견 감독인으로서 그를 대리했다.

작자는 독자를 구청이나 교회로는 모시지 않기로 하겠다. 그곳까지 두 연인을 따라갈 구경꾼은 우선 없고 신랑의 꽃다발이 단추 구멍에 꽂히자 곧 나와 버리는 것이 보통이다. 그러므로 여기서는 한 가지 사건만을 적기로 하겠다. 그 사건은 혼례식에 참석한 사람들은 눈치채지 못했지만, 피유 데 칼베르 거리에서 쌩 폴 성당까지 가는 도중에서 일어났다.

그 무렵, 쌩 루이 거리의 북쪽 변두리에는 포석을 다시 가는 중이었다. 파르크르와이얄 거리에서부터는 통행이 금지되어 있었다. 그래서 혼례 마차는 곧장 쌩 폴 성당으로 갈 수 없었다. 길을 바꿀 수밖에 도리가 없었는데 큰 거리에서 돌아가는 것이 가장 간단했다. 그러자 초대 손님 중의 한 사람이 오늘은 마르디 그라이니까 한길은 마차가 혼잡을 이루고 있을 거라고 주의를 주었다. 「어째서죠?」하고 질르노르망 씨가 물었다. 「가장 행렬이 있기 때문입니다.」「그것 참 좋군」하고 할아버지는 말했다. 「거기를 지나갑시다. 이 젊은이들은 결혼하는 겁니다. 이제부터 인생의 참다운 길로 들어가려 하는 거예요. 가장 행렬을 좀 보아두는 것도 공부가 될 겁니다.」

일행은 큰거리로 길을 잡았다. 혼례 마차의 맨 앞쪽에는 코제트와 질르노르망 이모와 질르노르망 씨와 장 발장이 타고 있었다. 마리우스는 풍습대로 신부와 떨어져서 다음 마차로 따라왔다. 혼례 행렬은 피유 데 칼베르 거리를 나서자 곧 마들렌느에서 바스티유로, 바스티유에서 마들렌느로 끝없이 이어져 있는 긴 마차 행렬 속에 끼어 들어갔다.

한길은 가장한 사람들로 꽉 차 있었다. 이따금 비가 오는 것도 아랑곳하지 않고 파이야쓰나 팡탈롱이나 질르 같은 광대들은 끈덕지게 버티고 있었다. 이 1833년 겨울의 유쾌한 분위기 속에서 파리는 베니스로 가장하고 있었다. 오늘날에는 그러한 마르디 그라는 볼 수 없다. 오늘날 있는 것이라고는 널리 알려진 사육제뿐이고 진짜 사육제는 없다.

보도에는 통행인이 넘칠 듯했고 창문마다 호기심 많은 사람들로 가득했다. 극장 복도 위의 테라스에도 구경꾼이 한 줄로 늘어서 있었다. 가장 행렬 외에도 롱상 경마장처럼 마르디 그라에서는 으레 있게 마련인 온갖 종류의 마차 행렬도 볼 만한 것이었다. 역마차도 삯마차도 유람 승합 마차도 포장마차도 말 한 마리가 끄는 이륜 마차도 경찰의 규칙에 따라 서로 일정한 간격을 유지하고, 마치 레일에 끼인 것처럼 질서 정연하게 앞으로 나갔다. 그 마차에 타고 있는 한 사람 한 사람이 구경꾼인 동시에 남의 구경거리인 것이다. 순경들은 반대 방향으로 움직이는 그 끝없는 두 줄의 평행선을 한길 양쪽으로 가르고 그 두 겹의 흐름이 조금도 막히지 않도록 두 줄기의 마차의 흐름을 하나는 상류인 앙탱 쪽으로, 하나는 하류인 쌩 탕트완느 쪽으로 교통을 정리하고 있었다. 귀족원 의원이나 각국 대사의 문장이 달린 마차는 찻길 중앙을 차지하고 자유로이 왕래하고 있었다. 몇몇의 화려하고 유쾌한 행렬, 그 중에서도 특히 아름답게 꾸민 소의 행렬 등도 같은 특권을 누리고 있었다. 이 파리의 흥겨운 법석 속에서 영국은 그 채찍을 울리고 있었다. 즉,

민중들이 세이머 경(당시 파리에서 살았던 영국의 귀족으로서 뜨내기 각하라고 불리던 유명한 기인)이라고 별명을 붙인 역마차가 요란한 소리를 내며 지나가고 있었다.

두 줄의 행렬을 따라서 헌병들이 양을 모는 개처럼 말을 타고 달리고 있었는데, 그 행렬 속에는 할머니 할아버지들이 잔뜩 타고 있는 조촐한 가족 마차도 섞여 있었으며, 그 승강구에는 일곱 살짜리 피에로니 여섯 살짜리 피에레트니 하는 가장한 아이들의 활발한 일대가 얼굴을 보이고 있었다. 그러한 유쾌한 아이들은 자신들이 정식으로 민중들의 기쁨속에 참가하고 있는 것을 느끼면서 자신들의 광대놀이의 품위에 자신을 갖고 관리들처럼 점잔을 빼고 있었다.

이따금 마차 행렬의 어딘가에 혼란이 일어나서 양쪽 줄 어느 쪽인가가 얽힌 것이 풀릴 때까지 멈추는 일이 있었다. 한 대의 마차가 고장을 일으키면 그것만으로도 행렬 전체가 그 자리에 서게 되는 것이었다. 그러나 곧 행진은 다시 시작되었다.

혼례 마차는 바스티유 쪽을 향해서 큰 거리의 오른쪽으로 가는 행렬 속에 끼어 있었다. 그런데 퐁 토 슈 거리의 높은 지점에서 잠시 행렬이 멈추었다. 거의 동시에 저쪽 편에서도 마들렌느 쪽으로 가는 행렬이 똑같이 정지했다. 그 행렬 바로 근처에 한 대의 가장 마차가 있었다.

그러한 가장 마차, 라기보다도 그러한 가장 짐마차는 파리 사람들에게는 매우 낯익은 존재다. 그러한 마차가 마르디 그라나 카렘므(사순절 네 번째 주일)에 나타나지 않으면 사람들은 무언가 언짢은 일이 있는 것처럼 생각하고 이런 말을 한다.「무슨 곡절이 있는 모양이군. 아마 내각이라도 바뀌는가 보지.」통행인들의 머리 위에서 흔들거리는 카쌍드르며 아를르캥이며 콜롱빈느(모두 어릿광대들의 이름) 등의 무리, 터키인으로부터 야만인에 이르기까지, 생각나는 온갖 광대들, 후작 부인을 떠메고 있는 헤라클레스들, 아리스토파네스의 눈을 감게 한 바커스의 무당들처럼 라블레로 하여금 귀를 막게 할 만큼 더러운 말을 지껄이는 여자들, 엉클어진 가발, 장미빛 속옷, 멋쟁이의 모자, 사팔뜨기의 안경, 나비에게 희롱당하는 희극 광대의 고깔모자, 보행자들을 향하여 질러 대는 고함 소리, 허리를 짚은 주먹, 아슬아슬한 자세, 드러낸 어깨, 가면을 쓴 얼굴, 제멋대로 노는 버릇 없는 태도, 그리고 꽃모자를 쓴 마부가 내뱉으며 가는 욕지거리, 이것이 이 구경거리의 내용이다.

그리스에는 테스피스(비극시의 시조)의 사륜 마차가 필요했지만 프랑스에는 바데(18세기에 우스꽝스러운 샹숑이나 보드빌의 길을 개척했다)의 역마차가 필요한 것이다.

어떤 것이라도 다 속일 수가 있었고 속인 그 자체를 또 속일 수도 있다. 사투르누스 축제(고대 로마의 농신제)라는 고대미의 찌푸린 얼굴도 점점 야비해져서 지금은 마르디 그라가 되어 있다. 또 예전에는 포도 덩굴을 왕관으로 삼고 햇볕에 나와서 성스러운 반나체로 대리석 같은 젖가슴을 보이던 바커스 축제가 오늘날에는 북쪽의 축축하게 젖은 누더기 아래 가장 행렬이라고 불릴 만큼 퇴락해졌다.

가장 마차의 전통은 극히 오래된 왕정 시대로 거슬러 올라간다. 루이 11세의 회계 기록에는 궁정 집사에게『가장 마차 세 대를 위해서 투르 은화 이십 수우』의 지출을 인정하고 있다. 오늘날에는 그러한 소란스러운 가장의 무리는 관례에 따라 구식 역마차에 꼭대기 자리에까지 가득 실려서 가거나, 포장을 내린 시영 마차를 벌집처럼 시끄럽게 만들고 있다. 육인승 마차 한 대에만도 이십 명이나 타고 있다. 마부석에도 접어 넣은 걸상에도 포장 옆에도 마차채 위에도 타고 있다. 심지어는 마차의 각등에까지 걸터앉아 있다. 서기도 하고, 눕기도 하고, 앉기도 하고, 무릎을 꼬기도 하고, 다리를 흔들거리기도 한다. 여자들은 남자들의 무릎 위에 앉아 있다. 멀리서 보면 촘촘히 모여 있는 머리 위에 그렇게 무릎 위에 올라앉은 여자들의 미칠 듯한 피라밋이 튀어나와 있다. 그 마차에 탄 사람들은 혼잡 속의 환희의 더미이다. 콜레나 파나르나 피롱(모두 해학과 풍자에 능한 18세기의 시인)의 시가 한층 더 은어를 늘려서 그곳에서 흘러나온다. 그 위에서 군중들을 향해 상스러운 말이 튀어나온다. 끝도 없이 사람들을 마구 실은 그 역마차는 마치 전리품 같은 꼴이다. 앞에서는 떠들썩하고, 뒤에서는 왁자지껄하다. 떠드는 사람과 노래하는 사람, 고함을 지르는 사람, 까르르 웃어 대는 사람, 들떠서 몸을 뒤트는 사람, 농담과 야유가 일고, 들뜬 기분은 도도하게 펴져 있다. 두 마리의 깡마른 말이 마지막 장면의 막을 활짝 연 광대극을 끌고 간다. 그것은 웃음의 신의 개선 마차이다.

솔직하다 하기에는 좀 지나치게 짓궂은 웃음의 신. 실제로 그 웃음은 수상하다. 그 웃음은 하나의 사명을 지니고 있다. 파리 사람들에게 사육제란 어떤 것인가를 보여주는 사명을 지니고 있다.

그들의 품위없는 마차에는 무언지 모르게 암흑이 느껴지고 철학자의 몽상을 유발한다. 그 속에 정치가 숨어 있다. 관리와 공창과의 은밀한 친화력이 그곳에 역력히 느껴진다.

　여러 가지 추행이 쌓여서 들뜬 분위기 전체를 조성하는 것, 오욕에다 불명예를 겹쳐 민중을 속이는 것, 기밀 조직이 매춘의 지수가 되어 민중에게 치욕을 주면서도 즐겁게 만드는 것, 그 살아 있는 기괴한 짐이, 찬란한 누더기가, 더러움과 광명의 뒤섞임이 짖어 대고 노래하면서 역마차의 네 수레 바퀴 위에 실려가는 것을 군중들이 좋아라고 구경하는 것, 가지각색의 오욕으로 이루어진 그 영광에 박수가 보내진다는 것, 대중에게 있어서는 경찰이 그 스무 개의 머리를 가진 쾌락의 휘드라를 자기들이 있는 속에 끌고 다녀 주지 않고는 축제가 되지 않는다는 것, 이것은 분명 슬픈 사실이다. 그러나 그것을 어떻게 하면 좋단 말인가 ? 리본이나 꽃으로 꾸며진 진창이 타고 있는 그러한 자갈 마차를 민중의 웃음은 조롱하면서도 용서하고 있는 것이다. 만인의 웃음은 보편적인 퇴폐의 공범자인 것이다. 어떤 종류의 불건전한 축제는 민중들을 산산이 흩어지게 하고 천민으로 바꾸어 버린다. 그리고 천민에게는 전제 군주와 마찬가지로 광대가 필요한 것이다. 국왕에겐 로크로르(익살스러운 말로 유명한 루이 14세의 신하)가 있고 민중들에겐 파이야쓰(통속 희극의 광대역)가 있다. 파리는 고상한 대도시가 아닐 때에는 반드시 광란의 대도시이다. 여기서는 사육제가 정치의 일부분이다. 솔직히 말해 파리는 자진해서 파렴치한 희극을 원하고 있다. 파리는 주인에게——주인이 있다면 말이지만——한 가지밖에 청하지 않는다. 즉 나를 진창으로 칠해 주십시오, 라고. 로마도 이와 같은 성미였다. 로마는 네로를 사랑했다. 그런데 네로는 거대한 가장자였다.

　방금 말했듯이 혼례 행렬이 한길 오른쪽에 멈추려 했을 때, 마침 가면을 쓴 남녀를 보기 흉하도록 잔뜩 싣고 돌아다니던 대형 사륜 마차 한 대가 왼쪽에 섰다. 한길을 사이에 두고 가면을 쓴 사람들이 탄 마차는 신부가 타고 있는 마차를 정면으로 바라보았다.

　「야아 !」 가면을 쓴 한 사람이 말했다. 「혼례다.」

　「가짜 혼례야.」 다른 한 사람이 말했다. 「진짜는 우리다.」

　그러고 나서 혼례의 일행에게 말을 걸기에는 너무 멀었고, 순경에게 야단을 맞을 일도 두려웠기 때문에 그 두 사람의 가면은 딴 데를 바라보았다.

　가장 마차의 사람들은 곧 바빠지기 시작했다. 군중들이 그들을 놀리기 시작한 것이다. 이것은 가장한 무리들에 대한 군중들의 애무이다. 그래서 지금 이야기하던 두 가면도 동료들과 함께 군중에 대항하지 않으면 안 되었다. 그들은 중앙시장식의 말의 총알을 있는 대로 모두 사용했으나 군중의 압도적인 야유에 대항하는 데 쩔쩔맸다. 가면의 무리와 군중들 사이에 심한 야유가 오고갔다.

그러는 동안, 같은 마차를 타고 있는 다른 두 가면, 늙은이 모양을 한 당치도 않게 큰 검은 수염을 단 어마어마한 코의 스페인 사람과, 검은 빌로도의 가면을 쓴 매우 젊고 깡마른 여자가, 역시 혼례 마차를 보고 동료들과 통행인들이 야유를 주고받는 사이에, 낮은 목소리로 이야기를 하고 있었다.

그들의 쑤군대는 밀담은 소음에 덮여서 곁의 사람에게는 들리지 않았다. 이따금 지나가는 비로, 열어젖힌 마차 안은 젖어 있었다. 이월의 바람은 아직 으스스했다. 스페인 사람에게 대답을 하면서도 목덜미를 드러내 놓은 천한 여자는 떨기도 하고 웃기도 하고 기침을 하기도 했다.

그것은 이런 대화였다.

「이봐.」

「뭐예요, 아빠?」

「저 늙은이가 보이나?」

「어느 늙은이요?」

「저기, 혼례 마차의 맨 앞에 타고 있는 이쪽편 말이야.」

「검정 넥타이로 팔을 매단 사나이?」

「그래.」

「그게 어떻다는 거예요?」

「분명히 내가 본 기억이 있는 사람이야.」

「그래요!」

「Je veux qu'on me fauche le colabre et n'avoir de ma vioc dit vousaille, tonorgue ni mézig, si je ne colombe pas ce pantinoislà.」

(원주——「나는 저 파리인을 알고 있어. 아니라면 목이 잘려서 한평생 아무 말도 못해도 좋다 : Je veux qu'on me coupe le cou, et n'avoir de ma vie dit vous, toi, ni moi, si je ne connais pas ce parisien-là.」)

「오늘 파리는 팡탱인 걸요.」(팡탱이란 꼭둑각시를 말하며 가면 광대를 가리키지만 동시에 은어로 파리를 팡탱이라고 한다. 여기서는 그 뜻임)

「너, 몸을 구부리면 신부가 보이지 않니?」

「안 보이는데요.」

「그럼 신랑은?」

「저 마차에 신랑은 타지 않았어요.」

「그래?」

「옆에 있는 늙은이가 신랑이 아니라면 말예요.」

「그럼 좀더 구부리고 신부를 봐라.」

「안 보인다니까요.」

「어쨌든 저 팔을 달아맨 늙은이는 분명히 본 기억이 있어.」

「그래, 본 기억이 있다고 한들 그것이 무슨 소용이에요?」

「그야 알 수 없지, 하지만 때론 소용이 있지!」

「나는 늙은 사람에게 나쁜 생각은 안 가져요.」

「난 저놈을 알고 있어!」

「마음대로 알고 계시구려.」

「어떻게 해서 혼례에 참가하고 있을까?」

「우리가 알 바 아니예요.」

「저 혼례 마차는 어디서 왔을까?」

「내가 어떻게 알아요?」

「내 말 들어 봐.」

「뭐예요?」

「한 가지 네가 좀 해주어야겠는데.」

「뭘요?」

「마차에서 내려서 저 혼례 마차 뒤를 밟아가는 거야.」

「왜 그런 짓을 하죠?」

「어디로 가는지, 어떤 혼례인지 알고 싶어서그래. 얼른 내려서 뛰어가라구. 넌 젊었으니까.」

「여기서 내릴 순 없어요.」

「어째서?」

「나는 고용되어 왔는 걸요.」

「쳇!」

「천한 여자 노릇을 하기로 하고 시경에서 일당을 받고 있으니까요.」

「그건 그렇군.」

「만약 마차에서 내렸다가 경찰에게 들켜 보세요. 곧 잡히고 말 거예요. 잘 아시잖아요?」

「응, 알고 있어.」

「오늘 난 당국에 팔려 있는 몸이에요.」

「그렇지만 아무래도 저 늙은이가 마음에 걸려서그래.」

「늙은이가 마음에 걸린다는 거예요? 젊은 처녀도 아니면서.」

「저놈은 맨 앞의 마차에 타고 있거든.」

「그래서요?」

「신부 마차에 타고 있단 말이야.」

「그래서요?」

「신부의 아버지란 말이다.」

「그게 어쨌다는 거죠?」

「신부의 아버지라니까.」

「물론이죠. 그 사람이 아버지겠죠.」

「글쎄, 들어 봐.」

「뭘 말예요?」

「나는 가면 없이는 절대로 나다니지 못해. 여기는 얼굴이 가려져 있으니까 아무도 나를 모르지만. 그러나 내일이면 가면은 없어지게 되거든. 내일은 재의 수요일이야. 자칫 잘못하면 나는 잡히고 말아. 구멍으로 돌아가야 해. 그러나 너는 자유롭잖아.」

「그렇게 자유로운 것도 없어요.」

「나보다야 훨씬 낫지.」

「그래서 어쨌다는 거예요?」

「저 혼례 행렬이 어디로 가는지, 네가 알아봐 줄 수 없겠니?」

「어디로 가는가를?」

「그래.」

「그거라면 알아요.」

「그럼 어디로 가는 거냐?」

「카드랑 블뢰겠죠, 뭐.」

「아니야. 그런 데가 아닐 걸.」

「흥! 그렇다면 라페겠죠.」

「좀더 다른 데로 갈지도 몰라.」

「그건 저쪽 마음대로죠. 혼례 행렬이 어디로 가건 그건 자유란 말예요.」

「내가 말하는 건 그것뿐이 아니야. 저 혼례는 누구의 혼례이고 저 늙은이는 어떤 관계이고, 저 신혼 부부는 어디에 사는지 그것을 내게 알려 달란 말이다.」

「안 돼요! 그런 쓸데없는 일은. 마르디 그라 날에 파리를 지나간 혼례 행렬의 행방을 일주일이나 지나서야 알아내다니 쉬운 일이 아니예요. 건초 더미 속에 떨어진 핀 찾기 같은 거예요! 그게 될 수 있는 일이라고 생각하세요?」

「하지만, 어쨌든 해보아야 해. 알겠니, 아젤마(아젤마는 에포닌느의 동생, 테나르디에의 둘째딸)?」

두 줄기의 행렬이 한길 양쪽에서 다시 반대 방향으로 움직이기 시작하자 그들은 신부의 마차를 놓쳐 버리고 말았다.

2. 장 발장은 아직도 팔을 달아매고 있다

꿈을 실현하는 것, 그것은 누구에게 허용된 일인가? 그것 때문에 하늘에선 선거가 행하여질 것이다. 우리는 모두 알지 못하는 사이 그 후보자가 되는 것이다. 그리고 천사들이 투표를 한다. 코제트와 마리우스는 그렇게 해서 당선된 것이었다.

코제트는 시청에서도 성당에서도 환하게 빛나서 사람들을 감동케 했다. 그녀의 옷차림은 투쌩이 맡아 했고, 니콜레트가 그것을 도왔다.

코제트는 흰 태프터 천의 속치마 위에 빈취 산의 비치는 레이스 드레스를 입고, 영국식 수가 놓여 있는 베일을 쓰고, 고급 진주 목걸이를 하고, 오렌지꽃의 화관을 쓰고 있었다. 모두 흰빛 일색이었는데 그 흰빛 속에서 그녀는 빛나고 있었다. 그것은 미묘한 순결이 퍼져서 광명 속에 변신하려는 모습이었다. 처녀가 여신이 되려 하고 있다고 해도 좋을 듯했다.

마리우스의 아름다운 머리는 윤이 나고 향기로웠다. 숱 많은 고수머리 밑에는 바리케이드에서 받은 상처 자국이 푸르스름한 줄이 되어 군데군데 엿보였다.

조부는 당당하게 머리를 쳐들고 몸단장에도 태도에도 바라스(혁명에 활약한 인물. 사치로 유명했다) 시대의 온갖 우아함을 여느 때보다도 더 나타내어 코제트를 인도했다. 장 발장은 팔을 달아매고 있기 때문에 신부를 부축할 수가 없어 조부가 대리 노릇을 하고 있었다.

　장 발장은 검은 옷차림으로 뒤에 따라가면서 미소짓고 있었다.

　「포슐르방 씨」 하고 조부는 그에게 말했다. 「참으로 좋은 날입니다. 이것으로 슬픔이라든가 고민 같은 것은 없어졌으면 좋겠군요. 이제 앞으로는 아무데도 슬픈 일이 있어서는 안 되겠어요. 정말입니다! 나는 기쁨을 사람들에게 명령합니다! 악이란 존재할 권리를 갖지 않습니다. 세상에 불행한 사람들이 있다니, 사실 하늘의 푸르름에 대해 부끄러운 일입니다. 악은 마음 밑바닥이 선량한 사람에게서 오는 것이 아닙니다. 아마도 인간의 비참함은 그 수도로서, 중앙 정부로서 지옥을, 다시 말하면 악마의 튈르리 궁전을 갖고 있습니다. 아차, 나도 이제는 과격파 같은 말을 하게 되었군그래! 그러나 나는 정치에 대해서는 아무런 의견도 갖고 있지 않습니다. 모든 사람이 유복하게, 다시 말해 즐겁게 되도록, 그것만이 내 소원입니다.」

　모든 의식을 끝마치는 것으로서 시장과 신부 앞에서 대답할 수 있는 만큼 대답하고 시청과 성당에서 대장에 서명하고 반지를 교환하고 흰 므와레의 휘장 아래 피어오르는 향로의 연기 속에 나란히 무릎을 꿇은 뒤 두 사람은 손을 맞잡고 모든 사람들의 찬탄과 선망을 받으며 마리우스는 검은 옷, 코제트는 흰 옷으로 몸단장을 하고, 큰 도끼가 달린 창으로 돌바닥을 치며 가는 대령의 견장을 단 성당의 예장을 한 순경에게 인도되어 감탄하는 참석자들이 두 줄로 늘어선 사이를 걸어나가 좌우로 활짝 열린 성당 정문 아래까지 가서 다시 마차에 올라타게 됨으로써 모든 것이 끝났을 때, 코제트는 아직 이것이 현실이라고 믿을 수가 없었다. 그녀는 마리우스를 지켜보고 군중들을 보고 하늘을 보았다. 마치 꿈에서 깨어나기를 두려워하는 듯한 모습이었다. 그 놀란 듯한 염려스러운 모습은 무어라고 형용할 수 없는 매력을 그녀에게 더해 주고 있었다. 집으로 돌아가기 위해 그들은 함께 마차에 탔다. 마리우스는 코제트의 곁에, 질르노르망 부인은 다음 마차를 탔다.——「너희들」하고 조부가 말했다. 「이것으로 너희들은 삼만 프랑의 연금을 가진 남작 각하와 남작 부인이 되는 것이다.」 그러자 코제트는 마리우스에게 바싹 몸을 붙이고 천사 같은 속삭임으로 그의 귀를 애무했다. 「그럼 정말이군요. 나도 마리우스라고 불리는 거군요. 나는 당신의 아내이군요.」

　그들은 빛났다. 그들은 다시 불러올 수도, 다시 찾아낼 수도 없는 순간에, 장 프루베르의 시구를 실현하고 있는 것이었다. 두 사람의 나이를 합쳐도 마흔 살도 되지 않았다. 그것은 승화된 결혼이었다. 그 젊은 두 사람은 흡사 두 송이의 백합꽃이었다. 그들은 서로를 보고 있는 것이 아니라 서로 황홀해하고 있는 것이었다. 코제트는 마리우스를 영광 속에 보고 있었다. 마리우스는 코제트를 제단 위에서 보고 있었다. 그리고 그 제단 위에 그 영광 속에 두 사람은 신이 되어 교합되고 그 깊숙한 속에 이유도 없이 코제트에게는 구름 저쪽에, 마리우스에게는 불꽃 속에 하나의 이상이, 현실이, 입맞춤과 꿈과의 만남이, 원앙침이 보이는 것이었다.

이제까지 두 사람이 맛본 모든 고뇌는 지금 도취가 되어 그들의 마음으로 돌아왔다. 고통도 불면도 눈물도 번뇌도 두려움도 절망도 애무가 되고 빛이 되어서, 다가오는 매혹의 시간에 한층 더 매혹을 더하는 것처럼 생각되고 또 그러한 과거의 슬픔의 가지가지는 현재의 기쁨을 화장해 주는 심부름꾼처럼 생각되는 것이었다. 고생했던 것이 참으로 다행한 일이었다. 그들의 불행은 지금 그들의 행복에 빛을 더해 주고 있는 것이다. 그들의 사랑의 오랜 고뇌는 지금 하나의 승천에 이른 것이다.

그들의 영혼은 하나의 환희를 나누어 가졌는데 마리우스의 영혼은 그것을 쾌락의 빛으로 물들이고, 코제트의 영혼은 정결한 빛으로 물들였다. 그들은 은밀히 이야기를 나누었다. 「다시 플뤼메 거리의 작은 정원을 보러 가요.」 코제트의 드레스의 옷주름은 마리우스 위에 놓여 있었다.

이런 하루는 어렴풋한 꿈과 확실한 현실과의, 말로 다 할 수 없는 혼합이다. 사람은 소유하고 그리고 상상한다. 이것저것 추측할 만한 여유가 아직 있는 것이다. 대낮에 한밤중으로 마음을 달리는 것은 그러한 날의 형용할 수 없는 감동이다. 두 사람의 마음의 환희는 군중들에게까지 퍼져서 길가는 사람들에게도 즐거움을 나누어 주고 있었다. 쌩 탕트완느 거리의 쌩 폴 성당 앞에서 사람들은 걸음을 멈추고 마차의 유리창 너머로 코제트의 머리에 꽂은 오렌지 꽃이 한들한들 떨리는 것을 바라보고 있었다.

이윽고 모두들 피유 데 칼베르 거리에 있는 집으로 돌아왔다. 마리우스는 코제트와 어깨를 나란히 하고 자랑스러움에 빛나면서 전에 죽어 가는 몸을 끌어올려갔던 그 계단을 올라갔다. 가난한 사람들이 문 앞에 떼를 짓고 서서 얻은 돈을 서로 나누면서 두 사람을 축복하고 있었다. 가는 곳마다 꽃으로 가득했다. 집도 성당과 마찬가지로 향기로웠다. 향수 냄새와 장미꽃의 향기이다. 그들은 무한 속에서 부르는 노래 소리를 듣는 것 같았다. 마음에는 신이 깃들어 있었다. 운명은 별을 새긴 천장처럼 생각되었다. 머리 위에는 아침 햇빛이 엿보이는 듯했다. 갑자기 큰 시계가 울렸다. 마리우스는 코제트의 드러난 사랑스러운 팔을 보고 열린 앞가슴의 레이스를 통해서 어렴풋이 보이는 장미빛의 것을 유심히 지켜보았다. 그러자 코제트는 마리우스의 눈길을 보고 눈 속까지 활짝 붉어졌다.

질르노르망 집안의 옛 친구들이 객실에 초대되어서 코제트의 주위를 에워쌌다. 모두 앞을 다투어 그녀를 남작 부인이라고 불렀다.

지금은 대위가 되어 있는 테오딜르 질르노르망 장교도 사촌 퐁메르시의 결혼식에 참석하기 위해 주둔지인 샤르트르에서 와 있었다. 코제트는 그가 생각나지 않았다.

그도 여성들에게서 미남이라는 말을 듣는 데 익숙했기 때문에 이젠 코제트를 특별히 기억하고 있지도 않았다.

「이 창기병의 말을 내가 곧이 듣지 않기를 잘했어!」하고 질르노르망 노인은 혼잣말로 중얼거렸다.

코제트는 지금까지보다도 더욱 장 발장에게 상냥했다. 그녀는 또 질르노르망 노인과도 잘 맞았다. 노인이 경구나 격언으로 기쁨을 나타내고 있는 동안 그녀는 애정과 선의를 향기처럼 뿜고 있었다. 행복은 만인이 행복하기를 바라는 것이다.

장 발장에게 이야기를 하는 그녀는 소녀 시절의 목소리로 되돌아와 있었다. 그녀는 미소로써 그에게 응석을 부리고 있었다.

이미 식당에 축하 잔치 준비가 되어 있었다. 대낮이 무색한 조명은 커다란 기쁨엔 빠뜨릴 수 없는 풍취이다. 행복한 사람들은 안개나 어두컴컴한 것을 허용하지 않는다. 그들은 자신들이 검은 그림자가 되기를 좋아하지 않는다. 밤은 좋다. 그러나 암흑은 싫어한다. 해가 나오지 않을 때는 해를 만들어야만 한다.

식당은 눈을 즐겁게 하는 화려한 것의 도가니였다. 한복판, 희게 빛나는 테이블 바로 위에는 나뭇가지처럼 꾸며진 베니스 제 촛대가 드리워지고, 거기에는 파랑, 보라, 빨강, 초록 등 색색가지의 새가 촛불에 에워싸여 앉아 있었다. 그 커다란 가지 달린 촛대 주위를 다시 여러 개의 작은 촛대가 둘러싸고 벽에는 세 갈래나 다섯 갈래로 갈라진 반사경이 걸려 있었다. 거울, 수정 세공품, 유리 세공품, 접시, 자기, 도기, 토기, 금은 세공품, 은그릇, 모든 것이 번쩍거리고 들떠 있었다. 벽에 있는 촛대와 촛대와의 사이는 모두 꽃으로 메워져서 불빛이 아니면 꽃투성이였다. 객실에서는 세 개의 바이올린과 하나의 플룻이 소리를 줄이는 약음기를 달고 하이든의 사중주곡을 연주하고 있었다.

장 발장은 처음에 객실 입구의 문 뒤 의자에 앉아 있었기 때문에 문이 열리면 거의 문 뒤에 가려졌다. 식탁에 앉기 조금 전에 코제트는 천연스럽게 그에게로 와서 두 손으로 웨딩드레스 자락을 살짝 당겨 펼치며 공손히 인사를 하고 상냥하고도 장난스러운 눈으로 그에게 물었다.

「아버지, 만족하세요?」

「아암」 하고 장 발장은 말했다.「만족하고말고.」

「그러세요? 그럼 웃어 주세요.」

장 발장은 웃어 보였다.

잠시 후 바스크가 만찬의 시작을 알렸다.

손님들은 모두 코제트를 부축한 질르노르망 씨의 안내로 식당에 들어가서 정해진 자리에 따라 테이블 주위로 퍼졌다.

신부의 좌우로 두 개의 커다란 팔걸이의자가 있었는데, 하나는 질르노르망 씨의 자리이고, 또 하나는 장 발장의 자리였다. 질르노르망 씨는 첫째 자리에 앉았다. 둘째 자리의 팔걸이의자가 비게 되었다.

사람들은『포슐르방 씨』를 눈으로 찾았다. 그는 이미 없었다. 질르노르망 씨는 바스크에게 물었다.

「포슐르방 씨가 어디 계시는지 아느냐?」

「네.」 바스크는 대답했다.「잘 알고 있습니다. 포슐르방 님께선 손의 상처가 아프셔서 남작 내외분과 함께 회식을 할 수 없다고 하시면서 그렇게 나리께 말씀드려 달라는 분부였습니다. 부디 용서해 주십사는 말씀이었습니다. 내일 아침에 오시겠다고 하시며 지금 막 돌아가셨습니다.」

그 빈 팔걸이의자는 잠시 혼례의 잔치 기분을 깨뜨렸다. 그러나 포슐르방 씨는 자리에 없어도 질르노르망 씨가 나와 있었으므로, 이 조부가 두 사람 몫을 도맡아 자리의 흥을 돋우고 있었다. 그는, 포슐르방 씨께서 다친 데가 아프면 빨리 자리에 눕는 게 좋겠지, 대수롭지 않은『이야야』(어린아이가 쓰는 상처란 말)에 불과해, 하고 말했다. 이 말만으로도 충분했다. 그리고 이처럼 큰 기쁨에 잠겨 있을 때, 한쪽 구석이 조금 어두운들 어떠랴? 코제트와 마리우스는 행복을 느끼는 것 이외의 능력을 잃어버리는 저 이기적인 축복된 순간에 있는 것이었다. 게다가 질르노르망 씨가 문득 생각해냈다.

「그렇군. 이 팔걸이의자가 비어 있으니, 마리우스. 네가 앉거라. 권리로 말하면 이모님이 위이지만 네게 양보할 거다. 그 팔걸이의자는 네 자리다. 그건 예의에도 합당하고 또 즐거운 일이다.『행복한 여자』옆에『행복한 남자』가 앉는 것이 말이다.」

모여 앉은 사람들이 모두 손뼉을 쳤다. 마리우스는 코제트 곁의 장 발장의 자리에 앉았다. 이것으로 모든 것이 차분히 자리잡혔기 때문에 처음에 장 발장이 없는 것을 슬퍼하던 코제트도 이내 만족하게 되었다. 마리우스가 장 발장을 대신한 순간부터 코제트는 이미 신을 원망하지 않게 된 듯했다. 그녀는 흰 천으로 만든 실내화를 신은 조그마한 한쪽 발을 마리우스의 한쪽 발 위에 올려 놓았다.

팔걸이의자는 메워지고 포슐르방 씨의 존재는 사라졌다. 이것으로 부족한 것은 아무것도 없었다. 그리고 오 분 뒤에는 회식자 전원이 모든 것을 잊어버린 채 쾌활한 기분으로 모두 벙글벙글 웃었다.

식사 후 질르노르망 씨가 일어서서 아흔두 살 난 몸이 떨려서 엎지르는 일이 없도록 절반만 따르게 한 샴페인 잔을 들고 신혼 부부의 건강을 축복했다.

「너희들은 두 가지 설교를 면할 수 없을 거다」하고 그는 외쳤다.「아침에는 주임 신부의 설교를 들었지만 저녁에는 할애비의 설교를 들을 차례다. 그래, 내 말을 잘 듣거라. 나는 너희들에게 한 가지 조언을 할까 한다. 그것은 서로 깊이 사랑하라는 거다. 나는 말을 꾸며서 하지 않고, 단도직입적으로 하겠다. 행복해 지자고 말이다. 생명 있는 것 가운데서 현명한 것은 꿩과 비둘기뿐이다. 철학자들은 말한다. 그대들의 기쁨을 견제하라고. 그러나 나는 너희들의 기쁨의 고삐를 늦 추라고 말하겠다. 끝까지 서로 반해라. 미친 사람처럼 되거라. 철학자들은 잠꼬대를 하고 있는 기야. 그들의 철학 따위는 그들의 목구멍 속으로 도로 밀어넣어 주고 싶을 지경이다. 향기가 너무 짙다, 장미꽃이 너무 많이 핀다, 밤 꾀꼬리가 너무 운다, 푸른 나뭇잎이 너무 많다, 인생에 서광이 너무 많이 비친다. 그런 일이 있을 수 있을까? 사람은 지나칠 만큼 서로 사랑할 수가 있는 것일까? 지나칠 만큼 서로 마음에 드는 수가 있을까? 조심해라, 에스텔, 너는 너무 예쁘다! 조심해라, 네모랭(18세기의 시인 플로리앙의 작중 인물), 너는 너무 아름답다! 이 얼마나 얼빠진 말이냐! 서로의 마음을 황홀하게 하거나 기쁘게 하거나 넋을 잃게 하는 데 지나치다는 일이 있겠느냐 말이다. 너무 싱싱하다는 말이 있겠는가. 너무 행 복하다는 말이 있겠는가? 너희들의 기쁨을 견제하라니, 무슨 말을 하는가?

철학자들을 타도하라 ! 지혜란 향락을 뜻하는 것이야. 향락하라, 향락하라. 우리는 착한 사람이니까 행복한 건가, 아니면 행복하니까 착한 건가. 쌍씨의 다이아몬드 (Sancy. 16세기 말 유럽의 귀족들에게 전해진 유명한 보석)는 아를레 드 쌍씨가 가지고 있었기 때문에 쌍씨라고 불리는지, 아니면 백육(Cent six는 쌍씨로 발음된다) 캐럿이라서 쌍씨라고 불리는지 ? 나는 아무것도 모른다. 인생은 그런 문제로 가득 차 있다. 그러나 중요한 것은 쌍씨의 다이아몬드를 갖는 일이다. 행복을 갖는 일이야. 잔소리 말고 행복해지거라. 태양에게 맹종하자. 태양이란 뭐냐 ? 그것은 사랑이다. 사랑이란 여자를 두고 하는 말이다. 아냐 ! 그것은 전능이다. 그것이 여자란 말이다. 이 마리우스라는 과격 민주정치파에게 물어 보아라. 그도 이 코제트라는 조그마한 전제 군주의 노예가 아니냐고 말이다. 더욱이 기꺼이 노예가 되어 있거든, 이 비겁자는 ! 정말 여자가 아니고는 못하는 노릇이지 ! 로베스피에르 같은 자도 오래 배겨날 리가 없어, 여자가 군림하니까. 나는 왕당파지만 지금은 그 여자의 왕권을 받드는 왕당일 따름이다. 아담이란 무엇인가 ? 그것은 이브의 왕국이다. 이브에게는 1789년 같은 것은 일어나지 않는다. 백합꽃을 새긴 (부르봉 왕조) 국왕의 패도 있었고 지구 모양을 새긴(나폴레옹을 말함) 황제의 패도 있었고, 무쇠로 만든 샤를르마뉴 대제의 패도 있었고 황금으로 만든 루이 대왕의 패도 있었지만 혁명은 엄지손가락과 집게손가락으로 그것들을 몇 푼 되지 않는 지푸라기처럼 비틀어 버리고 말았다. 그것으로 끝장이 난 거다. 꺾여서 땅바닥에 던져져서 이제는 패의 그림자도 없다. 그러나 말이다, 사향 냄새를 풍기는 수놓은 이 조그마한 손수건을 상대로 혁명을 할 수 있다면 해보여 주기 바란다 ! 보고 싶군그래. 해보아라. 상대가 힘에 벅찬 건 어째선가 ? 헝겊이기 때문이다. 아아 ! 자네들은 십구세기란 말이지 ? 홍, 그러니까 어쨌단 말인가 ? 우리들은 십팔세기였다 ! 그리고 우리도 자네들과 마찬가지로 바보였다. 그러나 자네들은 사흘만에 죽어 버리는 괴상한 병을 콜레라라 부르게 되고 부레 춤을 카츄샤 춤이라고 부르게 되었다고 해서 자신이 세상을 일변시켰다고 생각하면 안돼. 결국은 역시 여자를 사랑할 수밖에 없는 거다. 아무도 이 숙명에서 벗어날 순 없어. 그렇게 어떻게도 할 수 없는 여자란 것이 우리들의 천사란 말이다. 그렇다, 사랑, 여자, 키스, 이러한 세계에서 아무도 빠져 나갈 수 없는 거야. 아니, 나는 그런 속에 뛰어들고 싶을 지경이야. 여러분 중에 어떤 분은 보셨는지요 ? 무한 속에 모든 것을 자신의 발밑에 가라앉게 하면서, 바다의 파도를 한 여자의 눈으로 바라보면서

430

비너스의 별〔금성〕, 심연의 위대한 바람둥이 여자, 대양의 셀리멘느가 떠올라가는 것을? 대양, 그것은 까다로운 알세스트(몰리에르 작《염세가》의 주인공. 요염한 셀리멘느를 남몰래 사랑한다)이다. 그러나 그가 아무리 못마땅한 얼굴을 하든 비너스가 모습을 나타내면 어쩔 수 없이 벙글거리고 만다. 그 바보 같은 무뚝뚝한 놈도 굴복하고 마는 것이다. 우리들도 다 마찬가지야. 분노, 폭풍, 천둥, 천장까지 치솟는 파도, 그러나 한 여자가 등장하면, 별 하나가 하늘에 돋으면, 사나이는 그만 납작해지고 마는 거야! 마리우스는 육 개월 전에는 싸우고 있었다. 그런데 오늘은 결혼을 한다. 그것으로 좋은 거야. 아무렴, 마리우스, 잘한 일이야. 코제트, 너희들은 옳은 일을 하고 있어. 서로를 위해서 마음껏 살아가거라. 마음껏 애무해라. 흉내낼 수 없을 정도로 우리가 괘씸하게 여길 정도로, 열렬하게 사랑해라. 너희들의 부리로 지상에 있는 온갖 행복의 물건들을 물어다가 그것으로 인생을 위한 하나의 보금자리를 만들어라. 참으로 사랑하고 사랑받는다는 것은 젊은 시절의 아름다운 기적이니까 말이다! 그러나 그걸 자기들이 발명한 거라고 생각해선 안 된다. 나도 역시 꿈을 꾸었고, 생각도 했고, 무진히 사랑하기도 했었다. 나도 역시 달처럼 밝은 영혼을 가졌었다. 연애는 육천 살 먹은 어린아이다. 사랑이 길고 흰 수염을 길렀다 해도 상관없다. 므두셀라(노아의 홍수 이전의 족장으로 969년을 살았다 함) 도 큐핏에 비하면 코흘리개다. 육십세기 전부터 남자와 여자는 서로 사랑하면서 용케 어려움을 빠져나왔다. 악마는 교활했기 때문에 인간을 미워했지만 사람은 그보다 더 교활하기 때문에 여자를 사랑하기 시작했지. 이런 방법으로 인간은 악마가 주는 해보다도 훨씬 큰 행복을 얻었다. 이 교묘한 방법은 지상의 낙원이 시작될 때부터 생각되어 왔어. 여러분, 이것은 오래된 발명이지만 그러나 지금도 새롭소. 그것을 유익하게 쓰도록 해라. 필레몬과 보시스(오디우스의《변신담》에 나오는 노부부. 장수한 끝에 보리수와 떡갈나무로 변신했다 함)가 되기까지에는 우선 다프니스와 클로에(그리스의 옛이야기 속에 나오는 두 연인. 롱고스 작)가 되어라. 둘이 함께 있기만 하면 아무것도 부족함이 없을 것이다. 코제트는 마리우스의 태양이고, 마리우스는 코제트의 모든 세계인 것이다. 그렇게 되도록 해라. 코제트, 태양이 빛나는 하늘은 네 남편의 미소인 줄 알아라. 마리우스, 비는 네 아내의 눈물인 줄 알아라. 그리고 너희들의 가정에는 절대로 비 같은 것은 오지 않도록 해라. 너희들은 연애 결혼이라는 좋은 제비를 뽑아낸 거다. 그 큰 상품을 차지 했으니까 소중하게 간직하고 단단히 자물쇠로 잠그고 헛되이 하지 말고, 서로 깊이 사랑하고 그 밖의 일은 상관하지 말아라. 내가 하는 말을 믿어라. 이것은 양식이다. 양식은 사람을 속일 리가 없다. 서로가 신앙의 목표가 되거라.

신을 숭배하는 방법은 사람에 따라 각각 다르다. 그러나 신을 숭배하는 가장 좋은 방법이란 자기 아내를 사랑하는 일이다. 나는 너를 사랑한다! 이것이 나의 교리니까. 사랑하는 사람은 모두가 정통 신앙자이다. 앙리 4세가 곧잘 쓰던 신을 모독하는 말은, 취기와 성찬 사이에 신성이라는 것을 놓고 있다. 즉 술주정꾼의 신성한 배란 말이다! (Ventre-saint-gris 『에이, 빌어 먹을!』 『제기랄』 등의 뜻) 그러나 나는 그런 신을 모독하는 종파는 아니다. 이래서는 여자라는 걸 잊고 있는 게 된다. 이것이 앙리 4세(여자를 좋아하는 왕)의 욕설이라니 나로서는 뜻밖이다. 자아, 여러분 여성 만세! 나를 노인이라고들 하지만 그러나 이제부터 놀랄 만큼 나는 젊어질 것 같소. 오보에 소리를 들으러 숲에라도 가고 싶을 지경이오. 여기 있는 이 아이들이 아름답게, 그리고 충실하게 살아갈 길을 발견했다는 그 사실이 나를 취하게 하오. 바라시는 분이 계시다면 나도 멋지게 결혼해 보이고 싶소. 죽도록 사랑하고, 달콤한 말을 주고받고, 멋을 부리고, 비둘기가 되고, 수탉이 되어 아침부터 밤까지 사랑을 쪼아 먹고 귀여운 아내를 거울로 삼아 자신의 모습을 비춰보고 의기양양해서 뽐내고, 으시대겠소——신이 우리들을 그 이외의 목적으로 만들어 냈다고는 생각할 수 없소. 결국 이것이 인생의 목적인 것이오. 이것이 결국 그, 실례를 무릅쓰고 말씀드리면 우리들 노인의 젊었을 시절에 생각했던 바로 그것이란 말요. 에이! 제기랄! 그 시절엔 요염한 여자가, 사랑스러운 얼굴이, 새싹 같은 싱싱한 소녀가 무척 많았었지! 나는 그 속을 마구 헤치고 다녔다. 그러니까 너희들도 서로 사랑해라. 사람이 서로 사랑하지 않을 바에야 도대체 육체가 무엇 때문에 있는지 난 모르겠거든. 그럴 바엔 차라리 하느님께 부탁드려서 하느님이 우리에게 보여주시는 아름다운 것을 죄다 치워 버리고 빼앗아 버려 꽃도 새도 예쁜 처녀들도 하느님의 상자 속에 도로 넣어 줬으면 싶을 정도야. 자아, 얘들아, 이 할애비의 축복을 받아다오.」

밤의 향연은 발랄하고 쾌활하고 즐거웠다. 조부의 더없이 좋은 기분이 축하연 전체에 기조가 되고, 누구나가 백 살이 다 된 이 노인의 진심에 일치했다. 사람들은 춤도 조금 추었고 많이 웃었다. 경사스러운 혼례였다. 『자디스 영감』(1852년에 상연되어서 호평받은 희곡의 주인공. 자디스는 옛날이라는 뜻)을 그곳에 초대해도 좋았음직했다. 아니, 자디스 영감은 질르노르망 노인의 인품 속에 함께 살고 있었다.

떠들썩하게 법석을 떤 뒤에는 잠잠해졌다. 신혼 부부는 모습을 감추었다. 열두 시를 조금 지났을 무렵 질르노르망네 집안은 신전처럼 고요해졌다.

여기서 작자는 걸음을 멈추리라. 결혼한 날 밤의 문 앞에는 한 천사가 서서 입에 손가락을 대고 미소짓고 있다. 사랑의 의식이 벌어지는 그 더없이 성스러운 자리를 앞에 놓고 영혼은 묵상에 들어간다.

그런 집 위에는 광명이 떠돌고 있을 것이다. 그런 집이 간직하고 있는 기쁨은 틀림없이 빛이 되어 벽을 뚫고 새어 나가 희미하게 어두움을 비추고 있을 것이다. 그 신성하고도 운명적인 경사는 필연코 천국의 광휘를 무한한 속에까지 보내고야 말 것이다. 사랑, 그것은 남녀의 융합이 이루어지는 최상의 도가니다. 일체와 삼체와 종극체와 인간의 성스러운 삼위일체가 그곳에서 태어난다. 두 영혼에 의한 한 영혼의 탄생은 어두움까지도 감동시킬 것이다. 사랑하는 남자는 사제이고, 마음을 빼앗긴 처녀는 오직 두려움에 떨 뿐이다. 그 기쁨의 얼마는 신에게까지 이른다. 참다운 결혼이 이루어지는 곳에는, 바꾸어 말해, 사랑이 있는 곳엔 이상이 섞여 있는 것이다. 결혼의 잠자리는 암흑 속에 여명의 한 모서리를 만든다. 사람의 눈이 천상계의 무섭고도 매혹에 찬 형상을 볼 수가 있다면, 밤의 형상이 날개 달린 미지의 것들이, 육안으로 볼 수 없는 세계를 지나가는 파아란 것들이, 빛을 띤 집 주위에 어두운 머리를 맞대고 앉아 기뻐하고, 축복하고, 남의 아내가 될 처녀를 가리키고 놀라면서, 그들의 성스러운 얼굴에 인간의 지복의 반영을 받고 있음을 볼 것이다. 만약 그 최상의 순간에 쾌락에 현혹된 신혼 부부가 자기들뿐이라고 믿으면서 귀를 기울였다면 남모르게 은밀히 파닥거리는 날개짓 소리가 방안에 들렸을 것이다. 완전한 행복에는 천사들도 관여하는 것이다. 그 어둡고 작은 침상은 하늘을 천장으로 삼고 있다. 두 개의 입술이 사랑으로 정화되어 창조를 위해 서로 접근할 때 그 말로 다할 수 없는 입맞춤의 하늘에서는 별들의 광대한 신비 속에 하나의 전율이 달리지 않을 수 없다.

그러한 행복이야말로 참다운 행복이다. 그러한 기쁨 외에 참다운 기쁨이란 없다. 사랑, 그것은 오직 하나의 황홀이다. 그 밖에는 모든 것이 눈물이다.

사랑한다, 또는 사랑했다, 그것이 전부이다, 그 이상을 요구해서는 안 된다. 인생의 어두운 주름 속에서 그 밖의 진주는 찾아낼 수도 없다. 사랑한다는 것은 하나의 일을 완성하는 것이다.

3. 부속물 가방

장 발장은 어떻게 되었을까 ?

코제트가 상냥한 모습으로 웃어 보이고 나자, 곧 아무도 그에게 주의하지 않는 틈을 타서 장 발장은 일어나 조용히 객실로 나왔다. 여덟 달 전, 진창과 피와 먼지로 새까매진 그가 조부에게 그 손자를 업고 들어간 바로 그때의 그 방이었다. 그때 낡은 벽의 판자는 지금 나뭇잎과 꽃으로 꾸며져 있었다. 그때 마리우스를 뉘었던 긴의자에는 악사들이 앉아 있었다. 검은 윗도리에 짧은 바지를 입고 흰 양말과 흰 장갑을 낀 바스크가 이제부터 차려 내갈 요리 접시 주위에 일일이 장미꽃을 곁들이고 있었다. 장 발장은 어깨에 걸어 맨 팔을 그에게 보이고 도중에 자리를 뜨는 까닭을 전해 달라고 부탁하고서 밖으로 나섰다.

식당의 유리 창문은 거리 쪽으로 나 있었다. 장 발장은 환하게 비치는 창문 아래의 어둠 속에 오래도록 가만히 서 있었다. 그는 귀를 기울였다. 연회의 혼잡한 소음이 그가 있는 곳까지 새어나왔다. 조부의 드높은 위엄 있는 말소리, 바이올린의 음조, 접시며 유리잔이 부딪치는 소리, 터지는 웃음 소리 등이 들렸다. 그리고 그 흥겨운 소음 속에서 그의 귀에 코제트의 즐겁고 상냥한 목소리를 들을 수가 있었다.

그는 피유 데 칼베르 거리를 떠나서 롬므 아르메 거리로 돌아갔다.

그는 돌아가는 길로 쌩 루이 거리와 킬튀르 쌩 카트린느 거리, 그리고 블랑 망토 성당의 길을 택했다. 약간 돌아가는 길이었지만 석 달 동안 비에이유 뒤 탕플 거리의 혼잡과 진창길을 피해서 롬므 아르메 거리로부터 피유 데 칼베르 거리로 매일 코제트를 데리고 익히 걸어다녔던 길이었다. 코제트가 다닌 이 길은 다른 길을 택할 마음을 주지 않았다.

장 발장은 자기 집으로 돌아왔다. 촛불을 켜들고 올라갔다. 집은 텅 비어 있었다. 투쌩도 이미 없었다. 장 발장의 발소리는 여느 때보다 훨씬 높게 방방에 울렸다. 창은 모조리 활짝 열려 있었다. 그는 코제트의 방으로 들어갔다. 침대에는 시트도 없었다. 비단 베개는 베갯잇도 레이스 장식도 벗겨져서 짚요의 발치께에 개어 놓은 담요 위에 놓여 있었고 짚으로 된 요도 벗겨져서 이제는 거기서 잘 사람도 없었다. 코제트는 소중히 간직했던 자질구레한 여자용 소지품을 모조리 가지고 갔다. 남아 있는 것이라곤 커다란 가구와 사면의 벽뿐이었다. 투쌩의 침대도 역시 벗겨진 채였다. 다만 한 침대만이 정돈되어 누군가를 기다리고 있는 듯했다. 장 발장의 침대였다.

장 발장은 벽을 둘러보고 벽장 문을 몇 개 닫고 이 방에서 저 방으로 왔다갔다했다. 그러고 나서 자기 방으로 돌아와서 촛불을 테이블 위에 놓았다.

그는 팔을 달아맨 띠를 풀고 별로 아프지 않은 것처럼 오른손을 쓰고 있었다.

그는 자기의 침대로 다가갔다. 그리고 우연이었을까? 아니면 보려고 해서였을까? 그의 눈은 코제트가 항상 마음에 걸려 하던 그 부속물, 절대로 그의 곁에서 떠난 일이 없는 그 작은 가방 위에 멈춰섰다. 6월 4일 롬므 아르메 거리에 도착했을 때, 그는 그것을 베갯머리의 둥근 탁자 위에 놓았었다. 그는 화다닥 재빠른 걸음걸이로 그 둥근 탁자 옆으로 가서 주머니에서 열쇠를 꺼내 그 가방을 열었다.

그는 그 속에서 십 년 전 코제트가 몽페르메이유를 떠날 때 입었던 옷을 천천히 꺼냈다. 맨 먼저 조그맣고 까만 드레스, 그 다음에 까만 목도리, 다음에 코제트는 발이 작으니까 지금도 신을 수 있을 것 같은 튼튼하고 조잡한 어린이 구두, 그리고 매우 두터운 빌로도의 소매 달린 짧은 웃옷, 그리고 메리야스로 된 속치마, 또 주머니가 달린 앞치마, 털실 양말, 조그마한 정강이의 형태가 아직도 귀엽게 남아 있는 그 긴양말은 거의 장 발장의 팔 길이 정도밖엔 되지 않았다. 모두가 검은 색 일색이었다. 그 옷들을 그녀를 위해서 몽페르메이유까지 가지고 갔던 것은 그였다. 그는 지금 그것들을 가방 속에서 끄집어 내어 침대 위에 늘어 놓았다. 그는 생각하고 있었다. 회상하고 있었다. 그것은 겨울이었다. 몹시 추운 십이월에 그녀는 누더기 옷을 걸치고 거의 벗은 거나 다름없이 되어 떨고 있었다. 불쌍하게도 조그마한 발이 나막신 속에서 새빨개져 있었다. 장 발장은 그 누더기 옷을 벗기고 이 상복을 입혀 주었다. 그녀의 어머니는 딸이 자기를 위해 상복을 입는 것을 보고, 아니, 무엇보다도 따뜻한 옷을 입는 것을 보고 무덤 속에서 기뻐했을 것이다. 그는 또 몽페르메이유의 숲을 생각했다. 둘이서 그 숲을 지나갔다. 코제트와 둘이서. 그때의 날씨며, 낙엽진 나무들이며, 새들이 가버린 나무들, 햇빛이 비치지 않는 하늘을 그는 생각했다. 그래도 그때는 즐거웠다. 그런 생각을 하면서 그는 조그만 옷가지들을 침대 위에 늘어 놓았다. 목도리를 속치마 옆에, 긴 양말을 구두 옆에, 소매달린 짧은 웃옷을 긴 옷 옆에. 그리고 그것들을 하나씩 눈여겨 바라보았다. 그때의 그녀는 이것들과 똑같이 조그마했다. 커다란 인형을 팔에 안고 루이 금화를 이 앞치마 주머니에 넣고 웃고 있었다. 두 사람은 나란히 서서 손을 잡고 걸었다. 그녀는 이 세상에 그밖에 아무도 갖지 않았었다.

그렇게 생각했을 때 그의 숭엄한 백발의 머리는 맥없이 침대 위로 늘어지고 그 단단한 늙은 가슴은 찢어져서 얼굴은 코제트의 옷 속에 떨어지듯 파묻혔다. 만약 누구라도 그때 계단을 지나갔다면, 무섭게 흐느껴 우는 그의 소리를 들었을 것이다.

4. 죽지 않는 마음

우리가 이미 수많은 국면을 보아 왔던 낡고 무시무시한 싸움이 다시 시작되었다.

야곱이 천사와 싸운 것은 단 하룻밤뿐이었다. 그러나 아아 ! 우리는 몇 번이나 장 발장이 암흑 속에서 스스로 자기 양심과 맞붙어서 미친 듯이 싸우는 것을 보았던가 !

실로 무어라 할 수 없는 괴로운 투쟁이었다 ! 때로는 발이 미끄러지고, 땅도 꺼졌다. 몇 번이나 그의 양심은 착한 것을 바라고, 그를 조르고 그를 짓눌러 버렸던가 ! 몇 번이나 진리는 가차없이 그의 가슴 위에 덮쳤던가 ! 광명 앞에 엎드려서 그는 얼마나 자비를 호소했던가 ! 몇 번이나 저 엄격한 빛, 신부의 손으로 그의 마음에 또는 머리 위에 켜진 그 빛은 맹목적이기를 원하는 그의 눈을 다 짜고짜로 눈부시게 비췄던가 ! 몇 번이나 그는 싸움 속에 다시 일어나고 바위에 매달리고 궤변을 뒷방패로 삼고 먼지 속을 뒹굴고 어떤 때에는 양심을 발 아래 뒤집어엎고 어떤 때에는 양심에 의해 넘어뜨려졌던가 ! 몇 번이나 모호한 세계를 내세운 뒤에 이기심의 비열한 그럴 듯한 이유를 생각한 뒤에 분노한 양심이 귀 밑에서「죄수놈아 ! 비참한 놈아 ! 」하고 외치는 것을 들었던가 ! 몇 번이나 그의 마음은 분명한 의무 아래에서 반항하려고 경련하며 허덕였던가 ! 신에 대한 저항, 불길한 땅, 얼마나 많은 비밀의 상처를 입고 더구나 혼자만이 흐르는 피를 느껴왔던가 ! 얼마나 많은 상처를 그의 가련한 생명은 받았던가 ! 몇 번이나 피투성이가 되고 상처입고 기진맥진하고 빛을 받고 마음에는 절망을, 영혼에는 평온을 품고 다시 일어났던가 ! 패하면서도 그는 자신을 승자라고 느꼈다. 그리고 그의 양심은 그를 때려 눕히고 괴롭히고 굴복시킨 뒤에 그의 머리 위에 벌떡 일어나서 무시무시한 몰골로 빛을 내면서 그에게 조용히 말하는 것이었다.

「자, 이제 마음 평안히 가라!」

그런데 그토록의 암담한 싸움에서 벗어나왔는데, 아아, 이것은 얼마나 슬픈 마음의 평화란 말인가!

그러나 오늘 밤, 장 발장은 자신이 마지막 싸움을 하고 있다는 것을 느꼈다. 하나의 문제가 제기되어 있었다. 비통한 문제였다.

사람들 제각기의 숙명은 곧은 것만은 아니다. 그것은 숙명을 받은 자 앞에 일직선의 길이 되어 뻗쳐 있지는 않다. 거기에 막바지도 있고 막다른 골목도 있고, 어두운 모퉁이며 여러 갈래 길이 갈려지는 불안한 십자로가 있다. 지금 장 발장은 그러한 기로의 가장 위태로운 곳에 부딪쳐서 걸음을 멈추고 있는 것이다.

그는 선악의 마지막 갈림길에 도달했던 것이다. 그는 그 캄캄한 분기점을 눈앞에 보고 있었다. 이번에도 또한 몇 번의 괴로운 전변이 있을 때마다 그랬듯이 그의 앞에 두 줄기의 길이 열려 있었다. 하나는 유혹에 차 있었고, 또 하나는 두려움에 차 있었다. 어느 것을 택하여야 하나?

그를 두렵게 하는 길은, 인간이 어두움을 정확히 확인하려 할 때마다 얼핏 보이는, 저 신비로운 집게손가락으로 가리키고 있다.

장 발장은 이번에도 다시 무서운 항구와 미소짓는 함정 중의 하나를 선택해야 했다. 과연 그것은 진실일까? 영혼은 회복할 수 있지만 숙명은 되돌릴 수 없다는 것은 무서운 일이다! 고칠 수 없는 운명이란!

지금 제기되어 있는 문제란 이런 것이었다.

장 발장은 코제트와 마리우스와의 행복에 대해서 앞으로 어떻게 태도를 취할 것인가? 그 행복을 바란 것은 그였고, 만들어 준 것도 그였다. 그는 그 행복을 자기의 가슴 속 깊이 차곡차곡 접어두었으나 지금은 그것을 끄집어내어 들여다보았다. 자기 가슴에서 피를 뿜으면서 뽑아낸 단도 위에서 자신의 이름을 읽어내는 대장장이처럼, 그도 일종의 만족감을 느낄 수가 있었다.

지금 코제트에게는 마리우스가 있고, 마리우스에게는 코제트가 있었다. 그들은 모든 것을, 재산까지도 갖고 있었다. 그리고 그것은 그의 작품이었던 것이다.

그러나 그 행복이 실현된 지금, 그 행복이 존재하고 있는 지금, 장 발장은 장차 어찌할 작정인가, 그 행복을 나눠 받아도 좋을까? 그것을 나 자신의 것처럼 다뤄도 좋을까? 물론 코제트는 남의 사람의 되었다. 그래도 코제트에게서 되찾을 수 있는 만큼 다시 찾아와도 괜찮은 것인가? 막연하지만 아버지처럼 여기고 존경받아 오던 아버지로서의 위치에 지금까지대로 머물러 있어도 좋을까? 한 마디의 인사도 없이 자신의 과거를 그 미래 속에 끌어들이려 한단 말인가? 그 권리가 있는 양 그곳에 얼굴을 내밀고, 비밀을 지닌 채 저 밝은 가정에 머물러 않으려는 것인가? 미소를 보내면서 그의 비참한 두 손에 그들의 때묻지 않은 순결한 손을 잡으려는 것인가? 죄라는 것을 모르는 질르노르망 댁 객실의 벽난로 가에, 법률의 부끄러운 그림자를 끌고 다니는 자신의 발을 올려 놓아도 좋은가? 코제트와 마리우스와 함께 행운의 몫을 나눠 받아도 좋은가? 자신의 이마 위의 그림자와, 그들 이마 위의 구름을 더욱 짙게 해도 좋은가? 그들 두 사람의 행복에, 제 삼자인 그의 파국을 덧붙여 줘도 괜찮은가? 언제까지나 비밀을 감추고 있어도 좋은가? 한 마디로 말해 저 행복한 두 사람 곁에서 운명의 불길한 묵시자로서 살아도 좋은가?

사람은 숙명의 온갖 타격에 익숙하지 않으면, 어느 문제가 무서운 형태로 나타났을 때, 눈을 들어 그것을 제대로 응시할 수 없다. 선과 악은 그 준엄한 의문부 뒤에 숨겨져 있다. 어쩔 작정이냐? 하고 스핑크스는 묻고 있다.

그러한 시련에 장 발장은 익숙했다. 그는 스핑크스를 똑바로 응시했다. 준엄한 문제를 모든 면에서 고찰했다.

코제트, 저 사랑스러운 생명은 표류자에게 하나의 뗏목이었다. 그런데 지금은 어떡하면 좋은가? 거기에 매달려야 하나? 아니면 손을 놓아야 하나? 만일 매달려 있는다면, 그는 불행에서 빠져나와서 태양으로 올라가서 옷과 머리카락에서 짠물을 씻어 버리고, 구출되어서 살아갈 수 있는 것이다. 그런데 손을 놓는다면? 거기에는 깊은 심연이 기다릴 뿐이었다.

이리하여 그는 자신의 생각과 괴로운 문답을 주고받았다. 아니 좀더 정확히 말하면 그는 싸우고 있었다. 마음속에서 어떤 때는 욕망을 향하여 미친 듯이 달려들었다.

울 수 있었던 것은 장 발장에게는 다행한 일이었다. 아마도 그것은 그의 마음을 환하게 해주었으리라. 그러나 처음 한동안은 처절했다. 폭풍이, 일찍이 그를 아라스로 몰아갔던 때보다도 훨씬 세찬 폭풍이 그의 마음에 휘몰아쳤다. 과거가 현재의 눈앞에 다시 나타났다. 그는 과거와 현재를 비교하며 흐느꼈다. 눈물이 한 번 둑을 무너뜨리자 절망한 사나이는 몸부림쳤다.

　그는 어쩔 줄 몰라 난처해 하고 있음을 스스로 느꼈다.

　아아, 저 이기심과 의무와의 끝없는 다툼 속에서, 사람이 길을 잃고, 흥분하고, 굴복할 수 없다고 기를 쓰고, 완강히 저항하면서, 빠져나갈 수 있을지도 모른다고 여기면서, 출구를 찾으면서, 한 걸음 한 걸음 엄연한 사상 앞에서 물러날 때, 갑자기 등뒤를 가로막는 벽의 뿌리는 얼마나 불안한 장해인지 모른다! 앞을 가로막는 신성한 그림자를 느끼다니! 그 눈에 보이지 않는 가차없는 존재, 말할 수 없는 강박 관념!

　양심과의 대결은 언제까지고 끝나지 않았다. 체념하라, 브루투스여, 체념하라, 카토(로마의 정치가이자 문학자)여. 양심은 신이고 따라서 밑바닥이 없다. 사람은 그 우물 속에 평생의 일을 던져 넣고, 행복과 재산을 던져 넣고, 성공, 자유, 조국을, 안락 휴식을 던져 넣고, 기쁨을 던져 넣는다. 좀더! 더욱더! 더 집어넣어라! 단지를 비워라! 병을 비워라! 마침내는 자신의 마음까지도 던져 넣어야 한다. 낡은 지옥의 안개 속에는 어디엔가에 그런 큰 통이 있다.

　결국 거절한다는 것이 사람에게는 허용되어 있지 않단 말인가? 다함이 없는 존재가 인간에게 강요할 권리를 가질 수 있단 말인가? 무한의 쇠사슬은 인력을 증가하는 것이 아닐까? 시지프스(생전의 악업 때문에 지옥에 떨어져서 큰 돌을 산꼭대기에 밀어올릴 것을 명령받았으나 산 위로 올리자마자 돌은 다시 굴러 떨어지곤 한다는, 그리스 신화 속의 왕)나 장 발장이 「이젠 제발 그만!」하는 것을 누가 탓할 수 있겠는가? 물질의 순종에는 마찰에 의해서 멈추는 일정한 한도가 있는데 영혼의 순종에는 그런 한도가 없단 말인가? 영원한 헌신은 없다고 하는데 그것을 사람에게 요구해도 좋단 말인가?

　첫걸음은 아무것도 아니다. 어려운 것은 마지막 한 걸음이다. 코제트의 결혼과 그것이 가져온 결과에 비하면 샹마티외 사건은 대수롭잖은 것 아니겠는가? 허무 속으로 들어가는 것에 비하면 감옥으로 돌아가는 것쯤이야 무엇이겠는가?

　오, 내리막길의 첫계단이여, 그대는 어찌 이다지도 어둡단 말이냐! 오, 둘째 계단이여, 그대는 어쩌면 그렇게 암흑이란 말인가! 여기까지 와서 어떻게 외면하지 않을 수 있단 말인가?

　공공을 위한 희생은 하나의 순화다. 몸을 멸망케 하는 순화다. 사람을 신성케 하는 고뇌다. 처음 한동안은 그것에 견딜 수가 있다. 벌겋게 단 무쇠 왕좌에도 앉을 수 있고 벌겋게 단 무쇠 관도 쓸 수 있고, 벌겋게 단 무쇠 공도 받을 수 있고, 벌겋게 단 무쇠 패도 잡을 수 있다. 그러나 그 위에 다시 불꽃 망토를 입어야 한다. 그때 비참한 육체가 참지 못하고 그 심한 형벌에 항거하지 않을 수가 있을까?

드디어 장 발장은 몸도 마음도 기진맥진하여 정지 상태에 들어갔다. 그는 궁리하고 숙고하여, 빛과 어두움과의 신비로운 저울이 올라갔다 내려왔다하는 것을 지켜보았다. 저 눈부시게 빛나는 두 젊은이에게 자신의 형벌을 지워 줄 것인가, 아니면 자신의 구할 길 없는 소멸을 자기 혼자로만 그칠 것인가. 한쪽 길은 코제트를 희생함이요, 다른 쪽 길은 자신을 희생함이다.

그는 어떤 해결을 마음속에 품었을까? 어떤 결의를 했을까? 숙명의 엄숙한 질문에, 마음속으로 정한 최후의 확답은 무엇이었을까? 어떤 문을 열려고 결심했을까? 생활의 어느 쪽 문을 닫고, 어느 쪽을 막아 버릴 결의를 했는가? 그를 에워싼 측량할 수 없는 낭떠러지 중에서 어느 것을 골랐는가? 어느 종극을 받아들였는가? 그 심연 중의 어느 것을 향하여 고개를 끄덕였을까?

그의 혼미한 몽상은 밤새도록 계속되었다.

그는 날이 샐 때까지 똑같은 자세로, 침대 위에 몸을 구부리고, 기대한 운명 아래 엎드려서, 마치 짓눌린 듯 되어, 주먹을 불끈 쥐고, 십자가에서 풀려 땅 위에 내동댕이쳐서 엎어진 사람처럼 양팔을 열십자로 벌린 채였다. 열두 시간, 긴긴 겨울 밤의 열두 시간 동안을 얼어 붙은 듯 머리도 들지 않고, 한 마디도 하지 않고 있었다. 상념이 휘드라처럼 땅바닥을 기어다니고, 독수리처럼 하늘을 날아다니는 동안, 줄곧 몸은 죽은 듯이 움직이지 않았다. 그 모습은 마치 죽은 사람 같았다. 그러다가 문득 그는 경련하듯 부르르 몸을 떨고, 그의 입은 코제트의 옷에 달라붙어 거기에 키스했다. 그때에야 비로소 그가 살아 있는 인간이라는 것을 알 수 있었다.

누가? 어떤 사람이? 장 발장은 혼자뿐이었고, 그곳에는 아무도 없잖은가? 누가 그것을 보았단 말인가?

암흑 속에 언제나 있는 『누군가』가 본 것이다.

제 7 장 고배의 마지막 한 모금

1. 지옥의 제 7 옥과 천국의 제 8 천

결혼 이튿날은 어쩐지 쓸쓸하다. 사람들은 행복한 두 사람의 명상을 가만히 지켜준다. 그리고 또한 그들의 늦잠도 조금은 생각해 준다. 방문이나 축하 손님으로 붐비는 것은 좀더 뒤에야 시작된다. 2월 17일 아침 정오를 조금 지났을 때, 바스크가 걸레와 깃털비를 들고 『객실을 정돈』하고 있자니까 문을 가볍게 두드리는 소리가 들렸다. 초인종은 울리지 않았지만, 이것은 이런 날에는 조심성이 있는 일이다. 바스크가 문을 열고 보니 그건 포슐르방 씨였다. 바스크는 그를 객실로 안내했다. 그곳은 아직도 뒤죽박죽 흐트러진 채로 전날 밤의 기쁨의 싸움터의 모습을 남기고 있었다.

「이것 참, 나리님」하고 바스크는 말했다. 「저희들이 일어나는 게 늦었습니다.」

「주인께선 일어나셨을까?」하고 장 발장은 물었다.

「팔은 좀 어떠십니까?」

「좋아졌네. 주인께선 일어나셨소?」

「어느 나리 말씀입니까? 큰 나리님입니까, 젊은 나리 말씀입니까?」

「퐁메르시 님 말일세.」

「남작님 말씀이군요?」하고 바스크는 몸을 똑바로 하면서 말했다.

남작이란 특히 하인들에게는 뜻깊은 것이다. 그들은 그것이 흘린 것에서 무엇인가를 얻어 가질 수가 있다. 다시 말해서 그들은 철학자가 칭호의 찌꺼기라고나 부를 만한 것을 얻어 가지고 의기양양해 한다. 말이 난 김에 말이지만 공화주의자의 투사요, 그것을 행동으로 증명해 보인 마리우스는 지금은 본의는 아니지만 남작이 되어 있었다. 이 칭호 때문에 집안에 약간의 혁명이 일어났다. 그 칭호를 소중하게 여기는 것은 지금은 질르노르망 씨이고, 마리우스는 그것을 아무렇지도 않게 여기게 되었다. 그러나 퐁메르시 대령이『나의 아들은 내 칭호를 사용하라』고 유언으로 남겨 놓았는지라 마리우스는 그것에 따르고 있을 뿐이었다. 게다가 여자다운 본능이 싹트기 시작해서 코제트는 남작 부인인 것을 매우 기뻐하고 있었다.

「남작님 말씀이군요 ?」하고 바스크는 거듭 말했다.「보고 오겠습니다. 포슐르방 님께서 오셨다고 말씀드리지요.」

「아니, 나라고 하진 마오. 누가 면담을 바라고 있다고만 말씀드리고 이름은 밝히지 말아 주오.」

「네에 !」하고 바스크는 말했다.

「놀라게 해주고 싶으니까.」

「아, 네에 !」하고 바스크는 처음의「네에 !」를 자신에게 설명하는 것처럼 되풀이했다.

그리고 그는 나갔다. 장 발장은 혼자 남았다.

객실은 아까도 말했듯이 몹시 어수선했다. 귀를 기울이면 혼례 때의 걷잡을 수 없이 법석대는 소리가 아직도 들릴 것만 같았다. 방바닥 여기저기에는 화환이며 화관에서 떨어진 온갖 꽃들이 흩어져 있었다. 밑동강까지 타버린 초는 촛대의 투명 유리에 촛농을 만들어 놓았다. 어느 가구도 평소에 놓였던 자리에 있지 않았다. 방 구석에는 팔걸이의자가 서너 개씩 둥그렇게 모여 있어 아직도 이야기를 계속하고 있는 것 같았다. 온 방안이 웃고 있었다. 끝난 잔치에도 그 어떤 풍취가 남아 있는 것이다. 그것은 실로 행복한 일이었다. 흩어진 의자 위에서 시들어 가는 이 꽃들 사이에서, 꺼진 촛불 밑에서 사람들은 환희를 그린 것이다. 이제 태양은 샹들리에의 뒤를 이어서 객실 안에 밝게 비쳐 들고 있었다.

몇 분이 지났다. 장 발장은 바스크가 나갈 때 남기고 간 자리에 가만히 서 있었다. 얼굴빛이 몹시 창백했다. 잠을 자지 못했기 때문에 눈은 움푹 들어가서 거의 숨어 버릴 정도로 안공 속에 들어가 있었다. 밤새도록 입고 있던 검은 옷은 구김살이 져 있었다. 팔꿈치께는 시트에 문질렀을 때 일어난 털로 뿌옇게 되어 있었다. 장 발장은 발밑의 마룻바닥에 햇빛을 떨어뜨리고 있는 창 그림자를 바라보고 있었다.

문에서 소리가 났다. 그는 눈을 들었다. 마리우스가 들어왔다. 고개를 쳐들고 입가에 미소를 머금고 얼굴에 말할 수 없는 빛을 띠고 이마는 밝은 빛을 보이고 눈은 자랑스러운 것 같았다. 그 또한 자지 못했던 것이다.

「아버님이셨군요!」하고 그는 장 발장인 것을 알고 그렇게 불렀다.「바스크란 놈, 어쩐지 까닭이 있는 듯하더군요! 퍽 이르시군요. 아직 열두 시 반밖에 안 되었는데. 코제트는 아직 자고 있지요.」

「아버지」라는 말을 마리우스가 포슐르방에게 한 것은 더없는 행복을 의미하는 것이었다. 아는 바와 같이 이 두 사람 사이에는 언제나 절벽과 냉랭함과 거북스러움이 있고, 때려 부수든가, 녹여 버리지 않으면 안 될 얼음이 가로놓여 있었다. 그러나 지금 마리우스는 도취경에 빠져 있어 그 절벽을 허물고 얼음을 녹이고, 포슐르방 씨는 그에게도 코제트에게와 마찬가지로 아버지가 된 것이다. 그는 말을 계속했다. 이러한 신성한 기쁨의 발작에 으레 있듯이 말이 넘쳐나오는 것이었다.

「뵙게 되어 정말 기쁩니다! 어제 아버지가 안 계셔서 저희들은 참으로 섭섭했습니다! 정말 잘 오셨습니다. 아버지, 손은 좀 어떠십니까? 좋아졌겠지요?」

그리고 좋아졌다고 만족스럽게 혼자 끄덕이면서 그는 말을 이었다.

「저희들은 아버지 이야기를 무척 많이 했습니다. 코제트는 아버지를 말할 수 없이 사랑합니다! 여기에 아버지의 방이 마련돼 있다는 걸 잊으면 안 됩니다. 우리에겐 이제 롬므 아르메 거리는 필요 없습니다. 정말 필요 없습니다. 어떻게 그런 데로 이사를 하셨습니까? 비위생적이고 시끄럽고 지저분하고, 한편 구석에는 나무 울타리가 있고 몸이 오싹해져서 들어갈 수 없는 거리 아닙니까? 이리 오시도록 하십쇼. 바로 오늘 당장에. 그렇지 않으면 코제트가 화낼 겁니다. 그녀는 아버지와 저를 자기 마음대로 다룰 작정이니까요. 미리 말씀드려 둡니다. 아버지 방은 보셨겠지요? 저희들 방 바로 옆방인데 정원을 향하고 있지요. 문의 자물쇠도 다 손봐 놨고 침대도 정돈해 놓았습니다. 모든 준비가 다 돼 있으니까 그저 오시기만 하면 됩니다. 코제트가 아버지 침대 옆에 유트레히트 산 빌로도의 커다란 오래된 팔걸이의자를 갖다 놓고 그걸 바라보면서 말했답니다.『우리 아버지를 포옥 감싸달라』고. 매년 봄이 되면 창문 맞은편의 아카시아 숲속에 꾀꼬리가 날아옵니다. 두 달 동안 있지요. 그 꾀꼬리 둥우리가 방 왼편에 있어서 저희들에겐 보금자리가 오른편에 있는 셈이지요. 밤엔 꾀꼬리가 노래하고 낮엔 코제트가 지저귀지요. 그 방은 또 아주 양지 바르지요. 코제트가 아버지의 책도 정리해 드릴 겁니다. 아버지의, 쿡 선장의 여행기며 밴쿠버의 여행기 등 필요한 물건은 뭐든지 다 갖추어 놓을 겁니다. 아마 소중히 다루시는 조그마한 여행 가방이 있으시겠죠? 그걸 놓아둘 적당한 자리를 마련해 놓았습니다. 아버지는 저희 조부님의 마음을 뺏어 버리셨습니다. 잘 맞으십니다. 모두 함께 삽시다. 휘스트(카드 놀이의 일종)를 아시는지요? 만일 하실 줄 아신다면 조부께선 무척 좋아하실 겁니다. 제가 재판소에 나가는 날엔 코제트와 산책을 하십시오. 옛날 릭상부르 공원에서 하셨듯이 그녀의 팔을 잡으시고. 우리는 행복하게 살아 가자고 굳게 결심했답니다. 거기엔 아버지의 행복도 끼여야 합니다. 아시겠습니까? 아, 그렇군요. 오늘 저희들과 점심 식사를 함께 하실 수 있겠지요?」

「사실은」 하고 장 발장은 말했다.「한 가지 해야 할 이야기가 있소. 난 전과자요.」

소리의 예리함이 지각의 한도를 넘는다는 것은 청각의 경우와 마찬가지로 정신의 경우에도 일어날 수 있다.『나는 전과자요』라는 말이 포슐르방 씨의 입에서 나와서 분명히 마리우스의 귀에 들어 왔지만 지각의 한도를 넘고 있었다. 마리우스는 의미를 알지 못했다. 무엇인가 자기에게 말한 것 같았지만, 어떤 것인지 알지 못했다. 그는 어리둥절해 있었다.

그때 그는 말한 사나이가 무서운 얼굴을 하고 있는 것을 깨달았다. 자신의 기쁨에 도취해 있었으므로 상대편 안색이 무섭도록 창백한 것을 알아차리지 못했던 것이다.

장 발장은 오른팔을 매고 있던 검은 띠를 풀고, 손에 감았던 붕대를 끄르고 엄지손가락을 마리우스에게 내보였다.

「손은 아무렇지도 않았었소.」

마리우스는 그 엄지손가락을 바라보았다.

「처음부터 아무렇지 않았었소.」 장 발장은 다시 말했다.

사실 상처는 아무 데도 없었다. 장 발장은 말을 이었다.

「나는 당신의 결혼식에 빠지는 게 좋았던 거요. 어떻게든지 빠지려고 했었소. 내가 이 손가락을 다쳤다고 한 것은 위증을 하지 않기 위해서, 결혼 계약서가 무효가 되지 않도록 하기 위해서, 서명하지 않고도 끝낼 수 있도록 하기 위해서였소.」

마리우스는 떠듬거리면서 말했다.

「그건 어떤 의미입니까?」

「다시 말해서」하고 장 발장은 대답했다. 「나는 감옥에 들어갔던 일이 있는 사람이오.」

「그럴 리가!」하고 마리우스는 공포에 사로잡혀서 외쳤다.

「퐁메르시 군. 나는 십구 년 동안 감옥살이를 했소. 절도죄였소. 그 뒤에 무기징역을 받았소. 절도죄로. 재범이었소. 현재는 감시 위반자요.」

마리우스는 현실 앞에서 뒷걸음쳐 사실을 부정하고, 명백한 증거에 항거하려 했지만 굴복하는 수밖에 없었다. 그는 사정을 깨닫기 시작하고, 그리고 이런 경우에 흔히 그러하듯이, 밝혀진 말 이상의 것도 이해했다. 그는 마음속에 번쩍이는 가공할 번갯불 같은 전율을 느꼈다. 하나의 관념이 그를 떨게 하고 하나의 생각이 그의 머리를 스쳤다. 그는 미래 속에 어른거리는 자신에게 주어진 하나의 끔찍한 운명을 보았다.

「모조리 다 말씀해 주십시오, 다 말씀해 주십시오!」하고 그는 외쳤다. 「당신은 코제트의 아버지요!」

그리고 말할 수 없는 공포에 사로잡혀 두어 걸음 뒤로 물러섰다.

장 발장은 천장에까지 닿을 듯한 엄숙한 태도로 똑바로 몸을 폈다.

「당신은 지금부터 내 말을 믿어 주어야 하오, 나 같은 사람의 맹세는 법정에서는 받아들여지지 않지만…….」

여기서 그는 잠깐 말을 끊었다가, 곧 숭고한 무덤과도 같은 위엄을 담고, 한 마디 한 마디 천천히 힘주어 발음하면서 계속했다.

「내 말을 믿어 주시오. 내가 코제트의 아버지라고! 하느님 앞에 맹세코 그렇지 않소. 퐁메르시 남작, 나는 파브롤의 시골 사람이오. 나뭇가지 자르기를 하며 살았었소. 나는 포슐르방이 아니라 장 발장이오. 코제트와는 아무런 연고도 없소. 안심하시오.」

마리우스는 중얼거렸다.

「누가 그걸 증명합니까?」

「나요. 내가 그렇게 말하는 이상.」

마리우스는 그를 가만히 쳐다보았다. 그는 침울했고 냉정했다. 이처럼 평정한 사람의 입에서 거짓말이 나올 리가 없었다. 얼음처럼 냉랭한 것은 진실한 것이다. 그 무덤과 같은 차가움 속에는 진실이 느껴졌다.

「당신의 말씀을 믿겠습니다」 하고 마리우스는 말했다.

장 발장은 인정한다는 듯이 고개를 끄덕이고 다시 말을 이었다.

「나는 코제트와 아무 관계도 없소. 그저 지나가는 사람에 불과하오. 십 년 전에는 그녀가 이 세상에 있다는 것조차도 몰랐소. 그애를 사랑한다는 사실만은 진실이오. 자신이 나이를 먹고 보면 어린 시절을 잘 아는 소녀를 귀여워하게 되오. 나이가 들면 자신이 모든 아이들의 할아버지처럼 생각되는 거요. 나 같은 사람도 진정한 마음을 얼마쯤은 가지고 있다는 것을 알아 주실 줄 믿소. 그애는 고아였소. 아버지도 어머니도 없었소. 그래서 나 같은 사람이 필요했소. 그런 이유로 나는 그애를 사랑하기 시작했던 거요. 어린애란 연약하여서 어떤 인간이라도, 심지어 나 같은 인간이라도 보호자가 될 수 있소. 나는 코제트에 대해서 보호자로서의 의무를 다 해왔소. 이런 대수롭잖은 일을 착한 일이라고 할 수는 없겠지만, 만약 착한 일이라면 내가 그 일을 했다고 생각해 주시오. 이러한 정상을 참작해 주기 바라오. 지금 코제트는 내 생애에서 떨어져 있소. 우리가 가는 길은 서로 달라졌소. 이제부터 나는 그애에 대해서 아무것도 아니오. 그애는 퐁메르시 부인이오. 저애의 보호자는 바뀌었소. 그리고 코제트에게는 그것이 더 행복한 일이오. 모든 것은 잘되었소. 육십만 프랑의 돈에 대해서는 당신은 아무 말도 않고 있지만, 내가 먼저 말한다면 그것은 위탁금이오. 그 위탁금이 어떻게 해서 내 수중에 있었는가? 그건 아무런들 어떻소? 나는 위탁금을 돌려줄 뿐이오. 그 이상 내게 요구할 것은 없을 거요. 나는 내 본명을 밝힘으로써 완전히 돌려 주는 것으로 하겠소. 그것도 내게 관계되는 거요. 나로서는 내가 누구인가를 당신이 알아 주기를 바라는 거요.」

그렇게 말하고 장 발장은 마리우스를 똑바로 바라보았다.

마리우스가 느끼고 있는 것은 다만 혼란된, 걷잡을 수 없는 감정뿐이었다. 불어젖히는 어떤 운명의 바람은 인간의 영혼 속을 그처럼 물결치게 한다.

사람은 누구나 자신의 내부에서 모든 것이 흩어져 버리는 난처한 순간을 경험한다. 그때 사람은 당치도 않은 말을 함부로 지껄이게 된다. 세상에 뜻밖의 새로운 사실이 밝혀졌을 때 사람은 견디지 못하고 독한 술처럼 취해 버리는 수가 있다. 마리우스는 자기에게 부딪쳐 온 새로운 국면에 몹시 놀라서 마치 상대가 그런 고백을 한 것을 원망이라도 하는 것처럼 말했다.

「그러나」 하고 그는 외쳤다. 「당신께선 어째서 그런 말씀을 내게 하시는 겁니까? 누가 그러기를 강요했습니까? 혼자서 비밀을 지킬 수도 있지 않습니까.

당신께선 고발을 당한 것도 수사를 받는 것도 추적을 당한 것도 아니겠죠? 자진해서 일부러 그런 비밀을 털어 놓는 데에는 어떤 이유가 있을 겁니다. 말씀하십시오. 이유가 있겠죠. 어째서 그걸 고백하시는 겁니까? 어떤 동기에서?」

「어떤 동기에서?」하고 물은 장 발장의 목소리는 마리우스에게보다는 자신에게 이야기하는 것 같았다. 그는 나직한 목소리로 말했다.「하긴 그래. 어떤 동기로 이 죄수가『나는 죄수요』하고 말하려 왔는가 그거군요. 그렇소! 좀 색다른 동기요, 정직한 마음에서요. 불행하게도 내 마음속에는 한가닥의 줄이 숨어 있어 그것이 나를 붙들어매고 있소. 더구나 나이가 들면 그 실은 점점 더 질겨지오. 주위의 생활이 전부 허물어져 가는 데도 그 실만은 저항하고 있소. 만약 내가 그 실을 뽑아 내거나 끊어 버리거나, 맨 매듭을 풀거나 자르거나 하고서 멀리 가버릴 수 있다면 나는 구제되었을 거요. 떠나기만 하면 되었을 거요. 불르와 거리엔 역마차도 있소. 그렇게 되면 당신들은 행복하고 나는 떠나는 거요. 나는 그 줄을 끊으려 하고, 뽑아 내려 했지만, 줄은 끊어지지 않고 내 마음까지 뽑혀질 지경이었소. 그때 나는 이렇게 생각했소.『나는 여기 외에서는 살 수 없다. 나는 머물러 있어야 한다.』그렇소, 그러나 당신이 말한 것도 옳소. 나는 어리석은 자요. 왜 이대로 모르는 척하고 있어선 안 되는가? 당신은 댁의 방 하나를 나에게 제공해 주었고 퐁메르시 부인은 나를 사랑해서 팔걸이 의자에게까지『아버지를 꼭 끌어안아 다오』했고 당신의 조부님은 내가 와 있는 것을 만족해 하시고 내가 마음에 든 것 같으니 모두 함께 살며 같이 식사도 하고 나는 코제트…… 아니 퐁메르시 부인이오, 실례했소, 그만 입버릇이 되어서. 나는 퐁메르시 부인의 손을 잡아주고서——모두 한지붕 밑에서 한 테이블을 에워싸고 같은 불을 쬐고 겨울엔 벽난로 가에 둘러앉고 여름엔 모두 함께 산책을 하고. 그것은 즐거운 일이오, 그것은 행복이오. 그 이상 무엇이 있겠소. 우리는 한식구로 함께 생활한다. 모두 함께!」

이 말을 했을 때 장 발장은 광포해졌다. 그는 팔짱을 끼고 마치 거기에 구멍을 파려는 듯 발밑을 노려보고, 그의 목소리는 갑자기 울려 퍼졌다.

「모두 함께! 아니오. 나는 가정을 가지고 있지 않소. 나는 당신의 집안 식구가 아니오. 나는 세상 사람들의 어느 집안의 식구도 못 되오. 사람이 나의 집이라고 하는 그 어디서도 나는 외부사람이오. 세상에는 많은 가정이 있소만, 내가 들어갈 가정은 없소. 나는 불행한 사람이오, 따돌림을 당한 사람이오. 내게 부모가 있었는지조차 의심스러울 정도요. 내가 그 아이를 결혼시킨 날, 모든 것은 끝났소. 그녀가 행복해진 것을 보고, 사랑하는 사람과 함께 있고, 훌륭한 노인이 계시고, 두 천사의 가정이 태어나서 이 댁이 기쁨에 넘치고 만사가 잘되어 가는 것을 보고 나는 자신에게 말했소. 너는 들어가지 말라고. 하기야 나는 거짓말을 하고 당신들을 모두 속이고 포슐르방 씨로 그냥 지낼 수도 있었소. 그것이 그녀를 위한 것이었을 동안은 거짓말을 할 수도 있었소. 그러나 이번은 자신을 위한 것일 테니 거짓말을 할 수가 없소. 하긴 내가 잠자코 있기만 하면 모든 것은 전대로 되었겠지요. 누가 내게 고백할 것을 강요하느냐고 당신은 물었지요. 괴상한 것이죠, 그건 내 양심이오. 사실 잠자코 있는 건 정말 쉬운 일이었소. 나는 자신에게 그것을 설득하려고 밤새껏 애썼소. 당신은 모든 것을 고백하라고 하셨소. 내가 당신에게 털어 놓고 이야기하러 온 것은 정말 이상한 일이어서, 당신이 그렇게 말씀하시는 것도 당연하오. 그런데 나는 밤새껏 이것저것 구실을 만들어 보았소. 그럴 듯한 교묘한 구실을 생각해 내고 할 수 있는 데까지 다해 왔소. 그러나 도저히 잘되지 않는 것이 두 가지 있었소. 내 마음을 여기에 붙들어매고, 못을 박고, 꼭 붙여 놓고 있는 줄을 끊는다는 것과, 홀로 있을 때 소곤소곤 말을 걸어 오는 것을 잠자코 있게 하는 일이오. 내가 오늘 아침 당신에게 모든 것을 고백하러 온 것도 그 때문이오. 모든 것을, 거의 전부를 말요. 나혼자만에 관계되는 것으로 말할 필요가 없는 것은 내 가슴 속에 접어 두겠소. 중요한 것은 이미 당신이 아는 바 그대로요. 이것으로 나는 내 비밀의 밑바닥까지 당신에게 내주었소. 그리고 내 비밀을 당신의 눈앞에서 파헤쳐 보였소. 이것은 쉬운 결심이 아니었소. 밤새껏 나는 고투했소. 설마, 하고 생각할지도 모르겠지만 나는 이런 것까지 생각했소. 이것은 샹마티외의 사건과는 다르다, 내 이름을 감춘다고 해서 누구에게 누를 끼칠 것도 아니다, 포슐르방이라는 이름은 내가 어떤 일을 해준 감사로 해서 포슐르방, 바로 그 자신이 준 거요. 그것을 내 이름으로 쓰면 어떠냐, 게다가 당신이 제공해 준 그 방에 들어가면 자신은 행복해지는 거다, 누구에게도 방해될 것 없다, 나만이 한편 구석에 틀어박혀 있으면 된다, 그리고 당신이 코제트와 있는 동안 나는 그 여자와 한집에 있다는 생각을 하자고 말요. 그것으로 제각기 자신에 어울리는 행복을 누리는 셈이오. 포슐르방 씨로 지내기만 하면, 그것으로 만사는 잘되는 거요. 그렇소, 내 영혼 이외는 그렇소. 내 주위는 기쁨이 넘치지만 내 영혼의 밑바닥은 역시 암흑 그대로 있을 것이오. 사람은 행복만으로 충분하지 않소. 만족스러워야 하오. 이대로라면 나는 포슐르방 씨로 있으면서 자신의 본래 얼굴을 감추고 당신의 기쁨 앞에서 수수께끼를 갖고, 당신의 환한 빛 속에서 캄캄한 암흑을 품게 되오. 그리고 아무런 경고도 없이 정직한 체하면서 당신의 가정에 감옥을 끌어들이고, 만약 당신에게 정체가 알려지면 쫓겨나리라는 생각을 언제나 하면서 당신의 식탁에 마주 앉고, 만약 알게 되면 틀림없이 『아유, 무서워라!』할 하인들의 시중을 받는 거요. 당신이 응당 싫어할 팔꿈치를 당신에게 맞대고, 당신의 악수를 속여서 잡는 거요! 댁에서는 존경할 백발과 욕된 백발 사이에 존경을 나누어 갖게 되오. 당신이 더할 나위 없이 정답게 지낼 때, 모두가 서로의 흉금을 터놓고 있는 줄 알 때, 조부님과 당신 내외와 내가 넷이 같이 있을 때, 그곳에 한 낯선 사나이가 있는 거요!ㅡ나는 당신들의 생활에 무릎을 맞대고 있으면서 자신의 무서운 우물의 뚜껑을 절대로 열지 않으려는 데에만 정신을 쓸 겁니다. 그래서 이미 죽어 있는 내가 살아 있는 당신들에게 짐이 될 것이오. 그것을 영원히 자신에게 붙들어매게 되오. 당신과 코제트와 나와, 세 사람 다 녹색 죄수모를 쓰게 되오! 소름끼치지 않소? 나는 지금 이 세상에서 가장 짓밟힌 사람이오만, 그렇게 되면 가장 교활한 사람이 될 것 아니오? 그리고 그 죄를 날마다 저지르게 될 거요. 거짓말을 매일 하게 되는 거요! 밤의 가면을 매일 얼굴에 쓰고 있는 게 되오! 나의 굴욕을 매일 당신들에게 나누어 주는 게 되오! 매일 그것도 내가 사랑하는 당신들에게, 나의 아이들인 당신들에게, 결백한 당신들에게 말요! 잠자코 있는 게 아무것도 아닐까요? 침묵을 지키는 게 간단한 일이겠소? 아니오, 간단하지 않소. 침묵이 거짓말이 되는 수도 있소. 그리고 나의 거짓말을, 허위를, 비열함을, 비겁함을, 배신을, 죄를, 나는 한 방울 한 방울 마시고, 토해내고, 다시 삼키고, 한밤중에 끝냈다가는 한낮에 다시 시작하고, 그리고 나의 아침 인사도 거짓말이 되고, 밤 인사도 거짓말이 되어, 나는 그 거짓말 위에서 자고 그 거짓말을 빵에 발라 먹고, 그리고 코제트와 얼굴을 맞대고, 천사의 미소에 지옥에 떨어진 자의 미소로 대답하고, 가증스러운 사기꾼이 될 것이오! 어떻게 그런 짓을 할 수 있겠소? 행복해지기 위해서요. 내가 행복해지기 위해서! 도대체 내게 행복해질 권리 따위가 있겠소? 나는 인생에서 따돌림을 당한 사람이오.」

　장 발장은 말을 끊었다. 마리우스는 듣고 있었다. 이토록 연면히 이어진 사상과 고뇌의 흐름을 막을 수는 없었다. 장 발장은 다시 목소리를 낮추어 말하기 시작했지만 그것은 이미 희미하고 무딘 목소리가 아니라 음산한 목소리였다.

「왜 고백을 하느냐고 당신은 물었지요? 고발을 당한 것도, 수색을 당한 것도, 추적을 당한 것도 아닌데, 하고 말이오. 아니오! 나는 고발되고 있소! 그렇구 말구요! 수사도 받고 있소! 추적도 당하고 있소! 누구에게? 바로 나한테요. 나의 도망가는 길을 막는 것은 바로 나 자신이오. 나는 스스로를 끌어 내고, 스스로를 경찰에 끌고 가고, 스스로를 체포하고, 스스로를 처형하는 거요. 더욱이 자기가 자신을 붙잡을 때에는 용케 잘 잡히는 법이오.」

그리고 그는 자신의 윗도리를 꽉 움켜쥐고 그것을 마리우스 쪽으로 잡아당기면서「이 주먹을 보시오」하고 그는 말을 이었다.

「목덜미를 움켜쥐고 놓지 않으려는 것 같지 않소? 어떻소! 그런데 이런 주먹이 또 하나 있소. 그것이 양심이오! 행복해지려고 원하는 사람은 결코 의무라는 것에 깊이 빠져선 안 되오. 왜냐하면 일단 의무에 깊이 들어가면 의무는 집요하게 사람을 공격하기 때문이오. 마치 의무에 싶이 들어간 것을 벌하는 것처럼 말요. 그러나 사실은 그렇지 않소. 의무는 그것을 깊이 깨달은 사람에게 보답을 하오. 왜냐하면 의무는 사람을 지옥으로 떨어뜨리지만, 사람은 거기서 신을 절실히 느끼기 때문이오. 사람은 자신의 창자를 찢어 버리는 동시에 자기 자신과 화해할 수가 있는 것이오.」

그리고 비통한 어조로 덧붙였다.

「퐁메르시, 이렇게 말하면 상식에 어긋난 것 같지만 나는 정직한 사람이오. 나는 당신에게 멸시당함으로 해서 스스로 자신을 높이는 것이오. 이런 일은 전에도 한 번 있었지만, 이번처럼 괴롭지는 않았소, 그건 아무것도 아닌 일이었소. 그렇소, 나는 정직한 사람이오. 내 과오로 당신이 나를 계속 존중한다면 나는 정직하다고 할 수 없을 거요. 그러나 지금 당신은 나를 경멸하고 계시니까 나는 정직하다고 할 수 있소. 나는 남의 경의를 훔치는 이외에는 경의를 얻을 수 없소. 그러니까 그런 경의는 오히려 나를 부끄럽게 하고, 마음을 괴롭히오. 그리고 스스로를 존경하기 위해서는 남에게 경멸당할 필요가 있소. 이것이 내가 짊어지고 있는 숙명이오. 이래야만 비로소 나는 고개를 똑바로 들 수 있소. 나는 자신의 양심에 복종하는 죄수요. 이런 사람이 다시 또 없으리라는 것은 잘 알고 있소. 그러나 어떻게 하겠소? 이것이 사실인 걸. 나는 나 자신에게 약속했소. 그리고 그것을 지키고 있소. 사람은 자신을 속박하는 것에 부딪치기도 하고 우연히 의무 속에 끌려 들어가는 경우도 있소. 그렇소, 퐁메르시, 내 일생에는 여러 가지 일들이

450

있었소.」

　장 발장은 다시 입을 다물고 자기가 한 말의 뒷맛이 씁쓸하기라도 한 듯 괴롭게 침을 삼키고 다시 말을 이었다.

　「이런 망측한 것을 짊어지고 있는 인간이 그것을 다른 사람들에게 남몰래 나누어 줄 권리는 없소. 자신의 괴질을 다른 사람들에게 남몰래 나누어 줄 권리는 없소. 알지 못하는 사이에 남을 자신의 파멸로 몰아넣을 권리는 없소. 자신의 붉은 외투를 남에게까지 입힐 권리는 없소. 자신의 비참으로 엉큼하게 남의 행복을 방해할 권리는 없소. 건강한 사람들에게 접근해서, 눈에 보이지 않는 자기 이름을 슬그머니 문질러 대다니, 끔찍한 일이오. 포슐르방이 내게 자기 이름을 빌려 주었지만 나는 그것을 이용할 권리가 없소. 그가 내게 이름을 준 것은 좋지만, 나는 그것을 가질 수가 없소. 하나의 이름은 하나의 자아요. 아시겠지요, 나는 시골 사람이지만 조금은 생각도 하고 책도 좀 읽었소. 그리고 사리 분별도 할 줄 압니다. 이렇게 자기의 생각도 표현하오. 나는 스스로 자기 교육을 한 것이오. 그렇소, 남의 이름을 훔쳐다가 그 아래 숨는 것은 정직하지 못한 짓이오. 알파벳 스물여섯 글자라면 지갑이나 시계처럼 속여서 뺏을 수 있소. 그러나 피가 상통한 가짜 서명을 하고, 살아 있는 가짜 열쇠가 되고, 성실하고 정직한 사람들의 집의 자물쇠를 비틀어 열고 들어가고 결코 똑바로 보지 못하고 항상 곁눈질을 하다니. 자신의 마음속이 깨끗지 못해선 안 되오! 안 됩니다! 안 되오! 절대로 안 되오. 그러느니보다는 차라리 괴로워하고, 피를 흘리고, 손톱으로 살가죽을 뜯어내고 밤마다 고뇌에 몸부림치고, 몸도 마음도 여위어 버리는 편이 낫소. 그렇기 때문에 나는 당신에게 모든 것을 고백하러 온 거요. 당신 말씀대로 자진해서 말이오.」

　그는 괴로운 듯이 숨을 쉬고, 그리고 마지막 말을 토했다.

　「살기 위해서 옛날에 나는 빵 한 조각을 훔쳤소. 그러나 오늘은 살기 위해서 하나의 이름을 훔치고 싶지 않소.」

　「살기 위해서」 하고 마리우스는 말을 가로막고 말했다. 「당신이 살기 위해서 이름이 필요한 건 아니겠죠.」

　「아아! 그 말씀은 나도 알겠소」 하고 장 발장은 대여섯 번 계속해서 천천히 머리를 끄덕이면서 대답했다.

　침묵이 흘렀다. 둘 다 입을 다물고 제각기의 상념의 심연 속으로 빠져들어 갔다. 마리우스는 테이블 옆에 앉아서 구부러진 한 손가락 위에 입술을 누르고 있었다.

장 발장은 객실을 거닐고 있었다. 그는 거울 앞에서 걸음을 멈추자 한동안 움직이지 않았다. 이윽고 거울 속에 비친 자신의 모습을 보지 않고 거울만을 지켜보면서, 마치 마음속의 추리에 대답이라도 하는 듯했다.

「그러나 이제 좀 마음이 가벼워졌군!」

그는 다시 걷기 시작하여 객실 저편 끝까지 갔다. 그리고 뒤로 돌아서다가 마리우스가 자신의 걸음걸이를 눈여겨 보고 있는 것을 깨달았다. 그러자 그는 형언할 수 없는 어조로 마리우스에게 말했다.

「나는 발을 약간 접니다. 그 까닭은 이미 아셨겠지요.」

그리고 나서 그는 마리우스 쪽으로 똑바로 마주 섰다.

「그런데 이런 일을 상상해 보시오. 내가 아무 말도 않고 여전히 포슐르방 씨로 있으면서 댁에 들어와서 한식구가 되고 마련된 내 방에 들어가서 아침에는 편안히 식사하러 나오고, 저녁에는 튈르리 궁전이나 르와이얄 광장에 나가고, 모두 함께 생활하면서 나를 똑같은 인간으로 생각하고 있다 합시다. 그런데 어느 날 내가 당신들과 함께 같이 이야기도 하고 웃고 있을 때 갑자기 장 발장! 하고 내 이름을 크게 부르는 소리가 나고, 저 무시무시한 경찰의 손이 그늘에서 튀어나와서 내 가면을 잡아벗긴다면!」

그는 또 말을 끊었다. 마리우스는 부르르 떨며 일어섰다. 장 발장은 말을 이었다.

「그렇게 되면 어떻게 하시겠소?」

마리우스는 침묵으로 거기에 대답했다.

장 발장은 계속했다.

「결국 내가 비밀을 감추어 두지 않는 것이 옳은 일이라는 걸 잘 아시겠지요. 자아, 부디 행복하게 천국에서 천사를 지키는 천사가 되어, 햇빛 속에서 만족하며 사시오. 그리고 한 가련한 지옥의 사람이 자신의 가슴을 열고 의무를 다하기 위해서 어떤 수단을 취하든, 염려하지 말아 주시오. 지금 당신 앞에 있는 자는 가련한 한 인간이오.」

마리우스는 천천히 객실을 가로질러 장 발장의 곁으로 오자 손을 내밀었다. 그러나 상대가 손을 내밀지 않았으므로 마리우스 쪽이 그 손을 잡아야 했다. 장 발장은 하는 대로 내버려 두었다. 마리우스는 대리석 손을 쥔 것처럼 느꼈다.

「내 조부에겐 많은 친구 분이 계십니다」 하고 마리우스는 말했다. 「당신께서 사면을 얻으시도록 해보겠습니다.」

「그건 소용 없는 일이오」하고 장 발장은 대답했다.「나는 죽은 걸로 돼 있소. 그것으로 족하오. 죽은 사람은 감시받지 않으니까요. 조용히 썩어 가는 걸로 되어 있소. 죽음은 사면과 마찬가지요.」

그리고 마리우스가 잡고 있는 손을 놓으면서 일종의 무정한 위엄을 갖추어 덧붙였다.

「게다가 의무를 다한다는 것은 의지할 수 있는 친구와도 같은 일이오. 또한 내게는 단 한 가지 사면밖에 필요하지 않소. 그것은 내 양심의 사면이오.」

그때 객실 저쪽편 문이 살그머니 조금 열리고, 그 틈으로 코제트의 머리가 보였다. 이쪽에서는 그 상냥한 얼굴밖에 보이지 않았다. 머리는 아름답게 풀어 헤쳐지고, 눈꺼풀은 아직도 졸리운 듯이 봉긋했다. 그녀는 새둥우리에서 머리를 내미는 작은 새 같은 몸짓으로 먼저 남편을 바라보고 나서 장 발장을 보고, 그리고 웃으면서 그들에게 외쳤다. 마치 장미꽃 속에 있는 미소를 보는 것 같았다.

「틀림없이 정치 이야기겠죠! 정말 너무해요. 나를 따돌려 놓고!」

장 발장은 꿈틀했다.

「코제트!」하고 마리우스는 중얼거렸다.

그리고 그는 말이 막혔다. 두 사람은 흡사 죄인 같았다.

코제트는 명랑한 표정으로 두 사람을 번갈아 바라보고 있었다. 그녀의 눈속에는 낙원에서 쏟아져 나오는 빛이 반짝이고 있었다.

「두 분은 현장을 들켰는 걸요」하고 코제트는 말했다.「난 문 너머로 포슐르방 아버님께서,『양심……의무를 다한다는 것은……』하고 말씀하시는 걸 들었어요. 그건 정치 이야기겠죠. 난 싫어요. 바로 이튿날부터 정치 이야기 따위를 하시다니, 안 돼요.」

「그렇지 않아, 코제트」하고 마리우스는 대답했다.「우린 지금 의논을 하는 중이야. 당신의 육십만 프랑을 어디에 맡기는 것이 가장 좋을까 하고……」

「그런 게 아니예요」하고 코제트는 말을 가로막았다.「나 그리로 들어갈 테에요. 그래도 괜찮죠?」

그리고 선뜻 문을 지나 그녀는 객실로 들어왔다. 옷주름을 넉넉히 잡고 소매가 넓은, 목에서 발끝까지 늘어뜨린 헐렁한 흰 가운을 입고 있었다. 낡은 고딕 그림의 금빛 하늘에는 천사가 입는 그러한 매혹적인 긴 드레스가 그려져 있다.

그녀는 커다란 체경에 자신의 모습을 머리에서 발끝까지 비추어 보고 나서 말할 수 없는 황홀감을 날리면서 외쳤다.

「옛날에 한 임금님과 여왕님이 있었다는 이야기 같군요. 아아! 난 얼마나 기쁜지 모르겠어요!」

그렇게 말하고 그녀는 마리우스와 장 발장에게 살짝 무릎을 굽혀 인사를 했다.

「자아, 나도 당신들 곁의 팔걸이의자에 앉겠어요. 이제 삼십 분 후가 되면 점심이에요. 무엇이든 좋아하는 이야기를 하세요. 남자분들은 이야기를 하셔야 한다는 걸 잘 알고 있어요. 전 얌전하게 앉아 있을께요.」

마리우스는 그녀의 팔을 잡고 정답게 말했다.

「우리는 의논할 게 있어.」

「아 참,」 하고 코제트가 대답했다. 「아까 창문을 열었더니 뜰에 많은 피에로 (참새를 말함)가 와 있더군요. 가면 이야기가 아니라 새 말예요. 오늘은 재의 수요일이죠. 하지만 새들에겐 그런 날이 없나 보죠?」

「우리들은 할 이야기가 있으니까, 자아, 코제트, 잠깐만 둘이 있게 해줘. 숫자에 관한 이야기야. 틀림없이 당신은 지루할 거야.」

「오늘 아침 당신 넥타이 참 멋있는데요, 마리우스. 정말 멋있어요, 괜찮아요. 전 숫자도 지루하지 않아요.」

「지루할 게 뻔해.」

「아뇨. 당신 이야긴 걸요. 잘 모를지도 모르지만 귀담아 듣겠어요. 사랑하는 사람의 목소리를 들을 때에는 그 뜻을 몰라도 괜찮아요. 다만 여기 함께 있고만 싶은 거예요. 남아 있어도 괜찮죠? 당신 곁에 말예요, 네?」

「사랑하는 코제트! 그렇지만 안 돼.」

「안 된다고요?」

「응.」

「좋아요」 하고 코제트는 말했다. 「여러 가지 할 이야기가 많았는데. 할아버지께선 아직도 주무시고, 이모님은 미사에 가셨고, 포슐르방 아버지의 방 벽난로에서는 연기가 나고 있어, 콜레트가 굴뚝 청소부를 부르러 갔고, 투쌩하고 니콜레트가 벌써 말다툼을 했고, 니콜레트가 투쌩이 말을 더듬는다고 비웃는다는 거며, 잔뜩 있어요. 하지만 좋아요. 당신에게는 아무것도 가르쳐 드리지 않을 테니까요. 어쩌면! 안 된다구요? 나도 『안 돼요』 하고 쏘아 드릴 테니까요. 누가 항복하게 될까요? 그러니까 부탁예요, 마리우스, 나도 같이 있게 해주세요.」

「정말 꼭 둘이서만 있어야 할 필요가 있어.」

「그래요? 나는 남이란 말인가요?」

장 발장은 한 마디도 하지 않고 있었다. 코제트는 그를 돌아보았다.

「그럼 아버지, 제게 키스해 주세요. 내 편이 되어 주시지 않고 아무 말씀도 않으시니, 도대체 어떻게 된 거예요? 그런 아버지가 어딨어요? 보시다시피, 나는 집에서 매우 불행하답니다. 남편이 구박하는 걸요. 자, 얼른 제게 키스해 주세요.」

장 발장은 다가갔다. 코제트는 마리우스를 돌아보았다.

「당신 미워요.」

그리고는 그녀는 장 발장에게 이마를 내밀었다. 장 발장은 한 발 다가갔다. 코제트는 뒤로 물러섰다.

「아버지, 안색이 나쁘시군요. 손이 아프신가요?」

「손은 다 나았다.」

「잘 주무시질 못하셨나요?」

「아니.」

「슬픈 일이 있으신가요?」

「아니.」

「그럼 키스해 주세요. 아무 탈도 없고 잠도 잘 주무시고, 만족하신다면 전 아무 잔소리도 하지 않겠어요.」

그리고 그녀는 다시 이마를 내밀었다. 장 발장은 천국을 반영하고 있는 그 이마에 키스했다.

「웃어 주세요.」

장 발장은 그렇게 했다. 그러나 그것은 유령의 미소였다.

「자아, 저를 남편에게 두둔해 주세요.」

「코제트!……」 하고 마리우스는 말했다.

「야단쳐 주세요, 아버지. 내가 없으면 안 된다고 해주세요. 내가 있더라도 이야기는 할 수 있잖아요. 나를 무척 바보라고 생각하시는군요, 의논이라느니, 돈을 은행에 맡긴다느니, 그것 참 굉장한 이야기군요. 남자들은 하찮은 것을 비밀로 하는군요. 난 안 비켜 드리겠어요. 나 오늘 아침 무척 예쁘지요. 나 좀 봐주세요, 마리우스.」

그리고 어깨를 귀엽게 으쓱하고 형용할 수 없이 점잖은, 화난 얼굴로 그녀는 마리우스를 바라보았다. 그들 사이에 번갯불이 지나갔다. 누가 있다는 것쯤 조금도 문제되지 않았다.

「사랑해!」하고 마리우스가 말했다.

「당신이 제일 좋아요!」

그리고 그들은 참지 못하는 양 꼭 껴안았다.

「이제,」하고 코제트는 가운의 주름을 매만지면서 의기양양하게 입을 뽀죽하게 내밀고 말했다.「전 여기에 있을 테에요.」

「그건 안 돼」하고 마리우스는 애원하는 듯한 어조로 말했다.「우린 이제부터 결말을 지어야 해.」

「또 안 돼요?」

마리우스는 엄숙한 목소리로 말했다.

「정말야, 코제트, 안 된다니까.」

「어머나! 화나신 목소리를 내시는군요. 좋아요, 가버릴 테니까요. 아버지, 아버지도 역성들어 주시지 않았죠. 남편도 아버지도 두 분 다 폭군이에요. 할아버지께 그렇게 말씀드리겠어요. 내가 금방 돌아와서 아양이라도 떨 줄 아시면 잘못이에요. 저도 자존심이 강하니까요. 이번에는 내가 버틸 거예요. 이제 알게 될 거예요, 내가 없으면 지루해지는 건 두 분이라는 걸 말예요. 어찌 되든 가버릴 테예요.」

그렇게 말하고 그녀는 나갔다.

그러나 잠시 후, 문이 다시 열리고 그녀의 발랄하게 홍조띤 얼굴이 다시 한 번 문 틈으로 들여다보고 두 사람에게 외쳤다.

「정말 화났어요.」

문은 다시 닫히고 어둠이 다시 방안에 가득했다. 그녀가 나타난 것은 마치, 햇빛이 길을 잃고 저도 모르게 느닷없이 밤 속을 가로지른 것 같았다. 마리우스는 문이 잘 닫혀 있는지를 확인했다.

「가엾은 코제트!」하고 그는 중얼거렸다.「이제 머지않아 알게 된다면…….」

이 말에 장 발장은 온몸을 부르르 떨었다. 그는 혼미한 눈으로 마리우스를 응시했다.

「코제트! 아아, 그렇군, 당신은 코제트에게 그 이야기를 할 작정이군요. 당연하오, 나는 미처 그것을 생각지 못했소. 어떤 일에 대해서 굳센 자라도 다른 일에는 무력한 경우가 있소, 제발 부탁이오. 이렇게 빌겠소, 맹세해 주시오. 저애에게는 말하지 말아 주오. 당신이, 당신 혼자만이 알고 있는 것으로 족하지 않소? 나는 남에게 강요받지 않고 자진해서 그 사실을 말했소. 온 세상, 모든 사람에게 이야기할 수 있을 거요. 그런 것은 상관 없소. 그러나 저애는 사정을 알지 못하오. 알면 몹시 놀랄 거요. 죄수라니, 그게 무슨 말인가도 설명해 줘야 할 거요. 감옥살이 하던 사나이라고 들려 줘야 할 거요. 저애는 쇠사슬에 묶인 죄수들이 지나가는 것을 본 일이 있소. 아아!」

그는 팔걸이의자에 쓰러져 두 손으로 얼굴을 가렸다. 목소리는 들리지 않았으나 어깨가 떨리는 것으로 울고 있는 것을 알 수 있었다. 소리 없는 눈물, 무서운 눈물이었다.

흐느낄 때에는 숨이 막힐 때가 있다. 경련에 사로잡힌 그는 숨을 쉬기 위해서인지 의자 등받이에 몸을 젖히고 양팔을 축 늘어뜨린 채 눈물에 젖은 얼굴을 마리우스에게 드러내 보였다. 그리고 마리우스는 끝없이 깊은 곳에서 울리는 낮은 목소리로 그가 중얼거리는 것을 들었다.

「아아! 죽어 버렸으면!」

「마음을 놓으십시오. 당신 비밀은 저 혼자만의 가슴 속에 넣어두겠습니다.」

마리우스는 당연히 느껴야 할 만큼의 감동은 느끼지 않으나 한 시간 전부터의 뜻하지 않은 무서운 일에 익숙해졌고, 눈앞의 포슐르방 씨의 모습에 점점 한 죄수의 모습이 겹쳐지는 것을 보고 차츰 그 비통한 현실에 사로잡혀서, 그 경우의 당연한 느낌으로 상대와 자신과의 사이에 생긴 간격을 인정하지 않을 수 없어 이렇게 말을 이었다.

「당신께서 그토록 성실하고 정직하게 돌려주신 위탁금에 대해서, 한 마디도 말씀을 안 드릴 수 없습니다. 그것은 성실한 행위입니다. 당신은 당연히 그 보상을 받아야 합니다. 자신께서 금액을 정하십시오, 그만큼 지불해 드리겠습니다. 아무 염려 마시고 얼마든지 금액을 말씀하십시오.」

「고맙소.」 장 발장은 조용하게 대답했다.

그는 한동안 생각에 잠겨 집게손가락 끝으로 엄지손가락의 손톱을 기계적으로 문지르다가 이윽고 입을 열었다.

「이것으로 우선 일이 끝났소. 마지막으로 한 가지만 더…….」

「뭡니까?」

장 발장은 마지막 말을 꺼내기를 망설이는 양 목소리도 숨소리도 거의 내지 않고서 말을 한다기보다 차라리 더듬거렸다.

「비밀을 모조리 안 지금, 주인인 당신으로선 내가 다시는 코제트를 만나선 안 된다고 생각하겠지요 ?」

「그편이 좋다고 생각합니다」하고 마리우스는 싸늘하게 대답했다.

「그렇다면 다시 만나지 않기로 하리다」하고 장 발장은 중얼거렸다.

그리고 그는 문 쪽으로 다가갔다. 손잡이에 손이 닿고, 열쇠는 벗겨지고 문이 조금 열렸다. 장 발장은 나갈 수 있을 만큼 문을 열고, 잠시 움직이지 않고 서 있다가 문을 다시 닫고 마리우스 쪽을 보았다.

그의 얼굴은 이제는 창백한 정도가 아니라 납빛이었다. 눈에는 이미 눈물도 없어지고 비통한 불꽃 같은 것이 타오르고 있었다. 목소리는 이상하리만큼 침착해져 있었다.

「그러나 말이오」하고 그는 말했다.「만약 허락해 주실 수 있다면 그애를 만나러 오고 싶소. 진심으로 그렇게 해주기를 바라오. 코제트를 만나지 않아도 좋았다면, 그런 고백을 당신에게 하지도 않고 어디로든 가버렸을 거요. 그러나 코제트가 있는 곳에 머물러 있으면서 계속 만나고 싶었기 때문에 정직하게 당신께 털어놓아야만 했던 거요. 내가 말하는 도리를 아시겠지요 ? 누구라도 알아 줄 거요. 그렇소, 나는 구 년 동안 그녀를 내 곁에 두었었소. 처음에 우리들은 큰 거리의 누옥에서 살았고, 그 다음엔 수도원에서 살았고, 또 그 다음엔 릭상부르 공원 가까이에서 살았소. 거기서 당신은 처음 그녀를 만났던 거요. 그녀의 푸른 빌로도 모자를 기억하시겠죠. 우리는 그 뒤에 앵발리드 구역의 철문과 뜰이 있는 집으로 옮겼소. 플뤼메 거리요. 나는 조그만 뒷뜰의 떨어진 채에서 살면서 그녀의 피아노 소리를 들었소. 그것이 내 생활이오. 우리는 한 번도 따로 떨어진 적이 없었소. 그것은 구 년 몇 개월인가 계속되었소. 나는 아버지와 같았고 그녀는 내 딸 같았소. 당신에게 이런 심정이 이해되겠소 ? 퐁메르시, 이제 딴 곳으로 가버리고, 다시는 그녀를 만나지 못하고, 다시는 이야기도 할 수 없고, 모든 것을 잃어버리고 말다니, 그것은 고통스러운 일이오. 당신에게 그다지 나쁘지만 않다면 나는 이따금 코제트를 만나러 오고 싶소. 귀찮도록 찾아 오지는 않겠소. 오래 있지도 않겠소. 아래층 조그만 방에서 만나도록 해주시면 족하오. 하인들이 출입하는 뒷문으로 드나들어도 좋소만, 그러나 그렇게 되면 남들이 보고 놀라겠지요. 그러니까 역시 정문으로 들어오는 게 좋겠소. 진정으로 부탁하오. 앞으로 얼마 동안만 코제트를 만나고 싶소. 아주 가끔이라도• 좋소. 내 처지가 되어 봐주오. 내게는 이제 다른 아무것도 없소. 게다가 조심스럽기도 하오. 내가 전혀 오지 않게 되면 결과는 도리어 좋지 않게 되어 남들이 이상하게 생각할 거요. 우선은 나로서는 저녁때, 해 저물녘에 찾아오면 좋을 것 같소.」

「매일 저녁 오십시오」 하고 마리우스는 말했다. 「코제트는 기다릴 겁니다.」

「매우 고맙소」 하고 장 발장은 말했다.

마리우스는 장 발장에게 인사하고, 행복은 절망을 문까지 배웅을 하고, 그리고 두 사나이는 헤어졌다.

2. 고백 속에 숨겨진 어두운 그림자

마리우스는 마음이 산란했다.

코제트의 곁에 있던, 익히 보아온 그 사나이에게 자신이 늘 어떤 거리감을 느꼈던 까닭을 이제야 납득할 수 있었다. 그 인물에게는 어쩐지 수수께끼 같은 데가 있다는 것을, 본능이 그에게 가르쳤던 것이다. 그 수수께끼란 수치 가운데서도 가장 증오할 수치, 감옥이었던 것이다. 그 포슐르방 씨는 죄수 장 발장이었던 것이다.

한창 행복할 때에 느닷없이 그러한 비밀을 발견한다는 것은 비둘기의 둥우리 속에서 전갈을 발견하는 것과 흡사하다. 마리우스와 코제트의 행복은 앞으로 그런 이웃 사람을 접하도록 운명지어졌단 말인가? 그것은 이미 마련된 기정 사실인가? 그 사나이를 받아들이는 것이 결혼의 성립 조건이었던가? 이제는 어쩔 도리가 없는 것인가? 결혼으로 말미암아 마리우스는 죄수까지도 짊어져야 하나!

설사 광명과 환희의 관을 쓰고 인생의 황금기를 즐기고 행복한 사랑을 맛본다 하더라도 황홀경에 잠긴 대천사나 영광에 둘러싸인 반신인(半神人)도 이 타격을 느끼지 않을 수 없을 것이다.

그러한 사태의 변화에 으레 그렇듯이 마리우스는 자신에게 비난할 만한 점은 없는가 하고 스스로에게 물어 보았다. 통찰력이 없었던 것일까? 생각이 모자랐던 것은 아닐까? 자기도 몰래 경솔한 짓을 저지른 것일까? 그런 점이 다소 있을지도 모른다. 코제트와의 결혼으로 끝맺은 그 연애 사건이 시작될 때에 주위의 사정을 알아볼 만한 신중성이 모자랐던 것은 아닐까? 그는 스스로에게——인생이 인간을 차츰 개선시키는 것은 이러한 인간의 연속적인 자기 검증을 거듭해 가기 때문이다——자신의 성질 속에 공상적인 환상가다운 일면이 있음을 인정했다. 그것은 많은 사람의 소질과는 특유한, 일종의 마음속의 구름으로 그 구름은 정열이나 고통이 막바지에 달하면 부풀어 오르고 영혼의 온도 변화에 따라 인간을 완전히 싸버리고, 안개에 젖은 의식만으로 만들어 버린다. 이미 여러 번 지적했듯이, 마리우스의 개성에는 그러한 독특한 요소가 있었다. 그러고 보니 황홀한 사랑에 취해 있을 때 그 플뤼메 거리의 육칠 주일 동안 저 고르보 누옥에서의 수수께끼 같은 사건에 대해서, 피해자가 싸우는 동안 이상하리 만큼 잠자코 있다가 나중에 도망가 버린 사건에 대해서 코제트에게 이야기조차 하지 않은 걸 알았다. 그 사건을 전혀 코제트에게 말하지 않았다니, 웬일이었던가 ! 그것도 최근의 그토록 무서운 사건이었었는데 ! 그녀에게 테나르디에라는 이름을, 더구나 에포닌느를 만난 일조차 얘기하지 않았음은 웬일일까 ? 이제 돌이켜 생각하니 당시의 자신의 침묵은 자신에게도 납득시킬 수 없을 정도였다. 그러나 이유를 붙일 수는 있었다. 생각건대 당시의 자신이 멍청했었고, 코제트에게 정신 없이 반해서 완전히 사랑의 포로가 되어 서로서로 상대를 이상의 저편으로 끌어 넣었었고, 그리고 또 영혼의 상태가 그토록 격렬하고 매혹에 충만해 있으면서도 거기에 섞여 있는 약간의 이성이 가져온 막연하고 은밀한 본능에 의하여 접촉하기를 두려워하고 어떠한 역할도 맡고 싶어하지 않고 줄곧 피하기만 했던 그 무시무시한 사건, 이야깃거리로 삼거나 증인이 되거나 하면 자신이 고소인이 되어 버릴 게 뻔한 그 사건에 대해서 다만 자기의 기억 속에 접어 놓고 없었던 일로 생각하려고 했던 것이었다. 게다가 그 몇 주일 동안은 번갯불 같았다. 그저 서로 사랑한다는 것 이외에는 아무것도 생각할 겨를이 없었다. 그리고 모든 것을 숙고하고, 모든 이면을 간파하고 조사해서 고르보 누옥의 매복 사건을 코제트에게 이야기하고 테나르디에 집안의 이름을 그녀에게 말했다 한들, 설사 장 발장이 죄수라는 것을 알았다 해도 그것으로 마리우스의 마음이 변했을까 ? 코제트의 마음이 변했을까 ? 그렇다고 해서 물러났을까 ? 그녀에 대한 사랑이 식었을까 ? 그녀와 결혼하지 않았을까 ? 천만에, 그것 때문에 이제까지의 과정이 다소라도 바뀌었을까 ? 그럴 리는 없었다. 그렇다면 구태여 후회하거나 자기를 탓할 것은 없다. 만사가 이것으로 좋았던 거다. 연인이라고 불리는 취한에게는 신이 있다. 눈이 멀어 버리면서도 마리우스는 눈이 밝을 때에 택한 것과 똑같은 길을 택했다. 사랑은 그의 눈을 가렸었다. 그것은 그를 어디로 끌고 가기 위해서였을까? 낙원으로 인도하기 위해서였다.

그러나 그 낙원은 이제부터 지옥을 동반하게 되었다.

그 사나이에게, 장 발장이 된 그 포슐르방에게 마리우스가 전부터 느껴 왔었던 꺼림칙한 마음에는 바야흐로 혐오가 섞이게 되었다. 그러나 그 혐오에는 어떤 연민의 정이, 그 어떤 뜻밖의 놀라움이 포함되어 있었다.

그 도둑은, 그 재범의 도둑은 위탁금을 고스란히 돌려주었다. 그것도 육십만 프랑이라는 엄청난 돈을. 그만이 위탁금에 얽힌 비밀을 쥐고 있었다. 그는 그것을 고스란히 자기가 차지해 버릴 수도 있었다. 그런데도 그는 그것을 몽땅 돌려준 것이다.

더욱이 그는 자진해서 자신의 정체를 밝혔다. 누구에게 강요당한 것도 아니었다. 그의 정체를 밝혀 낸 것은 그 스스로였다. 그 고백은 굴욕을 감수한다는 것 이상의 위험을 무릅쓰는 것이었다. 죄수에게 가면은 단순한 가면이 아니라 하나의 은신처다. 그는 그 은신처를 내버린 것이다. 가명은 신분을 보호하는 수단이다. 그는 그 가명을 팽개쳐 버렸다. 죄수인 그라 할지라도 견실한 가정 속에 영원히 은신할 수도 있었다. 그러나 그는 그 유혹에 저항했다. 그것도 어떤 동기에서였나? 양심의 불안에 의해서다. 그것을 그는 진실이 깃든 엄숙한 어조로 설명했다. 요컨대 그 장 발장이 어떤 인간이든 하나의 양심을 자각하고 있음에 틀림없다. 거기에는 그 어떤 신비한 재생이 싹트고 있었다. 그리고 모든 점으로 보아, 이미 오랫동안 양심에 의해서 지배되어 온 것이다. 그와 같은 정의와 선과의 발작은 야비한 성질과는 어울리지 않는다. 양심의 각성, 그것은 영혼의 위대함을 나타내는 것이다.

장 발장은 성실했다. 그 성실은 눈에도 보였고 손으로 만져지기도 했다. 부정할 수 없는 것이고, 그것은 그에게 주는 고통을 보더라도 명백한 것이어서 사실의 진부를 가릴 필요조차 없어 그 사나이가 말하는 모든 것을 신용할 수 있었다. 이런 점이 마리우스의 마음을 기묘하게 전도케 했다. 포슐르방 씨로부터는 무엇을 끄집어 낼 수 있었던가? 불신이다. 장 발장에게서는 무엇을 끌어 낼 수 있었던가? 신뢰다.

마리우스는 깊이 생각하다가 장 발장의 이상한 대차대조표를 만들고 그 대변과 차변을 검토하여 차액을 계산해 내려 했다. 그러나 모든 것은 폭풍우 속에 있는 것 같았다. 마리우스는 그 사나이에 관해서 뚜렷한 관념을 세우려고 애쓰면서,

말하자면 장 발장을 깊은 사념 속에 추구하려 했으나 그 모습을 어쩔 수 없는 안개 속에 곧잘 잃곤 했다.

위탁금을 정직하게 돌려준 것, 성실하게 고백한 것, 모두가 좋은 일이었다. 그것은 구름 사이에 엿보이는 푸른 하늘 같았다. 그러나 다음 순간 구름은 다시 시커멓게 끼어 버리는 것이었다. 마리우스의 기억은 몹시 혼란했지만 거기에서 어떤 그림자가 되살아왔다.

종드레트의 고미다락방에서의 그 사건은 과연 무엇이었던가? 경관이 왔을 때 어째서 그 사나이는 호소하지 않고 달아났던가? 이 점에 관해서는 마리우스도 대답을 얻어낼 수 있었다. 즉 그 사나이는 탈옥한 전과자였던 것이다.

의문은 아직 있었다. 그 사나이는 어째서 바리케이드에 왔을까? 마리우스가 그런 의문을 떠올린 것은, 그때의 기억이 현재의 감동 속에 마치 불에 쬐면 글씨가 나타나는 잉크를 불에 쬔 듯 재현되어 오는 것을 역력히 보았기 때문이다. 그 사나이는 바리케이드에 와 있었다. 그러나 싸우지는 않았다. 그렇다면 대체 무엇을 하러 왔었는가? 이 의문 앞에 한 그림자가 나타나서 거기에 대답했다. 자베르였다. 이제야 마리우스는 장 발장이 묶여 있는 자베르를 바리케이드 밖으로 끌고가는 처참한 광경을 떠올렸다. 몽데투르 골목 모퉁이 뒤에서 들렸던 무시무시한 권총 소리가 지금도 귀에 쟁쟁했다. 틀림없이 그 밀정과 저 죄수는 서로 증오했었을 것이다. 서로가 방해자였을 것이다. 장 발장은 복수하기 위해서 바리케이드에 갔던 것이다. 그의 도착이 너무 늦었었다. 아마도 자베르가 그곳에 포로가 되었던 것을 알았을 것이다. 코르시카의 벤데타(코르시카 섬에서 살인이나 모욕에 대해서 행해지는 참혹한 복수)는 어떤 하층 사회에 침투해서 법률 같은 힘을 갖고 있다. 그것은 참으로 간단하게 행하여지기 때문에 착해지려던 사람들조차 그것에 놀라지 않게 되어 있다. 그들이 그렇게 여기므로 죄를 저지른 인간이 뉘우쳐 가며 도둑질을 삼갈 수는 있어도 복수를 삼갈 수는 없었다. 장 발장은 자베르를 죽인 것이다. 적어도 그 점만은 확실하다고 생각되었다.

마지막에 또 하나의 의문이 있었다. 그러나 이 의문에는 답을 얻지 못했다. 그 의문이 마리우스에게는 자신을 심하게 조르는 집게처럼 느껴졌다. 즉 장 발장이 그토록 오래 코제트와 함께 생활해 온 것은 어째서일까? 그 소녀를 그 사나이와 만나게 한 그 측량할 수 없는 섭리의 장난은 과연 무엇일까? 하늘에도 거기서 만들어진 두 사람을 묶는 쇠사슬이 있어 신은 천사를 악마에게 붙들어 매어 놓고 기뻐하는 것일까? 비참으로 가득 찬 신비로운 감옥에서 죄악과 순결이 한방에 있을 수도 있을까? 인간의 운명이라고 불리는 그 죄수의 행렬 속에서 두 개의 이마, 순진한 이마와 무서운 이마, 새벽의 숭엄한 서광에 젖어 있는 이마와 끊임없는 불빛에 영원히 창백한 이마가 만나는 일도 있을까? 이 설명할 수 없는 조화를 도대체 누가 정했단 말인가? 어떻게 해서 어떤 기적으로 저 천국의 소녀와 저 지옥의 노인 사이에 공동 생활이 이루어졌을까? 누가 새끼 양을 이리에게 붙들어 매었으며, 더욱 이해하기 어려운 것은 이리가 새끼 양에게 애착을 느낄 수 있었을까? 왜냐하면 이리는 새끼 양을 사랑했고, 사나운 자가 연약한 자를 사랑하며 구 년 동안이나 천사가 괴물을 의지하고 살아 왔으니까. 코제트의 어렸을 때와 청춘, 인생에로의 등장, 생명과 광명을 향한 처녀의 성장, 그것들은 저 기괴한 헌신에 의해서 보호받아 왔던 것이다. 여기에서 의문은 이른 바 헤아릴 수 없는 수수께끼로 분열되고 심연이 열려서 마리우스는 현기증을 느끼지 않고는 장 발장의 속을 들여다볼 수가 없게 되었다. 저 심연 같은 인간은 도대체 어떤 사람인가?

창세기의 낡은 상징은 불멸이다. 현재와 같은 인간 사회에는 머지않아 좀더 위대한 빛으로 그것이 변화되는 날까지는 언제까지나 두 가지의 인간, 높은 곳에 있는 인간과 낮은 곳에 있는 인간이 존재한다. 하나는 선을 따르는 자, 즉 아벨이요, 다른 하나는 악을 좇는 자, 즉 카인이다. 그러면 저 다정한 카인은 어떤 사람인가? 한 처녀를 경건한 마음으로 숭배하고, 감시하고, 키우고, 지키고, 위하고, 자신은 욕된 몸이면서도 순결로써 그녀를 감싼 그 도둑은 도대체 어떤 사람인가? 깨끗하게 그 순결한 자를 숭배했던 그 시궁창 같은 자는 도대체 어떤 사람인가? 하나의 별을 나타나게 하기 위해서 온갖 그림자와 온갖 구름으로부터 지키는 것을 일념으로 마음을 쓴, 저 암흑의 그림자는 어떤 사나이인가?

거기에 장 발장의 비밀이 있었다. 거기에 신의 비밀이 있었다.

그 이중의 비밀 앞에서 마리우스는 뒷걸음질쳤다. 그 비밀의 하나는 어떤 의미에서 다른 하나에 대한 그의 불안을 가라앉혀 주었다. 이 사건 속에는 장 발장과 함께 신의 모습도 보였다. 신에게는 신의 도구가 있다. 신은 마음에 드는 도구를 사용한다. 신은 자기가 만들어 낸 인간에 대해서 책임을 지지 않는다. 신의 행위를 인간이 알 수 있겠는가? 장 발장은 코제트에게 정성을 들였다. 그는 그녀의 영혼을 어느 정도 만들어 냈던 것이다. 그것은 부인할 수 없는 사실이다. 그런데? 그 일을 한 사람은 무서운 사나이였다. 그러나 그 작품은 훌륭했다. 신은 자기 마음에 드는 기적을 낳는다. 신은 저 아름다운 코제트를 만들고, 그 도구로써 장 발장을 사용했다. 이 이상한 협력자를 택하는 것이 신의 마음에 들었던 것이다. 그 까닭을 신에게 물을 수 있을까? 퇴비가 봄을 도와서 장미꽃을 피게 하는 것이 그리 신기한 일이겠는가?

마리우스는 스스로에게 그렇게 대답하고 만족한 결론이라고 자신에게 말했다. 지금 지적한 어느 점에 대해서도 그는 억지로 장 발장을 추궁하려 하지 않았다. 또 감히 추궁할 용기가 없는 자신을 깨닫지 못했다. 그는 코제트를 깊이 사랑하고 있었고 그녀를 차지하고 있었으며, 코제트는 눈부시게 순결했다. 그것만으로도 그는 만족했다. 그 이상 어떤 해명이 필요하겠는가? 코제트는 빛이었다. 빛을 밝힐 필요가 뭐 있겠는가? 그는 모든 것을 가지고 있었다. 「나는 코제트와는 아무것도 아니오. 십 년 전에는 그녀가 세상에 존재하는 것조차 몰랐었소.」

장 발장은 지나가는 인간에 불과했다. 스스로 그렇게 말하지 않았던가? 그렇다면 그는 그저 지나가 버리는 거다. 그가 어떤 인간이든간에 그의 할 일은 이미 끝난 것이다. 이제 코제트 곁에서 보호자의 역할을 하기 위해서는 마리우스라는 사람이 있다. 코제트는 푸른 하늘 속에 자기와 동등한 사람을, 연인을, 남편을, 천국의 남성을 찾은 것이다. 날아오를 때 날개를 달고 변신한 코제트는 땅 위에 자신의 허물인 장 발장을 흉한 모습 그대로 남겨 놓고 온 것이다.

이처럼 마리우스는 이리저리 생각을 굴려 보았으나 결국은 언제나 장 발장에 대한 어떤 두려움에 다시 끌려오곤 했다. 그것은 아마도 신성한 두려움이리라. 왜냐하면 이미 지적했듯이 그는 그 사나이에게서 『신성한 무엇인가』를 느끼고 있었기 때문이다. 그러나 아무래도, 아무리 정상을 참작하려 해도 결국 그 사람은 죄수이다, 하는 생각에 떨어져 갈 수밖에 없었다. 죄수란 사회 계층의 가장 아랫단보다 더 밑에 있어서 사회에는 몸 둘 곳조차 없는 인간이다. 가장 아랫단의 인간 다음이 죄수다. 죄수는 말하자면 산 인간 축에 들지 않는다. 법률이 한 인간에게서 뺏을 수 있는 모든 인간성을 빼앗아 버린 것이다. 마리우스는 민주주의자였지만 형법상의 문제에 대해서는 아직도 엄격한 사회 제도를 지지하고 있어서 법률의 응징을 받는 자에 대해서는 법률과 똑같은 관념을 지니고 있었다. 모든 점에서 아직 진보를 이룩했다고는 할 수 없었다. 인간의 손으로 씌어진 것과 신의 손으로 씌어진 것을, 다시 말해서 법률과 인권을 분간할 수 있는 데까지 아직 도달하지 못했다. 인간의 힘으로 회복할 수 없는 것, 보상할 수 없는 것을 처리할 권리가 인간에게 있는가 어떤가 하는 것을 그는 아직 고찰해 보거나 연구해 보지 않았다. 『형벌』이라는 말을 별로 불쾌하게 생각하고 있지 않았다. 성문률의 위법시에 받게 되는 처벌에 대해서는 누구나 아는 일이라고 생각하고, 사회적 처벌을 문명의 방편으로서 받아들이고 있었다. 그는 천성이 선량하고, 마음속으로 완전히 진보를 갖추고 있었으므로 머지않아 보다 더 진보적인 생각을 가질 것은 틀림없지만 지금은 아직 이 정도에 머물러 있었다.

그러한 사고 방식으로 보면 그에게는 장 발장이 밉고 불쾌하게 생각되었다. 그는 신께 버림받은 사람이었다. 한낱 죄수였다. 이 말은 그에게 있어서는 마지막 심판의 나팔 소리처럼 들리는 것이었다. 그리고 오랫동안 장 발장을 관찰한 뒤에 취한 그의 마지막 태도는 얼굴을 돌리는 것이었다. 『물러가라』(사탄아, 내 뒤로 물러가라)였다.

여기서 분명하게 확인하고, 또 강조해 두어야 할 일이 있다. 즉 마리우스는 장 발장에게 이것저것을 물어서 끝내는 장 발장이「당신은 내게 모든 것을 고백하라고 하는군요」라고 했을 정도였지만, 그러나 두서너 개의 결정적인 질문은 하지 않았다. 그런 질문을 생각지 못한 것은 아니었지만 그것을 입밖에 내기가 무서웠던 것이다. 종드레트의 고미다락방에 관한 일은? 바리케이드의 일은? 자베르의 일은? 만약 그런 것들을 묻게 되면 어디까지 깊은 비밀이 밝혀질 것인지 알 수 없는 일이다. 장 발장은 말을 꺼내기 시작하고 나서 주저할 사나이 같지는 않았으므로, 마리우스가 그에게 고백할 것을 강요한 뒤에 오히려 그의 입을 틀어막고 싶을지 어떨지 알 수 없는 일이었다. 어떤 절박한 경우에 한 가지 질문을 하고서 대답을 듣지 않으려고 귀를 막는 일은 누구에게도 있는 일이다. 그것은 특히 사랑을 하고 있는 사람이 곧잘 하게 마련인 겁먹은 행동이다. 불길한 사정을 지나치게 묻는 것은 현명하지 않다. 그 사정에 자신의 생명에서 떼어낼 수 없는 면이 숙명적으로 관련되어 있는 경우에는 더욱 그렇다. 장 발장이 마구 설명하기 시작하면 얼마나 무서운 빛이 거기서 나왔을 것인가? 그리고 그 가증스러운 빛이 코제트에게까지 반사되지 않는다고 누가 말할 수 있겠는가? 그 결과 그 천사의 이마에 무언가 지옥의 그림자가 달라붙지 않았다고 누가 장담할 수 있겠는가? 번갯불의 여광, 그것도 벼락의 일부이다. 그러한 연대성이 있어서 반사를 받은 것이 그 빛에 물든다는 어두운 법칙에 의해서 순결에조차 죄악의 도장이 찍히는 일이 있다.

가장 순결한 것일지라도 무서운 이웃 사람의 반사광이 영원히 머물러 있는 수가 있다. 옳고 그른 것은 고사하고 마리우스는 두려웠다. 그는 이미 너무 지나치리만큼 많은 사실을 알고 있었다. 그 이상 밝히기보다는 차라리 마음을 딴 곳으로 돌리고 싶어했다. 미칠 듯한 그는 장 발장에게는 눈을 감고, 코제트를 품에 안고 가버렸다.

그는 밤의 사나이였다. 살아 있는 무서운 어둠의 사나이였다. 어떻게 감히 깊숙이 바닥을 뒤져보겠는가 ? 그림자에게 묻는 것은 두렵다. 그림자가 무어라고 대답할지 누가 알겠는가 ? 그 때문에 새벽마저 영원히 더럽혀질는지도 모르잖는가 ?

이런 정신 상태에 있었으므로 그 사나이가 앞으로 코제트와 어떤 접촉을 갖는다고 생각하는 것은 마리우스에게는 가슴을 도려내는 곤혹이었다. 입밖에 내기를 망설인 그 무서운 질문, 가차없는 결정적인 해결을 끌어 낼 수 있었을지도 모르는 질문들을 끄집어 내지 못한 것이 후회됐다. 그는 자신이 너무 선량하고, 너무 부드럽고, 감히 말하자면 너무 약한 것을 깨달았다. 그 약한 마음이 그에게 조심성 없는 양보를 하도록 만든 것이다. 헛점을 이용당한 것이다. 그것이 잘못이었다. 장 발장을 깨끗이 분명하게 돌려보냈어야 했다. 장 발장은 불을 끄는 데 희생시켜야 했다. 그러니까 그것의 희생으로서 자기 집에서 그 사나이를 내보냈어야만 했다. 그는 자신이 원망스러웠다. 그의 귀를 막고 눈을 막고 그를 휩쓸어 넣어 버린 그 격정의 소용돌이가 원망스러웠다. 자기 자신이 한심스러웠다.

이제 와서 어떡하면 좋은가 ? 장 발장이 찾아 온다는 것은 참으로 싫었다. 그 사나이를 내 집에 불러들일 필요가 뭐 있는가 ? 그럼 어떡하면 좋은가 ? 여기까지 생각했을 때, 그는 망연해졌다. 그 이상 깊이 파고들고 싶지 않았다. 깊이 생각하고 싶지 않았다. 자기의 마음을 더 뒤지고 싶지 않았다. 이미 약속해 버린 것이다. 얼떨결에 약속해 버리고 만 것이다. 장 발장은 그의 약속을 받고 있다. 상대가 죄수건 아니건, 죄수이기 때문에 더욱 약속은 지켜야 하는 것이다. 그러나 그는 누구보다도 우선 코제트에 대해서 의무를 짊어지고 있었다. 요컨대 혐오감이 모든 것을 지배하고 그를 초조하게 하는 것이었다.

마리우스는 그러한 관념 전체를 들뜬 마음으로 머릿속에서 어수선하게 생각하고, 차례로 생각을 굴리고 있었다. 그 때문에 깊은 곤혹이 생겨났다. 그 곤혹을 코제트에게 감추기란 쉬운 일이 아니었다. 그러나 사랑은 일종의 재능이어서 마리우스는 끝내 그것을 감추어 냈다.

더욱이 그는 비둘기처럼 희고 결백해서 천진난만한 코제트에게는 아무렇지도 않은 듯이 이것저것 물어 보았다. 그녀의 어린 시절이며 소녀 시절에 관한 것을 화제에 올렸다. 그리하여 인간으로서 더할 수 없는 선량함과 부성애의 숭고함을 그 죄수가 코제트에게 주었다는 것을 차츰 뚜렷하게 깨달았다. 마리우스가 짐작하고 상상해 왔던 것은 모두 사실이었다. 그 불길한 쐐기풀은 이 백합꽃을 사랑하고 그리고 보호하고 있었던 것이다.

제8장 황혼의 희미한 빛

1. 아래층의 방

이튿날 저물녘, 장 발장은 질르노르망 댁의 정문을 두드렸다. 그를 맞이한 것은 바스크였다. 바스크는 분부라도 받은 듯 때마침 가운데 뜰에 나와 있었다.『아무개 씨가 오실 테니 기다리라』고 때로는 하인에게 말해 두는 수도 있다.

바스크는 장 발장이 다가오기를 채 기다리지 않고 그에게 말했다.

「이층으로 올라가시겠는지, 아니면 아래층에 계시겠는지 여쭈어 보라고 남작 님께서 분부하셨습니다.」

「아래층에 있겠소」 하고 장 발장은 대답했다.

그러자 바스크는 극히 공손한 태도로 아래층 방문을 열어 주고 말했다. 「곧 아씨 마님께 아뢰겠습니다.」

장 발장이 들어간 방은 둥근 천장의 습기찬 방으로 술 창고로도 쓰이며 거리 쪽을 향해 있는 바닥에는 붉은 벽돌이 깔렸고, 쇠창살이 끼어 있는 하나밖에 없는 창문에서 빛이 겨우 들어오고 있는 방이었다.

그것은 깃털이며 먼지털이이며 바닥비로 성가시게 시달리는 그런 방은 아니었다. 먼지는 조용히 쌓여 있었다. 거미를 잡은 흔적 같은 것도 보이지 않았다. 당당히 커다랗게 펼쳐진, 이미 완전히 시커매진 거미줄 하나가 죽은 파리들로 장식되어서 유리 창문 위에 걸려 있었다. 방은 좁고 천장도 낮았으며 한쪽 구석에는 빈 병이 수북이 쌓여 있었다. 황토로 칠해져 있는 벽은 군데군데 커다랗게 벗겨져서 떨어져 있었다. 안쪽에는 좁은 선반이 달린 검게 칠한 목재 벽난로가 있었다.

거기에는 불이 타고 있었다. 그러고 보면 장 발장이「아래층에 있겠소」하고 대답할 것으로 알고 있었던 듯했다.

안락 의자가 두 개 벽난로 양쪽 끝에 놓여 있었다. 의자 사이에는 융단 대신 털보다도 올이 더 잘 두드러져 보이는 낡은 침대 깔개가 펴져 있었다. 방안은 벽난로의 불빛과 창문으로 비치는 황혼 빛만으로 밝혀져 있었다.

장 발장은 피곤했다. 며칠 동안 먹지도 자지도 않았었다. 그는 팔걸이의자에 쓰러지듯 주저앉았다. 바스크가 들어와서 켜진 촛불 한 자루를 벽난로 위에 세워 놓고 나갔다. 장 발장은 고개를 숙이고 턱을 가슴에 대고 있었기 때문에 바스크도 촛불도 깨닫지 못했다.

문득 그는 퉁겨나듯 몸을 일으켰다. 코제트가 그의 뒤에 서 있었다. 그는 그녀가 들어오는 것을 보지 않았으나 인기척을 느꼈던 것이다. 그는 몸을 돌려 가만히 그녀를 바라보았다. 그녀는 놀랄 만큼 아름다웠다. 그러나 그가 지금 깊은 눈길로 유심히 바라보고 있는 것은 아름다움이 아니라 영혼이었다.

「어머나」하고 코제트는 외쳤다.「정말 이상하기도 하셔라. 아버지가 조금 색다른 분이라는 건 알고 있지만, 설마 이러실 줄은 몰랐어요. 마리우스는 아버지께서 여기서 만나고 싶으시다고 하셨다더군요.」

「그래, 내가 그랬다.」

「그렇게 말씀하시리라고 생각했어요. 하지만 어떤 일이 생길지 명심하세요. 어쨌든 처음 인사부터 하기로 해요. 자, 키스해 주세요, 아버지.」

그렇게 말하고 그녀는 뺨을 내밀었다. 장 발장은 가만히 서 있었다.

「꼼짝도 않는군요. 알겠어요, 꼭 죄인 같군요. 하지만 좋아요. 용서해 드리겠어요. 그리스도는 말씀하셨어요,『또 다른 뺨도 돌려대라고요.』그럼 이쪽 뺨을.」

그리고 그녀는 다른 쪽 뺨을 내밀었다. 장 발장은 꼼짝도 하지 않았다. 마치 발이 방바닥에 박혀 있는 것 같았다.

「정말 큰일이군요. 제가 뭘 어쨌다고 그러세요. 서로 틀어진 것 같군요. 그렇다면 화해해야겠는데요. 점심 식사는 저희하고 함께 드시도록 하세요.」

「벌써 끝내고 왔지.」

「거짓말 마세요. 질르노르망 할아버님께 말씀드려서 꾸중하시라고 하겠어요. 할아버지란 아버지를 꾸짖게 마련이거든요. 자아, 저와 함께 객실로 가요. 얼른요.」

「안 돼.」

코제트는 약간 기세가 꺾였다. 그녀는 명령투의 말을 그만두고 묻기 시작했다.

「하지만 웬일이죠? 저를 만나시는데 집에서 제일 누추한 방을 고르시다니 여기는 몹시 고약해요.」

「너도 아다시피……..」

장 발장은 말을 고쳤다.

「아시다시피 부인, 나는 좀 괴상한 사람이오. 여러 가지 변덕을 부리지요.」

코제트는 조그마한 손으로 손뼉을 쳤다.

「부인……아시다시피라뇨! ……그것 또 이상한 말씀을! 그건 무슨 뜻이죠?」

장 발장은 이따금 절박한 때 띠우는 그 비통한 미소를 그녀에게 보냈다.

「당신은 부인이 되기를 바랬소. 그리고 지금은 부인이오.」

「허지만 아버지께 대해서는 그렇지 않아요.」

「이제부터는 나를 아버지라고 불러선 안 되오.」

「뭐라고요?」

「장 씨라고 불러줘요. 아니면 그저 장이라고만 하든지.」

「이제는 아버지가 아니라구요? 저는 그럼 이제는 코제트가 아닌가요? 장 씨라고요? 그게 무슨 말씀이죠? 그건 마치 혁명 같군요! 도대체 무슨 일이 생겼나요? 제 얼굴을 조금만 보세요. 우리와 함께 살고 싶지 않다니! 제 방에도 들어오려 하지 않으시고! 제가 뭘 잘못했나요? 뭘 잘못했다는 거예요, 무슨 곡절이 있군요?」

「아니 아무것도.」

「그럼 왜 그러죠?」

「모든 것이 평소와 같지.」

「어째서 이름을 바꾸셨나요?」

「당신도 이름이 바뀌지 않았소.」

그는 또 그 미소를 띠고 덧붙였다.

「당신이 퐁메르시 부인인 이상 나도 장 씨가 되어도 상관 없지.」

「뭐가 뭔지 영문을 모르겠군요. 이상한 일뿐이에요. 아버지를 장 씨로 불러도 좋은지 어떤지 남편에게 물어 보겠어요. 틀림없이 안 된다고 하실 거예요. 아버지는 저를 속상하게 하시는군요. 괴벽을 갖는 것도 좋지만 귀여운 코제트를 슬프게 하셔선 안 돼요. 나빠요. 착하신 분이시면서 공연히 심술궂게 그러시지 마세요.」

　그는 대답하지 않았다. 그녀는 재빨리 그의 두 손을 잡고 뿌리칠 겨를도 없이 그것을 자기 얼굴로 들어올려 턱에 갖다댔다. 이것은 깊은 애정을 나타내는 몸짓이었다.

　「제발」 하고 그녀는 말했다. 「좀더 친절하게 해주세요!」

　그리고 그녀는 말을 이었다.

　「친절이란 이런 거예요. 고집 부리시지 마시고 여기에 와서 사시고 또 저와 즐거운 산책을 하시고——여기에도 플뤼메 거리처럼 새들이 많아요. 우리와 함께 지내시고 롬므 아르메 거리의 그 쓰러져 가는 집은 그만 버리고 우리에게 수수께끼 같은 말씀을 던지지 마시고 누구나와 똑같이 우리와 함께 저녁 식사와 점심 식사도 드시고 제 아버지대로 계서 달라는 거예요.」

　그는 쥐여 있는 손을 풀었다.

　「당신에겐 이젠 아버지는 필요없어. 당신에겐 남편이 있으니까.」

　코제트는 화가 발끈 났다.

　「이제는 아버지가 필요없다고요. 그런 당치 않은 말씀을, 정말 뭐라 해야 할지 모르겠네요!」

　「여기에 투쌩이 있었다면,」 하고 장 발장은 의지할 것을 찾아 지푸라기에라도 매달리려는 사람처럼 말을 이었다. 「내가 언제나 자기가 생각한 방법대로 해왔다는 것을 제일 먼저 알아 주었을 텐데. 별로 새로 변한 것은 없어. 나는 언제나 나의 어두운 구석이 좋았으니까.」

　「하지만 여기는 추워요. 그리고 어두워서 잘 보이지도 않고 정말 싫어요. 장 씨가 되고 싶다니. 그리고 아버지에게 당신이라는 말을 듣고 싶지 않아요.」

　「아까 여기 오는 도중」 하고 장 발장은 그 말에는 대답하지 않고 말했다. 「쌩 루이 거리에서 가구가 하나 눈에 띄더군. 어느 가구점인가에 놓여 있었지. 내가 만약 예쁜 여자라면 그 가구를 샀을 거야. 아주 좋은 화장대였어. 모양도 새로웠고. 당신이 장미 나무로 만들었다고 하던 그런 거였다고 생각돼. 상감도 했더군요. 거울도 무척 크고 서랍도 몇 개 달려 있고, 아주 예쁘던데.」

　「어머, 너무하셔요!」 코제트는 대꾸했다.

　그리고 더할 나위 없이 다정한 동작으로 이를 악물고 입술을 벌리어 장 발장에게 입김을 불었다. 마치 미의 여신이 암코양이의 흉내를 내고 있는 것 같았다.

　「전 몹시 화났어요. 어제부터 모두 저를 화나게 하는 걸요. 정말 속상해요.

영문 모를 일뿐인 걸요. 아버지는 마리우스가 뭐라고 해도 저를 두둔해 주시지 않고 마리우스는 저를 도와서 아버지의 이야기 상대가 되어 드리지도 않고 나는 아무도 도와줄 사람이 없는 외토리예요. 방도 깨끗하게 꾸며 놓았는데도. 만약 신께서 들어와 주시겠다면 기꺼이 맞아들이고 싶을 정도예요. 전 빈 방에서 쩔쩔매고 있어요. 빌리는 사람이 없으면 파산할 거예요. 제가 니콜레트에게 맛있는 음식을 장만하라고 했더니 제가 시킨 음식은 아무도 싫다고 한대요. 게다가 포슐르방 아버지는 장 씨라고 불러 달라고 하시질 않나, 무섭고 낡고 더러운, 축축한 벽이 수염을 기른 광 속에서, 투명한 유리 대신 빈 병이 쌓여 있고 커튼 대신 거미줄이 쳐 있는 방에서 저를 만나고 싶다고 하시질 않나! 아버지가 좀 이상한 분이신 건 알아요. 그건 아버지 성미니까요. 하지만 지금 갓 결혼한 사람에게는 좀 쉽게 해주셔야죠. 나중에 다시 이상한 짓을 하셔도 되니까요. 아버지는 저 롬므 아르메 거리의 그 기막힌 집이 정말 맘에 드신다는 건가요? 전 아주 싫었어요! 저의 어디가 못마땅하신가요? 정말 아버지가 걱정돼요. 정말로!」

그리고 갑자기 정색을 하고 그녀는 장 발장을 물끄러미 바라보다 덧붙였다.

「그럼 제가 행복해진 것을 언짢게 여기시나요?」

천진난만도 이따금 자기도 모르는 사이에 사람의 마음을 꿰뚫을 때가 있다. 그 질문을 코제트는 아무렇지 않게 한 말이었으나 장 발장에게는 심각한 것이었다. 코제트는 조금 상처낼 작정으로 한 일이 살을 찢어 버리게 되고 만 것이다.

장 발장은 창백해졌다. 한동안 말없이 있다가 이윽고 형용할 수 없는 어조로 혼잣말처럼 중얼거렸다.

「너의 행복, 그것이 내 평생의 목적이었다. 지금 신은 나에게 나갈 바를 가리키신 것이다. 코제트, 너는 행복해졌다. 나의 생애는 끝난 거다.」

「어머나! 저를『너』라고 하셨군요!」하고 코제트는 외쳤다.

그리고 그녀는 그의 목에 매달렸다. 장 발장은 정신없이 미친 듯 그녀를 가슴에 끌어안았다. 거의 그녀를 되찾은 듯한 느낌이었다.

「고마워요, 아버지!」하고 코제트는 그에게 말했다.

코제트에게 끌리는 마음이 장 발장의 가슴에 한꺼번에 치밀어 오를 것 같았다. 그는 조용히 코제트의 팔에서 몸을 빼고 모자를 집어들었다.

「왜요?」코제트는 물었다.

「가겠소, 부인, 댁의 분들이 기다리실 거요.」

그리고 문턱에서 덧붙였다.

「난 당신에게 너라고 했소. 앞으론 그러지 않겠다고 주인께 말씀드려 주오. 실례했소.」

장 발장은 그 수수께끼 같은 작별 인사에 어리둥절해 있는 코제트를 뒤에 남겨둔 채 나갔다.

2. 다시 몇 걸음 물러서다

이튿날 같은 시각에 장 발장은 또 찾아왔다.

코제트는 아무것도 묻지 않고 놀라는 빛도 보이지 않고 객실 이야기도 하지 않았다. 그리고 아버지라고도 장 씨라고도 말하기를 피했다. 그리고 당신이라고 부르는 대로, 부인이라고 부르는 대로 가만히 있었다. 다만 기쁜 기색은 다소 덜했다. 만약 그녀에게도 슬픔이 있다면 그녀는 슬퍼하고 있었으리라.

사랑받는 사나이가 말하고 싶은 것만을 말하고, 아무것도 설명하지 않은 채 사랑받고 있는 여자를 만족시키는 그런 대화를 아마도 그녀는 마리우스와 주고 받았을 것이다. 사랑하는 사람의 호기심은 자기들의 사랑 이상으로 먼 곳까지 미치는 것은 아니다.

아래층 방은 조금 치워져 있었다. 바스크가 빈 병을 내가고 니콜레트가 거미줄을 거뒀던 것이다.

다음날도 그 다음날도 장 발장은 같은 시각에 나타났다. 그로서는 마리우스의 말을 문자 그대로 받아들일 수밖에 없었다. 매일 찾아오는 것이었다. 마리우스는 장 발장이 오는 시각에는 언제나 집에 있지 않도록 했다. 집 사람들도 포슐르방 씨의 기이한 버릇에 익숙해졌다. 투쌩의 말도 도움이 되었다. 「나리님은 언제나 저러셨어요」 하고 그녀는 되풀이해서 말했다. 조부는 이렇게 단정했다. 「그 사람은 괴짜야.」 이 한 마디로 모든 것이 결정되었다. 게다가 아흔 살이나 되고 보면 이제는 다른 사람들과 어울릴 수도 없다. 그저 한자리에 같이 있을 뿐이다. 새 사람이 끼는 것이 귀찮다. 이젠 그런 자리는 없다. 모든 것이 습관으로 돼버렸다. 포슐르방 씨인지 트랑슐르방인지 『그 사람』을 끼어 주지 않아도 된다면 그것보다 더 좋은 일은 없다, 고 질르노르망 노인은 생각했다. 그는 이렇게도 말했다. 「아아,

그런 괴짜만큼 겉으로 그럴 듯해 보이고 속은 아무것도 아닌 건 없어. 온갖 이상한 짓을 하지만 동기 같은 건 전혀 없어. 카나플 후작은 더 심했지. 굉장한 저택을 사고서도 자기는 일부러 헛간에서 살았거든. 그렇게 그들은 변덕을 떨어 보이는 거야.」

아무도 그 기막힌 이면을 짐작하지 못했다. 누가 그같은 것을 꿰뚫어볼 수 있겠는가? 인도에는 그와 같은 늪들이 도처에 있다. 이상야릇한 물이 괴어 있는데 바람도 불지 않는데 물결이 일고 잔잔해야 할 데가 흔들린다. 사람은 그 수면에 까닭 모르게 이는 거품을 바라보면서도 그 물밑에서 몸부림치는 휘드라는 알아보지 못한다.

대부분의 사람들이 그런 비밀의 괴물을, 마음에 깃들인 근심을, 몸을 물어뜯는 용을, 내부의 암흑 속에 사는 절망을 갖고 있다. 그런 사람도 다른 사람과 변함없이 그날그날 살아 가고 있다. 그 마음속에는 무수한 이빨을 가진 무서운 고뇌가 기생하여 그것이 그 비참한 인간의 속에서 살며 그의 생명을 앗아가는 것을 아는 사람은 없다. 그가 바로 하나의 심연임을 아는 사람은 없다. 그 물은 괴어 있기는 하나 깊은 못이다. 이따금 까닭을 알 수 없는 혼란이 수면에 나타난다. 야릇한 잔물결이 일었다가 곧 사라졌다, 다시 나타난다. 한 방울의 거품이 솟아올라 왔다 터진다. 아무것도 아닌 것 같지만 실로 무서운 것이다. 그것은 사람에게 알려지지 않은 짐승의 숨결인 것이다.

어떤 종류의 이상한 버릇, 이를테면 다른 사람들이 떠나갈 무렵에 찾아 온다거나, 다른 사람들이 자연스럽게 행동하는 동안 한편 구석에 처박혀 있다거나 특수한 때에만 입어야 하는 옷을 아무 때나 입고 나선다거나 한적한 오솔길을 찾거나 인기척 없는 거리를 좋아하거나, 절대로 대화 속에 끼어들지 않는다거나, 군중이나 축제를 피한다거나, 마음 편한 것처럼 보이는데 가난한 살림을 한다거나, 부자 이면서도 주머니에 열쇠를 항상 넣고 초를 문지기에게 맡긴다거나, 샛문으로 드나들거나 비밀 사다리로 오르내리는 이러한 하찮고 유별난 행동은 모두 수면에 나타난 잔물결이고 기포이며 잠깐 사이의 주름에 지나지 않지만, 사실은 수면 밑에서 솟아오르는 무서운 것일 때가 많다.

몇 주일이 이렇게 지나갔다. 새로운 생활이 조금씩 코제트의 마음을 사로잡아 갔다. 결혼으로 인해 새로 생긴 교제, 방문, 집안 일, 즐거움 등등의 커다란 일상 생활의 문제가 그녀를 사로잡았다. 코제트의 즐거움은 돈이 들지 않는 일이었다.

그것은 마리우스와 함께 있다는 단 한 마디로 끝났다. 그와 함께 외출하고 그와 함께 집에 있는 것이야말로 그녀 생활의 커다란 일이었다. 서로 팔을 끼고 대낮의 거리를 아무에게도 거리낌없이 숱한 사람들의 눈앞을 단 둘이 걷는다는 것, 그것은 그들에게 있어서 항상 새로운 기쁨이었다. 코제트가 난처해 하는 일이 한 가지 있었다. 두 노처녀들의 화합은 불가능한 것이어서 투쌩은 니콜레트와 맞지 않아 끝내 나가 버렸다. 그러나 조부는 건강했고 마리우스는 종종 법정에서 변호를 했고 질르노르망 이모는 신혼 부부 곁에서 만족스러운 생활을 조용히 보내고 있었다. 장 발장은 매일 찾아왔다.

너라고 부르는 말투는 사라지고 당신이라든가 부인이라든가 장 씨라든가 하는 말로 바뀐 것이 코제트에게는 그를 딴 사람처럼 느끼게 했다. 그가 자진해서 그녀를 자기에게서 떼어 놓으려고 한 그 노력은 성공했다. 그녀는 차츰 명랑해지고 그리고 차츰 내성적인 상냥함을 잃어 갔다. 그러나 그녀는 지금도 그를 몹시 사랑하고 있었고 그도 그것을 느끼고 있었다. 어느 날 그녀는 느닷없이 말했다. 「당신은 제 아버지였는데 지금은 아버지가 아니고, 예전엔 저의 아저씨였는데 지금은 아저씨도 아네요. 전엔 포슐르방 씨였는데 지금은 장 씨예요. 대체 당신은 어떤 분인가요? 전 이런 건 좋아하지 않아요. 당신이 정말 좋은 분이라는 걸 알지 못했다면 전 당신이 무서웠을 거예요.」

그는 지금도 롬므 아르메 거리에 살고 있었다. 코제트가 살고 있는 근처에서 멀어질 결심은 도저히 할 수가 없었던 것이다.

그는 처음 얼마 동안은 몇 분 동안밖에 코제트의 곁에 머물러 있지 않았다. 그것이 차츰 오래 머물러 있게 됐다. 해가 길어지는 것을 이용하는 듯했다. 그는 예전보다 조금 일찍 와서 늦게 돌아가곤 했다.

어느 날 코제트는 무심결에 「아버지」 하고 불렀다. 기쁜 빛이 장 발장의 어두운 얼굴에서 순간적으로 빛났다. 그러나 그는 얼른 그녀를 나무랐다. 「장이라고 불러 주오.」

「아아! 그랬었지요」 하고 그녀는 웃음을 터뜨리면서 말했다. 「장 씨.」

「이제 됐소」 하고 그는 말했다.

그리고 그녀에게 들키지 않도록 얼굴을 돌려 눈물을 닦았다.

3. 그들은 플뤼메 거리의 정원을 회상한다

그것이 마지막이었다. 그 이후 마지막의 반짝임은 완전히 꺼져 버렸다. 이미 친밀성도 없어지고 키스와 함께 인사를 주고받는 일도 없어지고「아버지!」하는 상냥함이 깃들인 말도 들을 수 없었다. 그는 스스로 원했고 스스로 행하여 자신의 모든 행복으로부터 자신을 멀리 떨어지게 했던 것이다. 그리고 하루 사이에 코제트를 송두리째 잃어버린 뒤, 거기에 이어 다시 조금씩 그녀를 잃어버린다는 비참함을 맛보게 된 것이다.

지하실로 들어간 눈은 곧 그 어두움에 익숙해진다. 결국, 매일 코제트의 모습을 볼 수 있다는 것, 그것만으로 그는 충분했다. 그의 온 생활은 그 일각에 집중되어 있었다. 그는 그녀의 옆에 앉아서 말없이 그녀를 바라보거나 또는 옛날의 일들을, 그녀의 어렸을 시절이며 수도원 일이며 당신의 어린 동무들에 대한 이야기를 그녀에게 들려주는 것이었다.

어느 날 오후——그것은 사월 초순이었다. 이미 날씨는 따뜻해져 햇빛은 화창했으나 그래도 바람은 서늘했고 마리우스와 코제트의 창 주변의 정원은 봄의 재생이 약동하고 아가위나무는 눈트기 시작하고 자란초의 보석 장식은 낡은 담장 위에 전개되고 장미빛 금어초는 돌 틈에서 하품을 하고 풀숲에는 실국화와 금봉화 꽃이 가련하게 피기 시작하고 흰 나비들이 첫선을 보이고 영원한 혼례의 악사인 봄바람은 옛 시인들이 소생하는 봄이라고 부르는 저 여명의 대교향악의 첫음률을 수목 속에서 연주하고 있었다——그런 날 오후 마리우스는 코제트에게 말했다.

「플뤼메 거리의 우리만의 뜰을 다시 한 번 보러 가자고 언젠가 이야기했지? 지금 갑시다. 은혜를 잊어서는 안 돼.」

그래서 그들은 한 쌍의 제비처럼 봄을 향하여 날아 올랐다. 그 플뤼메 거리의 정원은 그들에게 새벽빛처럼 느껴졌다. 그들은 과거 속에 사랑의 봄 같은 무언가를 숨겨 놓고 있었다. 플뤼메 거리의 집은 아직 계약 기간이 끝나지 않아서 코제트의 것이었다. 그들은 그 정원으로 그 집으로 들어갔다. 거기서 옛날로 돌아가서 현재를 잊었다. 저녁때 여느 때와 같은 시각에 장 발장은 피유 데 칼베르 거리를 찾아왔다.

「아씨마님께서는 나리님과 함께 외출하셔서 아직 돌아오시지 않았습니다」하고 바스크가 그에게 말했다.

그는 잠자코 앉아서 한 시간쯤 기다렸다. 코제트는 좀처럼 돌아오지 않았다. 그는 고개를 깊이 숙이고 돌아갔다.

코제트는『자기들만의 정원』을 산책한 것에 완전히 도취되어『온 하루를 과거 속에서 보낸』기쁨에 이튿날에도 그 이야기만을 했다. 그녀는 그날 장 발장을 만나지 않았던 것은 염두에도 두지 않았다.

「어떻게 거길 갔소?」하고 장 발장은 그녀에게 물었다.

「걸어서 갔죠.」

「그럼 돌아올 때는?」

「마차를 탔어요.」

얼마 전부터 장 발장은 젊은 부부가 절약하며 생활하고 있는 것을 깨닫고 있었다. 그는 그것이 마음에 걸렸다. 마리우스의 절약은 엄격해서 예전에 그가 장 발장에게 한 이야기는 절대적인 의미를 지니고 있었다. 그는 단호하게 이렇게 물었다.

「어째서 당신네들은 마차를 갖지 않소? 아담한 마차라면 한 달에 오백 프랑밖에 들지 않을 거요. 당신은 돈도 있소.」

「어째선지 모르겠어요」하고 코제트는 대답했다.

「투쌩만 하더라도 그렇소」하고 장 발장은 말을 이었다.「그애는 나갔소. 그런데도 당신들은 아무도 두지 않소. 어째서요?」

「니콜레트만으로도 충분한 걸요.」

「그러나 당신에겐 하녀가 있어야 할 텐데.」

「마리우스가 있잖아요?」

「당신들은 자기 집을 지니고 자기 하인들을 거느리고 마차를 마련하고 극장에 특별석도 갖는 게 당연하오. 당신들은 무엇을 차지한대도 분에 넘치지 않소. 어째서 부자답게 지내지 않소? 재물은 행복에 꽃을 곁들여 주는 거요.」

코제트는 대답하지 않았다.

장 발장의 방문 시간은 조금도 단축되지 않았다. 그뿐 아니라 오히려 길어졌다. 마음이 미끄러져 갈 때에는 비탈길 위에서 멈추지 못하는 법이다.

장 발장은 오래 있고 싶고 코제트에게 시간가는 것을 잊게 하고 싶을 때에는 마리우스에 대한 칭찬을 늘어 놓았다. 마리우스는 잘 생겼고 고상하고 용감하고 재주 있고 말재주도 있고 친절하다고 했다. 코제트는 그 이상으로 말했다. 장 발장은 똑같은 것을 되풀이했다. 이야기는 그칠 줄 몰랐다. 마리우스, 이 말은 아무리 길어내어도 마르지 않는 샘이였다. 그 글자 속에는 몇 권인지도 모를 책이 들어 있었다. 그렇게 해서 장 발장은 오래 앉아 있을 수가 있었다. 코제트를 바라보며 그녀의 옆에서 모든 것을 잊는 일은 그에게는 정말 즐거운 일이었다! 그것은 그의 상처를 동여매 주는 붕대였다. 바스크가「질르노르망 님께서 아씨 마님께 식사 준비가 다 되었다고 말씀드리라는 분부이십니다」하고 두 번씩이나 말할 때가 종종 있었다.

그럴 때면 장 발장은 깊은 생각에 잠기면서 자기 집으로 돌아 갔다.

언젠가 마리우스가 문득 생각했던 그 누에고치라는 비유에는 과연 진실이 품어져 있었을까? 장 발장은 실제로 하나의 누에고치, 끈질기게 남아서 자기에게서 나간 나비를 찾아오는 저 누에고치란 말인가?

어느 날, 그는 여느 때보다 오래 머물러 있었다. 그런데 이튿날 그는 벽난로에 불이 피어 있지 않은 것을 알았다.『이런!』하고 그는 생각했다.『불이 없구나.』그리고 그는 마음속으로 이렇게 이유를 설명했다.『당연한 이야기지, 벌써 사월인 걸, 추위는 끝났어.』

「어머나! 어쩌면 여긴 이렇게 춥죠!」하고 코제트는 들어오자마자 외쳤다.

「춥지 않소」하고 장 발장은 말했다.

「그럼 당신께서 바스크에게 불을 피우지 말라고 하셨나요?」

「그렇소, 곧 오월인 걸요.」

「하지만 유월까지는 불을 피워야 해요. 게다가 이런 지하굴에서는 일 년 내내 불이 필요해요.」

「이제는 불은 소용없다고 생각했소.」

「참으로 당신다운 생각이군요!」하고 코제트는 말했다.

그 이튿날에는 불이 피워져 있었다. 그 대신 두 개의 팔걸이의자가 문앞 가까운 끝쪽에 나란히 놓여 있었다.

『이건 무슨 뜻일까?』하고 장 발장은 생각했다.

그는 그 팔걸이의자를 가져다가 벽난로 가까운 여느 때의 장소에 놓았다. 그래도 다시 불이 피워져 있다는 것이 그에게 용기를 불어 넣어 주었다. 그는 평소보다 오래 이야기했다. 막 돌아가려고 일어서려 했을 때 코제트가 그에게 말했다.

「그분이 어제 제게 이상한 말을 하더군요.」

「어떤 이야기요?」

478

「이러더군요.『코제트, 우리에겐 삼만 프랑의 연금이 있다. 이만 칠천 프랑은 당신의 것이고 삼천 프랑은 할아버지께서 내게 주시는 거야.』그래서 전 대답했어요.『그럼 삼만 프랑이 되는군요.』그러자 그분은『당신 삼천 프랑으로 생활할 용기가 있겠소?』라고 묻는 거예요. 전『네, 한 푼 없어도 상관없어요. 당신과 함께라면』하고 대답했어요. 그러고 나서『어째서 그런 걸 물으시죠?』하고 물었죠. 그분은『그저 물었을 뿐야』하고 대답할 뿐이었어요.」

장 발장은 대꾸할 말이 없었다. 코제트는 아마도 그에게서 어떤 설명을 기대했던 모양이었다. 그러나 그는 침울하게 입을 다문 채 귀를 기울이고 있었다. 그는 롬므 아르메 거리로 돌아갔다. 너무 골똘히 생각에 잠겨 있었는지라 입구를 잘못 알고 자기 집으로 들어가지 않고 옆집으로 들어갔다. 거의 삼층까지 올라가서야 틀린 것을 깨닫고 계단을 다시 되돌아 나왔다.

그의 마음은 여러 가지 억측으로 시달리고 있었다. 마리우스가 그 육십만 프랑의 출처에 대해서 의심을 품고 무언가 깨끗지 못한 곳에서 나온 돈이 아닌가 하고 두려워하고 있음이 분명했다. 그는 어쩌면 그 돈이 장 발장 자신에게서 나왔다는 것을 알아차렸는지도 모른다. 그 의심스러운 재산 앞에서 망설이며 그것을 자기 재산으로 하기를 싫어하고 수상쩍은 재물로 부자가 되기보다는 차라리 코제트와 둘이서 가난하게 사는 편이 좋다고 맘먹었는지도 모른다.

게다가 장 발장은 자신이 경원당하고 있지나 않나, 하고 막연하게 느끼기 시작했다.

다음날 아래층 방으로 들어가던 그는 호되게 한 대 얻어 맞은 듯한 느낌이 들었다. 팔걸이의자가 하나도 없었던 것이다. 걸상조차도 놓여 있지 않았다.

「어머나, 어떻게 된 걸까요?」하고 코제트가 들어오면서 외쳤다.

「팔걸이의자가 없군요! 의자가 어디 있을까?」

「이젠 없소」하고 장 발장은 대답했다.

「너무하군요!」

장 발장은 떠듬거렸다.

「내가 바스크에게 가져가라고 했소.」

「어째서요?」

「오늘은 잠깐만 있을 테니까요.」

「잠깐 동안밖에 계시지 않는다고 해서 서 있어야 할 이유는 없어요.」

「바스크는 객실에서 팔걸이의자가 필요하다고 하던 것 같았소.」

「그건 왜요?」

「아마 오늘밤 손님이 오나 보죠.」

「아뇨, 아무도 안 와요.」

장 발장은 그 이상 한 마디도 할 수 없었다.

코제트는 어깨를 으쓱했다.

「팔걸이의자를 가져가게 하시다니! 요전에는 불을 끄게 하시고. 정말 이상하시군요!」

「잘 있소」 하고 장 발장은 중얼거렸다.

그는 「잘 있소, 코제트」 라고는 하지 않았다. 그렇다고 해서 「잘 있소, 부인」 하고 말할 힘도 없었다.

그는 맥이 빠졌다. 이번에야말로 절실하게 알게 되었다. 이튿날 그는 오지 않았다. 코제트는 밤이 되어서야 비로소 그것을 깨달았다.

「어머」 하고 그녀는 말했다. 「장 씨가 오늘 안 오셨구나.」

그녀는 약간 서글펐지만 그것도 곧 마리우스의 키스로 거의 생각도 하지 않았다.

그 다음날도 그는 오지 않았다. 코제트는 별로 염두에 두지 않고 평소와 다름없이 초저녁을 보내고 밤에 자고 눈을 뜨고서야 비로소 그런 사실을 깨달았다. 그녀는 그토록 행복했던 것이다! 그녀는 곧 니콜레트를 장 씨의 집으로 보내서 병이 나셨는지, 어째서 어제는 오지 못했는지를 알아오게 했다. 니콜레트는 장 씨의 대답을 듣고 왔다. 그는 앓고 있지 않았다. 바빴던 것이다. 며칠 안으로 오시게 될 거다, 되도록 빠른 시일 안에. 더욱이 그는 잠깐 여행을 하려고 한다. 가끔 여행하는 습관이 있는 것은 부인도 잘 알 것이다. 걱정할 건 조금도 없다. 제발 자기 걱정은 하지 말도록 하라는 그런 대답이었다.

니콜레트는 장 씨의 집에 가서 부인의 전갈을 그대로 되풀이했다. 「부인께서 『장 씨에게 어제 왜 안 오셨는지』를 여쭈어 보라고 해서 왔습니다」 하고.

「내가 안 간 건 벌써 이틀째요」 하고 장 발장은 조용히 말했다.

그러나 이 괴로운 심정은 니콜레트의 머리에 남아 있지 않았다. 그 말을 코제트에게는 전혀 하지 않았다.

4. 흡인력과 소멸

　1833년 늦봄부터 초여름에 걸쳐서 르 마레 구역을 이따금 지나는 행인이며 상점 주인이며 문앞에 나와 있는 한가한 사람들은 단정하게 검은 옷을 입은 한 노인이 매일 같은 시간에, 그것도 해질 무렵에 롬므 아르메 거리에서 쌩트 크르와 드 라 브르톤느리 거리 쪽으로 나와서 블랑 망토 성당 앞을 지나서 킬튀르 쌩트 카트린느 거리로 접어들어 에샤르프 거리에 이르러서는 왼쪽으로 돌아 쌩 루이 거리로 들어가는 것을 보았다.

　그곳까지 가면 노인은 발걸음을 늦추고 머리를 앞으로 내밀고 아무것도 보지도 듣지도 않고 눈은 언제나 똑같은 한 점에 박고 있었다. 그에게 있어 별이라도 빛나고 있는 듯 생각되는 그 한 점은 피유 데 칼베르 거리 모퉁이 바로 그곳이었다. 그 거리 모퉁이로 가까이 다가감에 따라 그의 눈은 점점 빛을 더해 갔다. 일종의 환희가 마음속에서 빛나고 매혹되고 감동에 잠긴 듯한 표정으로 입술은 보이지 않는 누구에겐가 이야기하는 양 가늘게 떨리고 희미하게 미소를　띠고　되도록 천천히 걸음을 옮기었다. 마치 그곳에 가기를 갈망하면서도 접근했을 때의 순간을 두려워하는 듯했다. 그와 그를 끌어당기는 듯한 그 거리와의 간격이, 집채의 수로 몇 채 남지 않은 곳에 이르자, 그의 걸음은 매우 느려져서 때로는 걷고 있지 않는 것처럼 생각될 정도였다. 그의 머리가 흔들리는 것과 고정된 눈동자는 마치 극을 찾는 자침을 연상케 했다. 그러나 도착하기를 아무리 늦추어도 결국은 도착하지 않을 수 없었다. 그리하여 피유 데 칼베르 거리에 닿았다. 그러자 그는 걸음을 멈추고 몸을 부르르 떨며 맨 끝의 집 모퉁이에서 우울하고 겁먹은 태도로 고개를 내밀고 그 거리를 바라보는 것이었다. 그 비통한 눈길에는 불가능한 것이 주는 현혹과 닫혀진 낙원에서 오는 반영과 흡사한 무언가가 깃들여 있었다. 이윽고 한 방울의 눈물이 차츰 눈시울 구석에 괴어서 떨어질 만큼 커져서 뺨 위로 미끄러지고 그리고 때로는 입가에서 멎었다. 노인은 그 쓴 맛을 맛보았다. 그는 그렇게 한참 동안 돌처럼 서 있었다. 그런 뒤에 같은 길을 같은 걸음으로 돌아갔다. 그리고 멀어져 감에 따라서 그의 눈은 빛을 잃어 갔다.

　차츰 그 노인은 피유 데 칼베르 거리 모퉁이까지 가지 않게 되었다. 쌩 루이 거리의 중간쯤에서 걸음을 멈추게 되었다. 때로는 조금 더 그 앞까지 가는 일도 있었지만 또한 그보다 앞지점에서 멈출 때도 있었다. 어느 날은 킬튀르 쌩트 카트린느 거리 모퉁이에 서서 멀리서 피유 데 칼베르 거리를 바라보았다. 그러고 나서 무언가를 거절하기라도 하듯 말없이 고개를 흔들고 왔던 길을 되돌아갔다.

얼마 가지 않아 그는 쌩 루이 거리까지도 가지 않게 되었다. 파베 거리까지 오면 고개를 흔들고 다시 되돌아갔다. 이윽고 이번에는 트르와 파비용 거리에서 더 앞으로는 가지 않게 되었다. 그 다음에는 블랑 망토 성당 앞을 지나는 일도 없어졌다. 그것은 마치 태엽을 감지 못한 시계추가 차츰 진동의 폭을 좁혀가서 마침내 멈춰 버리는 그런 상태와 흡사했다.

매일 그는 같은 시각에 집을 나와서 같은 길을 택했지만 이제는 저편에 도착하는 일이 없었다. 더욱이 자기도 깨닫지 못하는 사이에 거리를 끊임없이 좁히고 있었다. 그의 얼굴 전체에는 『그게 무슨 소용이겠는가?』하고 오직 하나의 생각만이 떠올라 있었다. 눈동자는 빛을 잃고 있었다. 이제는 빛을 볼 수 없었다. 눈물도 말라 버려서 이제는 눈시울 끝에 괴지도 않았다. 그 생각에 잠긴 눈은 보송보송했다. 노인의 머리는 아직도 역시 앞으로 내밀어져 있었다. 이따금 턱이 떨렸다. 여윈 목덜미의 주름살은 보기에도 가슴 아팠다. 이따금 날씨가 나쁘면 그는 우산을 옆구리에 끼고 있었으나 그것을 펴는 일은 없었다. 이웃에 사는 아낙네들은 말했다. 「머리가 흐리멍덩한 사람이군.」 아이들은 웃으면서 뒤를 따라 다녔다.

제 9 장 마지막 어둠, 마지막 새벽

1. 불행한 사람들에게는 자비를
행복한 사람들에게는 관용을

행복하다는 것은 무서운 일이다! 그들은 얼마나 그것에 만족하고 있을까! 얼마나 그것으로 충분하다고 생각하는가! 인생의 그릇된 목적인 행복을 소유함으로써 진정으로 참다운 목적인 의무를 잊고 있는지!

그러나 말해 두지만 마리우스를 비난하다는 건 당치 않을 것이다.

마리우스는 이미 설명했듯이 결혼 전에도 포슐르방 씨에게 이것저것 질문하는 일이 없듯이 결혼 후에도 장 발장에게 질문하기를 두려워했다. 그는 무심코 그런 약속을 해버린 것을 후회했다. 그 절망적인 인간에게 그런 양보를 한 것은 잘못이었다고 몇 번이나 마음속으로 생각했다. 그리하여 조금씩 장 발장을 집에서 멀리하고, 코제트의 마음에서 될 수 있는 대로 그를 지워 버릴 수밖에 없다고 마음먹었다. 그는 이른바 코제트와 장 발장과의 사이에 언제나 자기를 끼워 놓았다. 그렇게 하면 그녀도 그의 일을 걱정하지 않고 생각하지도 않게 되리라고 생각했기 때문이다. 그것은 지워 버린다기보다는 차라리 보이지 않게 하는 일이었다.

마리우스는 필요하고 정당하다고 판단한 일을 행하고 있을 뿐이었다. 장 발장을, 냉혹한 방법을 쓰지 않고, 더욱이 약한 태도를 보이지 않고 멀리하는 데는 독자가 이미 본 바와 같은 중대한 이유가 있었고, 또한 다음에 보게 될 딴 이유도 있었다고 그는 생각하고 있었다. 우연히 그는 자기가 변호를 담당한 어떤 소송 사건에서 라피트 집안(은행가)의 옛날 고용인을 만나게 되어, 그가 일부러 알려고 한 것은 아니었으나 수수께끼 같은 이야기를 들었다. 그러나 그는 비밀을 지키겠다고 약속한 바도 있었고, 또한 장 발장의 위험한 입장도 생각해서 그 이야기를 깊이 캐어 묻지 않았다. 그러나 그때 그는 어떤 중대한 의무를 다하지 않으면 안 되겠다고 생각했다. 그것은 그 육십만 프랑을 돌려 주어야 하는 것으로, 그는 지금 될 수 있는 대로 신중히 그 사람을 찾고 있었다. 그리고 그 돈에 손대기를 삼가고 있었다.

코제트로 말하면, 그 비밀을 전혀 알지 못했다. 그러나 그녀를 비난하는 것 또한 가혹할 것이다. 마리우스로부터 그녀에게 어떤 절대적인 자력이 흐르고 있어서 그것이 그녀로 하여금 본능적으로, 거의 무의식적으로 마리우스가 바라는 대로 하게 하고 있었다.『장 씨』에 대해서는 그녀는 마리우스의 뜻을 알아차려서 거기에 좇고 있었다. 남편은 그녀에게 아무 말도 할 필요가 없었다. 그녀는 남편의 무언의 의도에서 막연하기는 했지만 명확한 압력을 받고 거기에 맹목적으로 복종하고 있었다. 여기서의 복종은 다만, 마리우스가 잊어버리고 있는 것을 들추어내지 않는다는 일이었다. 그러기 위해서는 아무런 노력도 필요하지 않았다. 자기 자신도 왠지 알지 못한 채 또한 그녀에 대해 아무런 탓할 점도 없는 채, 그녀의 영혼은 남편의 영혼이 되어 버렸기 때문에 마리우스의 생각 속의 그림자로 가려진 부분은 그대로 그녀의 생각 속에서도 어둡게 흐려져 있었다.

그러나 너무 말을 많이 하지 않기로 해야겠다. 장 발장에 관한 한, 그 망각과 소멸은 다만 피상적인 것에 불과했다. 그녀는 잊어버리기를 잘한다기보다는 멍청해 있었던 것이다. 사실 그토록 오랫동안 아버지라고 불러 왔던 그 사람을 그녀는 무척 사랑하고 있었다. 그러나 그 이상으로 남편을 사랑했다. 그렇기 때문에 그녀의 마음은 약간 균형을 잃고 한쪽으로 기울어져 있었던 것이다.

때때로 코제트는 장 발장의 이야기를 하면서 이상하게 여길 때도 있었다. 그런 때 마리우스는 그녀의 마음을 가라앉혀 주는 것이었다.

「그분은 집에 안 계신 모양이지. 여행 떠나신다고 하지 않았소?」

「그랬어요」하고 코제트는 생각했다.「그분에겐 이렇게 훌쩍 없어지시는 버릇이 있었어요. 하지만 이렇게 오래 걸리는 일은 없었는데.」

두서너 번 그녀는 니콜레트를 롬므 아르메 거리에 보내서 장 씨가 여행에서 돌아오셨는지 어떤지를 물어오게 했다. 장 발장은 아직 돌아오지 않았다고 대답하게 했다.

코제트는 그 이상 묻지 않았다. 이 세상에서 필요한 것은 오직 한 사람 마리우스뿐이었기 때문에. 게다가 또 마리우스와 코제트 편에서도 집을 비웠던 것을 말해 두어야겠다. 그들은 베르농에 갔다. 마리우스가 코제트를 아버지의 묘소에 데리고 간 것이다.

마리우스는 그녀를 조금씩 장 발장에게서 떼어 놓았다. 코제트는 그렇게 되는 대로 가만히 있었다.

게다가 또 어떤 경우에는, 아이들의 망은이라고 너무 가혹하게 부르는 것도 항상 사람들이 생각하는 것만큼 비난할 일은 아니다. 그것은 자연의 망은이다. 자연은 다른 데서 말했듯이 『앞만 바라보는』 것이다. 자연은 살아 있는 사람들을 오는 자와 가는 자로 구분한다. 가는 자는 그림자 쪽을 향하고 오는 자는 빛 쪽을 향하고 있다. 거기에서 노인에게는 숙명적인, 젊은이에게는 본의 아닌 어떤 이반이 생긴다. 그 이반은 처음에는 느껴지지 않을 정도였던 것이 차츰 나뭇가지가 갈라지듯이 커져 간다. 작은 가지는 줄기에서 떨어지지 않은 채 멀어져 간다. 작은 가지가 나쁜 게 아니다. 청춘은 기쁨이 있는 곳을, 축제를, 발랄한 빛을, 사랑을 향해서 가는 것이다. 노년은 종말을 향하여 간다. 서로의 모습을 알아보지 못하는 일은 없지만, 이미 서로의 포옹은 없다. 젊은이들은 인생의 싸늘함을 느끼고, 노인들은 무덤의 싸늘함을 느낀다. 그러므로 이러한 아이들을 탓하지 말기로 하자.

2. 기름이 다한 램프의 마지막 흔들림

어느 날 장 발장은 집의 계단을 내려와서 거리로 두서너 걸음 내딛다가 한 돌 위에 걸터앉았다. 그것은 가브로슈가 6월 5일에서 6일에 걸친 날 밤, 깊은 생각에 잠겨 있는 그의 모습을 발견했던 그 경곗돌이었다. 그는 한참 그곳에 가만히 있더니 이윽고 집 안으로 들어갔다. 그것은 시계추의 마지막 진동이었다. 이튿날 그는 집에서 나오지 않았다. 그 이튿날은 침대에서도 나오지 않았다.

문지기의 마누라는 양배추라든가 감자에 베이콘을 조금 섞어서 그에게 조잡한 식사를 만들어 주곤 했는데, 그의 다색 질그릇 접시를 보고 외쳤다.

「아니, 어제도 아무것도 안 잡수셨군요!」

「그렇지 않소」 하고 장 발장은 대답했다.

「접시는 그대로 담아 놓은 채인데요?」

「물병을 보오. 비어 있지 않소.」

「그건 물을 마신 증건 되지만 잡수신 건 되지 않아요.」

「하지만, 물밖에는 다른 것은 먹고 싶지 않았소.」

「그건 갈증이라는 거예요. 물과 함께 식사를 드시지 않으면 열이 있다는 거예요.」

「먹겠소, 내일은.」

「내일이 아니라 나중에겠죠. 어째서 오늘 안 잡수시는 거죠? 내일은 먹겠소, 라니 그런 말씀이 어디 있어요! 제가 만든 요리에 손도 안 대시다니! 이 감자는 아주 좋은 거였어요!」

장 발장은 노파의 손을 잡았다.

「꼭 먹겠소」하고 그는 호의가 깃들인 목소리로 말했다.

「참 알 수 없는 분이군요.」문지기 마누라는 대답했다.

장 발장은 이 노파 외에는 거의 아무도 만나지 않았다. 파리에는 아무도 지나다니지 않는 거리가 있고, 아무도 찾아오지 않는 집도 있다. 그는 그러한 거리의 그런 집에 살고 있었다.

아직 밖으로 나다니던 무렵 그는 어떤 철물점에서 조그마한 동 십자가를 몇 수우인가에 사서, 그것을 침대 맞은편 못에 걸어 두었다. 그런 처형대는 언제 보아도 좋은 것이다.

장 발장이 방안을 한 발자국도 걷지 않은 그러한 상태가 일주일이나 지났다. 그는 줄곧 누워만 있었다. 문지기의 마누라는 남편에게 말했다.

「뒷방 할아버지는 아예 일어나지도 않고 먹지도 않는데, 오래 갈 것 같지도 않군요. 무슨 근심이 있는가 봐요. 아무래도 딸이 시집을 잘못 간 것같이 생각되는군요.」

문지기는 남편으로서의 위엄을 갖춘 어조로 대답했다.

「부자라면 의사에게 보이는 게 좋겠지. 돈이 없다면 의사에게 못 보이는 거고. 의사에게 못 보이면 죽을 뿐이지.」

「그럼, 의사에게 보이면?」

「역시 죽겠지」하고 문지기는 말했다.

노파는 자기의 포석이라고 스스로 부르는 곳에 나 있는 풀을 낡은 칼로 긁기 시작했다. 그녀는 풀을 뽑으면서 이렇게 중얼거렸다.

「가엾기도 해라. 그렇게 깔끔한 노인이었는데! 병아리 깃털처럼 새하얀 분이었는데.」

그녀는 문득 근처에 사는 의사가 거리 저쪽으로 지나가는 것을 보았다. 그녀는 자기 혼자 마음대로 그 의사에게 와달라고 부탁했다.

「삼층이에요」하고 그녀는 말했다.「들어오세요. 노인은 이제 침대에서 꼼짝도 할 수 없어서 열쇠는 언제나 문에 달려 있어요.」

의사는 장 발장을 만나서 말을 걸어 보았다. 그가 아래로 내려오자 문지기의 마누라가 물었다.

「어떻겠어요, 선생님?」

「환자는 아주 좋지 않소.」

「어디가 나쁜가요?」

「온통 나빠서 어디가 나쁘다고 할 수도 없소. 보아하니 어쩐지 소중한 사람을 잃은 것 같군요. 그 때문에 죽는 수도 있지요.」

「환자는 뭐라고 하던가요?」

「자신은 아무 이상 없다고 하더군요.」

「또 와주시겠어요, 선생님?」

「그러죠」하고 의사는 대답했다.「그러나 내가 아닌 다른 사람이 와야 할 거요.」

3. 포슐르방의 짐수레를 들어올린 팔이
지금은 한 자루의 펜대도 무겁다

어느 날 저녁 장 발장은 팔꿈치를 짚고 몸을 일으키는 데 고통을 느꼈다. 손목을 잡아보니 맥을 느낄 수가 없었다. 호흡은 짧았고, 이따금 끊어졌다. 그는 자기가 어느 때보다도 약해져 있는 것을 알았다. 그때 무언가 마음에 걸리는 마지막 생각에 몰렸는지 그는 애써 일어나 옷을 입었다. 그는 낡은 노동복을 입었다. 이제는 외출하는 일도 없었으므로 넣어 두었던 노동복을 꺼내 입었는데 그는 또한 그 옷이 마음에 들기도 했다. 그 옷을 입으면서도 그는 몇 번이나 쉬지 않으면 안 되었다. 윗도리의 소매에 팔을 꿰는 것만으로도 이마에서 땀이 흘렀다.

혼자 있게 되고 나서부터의 그는 되도록 적적한 거실에는 있고 싶지 않았기 때문에 침대를 객실로 옮겨 놓았다. 그는 가방을 열고 코제트의 어릴 때의 옷을 끄집어 냈다. 그리고 그것을 침대 위에 펴놓았다.

주교의 촛대는 난로 위의 언제나의 자리에 놓여 있었다. 그는 서랍에서 초를 두 자루 꺼내서 촛대에 꽂았다. 그리고 나서 여름이라 아직도 훤했지만 그 초에 불을 붙였다. 죽은 사람이 있는 방에 이처럼 대낮부터 촛불이 켜져 있는 것을 이따금 볼 때가 있다.

가구에서 가구로 돌아다니는 한 발자국마다 그는 피로해서 주저앉아야 했다. 그것은 소모된 만큼의 힘이 다시 회복되는 그런 보통 피로가 아니었다. 간신히 쥐어짜내는 운동의 나머지였다. 두 번 다시 되풀이할 수 없는 참기 어려운 노력 속에 방울방울 떨어져 가는, 다 시들어 빠진 생명이었다.

그가 털썩 쓰러진 의자들 중의 하나는 바로 거울 앞에, 그에게 있어서는 숙명적이고 마리우스에게 있어서는 하늘의 섭리였던 그 거울 앞에 놓여 있었다. 거기에 비친 압지 위에서 그는 거꾸로 된 코제트의 글씨를 읽었던 것이다. 그는 그 거울을 들여다보았으나 비친 얼굴이 자기라고는 생각되지 않았다. 여든 살 된 얼굴이었다. 마리우스가 결혼하기 전에는 쉰 살이 될까 말까해 보였는데, 그후의 일 년 동안은 삼십 년에나 해당한 것 같았다. 지금 그의 이마에 새겨져 있는 주름은 이미 늙은이의 주름이 아니라 신비로운 죽음의 각인이었다. 거기에는 가차없는 손톱 자국이 느껴졌다. 뺨은 늘어져 있었다. 얼굴의 살갗은 이미 흙 속에 덮여 있는 듯싶은 빛이었다. 입 근처는 옛 사람들이 무덤에 조각했던 얼굴처럼 밑으로 처져 있었다. 그는 원망하는 듯 허공을 지켜보았다. 마치 누구인가를 탓하지 않을 수 없는 저 비극의 위대한 인물의 한 사람과도 같은 모습이었다.

그는 슬픔의 마지막 단계에, 이미 고뇌의 흐름도 없는 상태에 빠져 있었다. 고뇌는 이른바 응결해 버린 것이다. 인간의 영혼에도 절망의 엉긴 덩어리와도 같은 게 있는 법이다.

벌써 밤이 되었다. 그는 몹시 힘들여 테이블과 낡은 안락의자를 벽난로 옆으로 당겨서 테이블 위의 펜과 잉크와 종이를 찾았다.

그렇게 하고 나자 정신이 아득해졌다. 의식을 되찾았을 때 그는 목이 타는 것을 느꼈다. 물병을 들어올릴 힘도 없어 가까스로 그것을 입으로 기울여 한 모금 마셨다.

그런 뒤에 침대 쪽으로 서 있을 수가 없어, 앉은 채 조그마한 검은 긴 옷이며 소중한 물건들을 바라보았다. 그러한 응시는 몇 시간이나 계속되었지만 그에게는 극히 짧은 순간처럼 느껴졌다. 갑자기 그는 부르르 몸을 떨고 오한이 스며드는 것을 느꼈다. 그는 주교의 촛대로 비추어진 테이블에 팔꿈치를 짚고 펜을 들었다.

오랫동안 펜도 잉크도 쓴 일이 없었으므로 펜촉은 구부러지고 잉크는 바싹 말라 있었다. 그는 일어서서 잉크 속에 물을 몇 방울 떨어뜨려야 했다. 그 일만을 하는 데도 그는 두서너 번 손을 쉬고 앉아야만 했다. 더욱이 펜은 펜 등으로 쓸 수밖에 없었다. 그는 이따금 이마를 닦았다.

그의 손은 떨리고 있었다. 그는 다음과 같이 몇 줄을 천천히 썼다.

코제트, 나는 너를 축복한다. 나는 너에게 조금 설명하고 싶은 게 있다. 네 남편이 내게 떠나가야만 한다고 알아차리게 해준 건 옳은 일이었다. 그러나 그가 믿고 있는 것 속에는 약간의 착오가 있다. 그러나 그로서는 당연한 일이다. 그는 훌륭한 사나이다. 내가 죽은 뒤에도 언제까지나 그를 힘껏 사랑하여라. 퐁메르시, 나의 사랑하는 아이를 언제까지나 사랑해 주오. 코제트, 이 종이 쪽지에 써놓겠다. 여기에 너에게 말하고 싶은 것을 써놓겠다. 만약 아직 내게 기억력이 남아 있다면 숫자도 쓰겠지만, 잘 들어라, 그 돈은 분명히 너의 것이다. 그 사유는 이렇다. 흰 구슬은 노르웨이에서 오고 검은 구슬은 영국에서 오고 검은 유리 구슬은 독일에서 온다. 진짜 검은 구슬은 가볍고 귀중해서 값도 비싸다. 독일에서 그 모조품을 만들듯이 프랑스에서도 만들어 내고 있다. 이 인치 평방의 조그만 모루와 초를 녹이는 알콜 램프가 있어야 한다. 그 초는 옛날 수지와 그을음으로 만들어진 것인데 한 파운드에 사 프랑이었다. 나는 그것을 고무 락과 테레빈 유로 만드는 법을 발견해 냈다. 비용은 불과 삼십 수우이고 더욱이 훨씬 품질이 좋다. 팔찌는 보랏빛 유리를 지금 말한 초로 조그만 검은 쇠고리에 붙여서 만든다. 유리는 쇠 세공품에는 보랏빛이어야 하고 금 세공품에는 검은 빛이어야 한다. 스페인에서 가장 많이 사간다. 스페인은 검은 구슬의 나라로서……

여기서 그는 쓰던 손을 멈추고, 펜은 손가락에서 떨어지고, 때때로 마음 밑바닥에서 치밀어 오르는 절망적인 흐느낌이 그를 사로잡아 불쌍한 사나이는 두 손으로 머리를 싸안고 깊은 생각에 잠겼다.

「아아!」하고 그는 마음속에서 외쳤다. (그 비통한 외침을 듣고 있는 것은 신뿐이었다.)「모든 것은 끝났다. 이제는 그 아이도 만날 수 없겠구나. 그 아이는 내 위를 스쳐간 하나의 미소였었다. 두 번 다시 그 아이를 만나지 못하고 어둠 속으로 들어가려는 건가. 아아! 일 분만이라도 일순간이라도 좋다. 그 목소리를 듣고 저 옷을 만져보고 저 천사 같은 모습을 바라보고 죽을 수가 있다면! 죽는 것은 아무것도 아니다. 두려운 것은 그 아이를 만나지 못하고 죽는 일이다. 그 아이는 내게 미소를 보여주고 말을 걸어와도 좋을 텐데. 그렇다고 누구에게 괴로움을 끼치게 되는 것일까? 아니, 이제는 끝났다. 영원히. 나는 이렇게 혼자뿐이다. 아! 아! 이제는 그 아이를 만나지 못하겠구나.」

그때 누군가가 문을 두드렸다.

4. 희게 만드는 것에 불과한 잉크병

같은 날 좀더 분명히 말하면, 같은 날 저녁때, 마리우스가 식탁에서 물러나와 소송 서류를 조사할 일이 있어 사무실에 들어가서 얼마 되지 않았을 때, 바스크가 한 통의 편지를 들고 와서 말했다.「이 편지를 가지고 온 사람이 객실에서 기다리고 있습니다.」

코제트는 조부의 팔을 잡고 정원을 한 바퀴 돌고 있었다.

편지도 사람과 마찬가지로 꼴불견인 데가 있다. 조잡한 종이, 거친 구김살, 한눈으로 보기만 해도 그런 편지는 불쾌감을 준다. 바스크가 가지고 온 편지는 그런 종류의 것이었다.

마리우스는 편지를 받아들었다. 담배 냄새가 났다. 냄새만큼 기억을 불러일으키는 것은 없다. 마리우스는 그 담배 냄새를 기억하고 있었다. 그는 겉봉을 보았다. 『퐁메르시 남작각하(Le baron Pommerci, 퐁메르시의 옳은 글은 Pontmercy).』 기억이 나는 담배 냄새는 그에게 필적마저 생각나게 했다. 놀라움은 번갯불처럼 사람을 덮친다고 할 수 있으리라. 마리우스는 그러한 번갯불에 비쳐진 것 같았다.

후각의 저 신비스러운 비망록은 그의 마음속에 하나의 세계를 되살아나게 했다. 확실히 이 종이, 이 접은 모양, 이 뿌연 잉크빛, 이 필적, 그 중에서도 특히 이 담배 냄새, 종드레트의 고미다락방이 그의 눈앞에 떠올라왔다.

어쩌면 이렇게도 신기한 우연의 장난인가！ 그가 그토록 찾았던 두 발자취 중의 하나, 요즈음도 비상한 노력을 했음에도 찾아내지 못해 이제는 영원히 놓쳐 버렸다고 여겼던 것이 지금 저절로 그의 앞에 나타났던 것이다.

그는 재빨리 겉봉을 뜯고 읽었다.

　남작 각하

　만약 천주께서 소생에게 재능을 부여하셨다면, 나는 학사원(과학 아카데미) 회원 테나르 남작(당시의 실재 인물)이 될 수 있었을 겁니다만, 실은 남작과는 다른 사람입니다. 나는 다만 남작과 성이 같은 데 지나지 않습니다만, 만약 그것 때문에 각하의 호의를 받을 수가 있다면 다행하게 생각합니다. 각하가 나에게 베풀어 주시는 은혜는 머지않아 그 보답을 받으실 수 있을 겁니다. 나는 어떤 인물에 관계된 비밀을 쥐고 있기 때문입니다. 그 인물은 각하와도 관계가 있습니다. 나는 각하의 도움이 될 영광을 바라고 있기 때문에 그 비밀을 각하께 알려드립니다. 남작 부인, 각하는 고귀한 집안의 태생이므로, 문제의 인물은 각하의 명예가 있는 가정과 맺어질 권리가 없는 자이므로 나는 그를 댁의 가정에서 추방할 간단한 방법을 가르쳐 드리겠습니다. 유덕한 신성한 곳도 이 이상 오래 죄악과 함께 살면 그 품위를 잃을 거라고 생각합니다.

　객실에서 남작 각하의 명령을 기다리고 있겠습니다.

삼가 아룁니다.

편지에는 『테나르』라고 서명되어 있었다.

그 서명은 허위는 아니었다. 다만 약간 줄였을 뿐이다(테나르디에를 약한 것).

더욱이 애매한 문장과 맞춤법이 편지 주인의 정체를 완전히 드러내 주고 있었다. 신원 증명은 완전했다. 의심할 여지가 없었다.

마리우스의 감동은 깊었다. 놀라움의 충동에 뒤이어 이번에는 기쁨의 충동이 일어났다. 이제는 나머지 찾고 있는 사람, 즉 마리우스를 구해 준 사람을 찾아내기만 하면 그는 아무것도 바랄 게 없는 것이다.

그는 사무용 책상 서랍을 열고 그 속에서 몇 장의 지폐를 꺼내서 주머니에 넣고 서랍을 닫고 초인종을 울렸다. 바스크가 문을 살며시 열었다.

「들어오라고 해」 하고 마리우스는 말했다.

바스크는 손님을 안내했다.

「테나르 씨입니다.」

한 사나이가 들어왔다. 마리우스는 또다시 놀랐다. 들어온 사람은 전혀 보지도 못한 사나이였다.

그 사나이는 이미 늙은이였는데, 코가 크고 턱을 넥타이 속에 파묻고, 눈에는 녹색 테프터로 양쪽에 차양을 단 녹색 안경을 쓰고 머리는 영국 상류 사회의 마부가 쓰는 가발처럼 눈썹과 가지런한 데까지 내려오도록 이마 위에 반질반질하게 빗어 붙이고 있었다. 머리카락은 반백이었다. 머리에서 발끝까지 검은 옷으로 차려입었는데 그 검은 옷은 닳기는 했어도 깨끗했다. 한 장식줄이 안주머니에서 나와 있어서 거기에 시계가 들어 있는 걸 보이고 있었다. 손에는 낡은 모자를 들고 있었다. 사나이는 허리를 굽히고 걸었다. 등이 굽었기 때문에 그의 인사는 한결 공손해 보였다.

제일 먼저 눈을 끈 것은 그 사나이의 윗도리가 단정하게 단추를 끼웠는데도 너무 커서 맞추어 입은 옷이 아닌 것 같았다.

여기서 약간 이야기가 옆길로 벗어나야겠다. 파리에는 당시, 라르스날 도서관 가까운 보트레이 거리의 한 낡은 수상한 집에, 무뢰한을 건실한 신사로 변장시켜 주는 일을 업으로 하는, 한 재주 있는 유태인이 살고 있었다. 시간이 오래 걸려서는 무뢰한들에게는 좋지 않다. 그러나 거기에 가면 그다지 시간을 들이지 않고 끝낼 수 있었다. 하루나 이틀의 변장이라면 순식간에 되었다. 값은 하루에 삼십 수우 씩으로 세상의 온갖 종류의 신사의 옷차림으로, 되도록 근사하게 변장시켜 주었다. 그 옷을 빌려 주는 사람은 『교환인』이라고 불리어지고 있었다. 파리 소매치기들이 그 이름을 붙였는데, 그 패들에겐 그 이름으로밖에는 알려져 있지 않았다. 그는 꽤 완비된 의상실을 가지고 있었다. 변장하는 데 쓰일 의상은 거의 갖춰질 만큼 갖추어져 있었다. 그는 여러 가지로 분류된 특수한 품목을 갖추고 있었다. 의상실 벽에 박은 못 하나하나에 온갖 사회적 신분이, 입어서 낡은 허름한 모습으로 걸려 있었다. 이쪽에 법관복이 있는가 하면, 저쪽에는 법의가 있고 한군데에는 은행가의 옷이 있고, 한구석에는 퇴역 군인의 옷이 있고 맞은쪽에는 문인의 옷이 있고 그 저쪽에는 정치가의 옷이 있었다. 그 사나이는 사기꾼들이 파리에서 공연하는 데 필요한 큰 연극의 분장사였다. 그의 누더기집은 절도나 협박꾼들이 출입하는 무대 뒤였다. 허름한 옷을 걸친 부랑자가 그 옷집에 와서 삼십 수우를 내고 그날 출연하려는 배역에 따라 근사하게 맞는 옷을 고르고, 다시 계단을 내려갈 때에는 이미 그럴싸한 인물이 되어 있는 것이었다. 이튿날이면 옷가지는 정직하게 되돌려져서 도둑놈들을 신용하고 있는 교환인은 한 번도 도둑을 당해 본 적이 없었다. 다만 그 옷들에는 한 가지 불편한 점이 있었다. 즉『잘 맞지 않는』다는 점이었다. 입는 사람 몸에 맞추어서 만든 것이 아니기 때문에 어떤 사람에게는 거북하고 또 어떤 사람에게는 헐렁헐렁해서 누구에게도 꼭 맞지 않았다. 소매치기란 모두 보통 사람보다 크거나 작거나 하기 때문에 교환인의 옷은 아무래도 잘 맞지 않았다. 너무 뚱뚱해도 또 너무 말라도 안 되었다. 교환인은 보통 사람밖에 예상하지 않았다. 그는 한 부랑자에게 맞추어서 칫수를 쟀는데 그는 뚱뚱하지도 마르지도 않았고, 몸집이 크지도 않았을 뿐 아니라 작지도 않았던 것이다. 그래서 때로는 옷을 입기가 곤란한 때도 있었지만 교환인의 단골 손님들은 적당히 잘 해나가고 있었다. 유별난 체격의 소유주에게는 매우 딱한 일이었다 ! 이를테면 정치가의 옷은 위에서 밑에까지 검은색이어서 적절하지만 영국 정치가에게는 너무 크고 카스텔씨칼라(영·불 대사를 지낸 나폴리 공국의 왕족)에게는 작다는 그런 식이었다.『정치가』의 복장은 교환인의 목록 속에는 다음과 같이 지정되어 있었다. 그것을 옮겨 보기로 하겠다.『검은 나사 윗도리, 검은 캐시미어 바지, 비단 조끼, 장화, 셔츠』그리고『전(前)대사』라고 적혀 있고 주가 붙어 있었다. 그것도 역시 옮겨 보면 다른 상자에 적당한 고수머리의 가발, 녹색 안경, 시계줄, 솜에 싼 길이 일 인치의 조그마한 새의 깃대 둘, 그것만으로 대사를 지낸 정치가가 되는 것이었다. 그 옷들은 모두, 이런 표현법이 가능하다면, 쇠약해 있었다. 솔기는 뿌옇게 바랬고, 팔꿈치 한쪽은 단추 구멍만큼의 크기로 뚫어지려 하고 있었다. 게다가 윗도리 가슴의 단추가 하나 떨어져 있었다. 그러나 그것은 대수로운 일이 아니었다. 정치가의 손은 언제나 윗도리 속에 집어 넣고 가슴을 누르고 있어야 하는 것이므로 떨어진 단추를 감추는 구실도 하는 셈이었다.

마리우스가 파리의 그러한 숨겨진 기관과 통하고 있었다면 지금 바스크가 안내한 손님이 입고 있는 옷이 교환인의 의상실에서 빌려 입은 정치가의 윗도리라는 것을 대뜸 알아냈을 것이다.

기대한 것과는 다른 사나이가 들어오는 것을 본 마리우스의 실망은 곧 새로운 손님에 대한 혐오감으로 변했다. 손님이 지나치게 정중하게 허리를 굽히고 있는 동안 그는 그 머리에서 발끝까지 자세히 살펴보고 퉁명스럽게 물었다.

「무슨 일이오 ?」

사나이는 악어의 아양떤 웃음이라고나 할까, 이를 드러내면서 애교 있게 대답했다.

「남작 각하는 이미 사교계에서 한 번 만나 뵌 영광을 가졌던 것으로 기억합니다. 특히 수년 전에는 바그라씨용 공작 부인의 저택에서와, 귀족원 의원 당브레 자작 각하의 살롱에서 만나뵈었다고 생각합니다.」

생면부지의 사람에게도 어디선가 만나 본 적이 있는 체하는 것은 부랑자들의 교묘한 수단이다. 마리우스는 그 사나이의 이야기하는 모습에 주의하고 있었다. 어조며 몸짓을 자세히 살펴보았다. 그러나 실망은 점점 커질 뿐이었다. 그것은 콧소리여서 기대했던 날카롭고 카랑카랑한 목소리와는 딴판이었다. 그는 이제 암담해졌다.

「나는」 하고 그는 말했다. 「바그라씨용 부인도 당브레 씨도 모르오. 생전 누구네 댁에도 간 일이 없소.」

짜증스러운 대답이었다. 손님은 그래도 상냥하게 말을 이었다.

「그럼 뵈었던 곳은 샤토브리앙 댁이었나 봅니다! 저는 샤토브리앙을 잘 압니다. 정말 싹싹하지요. 이따금 저에게 테나르……나하고 한 잔 안 할 텐가 할 때가 있지요.」

마리우스의 이마는 점점 준엄해졌다.

「나는 샤토브리앙 씨 댁에 간 적도 없소. 요점을 말하시오. 무슨 용무요?」

엄격해진 그 목소리 앞에 사나이는 점점 얕게 고개를 숙였다.

「남작 각하, 제발 들어 주십시오. 미국의 파나마 쪽 지방에 조야라는 마을이 있습니다. 마을이라고는 해도 집이 한 채밖에 없습니다. 단단한 벽돌로 지은 커다란 네모진 사층 집 건물인데 사방의 길이가 각각 오백 피트, 각층은 아래층보다 십이 피트가 들어가 있어서 그것이 건물을 뺑 둘러서 테라스가 되어 있습니다. 중앙에는 식료품이며 무기를 넣어 두는 가운데 뜰이 있습니다. 창문은 없고 모두 구멍으로 나 있으며, 문은 없이 사닥다리로 되어 있습니다. 즉 땅바닥에서 이층 테라스로 삼층에서 사층 테라스로 올라가는 사다리로 되어 있습니다. 가운데 뜰로 내려가는 데도 사다리를 사용합니다. 방에는 문이 없고 모두 들어올리는 뚜껑 문이 있으며 계단이 없고 사다리가 있습니다. 밤에는 들어올리는 뚜껑 문을 닫고, 사다리를 끌어올리고 나팔총이며 기총을 비치합니다. 안으로 들어갈 길은 없습니다. 대낮에는 보통 집이고, 밤에는 요새가 되는데, 팔백 명의 주민이 있습니다.

그 마을의 모습입니다. 어째서 그렇게 경계를 하는가? 그 지방은 위험하기 때문입니다. 식인종들이 우글우글하기 때문이죠. 왜 그곳에 가느냐 하면 그 지방은 기막힌 곳이기 때문입니다. 황금이 나옵니다.」

「그래서 어쨌다는 거요?」하고 실망에서 이제는 초조해진 마리우스는 말을 가로챘다.

「결국 말하자면 남작 각하, 저는 이미 지쳐 버린 왕년의 외교관입니다. 낡은 문명은 저를 녹초가 되게 했습니다. 저는 야만인의 맛을 보고 싶기 때문에.」

「그래서?」

「남작 각하, 이기주의는 세상의 법칙입니다. 날품팔이하는 가난한 농사꾼 여자는 마차가 지나가면 돌아보지만 자기 밭에서 일하는 지주인 여자는 돌아보지 않습니다. 가난뱅이의 개는 부자를 보고 짖어 대고 부잣집 개는 가난뱅이를 보고 짖어 댑니다. 각각 자기 일밖에는 생각지 않습니다. 이익, 이것이야말로 인간의 목적입니다. 돈, 그것이야말로 자석입니다.」

「그래서? 결론을 말하시오.」

「저는 조야에 가서 사업을 할까 합니다. 가족은 셋입니다. 집사람과 딸이 하나 있죠. 썩 예쁜 딸이죠. 여행은 길기 때문에 돈도 많이 듭니다. 저는 돈이 좀 필요합니다.」

「그게 나와 무슨 관계가 있소?」하고 마리우스는 물었다.

낯선 사나이는 독수리에 어울릴 것 같은 몸짓으로 넥타이에서 목을 빼고 더욱 웃으면서 대꾸했다.

「남작 각하께선 제 편지를 안 읽으셨나요?」

그것이 거의 맞는 말이었다. 사실 편지 내용은 마리우스의 마음을 슬쩍 지나쳤을 뿐이었다. 그는 편지를 읽었다고 하기보다는 필적을 보았던 것이다. 내용은 거의 생각나지 않았다. 그러나 바로 지금 새로운 실마리가 나타났다. 그는 『집사람과 딸』이라는 한 마디에 주의했던 것이다. 그는 파고드는 듯한 눈길을 낯선 사나이에게 쏟았다. 예심 판사라도 그 이상 날카롭게 사람을 쏘아보지는 않았으리라. 마치 겨누고 있는 듯했다. 그러나 그는 이렇게만 대답했다.

「요점을 말하시오.」

낯선 사나이는 두 손을 바지 주머니에 집어넣고, 등을 여전히 구부린 채 머리만을 쳐들고서, 이번에는 마리우스를 녹색 안경 너머로 살펴보았다.

「좋습니다, 남작 각하. 분명히 말씀드리지요. 저는 각하께 팔고 싶은 비밀을 쥐고 있습니다.」

「비밀을！」

「예, 비밀입니다.」

「내게 관계 있는？」

「다소 그렇습니다.」

「그 비밀이란 무어요？」

마리우스는 상대편 말에 귀를 기울이면서 더욱 깊이 그를 살폈다.

「우선 보수없는 이야기부터 시작하겠습니다」 하고 낯선 사나이는 말했다. 「머지않아 제가 재미있는 사람이라는 걸 아시게 될 겁니다.」

「이야기하시오.」

「남작 각하, 당신께선 댁에 강도와 살인자를 두고 계십니다.」

마리우스는 등골이 오싹했다.

「내 집에？ 천만에.」

낯선 사나이는 침착하게 모자의 먼지를 팔꿈치로 털며 말을 이었다.

「살인범이고 강도입니다. 주의해 드립니다만 남작 각하, 저는 여기서 오래된, 케케묵어 효력이 없어진 사실을 말씀드리는 것이 아닙니다. 법률에 대해서는 시효도 소멸되고 신에 대해서는 개전으로 지워지는 그런 사실을 말하는 게 아닙니다. 최근의 사실을, 현실의 사실을, 지금도 아직 사법 당국에서 모르는 사실을 말씀드리는 것입니다. 그 사나이는 가명을 써서 교묘하게 당신의 신용을 얻고, 거의 가족의 한 사람처럼 돼 있습니다. 그 사나이의 진짜 이름을 가르쳐 드리겠습니다. 그것도 거저 가르쳐 드리겠습니다.」

「들어봅시다.」

「사나이는 장 발장이라고 합니다.」

「알고 있소.」

「또 하나, 이것도 역시 거저 가르쳐 드리겠습니다. 그가 어떤 인물인가를.」

「말하시오.」

「그는 전과자입니다.」

「알고 있소.」

「제가 가르쳐 드렸기 때문에 아셨겠지요？」

「아니오. 전부터 알고 있었소.」

마리우스의 냉랭한 어조며 두 번 되풀이된 『알고 있소』라는 대답이며 이야기를 도중에서 꺽어 버리는 듯한 간단명료한 말투는 사나이의 마음에 어떤 남모르는 분노를 일으키게 했다.

그는 격분한 눈초리로 마리우스를 흘끗 훔쳐 보았으나 그 눈빛은 곧 사라졌다. 그것은 실로 재빠르게 던져졌지만 한 번 보면 잊을 수 없는 눈초리였다. 마리우스는 그것을 놓치지 않았다. 어떤 종류의 불꽃은, 어떤 종류의 영혼에서밖에는 불붙지 않는다. 마음의 창문인 눈은 그 불꽃으로 타오른다. 안경도 그것을 감추지 못한다. 지옥에 유리를 덮은 것과 다를 게 없다.

사나이는 엷은 웃음을 띠면서 말했다.

「남작 각하의 말씀에 반대할 생각은 없습니다. 그러나 어쨌든 제가 비밀을 쥐고 있다는 것은 아셔야겠습니다. 그런데 지금부터 가르쳐 드리는 것은 저 한 사람밖에 모르는 일입니다. 그것은 남작 부인의 재산에도 관계가 있습니다. 굉장한 비밀 입니다. 돈을 받고 팔 만한 일입니다. 그것을 우선 각하께 제공하려는 겁니다. 싸게 말씀드리죠. 이만 프랑으로.」

「나는 그 비밀도 다른 것과 마찬가지로 알고 있소.」

사나이는 약간 값을 내려야겠다고 느꼈다.

「남작 각하, 만 프랑만 주십시오. 그러면 말씀드리겠습니다.」

「거듭 말하지만 당신은 내게 아무것도 가르쳐 줄 게 없소. 당신이 말하고자 하는 것을 나는 전부 알고 있소.」

사나이의 눈에 다시 새로운 빛이 반짝였다. 그는 부르짖었다.

「그렇게 말씀하시지만 저는 오늘 먹을 것을 얻어야겠습니다. 정말 굉장한 비 밀입니다. 남작 각하, 말씀드리겠습니다. 말씀드리지요. 삼십 프랑만 주십시오.」

마리우스는 사나이를 똑바로 바라보았다.

「나는 당신의 굉장한 비밀을 알고 있소. 당신이 장 발장의 이름을 알고 있듯이 나는 당신의 이름도 알고 있소.」

「제 이름을 ?」

「그렇소.」

「그건 조금도 어렵지 않죠, 남작 각하. 편지에도 써드렸고, 말씀도 드렸으니까요. 테나르, 라고.」

「디에.」

「네？」

「그건 누구입니까？」

위험에 부딪치면 고슴도치는 털을 곤두세우고 풍뎅이는 죽은 체하고, 옛날의 근위병은 네모나게 진을 치지만, 이 사나이는 웃기 시작했다. 그러고 나서 그는 윗도리의 소매를 손가락 끝으로 퉁겨 먼지를 털었다. 마리우스는 계속 말했다.

「당신은 그밖에도 노동자 종드레트이고, 배우 파방투이고, 시인 장플로이고, 스페인 사람 돈 알바레스이고, 발리자르의 아내이기도 하지.」

「무슨 부인이라고요？」

「그리고 또 몽페르메이유에서 싸구려 음식점을 했었지.」

「싸구려 음식점을！ 천만에 말씀입니다.」

「그리고 당신은 테나르디에란 말요.」

「그렇지 않습니다.」

「그리고 당신은 불한당이란 말야. 자, 옛소.」

그렇게 말하고 마리우스는 주머니에서 지폐 한 장을 꺼내어 사나이의 얼굴에 던졌다.

「고맙습니다！ 미안합니다！ 오백 프랑이군요！ 남작 각하！」

그러면서 사나이는 허둥지둥 굽신거리면서 지폐를 움켜 쥐자 그것을 들여다보았다.

「오백 프랑！」 하고 그는 눈을 휘둥그레 뜨고 거듭 말했다. 그리고 목소리를 낮추어서 중얼거렸다, 「진짜 지폐구나！」

그런 뒤에 느닷없이

「네, 이것으로 좋습니다」 하고 그는 외쳤다. 「좀 마음을 풉시다.」

그리고 원숭이처럼 재빠르게 머리칼을 뒤로 젖히고 안경을 벗고 두 개의 새 깃줄기를——그것은 조금 전에도 이야기했지만, 독자는 이 책의 다른 페이지에서도 이미 그것을 보았을 것이다——코에서 뽑아내자, 자기의 탈을 마치 모자를 벗듯 벗어버렸다.

그 눈은 번들번들 타올랐다. 일그러지고 찌그러진, 군데군데 울퉁불퉁하고, 위쪽에 흉하게 주름이 잡힌 이마가 드러나 있었다. 코는 원래대로 새의 부리처럼 내밀었다. 식인종처럼 잔인하고 날카로운 옆얼굴이 나타났다.

「남작 각하께선 바로 보셨습니다」 하고 그는 이제는 조금도 코에 걸리지 않은 분명한 목소리로 말했다. 「전 테나르디에입니다.」

그리고 그는 굽었던 등을 꼿꼿이 했다.

테나르디에——틀림없는 그였다——는 몹시 놀랐다. 그도 당황하는 일이 있다면 틀림없이 당황했을 것이다. 상대를 놀라게 해줄 작정으로 왔는데 반대로 자기가 놀란 것이다. 그 굴욕의 대가로서 오백 프랑이 주어졌고, 그 대가로서 그것을 받기로 했다. 그러나 어쨌든 몹시 놀랐다.

그는 이 퐁메르시 남작과는 초면이었다. 그가 변장을 했음에도 불구하고 퐁메르시 남작은 그를 간파했던 것이다. 더욱이 속속들이 간파했던 것이다. 게다가 이 남작은 테나르디에에 대해서 알고 있을 뿐 아니라, 장 발장에 대해서도 알고 있는 듯했다. 아직 풋내기인 주제에 이처럼 냉철하고 호기 있는 이 청년은 대체 어떤 사람이란 말인가? 사람들의 이름을 잘 알고 있고, 그들의 이름도 모조리 알고 있고, 그들에게 지갑을 열어 주고, 재판관처럼 사기꾼을 골탕먹이는가 하면 호인처럼 돈을 내주다니!

테나르디에는 기억하는 바와 같이 예전에 마리우스의 옆방에서 살았지만 한 번도 그를 본 일이 없었다. 그런 일은 파리에서는 종종 있는 일이다. 그는 일찍이 자기의 딸들이 같은 집에 사는 마리우스라는 극히 가난한 청년에 대해서 이야기하는 것을 어렴풋이 들은 일이 있었다. 그리고 누군지도 모르고 편지를 그에게 써보낸 일이 있었다. 그러나 그의 마음속에는 그 마리우스와 퐁메르시 남작 각하를 결부시키는 건 도저히 불가능했다.

퐁메르시라는 이름에 대해서는 아시는 바와 같이, 그는 워털루의 싸움터에서 그 마지막 두 마디(메르시는 고맙다는 뜻이다)만을 알아듣고 그저 감사하다는 말인 줄로만 알고 당연한 일이지만 그까짓것, 하는 심정을 언제나 품고 있었다.

더욱이 그는 딸 아젤마를 시켜서 2월 16일의 신랑 신부의 뒤를 밟게 하고 또한 자신도 이것저것 모색해 본 결과 많은 것을 알게 되었고, 자기의 암흑 밑바닥에 숨어 있으면서도 비밀의 실마리를 몇 가닥 잡아내는 데 성공했다. 그리고 언젠가 대하수도 속에서 만난 사나이가 어떤 사람인가를 교묘한 재치로 알아냈다. 또는 적어도 여러 구체적인 사실로부터 일반적인 원리를 끌어내서 짐작했다. 그 사나이의 이름도 쉽사리 알아냈다. 퐁메르시 남작 부인이 코제트라는 것도 알았다. 그러나 그쪽의 일에 대해서는 신중을 기할 작정이었다. 도대체 코제트란 누군가?

그 자신도 분명하게 알지 못했다. 어떤 사람의 사생아라는 것은 얼핏 들었지만, 그러나 팡틴느의 이야기는 아무래도 애매하게 생각되었다. 게다가 그 이야기를 끌어내서 무엇하겠는가? 입을 막게 하는 돈을 받아낼까? 그러나 그에게는 팔 만한 좀더 좋은 게 있었다. 또는 있다고 믿고 있었다. 게다가 아무런 증거도 없는데 『당신의 부인은 사생아입니다』 하고 퐁메르시 남작에게 폭로한들, 기껏해야 남편의 구둣발로 허리나 걷어차일 게 고작일 것이다.

테나르디에의 생각으로는 마리우스와의 담판은 아직 시작도 되지 않았다. 물론 한 걸음 후퇴하여 전술을 수정하고, 진을 버리고 전선을 바꾸어야 했지만, 그러나 본질적인 것은 아직 아무것도 입밖에 내지 않았고, 오백 프랑은 호주머니에 따넣고 있었다. 게다가 어떤 결정적인 것을 말하지 않고 덮어두었기 때문에, 그처럼 정보에 통하고 무장을 갖추고 있는 퐁메르시 남작에 대해서 그는 아직 자기 쪽이 강하다고 느끼고 있었다. 테나르디에와 같은 성질의 인간에게는 사람과의 대화는 모두가 전투다. 그런데 이제부터 전개되려는 싸움에 있어서 그의 입장은 어떠했던가? 그는 자기가 누구를 상대로 이야기하고 있는가를 몰랐지만 무슨 문제에 대해서 이야기하고 있는가는 알고 있었다. 그는 재빨리 머리속으로 자신의 군사력을 조사하고 그리고 『저는 테나르디에입니다』라고 한 뒤에 상대가 어떻게 나오는가를 기다렸다.

마리우스는 생각에 잠겨 있었다. 이제야 드디어 테나르디에를 찾은 것이다. 만나고 싶다고 그토록 바랐던 그 사나이가 지금 여기에 서 있는 것이다. 이제야 퐁메르시 대령의 부탁도 수행할 수 있게 됐다. 그는 저 영웅이 이런 불한당에게 다소 은혜를 입고 있었다는 것이, 무덤 속에서 아버지가 마리우스에게 끊어준 수표가 오늘까지 지불되지 않고 있었던 것이 부끄러웠다. 그러면서도 테나르디에에 대한 그의 복잡한 정신 상태는 이런 파렴치한에게 구원받은 불행에 대해서, 대령의 복수를 해도 좋다고 생각했다. 그것은 어떻든, 그는 기뻤다. 이제야 간신히 이 괘씸한 채권자에게서 대령의 그림자를 놓아 줄 수가 있는 것이다. 그리고 부채의 감옥에서 아버지의 기억을 끌어내 줄 때가 온 것 같았다.

그 의무 외에 그에게는 또 하나의 의무가 있었다. 즉 가능하면 코제트의 재산의 출처를 밝히는 일이다. 이제야말로 그 기회가 온 것같이 생각되었다. 테나르디에는 틀림없이 뭔가를 알고 있을 것이다. 이 사나이의 뱃속을 들여다보는 것도 쓸데 없는 일은 아닐 것이다. 그는 거기서부터 시작했다.

테나르디에는 『진짜 지폐』를 안주머니에 집어넣자, 상냥할 만큼 공손한 얼굴로 마리우스를 보았다. 마리우스는 침묵을 깨뜨렸다.

「테나르디에, 나는 당신 이름을 말했소. 이번에는 당신의 그 비밀이라는 걸, 당신이 나에게 알려 주려고 온 비밀을 말해 주겠소? 나도 여러 가지를 알고 있소. 내가 당신보다 더 자세히 알고 있다는 것을 이제 곧 알 거요. 장 발장은 당신이 말했듯이 살인범이고 강도요. 유복한 공장주인 마들렌느 씨를 파산시키고 그 재산을 훔쳤기 때문이오. 살인범이란 경위 자베르를 살해했기 때문이오.」

「무슨 말씀인지를 잘 모르겠습니다만, 남작 각하」라고 테나르디에는 말했다.

「그럼 알게 해주리다. 들어보시오. 1822년경 파 드 칼레 군에는 한 사나이가 있었소. 그는 옛날에 유죄 판결을 받은 일이 있는 사나이였는데 마들렌느라는 이름으로 다시 원상태로 돌아가 명예를 회복했소. 그 사나이는 말이 뜻하는 모든 의미에서와 같이 올바른 사람이 되어 있었소. 어떤 공업에서, 다시 말해서 검은 유리 구슬의 제조로 그는 도시 전체를 번영시켰소. 자기의 개인 재산도 만들었지만 그러나 그것은 부차적인 것이어서 이른바 우연히 생긴 데 불과하오. 그는 가난한 사람들을 부양하는 어버이가 되었소. 자선 병원을 세우고 학교를 만들고 병자를 돌보고 결혼하는 처녀에게는 지참금을 주고 미망인을 돕고 고아를 맡아 길렀소. 그 지방의 보호자였소. 그는 훈장을 거절했지만 사람들은 그를 시장에 임명했소. 한 전과자가 그 사람이 옛날에 받았던 형벌의 비밀을 알고 있었소. 전과자는 그를 고발하여 체포케 하고, 그가 잡힌 틈을 타서 파리로 와서 라피트 은행에서——이 사실은 은행 출납계원에게서 직접 들은 얘긴데——가짜 서명을 사용해서 마들렌느 씨가 소유한 오십만 프랑 이상의 금액을 빼냈소. 마들렌느 씨의 돈을 훔친 죄수, 그가 바로 장 발장이오. 또 한 가지의 사실에 대해서도 당신은 나에게 아무것도 가르칠 것은 없소. 장 발장은 자베르 경위를 죽였소. 권총 한 발로 죽인 거요. 나 자신이 그 현장에 있었소.」

테나르디에는 멸시하는 듯한 눈길을 흘끔 마리우스에게 던졌다. 그것은 일단 얻어맞아서 뻗었다가 다시 승리에 손이 닿아서 잃어버린 처지를 순식간에 회복한 인간의 눈이었다. 그러나 다시 곧 미소가 떠올랐다. 패자는 승자에 대해서 승리를 획득해도 더욱 아첨을 해야 하기 때문에 테나르디에는 마리우스에게 이렇게만 말했다.

「남작 각하, 아무래도 이야기가 이상한 것 같습니다.」

그는 시계줄을 의미 있는 듯이 빙글빙글 휘두르며 말에 힘을 주었다.

「뭐라구요!」「아니란 말이오? 이것은 모두 사실이오.」

「터무니없는 말씀입니다. 남작 각하께서 털어 놓고 말씀하시니 저도 말씀드리지 않을 수 없겠습니다. 무엇보다도 진실과 정의가 제일입니다. 나는 남이 무고한 죄를 뒤집어쓰는 걸 보고 싶지 않습니다. 남작 각하, 장 발장은 결코 마들렌느 씨의 돈을 훔치지 않았습니다. 장 발장은 자베르를 죽이지 않았습니다.」

「무슨 소릴! 어째서 그렇단 말요?」

「두 가지 이유가 있습니다.」

「어떤 이유요? 말해 보시오.」

「첫째 이유는 이렇습니다. 그는 마들렌느 씨의 돈을 훔치지 않았습니다. 왜냐하면 마들렌느 씨란 장 발장 자신이니까요.」

「그게 무슨 말이오?」

「그리고 둘째 이유는 그는 자베르를 죽이지 않았습니다. 왜냐하면 자베르를 죽인 사람은 자베르 자신이니까요.」

「그건 무슨 뜻이오?」

「자베르는 자살했으니까요.」

「증명하시오! 증거가 있소?」 하고 마리우스는 자기도 모르게 외쳤다.

테나르디에는 마치 알렉상드르 시구라도 읊듯 한 마디 한 마디 끊으면서 발음했다.

「경위, 자, 베, 르는, 퐁, 토, 샹즈, 밑, 에서, 익사체로, 발견되었습니다.」

「글쎄, 증명하란 말이오!」

테나르디에는 주머니에서 커다란 회색 종이 봉투를 끄집어 냈다. 거기에는 여러 가지 크기로 접은 종이쪽지가 들어 있는 것 같았다.

「여기 기록이 있습니다」 하고 그는 침착하게 말했다.

그리고는 그는 덧붙였다.

「남작 각하, 저는 당신을 위해서 장 발장을 바닥 구석구석까지 훑어보려고 했습니다. 저는 장 발장과 마들렌느는 같은 인물이라고 말씀드렸고, 자베르는 자베르 이외에 살해자가 없다고 말씀드렸습니다. 저의 이야기는 증거가 있어서 드리는 말씀입니다. 그것도 손으로 쓴 증거가 아닙니다. 쓴 것은 애매합니다. 쓴 것은 적절히 처리될 수도 있습니다. 그러나 제가 가지고 있는 것은 인쇄한 증거입니다.」

　이야기하면서 테나르디에는 봉투 속에서 누렇게 절고 퇴색하고 담배 냄새가 물씬 풍기는 두 장의 신문지를 꺼냈다. 그 두 장 중의 한 장은 접은 데가 모조리 찢어져서 네모진 종이 조각으로 나뉘어져 있었고 또 한 장의 것보다 훨씬 낡아 보였다.

　「두 가지 사실에 두 가지 증거물」 하고 테나르디에는 말했다. 그리고 두 장의 신문지를 펴서 마리우스에게 내밀었다.

　그 두 장의 신문은 독자들도 아는 것이다. 한 장은, 다시 말해서 낡은 것은 1823년 7월 25일자의 〈드라포 블랑〉 지인데 그 기사는 이 책의 제2부 제2편 제1장에서 보았듯이 마들렌느 씨가 장 발장과 같은 인물이라는 것을 입증하고 있다. 또 한 장은 1823년 6월 15일의 〈모니퇴르〉(정부 기관지) 지인데, 자베르의 자살을 확증함과 동시에 다음과 같은 것을, 즉 자베르의 시경국장에 대한 구두 보고를 덧붙이고 있었다. 그 보고에 의하면 그는 샹브르리 거리의 바리케이드에서 포로가 되었는데 한 폭도가 그를 피스톨 앞에 세웠으면서도 자기의 머리를 쏘지 않고 하늘을 향하여 발사한 덕택에 목숨을 구했다는 것이다.

　마리우스는 읽었다. 그 속에는 증명이 있고 분명한 날짜가 적혀 있고 부정할 수 없는 증거가 있었다. 그 두 장의 신문은 테나르디에가 자기가 한 말을 보증하기 위해서 특별히 인쇄하게 한 것은 아니었다. 〈모니퇴르〉 지에 나와 있는 기사는 시경이 공식적으로 발표한 것이었다. 마리우스는 의심할 수가 없었다. 은행의 출납계원의 정보는 잘못된 것이었다. 마리우스는 자신이 잘못 알고 있던 것이다. 장 발장의 모습이 갑자기 커져서 구름 속에서 나타났다. 마리우스는 기쁨의 환성을 누를 수가 없었다.

　「아, 그 불행한 사람은 훌륭한 사람이었구나! 그 재산은 모두 정말로 그의 것이었구나! 그 사람이 한 지방의 보호자, 마들렌느인 것이다! 자베르를 구해낸 사람은 장 발장인 것이다! 영웅이다! 성인이다!」

　「아닙니다. 그 사나이는 성인도 영웅도 아닙니다.」 하고 테나르디에는 말했다. 「살인범이고 강도입니다.」

　그리고 그는 어떠한 권위가 자기에게 있는 것을 느끼기 시작한 사람 같은 어조로 덧붙였다.

　「자, 침착하게 이야기합시다.」

도둑놈, 살인범, 사라져 버렸다고 생각했던 그 말들이 다시 돌아와서 차디찬 소나기처럼 마리우스에게 쏟아져 내렸다.

「그래도!」하고 그는 말했다.

「역시 그렇습니다」하고 테나르디에는 말했다. 「장 발장은 마들렌느의 돈을 훔치지는 않았습니다만 그래도 역시 도둑놈입니다. 자베르를 죽이지는 않았습니다만 역시 살인범입니다.」

「당신이 말하고 싶은 것은 저 사십 년 전의 보잘 것 없는 도둑질 말이오? 그거라면 그 신문으로 보더라도 회개와 극기와 덕으로 일평생 보상되었소.」

「저는 살인과 도둑질이라고 말씀드리는 겁니다, 남작 각하. 그리고 거듭 말씀드립니다만 저는 현재의 사실을 이야기하는 겁니다. 이제부터 각하께 밝히는 것은 전혀 알려져 있지 않습니다. 드러나지 않은 겁니다. 그리고 아마도 장 발장이 교묘하게 남작 부인에게 물려준 재산의 출처도 그것으로 아셨을 겁니다. 교묘하게라는 것은, 그런 종류의 재산의 증여로 명예 있는 가정에 들어가서 그 안락함을 같이하고 그와 동시에 자신의 죄를 감추고 훔친 물건을 향락하고 본명을 숨기고 자기 가정을 이룩한다는 것은 그렇게 서투른 짓은 아니니까요.」

「그 점에 있어서는 나도 할 말이 있지만」하고 마리우스는 말했다. 「그대로 계속해 보시오.」

「남작 각하, 보수에 대해서는 각하의 관대한 마음에 맡기고 모든 것을 말씀드리겠습니다. 이 비밀은 금덩이 같은 가치가 있는 겁니다. 그렇다면 왜 장 발장에게 말하지 않느냐고 하시겠지요. 이유는 극히 간단합니다. 저는 그가 재산을 모두 포기했다는 것을 알고 있습니다. 매우 영리한 생각이라고 생각합니다. 어쨌든 그는 이미 일 수우도 갖고 있지 않은 셈이니까 제가 가더라도 빈 손을 내보일 뿐일 겁니다. 더욱이 저는 조야로 가는 데 약간의 돈이 필요하기 때문에 무일푼인 그보다도 무엇이나 다 가지고 계시는 각하를 택한 셈이죠. 좀 피곤한데 의자에 앉는 것을 허락해 주십시오.」

마리우스는 앉으면서 그에게도 앉도록 눈짓했다.

테나르디에는 가죽 의자에 앉아서 두 장의 신문을 집어 봉투에 넣으면서 〈드라포 블랑〉지를 손톱으로 톡톡 퉁기면서 혼자 중얼거렸다. 「이걸 얻느라고 고생깨나 했지.」그리고는 한쪽 무릎을 다른 무릎에 포개 놓고 의자에 등을 기댔다. 자기가 말하려는 것에 대해서 확신 있는 인간 특유의 자세였다. 그러고 나서 그는 무게 있게 말에 힘을 주면서 본론으로 들어갔다.

「남작 각하, 1832년 6월 6일, 지금부터 일 년쯤 전, 그 폭동이 있던 날, 한 사나이가 파리의 대하수도 속에, 앵발리드 다리와 이예나 다리 사이에서 세느 강으로 흘러 들어가는 곳에 있었습니다.」

마리우스는 갑자기 자기 의자를 테나르디에의 걸상 가까이로 당겼다. 테나르디에는 그 동작을 눈여겨보고, 상대편의 마음을 사로잡고 자기 말을 듣는 상대방의 가슴이 몹시 두근거리는 소리를 느끼는 연설가처럼 천천히 말을 이었다.

「그 사나이는 정치와는 관계 없는 이유로 몸을 숨길 필요가 있었기 때문에 하수도를 집으로 삼고 그 열쇠를 가지고 있었습니다. 거듭 말씀드립니다만 6월 6일입니다. 저녁 여덟 시경이나 되었을까? 사나이는 하수도 속에서 무슨 소리가 나는 것을 들었습니다. 깜짝 놀란 그는 웅크린 채 사방을 살폈습니다. 그것은 사람의 발자국 소리였습니다. 누군가가 어둠 속을 걸어서 그가 있는 쪽으로 다가오고 있었습니다. 이상하게도 하수도 속에 그 외의 다른 사람이 있었던 것입니다. 하수도 출구의 철책은 거기서 멀지 않았습니다. 거기서 스며드는 희미한 빛에 비추어 보니, 그 새로운 사나이는 낯익은 자라는 걸 알았고, 또 그 사나이가 등에 무언가를 짊어지고 있는 것도 알았습니다. 그 사나이는 몸을 굽혀 걷고 있었습니다. 몸을 굽히고 걷고 있는 사나이는 전과자였고 어깨에 메고 있는 것은 시체였습니다. 틀림없는 살인의 현행범이지요. 도둑질로 말하면 뻔한 것입니다. 그저 사람을 죽일 리는 없거든요. 그 죄수는 그 시체를 강에 던지려고 했던 겁니다. 한 가지 주의할 일은 출구의 철책에까지 다다르기 전에 하수도 속을 먼 데서부터 애써 온 그는 무시무시한 진창 구덩이 하나쯤은 만났을 게 틀림없었을 것이므로 거기에 시체를 버리고 올 수도 있었을 겁니다. 그러나 이튿날이라도 하수도 인부가 진창 구덩이 청소를 하러 왔다가 살해된 사나이를 발견하지 않는다고 장담하지 않을 수도 없습니다. 그래서 죽인 사나이도 그렇게는 하지 않았습니다. 그보다는 아예 진창 구덩이 속을 무거운 짐을 짊어진 채 넘는 편이 좋다고 생각했던 겁니다. 그의 노력은 필사적이었을 겁니다. 그보다 더 위험천만한 일은 없을 테니까요. 죽지 않고 어떻게 그곳을 빠져 나왔는지 영 알 수 없는 노릇입니다.」

마리우스의 의자는 더욱 당겨졌다. 테나르디에는 그 틈을 타서 길게 숨을 내쉬었다. 그리고 그는 계속했다.

「남작 각하, 하수도는 연병장과는 다릅니다. 거기에는 전혀 몸둘 곳조차도 없습니다. 두 사람이 거기에 있으면 영락없이 마주치게 마련입니다. 역시 만났습니다. 거기서 살던 사나이와 지나가려던 사나이는 둘 다 꺼림칙해 하면서도 부득불 인사를 교환해야만 했습니다. 지나가려던 사나이는 그곳에 사는 사나이에게 말했습니다.『너는 내가 뭘 짊어지고 있는가 보았겠지. 나가야겠는데, 넌 열쇠를 갖고 있을 테니 그걸 빌려주게.』그 죄수는 굉장히 힘이 센 사나이였습니다. 거절할 수가 없었습니다. 그래도 열쇠를 가지고 있는 쪽은 이것저것 담판을 했습니다. 시간을 끌기 위해서였죠. 그리고 그 죽은 사람을 관찰했습니다만, 단지 젊은 사나이였고, 옷차림이 좋고, 부자인 듯하고 그리고 피가 범벅이 되어서 윤곽을 구별할 수 없었다는 것 외에는 아무것도 알 수 없었습니다. 그는 지껄이면서도 살인범이 눈치채지 않도록 가만히 뒤에서 살해된 사나이의 윗옷 한 조각을 잘라냈습니다. 아시겠지요. 증거물로 하기 위해섭니다. 사건을 탐색하여 범죄가에게 증거를 들이대기 위해서였습니다. 그는 증거물을 주머니에 집어넣었습니다. 그러고 나서 철책을 열어 사나이를 등에 진 귀찮은 물건과 함께 밖으로 내보내고 철책을 다시 닫고 도망쳐 버렸습니다. 그 이상 그 사건에 관련될 생각이 없었고 특히 살인범이 피해자를 강에 던져 넣을 때 그 현장에 있고 싶지 않았기 때문입니다. 이제는 다 아셨을 줄 압니다. 시체를 짊어지고 있던 사나이, 그게 바로 장 발장입니다. 열쇠를 가지고 있던 사나이, 그건 지금 각하께 말씀드리고 있는 바로 접니다. 윗옷의 잘라낸 헝겊 조각은…….」

테나르디에는 말을 끊고 온통 검은 얼룩이 진 찢어진 검은 나사 한 조각을 주머니에서 끄집어내어 두 손의 엄지손가락과 집게손가락으로 집어서 눈 높이로 들어올렸다.

마리우스는 새파랗게 질려서 숨도 쉬지 못하고 검은 나사조각을 응시하며 일어섰다. 한 마디도 못하고 그 누더기 헝겊에서 눈도 떼지 않고 벽 쪽으로 물러가 뒤로 뻗친 오른손으로 벽 위를 더듬어 벽난로 옆의 벽장 자물쇠에 달려 있는 열쇠를 찾았다. 그 열쇠를 찾아내자 벽장문을 열고 테나르디에가 펴들고 있는 헝겊에서 놀란 눈을 떼지 않은 채, 한 팔을 벽장 속에 들이밀었다.

그 사이에도 테나르디에는 계속 지껄이고 있었다.

「남작 각하, 저는 그 살해된 청년이 장 발장의 함정에 빠진 어느 외국의 부호로 거액의 돈을 가지고 있었다고 믿는 극히 유력한 근거를 갖고 있습니다.」

「그 청년은 바로 나였어. 여기 그 윗도리가 있어！」하고 마리우스는 외치고 마룻바닥 위에 피투성이인 낡은 검은 옷을 던졌다.

그러고 나서 그는 헝겊을 테나르디에의 손에서 빼내, 윗도리 위에 몸을 굽히고 앉아 찢어낸 헝겊을 찢어진 옷자락에 맞추어 보았다. 찢어진 자리는 꼭 들어맞고 그 헝겊 조각으로 윗옷은 완전한 것이 되었다. 테나르디에는 아연실색했다. 그는 생각했다. 『이거 톡톡히 당했구나.』

마리우스는 부르르 떨며 절망하고 얼굴을 빛내면서 벌떡 일어났다. 그는 주머니 속을 뒤져서 분연히 테나르디에 쪽으로 걸어가서 오백 프랑과 천 프랑 짜리 지폐를 하나 가득 움켜 쥔 주먹을 내밀고 그의 얼굴에 들이 댔다.

「당신은 파렴치한이야! 거짓말쟁이고 중상자고, 악당이야. 당신은 그분을 고소하려다가 거꾸로 그분의 무죄를 증명했소. 그분을 파멸케 하려고 했지만 그분에게 명예를 줄 수밖에 없었소. 당신이야말로 정말 도둑이오! 살인범은 당신이오! 테나르디에, 종드레트, 나는 당신을 저 오피탈 큰 거리의 쓰러져가는 집에서 보았소. 그럴 생각만 있다면 당신을 감옥 아니 좀더 먼 곳으로 보내기에 충분할 만큼의 증거를 당신에 관해서 갖고 있소. 자, 악당임에는 틀림없지만 천 프랑을 줄 테니 받으시오!」

그렇게 말하고 그는 천 프랑짜리 한 장을 테나르디에에게 던졌다.

「이봐! 종드레트, 테나르디에, 비열한 부랑자! 이제는 조금쯤 깨닫도록 하시오. 비밀을 거래하고 어둠을 뒤지고 다니는 불쌍한 사람! 오백 프랑짜리도 여기 있소. 어서 가지고 나가시오! 워털루 덕이오.」

「워털루!」하고 테나르디에는 아까의 천 프랑과 함께 그 오백 프랑을 주머니에 집어넣으면서 중얼거렸다.

「그렇소, 살인자! 당신은 거기서 한 대령을 구했소…….」

「장군이었지요」하고 테나르디에는 머리를 들면서 말했다.

「대령이오!」하고 마리우스는 화가 불끈 치밀어서 말했다. 「장군이었다면 단 일 리아르도 주지 않았을 거요. 당신은 염치없는 짓을 하려고 여기 왔소! 말해 두겠는데 당신은 이미 여러 가지 죄악을 범하고 있소. 자아, 나가시오! 다만 행복하기를. 그것만이 내가 바라는 바요. 아아! 괴물 같은 인간! 삼천 프랑 더 주겠소. 받아 두시오. 당장 내일이라도 딸과 함께 미국으로 떠나시오. 당신 아내는 죽지 않았소? 괘씸한 거짓말쟁이 같으니! 내가 당신이 떠나는 것을 확인할 테니까, 알겠소? 그리고 그때 이만 프랑을 주겠소. 어디라도 좋으니 목을 매달러 가란 말요!」

「남작 각하」하고 테나르디에는 머리가 땅에 닿도록 절을 하면서 대답했다. 「은혜는 영원히 잊지 않겠습니다.」

그리고 테나르디에는 도무지 영문도 알지 못한 채 황금 주머니가 기분 좋게 내리누르는 무게와 지폐가 머리 위에서 폭발하는 벼락 소리에, 몹시 놀라면서도 크게 기뻐하며 그곳을 나갔다.

분명히 그는 벼락을 맞았지만 동시에 기쁘기 한이 없었다. 만약 그 벼락에 피뢰침이 있었다면 틀림없이 유감스러워 했을 것이다.

여기서 당장 이 사나이는 정리해 버리기로 하자. 지금 이야기하는 사건이 있고 나서 이틀 뒤, 그는 마리우스의 알선으로 이름을 바꾸고 딸 아젤마를 데리고 뉴욕에서 바꾸게 될 이만 프랑의 어음을 갖고 미국으로 출발했다. 이 타락한 시민 테나르디에의 정신은 이제는 구할 수 없는 것이었다. 그는 미국에서도 유럽에 있을 때나 매일반이었다. 악인이 손을 대면 때로는 선행도 썩어서 거기서 악행이 빚어지는 수가 있다. 마리우스가 준 돈으로 테나르디에는 노예 매매인이 되었다.

테나르디에가 나가자 곧 마리우스는 코제트가 아직도 산책하고 있는 정원으로 달려나갔다.

「코제트! 코제트!」하고 그는 외쳤다.「이리 와! 빨리 와. 곧 갑시다. 바스크, 역마차를 잡아라! 코제트, 와요. 아아! 이 무슨 일이오! 내 목숨을 구해 준 것은 저분이었구나! 단 일 분이라도 헛되이 할 수 없소! 어서 숄을 두르오.」

코제트는 남편이 정신이라도 돌았나 싶었지만 하라는 대로 했다.

그는 숨도 쉬지 못하고 두근거리는 가슴을 가라앉히기 위하여 가슴에 손을 대고 있었다. 그리고 성큼성큼 왔다갔다하는가 하면, 코제트를 끌어앉는 것이었다.

「아아! 코제트! 나는 어리석은 놈이야!」하고 그는 말했다.

마리우스는 미친 사람처럼 되어 있었다. 저 장 발장 속에 뭐라 말할 수 없는 어슴푸레한 모습이 희미하게 나타나기 시작한 것이다. 예전에 없었던 덕의 권화가 숭엄하고 온화한, 광대한 가운데도 겸손한 모습으로 그의 눈앞에 나타난 것이다. 죄수가 그리스도로 변모해 온 것이다. 마리우스는 그 기적에 눈이 아찔했다. 지금 자신이 무엇을 보고 있는지 분명히 알지 못했으나 그것은 위대해 보였다.

얼마 안 있어 마차 한 대가 문 앞에 섰다.

마리우스는 코제트를 마차에 태우고 이어 자기도 뛰어올랐다.

「마부! 롬므 아르메 거리 7번지로.」

마차는 달리기 시작했다.

「아이! 좋아라」하고 코제트는 말했다. 「롬므 아르메 거리로 가는군요. 전 당신께 그 말씀을 드릴 용기가 없었어요. 장 씨를 만나러 가는군요.」

「당신의 아버지요, 코제트! 이제야말로 당신의 아버지란 말요. 코제트, 나는 알았어. 당신은 내가 가브로슈에게 주어서 보낸 편지를 받지 않았다고 했었지. 그건 그분에게 전해진 거요. 코제트, 그래서 그분은 나를 구하시려고 바리케이드에 오셨던 거요. 천사가 되는 것이 그분의 욕구였으니까, 그러면서 다른 사람들까지 구해 주셨소. 자베르도 구했소. 그분은 나를 당신에게 주기 위해서 그 구렁텅이 속에서 나를 끌어올려 주었소. 나를 짊어지고 그 무서운 하수도 속을 지나왔소. 아아! 나는 정말 지독히도 배은망덕한 놈이오. 코제트, 그분은 당신의 보호자가 된 뒤에 내 보호자가 되어 주신 거요. 상상해 보구려, 무시무시한 진창 구덩이가 있었단 말요, 영락없이 빠져죽을 것 같은, 진창 속에 빠져 버릴 것 같은 수렁을. 코제트! 그분은 그런 곳을 나를 메고 건넌 거요. 나는 기절하고 있었소. 아무것도 보이지도 들리지도 않았소. 내가 어떤 지경에 있었는지 몰랐었소. 우리 그분을 모셔 옵시다, 함께 모셔 옵시다. 그분이 뭐라 하든 이제 두 번 다시 우리하고 헤어지지 않게 합시다. 그저 집에 계시기만 하면! 만나 뵐 수 있기만 하면! 나는 나머지 평생을 그분을 존경하며 지내겠소. 그렇구말구, 마땅히 그래야 되는 거요, 알겠소, 코제트? 가브로슈는 내 편지를 그분에게 드렸던 거요. 그것으로 모든 것이 설명되오. 당신도 이제 그 모든 것을 알겠지.」

코제트는 한 마디도 알 수 없었다.

「그래요, 당신 말씀이 옳아요」하고 그녀는 말했다.

그동안에도 마차는 달리고 있었다.

5. 밤, 그 너머에는 여명이 있다

누군가가 문을 두드리는 소리에 장 발장은 돌아다보았다. 「들어오시오」하고 그는 힘없이 말했다.

문이 열렸다. 코제트와 마리우스가 나타났다. 코제트는 방안으로 뛰어 들어갔다. 마리우스는 문 기둥에 기댄 채, 문지방 위에 서 있었다.

「코제트!」장 발장은 말했다. 그리고 의자 위에 일어나서 떨리는 양팔을 벌렸다. 눈에는 핏발이 서고 얼굴은 창백하고 처참한 모습이었으나 그 두 눈에는 무한한 기쁨의 빛이 넘치고 있었다.

코제트는 감동에 헐떡이며 장 발장의 가슴에 달려들었다.

「아버지!」

장 발장은 울음섞인 목소리로 더듬거리면서 말했다.

「코제트! 그애가! 당신이, 부인! 너로구나! 아아!」

그리고 코제트의 팔에 안기면서 그는 외쳤다.

「너로구나! 네가 와주었구나! 그럼 나를 용서해 주는 거구나!」

마리우스는 흐르는 눈물을 참으려고 눈을 감으면서 흐느낌을 누르려고 부들부들 떨리는 입술 사이로 중얼거렸다.

「아버지!」

「당신도 나를 용서해 주겠소?」하고 장 발장은 말했다.

마리우스는 뭐라고 해야 할지 몰랐다. 장 발장이 덧붙였다.

「고맙소.」

코제트는 숄을 벗고 모자를 침대 위에 던졌다.

「귀찮아」하고 그녀는 말했다.

그리고 노인의 무릎 위에 앉으면서 귀여운 손짓으로 그 백발을 끌어올리고 이마에 키스했다. 장 발장은 당황해서 하는 대로 가만히 있었다.

코제트는 극히 어렴풋하게밖에는 사정을 알지 못했지만 마치 마리우스의 부채를 갚으려는 양 한층 더 정성스럽게 애정을 퍼붓는 것이었다. 장 발장은 말을 더듬거렸다.

「인간은 참 어리석은 것이오! 나는 두 번 다시 이애를 만나지 못할 줄 알았소. 생각해 보오, 퐁메르시, 당신들이 들어왔을 때, 나는 이렇게 마음속으로 말했었소. 이미 모든 것은 끝났다. 저기에 그애의 조그만 긴 옷이 있구나, 나는 가련한 인간이다, 이제는 코제트를 만날 수 없겠구나, 하고, 마침 당신이 계단을 올라오고 있을 때 그런 생각을 했었소. 나는 정말 바보였소! 인간이란 그토록 어리석은 거라오. 그러나 그것은 신을 잊고 있기 때문이오. 신께선 이렇게 말씀하십니다. 너는 사람들이 너를 저버렸다고 생각하는 모양이구나. 어리석은 놈! 그러나 그렇지 않다고 말요. 그런데 여기에 천사를 필요로 하는 한 불쌍한 노인이 있소. 그때 천사가 옵니다. 그리고 노인은 코제트와 재회하게 되죠. 귀여운 코제트를 다시 만나는 겁니다! 아아! 나는 몹시 불행했소!」

그는 한동안 말을 하지 못하더니 이윽고 다시 말을 이었다.

「나는 이따금, 잠깐 동안씩이라도 코제트를 만나고 싶었소. 사람의 마음이란 물어뜯을 뼈를 하나 갖고 싶어하죠. 그렇지만 나는 나 자신이 쓸데 없는 자라는 것을 충분히 느끼고 있었소. 나는 나 자신에게 말했소. 그 사람들에게 너는 필요없어. 너는 네 구석에 틀어박혀 있어라. 아무도 항상 같이 있을 수는 없는 거라고. 아아! 고맙게도 나는 다시 이애를 만났소! 아느냐, 코제트, 네 남편은 아주 훌륭한 남자라는 걸? 아! 너는 예쁘게 수놓은 깃을 달고 있구나, 그 무늬가 참 좋구나. 남편이 골라 준 거겠지. 너에겐 캐시미어도 어울릴 테니 그것도 사 달라고 하렴. 퐁메르시, 내게 이애를 너라고 부르게 해주오. 잠깐 동안일 테니까.」

그러자 코제트가 입을 열었다.

「우리를 그렇게 내버려 두시다니 참 심술궂으시군요! 도대체 어디 갔다 오셨나요? 어째서 그렇게 오래 걸리셨나요? 예전엔 여행을 하시더라도 겨우 사나흘 정도였는데, 내가 니콜레트를 보내도 언제나 안 계시더라는 대답뿐이었어요. 언제 돌아오셨나요? 어째서 우리에게 알려 주시지 않았어요, 네? 아버진 참 많이 변하셨어요. 아아! 아버지, 미워요. 그런 걸 감추시다니! 편찮으셨는데도 저희는 몰랐던 거예요! 보세요, 마리우스, 아버지 손을 만져보세요, 아주 싸늘해요!」

「이렇게 당신도 와주었구료! 퐁메르시, 당신은 나를 용서해 주시는 거군요!」 하고 장 발장은 거듭 말했다.

장 발장이 다시 그 말을 하는 것을 듣자, 마리우스의 마음속에 가득 넘치고 있던 것이 한꺼번에 둑을 무너뜨리고, 말이 입에서 쏟아져 나왔다.

「코제트, 들었소? 이분은 언제나 이렇소! 더욱이 이분은 내게 용서를 빌고 있소. 그런데 이분은 내 목숨을 구해 주셨소. 그 이상의 것도 해주셨소. 당신을 내게 주셨소. 그리고 나를 구해 주신 뒤에, 당신을 나에게 주신 뒤에 이분은 스스로 자신을 어떻게 했다고 생각하오? 자신을 희생하신 거요. 정말 훌륭한 분이오. 은혜를 모르는 나에게, 잊어버리기 잘하는 나에게, 인정 없는 나에게, 죄인인 나에게 고맙다고 하시는 거요! 코제트, 일생을 이분의 발밑에 내던져도 모자랄 거요.

저 바리케이드, 저 하수도, 저 열화의 속, 저 더러운 물구덩이, 그 모든 것을 이분은 나를 위해서, 당신을 위해서 뚫고 나오신 거요. 코제트! 내게 덮쳐오는 죽음을 멀리하게 하고 스스로의 생명을 위험에 던지시고 그 너머로 나를 구출해 주신 거요. 온갖 용기와 온갖 덕성과 온갖 용맹과 온갖 고결함, 그것들을 모조리 가지고 계시오. 코제트, 이분이야말로 천사요!」

「아니! 무슨!」하고 장 발장은 극히 낮은 목소리로 말했다.「어째 그런 말을 하시오?」

「그러나 당신이야말로!」하고 마리우스는 존경심에 가득찬 흥분된 어조로 부르짖었다.「어째서 당신께선 그 말씀을 안 하셨습니까? 당신도 나쁩니다. 생명을 구해 주셨는데도 그것을 감추려 드시다니! 그것뿐 아닙니다. 가면을 벗어 보이겠다는 구실로 당신께선 자신을 중상하셨습니다. 너무 심하십니다.」

「나는 진실을 말했소」하고 장 발장은 말했다.

「아닙니다」하고 마리우스는 말했다.「진실이란 모든 진실이라는 뜻입니다. 당신께선 모든 진실을 말씀하시지 않았습니다. 당신은 마들렌느 씨였는데, 왜 그 말씀을 하시지 않았습니까? 당신은 자베르를 구하셨는데 어째서 그것을 말씀하시지 않았습니까? 당신은 저를 구해 주셨는데 왜 아무 말씀도 안 하셨습니까?」

「나도 당신과 같은 생각을 했었기 때문이오. 당신이 말한 것은 옳다고 생각했소. 나는 떠나 버려야 했었소. 만약 그 하수도에 관한 것을 알았다면, 당신은 나를 머무르게 했을 거요. 그러니까 나는 잠자코 있지 않으면 안 되었소. 만약 내가 말해 버리면 정말 곤란하게 되었을 거요.」

「무엇이 곤란하단 말인가요! 누가 곤란하단 말인가요!」하고 마리우스는 말했다.「당신은 여기 줄곧 계실 작정이십니까? 저희들은 당신을 모셔가겠습니다. 죄송합니다! 정말입니다! 그런 것을 우연히 알게 된 것을 생각하면 정말 송구합니다! 저희들은 당신을 모셔 가겠습니다. 당신은 저희들의 일부입니다. 이 사람의 아버지이고, 또한 저의 아버지입니다. 이제는 하루도 이 누추한 집에서 사셔서는 안 됩니다. 내일도 여기에 계실 거라고 생각하시면 안 됩니다.」

「난, 나는 여기에 없을 거요. 그러나 당신 댁에도 없을 거요.」

「무슨 말씀이신가요?」하고 마리우스는 물었다.「아닙니다. 이제는 여행도 못 가시게 하겠습니다. 이제는 우리에게서 떠나실 수 없습니다. 당신은 저희들의 겁니다. 저희들은 다시는 당신을 놓지 않겠습니다.」

「이번엔 꼭이에요」 하고 코제트도 말을 곁들였다. 「아래에 마차를 기다리게 했어요. 전 아버지를 모시고 가겠어요. 힘으로라도 그렇게 할 테니까요.」

그리고 웃으면서 그녀는 노인을 두 팔에 들어올리는 몸짓을 했다.

「저희들 집에는 지금도 아버지 방이 마련되어 있어요」 하고 코제트는 말을 이었다.

「요즈음 정원이 얼마나 아름다운지! 진달래가 아주 예쁘게 피어 있어요. 오솔길에는 시내의 모래를 깔았답니다. 조그마한 제비꽃 빛깔의 조개껍질이 모래에 섞여 있어요. 아버지께 제 딸기를 대접하겠어요. 제가 언제나 물을 주거든요. 그리고 이제는 부인도 장 씨도 다 없애 버리고 모두 공화 체제가 되어 서로『너』라고 부르기로 해요. 그렇죠, 마리우스? 프로그램은 바뀌었어요. 아 참, 아버지, 아주 슬픈 일이 있었어요. 울새가 한 마리 벽의 구멍 속에 집을 짓고 있었는데 무서운 고양이가 그것을 먹어 버리고 말았어요. 불쌍하게도 말예요. 언제나 집에서 머리를 내밀고 저를 지켜보던 예쁜 새였는데. 전 울었어요. 고양이를 죽여 버리고 싶을 정도였어요! 하지만 이제부터는 울지 않기로 했어요. 모두 웃고, 모두 행복해지기예요. 아버지는 저희들과 함께 가셔야 해요. 할아버지께서도 무척 좋아하실 거예요! 아버지는 정원에 땅을 조금 가지셔서 그것을 가꾸세요. 아버지 딸기가 제 딸기만큼 훌륭한가 어떤가 솜씨를 보여주세요. 그리고 전 아버지께서 원하시는 건 무엇이라도 하겠어요. 그리고 아버지도 제가 말씀드리는 걸 들어 주셔야 해요.」

장 발장은 아무 생각 없이 귀를 기울이고 있었다. 그녀의 말의 뜻보다는 오히려 그 목소리의 음악을 듣고 있었다. 영혼의 흐린 진주인 커다란 눈물 방울이 한 방울 그의 눈 속에 천천히 괴었다. 그는 중얼거렸다.

「신께서 친절하신 증거로 저애가 지금 여기에 와 있구나.」

「아버지!」 하고 코제트는 불렀다.

장 발장은 계속했다.

「분명히 함께 사는 것은 즐거울 거다. 새가 나무 숲에 차있고, 나는 코제트를 데리고 산책한다. 매일 아침 인사를 주고받고, 정원에서 불러내는 활기 있는 사람들 속에 들어가는 것은 유쾌한 일이다. 모두 아침부터 얼굴을 마주 보고, 서로 정원 한구석을 가꾼다. 저애는 제 딸기를 내게 먹여 주고 나는 내 장미꽃을 저애에게 꺾어 줄 것이다. 얼마나 즐거운 일이겠는가. 다만……」

그는 말을 끊었다가 온화하게 말했다.

「유감된 일이구나.」

눈물은 떨어지지 않고 삼켜졌다. 장 발장은 그 대신 미소를 띠었다. 코제트는 노인의 두 손을 자기의 두 손으로 쥐었다.

「어머!」하고 그녀는 말했다. 「아버지 손이 아까보다 더 싸늘해졌어요. 편찮으신가요? 괴로우신가요?」

「나 말이냐? 아니다」하고 장 발장은 대답했다. 「난 기분이 매우 좋다. 다만…….」

그는 입을 다물었다.

「다만 뭐죠?」

「난 이제 곧 죽는다.」

코제트와 마리우스는 소스라쳤다.

「돌아가시다뇨!」하고 마리우스는 외쳤다.

「그렇소, 그러나 그것은 아무것도 아니오.」

그는 한숨짓고 미소를 띤 후 다시 말했다.

「코제트, 너는 내게 이야기를 해주었지. 계속하렴, 더 좀 이야기하렴, 네 귀여운 울새가 죽었단 말이지? 자아, 이야기해라, 내게 네 목소리를 들려 주렴!」

마리우스는 굳어 버린 돌처럼 가만히 노인을 바라보고 있었다. 코제트는 가슴이 터질 듯한 소리를 질렀다.

「아버지! 저의 아버님! 살아 계셔야 해요. 오래 살아 계셔야 해요. 제겐 아버지가 살아 계셔야 해요, 아시겠어요?」

장 발장은 몹시 사랑스러운 듯 그녀 쪽으로 머리를 들었다.

「아아! 그렇구나, 나를 죽지 않게 지켜다오. 죽다니, 아마도 네가 말한 대로 될지도 모르지. 너희들이 여기에 왔을 때, 나는 죽어 가고 있었다. 하지만 너희들의 얼굴을 보고 나는 멈춰섰단다. 어쩐지 다시 살아난 것 같았단다.」

「당신께선 아직 힘과 생명이 넘치고 있습니다」하고 마리우스는 외쳤다. 「그런 정도로 사람이 죽는다고 생각하십니까? 괴로움도 있었습니다만, 앞으로는 없습니다. 용서를 바라는 것은 접니다. 무릎을 꿇고 말입니다! 당신은 살아 계실 수 있습니다. 저희들과 함께 오래도록 살아 계셔야 합니다. 저희들은 당신을 다시 모시러 왔습니다. 저희들 둘이서 여기 와 있습니다. 앞으로 단 한 가지, 당신의 행복밖에는 생각지 않는 저희들이 여기 있습니다!」

514

「아시겠어요?」하고 코제트도 눈물에 젖어서 말했다. 「아버지는 돌아가시지 않는다고 마리우스가 말하고 있어요.」

장 발장은 계속 미소짓고 있었다.

「당신이 나를 다시 맞아 주었다고 해서 내가 지금과 다른 인간이 될 수 있겠소? 퐁메르시 군. 아니오. 신께선 당신이나 내가 생각한 것과 똑같이 생각하셨소. 신께선 의견을 바꾸거나 하시지 않소. 내가 떠나는 것은 도움되는 일이오. 죽음은 좋은 처지요. 우리가 어떻게 해야 할 것인가는 우리들보다 신께서 더 잘 알고 계시오. 당신들이 행복해지는 일, 퐁메르시가 코제트를 맞이하는 일, 청춘이 아침과 짝을 짓고 당신들 주위에 라일락 꽃이 피고, 꾀꼬리가 우는 것, 당신들의 인생이 햇빛이 쏟아지는 아름다운 잔디와 같다는 것, 하늘의 온갖 환희가 당신들의 영혼을 가득히 채우는 것, 그리고 지금 아무 쓸모도 없었던 내가 죽어 가는 것, 이와 같은 일들은 모두 옳은 일임에 틀림없소. 아시겠소? 두 사람 다 잘 알아들으시오. 이제는 아무것도 할 수가 없소. 나는 모든 게 끝났다는 것을 분명히 느끼고 있소. 한 시간 전쯤에 나는 정신을 잃었었소. 그리고 또 오늘 저녁에 나는 거기에 있는 물병의 물을 다 마셔 버렸소. 코제트, 네 남편은 더할 나위 없이 친절한 분이야! 너는 나와 함께 있었던 때보다 훨씬 행복하다.」

문소리가 들렸다. 들어온 사람은 의사였다.

「어서 오시오, 하지만 곧 이별이오, 선생」하고 장 발장이 말했다. 「이 아이들이 내 자식들이오.」

마리우스는 의사에게 다가갔다. 그는 한 마디 「선생님?……」이라고 말했다. 그 어조에는 완전한 질문이 담겨 있었다.

의사는 의미심장하게 눈을 깜빡여 그 물음에 답했다. 장 발장이 조용히 말했다. 「만사가 뜻대로 되지 않는다고 해서 신에 대해 부당한 마음을 가져서는 안 되오.」

침묵이 흘렀다. 모든 사람들의 가슴은 짓눌려 있었다. 장 발장은 코제트 쪽을 돌아보았다. 그는 그녀를 영원히 잃지 않으려는 듯 조용히 바라보기 시작했다. 그는 이미 어둠 속에 내려서 있었지만 코제트를 지켜볼 때에는 여전히 황홀감에 잠길 수 있었다. 그녀의 다정한 얼굴의 반영이 그의 창백한 얼굴을 비추고 있었다. 무덤도 빛을 받아 눈이 부시는 때가 있다.

의사는 그의 맥을 짚었다.

「아! 이분이 필요했던 것은 당신들이었습니다!」하고 의사는 코제트와 마리우스를 바라보면서 중얼댔다.

그리고 마리우스의 귀밑으로 몸을 굽히고 낮은 목소리로 중얼거리듯 덧붙였다.

「하지만 이미 늦었습니다.」

장 발장은 좀처럼 코제트에게서 눈을 떼지 않은 채 밝은 얼굴로 마리우스와 의사를 보았다. 그의 입에서 다음과 같은 알아 듣기 어려운 말이 새어나왔다.

「죽는 것은 아무것도 아니야. 무서운 것은 진정으로 살지 못한 것이야.」

갑자기 그는 일어섰다. 그처럼 갑자기 힘이 회복되는 것은 때때로 죽음의 고통의 표시이다. 그는 확고한 걸음으로 벽앞으로 나가서 부축하려는 마리우스와 의사의 손을 밀쳐내고 벽에 걸려 있는 작은 동으로 만든 십자가상을 벗기더니, 완전히 건강한 사람처럼 자유로운 동작으로 되돌아와서 자리에 앉았다. 그리고 십자가상을 테이블 위에 놓으면서 큰소리로 말했다.

「이분이야말로 위대한 순교자야.」

그리고 나서 그의 가슴은 움푹 꺼지고, 머리는 죽음에 사로잡힌 것처럼 떨리고 무릎에 놓인 두 손은 바지 천을 손톱으로 긁기 시작했다.

코제트는 그의 양어깨를 붙들고 흐느껴 울면서 말을 걸려고 애썼지만 아무 말도 하지 못했다. 다만 가련하게도 눈물과 침으로 범벅이 되어 띄엄띄엄 하는 말 속에서 다음과 같은 말을 들을 수 있었다.

「아버지! 우리를 버리지 말아 주세요. 겨우 다시 만나뵈었는데, 금방 헤어지다니 어떻게 그럴 수가 있어요?」

죽음의 고통은 굴절되며 진행된다고 할 수 있다. 그것은 오락가락한다. 무덤 쪽으로 나가는가 하면 생명 쪽으로 되돌아온다. 죽는다는 행위에는 손으로 더듬는 듯한 데가 있다.

장 발장은 그런 반 가사 상태 뒤에 다시 기력을 회복하고 어둠을 떨어 버리듯 머리를 흔들더니 거의 완전히 제정신으로 돌아왔다. 그리고 코제트의 소맷자락을 움켜쥐고 거기에 키스했다.

「좋아졌습니다! 선생님, 회복되었습니다!」하고 마리우스는 외쳤다.

「당신들은 둘 다 친절하오」하고 장 발장은 말했다.「무엇이 나를 괴롭혀 왔는지 그것을 당신들께 말해 두고 싶소. 나를 괴롭힌 것은, 퐁메르시 군, 당신이 그 돈을 쓰려고 하지 않았던 일이오. 그 돈은 틀림없이 당신 아내의 것이오. 그 내막을 두 사람에게 설명하리다. 내가 당신들을 만나서 기뻐하는 것도, 첫째는 그 때문이오.

검은 구슬은 영국에서 오고, 흰 구슬은 노르웨이에서 오는 것이오. 이런 건 모두 여기 있는 종이에 써놓았으니까 나중에 읽도록 하오. 팔찌에는 용접한 고리 대신 그저 끼우기만 하면 되는 고리를 나는 생각해냈소. 그렇게 하면 깨끗하게 만들어질 뿐 아니라 품질이 좋고 싸게 먹히오. 그러니 얼마나 돈이 벌리는지 알겠지요. 그런 내막이므로 코제트의 재산은 분명히 그애의 것이오. 나는 당신의 마음을 편하게 해줄까 하여 이런 상세한 말을 하는 거요.」

문지기의 마누라가 계단을 올라와서 빠끔히 열린 문으로 안을 들여다보았다. 의사가 아래로 내려가라고 했다. 그러나 남을 돌보기 좋아하는 노파가 내려가면서 죽어 가는 사람에게 이렇게 말하는 것을 막을 수는 없었다.

「신부님을 부를까요?」

「신부님은 한 분 계시오」 하고 장 발장은 대답했다.

그리고 그는 손가락으로 머리 위의 한 점을 가리키는 시늉을 했다. 마치 거기에서 누군가의 모습을 보고 있는 듯했다. 아마 그(미리엘) 주교가 그의 임종을 지켜보고 있었으리라.

코제트는 가만히 그의 허리 밑에 베개를 괴어 주었다. 장 발장은 말을 계속했다.

「퐁메르시 군, 염려하지 마오, 부탁이오. 그 육십만 프랑은 분명히 코제트의 것이니까요. 만약 당신이 그 돈을 쓰지 않는다면 내 일생은 무의미하게 되고 말 거요! 우리는 그 유리 구슬을 만드는 데 희한하게 성공했소. 베를린의 보석이라는 것과 경쟁했소. 독일의 검은 유리 구슬에는 아무도 당하지 못하오. 아주 잘 만들어진 구슬을 천이백 개 넣은 일 그로쓰(열두 다스)가 단돈 삼 프랑밖에 들지 않으니까요.」

소중한 사람이 죽으려 할 때 사람들은 애원하는 듯한 붙잡고 싶은 듯한 눈길로 그 사람을 지켜보는 법이다. 두 사람 다 너무나 불안해서 입을 꾹 다문 채, 죽음에 대해 무어라고 해야 할지조차 모르고 그저 절망하고 몸을 떨면서 그의 앞에 서 있었다——코제트는 마리우스에게 손을 잡힌 채.

시시각각으로 장 발장은 쇠잔해 갔다. 그는 가라앉아 갔다. 그는 어두운 지평선으로 다가갔다. 호흡은 자주 끊기고 조그만 허덕임에도 숨이 막혔다. 팔을 움직이는 것도 어려워지고, 두 다리는 아주 꼼짝도 하지 못했다. 그러나 팔다리의 비참함과 육체의 쇠약이 심해짐과 동시에 영혼의 장엄성은 높아져 점차 이마 위로 퍼졌다. 미지의 세계의 빛이 이미 그 눈동자 속에 보였다.

　그 얼굴은 차차 창백해지면서 동시에 미소를 띄우고 있었다. 이미 거기에는 생명은 없었고 다른 무언가가 깃들고 있었다. 호흡은 약해지고 눈동자는 커졌다. 그것은 날개가 있다는 것을 느끼게 하는 하나의 주검이었다.

　그는 코제트에게, 그리고 마리우스에게 가까이 오라고 눈짓을 했다. 분명히 마지막 시간의 마지막 순간이 온 것이었다. 그리고 그는 멀리서 들려오는 듯한, 또는 두 사람과 그 사이에 벽이 만들어졌다 싶어질 만큼 가녀린 목소리로 두 사람에게 이야기하기 시작했다.

　「이리 오너라, 둘 다 가까이 오렴. 나는 너희들을 깊이 사랑한다. 아아! 이렇게 죽어 가는 것은 좋은 일이다! 코제트, 너도, 너도 나를 사랑해 주었구나. 네가 언제나 이 늙은이에게 애정을 가져 주었다는 것을 나는 잘 알고 있었다. 내 허리 밑에 이 베개를 괴어 준 것은 참 고운 마음씨야! 내가 죽는다고 너무 울지 마라. 알겠니? 너무 울면 못 쓴다. 나는 너에게 참다운 슬픔을 알려 주고 싶지 않다. 너희들은 마음껏 즐겨야 하니까 말이다. 말하는 것을 잊었구나, 그 잠그는 고리가 없는 팔찌는 다른 어떤 것보다도 벌이가 컸단다. 일 그로쓰에, 다시 말해 열두 다스에 실제로는 십 프랑이지만 육십 프랑으로 팔렸단다. 좋은 장사였어, 그러니까 그 육십만 프랑에 대해 놀랄 필요는 없단다. 퐁메르시, 그건 부끄럽지 않은 돈이야. 당신들은 아무 거리낌 없이 부자가 될 수 있어요. 마차를 사고, 이따금 연극의 특별 좌석을 사고, 무도회의 아름다운 의상도 만들어야 해, 코제트. 그리고 친구들에게 훌륭한 음식을 대접하고, 마음껏 행복하게 살아야 한다. 나는 바로 조금 전에 코제트에게 편지를 썼다. 나중에 찾아 보아라.

　코제트, 벽난로 위에 있는 두 개의 촛대를 너에게 물려 주겠다. 은으로 만들어진 것이지만 내게는 금으로 만들어진 것과도 같고, 다이아몬드로 만들어진 것과도 같다. 초를 꽂으면 그것은 성당의 큰 촛불로 변하게 하는 것이다. 내게 그것을 주신 분이 지금 하늘에서 나를 보시고 만족하시는지 어떤지는 모르겠다. 다만 나는 나로서 할 수 있는 데까지의 일을 해왔다. 너희들, 너희들은 내가 가난한 사람이라는 것을 잊어버리지 말고, 어디라도 좋으니까 한쪽 구석에 장소를 표시할 만한 돌 밑에다 나를 묻어다오. 이건 내 뜻이다. 돌에는 이름을 새기지 말도록. 만약 코제트가 이따금이라도 와주기만 한다면 그것만으로도 나는 기쁘겠다. 당신도 와주오, 퐁메르시 군. 내가 늘 당신을 사랑했던 것만은 아니었다는 것을 고백해야겠소. 제발 그 점을 용서해 주시오. 그러나 지금은 이 아이와 당신, 두 사람은 내게 있어 단 하나요. 나는 당신에게 깊이 감사하고 있소. 당신이 코제트를 행복하게 해주리라는 것을 나는 알고 있소. 아시겠소, 퐁메르시 군, 이 아이의 아름다운 장미빛 뺨은 내 기쁨이었소. 조금이라도 안색이 나쁘면 나는 슬프곤 했소. 벽장 속에 오백 프랑짜리 지폐가 한 장 들어 있소. 나는 그것을 쓰지 않고 두었소. 그것은 가난한 사람들을 위한 것이오. 코제트, 거기에 그 침대 위에 네 조그마한 드레스가 있지? 저걸 기억하겠니? 그로부터 겨우 십 년밖엔 안 됐다. 세월이 흐르는 건 참 빠르구나! 우리는 참으로 행복했다. 그러나 이미 끝난 일이다. 자아, 둘 다 울지 마라, 나는 그렇게 멀리 가는 게 아니니까. 거기서 너희들을 보고 있겠다. 밤이 되거든 하늘을 올려다보렴, 틀림없이 내가 미소짓는 것이 보일 테니까. 코제트, 너는 몽페르메이유의 일을 기억하느냐? 너는 숲속에서 무척 무서워했지. 생각나니? 내가 물통 손잡이를 들어 주던 일을 말이다. 내가 네 조그마한 손을 만진 것은 그것이 처음이었다. 그 손은 말할 수 없이 찼다! 아아! 아가씨, 당신의 손은 그때 새빨갰는데, 지금은 정말 뽀얗군요. 그리고 그 커다란 인형! 기억나니? 너는 그것을 수도원에 가져가지 않은 것을 무척 분해했었다! 너는 얼마나 나를 웃겨 주었는지 모른다. 내 다정한 천사! 비가 개었을 때, 너는 냇물에 지푸라기를 띄우고 그것이 흘러가는 것을 보고 있었다. 언젠가는 나는 너에게 버드나무 가지로 만든 라켓하고 노랑과 파랑과 초록빛 깃털이 달린 공을 사준 일이 있었지. 이젠 잊었겠지, 너는. 너는 어렸을 때, 무척 장난꾸러기였어. 매일 다쳤지, 제 귀에 버찌를 집어넣기도 했어. 그러나 이도저도 다 지나간 일이다. 아이를 데리고 지나간 숲, 산책을 하던 숲, 몸을 숨겼던 수도원, 여러 가지 장난, 동심으로 돌아간 웃음, 그것들도 지금은 어두운 그림자가 되어 있다. 나는 그것들이 모두 내 것인 줄 알았구나. 그것이 내가 어리석은 점이었다. 저 테나르디에 집안은 모두 나쁜 사람들이었다. 그러나 그들을 용서해 주어야 한다. 코제트, 이제야 겨우 너에게 네 어머니의 이름을 일러 줄 때가 왔구나. 어머니는 팡틴느라고 했다. 이 이름을 단단히 외어 두어라, 팡틴느란다. 그 이름을 부를 때마다 무릎을 꿇어라. 너의 어머니는 매우 고생했단다. 그리고 너를 무척 사랑했다. 지금 네가 행복한 가운데서 가지고 있는 모든 것을 네 어머니는 불행 속에서 가지고 있었다. 그것이 신의 분배라는 거다. 신께선 높은 곳에서 우리들을 모두 보고 계신다. 그리고 커다란 별들 사이에서 자신이 하시는 일을 알고 계신다. 자아, 너희들, 나는 이제 가련다. 언제까지나 서로 깊이 사랑해라. 서로 사랑한다는 것, 이 세상에 그 이외의 것은 별로 없단다. 너희들은 여기서 죽은 불쌍한 노인도 가끔은 생각해 다오. 아아, 코제트! 요즈음 주욱 너를 만나지 못했지만, 그건 내가 나빠서가 아니야. 그 때문에 나는 가슴이 터질 만큼 슬펐단다. 나는 네가 사는 거리 모퉁이까지 곧잘 가곤 했단다. 내가 지나다니는 것을 본 사람들은 매우 이상하게 생각했을 거다. 나는 미친 사람 같았다. 한 번은 모자도 쓰지 않고 밖에 나간 일도 있었단다. 내 자식들아, 이제 눈이 잘 보이지 않는구나. 아직도 더 할 말이 있었는데, 그러나 그것도 이젠 상관 없다. 다만 가끔 나를 생각해 다오. 너희들은 축복받은 사람들이다. 아아, 나는 어떻게 될까, 나도 모르겠다, 다만 빛이 보인다. 좀더 가까이 오너라. 나는 행복하게 죽어 간다. 너희들의 사랑스러운 머리를 이리로 내밀어 주렴, 내 손을 그 위에 놓게 해다오.」

코제트와 마리우스는 마음이 어지럽고 눈물에 젖어 제각기 장 발장의 손에 매달리면서 쓰러질 듯이 무릎을 꿇었다. 그 엄숙한 손은 이미 움직이지 않았다. 그는 반듯이 누워 있었고, 두 촛대의 희미한 빛이 그 모습을 비추고 있었다. 그 흰 얼굴은 하늘을 올려다보고 있었다. 그의 두 손은 코제트와 마리우스의 키스로 덮이고 있었다. 그는 죽어 있었다.

밤 하늘은 별도 없고 한없이 어두웠다. 아마도 그 어두운 암흑 속에는 어떤 거대한 천사가 두 날개를 펴고 영혼을 기다리며 서 있었을 것이다.

6. 풀은 감추고, 비는 지운다

페르 라셰즈 묘지를 찾으면, 묘석이 아름다운 도시처럼 늘어선 지역에서 멀리, 영원 앞에 죽음의 여러 가지 보기 흉한 모습을 늘어 놓고 있는 갖가지 환상이 깃들인 무덤들에서 멀리, 공동 묘지 가까운 쓸쓸한 한구석에, 낡은 담벽을 따라 갯보리와 이끼에 섞여서 메꽃덩굴이 기어 올라간 커다란 한 주목(朱木) 밑에 돌이 하나 있다. 그 돌도 다른 돌과 마찬가지로, 오랜 세월을 두고 산화 작용으로, 곰팡이를, 이끼를, 그리고 새똥 같은 것을 면하지 못하고 있었다. 물은 그 돌을 푸르게 만들었고, 공기는 그것을 검은 빛을 띠게 만들었다. 그곳은 어느 오솔길에서도 가깝지 않고, 주위에는 풀이 높이 우거지고, 금세 발이 젖기 때문에 아무도 거기까지 들어가 보려고 하지 않는다. 엷은 햇빛이 비칠 때에는 도마뱀이 거기에 찾아든다. 주위에 가득히 야생의 귀리가 바람에 흔들리고 있다. 봄에는 멧새가 주목 속에서 노래한다.

그 돌에는 아무런 장식도 없다. 다만 묘석으로 쓸 생각에서 자른 것이어서, 겨우 사람 하나를 덮을 만한 길이와 폭이 되도록 한 것 외에는 아무런 배려의 흔적이 보이지 않았다. 아무런 이름도 적혀 있지 않았다.

다만 이미 수 년 전에, 누군가가 다음과 같은 사행 시구를 연필로 적었는데, 그것도 비와 먼지 때문에 점점 읽기 어렵게 되고, 아마 지금은 지워져 없어졌을 것이다.

> 기구한 운명에도 견디어 온 그, 여기 잠들었네.
> 천사를 잃었을 때, 그는 죽었네.
> 만사는 찾아왔네, 세상 뜻대로
> 낮이 지나면 밤이 찾아오듯이.

끝(이 『끝』이라는 글자는 초판본에 적혀 있다.)

▨ **감상과 해설**

《빅톨 위고의 생애와 작품 세계》

—— 편집부

① **두 개의 신문 기사**　1845년 4월 13일, 국왕 루이 필립은 아카데미 프랑세즈의 회원이며 저명한 문학가인 빅톨 위고의 공로를 인정하여 그를 자작(子爵)에 서위(敍位)한다는 칙령을 서명, 공포했다. 이 세속적 영예는 반정부계 각지의 공격 목표가 되어 위고는 공화주의자들로부터 변절자라는 비난을 받았다.

그의 이름이 이처럼 한바탕 신문 지상을 떠들썩하게 장식하고부터 약 3개월 뒤인 7월 16일, 또다시 위고의 이름이 저널리즘에 의해 다루어졌는데, 이번에는 유부녀와 불륜의 관계를 가짐으로써 일어난 스캔들이었다. 위고는 귀족원 의원의 불체포 특권에 따라 체포는 모면했지만 이 스캔들로 파리 시내의 비웃음의 표적이 되었다. 정계에 진출하려던 위고의 꿈은 크게 후퇴하지 않을 수 없었다. 그의 공적 생활은 중단되었다. 이 스캔들에 대한 세인의 관심이 식을 때까지 위고는 세상을 피해 사는 신세가 되었다. 이렇게 하여 그의 본령인 창작에 바칠 시간은 오히려 충분히 주어지게 된 것이다. 여기에서 《레 미제라블》의 전신인 《레 미제르》의 구상이 다듬어지고 집필이 개시된 것이다. 위고의 옛친구이면서 당시에는 이미 원수지간처럼 되어 있던 비평가 생트 뵈브는 친구 앞으로 편지를 보내어, 위고는 파리에 숨어 있으면서『어떤 작품인지는 모르지만 들어박혀서 일을 하고 있다네. 그리고 녀석은 이것으로 좋은 평판을 얻어 지난번의 나쁜 평판을 덮어 버리려 하고 있는 걸세』라고 쓰고 있는데 그야말로 날카로운 직관이었다고 할 수 있다.

② **사형 폐지의 주장**　1830년 이후에 와서는 낭만파 작가들도 장년의 나이에 접어들기 시작하여 사회적 지위도 안정되고 인민 대중을 계몽하여 사회에 봉사하려는 희망과 야심이 싹트기 시작하고 있었다. 7월 왕정하에서 추진된 산업

혁명은 전반적으로 평화와 번영을 프랑스에 가져다 주었지만 부(富)의 편재는 소수의 부르조아와 많은 빈민을 낳았고, 산업 구조의 변화에서 생긴 사회 구조의 왜곡은 해결해야 할 많은 문제를 작가들에게도 제기해 주고 있었다. 자유·평등·박애라는 대혁명의 정신이 재평가되고 생 시몽이나 프리에 등이 주장하는 사회 개량의 강령이 라마르틴느, 뷔니, 생트 뵈브, 조르즈 상드 등의 마음을 사로잡은 것이다. 이러한 시대 사조에 위고도 민감하게 반응했다.

특히 그는 개혁해야 할 사회 제도 중에서도 사형 폐지와 징역 제도의 개선이라는 형법 개정에 정열을 불태운 것이다.

이 정열의 밑바닥에는 위고의 다음과 같은 생각이 깔려 있었다.

인간은 원래 선(善)하지만 그가 죄를 저지르는 것은 빈곤에서 오는 굶주림에 시달리기 때문이며 빈곤은 사회의 결함에서 생긴다. 따라서 그를 죄인으로 처벌하는 사회야말로 실은 죄인을 만들어내는 죄인인 것이다, 라고.

이러한 사고 방식은 사회 개혁으로 이어지는데 그 첫걸음으로서 법의 이름에 의해 행해지는 살인인 사형의 폐지와 부당하게 처벌되고 있는 수인들에 대한 양형(量刑)의 적정화, 그리고 형무소 안에서의 그들에 대한 대우 개선이 급선무라고 위고는 결론을 내렸다.

《사형수 최후의 날》의 서문에서 볼 수 있는 사형 폐지의 열렬한 주장은 위고의 인도적 입장을 선명하게 나타낸 것이다.『복수하기 위해서 벌을 주는』것이 아니라 『개선하기 위해서 교정(矯正)하는』것이야말로 법의 정신이라고 그는 주장한다. 또 《크로드 구》 속에서는 양형의 부당함과 형무소 안에 있어서의 수인의 대우, 그리고 간수(교도관)의 횡포 등에 대한 구체적인 문제들을 날카롭게 지적하고 있다. 이러한 관심들이 사형수에 대한 동정으로 발전하는 것은 자연스러운 일이었다. 1820년 6월 7일, 베리 공작 암살범이 형장으로 끌려가는 것을 우연히 목격하고『암살자에 대한 혐오가 사형수에 대한 연민으로 변하는 것을 느끼는』것이다.

당시 사형은 사회에 의해 죄인에게 행사되는 인도적 무기이며 당연한 방어책, 불가결한 제거, 신에 의해 국가에 위임된 신성한 칼이라는 생각이 강했던 것을 감안한다면 그만큼 위고의 주장은 혁신적이며 인도주의의 색채가 선명했다고 할 수 있을 것이다.

위고는 또 몇 번인가 실지로 형무소를 견학하였으며, 라 콘셀쥐리, 라 폴스,

비세트르, 부레스토의 각 형무소를 참관하였다. 예를 들면 라 콘셀쥐리 형무소를 방문하여 느낀 인상을 다음과 같이 말하고 있다.

『어둠과 압박감이며 호흡과 밝음의 감소감(減少感)이다. …… 형무소는 독특한 취기를 가지고 있고 …… 공기는 이미 공기가 아니다. 햇빛은 이미 햇빛이 아니다. 쇠창살은 따라서 공기와 빛이라는 신성하고 자유로운 두 가지 것에 큰 힘을 가지고 있는 것이다.』

죄수들이 사슬에 묶여 형장으로 끌려갈 때의 비참한 광경이 위고의 마음에 이들 불행한 사람들에 대한 연민을 낳은 것은 당연한 일이었다. 그들 중의 한 사람을 주인공으로 하여 어둠에서 빛으로 나아가게 하는 소설의 구상이 차츰 위고의 가슴 속에서 이루어져 갔다.

③ **집필 전기** 《레 미제라블》의 자필 원고에 관한 상세한 연구로 유명한 R. 쥐르네 및 G. 로베르 두 교수에 의하면, 위고가 이 대작의 플랜을 처음으로 기록한 것은 1839년 여름에서 가을에 걸친 여행 도중 투롱 형무소를 견학한 뒤 파리로 돌아올 때 여행 앨범의 여백에 메모한 전문 비슷한 짤막한 노트라고 단정하고 있다.

1845년 4월 말경, 그는 로와이얄 광장 6번지 귀족원 의원 빅토르 위고 앞으로 된 봉투 위에 다음과 같은 플랜을 적어 놓고 있다. 『어느 성자(聖者)의 이야기』 『어느 사나이의 이야기』 『어느 여자의 이야기』 『어느 인형의 이야기』. 이것들은 각각 미리엘 사교, 장 발장, 팡틴느, 코제트로 상정된다.

같은 해 말경으로 추정되는 원고의 여백에는 다시 구체적으로 다음과 같은 흥미있는 메모가 있다.

1800년에 징역수	32세
1815년 말, 디뉴에서	47세
1820년 부(富)	52세
1822년, 3세짜리 양자, 그는	54세
1835년, 16세에 결혼, 그는	67세
1836년 사망	68세

이것은 장 발장의 일생에 대한 요약이며 위고의 마음속에 꽤 명확하게 주인공의

524

인물상이 만들어져 있었음을 말해 주는 것이라고 할 수 있다.

전술한 바와 같이 비야르 사건에 의한 근신이 《레 미제라블》의 집필에 크게 도움이 되었다. 원고에 적혀 있는 연월일을 보면 1845년 11월 17일부터 시작되어 1846년은 줄리에트의 딸 크렐의 죽음에 의해 영감을 받아 많은 시를 썼기 때문에 《레 미제라블》의 집필은 진전되지 않았으나 1847년 1월 1일이라는 날짜가 제1부 제6장 1(이하 Ⅰ·6·i 이라고 약기한다)의 원고에 적혀 있다.

이 해는 4월 19일부터 5월 31일까지, 6월 8일부터 7월 4일까지, 9월 24일부터 10월 19일까지의 세 번의 중단이 있을 뿐이고 그 밖에는 연속하여 집필했는데 특히 10월 20일부터는 창작에만 열중, 28일에는 『일하는 시간을 연장하기 위해 9시 외에는 저녁식사를 하지 않는다.《장 트레장》(《레 미제라블》의 최초의 제명)을 써나가기 위해 2개월간은 이렇게 할 예정』이라고 썼고 11월 29일에는 『《장 트레장》 재개, 오후 1시에 비로소 취침』이라고 써서 그가 얼마나 열중했었는가를 전해 주고 있다.

이렇게 집필이 진척됨에 따라 현재의 제5부의 여러 편을 구성하고 있는 몇 개의 장은 이미 씌어졌거나 또는 계획되고 있었음을 알 수 있다. 우선 흥미를 끄는 것은 《레 미제라블》의 마지막이 되고 장 발장의 묘비명에 있는 시의 원형인데 그것은 다음과 같다.

어둡고 긴 순교 끝에 그는 조용히 잠들어 있다.
자기의 천사를 잃었을 때 그는 아무 말도 하지 않고 죽었다.
이러한 일은 아주 자연스럽게 저절로 일어났다.
마치 낮이 가면 밤이 찾아오듯이.

또, 가장 긴 가필 부분의 주요한 장은 Ⅰ·2·i 에서 장 발장이 교회를 알게 되는 장면과 Ⅰ·6·ii 에서 자베르 경사와 마들렌느 시장과의 대화 장면 등이다. 이렇게 나가다가 첫번째의 긴 중단인 1848년 2월 14일이 찾아온다. 2월혁명이 또다시 위고를 정치 투쟁의 현실 세계로 불러들이기 때문이다.

④ **집필 후기**   2월혁명으로 탄생한 공화정은 1851년 12월 3일에는 루이 나폴레옹의 쿠데타에 의해 압살되고 위고는 공화파 대의사로서 쿠데타에 저항하지만 패배해서 국외로 망명하게 된다. 이 망명 생활이 《레 미제라블》 집필의 후기가

되고 완성기가 되는 것이다.

그러나 여기에서도 1846년에 크렐의 죽음으로 시작(詩作)에 몰두했듯이 망명 초기에도 운문 창작이 선행했다.《징벌 시집》을 비롯한 일련의 시작품의 창작과 발표는 본질적으로 위고가 시인이라는 인상을 준다.

1860년 4월 15일,《사탄의 종말》을 완성한 위고는 10일 뒤인 25일, 실로 12년 만에《레 미제라블》의 원고를 꺼낸다. Ⅳ·14·vii 의 마지막 원고 위에『여기에서 프랑스 귀족은 중단하고 망명자가 1860년 12월 30일에 재개된다』라고 위고는 적고 있는데 수첩에는 좀더 상세하게 다음과 같이 쓰고 있다.

『오늘 1860년 12월 30일, 나는《레 미제라블》의 집필을 재개했다. 4월 26일부터 5월 12일까지 원고를 다시 읽었다. 5월 12일부터 12월 30일까지의 7개월 동안을, 내 정신에 있는 작품 전체를 명상과 빛으로 투시하는 데에 소비한 것은 12년 전에 쓴 것과 오늘부터 쓰기 시작하려는 것 사이에 절대적 통일이 있다는 것을 알기 위해서였다. 어떻든 모든 것은 견고하게 구성되었다. Provisa res(준비 완료). 오늘 나는 (바라건대 두 번 다시 손을 놓지 않게 되기를) 1848년 2월 14일에 중단했던 작품을 또다시 시작한다.』

그러나 위고의 창작 수첩이라고도 할 메모장에는 이미 1860년 1월 1일부터 시작되어 그 메모의 글이 그대로 Ⅰ·1·x 에 이용되고 있으며, 또 사용되고 있는 원고 용지의 종류로 추정하더라도 창작 재개는 실질적으로 8월 14일부터라고 보는 것이 좋을 것이라고 쥐르네 및 로베르 두 교수는 단정하고 있다.

1861년 3월 17일까지에 Ⅴ·3까지, 3월 20일에는 그때까지 장 트레장이었던 주인공의 이름을 장 발장으로 개명하기로 결정하고 있다. 그리고 5월 22일 워털루의 옛 전장 근처인 몽 상 장에서 일을 재개하여 6월 30일에 일단《레 미제라블》은 완성되는 것이다.

⑤ **워털루에서의 완성**   1815년 6월 18일, 웰링턴이 이끄는 연합군이 나폴레옹 군을 격파한 이 세기의 일전은 산 서사시로서, 많은 작가가 한 번은 써보고 싶다고 열망한 소재였다. 물론 위고도 그 중의 한 사람이었다. 그는 친구인 샤라스 대령으로부터 증정받은, 지도가 든《1815년 회전사(會戰史) : 워털루》에 대해 감사의 편지를 보내고 있는데, 그 속에서『이 음침한 싸움은 거의 영원이라고도 할 수 있는 감동을 주는 것의 하나이므로 당신이 쓴 위대한 이야기는 눈물과 감동 없이는

읽을 수가 없는 것이었습니다』라고 쓰고 있다. 그도 이 일대 결전을 자기의 대작에 삽입할 생각을 하고 있었다.

매사를 철저하게 하지 않고는 견디지 못하는 성격인 그는, 샤라스 대령의 저작은 말할 것도 없고 그 밖에도 많은 문헌을 읽고 마지막에는 실지 조사를 위해 워털루로 찾아갔다. 이것은 위고가 앓고 있던 목병 치료를 위한 전지(轉地)라는 목적도 있었다. 1861년 1월 24일의 노트에 위고는 얼마 전부터 앓기 시작한 목병을 결핵으로 자가진단하고 『시작한 일을 끝낼 수 있기를 빌 뿐이다. 신이 내 육체에 참고 견디는 일, 그리고 내 정신이 끝날 때까지 기다릴 것을 명령하기만을 나는 빈다』라고 적고 있다.

그러나 다행히도 결핵성이라는 것은 위고가 잘못 생각한 것이었고 3월 25일 벨기에로 여행을 떠났는데 3월 31일자로 아들에게 보낸 편지에서는 『목의 아픔은 눈녹듯이 사라졌다』라고 쓰고 있다. 어떻든 위고의 《레 미제라블》 완성에 걸었던 열의가 얼마나 대단했는가를 말해 주는 좋은 증거이다.

5월 7일에 몽 상 장의 코론느 호텔에 투숙, 주변의 고전장을 견학하고 5월 15일부터 일격적으로 일에 착수했다. 5월 20일 아들 앞으로 보낸 편지에서 『나는 워털루 근처인 이곳에 체재하고 있다. 내 작품은 이제 한마디를 추가하기만 하면 끝날 단계에 와 있는데 나는 이 한마디가 적절한 것이기를 바라고 있다』라고 썼고, 5월 22일의 Ⅴ·6의 원고 끝에 『나는 5월 22일부터 일을 재개했다. 건강은 회복되었다. 나는 벨기에의 몽 상 장의 도어즈 양이 경영하고 있는 코론느 호텔에 묵고 있다. 방에 있는 두 개의 창은 워털루의 평야에 면하고 있다. 침대에 누워서 나는 그쪽을 바라보고 있다』라고 메모하고 있다.

6월 18일, 워털루 결전 46회째의 기념일에는 전장을 산책, 6월 30일에는 떠오르는 아침햇살을 받으면서 그는 『끝』이라고 이 대작의 말미에 적어 넣은 것이다.

같은 날짜로 된, 친구 오귀스트 바클리 앞으로 보낸 편지의 내용은 다음과 같다.

『친애하는 오귀스트, 오늘 아침 6월 30일 오전 8시 30분, 창문에 비치는 아름다운 아침해와 함께 나는 《레 미제라블》을 완성했네. …… 이 책을 완성하기 위해 우연(偶然)이 나를 어디로 데려왔다고 생각하나? 워털루의 고전장이라네. …… 워털루의 평야에서, 워털루의 달에게 나는 내 싸움을 했던 것이라네. 바라건대 이 일전을 상실하지 않게 되기를…….

이렇게 해서 어떻든 책은 완성되었네. 그럼 그것은 언제 세상에 나오는가？ 이것은 또 스스로 별개의 문제일세. 나는 다시 한 번 교열을 볼 생각이네. 자네도 아다시피 나는 내가 쓴 것을 서둘러 출판할 생각은 없는 사람이니까. 나에게 있어서 중요한 것은 《레 미제라블》이 완성되었다는 사실일세.』

또 같은 날, 아들 샤를르 앞으로 보낸 편지에서 위고는 다음과 같이 쓰고 있다.

『워털루에 관한 모든 것을 포함해서 나에게는 아직도 2개월이나 3개월, 듬뿍 일거리가 있다. 중요한 것은 책이 완성되었다는 사실이다. 즉 결말이 씌어지고 극은 완결되었으니까 이제 남은 일은 배치와 세부 작업뿐이다. 건물은 섰지만 이곳저곳에 몇 가지 손을 보고 조각한 대륜(臺輪)을 넣거나 워털루라는 포치를 세우는 일이 남아 있단다.』

『끝났지만 완성되지 않은』 이 대작을 완성하기 위해 위고는 손을 놓지 않고 보필과 정정 작업을 계속, Ⅲ·1이 되는『워털루』는 이해 12월 21일에 완성된다. 이 작업은 1862년에도 속행되어 2월 25일 이후에도 Ⅳ·1·iii 의『루이 필립』이 삽입되고 5월 16일 출판사에 제5부의 원고를 송부할 때까지 속행된다.

1862년 5월 19일의 메모는 다음과 같이 기록하고 있다.

『오늘 아침《레 미제라블》의 전체 교정을 완료. 1861년 5월 22일 몽 상 장에서 마지막 작업에 착수한 지 3일이 모자라는 1년이 걸린 셈이다.』

같은 날 위고는 줄리에트에게『내일 나는 원고의 마지막 부분을 송부하겠소. 내일 나는 자유로워지는 것이오.《레 미제라블》에서 벗어날 수가 있단 말이오』라고 편지를 쓰고 있으나, 실제로는 다시 6월 15일까지 가필분을 계속 송부하고 있었던 것이다.

6 **출판하기까지의 협력자들**   위고의 이 대작의 존재를 맨 처음 안 사람은 줄리에트이며 그녀는 위고를 위해서 열심히 원고를 정서하고 또 최초의 독자로서 독후감을 위고에게 전하기도 했다. 그녀는 유능한 비서임과 동시에 자기의 감격을 솔직하게 전하여 창작에 전념하고 있는 위고에게 용기를 북돋아 준 좋은 애독자이기도 했다. 그녀의 찬사는 작자 위고의 창작 의욕을 북돋았다. 1848년 2월 3일 목요일 오전 10시 30분의 날짜가 적힌 그녀의 편지에는《레 미제라블》Ⅰ·7의 『샹마티외 사건』에 해당하는 부분에 대한 감상이 다음과 같이 기술되어 있다. 등장 인물들을 동정하여 그녀는 이렇게 썼다.

『오늘 아침까지도 아직 그 때문에 가슴이 메어 있습니다. 내가 그 자리에 있었던 것처럼 모든 것이 눈앞에 떠오릅니다. 그 불쌍한 장 트레장의 무서운 모든 고뇌를 느끼게 되고 이 불쌍한 순교자의 운명에 나도 모르게 눈물짓게 됩니다. 왜냐고요? 나는 이 불쌍한 팡틴느만큼 애처로운 사람, 샹마티외처럼 불쌍한 바보만큼 내 마음을 고통으로 채워 주는 것을 모르기 때문입니다. 나는 이 모든 사람들과 함께 살고 그들이 마치 정말로 피가 통하고 있는 육체를 가진, 살아 있는 인간인 것처럼 그들의 고뇌를 함께 나누어 가지고 있습니다. 그만큼 당신은 그들을 자연스럽게 묘사하고 있는 거예요. 잘 표현할 수는 없지만, 내가 가지고 있는 마음과 영혼의 지성은 모두 당신이 정말로 훌륭하게 《레 미제라블》이라고 이름 지은 이 숭고한 책에 완전히 사로잡히고 말았다는 것이 내 실감이에요. 머잖아 이 책을 읽게 될 모든 사람도 나와 똑같은 것을 체험하게 될 것만은 틀림없다고 확신하고 있습니다.』

이런 편지를 받고 흥분하지 않는 남성이 있을까? 위고는 작중 인물을 빌어 그녀와 사랑의 나날을 재현하고 그녀의 헌신에 보답하고 있다.

1846년 11월부터 시작된 창작은 47년에는 순조롭게 진행되어 그런 상태라면 48년중에 완성되리라고 위고는 예상했는지 47년 7월 31일자 〈에베누망〉 지(誌) 특별호에 《레 미제라블》 전 10권의 근간 예고를 게재했다. 위고는 2권분을 이미 탈고했다고 생각하고 있었으나 이 소설의 완성에 다시 14년의 세월이 소요될 줄은 신이 아닌 그로서는 알 수가 없었던 것이다.

위고는 이 작품의 출판을 그때까지의 실적에 비추어 랑뒤엘과 고스랑의 두 출판사에 위임했다. 그것은 이 두 출판사와의 사이에 1832년에 《파리의 노트르담》 의 자매 작품이 될 예정이었던 중세 성곽의 망루 《라 키캉그로뉘》를 중심으로 한 역사 소설을 출판할 계약을 맺고 있었던 것이 실현되지 않고 있었기 때문에 그것을 메운다는 의미도 있었다. 또 랑뒤엘과는 《꼽추 여인의 아들》이라는 소설의 출판 계약이 있었으나 그것도 지켜 주지 못하고 있었기 때문이다.

그러나 2월혁명에서부터 위고의 망명이라는 대사건으로 이 두 출판사와의 계약도 백지화되고 작품 자체도 《레 미제라블》로 발전한다. 이 제명이 처음 공고된 것은 1853년 11월 21일에 출판된 《징벌 시집》의 표지 뒷면에서였다. 이 위고의 대작을 출판하려고 기를 쓰고 덤빈 것은 그의 《관조 시집(觀照詩集)》을 출판하여 크게 재미를 본 에첼이었다. 그러나 무슨 까닭인지 위고는 이 출판업자의 열렬한 의뢰까지도 묵살하고 있다.

그러면서 그가 이 대작의 출판을 허가한 것은 그때까지 출판업에는 전혀 경험이 없고 전혀 무지하다고 해도 좋을 벨기에 청년 알베르 라크로와였던 것이다. 왜소하지만 정력적이고 문학을 무척이나 좋아한 28세의 이 사나이는 브뤼셀에서 위고의 아들 샤를르와 회견하여 유창한 말솜씨로 위고의 재능을 찬양하며 금세기 최대 시인의 일대 걸작을 꼭 자기가 출판하고 싶다고 간청한 것이다.

샤를르는 그의 열의와 현금 결제라는 조건에 호감을 가지게 되어 라크로와를 아버지에게 소개했다. 위고는 이 젊은 출판업자의 솔직성과 열의에 끌리고 또 그의 현금 결제, 고료의 반액 선불 등의 조건에도 호감을 가지게 되어 일부러 그를 간지 섬의 자택으로 초대했다. 에첼의 간청에는 귀도 기울이지 않았던 위고가 《레 미제라블》을 워털루에서 완성한 지 4개월 뒤인 10월 4일 라크로와와 출판 계약을 맺은 것이다. 전 5권은 번역권을 제외하고 24만 프랑이었다.

12월 6일 위고는 다음과 같이 기록하고 있다.

『라크로와 씨는 오늘 아침 르 아브르를 거쳐 파리를 떠났다. 《레 미제라블》의 제 1 부 원고를 휴대하고.』

이것이 라크로와가 출판인으로서 광영과 번영의 길을 걷게 되는 첫출발이 된다.

출판의 대성공은 그에게 엄청난 치부를 가져다 주었다. 1862년 브뤼셀에서 열린 《레 미제라블》의 출판 기념회와 위고의 탄생 60주년 기념회에서 위고 부인은 남편의 왼쪽에 줄리에트를 앉히고 그녀의 건강을 축하하여 참석자 모두는 건배를 했는데 이것을 연출한 것도 라크로와의 숨은 작용이었다. 이때부터 그는 위고의 작품을 잇따라 출판했는데, 1869년의 《웃는 사나이》 출판 때 자금 융통 관계로 부도가 나서 위고의 노여움을 사게 되었고 그로부터 모든 관계를 끊기게 되어 몰락하고 만다.

그러나 브뤼셀에서 출판되는 라크로와의 《레 미제라블》과 동시에, 친구의 간절한 요망도 있어서 위고는 파리의 파니에르 서점에서도 《레 미제라블》을 출판하기로 했다. 벨기에판은 제 1 부 『팡틴느』를 3월 30일에, 파리판은 4월 3일에 발매했다.

책은 발매와 동시에 경이적인 판매 실적을 보여 라크로와는 위고에게 보낸 편지 속에서 『위대한 날입니다! 빛나는 승리입니다! 완전한 열광입니다! …… 모든 신문이 《레 미제라블》을 화려하게 취급하고 있습니다. …… 책은 그야말로 불

530

티나게 팔리고 있습니다」라고 쓰고 있다. 4월 10일에는 파리와 브뤼셀에서 모두 매진되었다. 4월 12일 위고의 메모에는 이렇게 씌어 있다.『《레 미제라블》은 지금 13판째이다.』

⑦ **등장 인물의 모델 논쟁**　　이 대작의 등장 인물에 대해서는 출판된 그날부터 여러 가지로 문제가 되었는데 주요한 인물에 대한 것을 간략하게 적어 본다.

　우선 미리엘 사교는 샤를르 프랑스와 비앵뉘 드 미요리스(1753~1843)라고 하는 디뉴의 사교였던 실재 인물을 모델로 했다고 알려져 왔다. 그는 1777년에 사제로 임명되어 혁명 정부의 종교 정책에 반대하여 1801년까지 로마에 망명, 1804년에 브리뇰의 주임 신부, 이어서 1806년에 디뉴의 사교가 되었다. 가난하다고 해도 좋을 만큼 매우 소박한 생활을 보내며 85세가 될 때까지 교구의 신자를 위해 봉사했고 고결한 인격과 박애 그리고 자선 행위는 사람들의 존경과 감사의 대상이었다고 한다.

　위고가 디뉴라는 고장과 이 사교의 존재를 알고 있었다는 것은 원고 메모가 남아 있으므로 확실한 일이다. 다만 위고의 관심은 사교를 배출한 미요리스 일가, 특히 형인 세쿠스체 미요리스 장군에게 있었다는 것도 동일한 원고 메모가 증명하고 있다.

　미요리스가 사교로 임명된 것은 형인 장군이 나폴레옹 황제에게 조언을 했기 때문으로 알려져 있다. 어떻든 위고가 미리엘 사교를 묘사함에 있어서 미요리스 사교를 전혀 염두에 두지 않았다고는 말할 수 없다. 그러나 그는 자기가 창작한 사교에는 현실의 미요리스가 체험하고 있지 않은 많은 일들을 부여하고 있다. 젊은 날의 정열이라든가 결혼, 나폴레옹과의 해후라든가, 혁명파 국민공회 의원과의 만남 등이 그것이다. 그러나 이름과 경력이 비슷하고 또 같은 고장이었던 데서 싫든 좋든 미리엘은 미요리스인 것으로 되고 말았다. 이 때문에 위고는 사교의 조카로부터 숙부의 명예를 손상시켰다는 항의를 받기도 했고, 사교의 행동에 대해 좌우 양파로부터 중상과 공격을 받아야 했다. 위고도 마침내 붓을 들어『미리엘 사교는 순수한 상상의 인물』임을 변명하고 나서지 않으면 안 되었을 정도이다.

　장 발장의 모델에 대해서는 종래는 보스 지방 폴카르키에의 피에르 모랑이라는 빈농으로 되어 있었다. 그는 1801년 아사 직전에 있는 누님의 일곱 자녀를 위해 빵집에서 한 조각의 빵을 훔쳤기 때문에 5년의 징역형을 선고받고, 출옥한 뒤에는 미요리스 사교의 사랑의 손길에 의해 구조되어 사교의 소개로 형인 미요리스 장군의 집에서 하인으로서 봉사했고, 이어서 장군과 함께 전장에 나가 간호병 견습에서 정식 병사가 되어 워털루에서 전사한 것으로 되어 있다.

미요리스가 미리엘이라고 하는 주장의 유력한 한 근거는 이 피에르 모랑의 은인이었다는 사실에 있었다. 이것은 《레 미제라블》의 발매 후에 어느 신문 기자가 미요리스 사교의 비서였던 어느 노인과의 인터뷰에 의해 발굴된 특종이었다는 이야기이다.

그러나 오늘날에는 이 얘기가 전적으로 신뢰할 수 없는 점도 있다는 것이 지적되어 장 발장이 곧 피에르 모랑이라고는 생각되고 있지 않다.

장 발장은 위고가 그때까지 오랜 세월에 걸쳐서 수집해 온 자료나 형무소 견학 등으로 숱하게 접해 온 징역수들의 다채로운 풍모가 융합 응축되어서 만들어진 한 전형이라고 보는 것이 타당할 것이다.

예를 들어 이 가운데서 잘 알려져 있는 한 삽화로, 《레 미제라블》 II · 2 · iii 에는 마스트에서 미끄러져 돛줄에 매달려서 구조를 요청하고 있는 선원을 장 발장이 구출해내고 자기는 일부러 바다에 빠져서 탈출하는 장면이 나오는데, 이것은 1860년 5월의 위고의 메모에서 그 출전이 분명해지고 있다.

거기에 의하면 1845년 6월, 툴롱 항의 항만 시설이나 군함 등에 대한 설명을 위고에게 해준 해군 사관 르누리 남작이, 마스트에서 떨어져 돛줄에 매달려 있던 선원을 한 징역수가 용감하게 구조하고 자기는 곧 노역으로 복귀했다는 미담을 덧붙여 말해 주었다고 한다.

또한 장 발장의 일면에는 발자크의 《고리오 영감》에 등장하는 괴도 보트랭의 모델로 되어 있는 으젠느 프랑스와 비도크(1775~1857)라는, 도둑에서 경찰 밀정이 되고 마침내는 보안 경찰 대장으로서 범죄 수사에 민완을 떨친 괴인물도 투영되어 있다고 한다.

팡틴느에 대해서는 『팡틴느의 기원』이라는 제목의 짤막한 글이 위고의 《견문록》에 수록되어 있다. 거기에 의하면 1841년 1월 9일 눈 내리는 밤, 젊은 매춘부가 멋쟁이 남자의 장난으로 등에 눈이 넣어진 것에 화를 내어 둘이서 다투고 있다가 경찰관에 검속되어 6개월 구류에 처해질 뻔한 것을, 위고가 신분을 밝히고 그녀의 증인이 되어서 무사히 석방시켜 주었다. 이 짤막한 글 속에서도 만일 이 여자가 이런 일로 벌을 받게 된다면 『그 정의란 무서운 부정이다』라는 구절이라든가

532

『이렇게 불행한 여성들은 사람들이 자기들을 동정해 주었을 때만 단순히 놀라거나 감사하는 것이 아니다. 사람들이 올바르게 행동했을 때도 마찬가지로 놀라고 감사하는 것이다』라는 이 글의 결론은 《레 미제라블》의 창작 동기를 훌륭하게 요약하고 있다고 말할 수 있을 것이다.

마리우스와 코제트의 사랑 이야기는 젊은 날의 위고와 아델의 재현이고 또 두 사람의 혼례의 밤은 줄리에트와 사랑의 첫날밤을 묘사하고 있다. 이것은 위고가 그녀에게 《레 미제라블》을 증정한 헌사에 있는 그대로이다.

또 마리우스의 사상적 변천, 즉 왕당파, 보나파르티스트, 공화주의자의 3단계는 위고 자신의 변천 바로 그것이다. 장 발장의 코제트에 대한 애정은 두 딸 레오포르딘과 아델에 대한 것이며 나중에는 두 손녀 조르즈와 쟌느에 대한 애정을 상기하게 한다. 아버지 위고 장군과의 대립과 화해도 마리우스와 퐁메르시 대령의 대립과 화해이다.

동시대 작가들의 작품도 《레 미제라블》를 집필할 때 위고에게 많은 힌트를 준 것은 당연하다. 여기에서는 특히 으젠느 쉬의 《파리의 비밀》(1824)만을 거론하기로 한다.

이 작품은 신문 소설로서 큰 성공을 거둔 것으로서 파리의 하층 사회나 감옥 등도 《레 미제라블》의 무대와 흡사하지만 주인공 르 쉬르뇔도 한 번은 악의 길에 빠졌다가 갱생하여 자기의 은인을 돕는다는 장 발장과 비슷하며, 가브로슈와 비슷한 트로챠르나 테나르디에 부부와 흡사한 부부, 코제트와 에포닌느을 한데 합친 것 같은 프를르 드 마리라는 여성도 등장한다.

위고가 이 작품에서 그 등장 인물이나 추리소설적 줄거리의 힌트를 얻었으리라는 것은 충분히 생각할 수가 있는데 위고는 쉬에게 없는 것, 즉 위대한 문체와 상상력으로 인물을 그렸다는 데에 《파리의 비밀》과 《레 미제라블》의 근원적 차이가 있다고 할 것이다.

⑧ **위고의 소설을 모두 종합한 《레 미제라블》**　《레 미제라블》은 당시까지의 위고의 소설을 종합한 것이라고 할 수 있을 것이다. 《아이슬랜드의 한》의 연인들은 마리우스와 코제트, 《뷔그 쟈르갈》의 익살꾼 아비브다의 추괴(醜怪)함은 테나르디에 부부, 《사형수 최후의 날》의 사형수의 심리 분석과 정신의 갈등은 마들렌느 시장의 고뇌 속에 살아 있고, 《파리의 노트르담》의 서사시적 묘사나 세부의 진술

기술은 워털루 회전의 장에 훌륭하게 재현되고 있다.

《아이슬랜드의 한》의 서문에 있듯이 소설이란 『작가가 느끼고, 보고, 주관한 것』을 그리는 일이라는 위고의 소설 이념은 1823년 7월의 〈프랑스 시신(詩神)〉 창간호에 발표한 월터 스코트의 소설 《퀜틴 다워드》에 대한 평에서 엿볼 수 있다.

위고는 그 속에서 소설을 세 가지 종류, 즉 이야기풍의 소설, 서한체 소설, 극적 소설로 분류하고 『창조적 정신은 극적 소설을 구축한다. 그 속에서는 상상력에서 만들어진 줄거리가 인생의 현실적 사건이 전개되듯이 진실하고 변화가 있는 사건이 되어서 전개된다. …… 그것은 마지막에는 하나의 장편 드라마가 되고 묘사는 배경과 의상을 보충하고 인물들은 스스로 자기 자신을 그려내고 각자의 각양각색의 충돌에 의해 작품의 유일한 이념의 온갖 형태를 비추어 낼 것이다』라고 서술하고 있다. 또 하나의 감상으로서 『극인 동시에 서사시이며 현실적이지만 이상적이며 진실하고 위대한, 월터 스코트를 호메로스 속에 집어 넣었다고도 할 수 있는 소설』을 『이상적인 소설』이라고 말하고 있다.

이러한 소설 이념은 위고의 모든 작품을 통해서 볼 수 있는 그의 문학 이념이며 《레 미제라블》은 그것의 실현을 위한 가장 큰 노력의 결정이라고 할 수 있다.

위고도 이 대작에는 기대하는 바가 있었던 모양으로, 라크로와 앞으로 보낸 1862년 3월 23일자의 편지에서 『이 책은 소생의 작품 중에서 으뜸가는 것이라고는 할 수 없더라도 적어도 최고봉의 하나가 될 것임을 확신하고 있습니다』라고 쓰고 있다.

⑨《레 미제라블에 대한 평가》   위고의 이 대작에 대해서 오늘날에는 그것이 걸작이라는 데에 의문을 제기하는 사람은 하나도 없다. 110여 년의 세월이 당파심이나 편협한 문학관, 사회적 편견으로부터의 비난, 사원(私怨)에서 비롯된 중상 등 작품 자체를 정당하게 평가하는 데 장애가 되고 있던 모든 잡음을 소멸시키고 말았다.

발매 당시 일반 독자의 열광과는 달리 작가나 비평가들은 대개 냉담했다. 프로벨, 콩쿠르 형제, 텐 등은 리얼리즘의 입장에서 혹평했고 라마르틴느, 보드렐 등은 위고의 박애주의와 진보의 이념을 혐오했기 때문에 《레 미제라블》의 문학성 자체까지도 부인한 것이다. 자신의 어머니에게 보내는 편지에서는 《레 미제라블》을 매도했던 보드렐은 1862년 4월 20일자 〈르 브르발〉 지에서는 이 대작의 본질,

534

나아가서는 위고 문학의 핵심을 정확하게 찌른 명쾌한 평가를 내리고 있다.

『작자가 《레 미제라블》 속에서 살아 있는 추상, 이상적 인물을 만들어 내려고 시도한 것은 극히 명백하며 그 한 사람 한 사람에게 그 주제 전개에 필요한 주요한 전형의 하나를 연출하게 함으로써 하나의 서사시적 수준으로까지 승화시키려 한 것은 분명하다. 이것은 시의 수법으로 구축된 소설이며 거기에서는 각 등장 인물이 과장된 수법으로 씌어졌기 때문에 예외적인 것이 될 수도 있었지만 그들은 하나의 보편성을 나타내고 있는 것이다.』

보드렐이 《레 미제라블》에 대해서 보여준 공사(公私)의 두 가지 태도는 약간 극단적이기는 하지만, 위고의 이 장편에 대한 당시 프랑스 지성의 감동과 불안을 상징하고 있는 것처럼 생각된다.

위고라는 위대한 개성을 직시했을 때에 보여준 보드렐의 민감한 감성적 반응은 본질적으로 냉철한 비평가인 생트 뵈브의 분석 앞에서는 청년과 어른의 차이가 있다. 누구보다도 철저하게 위고를 증오했고 한때는 위고로부터도 증오받은 아델의 정인(情人), 사람좋은 발자크가 살아 있을 때 유일하게 혼자서만 혐오하고 있던 이 왜소한 사나이는, 그러나 위고라는 천재를 누구보다도 잘 이해하고 평가하고 있었던 비평가임에는 틀림없다. 그리고 마음속 깊은 곳에서는 이 천재에 대한 동경과 선망, 그리고 굴절된 일종의 친밀감까지도 평생 가지고 있었던 것으로 생각된다.

위고의 《레 미제라블》에 대한 해설의 마지막을 그의 불구대천의 원수, 그러면서도 가장 좋은 이해자였던 생트 뵈브의 말로써 맺기로 한다.

『빅톨 위고라는 사나이는 이상하고 균형미라고는 없는 재능의 소유자이다. 《레 미제라블》이라는 그의 소설은 선, 악, 부조리, 그리고 어떻든 사람이 바라는 모든 것이다. 아무튼 11년간이라는 부재(不在)와 망명의 위고는 그 부재와 망명에서 존재와 힘과 젊음을 증명해 보인 것이다. 이 한 가지만으로도 위대한 성공이다.

그는 최고도의 현실화라는 재능을 가지고 있다. 속임수와 부조리에서 만들어낸 것조차도 그 사나이는 누가 보아도 존재하고 생생하게 살아 있는 것처럼 느끼도록 그리고 있는 것이다.』

생트 뵈브의 말처럼 장 발장, 미리엘 사교, 마리우스, 코제트, 자베르, 팡틴느, 테나르디에, 가브로슈 등 《레 미제라블》의 군상들은 20세기의 오늘날에도 전세계 사람들의 눈에 보이고 또 존재하고 있는 것이다.

完譯版 世界 名作100選

完譯版　世界  名作100選

54	안네의 일기	안네 프랑크	83	오만과 편견	제인 오스틴
55	달과 6펜스	서머셋 모음	84	설 국	가와바타야스나리
56	나 나	에밀 졸라	85	일리아드	호메로스
57	목로 주점	에밀 졸라	86	오디세이아	호메로스
58	골짜기의 백합(外)	오노레드 발자크	87	실락원	J. 밀턴
59 60	마의 산 ⅠⅡ	도스토예프스키	88	나의 라임오렌지나무	바스콘셀로스
61 62	악 령 ⅠⅡ	도스토예프스키	89	서부전선 이상없다	E.레마르크
63 64	백 치 ⅠⅡ	도스토예프스키	90	주홍글씨	A. 호돈
65 66	돈키호테 ⅠⅡ	세르반테스	91 92 93	아라비안 나이트	
67	미 성 년	도스토예프스키	94	말테의 수기(外)	R.M. 릴케
68 69 70	몽테크리스토백작 ⅠⅡⅢ	알렉상드르 뒤마	95	춘 회	알렉상드르 뒤마
71	인간의 대지(外)	생텍쥐페리	96	사랑의 기술	에리히 프롬
72 73	양철북 ⅠⅡ	G. 그라스	97	타인의 피	시몬느 보브와르
74 75	삼총사 ⅠⅡ	알렉상드르 뒤마	98	전락·추방과 왕국	A. 카뮈
76	크리스마스 캐럴	찰스 디킨스	99	첫사랑·아버지와 아들	
77	수레 바퀴 밑에서(外)	헤르만 헤세	100	아Q정전·광인일기	루 쉰
78	셰익스피어의 4대 비극	셰익스피어	101 102	아메리카의 비극	드라이저
79 80	쿠오 바디스 ⅠⅡ	솅키에비치	103	어머니	고리키
81	동물농장·1984년	조지 오웰	104		
82	도리안 그레이의 초상	오스카 와일드	105 106	암병동 ⅠⅡ	솔제니친

 일신서적출판사　121-110 서울 마포구 신수동 177-3호

공급처 : ☎ 703-3001～6, FAX : 703-3009

한국남북문학 100선

일신서적출판사

121-110 서울 마포구 신수동 177-3호
공급처 TEL. 703-3001~6 FAX. 703-3009

레 미제라블Ⅲ

■ 저 자 / 빅 톨 위 고
■ 역 자 / 강 영 길
■ 발행자 / 남 용
■ 발행소 / 一信書籍出版社

주소 : 121-110 서울 마포구 신수동 177-3
등록 : 1969. 9. 12. NO. 10-70
전화 : 영업부 703-3001~6
　　　 편집부 703-3007~8
　　　 FAX 703-3009
© ILSIN PUBLISHING Co. 1990.

ISBN 89-366-0295-0　　　　ⓝ 값 12,000원